PROMENADE

AUTOUR DU MONDE

1871

LE BARON DE HÜBNER.

PROMÉNADE

AUTOUR DU MONDE

1871

PAR

M. LE BARON DE HÜBNER

Ancien Ambassadeur

Ancien Ministre, auteur de *Sixte-Quint*.

CINQUIÈME ÉDITION

ILLUSTRÉE DE 316 GRAVURES DESSINÉES SUR BOIS

PAR NOS PLUS CÉLÈBRES ARTISTES

PARIS

LIBRAIRIE HACHETTE ET Cie

79, BOULEVARD SAINT-GERMAIN, 79

—

1877

CORVILLE-HOUSE : LE DÉPART, D'APRÈS UN CROQUIS DE L'AUTEUR.

PROMENADE
AUTOUR DU MONDE

1871

CORVILLE-HOUSE, TIPPERARY

Voir, au delà des montagnes Rocheuses, dans les forêts vierges de la Sierra Nevada, la civilisation aux prises avec la nature sauvage ;

Voir, dans l'Empire du Soleil levant, les efforts tentés par quelques hommes remarquables pour lancer brusquement leur pays dans les voies du progrès ;

Voir, dans l'Empire du Milieu, les résistances sourdes mais constantes, le plus souvent passives, toujours opiniâtres, que l'esprit chinois oppose aux envahissements moraux, politiques et commerciaux de l'Europe, — voilà le but du voyage ou plutôt de la promenade que je compte faire autour du globe. Je ne visiterai pas les Indes. Mon temps est trop limité. Ce sera

1

dans un autre voyage, si Dieu me laisse vie et santé, que j'examinerai les effets sortis, pendant le cours d'un siècle, du contact d'une grande nation chrétienne avec les millions d'Hindous et de Musulmans soumis à sa domination.

Chemin faisant, je compte m'amuser, c'est-à-dire voir des choses curieuses et pour moi nouvelles, et chaque soir j'inscrirai sur mon calepin ce que j'aurai vu et ce qu'on m'aura dit dans la journée.

Ceci bien entendu, fermons nos malles.

13 mai 1871.

CHUTE DE LA MERCED (NEVADA FALL).

I

AMÉRIQUE

CORK.

I

DE QUEENSTOWN A NEW-YORK

Départ. — Le repos dominical à Queenstown. — Les émigrants à bord du *China*. — Inconvénient de la navigation au
nord du 41ᵉ parallèle. — Débarquement à New-York.

14 mai. — Queenstown, le port de Cork, le point de départ des grands vapeurs qui entretiennent entre l'Europe et le nouveau monde une communication presque journalière, ne m'a
jamais paru plus séduisant qu'au moment où je devais le quitter. Le temps délicieux, un ciel
vaporeux mais sans nuages et presque bleu, l'air tiède, humide, tout empreint des parfums
du printemps. Sauf les orangers, c'est la végétation, sauf le soleil plus brillant, sauf les teintes
azurées du midi, c'est le climat, le ciel du Portugal. Lorsque, ce matin, je montai à l'église qui
couronne l'une des hauteurs derrière la ville, je marchai sous une pluie de fleurs, à l'ombre de
vieux lauriers, entre des arbustes odoriférants, le long de haies toutes chargées de roses, de
jasmins, et, ce dont Cintra, la Tapada, les jardins de Lisbonne ne peuvent se vanter, sur le
gazon couleur d'émeraude, épais, velouté, de la vieille Angleterre. Le repos dominical planait
sur la petite ville. Coquettement perchée sur les flancs verts de la côte, elle mirait ses maisons
flanquées d'arbres dans les eaux, immobiles à cette heure et luisantes comme une glace, de sa
vaste baie. En l'honneur du dimanche, tous les bâtiments en rade sont pavoisés. Des collines
couvertes d'arbres magnifiques et parsemées de maisons de campagne en forment le cadre. Du

côté de la mer, un seul et étroit passage y donne accès. Il laisse entrevoir un tout petit bout de l'Atlantique. C'est là, à deux milles d'ici, que nous attend le grand Cunard-steamer. Il est parti hier de Liverpool et a touché Queenstown pour prendre la malle et son complément de voyageurs. La fumée de ses cheminées et le mouvement des barques autour du Léviathan prouvent que l'heure du départ approche. Devant les maisons qui bordent l'eau, il y a une foule de promeneurs : des officiers en uniforme, des gentlemen, des pêcheurs endimanchés, des femmes du peuple enveloppées de mantilles noires, à la tête nue, aux gros yeux bruns qui vous regardent avec une douce et mélancolique curiosité. On est revenu des églises et on assiste à l'embarquement des passagers du *China*. Les émigrants sont les premiers. Un groupe de parents et d'amis les entoure. On échange des poignées de mains, on verse quelques larmes — ce sont des adieux pour la vie — on noye le chagrin dans un dernier verre de whisky. Un petit vapeur fait la navette entre le quai et le grand steamer. Accompagné de quelques membres du Yacht-club de Cork, le plus ancien de l'Angleterre [1], du consul d'Autriche, du curé de Queenstown et de ses vicaires, j'ai assisté à plus d'une de ces tristes scènes, auxquelles d'ailleurs l'élément comique ne manquait pas complétement. Maintenant, c'est mon tour. Le moment de l'embarquement pour une longue traversée a toujours quelque chose de solennel. La chaleur même des vœux de vos amis pour un heureux voyage vous rappelle les caprices des éléments traîtres auxquels vous allez vous confier. A trois heures, on est à bord du *China;* à quatre, en route.

17 *mai.* — Le temps parfait. Le ciel clair. L'air frais et élastique, le vrai grand air de l'Océan qui vous donne bon appétit et bon sommeil et vous fait envisager les choses du bon côté. Nous faisons tous les jours trois cent vingt à trois cent quarante milles. A bord, l'élément calédonien prédomine. Le capitaine, les officiers, les *waiters*, une partie des passagers sont Écossais. Dans la grande cabine, nous sommes peu nombreux. Mon voisin, à table, est le général K. de l'armée des États-Unis, qui voyage avec sa fille. Il a vu du service dans les forêts vierges de Californie, d'Idaho, d'Arizona, chassant avec les Peaux-Rouges ou leur donnant la chasse, selon les exigences variées des circonstances et de la variable politique de son gouvernement. Quel dommage de ne pouvoir sténographier ses récits si palpitants d'intérêt, marqués au coin de la vérité, débités avec la simplicité et la modestie de l'homme d'action !

Pour me transporter, d'un seul pas, des déserts d'Amérique en pleine Chine, je n'ai qu'à lier conversation avec ce jeune homme en face, à l'extérieur distingué, à la toilette recherchée, aux manières du plus grand monde. C'est un des princes-marchands de la factorerie anglaise de Shanghaï. Il me fait avec une lucidité remarquable un tableau succinct du commerce et des intérêts britanniques en Chine. Sa manière de voir est celle de plus d'un résident européen de l'extrême Orient. Il faut ouvrir l'Empire du Milieu aux bienfaits de la civilisation à force de coups de canon, tuer un grand nombre de Chinois, tous les mandarins et tous les lettrés, et se faire ensuite payer de grosses indemnités.

Mais passons au Mexique ! Voilà mon homme : un petit brun, moitié Espagnol, moitié Indien. Son teint et son linge laissent à désirer sous le rapport de la fraîcheur. C'est un marchand de Monterey sur le Rio-Grande. Il a le don de la parole et il en fait volontiers usage. A l'en croire, rien ne serait pittoresque comme les rizières du Texas, rien ne serait civilisé comme la vie des ranchos solitaires du Paso-del-Norte. Chihuahua, sa patrie, est un second Paris. Sous bien des rapports, il le dépasse. Quant à la fièvre jaune, elle n'a jamais pénétré dans ces régions privilégiées ; d'ailleurs elle vaut mieux que sa réputation ; elle purifie et renouvelle le sang. Ceux qui en réchappent sont frais, dispos et vigoureux ; c'est pour eux un brevet de vie. Mais, à

[1] Fondé en 1727.

QUEENSTOWN

travers ces licences poétiques, effets d'une imagination andalouse jointe à un patriotisme fougueux, percent un esprit pratique et une connaissance solide des hommes et des choses de son pays. Ses appréciations sont piquantes ; ses anecdotes, parfois un peu vulgaires, mais toujours pleines de verve. Quand il parle de l'empereur Maximilien, ses petits yeux s'animent et son langage s'ennoblit. Ce prince infortuné, martyr de sa cause et, en mourant, héros, s'est entouré, par sa fin tragique, d'une auréole qui durera ; il est déjà devenu, dans le pays qu'il a voulu régénérer et qui l'a immolé, une de ces figures légendaires qui grandissent avec le temps et se perpétuent à travers les générations. L'impératrice aussi n'est pas oubliée. Ses œuvres philanthropiques subsistent toujours. Ses asiles d'enfance dirigés par des sœurs de charité ont survécu au crime de Queretaro.

Il y a encore à bord une demi-douzaine de jeunes Yankees. Ce sont des hommes d'affaires, et ils semblent tous sortis du même moule : la taille élevée, les épaules étroites, la poitrine plate, les yeux intelligents, scrutateurs, inquiets, la bouche fine et l'expression sarcastique. Ils sentent l'argent qu'ils ont ou qu'ils auront, n'importe au prix de quels efforts.

Comme le temps est beau, l'avant-pont regorge d'émigrants, hommes, femmes, enfants, assis, blottis, étendus sur le plancher. Si c'étaient des hommes du Midi, des paysans des monts latins, quelles belles études à faire ! Mais ces groupes n'ont rien de pittoresque. Sauf les mantilles noires des Irlandaises, tout le monde porte le vêtement prosaïque du prolétaire. L'indifférence et la résignation se lisent sur ces physionomies altérées par un excès de travail ou par le dénûment. Il y a pourtant un peu de gaieté. Les jeunes gens chantent en chœur ou font la cour aux jeunes filles qui tricotent. Quelques ouvriers alsaciens qui ne veulent pas redevenir Allemands, me demandent conseil sur le choix de leur future résidence. Iront-ils dans le Nord, au Sud, dans le *Far-West*? A quel état se vouer? Comment faire pour ne pas mourir de faim au débotté dans les rues de New-York? De la géographie de leur nouvelle patrie, ils n'ont que de faibles notions ; de la manière d'y vivre, de s'y procurer une existence, aucune. Quelle insouciance ! Et cependant il paraît que c'est là le cas de la majorité des émigrants. On se sent malheureux, et l'on se dit : Allons en Amérique ! On vend le peu d'effets qu'on possède, et, après avoir ramassé de quoi payer la traversée, on part.

Un vieillard octogénaire, beau type du patriarche, appuyé sur le bras de deux jeunes gens de bonne apparence, traverse le pont. Son maintien est digne, ses manières respectables. C'est un paysan anglais, un *Sommersetman*. — « *Sir*, me dit-il, c'est bien tard pour émigrer, mais je laisse là misère en Angleterre, et j'espère trouver au moins le pain dans le nouveau monde. Voici mes petits-fils — me montrant les deux garçons avec une expression de tendresse, de confiance, de fierté. — Leur père et ma fille sont restés dans le village. Je ne les reverrai plus. » — Et il se met à rire. Je regarde d'un autre côté. Il profite de l'occasion pour passer la manche de sa jaquette sur ses yeux mouillés.

La bibliothèque du bord est bien pourvue : les auteurs classiques anglais, des œuvres d'histoire, quelques revues et les romans de Walter Scott. Mais les livres que j'aime surtout à feuilleter, ce sont mes compagnons de voyage, appartenant à toutes les parties du globe et à toutes les classes de la société. Les matinées se passent donc à merveille. Les repas sont parfaits au point de vue des matières premières. Pour la cuisine, le service, l'aménagement des chambres, c'est la vieille Angleterre d'avant le bill de réforme. Je ne m'en plains pas ; je constate le fait. Messieurs les directeurs du Cunard sont essentiellement conservateurs. La partie la moins agréable de la journée, c'est la soirée. Il est difficile de lire à la lueur incertaine d'une bougie dont la flamme est agitée par un courant d'air arrivant directement du pôle, assez vif pour vous donner des rhumatismes, pas assez pour emporter les exhalaisons alcooliques du souper. Quant à votre cabine, dans ces parages et dans ce mois de mai, comptez y trouver la température d'une glacière.

20 mai. — Pendant ces deux jours derniers, de forts coups de vent de l'O.-S.-O. Les Anglais appellent cela *double-top-reef-breeze*. Plus tard, cette prétendue brise dégénéra en *half-gale*, une demi-tempête. Aussi longtemps que l'écume blanche des crêtes descend en forme de cataracte sur le flanc de la vague, c'est une double brise de *top-reef*. Quand, fouettée par le vent, l'écume s'enfuit horizontalement, il y a tempête. L'aimable capitaine eut la bonté de m'expliquer tout cela en souriant. Ce ne sont pas les vents ni les vagues qui le préoccupent, c'est le brouillard et la glace que, dans cette saison, on est presque sûr de trouver sur les « bancs ». Mais, hier soir, le beau temps s'est rétabli. Nous vîmes une aurore boréale, et ce matin le spectacle bien autrement saisissant d'un grand iceberg. Il voguait à côté de nous, à environ un mille de distance. Toute blanche, tachetée de déchirures vertes, se terminant en deux pics, cette masse de glace roulait lourdement sur la houle qui, tout en l'agitant, venait se briser avec fureur contre ses flancs escarpés et luisants. Un sourd grognement, semblable au tonnerre, venait frapper notre oreille, malgré le bruit de la machine. Le froid et pâle soleil des arctiques nous inondait de ses lueurs sinistres. C'est beau, c'est sublime, ce n'est pas rassurant. Nous voici au milieu des bancs de Terre-Neuve. Ce soir nous doublerons le cap Race. Par un bonheur exceptionnel, l'atmosphère est claire. Mais, si nous avions, ce qui est la règle au mois de mai, trouvé du brouillard et donné contre ce rocher flottant de glace qui s'est si peu dérangé pour nous laisser passer ! Quoi alors ? — Oh ! disait le capitaine, en deux minutes nous étions coulés ! — Et voilà le côté mauvais de ces traversées. C'est pour la troisième fois que je la fais dans l'espace de dix mois, et presque toujours le ciel noir et du brouillard épais. De là l'impossibilité de prendre le méridien, puisqu'on n'aperçoit ni soleil ni horizon. Mais telle est l'expérience des capitaines qu'ils trouvent leur chemin *by dead reckoning*, c'est-à-dire ils découvrent, par des calculs constants et minutieux, la résultante du cours et de la vitesse des bateaux et de l'action si variable pourtant des courants. Si, au lieu de chercher au Nord les méridiens plus petits, ce qui est un moyen d'abréger le voyage, on suivait modestement le cours méridional, on rencontrerait moins de glace et pas de brouillard, et les dangers seraient bien amoindris : on ne risquerait pas de heurter contre des icebergs, ni de faire disparaître à jamais, en passant sur elles, les barques de pêcheurs si nombreuses sur les bancs. Le sifflet d'alarme, cet utile et agaçant instrument, a beau pousser de minute en minute ses sons rauques et lugubres, il n'empêche pas tous les accidents, bien plus fréquents qu'on ne pense. Si on parvient à sauver un homme de l'équipage ou à découvrir le numéro du bateau qu'on a coulé bas, le capitaine fait son rapport et la compagnie paye l'indemnité. Mais, si le choc a eu lieu la nuit et que la barque ait péri corps et biens, il est impossible de vérifier le nom du bâtiment ; le grand Léviathan passe outre, et tout est dit. L'argent est mauvais philanthrope. Les compagnies doivent lutter de vitesse. Chaque départ de Queenstown et de New-York est exactement enregistré par les journaux. Il en est de même des arrivages. De là cette course frénétique au clocher. En Angleterre, l'opinion publique s'est plus d'une fois récriée contre ce système, et le *Times* n'a pas dédaigné de prêter à ces réclamations l'autorité et la publicité de ses colonnes. Si on suivait le cours méridional (au sud du quarante-deuxième parallèle), on prolongerait, il est vrai, la traversée d'un ou de deux jours, mais on rentrerait dans les conditions ordinaires de toute navigation au long cours. La perte de temps serait plus que compensée par l'absence relative de dangers. Il faudrait à cet effet que toutes les compagnies, d'un commun concert, qui malheureusement n'a pu s'effectuer jusqu'à présent, abandonnassent la route du Nord. Aujourd'hui, c'est à leur rivalité qu'est due une grande partie des accidents. Les Cunard, il est vrai, qui n'ont jamais perdu ni un bateau ni un passager, et les steamers des deux compagnies allemandes ne laissent rien à désirer : des capitaines hors ligne, des officiers choisis avec soin, les uns et les autres connaissant parfaitement cette partie de l'Atlantique, l'équipage composé d'hommes d'élite, des chefs-d'œuvre de machines démontées et examinées après chaque

LE CHINA PAR LE GROS TEMPS (DOUBLE TOP-REEF-BREEZE).

voyage, enfin toutes les garanties humaines possibles. Et cependant, les accidents, bien que rares quand on les juge au point de vue du danger à courir, sont fréquents en comparaison des sinistres qui ont lieu sur d'autres routes, et du nombre de paquebots affectés à ce service, l'un des plus difficiles et des plus périlleux de toutes les navigations périodiques et régulières du globe. L'hiver est redouté à cause des tempêtes. Mais mars, avril et mai constituent réellement la mauvaise saison. A cette époque, les courants charrient des blocs détachés de la banquise de Terre-Neuve, qui descendent vers le gulfstream du Mexique, ont de la peine à le traverser et s'accumulent par conséquent sur la limite des eaux chaudes et des eaux froides dont le contact produit le

brouillard. Plus tard, en juin et juillet, arrivent, des latitudes plus élevées de la mer arctique, les icebergs de l'année précédente. Plus considérables que les fragments de la banquise, et tirant plus d'eau, ils avancent très-lentement, mais traversent aisément le gulfstream, ce qui prouve le peu de profondeur de ce dernier et l'existence d'autres courants sous-marins. Parfois ils échouent sur les bas-fonds des bancs de Terre-Neuve, et, formant des écueils qui ne se trouvent pas marqués sur la carte, y restent pendant des semaines. Ceux qui ont cinglé vers le sud ne tardent pas de fondre.

Les septième et huitième jours sont, pour les paquebots qui se rendent en Amérique, les plus difficiles. Ils traversent alors le large canal tout ouvert vers le pôle entre l'Islande et les côtes du Labrador. C'est la région boréale par excellence, la région des brouillards constants et la grande route des icebergs. A peine a-t-on perdu de vue les terres d'Islande, que les marins vous entretiennent déjà de ces septième et huitième jours, comme les médecins parlent des jours critiques de certaines maladies. Jusque-là, tout est indifférent. Après, la glace n'est plus à craindre ; mais ces deux jours !

L'année dernière, en juillet, je me trouvais à bord du *Scotia*, un des meilleurs bateaux des Cunard. Quoique nous fussions au cœur de l'été, nous n'avions, du cap Clear à Sandy-Hook, aperçu le soleil qu'une seule fois et seulement pour quelques instants. Un brouillard impénétrable nous attendait sur les bancs de Terre-Neuve. Au milieu du jour, il faisait presque nuit. C'est à peine si, du centre du pont, on devinait plus qu'on ne les distinguait les quatre *watchmen* sur l'avant. Pendant que l'air s'épaissit, le thermomètre indique un refroidissement soudain de l'atmosphère et de l'eau. Il y a donc de la glace près de nous. Mais où ? Toute la question est là. Ce qui m'étonne, c'est qu'on ne ralentisse pas la course. Mais on me dit que le bâtiment obéit au gouvernail en raison de la vitesse. Pour tourner la glace, il ne s'agit pas seulement de l'apercevoir, il faut encore être en mesure de virer de bord en temps utile, ce qui suppose une certaine docilité du bateau, laquelle suppose un certain degré de vitesse. Ainsi, comme cela arrive souvent dans la vie, en affrontant le péril on se ménage une chance de salut.

Je tâche de gagner la proue, ce qui n'est pas facile. Nous embarquons beaucoup d'eau, et au vent contraire, assez fort, s'ajoute la brise causée par notre marche. Nous filons plus de quinze nœuds. J'avance péniblement, luttant avec les éléments, avec le courant d'air qui me renverse presque, avec la mer qui déferle. Un des officiers me tend une main secourable.

« Vous voyez, dit-il, ce rideau jaune devant nous. S'il masque de la glace, et que ces quatre gaillards aux yeux de lynx la découvrent, supposons à un demi-mille de distance, c'est-à-dire deux minutes avant de nous y briser, nous aurons juste le temps de virer de bord, et alors tout sera bien, *all will be right.* »

Je lui faisais mon compliment. J'admirais son sang-froid et la précision de ses calculs scientifiques, tout en regrettant un peu les latitudes laissées au jeu du hasard. Puis je continue, et me voilà enfin arrivé près des quatre marins qui, dans ces moments critiques, tiennent nos destinées entre leurs mains, ou plutôt dans leurs yeux. Ce sont de beaux spécimens de la race anglo-saxonne, de vrais colosses aux épaules carrées, au teint jadis blanc et rose, aujourd'hui bronzé par le hâle, au nez aquilin, à la chevelure rousse, dont quelques boucles, furieusement agitées par le vent, s'échappent sous les bords rabattus du *southwester*. Les bras croisés sur la poitrine, ils se tiennent droits comme des statues clouées sur le pont. Les lois de la gravité n'existent pas pour eux. Toutes les facultés de leurs âmes semblent se concentrer dans leurs regards perçants, vifs, brillants, fixés sur ce rideau jaune qui cache l'inconnu. Avec l'immobilité de ces quatre grands corps contrastent l'expression légèrement émue de leur physionomie et la violente agitation de la nature. Ils sont l'image de la santé, de la force, de la discipline, de l'habitude du danger.

21 mai. Dimanche. — Nous avons atteint les parages de la Nouvelle-Écosse. La journée est splendide. L'Océan roule majestueusement ses longues vagues aplaties qu'aucun vent ne tourmente. Elles reflètent le soleil qui est radieux, le ciel qui laisse, par ses teintes bleu opaque, deviner la proximité d'un continent. Sur la mer, dans l'air, sur le pont, le calme s'est fait. La nature a pris ses vêtements de sabbat. Les passagers, réunis dans la grande cabine, assistent à l'office, lu, en l'absence d'un ministre, par le docteur du bord. Puis ils chantent en chœur. Assis sur la dunette, j'écoute de loin. Les voix écossaises un peu stridentes, les notes un peu fausses des voix nasillardes des Yankees sont corrigées par la distance et le plein air. Elles se mêlent doucement et solennellement à l'accompagnement de la brise et de la houle.

Dans l'après-midi la scène change. De nouveau, du brouillard. Il tombe soudainement en forme de rideau de crêpe noir. Le ciel s'obscurcit comme sur la scène. Le soleil, tantôt si lumineux, ressemble à une faible flamme rousse près de s'éteindre. Bientôt il disparaît Le vent souffle

BANQUISE DE TERRE-ADÉLIE.

avec violence et le pont se couvre de flocons de neige et de glace. Ici il n'y a plus ni banquises]ni
icebergs à craindre. Mais nous sommes sur la grande route de New-York. Peu de barques de
pêcheurs, en revanche grand nombre de voiliers, tous dirigés vers ce port ou en venant. Cinq
cents milles, il est vrai, nous séparent encore de l'embouchure de l'Hudson ; cependant, comme
chacun affectionne la ligne droite parce qu'elle est la plus courte, l'Océan, si vaste en théorie,
se réduit, dans la pratique, à une rue longue de trois mille milles, mais fort étroite, beaucoup trop
pour le nombre des passants. Sur ce parcours se trouvent en ce moment cinq grands paquebots
tous partis de New-York hier dans la journée. Heureusement ils sont encore loin. Mais les voiliers ! Grelottant de froid, nous nous sommes réunis au *hatch-way*, sorte de petit passage sur

LE BROUILLARD.

le pont, où on dispense aux matelots leurs rations d'eau-de-vie et qui, à bord des Cunard, sert aux
passagers de salle à fumer. C'est là que nous débattons les bonnes et les mauvaises chances de
notre situation. Le capitaine entre pour quelques instants. L'eau ruisselle sur ses vêtements de
caoutchouc, sa barbe ressemble à un glaçon. Il allume un cheroot et se donne la satisfaction
inoffensive de maudire le temps qu'il fait. Il est dans le cas d'un homme qui court à toutes jambes
dans un couloir parfaitement obscur sans savoir s'il y a des marches, et à peu près sûr que
quelque autre court en sens inverse. Je n'ai jamais et nulle part vu l'air aussi opaque que ce soir,
et c'est à la vitesse de treize nœuds et demi que nous nous lançons au-devant de l'inconnu ! Ce sont
les mauvais moments des commandants des bateaux atlantiques. S'il y a rencontre, les proprié-

taires du bâtiment avarié ou perdu portent plainte. Si le résultat du procès est défavorable pour la compagnie, elle doit payer les indemnités et se revanche sur le capitaine. En mer, il a risqué sa vie ; sur terre, il y va de sa réputation et de sa fortune. Quel rude métier et quelle vilaine chose que ce brouillard ! Mais, quant aux passagers, le capitaine Mac-Aulay les rassure. « Nous sommes les plus forts, dit-il, aucun voilier ne tiendra tête au *China*. S'il y a quelqu'un cette nuit de coulé bas, ce ne sera pas nous. » Ces paroles consolantes rendent à la compagnie toute sa sérénité. Chacun emporte dans sa cabine froide la conscience de sa force et de son impunité. Chacun est fermement résolu à écraser impitoyablement les malheureux qu'il rencontrerait sur son chemin. C'est dans cette disposition farouche que, malgré les gémissements incessants du sifflet d'alarme, nous cherchons et trouvons le sommeil du juste.

23 mai. — Le brouillard et le sifflet nous ont tenu compagnie pendant trente-six heures ! Ce matin nous avons revu le soleil et aperçu la terre. En ce moment-ci, huit heures du soir, le *China* est à l'ancre à la station de la quarantaine. Il fait encore jour ; mais, par une analogie frappante avec leurs confrères d'Europe, le médecin et l'officier qui nous donneront la pratique soupent en ce moment au sein de leur famille et n'aiment pas à être dérangés. Ce ne sera donc que demain que nous foulerons le sol d'Amérique. On nous prévient d'ailleurs que ces messieurs ne viendront à bord qu'après leur déjeuner, que les formalités de la douane prendront deux à trois heures, et que nous ne débarquerons pas avant midi. A mon dernier voyage, les choses se sont passées exactement de la même façon. On ajoute ainsi quatorze à dix-huit heures à la durée de la traversée. C'était bien la peine de nous faire courir par les glaces et les brouillards, au risque de nos jours, avec une vitesse de quatorze nœuds à l'heure. Mais il paraît que les allures bureaucratiques sont les mêmes dans les deux hémisphères. Mon patriotisme se réjouit de nous voir si peu distancés dans le pays du progrès.

RADE DE NEW-YORK

NEW-YORK, VUE PRISE DU CIMETIÈRE DE GREENWOOD.

I I

NEW-YORK

DU 24 AU 29 MAI

Broadway. — Wallstreet. — Fifth-Avenue. — Influence de New-York sur les destinées de l'Amérique du Nord.

A New-York, tout est intéressant. Je ne dis pas que tout me charme. On ne se lasse pas de contempler l'activité constante, surexcitée, fiévreuse, qui, pendant la matinée, règne à Broadway et à Wallstreet, la vie élégante qui, vers la chute du jour, anime la belle et imposante Cinquième Avenue, sillonnée alors par des flots de piétons désœuvrés et de nombreux équipages. Le luxe de voitures dont beaucoup étalent sur les portières de grands écussons, de trop riches livrées, des *carrossiers* de grands prix, les toilettes un peu mirobolantes des femmes, mieux traitées par la nature que par leurs couturières : tout l'ensemble de ce spectacle pique votre curiosité plus qu'il ne vous satisfait peut-être. On tâche de découvrir le lien moral entre ce faste qui, sur ce sol républicain, ne craint pas de se montrer au grand jour et la soif de l'égalité qui est le principe moteur, le but, l'aiguillon, la récompense et le châtiment des sociétés démocratiques. Sans doute, ce monde fashionable n'est que toléré par le prolétaire, par l'homme en blouse qui le coudoie assez rudement, par l'homme du quatrième état, comme on dirait en Europe ; mais cette tolérance s'explique par l'espoir que chacun a conçu, et qui dans ce pays-ci n'est pas tout à fait chimérique, d'arriver un jour au même degré de prospérité, de voir sa femme, qui aujour- d'hui blanchit du linge ou rince des bouteilles dans quelque *gin palace*, étendue nonchalamment le lendemain dans un beau landau, de mener soi-même son gig attelé d'un cheval fringant qui a coûté cinq mille dollars, de s'entourer en un mot de toutes les jouissances matérielles dont l'aspect, en attendant qu'il y arrive à son tour, excite les appétits et l'activité du spectateur bien plus que son envie. C'est là ce qui distingue le démocrate américain du démocrate de la vieille Europe. Ce dernier désespère de monter en grade ; donc il tâche de faire descendre les autres. Son mobile moral est l'envie, et son action de niveler ou de détruire. L'Américain veut jouir ; pour jouir, il faut qu'à force de travail il puisse gagner de l'argent, ce qui, dans le nouveau monde, est toujours possible et souvent facile. Cela fait, il s'impose aux autres de bonne foi, il se croit devenu l'égal de tous. Il tâche donc de s'élever. Il cherche l'égalité dans une sphère supérieure à celle où il est né et d'où il part. Le démocrate européen compte arriver à l'égalité en abaissant les autres à son propre niveau. Des deux démocratismes, je préfère l'américain. Mais il paraît qu'ici-bas, en Amérique comme dans notre hémisphère, l'égalité n'est possible qu'en théorie. Cela ne m'a frappé nulle part plus qu'aux États-Unis. Revenons à notre homme en blouse qui se promène dans la *Fifth-Avenue* entre cinq et six heures du soir. Le spectacle qui se déroule sous ses yeux le fascine sans l'irriter. Il regarde avec une vive et joyeuse émotion. C'est qu'il espère que tout ceci sera un jour à sa portée. Mais cette espérance ne pourra se réaliser qu'à demi. Il lui est possible de faire une grande et princière fortune, de lutter de luxe avec les richards de Wallstreet. Il lui sera difficile, sinon impossible, de pénétrer dans certaines régions. Aux rares relations qu'il aura avec les hommes qui y appartiennent, il ne tardera pas à reconnaître son infériorité. Son fils ou son petit-fils sera peut-être admis un jour, lui-même reste exclu. Mais, comme il forme la majorité, il ne se décourage pas. A force de lutter sourdement, ouvertement, parfois brutalement, il poursuivra, sans jamais pouvoir l'atteindre, l'idéal de l'égalité intellectuelle et sociale.

Il en résulte ceci : les gens à l'esprit cultivé, aux mœurs élégantes, au goût des traditions historiques et par conséquent des choses d'Europe, se dérobent dans une certaine mesure à la vue du public, forment un monde à part, fuient, parce qu'il leur est hostile, le contact avec la vie réelle, avec les grandes activités qui exploitent ce continent immense, qui en découvrent et font valoir les trésors, qui créent toutes ces merveilles que nous admirons avec raison. Il est permis d'étaler un luxe effréné, parce que les biens matériels sont accessibles à tous. Il n'est pas permis d'exposer aux regards de la multitude qui sent qu'elle ne pourra jamais s'élever à ces hauteurs le spectacle des jouissances de l'esprit et des raffinements des mœurs. Ces trésors sont soigneusement cachés, comme les juifs du moyen âge cachaient, comme les hommes considérables de l'Orient cachent encore l'opulence de leur foyer derrière des murs d'enceinte de pauvre apparence.

Cela fait qu'aux États-Unis nous rencontrons plus souvent des hommes prétentieux et vulgaires que des gens comme il faut. De là l'opinion si généralement répandue en Europe, et c'est une erreur, que l'Américain du Nord ne sait pas vivre. La vérité est que les parvenus — mais parvenus le plus souvent grâce à leur intelligence, à leur courage, à leur activité — que ces hommes remarquables qui ont eu le temps de faire fortune, mais qui n'ont pas trouvé le moyen de faire eux-mêmes leur éducation, qui sentent leur valeur et souffrent en même temps de se voir exclus du commerce de leurs supérieurs, supérieurs par l'éducation, par les habitudes et par les manières — la vérité est que ces hommes s'imposent partout, tandis que les vrais gentlemen et les vraies ladies mènent une vie comparativement retirée, qu'ils protestent par leur absence contre cette prétendue égalité, et constituent, dans les grandes villes de l'Est, surtout à Boston et à Philadelphie, une société plus exclusive que ne le sont les coteries les plus inaccessibles des cours et des capitales d'Europe.

Dans sa physionomie, New-York reflète d'une manière frappante les traits caractéristiques

du grand territoire de l'Union. On dirait que la vie intellectuelle, morale et commerciale de l'Américain se condense ici pour rayonner ensuite à travers les espaces immenses qu'on appelle les États-Unis.

Broadway est le représentant et le modèle des grandes artères qui relient les différentes portions du continent et jusqu'aux deux Océans. Les grands *thoroughfares* de la Cité de Londres, les boulevards de Paris, la Ringstrasse et le dédale des rues et des ruelles de Vienne sont tout ou presque tout aussi animés que Broadway, mais leur animation est principalement due aux besoins de la ville qu'ils traversent, tandis que la grande artère de la métropole américaine est plus qu'une rue : c'est une route, une route royale qui mène au loin, qui mène partout. Après

BROADWAY.

avoir déversé, à droite et à gauche, hommes et marchandises, il lui en reste encore assez pour alimenter les chemins de fer qui traversent le continent. Les personnes que nous apercevons dans ces véhicules innombrables sont des voyageurs plutôt que des passants. Ils ont l'air inquiet plus qu'affairé. On dirait que tout le monde craint de manquer son train. Sans doute New-York est une vraie ville dans le sens européen du mot, comme Londres, comme Paris, comme Vienne. Mais New-York est plus qu'une ville, c'est en même temps une immense station de chemin de fer, un *dépôt*, comme on dit en Amérique, de voyageurs et de marchandises, où se rencontre une population flottante assez considérable pour imprimer à sa physionomie le cachet de l'agitation, de la préoccupation, de l'imparfait et du provisoire qui forme un des traits caractéristiques de toutes les villes d'Amérique. Somme toute, Broadway représente le principe de la mobilité.

Passons à Wallstreet. C'est le quartier de la haute finance. Ici la ressemblance avec la Cité de Londres est incontestable. Les édifices qui sont des maisons de banque, la foule qui se presse dans les rues, l'air qu'on respire, tout sent les millions. Cependant l'analogie avec l'Europe n'est pas complète. De mille petits symptômes, je n'en cite qu'un seul : votre banquier ne vous paye pas la somme que vous lui demandez, quelque peu considérable qu'elle soit. Il fait jouer le télégraphe, et, après quelques minutes, l'argent vous est apporté de la banque publique où les fonds de sa maison sont déposés. Rien de plus louable que cette pratique ; car les banques sont de vraies forteresses qui rendent l'escalade et l'effraction impossibles, et qui, surtout en temps d'émeute, s'il y avait encore des émeutes à craindre à New-York, ce dont je doute, donneraient de sérieuses garanties. Mais l'argent est poltron. Il est vrai qu'il est en même temps sagace, et qu'il fait comme tout le monde en Amérique : il pourvoit lui-même à sa sûreté, comme le *backwoodman*, en transportant ses pénates sur les limites de la civilisation dont il est le pionnier, commence par construire un *blockhouse*, comme l'officier chargé de surveiller ou de contenir les Peaux-Rouges, à chaque bivouac, se retranche avec ses hommes derrière des gabions et des fossés.

Nous voilà dans la Cinquième Avenue et, par conséquent, loin du quartier industriel. Ici l'œil se délecte dans la contemplation des richesses acquises. N'examinons pas trop scrupuleusement la valeur artistique de l'architecture pompeuse, surchargée, prétentieuse des édifices qui, à perte de vue, étalent leur magnificence. Ce style d'un goût contestable a d'ailleurs pénétré en Europe et s'y répand de plus en plus. Belgravia de Londres, la Ringstrasse de Vienne en donnent la meilleure idée. Les architectes de M. Haussmann aussi y ont puisé leurs inspirations, en essayant d'amalgamer ces deux Renaissances, la Renaissance française et celle toute moderne d'outre-mer. C'est le mignon de Henri III qui tourne au yankee. Mais revenons à *Fifth-Avenue*. De petits jardins, des touffes vertes tachetées, dans ce beau mois de mai, de blanc, de rouge, de rose, de lilas, enguirlandent les maisons et leur donnent un aspect idéal et poétique. Dans ces groupes d'arbustes, de plantes grasses, de fleurs grimpantes, de pelouses mignonnes coquettement encadrées de balustrades de marbre, il y a de jolis détails. On aime à s'y arrêter et à ne pas trop regarder les façades trop riches et trop historiées pour être belles. Dans son ensemble, *Fifth-Avenue* présente des perspectives grandioses et, dans quelques endroits, offre le spectacle d'un paysage charmant.

Mais ce qui me frappe surtout à New-York, ce sont les nombreux édifices consacrés aux cultes les plus divers. Je ne parle pas de la grande église gothique que les Irlandais font construire en ce moment et dont l'origine appartient évidemment à un autre ordre de choses et à un autre ordre d'idées. Ce sont les petits temples de toute dénomination, bâtis souvent avec un grand déploiement de luxe, dans tous les styles possibles et impossibles, qui fixent mon attention et piquent ma curiosité. De modestes dimensions, ils paraissent encore plus restreints qu'ils ne le sont à côté des habitations monumentales et comparativement vastes qu'ils coudoient. En Europe, le corps massif de la cathédrale, les clochers, les frontons et les toits élevés des autres églises se profilent sur le ciel, dominent les demeures des fidèles, donnent à chaque ville, vue de loin, son cachet particulier. A New-York, c'est tout le contraire. Contemplée de la rivière ou de Jersey-City où l'on débarque en venant d'Europe, cette métropole déroule devant vous ses masses énormes de briques rouges, grises, jaunâtres. Deux ou trois clochers, tout au plus, s'élèvent au-dessus des toits qui à cette distance se confondent, semblent tous de la même hauteur et se détachent du ciel par une seule et immense ligne horizontale. Les Européens qui arrivent pour la première fois se demandent comment deux ou trois églises peuvent suffire à un million de chrétiens. Ils reconnaissent leur erreur en pénétrant dans la ville, surtout dans les régions de la Cinquième Avenue où la vie des affaires s'éteint, où elle ne domine pas au moins exclusivement, où elle

cède le pas et donne de l'espace aux distractions, au repos, à l'étude et un peu aussi à la
méditation et à la prière. Non que toutes ces petites églises impriment à *Fifth-Avenue* ce
cachet de sainteté ou de recueillement qui manque rarement de nous frapper quand nous traversons le parvis d'une de nos cathédrales. Loin de là, le *sanctitas loci* fait complétement défaut
à cette grande et mondaine avenue. Les petites constructions, bien que riches, consacrées au
culte n'en forment pour ainsi dire qu'un accessoire. Elles ne sont ouvertes que pendant le service,
et le service ne se fait, je crois, que les dimanches. Mais elles existent, et, quelque modestes
qu'elles soient, elles constatent l'existence d'une religion quelconque au fond du cœur de ces
richards qui, pendant qu'ils créaient leur fortune par le travail, avaient peu de temps à donner aux

aspirations de l'âme, mais qui se rappellent en avoir une depuis qu'ils sont devenus millionnaires.
Soit par conviction et par un besoin réel, soit par un sentiment de convenance, de *respectability*,
ils contribuent alors largement à la formation d'une communauté et à la construction d'une
église.

Dans une société dont la partie la plus jeune, la plus énergique, la plus importante, se livre
à une course au clocher permanente, il est clair que la vie intérieure est comme assoupie. Elle
semble morte, mais elle ne l'est pas. De temps à autre elle se réveille. Les sommes considérables
données pour l'érection de temples, les *revivals*, ces réunions populaires dans les forêts vierges
et dans les prairies du *Far-West* où la soif de consolations éclate avec une violence extrême,
saisit les masses comme une épidémie, produit les scènes les plus fantastiques, tantôt tragiques,

4

tantôt burlesques — ces *revivals* et les nombreuses églises de *Fifth-Avenue* sont deux manifestations diverses du même esprit, de l'esprit religieux, endormi, opprimé, contenu, mais non
exterminé par le culte du veau d'or qui est la religion officielle, la religion d'État du commis,
du mineur, du roulier, du colporteur, en un mot du chercheur de fortune de la jeune Amérique.

Malgré une température caniculaire, nous continuons notre promenade dans les rues de
New-York, tantôt en voiture, tantôt en *car*, tantôt à pied. Ce qui fixe mon attention, cette fois-ci
encore plus qu'à ma première visite, et que je n'ai trouvé relevé dans aucune description de
New-York, c'est que cette ville, je l'ai dit plus haut, imprime son type à tous les centres de
population de l'Union. La prépondérance qu'elle exerce se fonde sur une force de centralisation
à laquelle ne sauraient résister ni l'esprit et la législation autonomes des États, ni l'extrême
mobilité qui est l'essence de la société américaine, ni les espaces presque illimités dont cette
nation dispose et qu'elle s'ingénie à conquérir. Je pourrais multiplier les exemples, mais le
moyen d'écrire par une chaleur de + 30° R. !

Je viens de parcourir un grand quartier d'assez ordinaire apparence, habité presque exclusivement par les Allemands. C'est là que les émigrés de cette nation, les arrivés de la veille, sont
accueillis, hébergés, renseignés avant de se diriger vers l'Ouest. Ils apportent toute fraîche
l'atmosphère du *Vaterland*. Ils renouvellent celle de leurs compatriotes qui résident ici, et ils
les empêchent de se transformer complétement en Yankees. Ceux-ci, de leur côté, plus ou
moins revenus des aspirations républicaines qui forment un si puissant élément dans l'émigration
allemande, s'étudient, dès l'abord, à désillusionner les nouveaux débarqués, à leur faire
entrevoir la réalité des choses, à les préparer en quelque sorte à la nouvelle existence qui les
attend. C'est toute une métamorphose qui s'opère, et elle s'accomplit en peu de jours et
sous l'influence du milieu de cette grande métropole. Les résultats se feront sentir sur les points
les plus éloignés, dans les coins les plus reculés du continent, sous l'ombre des forêts qui
encadrent le lac Supérieur, dans les grands greniers de Minesota et de Wisconsin, dans les
prairies de Nebraska et d'Arkansas, sur les bords de la rivière Rouge du Texas, dans les ranchos
isolés de l'Oregon, au fond des gorges verdoyantes de la Sierra Nevada.

A un degré moindre, il en est de même des Irlandais. Je dis moindre, parce que l'enfant
de la verte Érin se montre moins accessible aux influences du dehors, parce que partout le Celte
se suffit à lui-même, et se ferme volontiers, en Angleterre autant qu'en Amérique et en
Australie, à l'action de la civilisation moderne. C'est d'ailleurs un fait avéré que les nations qui
sont les premières sorties de la barbarie exercent sur les races plus jeunes qu'elles sous ce rapport
une sorte de prépondérance. Sur les points où elles se touchent, ce sont toujours les premières
qui envahissent, les secondes qui sont envahies, et ceci en dépit de l'égalité qui peut exister
entre elles et même de la supériorité politique de ces dernières. Certes les conquêtes que les
aînés font sur les cadets de la famille humaine sont fort limitées, mais elles n'en constituent
pas moins un fait positif et incontestable. Ainsi, sur tout le parcours des frontières entre l'Italie
et les provinces autrichiennes, c'est l'élément italien qui gagne sur l'allemand et sur le slave,
seulement, il est vrai, sur les confins et dans des proportions minimes, mais cependant perceptibles. En Hongrie, vis-à-vis des Magyares et des Slaves, en Bohême et en Illyrie, en Pologne
et en Russie, l'Allemand est évidemment et ouvertement le colporteur de la civilisation. Celle
des Celtes remonte aux premiers siècles de notre ère, s'il est vrai, comme je le pense, que le
christianisme est le seul berceau de la vraie civilisation. A ce point de vue, ils sont les aînés des
races anglo-saxonnes et allemandes. Mais, devancés par celles-ci à tout égard, ils n'ont jamais
pu faire valoir leur droit d'aînesse, si ce n'est par une résistance passive aux influences de la vie
moderne. A New-York, grâce au suffrage universel, ils sont une véritable puissance, et même une
puissance formidable. Aux élections, ils obtiennent souvent la majorité. Dans les États, ils

forment le principal élément catholique et sont les antagonistes-nés des Allemands, pour la plupart protestants. Les émigrés de toute autre nation arrivent avec l'intention de se faire Américains ; les fils de l'île verte restent toujours Irlandais. Non qu'ils comptent revenir eux-mêmes, tout en admettant cette éventualité, ni faire revenir leurs enfants ; mais, par un lien idéal et mystique, ils restent unis à la patrie ; ils l'ont comme emportée avec eux. L'Océan qui les en sépare n'existe pas pour eux ; c'est tout au plus un ruisseau. A un jour donné, Dieu seul sait quand, ils le passeront, eux les *frères américains*, comme on les appelle en Irlande, pour apporter la liberté, non dans le sens moderne et européen des libéraux et des démocrates, mais l'in-dépendance, la séparation d'avec l'Angleterre. Ils combattront et ils vaincront. C'est de ces rêves qu'est né le fénianisme, cette conspiration insaisissable qui résiste aux *detectives* de la police et aux détachements de l'armée anglaise autant qu'aux exhortations du clergé catholique, et qui constitue pour l'Irlande non moins que pour l'empire britannique un état de malaise non exempt de dangers. Les Irlandais se laissent donc très-peu influencer par les idées et les habitudes anglo-saxonnes. Néanmoins ils ne leur échappent pas complétement, et c'est encore à New-York que l'Irlandais de l'Irlande se transforme en *frère américain*.

Les émigrés des autres nations, en traversant cette ville, subissent tous, et à un plus haut degré, des influences analogues.

A ce point de vue, la suprématie de New-York restera assurée aussi longtemps qu'elle formera la tête du pont qui relie les deux continents. Aujourd'hui l'immense majorité des émigrants, le surplus des forces que l'Europe ne peut employer dans son sein, se dirigent sur l'embouchure de l'Hudson, touchent le sol d'Amérique à New-York, y reçoivent les premières impressions et les emportent ensuite sur tous les points du continent.

UN SQUARE A NEW-YORK.

III

WASHINGTON

DU 26 AU 29 MAI

La saison morte dans la capitale officielle. — Le traité *Alabama* jugé par les Américains. — Transformation des idées et des mœurs depuis la guerre civile. — Opinions diverses sur les effets de l'émancipation des nègres. — Prépondérance croissante de l'élément noir dans les États du Sud.

Quiconque veut se faire une idée très-exacte de la capitale officielle des États-Unis sans se donner le trouble de la locomotion, n'a qu'à lire la description de M. Antony Trollope. C'est une vraie photographie; les couleurs manquent, mais le dessin et la ressemblance sont parfaits. Je regrette presque de ne pas m'en être contenté.

L'air est lourd, la chaleur étouffante. La poussière et les moustiques vous poursuivent impitoyablement. Arlington-house, l'hôtel patronné par le monde officiel, le rendez-vous des sénateurs, des hommes politiques, des solliciteurs qui abondent, est certainement un des caravansérails les moins agréables du nouveau monde. J'y passe des nuits blanches sous une moustiquaire qui a le tort de ne pas être imperméable et les heures les plus chaudes dans les salles du rez-de-chaussée ou sur la véranda. Étendus dans des fauteuils, plusieurs gentlemen tâchent comme moi de traverser le moins péniblement possible la partie la plus intolérable de la journée. Ils fument, ils chiquent, ils fixent leurs regards au plafond, mais ils ne se parlent pas. Un silence morne règne dans ces vastes pièces. On n'entend que le bourdonnement des mouches, quelquefois les pas des garçons plus ou moins colorés et des commissionnaires qui apportent des journaux, des lettres, des télégrammes. De temps à autre, des bouffées d'air chaud amènent de la rue des nuées de poussière. Une atmosphère chargée de toutes sortes d'émanations ajoute aux charmes de la matinée. On m'assure qu'à Buenos-Ayres, et même à Rio de Janeiro, l'été est moins pénible et moins dangereux pour la santé.

Aussi tout le monde s'enfuit. Le président va partir. M. Fish est parti. Le corps diplomatique et les chefs des départements suivent l'exemple. La chambre des représentants est close. Le sénat fermera au premier jour. J'ai assisté à l'une de ses dernières séances. La discussion n'était pas animée. On discutait avec calme et convenance. J'en étais même un peu désappointé; car nous autres Européens, quoique les débats dans nos diverses Chambres ne manquent pas toujours d'une certaine vivacité, nous nous figurons que, sous la coupole du Capitole américain, on passe son temps à se dire des injures et à se tirer des coups de revolver. Il n'en a rien été. Deux honorables sénateurs se combattaient avec les armes courtoises d'une déclamation creuse et sonore rappelant un peu le barreau auquel ces hommes politiques ont probablement appartenu. Ils parlaient en élevant et baissant la voix tour à tour. Dans les moments d'éloquence, ils frappaient avec l'index de la main droite sur la paume horizontalement étendue de la main gauche. Pendant qu'ils se livraient à ces joutes, leurs confrères lisaient ou écrivaient, quelques-uns sommeillaient. Personne ne parlait ni ne chuchotait, mais aussi personne ne semblait faire attention aux deux orateurs. Leur présence passait comme inaperçue.

La fin de la session coïncide avec un véritable événement, avec la conclusion d'un traité destiné à préparer la solution de la tédieuse question de l'*Alabama*, et à resserrer les liens d'amitié un peu relâchés entre la Grande-Bretagne et la République nord-américaine. Les plénipotentiaires anglais ont quitté Washington, il y a quelques jours seulement. Voilà le grand sujet de conversation. Je l'ai entendu traiter en Angleterre au moment de mon départ, pendant la traversée, à New-York, en chemin de fer, ici, partout. On ne parle guère d'autre chose. Les Anglais que j'ai vus sont unanimes à regretter quelque peu la nécessité où l'on s'est trouvé de faire des concessions, mais ils se félicitent néanmoins de voir disparaître une cause constante de méfiance réciproque et en même temps une cause éventuelle de brouille entre les deux pays. Dans leur esprit, la satisfaction l'emporte sur le dépit. Je me trompe fort, ou c'est là le sentiment qui prédomine en Angleterre.

En Amérique, les hommes politiques me paraissent incertains sur la valeur qu'on doit accorder au traité. Ils se demandent si la solution de toutes les difficultés est réellement assurée. J'ai vu quelques personnages en place, un ou deux sénateurs, le gouverneur de l'un des grands États. Évidemment leur opinion n'est pas arrêtée, ou bien ils ont des raisons pour ne pas la dire. Au sens du grand public, la convention de Washington est, de la part du gouvernement anglais, un acte de déférence, la reconnaissance de la supériorité des forces des États-Unis. L'Angleterre s'est exécutée, elle a capitulé. Ni plus ni moins. Si cette interprétation erronée se répand dans l'Union et prend racine dans les convictions des masses, les dispositions conciliantes qui ont animé les négociateurs britanniques sont évidemment mal comprises, et la convention, tout en écartant les difficultés existantes, aurait préparé les esprits à des complications futures.

Les Canadiens de leur côté sont mécontents. Pour eux il s'agit de l'éternelle question de la pêche. Ils se disent négligés par les envoyés de lord Granville, abandonnés par la mère-patrie, sacrifiés à ses intérêts. Déjà avant mon départ d'Europe, un homme d'État anglais éminent m'a dit : « La séparation du Canada n'est qu'une question de temps. Le traité que l'on vient de conclure accélérera ce moment. Avant quatre ou cinq ans, il se présentera. » Tout le monde sait combien, en Angleterre, l'opinion publique s'est, dans les derniers temps, familiarisée avec l'idée de la perte des colonies. Quiconque, il y a trente ans, aurait osé toucher cette éventualité

eût été dénoncé, s'il était étranger, comme ennemi, si Anglais, comme coupable de haute trahison. La génération actuelle se place à un autre point de vue. Elle admet comme inévitable et elle se prépare à voir s'accomplir, au premier coup de canon que la Grande-Bretagne tirera contre un ennemi étranger, la déclaration d'indépendance du Canada et de l'Australie. Les *utilitariens* y voient même des avantages ; ils parlent comme des courtisans qui trouvent moyen de féliciter leur souverain à l'occasion de la perte d'une province.

Pendant les trois jours que j'ai passés à Washington, je prenais mes repas à une petite table occupée par un couple, jeune encore et de respectable apparence. C'était le gouverneur d'un des États de l'Ouest et sa femme. Le maître d'hôtel qui, dans la salle à manger, dirige le service et distribue les places avec une autorité suprême, nous avait mis en rapport, ce qui nous permettait de lier conversation. Le gouverneur l'ouvrit par l'interrogatoire d'usage.

« Permettez-moi, disait-il, de vous adresser une question impertinente. De quel pays êtes-vous ? quelle est votre profession ? et qu'est-ce qui vous a amené dans ce grand pays des États-Unis ? Que dites-vous de notre Amérique ? C'est un beau pays, un grand pays, un très-grand pays, *a very big country.* »

On lit dans presque tous les livres publiés sur l'Amérique, principalement en Angleterre, que le Yankee est extrêmement friand de compliments sur son pays, qu'il provoque, qu'il déguste avec volupté les louanges les plus exagérées, que la moindre critique, même le silence, blessent ses susceptibilités patriotiques. Cela était vrai naguère ; mais la guerre civile a changé bien des choses. Les esprits ont mûri. Les enfants terribles, les jeunes étourdis sont devenus des hommes sérieux. On visite l'Europe plus qu'autrefois et on a l'esprit trop ouvert pour se complaire, comme par le passé, dans une vaine adoration de soi-même. C'est surtout le cas des habitants de la Nouvelle-Angleterre, où se trouvent les centres de la vie intellectuelle. Les hommes de l'Ouest, et en général les masses, sont moins avancés. Le Sud, autrefois célèbre par l'hospitalité princière et les goûts aristocratiques des grands planteurs, par les hommes politiques qu'il donnait à la république et dont il formait pour ainsi dire la pépinière, le pauvre Sud n'est en ce moment qu'un corps mutilé, saignant de mille plaies auxquelles le temps seul apportera peut-être la guérison. Il se trouve dans des conditions anormales. Je ne pourrai le visiter et le voir par moi-même. J'en fais donc expressément abstraction en parlant de l'Amérique.

Mon gouverneur, homme de l'Ouest, était évidemment de la vieille école ; je n'eus garde de froisser ses susceptibilités. Dans ces conflits des devoirs de la politesse et des exigences de la vérité, situation délicate où je me trouve assez fréquemment, on se tire d'affaire comme on peut, on prodigue les compliments et on les mitige par des critiques déguisées. Mais votre auditoire ne relève que vos exclamations d'enthousiasme, et ne prend aucune note des petites malices, des précautions oratoires par lesquelles vous tâchez timidement de satisfaire votre conscience ou d'en étouffer la voix. Au reste, j'ai souvent remarqué que plus l'étranger relève le côté brillant des choses d'Amérique, plus il disposera son interlocuteur à rentrer dans la vérité, à lui indiquer lui-même les vices de la constitution et les plaies de la société aux États-Unis.

« Oui, disait le gouverneur après avoir complaisamment avalé le plat sucré de mes compliments, oui, nous sommes une grande nation, un *glorieux* pays. Mais nous sommes malades. Nous souffrons des suites d'une enfance précoce et d'une croissance trop accélérée. Comme adolescents, nous avons poussé trop vite ; arrivés à l'âge mûr, nous avons trop embrassé et nous nous exténuons par un travail exagéré. Il est possible, il n'est pas probable que nous vivions vieux. L'Union, je le crains, n'a pas d'avenir.

« Vous me demandez, continuait-il, mon opinion sur l'émancipation des nègres. Il est impossible d'en préjuger les effets avec une entière certitude ; mais, selon toutes les probabilités, l'acte de l'émancipation a été l'arrêt de mort de la race noire. Le nègre est paresseux et imprévoyant de sa nature. Libre, il travaille peu ou pas du tout, et il ne se soucie pas du lendemain. J'admets bien des exceptions. Ainsi, depuis l'abolition de l'esclavage dans les États du Sud, les propriétaires des plantations donnent aux noirs des gages, ou, ce qui vaut mieux, leur assurent une quote-part du produit, et ce système, dans une mesure fort réduite, marche assez bien. Mais, je le répète, le nègre travailleur et économe fait l'exception. Si les dernières récoltes de coton sont abondantes, ce résultat n'est plus, comme autrefois, au temps de l'esclavage, dû exclusivement, pas même principalement, mais très-partiellement aux noirs. L'esprit de travail leur fait défaut. Ils ne pourront pas concourir avec les blancs; ils tomberont dans la pauvreté et bientôt dans la misère. Ils sont imprévoyants et ils sont mauvais parents. Ils ne se sont jamais occupés de leurs enfants. C'était l'affaire du propriétaire qui, désireux de conserver et d'augmenter son capital, sinon par humanité, du moins par intérêt, entourait des plus grands soins les négresses enceintes et leurs enfants. Aujourd'hui la mortalité de ces derniers est effrayante. D'ailleurs, une longue expérience l'a prouvé, dans les États libres, les noirs restaient numériquement stationnaires, ou bien ils diminuaient. Dans les États à esclaves, au contraire, abstraction faite des contingents fournis par la traite, la race noire augmentait dans des proportions étonnantes. Ce fait s'explique par deux causes : d'abord par celle que je viens de mentionner; les soins donnés par les propriétaires aux mères et aux enfants nouveau-nés, ensuite par la prédilection du noir, surtout de la femme noire, pour la couleur blanche. Dans les États du Sud, avant l'abolition de l'esclavage, la presque totalité des mariages se contractait entre noirs. Les unions des femmes noires avec des blancs, illégitimes et illégales d'ailleurs, formaient l'exception. Aujourd'hui, la loi ne fait plus obstacle, et l'affluence dans les États du Sud d'un grand nombre de travailleurs américains du Nord facilitera et augmentera les alliances conjugales entre blancs et noirs. Ainsi, d'un côté, les suites de la paresse et de l'imprévoyance, la misère et les maladies, surtout celles qui enlèvent les enfants, réduiront de plus en plus le chiffre des populations noires. De l'autre côté, le peu de nègres qui, par leur travail, seront parvenus à se créer une existence aisée, tâcheront de marier leurs filles avec des blancs ou du moins avec des gens moins colorés qu'eux-mêmes. Vous le voyez bien, leurs vices et leurs vertus, l'oisiveté et le travail, semblent également conspirer la perte des noirs. »

Pour moi, je me demande : les nègres travaillent-ils, oui ou non? Toute la question me semble être là. Mais, sur ce point essentiel qui est purement une question de fait, les avis sont partagés. Un homme d'État haut placé dans l'opinion publique de l'Amérique et la représentant à l'une des cours d'Europe m'a dit :

« On avait soutenu et généralement cru que les nègres émancipés ne travailleraient pas. Les dernières récoltes des cotons prouvent que, sous les régimes des gages et du partage des profits, ils sont devenus d'excellents travailleurs. On les avait dits stupides, et maintenant on voit que, doués d'une intelligence remarquable, ils ont le plus grand désir de s'instruire et de faire instruire leurs enfants. »

Le même diplomate m'a confirmé l'importance politique croissante de l'élément noir : « Les partisans de l'émancipation avaient craint que les anciens propriétaires ne parvinssent, par des voies détournées, à éluder la loi et à réduire ce grand acte philanthropique à l'état de lettre morte. Pour obvier à ce danger, on a accordé aux noirs le suffrage politique. L'une des conséquences sera que, dans les prochaines élections du Président, ils seront les maîtres de la situation et donneront la solution. Aussi, démocrates et républicains se disputent leurs faveurs et briguent leurs votes. » A quoi il est permis d'ajouter que le président Grant aussi est loin de méconnaître leur importance. Témoin la protection particulière qu'il leur accorde, et, comme suite naturelle, l'affluence constante des noirs au siége du gouvernement. Dans les États du Sud, ils ont plus ou

LE PRÉSIDENT GRANT.

moins le pouvoir en mains. Dans la Caroline du Sud, le vice-président de la législature est un homme de couleur. Notons ce que dit sur cette matière le *New-York Observer* :

« La situation dans la Caroline du Sud est presque intolérable. Elle provient de deux causes : d'abord, les noirs y sont plus nombreux que les blancs ; ensuite, les anciens planteurs se refusent à accepter le régime nouveau et à partager avec les noirs le gouvernement de l'État. Ceci fait que les noirs avec le concours des blancs nouvellement arrivés disposent de la chose publique. Sur cent vingt-cinq membres de la chambre basse de la législature, quatre-vingt-dix sont des noirs. La plupart d'entre eux sont des hommes corrompus et vénaux. Ajoutez que les propriétaires fonciers de la Caroline du Sud ont, par la guerre, perdu tout, excepté leurs terres, et qu'ils

LA MAISON BLANCHE, RÉSIDENCE DU PRÉSIDENT DES ÉTATS-UNIS.

manquent d'argent comptant, que les impôts ont été constamment augmentés dans ces dernières années, qu'on les fait peser impitoyablement sur les propriétaires... » L'article dit de quelle manière on gaspille les revenus publics.

Ces renseignements et d'autres de même nature sont confirmés par tous les hommes du Sud et contestés par la plupart des hommes du Nord que je rencontre. Où est la vérité et comment la trouver ? Mais il y a un fait qui est concédé de part et d'autre : c'est que, dans le Sud aujourd'hui, les noirs sont dans une certaine mesure les maîtres des blancs. Dans quelques États ils disposent du pouvoir ; dans d'autres, ils forment la majorité aux législatures ; partout ils constituent une véritable puissance, eux qui, il y a quelques années, étaient considérés, dans ces mêmes lieux, comme les êtres infimes de la création. On conçoit les fureurs, le désespoir, les haines accumulés dans le cœur des blancs, non contre leurs anciens esclaves, mais contre le Nord, à leur sens l'auteur de tous ces maux. Aussi nous voyons ce qui se passe dans le Sud. En ce moment, M. Davis parcourt le pays triomphalement. Ses discours électrisent ses auditeurs. Ils se résument dans ces deux mots : silence et espérance ; ce qui veut dire : vengeance quand l'heure sera venue. Les propriétaires s'abstiennent de voter et restent à l'écart, abandonnant ainsi le terrain aux nègres et aux émigrés du Nord. Le gouvernement ne trouve pas d'agents officiels. Ceux qu'il nomme, par exemple, les employés chargés de percevoir les impôts, ou intimidés, ou sympathisant eux-mêmes avec la cause du Sud, donnent aussitôt leur démission. Les femmes, plus passionnées, plus héroïques encore que leurs maris, entretiennent le feu sacré du patriotisme qui est, aux yeux de la loi, la trahison et la révolte. Voilà le tableau que m'ont fait des personnes impartiales, des membres du corps diplomatique, des voyageurs arrivant de ces contrées et complétement étrangers aux deux partis. Quelques-unes de ces informations ne sont même pas répudiées par les adversaires des anciens confédérés. Mais, je le répète, ce que tout le monde admet, c'est la prépondérance politique que prend dans le Sud l'élément noir. Cette anomalie ne pourra pas durer.

ARLINGTON HOTEL.

LES BORDS DE LA SUSQUEHANNA.

IV

DE WASHINGTON A CHICAGO

29 ET 30 MAI

Les voyageurs du *Far-West*. — Misères de l'homme seul. — Velléités aristocratiques dans le pays de l'égalité. — La Susquehanna. — La Juniata. — Arrivée à Chicago.

Dans le trajet de New-York à la capitale officielle des États-Unis, il n'y a rien qui frappe l'Européen comme très-nouveau ou très-différent de ce qu'on voit dans nos chemins de fer. Mais, quand on se dirige vers l'Ouest, la physionomie des voyageurs change graduellement. Les banquiers avec leurs aides, les dames élégantes de Boston, de Philadelphie, de Baltimore, les officiels de Washington, tout ce public à l'aspect cosmopolite qui ressemble assez à ses pairs d'Europe, disparaît peu à peu. Il est remplacé par des hommes presque tous jeunes, barbus, mal vêtus, pas très-propres, armés d'un, quelquefois de deux revolvers, portant autour de la ceinture des sacs de laine grossière, vides quand ils se dirigent vers le *Far-West*, remplis d'or quand ils en reviennent. Il y a des *farmers* à l'aspect moins équivoque, des rouliers qui vont rejoindre, sur les bords du Missouri, à Leavenworth et à Kansas-City, les caravanes confiées à leur direction. Ces derniers sont des personnages importants. L'intrépidité, la persévérance, l'habitude de commander, ne fût-ce qu'aux bouviers qui conduisent leurs attelages, une exubérance de santé, la bonhomie, parfois la brutalité et le sentiment de leur propre valeur sont peints sur leur figure rougie par le whisky et les vents brûlants du Nouveau-Mexique et d'Arizona. Les marchandises qu'ils transportent à Santa-Fé, à Prescott, à San-Diégo, dans la basse Californie, par le

Paso-del-Norte à Chihuahua, valent des millions. Ces hommes affrontent et bravent tous les périls, les Indiens et les monstres du désert, les tourmentes de neige des hauts plateaux, les terribles passages des *cañones*. Pour arriver à destination, ils mettent trois, quatre, cinq mois. De loin en loin, ils trouvent des lieux de ravitaillement. Ce sont pour eux, véritables croisés, sauf la croix et la chevalerie, autant de châteaux enchantés où des fées bienfaisantes, sous la forme de belles Indiennes, leur tendent les bras ; où, pendant une halte de quelques jours, toutes les jouissances de ce monde, celles qu'ils savent apprécier, leur font oublier les privations de la route. Quand je passe devant le groupe qu'ils forment dans un coin du wagon, ils me toisent d'un air moitié narquois, moitié bienveillant. Il y a même un peu de pitié dans leurs regards. Pauvre chétif, pensent-ils, à quoi est-il bon ? Puis ils me serrent la main silencieusement et me laissent passer. Il y a aussi des Allemands. Ils se font remarquer par l'éclat de leurs voix, car l'Américain, en général, est silencieux et ne s'énonce qu'en chuchotant. Les dames aussi ont changé d'aspect. Comme partout, elles voyagent souvent seules. Mais les toilettes élégantes ont disparu.

On m'a conseillé à New-York de me munir toujours de lettres d'introduction pour les gentlemen à l'office des hôtels et pour les chefs des gares. Déjà, dans un voyage antérieur, j'ai pu expérimenter l'utilité de cette précaution. Le convoi vient d'arriver. C'est une petite ville où vous comptez passer la nuit. Il n'y a qu'un ou deux hôtels, des hôtels monstres, il est vrai, à huit ou douze cents chambres. Mais ils regorgent constamment de passagers. Tout le monde s'élance vers les omnibus qui doivent vous y transporter. D'autres y courent à pied. Quant à vos bagages, vous n'avez pas à vous en occuper, puisque vous avez pris un *check*. On vous les envoie sûrement et promptement. Nous voici arrivés devant le bureau, derrière lequel se tient un gentleman à l'air grave, sinon majestueux ; la foule des arrivants se range en queue. Les dames sont servies les premières et dirigées vers les beaux appartements des deux premiers étages. Sous leur égide, les maris ou frères ou tout autre compagnon de voyage du genre masculin jouissent des mêmes priviléges. Mais les hommes seuls sont impitoyablement envoyés aux combles. Il y a d'ailleurs l'*elevator* qui facilite l'ascension. J'arrive enfin devant le Minos de la localité et lui remets ma lettre de recommandation donnée par son confrère de l'hôtel où j'ai passé la nuit précédente. Il la parcourt rapidement, fixe un instant sur moi un regard froid, mais scrutateur ; puis, il passe outre, et envoie mes compagnons de voyage aux régions aériennes de l'hôtel. Quand tout le monde est pourvu et que je me trouve seul en face de cet être important, il se tourne vers moi ; ses traits se détendent, il me tend la main qu'il serre fortement, et, souriant gracieusement, il me dit : « Maintenant, à nous deux, baron. Vous désirez une bonne chambre, baron. Eh bien, baron, vous l'aurez. » Et il me donne ce qu'il a de mieux à offrir.

Ici une observation, qui d'ailleurs a été mille fois faite. L'Américain a la soif de l'égalité et la manie des titres. Ceux qui peuvent s'appeler sénateur, gouverneur, colonel, général, ne fût-ce que de la milice, et leur nombre est légion, sont constamment nommés par leur titre et jamais par leur nom. On le leur prodigue à l'infini. Celui qui le donne et celui qui le reçoit se sentent également honorés. Quant aux titres nobiliaires, le fruit défendu du républicain américain, ils sont évidemment prononcés avec volupté. Je fais appel aux souvenirs de tous ceux qui ont vu l'Amérique. Ils certifieront que je suis loin d'exagérer. Par analogie, je citerai encore la naïve fierté des anciennes familles qui descendent des premiers émigrants hollandais, des puritains anglais, des huguenots de France. Je n'ai jamais fait la connaissance d'une personne de cette catégorie, homme ou femme, qui, immédiatement après la présentation, ne m'ait dit : « Je suis d'une très-ancienne famille ; mes ancêtres sont arrivés ici, il y a plus de deux cents ans. Nous avons en Angleterre des cousins qui siégent à la chambre des Lords ; » ou bien : « Nous descendons des huguenots, de gentilshommes fort bien vus à la cour des rois de France avant

UNE CARAVANE ENGAGÉE DANS UN CAÑON.

la révocation de l'édit de Nantes. » Et les personnes qui de but en blanc m'ont décliné leur généalogie se distinguaient le plus souvent par une éducation parfaite et des manières on ne peut plus polies. Ces anomalies, quelque étranges qu'elles puissent nous sembler, s'expliquent, je pense, moins par la vanité qui trouve d'autres et plus réelles satisfactions, que par l'essence de la nature humaine qui, comme la nature inanimée, ne peut se passer de variété et répudie l'égalité.

Sur les chemins de fer aussi, la lettre d'introduction est fort utile, surtout lorsqu'on voyage seul. Le chef de gare commence l'entretien par une poignée de main, me prodigue le « baron » et m'introduit régulièrement auprès du conducteur du convoi. Ici s'échangent les mêmes cérémonies. Le conducteur me donne mon titre, et je l'appelle *mister*. C'est l'usage dans le *Far-West* : on ne se dit pas *sir*, mais *mister*, sans ajouter le nom, car on n'a pas le temps de s'en enquérir, ou bien on l'a oublié aussitôt. On est homme blanc, Américain, cela suffit, car cela constate votre supériorité sur les fauves du désert, sur les Peaux-Rouges des prairies, sur toutes les autres nations du globe, y compris l'Européen. C'est l'espèce à laquelle vous appartenez qui compte, et non l'individu. Vous êtes donc *mister*, ce qui veut dire maître, maître de la création. Régulièrement et dûment présenté au conducteur, il me reste une dernière formalité à remplir qui n'est pas la moins importante. Le conducteur m'introduit auprès de *l'homme de couleur*. C'est le garçon du wagon. Ici, vu la nuance plus ou moins foncée de son teint, il n'y a pas échange de poignées de mains. On n'en est pas là encore, malgré l'émancipation des noirs. On en fait, il est vrai, des législateurs et même des vice-présidents. A Washington, au siége du gouvernement central, il leur est permis de se prélasser assez insolemment dans les omnibus, cars et lieux publics, et de ne céder leur place qu'aux femmes de couleur. Mais leur serrer la main ! fi donc ! vous n'y songez pas. Le conducteur, en ami, le *coloured man*, en domestique, se rendent très-utiles, vous cherchent un bon siége, vous font éviter la mauvaise ou dangereuse compagnie en vous plaçant avec les dames, pourvu que vous puissiez vous passer du cigare, vous réservent une « section », c'est-à-dire une fenêtre avec quatre places qui, pendant la nuit, seront transformées en chambre à coucher.

Après un détestable luncheon, pris à la hâte à Baltimore dans une « maison à manger », *eating-house*, je m'embarque à la gare du chemin central de Pensylvanie, l'une des diverses lignes qui mènent à l'Ouest. Grâce à la concurrence d'autres voies ferrées, on atteint, comme vitesse, aux limites du possible. Ainsi, à l'heure qu'il est, et pendant que, selon mon habitude, je tâche, malgré d'horribles cahotements, d'inscrire quelques notes dans mon calepin, nous faisons entre cinquante et soixante milles à l'heure.

Les causeries avec le premier venu font le charme de la vie du touriste. Elles ont sur la lecture l'avantage de vous permettre de faire des questions, et elles ne fatiguent pas les yeux. D'ailleurs il y a des livres ennuyeux ; mais pour peu que vous sachiez vous y prendre, il n'existe pas d'être humain duquel on ne puisse extraire une idée, un mot heureux, un renseignement curieux, une appréciation nouvelle. On rencontre parfois, il est vrai, des natures obtuses et comme cuirassées. Rien n'y pénètre. Mais mettez-les sur un chapitre qui les intéresse, et elles se déboutonneront. Demandez-leur, par exemple, leur biographie, soyez sûr qu'elles parleront, sinon avec abandon, certainement avec plaisir, et toujours avec profit pour vous, si vous savez en tirer parti. Il n'y a que les repris de justice ou les demi-vertus, voyageant sous l'incognito d'une veuve éplorée, qui trouveront vos questions indiscrètes.

Dans la haute société, qui partout touche plus ou moins au pouvoir, la frivolité et les petits cancans, ces habitués du salon, font une concurrence redoutable aux conversations sérieuses, et, quand on sort des banalités, la réserve imposée à chacun par sa situation, une arrière-pensée que l'on craint de trahir, mille égards divers forment souvent obstacle au libre échange des idées. Ces entretiens ont besoin d'être mis sur l'alambic et de passer par des procédés chimiques avant de donner un résultat.

Les régions mitoyennes offrent partout un vaste champ à l'observation. On y trouve plus d'instruction que dans les classes supérieures et plus de variété, mais moins de connaissance du cœur humain et de la vie réelle, et l'horizon de chacun y est nécessairement plus borné, parce que c'est le monde des spécialités. Le savant, l'artiste, le marchand, l'industriel, aussi longtemps qu'ils vous parlent des matières qui forment le ressort de leur activité, peuvent vous donner de précieuses informations. Les hommes les moins intéressants sont les commis-voyageurs. Si encore ils voulaient vous entretenir de leur pacotille, mais ils parlent politique ; chacun d'eux, ordinairement, dit avec un entier abandon ce qu'il pense et sent, et chacun pense et sent ce qu'il a lu le matin dans son journal. Ces hommes — j'admets naturellement des exceptions — sont étonnants. Ils savent littéralement tout. Les ministres dirigeants des grandes puissances n'ont pas de secrets pour eux. En hommes sensés, à moins d'être gantiers, ils hésiteraient à donner une opinion sur un gant, mais en diplomatie ils se croient passés maîtres.

C'est parmi les gens du peuple que l'on peut glaner avec le plus de fruit. Les naïves confidences d'un paysan de nos Alpes autrichiennes, d'une vieille servante d'auberge dans quelque petite ville d'Allemagne ou des Pyrénées ; la conversation du curé, du chirurgien, le *sangrador*, comme on l'appelle, et de l'alcade d'un vieux bourg de la Sierra-Morena réunis en *tertulia* chez le pharmacien de la localité ; le bavardage de la jeune fille aux traits classiques, à la taille svelte enveloppée de guenilles noires, qui me précède avec la démarche d'une canéphore au fond d'une tourbière irlandaise ; l'autobiographie d'un ouvrier de fabrique ou d'un garçon de bureau, ont rarement manqué de m'intéresser ; ils m'ont souvent frappé par la grandeur et la nouveauté des aperçus, répandu des flots de lumière sur des questions complexes et obscures, provoqué tour à tour des larmes d'attendrissement et d'irrésistibles éclats de rire. Et, même dans les plus ordinaires causeries de ce genre, il y a toujours une petite trouvaille à faire. L'historien, pour comprendre l'esprit du siècle qui l'occupe, doit consulter le jugement des contemporains ; le touriste, pour voyager avec fruit, doit écouter les gens du pays et les faire parler sur eux-mêmes. C'est la méthode que j'ai toujours suivie et que je suivrai aussi dans ma promenade autour du monde.

Le convoi ralentit le pas. Nous ne courons plus que trente ou trente-cinq milles à l'heure. C'est, en Angleterre, la grande vitesse des trains express. Nous sommes arrivés dans la vallée de la Susquehanna, et le *Pensylvania central* suit en serpentant les bords boisés, accidentés, tantôt solitaires, tantôt animés par des villages, par des usines, des fermes et des *cottages*, de cette belle et poétique rivière. Le paysage offre une grande variété. Ici aucune trace de culture. Au-dessus d'un épais taillis de buissons en fleur s'élèvent des ormes ébranchés, des conifères de différentes espèces, toujours sveltes, élancées et maigres comme l'homme de race anglo-américaine. Entre ce double rideau, la Susquehanna, bleu-verdâtre comme la turquoise, affecte les allures d'un torrent, se précipite en bondissant contre les mille blocs de granit semés dans son lit, les entoure de cercles écumants, reprend sa course toute haletante, puis, comme honteuse de ses impuissantes colères, la ralentit, retrouve sa sérénité, caresse en passant les branches des rosiers sauvages penchés sur ses ondes limpides et fuyantes. C'est bien là le type du sol classique où eurent lieu les premières rencontres entre l'homme blanc et l'homme rouge, ces scènes émouvantes si bien peintes par Cooper. Au reste, ces contrées n'ont jamais vu couler le sang. Elles sont le théâtre des paisibles conquêtes de William Penn. L'imagination aime à s'arrêter à ces temps, éloignés déjà, où le *Far-West* commençait aux portes de Philadelphie

LA SUSQUEHANNA.

et de la Nouvelle-Amsterdam qui est devenue New-York. Pour s'en convaincre, on n'a qu'à doubler ce petit promontoire. Dans la vallée où nous pénétrons, plus large, plus ouverte dans l'intérieur des terres, la civilisation déroule ses richesses, ses champs cultivés, ses usines fumantes, ses bourgs et villages aux maisonnettes proprettes, uniformément bâties sur le même modèle, ses fermes entourées de plantations, le tout offrant l'aspect de l'activité prospère et de la lutte, non encore complétement victorieuse, de l'homme policé avec la nature sauvage. Mais avancez de quelques pas, et vous retombez dans les régions incultes. Oui, c'est cette lutte qui imprime son cachet à la vallée de la Susquehanna, et en a fait l'exact représentant du grand État que cette rivière parcourt dans toute sa largeur. La Pensylvanie possède l'industrie la plus développée des États-Unis, et exploite avec un succès persistant ses immenses richesses minérales, qui sont le fer et la houille. Mais, malgré la protection qu'elle réclame et obtient pour ses produits, malgré l'accroissement constant de sa population, trois quarts de son territoire manquent encore de culture, et là, comme sur les bords enchanteurs de la Susquehanna, le bruit et l'animation de toutes les activités de la vie moderne alternent avec le silence et la solitude du désert.

Dans l'après-midi, nous avions traversé Harrisburg. Maintenant le soleil baisse et inonde de ses teintes roses les bords idylliques de la Juniata. Les habitations semblent plus nombreuses que sur la Susquehanna. Les villages se succèdent plus fréquemment, et, çà et là, on aperçoit, entourées de jardins soigneusement tenus, des villas d'une construction plus ou moins prétentieuse, mais qui font plaisir, parce qu'elles donnent au voyageur européen l'illusion de se croire dans son vieux monde. Cette rivière aussi a ses lieux solitaires, et ils ne sont pas les moins beaux. Une douce et poétique mélancolie plane sur eux. Si la Susquehanna tient de l'épopée, la Juniata, plus modeste, rappelle les églogues de Garcilaso :

Corrid sin duelo, lagrimas corrientes.

A dix heures de la nuit, il y a grande commotion dans les wagons. Tout le monde se précipite sur les plates-formes pour s'extasier, avec l'aide d'un magnifique clair de lune, autant sur la beauté du paysage, qui m'a paru médiocre, que sur la hardiesse, dont je n'ai pu juger, de la construction du chemin de fer. Nous nous engageons dans la gorge de Jack's Mountain, et peu après nous franchissons les Sideling-Hills, c'est-à-dire une chaîne des Alleghanies, le partage des eaux entre l'Atlantique et le golfe du Mexique. La descente donne le frisson. Heureusement elle est de courte durée. La nuit est avancée, les passagers se disposent à chercher le sommeil. Dans les wagons à lits, les fauteuils sont rapidement transformés en couchettes. Des planches les séparent les unes des autres. Un rideau lourd les ferme du côté du couloir du milieu. Chaque fenêtre fournit la place pour deux lits superposés, à moins que le voyageur n'ait loué une section, c'est-à-dire une fenêtre entière. C'est sous la protection du rideau qu'hommes et femmes, indistinctement, font leur toilette de nuit, attachent avec des épingles un foulard sur l'oreiller trop banal, livré par l'administration, se glissent ou se hissent dans leur lit, tâchent enfin de dormir malgré le bruit, le cahotement, la poussière, l'atmosphère étouffante et nauséabonde qui remplit cet infernal dortoir. Pour ma part, je n'essayerai même pas de suivre l'exemple général. Quoique possesseur d'une section, je me décide à bivouaquer bravement sur les marchepieds de la plate-forme. La nuit est superbe ; la pleine lune inonde le pays de ses clartés argentées. A perte de vue, le chemin de fer le sillonne en ligne droite, ce qui nous permet, pendant la plus grande partie de la nuit, de courir avec une extrême rapidité. A deux pieds au-dessous de moi, tout le long des rails, les petits cailloux, étincelants comme une rivière de diamants, présentent à l'œil l'aspect d'une cataracte horizontale. En passant sur des ponts en *trestlework*, il y a des ondulations semblables au roulis d'un bâtiment par une mer houleuse. Mais je m'accroche fortement à la balustrade, et je me dis que, somme toute, sur cette ligne, une des plus mal famées des États, la grande pluralité des convois arrivent pourtant à destination. De temps à autre les *breakmen* s'élancent sur la plate-forme, brident les roues et disparaissent aussitôt en se précipitant dans le wagon suivant. A les voir courir, on dirait qu'il s'agit de vie ou de mort. Le conducteur aussi passe et repasse, jamais sans m'adresser un sourire gracieux ou un mot aimable comme : *now baron*, ou *well baron*, ou, ne vous endormez pas, baron. Quelquefois, pour varier, il ne dit rien, mais il m'applique en silence une poignée de main. Chaque fois que je l'aperçois, je lui demande : « Combien, *mister*? » et la réponse est constamment : *Sixty*. « Soixante milles à l'heure ! »

Il commence à faire jour et à faire frais. Je me décide à rentrer dans le wagon. Les hommes de couleur sont déjà occupés à éloigner les matelas. Dans la rotonde, sorte de vestibule dont les voitures à lits sont ordinairement pourvues, les passagers font queue devant un petit et mesquin lavabo. Un autre est réservé à l'usage des dames. Celles-ci, avec une louable absence de coquetterie, mais que je n'oserai recommander aux femmes qui aiment à plaire, arrivent une à une en robe de chambre, portant leur chignon dans leurs mains, et trouvent moyen de faire très-convenablement, en présence de tous, une toilette assez incomplète.

A deux heures du matin nous avions dépassé Pittsburg. A neuf heures, on nous fait déjeuner à Glastine. Le convoi traverse rapidement les forêts, d'assez maigre apparence, de l'Ohio. A midi nous sommes au fort Wayne, et, à cinq heures, après avoir parcouru l'Indiana dans toute sa largeur, nous arrivons sur les confins de l'Illinois. Le pays est une plaine limitée seulement par l'horizon. De basses ondulations ne suffisent pas pour rompre la monotonie qui plane sur ces régions solitaires, fort peu cultivées et dépourvues de tout ce qui pourrait charmer l'œil. Enfin le lac Michigan est en vue. Semblable vers le nord à l'Océan, il présente, avec ses dunes et ses bords plats et sablonneux, l'image de la plus prosaïque désolation.

A six heures précises, saturés de poussière, accablés par la chaleur et assez fatigués, mais sans contusion ni fracture, nous entrons sains et saufs dans la gare de Chicago.

LAC MICHIGAN.

LES BORDS DU LAC MICHIGAN

V

CHICAGO

DU 30 MAI AU 1er JUIN

Physionomie de Chicago. — Importance croissante de l'élément allemand. — Les grands caravansérails. — Économie des forces humaines. — Supériorité, aux États-Unis, des couches inférieures de la société. — Chicago, le grand emporium de l'Ouest. — Michigan-Avenue. — Une maison ambulante. — Le général Sheridan. — Mode et caractère des voyageurs d'Europe. — La femme dans la famille.

Je descends à Shermanhouse, prototype des grands hôtels américains. Grâce à une lettre d'introduction, le gentleman à l'office est on ne peut plus affable et m'assigne une bonne chambre au premier, munie d'un cabinet de bain dont les conduits d'eau sont, comme toujours, bouchés, mais que l'homme noir du « quarter » me promet de faire raccommoder.

En attendant, je flâne dans les rues. La chaleur est encore accablante, et le premier aspect de Chicago peu encourageant pour les désœuvrés. C'est l'heure où l'on ferme les boutiques et les ateliers. Des flots d'ouvriers — hommes, femmes et enfants — de garçons de boutique, de commis, passent à pied, en omnibus, en *tramway*, suivant presque tous la même direction.

7

c'est-à-dire s'éloignant en toute hâte pour gagner leur modeste domicile dans les quartiers éloignés de la ville. Tous ont l'air triste, préoccupé, exténué de fatigue.

Les rues ressemblent à celles des autres villes d'Amérique. Les maisons, il est vrai, sont bâties en bois [1], mais elles affectent la construction en briques et en pierre. Des nuées charbonneuses sortent des innombrables cheminées de fabrique, s'engouffrent dans les rues, jettent leurs ombres noires sur les devantures brillantes des boutiques, sur les lettres dorées des annonces qui couvrent les façades jusqu'aux combles, sur la foule qui, la tête inclinée, d'un pas cadencé, et balançant les bras comme des pendules, fuit en silence les lieux qui, pendant la journée, ont vu couler sa sueur. Par moments le soleil déchire le baldaquin lugubre que l'industrie a étendu sur la capitale du travail ; mais ces lumières soudaines, passagères, saccadées, loin d'égayer la scène, en font au contraire ressortir la tristesse. Dans toutes les grandes artères, et à perte de vue, s'élèvent les mâts gigantesques du télégraphe. Ils sont fort rapprochés et se terminent en une double croix d'évêque, seul genre de croix qu'on aperçoive en ces lieux dont le Dieu est l'argent.

Je me mêle à la foule qui m'entraîne. Je tâche de lire dans les physionomies et j'y trouve partout la même expression. Chacun est pressé, ne fût-ce que pour gagner son foyer le plus tôt possible, d'économiser les quelques heures du repos, après avoir tiré le plus grand parti possible des longues heures du travail. Chacun semble soupçonner dans son voisin un concurrent. Cette foule porte le cachet de l'isolement. Le milieu moral où elle vit n'est pas la charité, c'est la rivalité.

La nuit tombe et les rues commencent à se dépeupler. Partout j'entends parler l'allemand, et je tâche de lier conversation avec quelques-uns de mes compatriotes. Ce n'est qu'après m'avoir regardé d'un air plus inquiet que curieux que la bonhomie allemande l'emporte sur la réserve anglo-américaine. Mais alors on se déboutonne, on répond volontiers à mes questions. Ah ! avec quel élan ils parlent de la dernière guerre ! L'orgueil national, l'enivrement de la victoire, se peignent sur ces honnêtes et bourgeoises physionomies. Les succès de leurs frères allemands d'outre-mer ont été pour eux autant de révélations ; ils ont relevé leur moral, ravivé leur énergie, et fait naître en eux des aspirations nouvelles, qui, au sens des Américains, sont incompatibles avec la constitution des États-Unis. Jusqu'ici, de tous les émigrants, les Allemands étaient ceux qui se confondaient le plus promptement, qui mettaient même du prix à se confondre avec la nation anglo-saxonne, la base des populations dans les États de l'Est. J'ai pu m'en convaincre l'année passée en me rendant au Niagara. Partout mes compatriotes immigrés dans les dix ou quinze dernières années parlaient allemand à leurs enfants, et ceux-ci répondaient en anglais. ·On sait que la troisième génération, à part quelques usages du *Vaterland*, à part le goût de la musique et le goût de la bière, est complétement américanisée. Cela se passait partout ainsi, excepté en Pensylvanie où les Allemands forment des communautés plus considérables et ont par conséquent conservé plus qu'ailleurs les traditions, les mœurs, et, quoique fort dénaturée, la langue de leur pays. Aujourd'hui, sous l'impulsion d'une réaction soudaine, violente, et selon toute probabilité durable, l'élément allemand est sorti de l'état de résignation passive dans lequel il s'était complu si longtemps. Il est fier de sa nationalité ; il compte la conserver, la cultiver, la revendiquer. Ce sont des gens qui, subitement parvenus à reconnaître, à découvrir, pour ainsi dire, leur propre valeur, sont naturellement portés à s'en exagérer la portée, à devenir difficiles à vivre, à se brouiller avec leurs amis. C'est ce qu'on commence à craindre dans les régions officielles de Washington. C'est ce qu'on prévoit à New-York, où j'entendais même prêter aux

---

[1] Peu de mois après ma visite, un incendie a, comme on sait, réduit en cendres près des trois quarts de la capitale de l'Ouest.

Allemands l'intention de former un élément distinct, de se constituer politiquement au sein de la fédération américaine. Pour ma part, je suis loin de partager ces inquiétudes. Je nous connais. Nous autres Allemands, nous sommes enthousiastes, on nous dit même doués de plus d'imagination et de logique que de sens et d'instinct politiques. Nous sommes souvent doctrinaires,

et nous aimons toujours à endoctriner ; mais nous ne péchons pas par un excès de vanité et nous ne sommes pas portés à l'exagération. Nous ne sommes pas, je le crains, une nation aimable. Nous aimons trop à avoir raison. Un Américain m'a dit : « Je suis moi-même d'origine allemande, mais je n'aime pas les Allemands. Ils sont sales, ils sont ergoteurs et ils battent leurs femmes [1]. » Hélas ! de l'Atlantique au Pacifique, ils ont cette réputation. Mais plus on avance vers l'Ouest de ce continent, plus on est frappé des traces qu'ils laissent sur leur passage, des

[1] Voir Jules Froebel, dont le jugement n'est pas suspect. *Aus Amerika.* 1857.

résultats merveilleux obtenus grâce à leur intelligence, à leur activité, à leur persévérance, de la grande place qu'ils occupent déjà dans le nouveau monde, de la mission plus importante qu'ils semblent appelés à y remplir.

En m'abandonnant à ces réflexions, je passe sous des pavillons de dimensions colossales que la brise du soir agite doucement. C'est le drapeau du *Vaterland*. Je le vois flotter au-dessus de l'hôtel de ville, de tous les édifices publics et d'un très-grand nombre de maisons particulières. C'est que les frères germaniques ont célébré hier avec une pompe inouïe la conclusion de la paix de Versailles, c'est-à-dire leurs victoires, et la municipalité a bien dû leur prêter son concours, puisqu'ils forment à Chicago le quart, sinon le tiers de la population.

Il fait nuit close. Les rues, mal éclairées, sont complétement désertes. Les Allemands remplissent les *Bierhäuser ;* ils y vident leurs choppes, et s'amusent à écouter les sons discordants de petites bandes peu dignes de la nation qui a par excellence le culte et le don de la musique. Sur d'autres points, on chante en chœur : ce sont des voix veloutées et mélodieuses telles que l'Allemagne les produit ; on converse, c'est-à-dire tout le monde parle très-haut et à la fois.

Les Américains se pressent aux abords et dans les vestibules des grands hôtels où tout le monde a son entrée libre. A tout moment, des omnibus viennent déverser, à la porte, des voyageurs qui forment aussitôt queue, attendent patiemment et silencieusement, avancent lentement, reçoivent enfin des mains du gentleman *at the office* la clef de la chambre où ils passeront la nuit. En même temps, des masses de coffres semblables à des murs cyclopéens se font et se défont avec une promptitude miraculeuse. Les *porters*, en manches de chemise, manient ces fardeaux avec une facilité étonnante. Ce sont tous des Irlandais. Ils se distinguent des Américains par leur air enjoué, et, vis-à-vis des passagers, par leurs manières comparativement respectueuses. Ils se font remarquer aussi par la puissance et les dimensions herculéennes de leurs membres. L'Américain, me dit-on, n'est pas propre au métier de *porter*. Il manque des forces nécessaires, et sa santé ne saurait résister à cet excès de travail.

Un grand nombre de billards, tous occupés pendant la soirée et fort avant dans la nuit, remplissent le *bar-room*. Cette basse mais vaste pièce occupe une partie du sous-sol et est éclairée *a giorno* par des flammes de gaz qui augmentent la chaleur et marient agréablement leurs exhalaisons infectes avec les vapeurs des boissons alcooliques que le *barman* dispense. Des groupes d'hommes se tiennent debout devant ce personnage important, admirable surtout quand il prépare de la limonade. Il délaye le sucre dans de l'eau, ajoute le jus du fruit après l'en avoir extrait en un clin d'œil au moyen d'une petite presse qui ressemble à un casse-noisettes, y place des morceaux de glace pure comme le cristal de roche et, en passant et repassant le liquide du verre dans un gobelet de métal, on accélère la congélation. C'est l'affaire de quelques instants.

Enfin je monte dans mon appartement sans profiter de l'*elevator*, puisque j'ai le privilége de loger au premier. J'allume, non sans peine, les becs de gaz et je prépare mon bain. Malheureusement, à peine suis-je plongé dans l'eau tiède, que le gaz s'éteint, s'échappe par le robinet laissé ouvert par mégarde et remplit ma chambre d'une odeur méphitique. Je m'élance hors de la baignoire et j'ai la mauvaise fortune d'en déranger le bouchon. Les allumettes refusent leur service, car mes mains sont mouillées. Je me borne donc à fermer le robinet et à rechercher ma baignoire au milieu des ténèbres. Mais, grand Dieu ! l'eau s'est écoulée, et me voilà sans lumière, sans bain et sans vêtement, incapable aussi de trouver la sonnette. D'ailleurs a-t-on jamais vu en Amérique qu'un garçon y réponde ? La moralité de cette petite mésaventure est qu'il faut tout apprendre, même à se servir des mille inventions, aussi pratiques qu'ingénieuses, qui constituent ce qu'on appelle le confort des hôtels américains et qui ont toutes pour but d'économiser le travail, de réduire au *minimum* le nombre du personnel, de rendre le voyageur indépendant en le mettant à même, moyennant des procédés mécaniques, de se suffire tout seul. On le sert à table, on faït sa chambre et on nettoie ses chaussures ; mais on *calcule* qu'il brosse ses habits, et on *devine* qu'il sait manier les robinets des becs de gaz, de l'eau chaude et de l'eau froide. Les auberges soñt toutes construites, montées, arrangées sur le même modèle. Les repas sont copieux et médiocres. On mange à la hâte et en silence. Les garçons, des hommes de couleur, vous servent d'un air distrait et maussade, à moins que vous ne leur soyez recommandé par le maître d'hôtel auprès duquel vous avez été introduit par le gentleman de l'office. En ce cas, ils attendent une petite gratification, vous sourient gracieusement, deviennent même respectueux, et vous apportent des friandises, des *niceties*, qui ne paraissent pas sur

le menu. Il n'y a ni addition, ni petite dépense. Tout est abondant, la ventilation excellente. l'ensemble de la vie d'auberge pratique et désagréable.

Dans les principales rues de Chicago et d'autres villes de l'Ouest, de forts anneaux de fer sont scellés dans le pavé le long des trottoirs. Ils servent à attacher les chevaux. C'est la manière de se passer de palefrenier et de cocher. Épargner les forces de l'homme et le temps, n'en perdre absolument rien, en tirer le plus grand parti possible, voilà la tendance essentiellement américaine dont on trouve les traces à chaque pas que l'on fait. Tout le monde s'y prête volontiers, ou plutôt c'est une loi suprême à laquelle personne ne saurait se soustraire. Devant elle disparaissent la fausse honte, le respect humain, les préjugés qui, dans les sphères élevées et moyennes du vieux monde, interdisent encore le travail manuel. Sans doute, le raffinement de nos existences s'évanouit sous l'influence de cette fraîche mais âpre atmosphère, et je ne pense pas qu'un homme d'un certain âge, habitué aux douceurs, à l'élégance et à l'urbanité de nos mœurs, puisse s'y plaire réellement. Même les Américains qui ont vécu quelque temps en

France, en Angleterre, en Allemagne, en revenant chez eux conservent de longs et souvent d'ineffaçables regrets.

Ce sont les classes inférieures qui gagnent le plus à ce système, car il met à la disposition de tous, à peu de frais, des jouissances matérielles et intellectuelles qui relèvent le moral, et qui, en Europe, sont le privilége des couches élevées de la société. Aussi, quand un émigrant européen, sorti des rangs du peuple et parvenu à l'aisance, retourne dans son pays, il ne s'y plaît guère, et reprend le plus souvent le chemin de l'Amérique. J'ai rencontré quelques Italiens exerçant, dans les États du Pacifique, le métier de colporteurs. Ils revenaient de Turin. L'un d'eux m'a dit: « Nous sommes environ quatre cents Italiens dans la Nevada et en Californie. Plus ou moins, nous faisons tous de bonnes affaires. Vingt-quatre, les malles pleines d'argent, sont retournés dans leur village, mais la vie d'Europe leur a tant déplu, qu'à l'exception de trois, tous sont retournés en Californie. Cela s'explique aisément. Nous ne pouvons hanter les *signori*, et nous ne voulons pas vivre avec nos semblables, parce que nous nous sommes, sans nous en douter, élevés au-dessus d'eux. Nous nous sentons isolés ; la tristesse nous gagne, et nous repartons pour l'Amérique. »

La matinée est superbe, le ciel sans nuages et de ce bleu métallique propre aux régions centrales de ce continent. Le soleil est impitoyable. Même les bandes noires de la vapeur qui s'échappe des cheminées des manufactures ne sauraient lui résister. L'homme seul ose le braver. En effet, l'animation des rues dépasse tout ce que j'ai vu en ce genre, même dans les grands centres industriels et commerciaux de l'Angleterre. Elle est tout empreinte de la couleur locale. On y reconnaît les deux branches d'activité qui donnent à Chicago sa grande importance. Cette ville, quoiqu'elle ne date que de 1855, compte aujourd'hui trois cent mille habitants. Bâtie sur un marais, l'air était malsain. On a obvié à cet inconvénient en soulevant les maisons au moyen de manivelles sans avoir recours à la vapeur et sans déranger les locataires. Beaucoup de maisons furent transportées tout entières d'un bout de la ville à l'autre. Chicago est devenu le grand entrepôt des blés du Minesota et du Wisconsin et le centre où toutes les populations des États appelés encore de l'Ouest et qui devraient s'appeler États du Centre depuis que la Californie et l'Orégon ont été annexés, se pourvoient des denrées et marchandises, des *dry goods* dont ils ont besoin. Par eau et sur les rails, le blé arrive en quantités prodigieuses. C'est ici que le produit des inépuisables greniers des États voisins devient matière à spéculation, est acheté et vendu, déposé dans les magasins, embarqué au moment propice, soit sur les bateaux du lac, soit sur les wagons des chemins de fer. C'est d'ici qu'il s'écoule vers les États de l'Est et l'Europe. Les procédés mécaniques qui servent à faciliter ces opérations, les *elevators* et les immenses dépôts font la gloire et contribuent à la richesse des habitants.

Le petit commerce, avec les innombrables colporteurs qui viennent ici acheter leur pacotille, est une autre source de prospérité. Pendant longtemps, Cincinnati et Saint-Louis ont lutté contre cette formidable concurrence. Aujourd'hui, la prépondérance de Chicago est assurée et d'autant mieux établie qu'elle se fonde principalement sur les avantages de la situation géographique de cette ville.

Je tâche de gagner les bords du lac, espérant y trouver un peu de fraîcheur. Vaine illusion ! Aucune brise n'agite cette immense nappe d'eau qui, immobile et silencieuse, reflète le ciel et le soleil, et répand d'insupportables clartés. Le chemin de fer en traverse l'extrémité comme sur des béquilles. Au delà, quelques grands vapeurs attendent leur cargaison. Plus loin, un steamer dessine sur l'horizon sa noire silhouette. Malgré le soleil qui le dore, il y a dans ce paysage je ne sais quoi de mélancolique. C'est peut-être le contraste entre la vie que je viens de quitter et la solitude inhospitalière qui se déroule devant moi. C'est d'ailleurs l'un des traits

particuliers à la physionomie de ce continent. Vous êtes plongé dans l'admiration du progrès
de la civilisation, puis vous avancez d'un pas, vous tournez un coin, et vous tombez en pleine
sauvagerie. Les résultats obtenus, grâce au génie, à la hardiesse, au sens pratique de cette
nation, jugés en eux-mêmes, sont étonnants. Mais ils se rapetissent singulièrement, si vous les
comparez avec ce qui reste à faire.

MICHIGAN-AVENUE, A CHICAGO.

Je m'engage dans une grande avenue bordée d'un côté par le lac, de l'autre par de magnifiques constructions. C'est la célèbre Michigan-Avenue, le quartier de la Plutocratie. Dans ces
maisons fastueuses, toutes de bois, mais recouvertes de plâtre et bâties dans les styles les plus
divers, italien, classique et baroque, gothique, roman, presque toutes entourées ou précédées
de jolis petits jardins, habitent les familles des hommes qui, en peu d'années, ont gagné des
millions, qui, s'ils les ont perdus, ont recommencé la vie et refait leur fortune. Plus haut,

l'avenue quitte les bords du lac et devient rue. Il y a des maisons des deux côtés, en partie moins vastes et moins opulentes, mais portant toutes le cachet de l'aisance et se distinguant plus ou moins par une architecture pastorale et champêtre. J'ai marché plus d'une heure et je ne suis pas encore au bout. Ici on se croit à la campagne. On n'aperçoit que des femmes et des enfants, très-peu de voitures et pas d'omnibus. Tout respire la retraite et le désœuvrement. Des *babies* jouent dans les petits jardins. Des dames en toilettes élégantes reposent sous les vérandas, se bercent sur de larges fauteuils, tiennent dans une main l'éventail, dans l'autre un roman. Un objet me frappe. C'est une maison située au milieu de la rue. Quelle étrange fantaisie !

MAISON EN MARCHE.

Mais non, cette maison se meut, marche, s'approche. Bientôt le doute n'est plus possible. Placée sur des tréteaux qui reposent sur des cylindres, un cheval et trois hommes, au moyen d'un cabestan, suffisent à la besogne. Je m'arrête tout ébahi et je laisse passer ce singulier promeneur. C'est un édifice à deux étages de style ogival. Une véranda en fleur s'agite sous le léger cahotement des cylindres. La cheminée fume. On fait la cuisine. D'une fenêtre ouverte descend le son d'un piano. Un air de la *Traviata* vient se confondre avec le grincement des poutres qui supportent l'habitation ambulante.

Je m'arrête devant une petite maison à deux étages n'ayant que trois fenêtres de front, fraîche, coquette et toute neuve. Quelques marches conduisent à la porte qu'un attique protége imparfaitement. Pendant que j'attends qu'on ouvre, je risque d'être asphyxié. Quelle fournaise !

C'est à la fois l'été des tropiques, moins ses moiteurs, et l'été des régions boréales, moins ses brises qui vous restaurent. On me fait entrer dans un salon qui prend toute la profondeur de la maison. J'y trouve de l'élégance, de la simplicité et un air militaire à ne pas s'y méprendre.

Je suis chez le général Sheridan.

J'avais fait avec lui la traversée d'Europe, et, l'hiver dernier, je l'ai aperçu à son passage

SHERIDAN.

par Rome. Il me fait le plus cordial accueil et je le revois avec un vif plaisir. Grant, Sherman, Sheridan ! voilà les trois astres, les trois héros qui ont brisé la confédération et, tant bien que mal, ressoudé avec leurs épées les deux moitiés de l'Union.

Le général Sheridan, d'origine irlandaise, est sorti de l'école militaire de Westpoint. Comme la plupart des élèves de ce célèbre établissement, il réunit à des connaissances solides une tenue martiale et les manières du gentleman, je dirais les manières européennes qui en général distinguent les officiers de l'armée des États-Unis. Si, sans le connaître, je l'avais rencontré dans la rue, à en juger seulement par sa tournure, je l'aurais pris pour un général autrichien.

Il n'a que trente-huit ans. Par une faveur spéciale du sort, il a pu immortaliser son nom à une époque de la vie où la plupart des jeunes officiers quittent à peine les grades inférieurs. Mais on lui donnerait au moins dix ans de plus. Sa large figure rougie par le hâle, ridée par les veilles, les émotions et les soucis, respire à la fois une naïve modestie et une noble fierté. Ses yeux bruns lancent des éclairs et témoignent du sang celtique qui coule dans ses veines. Ils accusent de l'intelligence, de la finesse, de la témérité et ce courage indomptable qui provoque, qui caresse, qui affronte le danger. Il porte les cheveux ras, et a la taille moyenne, les épaules carrées et le corps fortement membré. Ses détracteurs l'accusent de cruauté et le surnomment l'exterminateur des Indiens. Ses amis l'adorent tout simplement. Les uns et les autres l'appellent *dashing*. Et, en effet, on n'a qu'à le voir pour comprendre que c'est l'homme qui entraîne le soldat, qui le mène sans sourciller à la victoire ou à la mort. Son commandement embrasse près d'un tiers du territoire de l'Union. Il s'étend des bords de l'Illinois aux pentes orientales de la Sierra-Nevada, des frontières du Canada à celles du Nouveau-Mexique et d'Arizona. Il lui faudrait voyager pendant deux ans pour inspecter tous les postes militaires placés sous ses ordres. Et ce grand capitaine occupe modestement un petit bâton de perroquet qu'il a bâti lui-même, et qu'il est sûr de vendre sans perte, si les devoirs de son état l'obligeaient de quitter Chicago, sa résidence officielle. Ses bureaux se trouvent dans l'intérieur de la ville, au second étage d'une de ces grandes maisons banales où l'industrie, le petit et le grand commerce, la science et les arts se coudoient, et d'où le repos, le plaisir et la vie domestique sont bannis.

Aux États-Unis, dans ce milieu où tout se meut, rien n'est mouvant comme la vie publique et le monde officiel. La durée du pouvoir suprême dans les mêmes mains est fixée à quatre ans, et ne peut jamais dépasser le nombre de huit. A la sortie du président, tout le personnel de toutes les branches de l'administration et de la diplomatie, environ quarante mille fonctionnaires et employés, sont mis sur le pavé. L'armée seule fait exception, parce qu'elle est censée rester et jusqu'ici elle est en effet restée étrangère à la politique. C'est le rocher au milieu des sables. Aussi trouve-t-on dans ses rangs le plus d'indépendance et un sentiment de dignité qui, me dit-on, est assez rare dans les carrières civiles. En ce qui concerne particulièrement les généraux Sherman et Sheridan, les services si éclatants rendus par eux les mettent, à ce qu'on m'assure, à l'abri de toute tentative hostile. Ni le président, quel qu'il fût, ni une majorité prépotente n'oseraient les priver de leurs commandements. Étrange anomalie ! Une république où tout change, où rien n'est stable ni indépendant, excepté le pouvoir militaire !

Dans nos longues promenades à bord du *Scotia*, le général m'a souvent parlé, avec la lucidité du bon sens et la rude mais patriotique franchise d'un homme qui n'a pas besoin de se gêner, des questions brûlantes qui agitent son pays. S'il m'en a hardiment dévoilé les plaies, il m'a aussi montré les trésors matériels et moraux, les ressources inépuisables de sa grande patrie [1]. Comme tous les hommes publics qui ont fait réellement de grandes choses, qui ne sont pas seulement *quelqu'un* tant qu'ils occupent la grande situation qu'ils doivent à une ironie du sort, à une malice du hasard ou à l'intrigue, et d'où, couverts de ridicule ou de honte, ils disparaîtront tôt ou tard, Sheridan déteste la popularité. « Des démonstrations ! m'a-t-il dit, j'en ai horreur. Ces gaillards qui aujourd'hui vous déchirent les oreilles par leurs applaudissements, sont capables demain de vous jeter de la boue et des pierres. »

Ce fut l'an dernier, à Queenstown, au moment de toucher le sol d'Europe, que nous eûmes connaissance des débuts de la guerre entre l'Allemagne et la France. Pendant que je débarquais,

[1] Je regrette de ne pouvoir reproduire ces conversations. Le lecteur appréciera ma réserve. Je devrai d'ailleurs me l'imposer toutes les fois que je citerai le nom de mon interlocuteur.

le télégraphe annonça la bataille de Woerth, dont l'issue était encore incertaine. Le général
Sheridan avait eu l'intention de suivre le quartier général de l'empereur Napoléon. Les événements et, je crois, un refus des autorités militaires françaises l'ont décidé à se rendre au
camp prussien, où il fut accueilli avec empressement. On connaît les efforts infructueux qu'il
a faits devant Paris pour amener une cessation des hostilités. Il a ensuite, dans l'espace de

SHERMAN.

dix mois, visité presque tous les pays et toutes les cours d'Europe, et repris son commandement peu de jours avant mon arrivée à Chicago. Cette manière un peu encyclopédique de
parcourir le vieux monde en moins de temps qu'il ne nous en faudrait pour étudier les guide-
voyageurs est essentiellement américaine. Pour nous ce serait un trouble, une peine stérile,
une torture. Mais dans ce pays-ci l'homme est autrement fait. Rompu à la fatigue, toujours
pressé dans l'ordinaire de la vie plus qu'en voyage, habitué à dévorer les espaces, à prendre
ses repas en dix minutes, à courir toujours et partout, il est l'être privilégié de la locomotion.
Il voyage sans souffrir et sans se fatiguer. — Soit, mais les jouissances de l'esprit, l'étude

des objets d'art qu'on voit, les souvenirs historiques qui s'y rattachent ! — Rien de plus simple. Le soir on lit dans son *guide-book* ce qu'on verra le lendemain. — Mais l'esprit se lasse de recevoir et de digérer en si peu de temps des impressions si nombreuses et si variées. — Aucunement. D'abord ces impressions ne sont pas profondes, et ensuite il semble que les forces intellectuelles de l'Américain soient autrement façonnées que les nôtres. Sans doute les quelques récits de ce genre que j'ai lus m'ont paru singulièrement vides et très-superficiels. Sans doute la plus grande partie des voyageurs américains qu'on rencontre dans nos pays sont de nouveaux riches dépourvus de toute instruction littéraire. Mais j'en ai vu d'autres qui, malgré la rapidité de leur pèlerinage d'Europe, m'ont frappé par la justesse et, ce qui est plus étonnant, par la nouveauté de leurs appréciations. A en juger par le peu que le général Sheridan m'a raconté de son odyssée, je le place dans cette dernière catégorie. Il est d'ailleurs militaire, et c'est comme tel qu'il a voyagé. La contemplation d'un nouveau modèle de fusil ou de chaussure, la comparaison des diverses armées l'ont évidemment plus occupé et plus impressionné que la coupole de Saint-Pierre ou la chute du Rhin.

Une femme charmante, charmante par les manières, par son esprit cultivé et nourri d'une bonne et sérieuse lecture, appartenant à l'un de ces vieux États de l'Est qui ont encore conservé le cachet britannique, était ma voisine de table pendant une de mes traversées d'Amérique. Elle aussi revenait de son grand tour, et j'aimais à l'en faire causer. Ce qui m'intéressait d'abord, c'était l'absence de préjugés. Rien de conventionnel. Un certain courage moral de dire franchement ce qu'on éprouve. Le jugement un peu superficiel, mais les instincts justes et l'esprit toujours tourné aux choses pratiques. « Ah ! l'Autriche, me disait-elle, quel beau pays ! On nous a horriblement tourmentés à la douane sur la frontière de Hongrie. Mais je leur pardonne cela, à ces bons Autrichiens, ils sont si pratiques. » Je rougissais de plaisir. Je ne nous avais jamais entendu faire ce compliment. « Voyez seulement, continua-t-elle, comme ils savent bien étayer les poteaux du télégraphe ! Et à Vienne, avez-vous remarqué par quel procédé simple et ingénieux, au moyen de petits godets et d'une chaîne, on élève les briques aux étages supérieurs des maisons en construction ? Dans les environs de Salzbourg, j'ai admiré les échafaudages qui servent aux paysans pour sécher le foin. »

Les voyages d'Europe entrent dans l'économie sociale des Américains et en forment presque un élément régulier, indispensable. Quiconque prétend à l'élégance doit avoir visité le vieux continent. Autrefois, ceux qui avaient rempli ce devoir prenaient le nom de « hadji » (pèlerin), mais la génération actuelle répudie cette désignation ridicule. Ces voyages rappellent le grand tour des jeunes Anglais de bonne maison du dix-septième siècle. Ce sont surtout les femmes qui y attachent du prix. Il y a des hommes, des enrichis de la veille, qui, de propos délibéré, sacrifient à ce caprice la totalité de leur fortune. Ils voyagent avec des courriers, occupent les meilleurs appartements des meilleurs hôtels, roulent équipage, achètent des objets d'art. A leur retour, ils se trouvent vis-à-vis de rien. Mais n'importe. Ils se sentent ennoblis, satisfaits d'eux-mêmes et tout résignés à redescendre aux rangs infimes d'où ils étaient sortis, à redevenir boucher, colporteur, garçon d'auberge ou *porter*, selon leur capacité et leurs forces physiques. Les jeunes gens sérieux et rangés qui comptent se marier ont la précaution de s'assurer d'avance que l'objet de leur flamme n'a pas l'esprit tourné au voyage d'Europe. J'ai observé, dans une de mes traversées, un jeune homme qui évitait le commerce des autres passagers, et, retiré dans son coin, ne cessait de regarder sa montre. Un jour, je m'aventurai à lui demander le motif de son impatience. « Ce n'est pas de l'impatience, fut sa réponse, c'est des regrets. » Et il me tendit la montre. J'aperçus collée sur le cadran la photographie d'une tête de jeune femme. « C'est ma dame, mon épouse, disait-il, comment la trouvez-vous ? Vous la trouvez belle ? En effet elle l'était. Elle est morte et j'ai voulu me distraire. Je suis dans les fourrures, et un ami du même commerce m'a dit que Saint-Pétersbourg est une ville gaie. J'y suis allé, mais je n'y ai pas trouvé la gaieté. Je retourne donc en Amérique tel que j'en suis parti. Il me semble toujours entendre ma femme marcher tantôt à côté, tantôt derrière moi; mais quand je tourne la tête pour la voir, elle a disparu. C'est pour cela que je regarde ma montre, où j'ai fait mettre son portrait. Elle m'aimait, elle m'empêchait de faire des sottises, de dire du mal du prochain et d'aller le soir au *bar-room*. Elle était bonne ménagère, et ne m'a jamais demandé de la conduire en Europe. *No Europa-going, no such nonsense.* » Il me disait cela d'un ton sec et sans que sa figure banale trahît la moindre émotion. Je le perdis de vue pendant le reste du voyage, et ne le rencontrai qu'au moment du débarquement. Je demandai alors à voir sa montre. Cette marque de sympathie le toucha. Il rougit et je vis une larme briller dans ses yeux ternes et insignifiants. *She was very fond of me,* dit-il, *and never spoke of Europa-going.*

C'est le troisième jour que je suis à Chicago, et il me semble avoir épuisé la matière. Dans l'Ouest, les villes sont promptement vues et elles se ressemblent toutes. On peut en dire autant des hôtels qui remplissent un si grand rôle dans la vie non-seulement des voyageurs, mais aussi des résidents. Un grand nombre de familles, surtout les nouveaux mariés, vivent dans les auberges [1]. Cette méthode sauve la dépense d'un premier établissement et les ennuis du ménage; elle facilite aussi les déplacements, si fréquents dans la vie des Américains, d'une ville à une autre. Mais elle a l'inconvénient de condamner la jeune femme à l'isolement et à l'oisiveté. Pendant la journée, le mari est à ses affaires. Il rentre aux heures des repas qu'il avale en silence avec la férocité de l'homme affamé. Puis il retourne à sa galère. Les enfants, s'il en a, lorsqu'ils ont atteint l'âge de cinq ou six ans, fréquentent les écoles, s'y rendent et en reviennent seuls, passent le reste de leur temps comme bon leur semble, jouissent en un mot de la plus entière liberté. L'autorité paternelle est à peu près nulle, ou elle ne s'exerce pas. Quant à l'éducation, on ne leur en donne aucune; mais l'instruction, toujours publique, est comparativement forte et elle est surtout accessible à tous. Ces petits gentlemen ont le verbe haut, le regard altier et fin (*sharp*) de l'homme mûr de leur nation; ces petites dames de huit à dix ans brillent déjà dans l'art de la coquetterie, de la *flirtation*, et promettent de devenir de *fast young ladies*. Mais elles seront de fidèles épouses; si leur mari a fait de bonnes affaires, elles l'aideront, par un luxe effréné de toilette, à se ruiner; elles accepteront la misère avec résignation et sérénité, et se lanceront dans les mêmes folies, le jour où la fortune leur aura souri de nouveau.

Le foyer domestique, si cher à l'Anglo-Saxon, ne forme qu'un élément secondaire dans l'existence de ses cousins d'outre-mer. Cela s'explique d'ailleurs aisément. Dans le nouveau monde, l'homme naît conquérant. Toute sa vie est une lutte constante, une concurrence forcée, à laquelle il ne peut se soustraire, une course au clocher ouvrant, à travers de terribles obstacles, la perspective de gains immenses. Il ne veut, il ne peut pas rester les bras croisés. Il faut qu'il s'engage, et, une fois engagé, il faut qu'il marche et qu'il marche toujours; car, s'il s'arrêtait, ceux qui le suivent l'écraseraient sous leurs pas. Pénétrer dans la forêt vierge, y tracer des clairières qui serviront de routes aux frères de la prochaine génération, transformer en terres labourables l'océan verdoyant des prairies qui se déroule devant lui, arracher à la barbarie les Peaux-Rouges, ce qu'il fait en les exterminant, ouvrir les voies à la civilisation et au christianisme, vaincre enfin la nature sauvage et faire la conquête d'un continent, voilà la mission que la Providence lui a assignée. Sa vie n'est qu'une seule et longue campagne, une suite non

---

[1] Ce que l'on va lire sur la vie de famille et les femmes américaines s'applique surtout aux États de l'Ouest et du Pacifique. La Nouvelle-Angleterre offre, sous ce rapport, plus d'analogie avec l'Europe.

nterrompue de combats, de marches et de contre-marches. Les douceurs, l'intimité du foyer domestique ne trouvent que fort peu de place dans sa fiévreuse et militante existence. Est-il heureux? A en juger par son air fatigué, triste, inquiet, souvent délicat et malsain, on serait enclin à en douter. L'excès du travail non interrompu ne saurait convenir à l'homme. Il épuise ses forces physiques, il exclut les jouissances de l'esprit et le recueillement de l'âme.

Mais c'est la femme qui souffre le plus de ce régime. Elle ne voit son mari qu'une fois dans la journée, une demi-heure tout au plus, et le soir, quand, brisé de fatigue, il rentre pour chercher le sommeil. Elle ne peut alléger le fardeau qu'il porte, partager ses peines, ses soucis et ses travaux qu'elle ne connaît guère, puisque, faute de temps, le commerce des âmes existe à peine entre eux. Comme mère aussi, sa part à l'éducation de ses enfants est minime. Ceux-ci passent la plus grande partie de la journée hors de la maison et s'élèvent eux-mêmes. Ils ignorent l'obéissance et le respect dus aux parents, mais ils apprennent aussi à se passer de leur protection et à se suffire à eux-mêmes; ils mûrissent vite et se préparent, dès l'âge le plus tendre, aux fatigues et aux luttes de la vie surexcitée, âpre et aventureuse qui les attend. Enfin, si on est en pension dans un de ces caravansérails, la femme n'a pas même la ressource des distractions et des petits soucis du ménage.

Est-ce comme compensation de ces privations que la société américaine l'entoure de priviléges et d'égards inconnus dans le vieux monde? Partout et à toute heure, elle peut paraître seule en public. Seule, elle voyage des bords de l'Atlantique au golfe du Mexique ou aux États du Pacifique. Partout elle est l'objet d'une galanterie qu'on pourrait appeler chevaleresque si elle était moins banale, et qui parfois tourne même au grotesque et au ridicule. Je suis assis dans un des tramway-cars qui parcourent les rues principales des grandes villes. Un léger coup de parasol ou d'éventail m'arrache à mes pensées ou au sommeil, et voilà fièrement dressée devant moi une jeune femme qui me toise de pied en cap d'un regard hautain, impérieux, voire même courroucé. Je m'empresse de me lever et elle prend ma place sans daigner me remercier, ne fût-ce que par un sourire ou un regard. Je suis pourtant obligé de faire le reste du voyage debout dans une position assez incommode, et en m'accrochant péniblement à une courroie posée à cet effet le long du plafond de la voiture. Un jour, une jeune fille avait expulsé, d'une façon particulièrement cavalière, un vieillard infirme. Au moment où elle quittait la voiture, un des voyageurs la rappela : « Madame, lui dit-il, vous avez oublié quelque chose. » Elle revint précipitamment sur ses pas. « Vous avez oublié de remercier monsieur. »

Des voyageurs européens ont beaucoup admiré cette galanterie. Je la trouve, je le répète, banale, banale comme tant de choses en Amérique, comme, par exemple, dans les auberges, le luxe des salles publiques dont le riche mobilier est si peu en harmonie avec la société fort mêlée qu'on y rencontre. D'un autre côté, c'est la mode de jeter le blâme sur la femme américaine. On la trouve coquette, frivole, dépensière et courant après les plaisirs. Ces accusations me paraissent injustes. Elle porte l'empreinte de la situation qui lui est faite et de l'atmosphère qu'elle respire. Jeune fille, elle suit le penchant de son sexe, qui n'est pas, comme chez nous, contenu et réglé par les enseignements et l'exemple de la mère; elle désire plaire, et, si elle est d'un naturel vif, elle deviendra *fast,* c'est-à-dire, par des rires bruyants, par des regards provocquants, elle tâchera d'attirer et de retenir autour d'elle le plus grand nombre possible de jeunes gens. Mais cette coquetterie de village, quelque contestable qu'en soit le goût, dépasse rarement certaines limites. Seulement, blanc-bec et nouveau débarqué d'Europe que vous êtes, ne vous y laissez pas prendre! Soyez sur vos gardes! Il y a toujours un père, un frère, un oncle qui, le revolver, le *bowing-knife,* le cure-dent d'Arkansas sous le bras, est tout disposé à vous demander d'un air poli si vos intentions sont pures et honnêtes.

La femme mariée est, règle générale, on ne peut plus respectable. Si elle aime trop la toilette, c'est que son mari le veut. Si on la voit beaucoup dans la rue, c'est qu'elle n'a rien à faire chez elle. Si elle prend des allures d'émancipée, c'est qu'elles lui sont octroyées par la société. C'est du reste un manque de goût, ce n'est pas un crime. Elle a l'esprit assez nourri. car elle lit beaucoup, surtout des romans, mais aussi les auteurs classiques anglais et des encyclopédies, et elle fréquente les lectures publiques que des littérateurs ambulants tiennent dans toutes les villes un peu considérables de l'Union. Quoiqu'elle jouisse de la plus grande liberté, quoiqu'elle vive souvent, bien plus que la femme européenne, isolée et dans le désœuvrement, sa conduite est irréprochable. Dans les très-grandes villes, surtout à New-York, les mauvais ménages, les scandales, les vices ne manquent naturellement pas ; mais, somme toute, la vie de famille est saine, et la femme digne des égards respectueux dont elle est l'objet dans la société américaine.

UNE RUE DE CHICAGO (MADDISON STREET).

PULLMAN-CAR (EXTÉRIEUR).

VI

DE CHICAGO A SALT-LAKE-CITY

DU 1er AU 4 JUIN

M. Pullman et ses *cars*. — Le Mississipi. — Agrément d'une course au clocher exécutée par deux trains. — Omaha. — Les prairies. — La vallée de la Platte. — Les Indiens. — Un chef de gare scalpé. — Les stations du chemin du Pacifique. — Cheyennes. — Les *roughs*. — Existence des officiers de l'armée des États-Unis dans le *Far-West*. — Passage des Montagnes Rocheuses. — Descente effrayante des monts Wahsatch. — Brigham Young à Ogden. — Arrivée dans la capitale des Mormons.

J'ai fait à Chicago la connaissauce d'un grand homme. Tout le monde a entendu parler des *Pullman-cars*. Ceux qui ont de grandes distances à parcourir tâchent de s'en servir et s'étonnent que ce véhicule philanthropique n'ait pas encore été introduit sur les chemins de fer d'Europe. L'inventeur, qui revient de Constantinople et de Vienne, m'a dit : « Les Européens ne sont pas encore mûrs pour ces sortes de confort; ils ne savent pas voyager, mais peu à peu ils l'apprendront et ils m'apprécieront. »

M. Pullman est un homme jeune encore ; il a la physionomie intelligente, l'air grave, le port majestueux. Il parle peu et comme quelqu'un qui a le sentiment de sa valeur et celle de son temps dont chaque minute représente un nombre considérable de dollars et de cents. A force d'études et d'expériences, grâce aussi à son esprit riche en expédients et à beaucoup de patience, il est parvenu à résoudre ce problème : protéger le voyageur en chemin de fer coutre le froid, contre la chaleur, contre la poussière, contre le bruit, contre le cahotement, et l'entourer de tous les agréments d'une maison bien montée. Le luxe de l'ameublement et les ornements surchargés de ses cars sont peut-être d'un goût contestable, mais ils ont l'approbation du public américain. Une voiture pareille coûte de vingt à vingt-cinq mille dollars. Il s'ensuit, pour ceux qui s'en servent, une augmentation de dépense, qui d'ailleurs est plus que compensée par les

9

commodités et surtout par les garanties pour la santé que présente ce mode de locomotion. En Amérique, les distances sont immenses, et on les parcourt ordinairement sans s'arrêter. De New-York à la Nouvelle-Orléans, on compte près de dix-huit cents milles, à San-Francisco trois mille trois cents milles. Ce dernier trajet s'accomplit en sept jours et sept nuits. On comprend alors l'importance des *Pullman-cars* et la popularité dont ils jouissent. En Europe, au contraire, il arrive très-rarement qu'un voyageur soit obligé de passer en route, sans interruption, plus de trente-six ou quarante-huit heures. Un surcroît de dépense y est donc moins justifié, et je pense que c'est là, chez nous, le véritable obstacle à l'introduction de ces voitures. Elles roulent aujourd'hui sur presque toutes les grandes lignes du territoire de l'Union. Tout le matériel de cette entreprise a passé dernièrement entre les mains d'une compagnie dont M. Pullman est le président, le directeur général et le principal actionnaire. On me dit que les actions rendent au delà de douze pour cent et que lui-même est millionnaire.

Ce matin il m'a reçu à la gare et placé dans une de ses voitures contenant un *state-room*.

(WAGON-SALON) PULLMAN-CAR.

C'est ainsi qu'on appelle un petit salon qui, situé au centre du wagon, en prend toute la largeur, sauf un étroit couloir réservé à la circulation entre les deux extrémités de la voiture. Pendant la nuit, le state-room est transformé en chambre à coucher, le matin en cabinet de toilette. Tous les aménagements sont parfaits. Un homme qui fait des choses parfaites, quelle que soit sa sphère d'activité, est un homme hors ligne. J'ai observé avec plaisir les marques de respect dont le public, les employés, les ouvriers entouraient M. Pullman pendant qu'il me conduisait lentement et solennellement à travers les halles fort étendues de la grande gare. C'était Louis XIV traversant les antichambres de Versailles. Si vous voulez vous convaincre de l'inanité des rêves d'égalité, venez en Amérique. Ici comme ailleurs, comme partout, il y a des rois et des princes. Il y en a toujours eu et il y en aura jusqu'à la fin des temps.

Trois chemins de fer appartenant à trois compagnies différentes mènent d'ici au bord du Missouri en face d'Omaha. On a choisi pour moi le plus long. Il s'intitule C. B. Q. R., ce qui signifie *Central Burlington and Quincy Railroad*. Sur les trois lignes, les trains partent et arrivent presque en même temps. C'est une sorte de course au clocher. Des deux côtés des rails, s'enfuient sous le regard les plaines à peine ondulées de l'Illinois. Partout on aperçoit des fermes entourées de jardins, de quelques arbres maigres, mais élancés, et de champs, ce qui donne au voyageur l'illusion de se croire en pays cultivé. En réalité, pour gagner cet État à la civilisation, il faudrait des millions de bras.

Nous sommes partis dans la matinée. A cinq heures, le dîner est annoncé. On le sert dans le *dining-car*, et il est digne des meilleurs hôtels de New-York, toujours en exceptant Prevost-house qui, dans les deux hémisphères, n'a pas son pareil. Ces repas n'ont qu'un inconvénient, mais il est souverain et insurmontable. Le convoi est constamment enveloppé d'épais nuages de poussière. Pour s'en défendre, on arrête la ventilation et on ferme les doubles fenêtres. De là une atmosphère étouffante, torride, imprégnée d'odeurs de cuisine. Aussi le système des wagons à dîner, qui de plus paye mal, sera-t-il probablement abandonné. On y a déjà renoncé sur les lignes du Pacifique au delà du Missouri.

PULLMAN-CAR (WAGON-LIT).

A sept heures, nous traversons au pas le Mississipi sur un pont de récente et hardie construction. Il semble ployer sous notre poids et communique aux voitures le mouvement de barques naviguant sur une mer légèrement agitée. Ce fleuve immense roule ses eaux silencieuses entre des bords boisés et presque plats, magiquement éclairés à l'heure qu'il est par les derniers rayons du soleil. La beauté étrange du paysage vous saisit précisément peut-être à cause de la simplicité de ses éléments. Il porte le cachet d'une profonde mélancolie et d'une sauvage grandeur. C'est une de ces scènes qui se gravent à jamais dans la mémoire du voyageur. A peine arrivés sur la rive droite, un retour de terrain nous permet de jeter un regard en arrière et de contempler le pont que nous venons de franchir. Sur le ciel flamboyant se dessine une toile d'araignée coupée en haut horizontalement. On se demande comment ce tissu de filigrane peut porter des convois. A ce moment, une locomotive seule passe lentement et comme en hésitant. Elle me rappelle Blondin sur son câble, et involontairement je ferme les yeux.

Après une courte halte à Burlington, le train s'engage à toute vapeur dans les prairies, verdoyantes en cette saison, du jeune État d'Iowa. Parfois de belles touffes d'arbres en rompent la monotonie.

Il fait nuit close; mais dans le fumoir il y a joyeuse compagnie. M. B., riche banquier de San-Francisco, homme du monde, dont les manières ne laissent rien à désirer, un attorney-general de Nebraska, type du fermier du *Far-West*, qui rit, qui chique, qui crache et n'a rien du barreau, un grand industriel de Pensylvanie font les frais de la conversation. On parle un peu de tout : du traité Alabama, du mécontentement dans le Sud, du président Grant, de ses chances aux prochaines élections, et, sans troubler la sérénité de notre attorney-general, de la déplorable vénalité des juges. Un thème singulièrement irritant est celui des tarifs. Le banquier californien et le propriétaire d'usines de Pensylvanie le traitent avec une grande vivacité. On s'échauffe de part et d'autre, mais on ne se fâche qu'à demi. On aime l'hyperbole et on en use largement. Pas une parole hargneuse ou blessante. J'ai plus d'une fois assisté à des débats semblables, et, à travers tout ce vacarme de paroles, creuses quand on aborde les questions de théorie ou de haute politique, remplies de gros bon sens et de verve quand il s'agit de la vie pratique, j'ai toujours remarqué que, sous des sarcasmes d'ailleurs inoffensifs à cause même de leur exagération, perce un fond de bonhomie, une absence d'amertume qu'on ne rencontre guère chez nous entre des antagonistes. Cela s'explique aisément. Dans cette jeune société qui dispose d'espaces illimités, il n'existe pas, pour l'individu, de questions vitales, en ce sens que chacun est sûr de trouver le pain pour lui et pour les siens, de ne pas mourir de faim. S'il ne réussit pas dans l'Est, il passera au Nord ou à l'Ouest. Dans le conflit des intérêts divers — je parle ici des intérêts des particuliers et non des luttes politiques — il peut y avoir des chocs, des contusions, mais aucun des combattants n'est écrasé, aucun ne reste sur le carreau. Il est tout au plus jeté en dehors de la voie qu'il avait suivie. Libre à lui d'en choisir une autre. Aucun préjugé ne l'en empêchera, et, ce qui est l'essentiel, il y a de la place pour tout le monde. Il s'ensuit que, dans les duels de la parole aussi, on se bat au premier sang et non à outrance. L'Europe ne jouit pas de ces avantages. Les préjugés, les traditions, l'usage, souvent les dispositions de la loi, surtout la concurrence, ce terrible ennemi de la jeunesse qui débute, forment, dans notre vieille société, autant de barrières difficiles, sinon impossibles à franchir. Celui qui a échoué parvient rarement à se remettre à flot; celui qui a sombré a de la peine à surnager, à trouver une nouvelle embarcation, à changer de route. Il ne peut pas, comme cela se voit ici tous les jours, être aujourd'hui boucher ou garçon d'auberge, demain banquier, revenir ensuite à son point de départ, pour être plus tard général de milice, avocat ou ministre de quelque congrégation religieuse. En un mot, il est en Europe plus difficile de gagner sa vie, la concurrence y est plus âpre, et, dans ces conflits, il s'agit d'intérêts vitaux, de la grande question d'être ou ne pas être. Quoi d'étonnant si à l'acharnement de la lutte répond l'acharnement de la discussion!

La nuit avance. Nous filons cinquante à soixante milles à l'heure; la conversation ne tarit pas. Mais quel groupe grotesque nous formons! Il y a de ces attitudes qu'on ne voit que dans le *Far-West*. J'ai, pour ma part, la tête encadrée de deux grosses bottes à l'écuyère; elles renferment les pieds d'un grand et maigre monsieur qui est assis derrière moi et trouve commode d'allonger ses jambes par-dessus mon fauteuil. C'est un riche cultivateur de l'Illinois. Il ne prend part à la causerie que dans les rares intervalles où sa bouche n'est pas remplie de tabac; mais, quand il parle, il s'exprime avec emphase. « La forme républicaine, dit-il, a fait son temps. Ce qu'il nous faut, c'est une dictature. Il y a dans les États deux classes d'hommes : ceux qui payent et ceux qui sont payés, les contribuables et les fonctionnaires du gouvernement. Les premiers détestent et méprisent ces derniers. Tout va à la diable, et un dictateur militaire sera seul capable de mettre l'ordre dans nos affaires. » Ce thème fut discuté longuement. A la fin on tombait d'accord sur la nécessité de conserver la république. « Elle est indispensable, disait-on, aussi longtemps que nous disposerons d'énormes terrains incultes. Quand l'Amérique sera remplie d'habitants, elle aura besoin d'une dictature militaire. »

Ce n'est pas la première fois que j'entends exprimer cette pensée. Je suis étonné qu'on discute si souvent la forme du gouvernement. La constitution actuelle est acceptée comme un fait, et, par le temps qui court, comme une nécessité. Mais personne ne semble avoir le culte de la république. Beaucoup de gens en sont dégoûtés et l'avouent franchement. Les plus fervents républicains se trouvent parmi les nouveaux immigrés allemands, et eux aussi ne tardent pas à modifier leurs idées. Mais on se tromperait fort si on supposait aux citoyens des États-Unis des tendances monarchiques. On souffre par l'absence d'un pouvoir fort. C'est pour cela qu'on parle avec complaisance d'une dictature militaire, non comme d'une éventualité prochaine, mais plutôt comme d'un rêve irréalisable. Il en est tout autrement quand on met sur le tapis la question du démembrement du grand empire américain. Alors les esprits s'enflamment, les hommes du Nord parce qu'ils sont déterminés à maintenir l'intégrité du territoire à tout prix et contre tous, et la guerre civile prouve que ce ne sont pas là de vaines paroles; les hommes du Sud parce qu'ils sont tout aussi décidés à saisir la première occasion pour revenir à la charge, pour accomplir la séparation. C'est un thème qu'on fait bien d'éviter; il donne lieu à des explosions de colère, souvent à des voies de fait, car il touche à des intérêts à la fois vitaux et irréconciliables.

2 juin. — A neuf heures du matin nous passons devant les Council-Bluffs, des mamelons isolés ainsi appelés parce que naguère ils servaient de rendez-vous entre les chefs des Indiens et les agents du gouvernement. Peu d'instants après, nous apercevons le Missouri. Il serpente tristement entre de bas coteaux dépourvus d'arbres, et, à ce qu'il paraît, de toute végétation. L'eau et la terre portent la même couleur, celle de la boue. Mais, si ce grand fleuve présente à l'œil un aspect peu attrayant, nous sommes dédommagés par une de ces émotions qui, dans ce pays-ci, viennent parfois interrompre la monotonie des voyages en chemin de fer. Il a été dit qu'il y a trois compagnies rivales. Leurs voies se séparent d'abord, suivent ensuite une direction parallèle, convergent enfin et se terminent à Missouri-Station. Sur ces trois lignes, trois trains quittent Chicago presque à la même heure. Quelques minutes avant d'entrer en gare, nous voyons l'un des convois antagonistes approcher à toute vapeur. Le directeur de notre locomotive tient à honneur d'arriver, et arrive en effet le premier. Par miracle, il ne se brise pas en éclats contre le train qui entre quelques instants après nous; par un autre miracle, il ne se précipite pas dans la rivière. Le pont n'étant pas achevé, un bac transporte les voyageurs en peu de minutes à Omaha, sur la rive droite du Missouri.

C'est à une grande tribu indienne que cette jeune ville, située au milieu d'une région qu'on commence seulement à défricher, a emprunté son nom. En 1860, elle comptait deux mille habitants. Dans les années suivantes, leur nombre s'est plus que quadruplé. Il a atteint son maximum, environ seize mille, pendant l'exécution des travaux du chemin de fer du Pacifique; mais, depuis l'achèvement de la ligne, Omaha a perdu beaucoup de son importance et une grande partie de sa population.

Les voyageurs s'arrêtent ici près de deux heures. Pendant que l'on forme le train, je me promène autour de la gare. Un jeune Français en blouse, à la physionomie intelligente, aux mains calleuses, à la parole facile et qui s'énonce sur les malheurs de son pays, leurs causes et leurs suites avec une lucidité remarquable, le premier émigré de sa nation que je rencontre depuis que j'ai quitté les bords de l'Atlantique, veut bien me servir de guide, et ici, pour la première fois, je me trouve en face de la nature sauvage sur les confins de la vie civilisée. Tout respire le combat, le combat victorieux avec le sol qui se résigne enfin à ouvrir ses trésors, avec les intempéries du climat, avec les maîtres détrônés de ces régions solitaires, le buffle et l'Indien.

A midi, nous quittons la gare d'Omaha pour traverser le territoire de Nebraska dans toute sa longueur.

Le U. P. R. R., l'*Union Pacific Railroad*, n'a qu'une voie, qui d'ailleurs suffit amplement à la circulation, et on voyage à très-petite vitesse, c'est-à-dire vingt à vingt-cinq milles à l'heure. Il y a un départ par jour. M. Pullman a eu la bonté de me faire réserver par télégramme un petit compartiment appelé *state-room*.

Le ciel est chaud et splendide, le pays ressemble à la mer à s'y méprendre. Aucune terre n'est en vue. C'est l'Océan, mais un océan vert foncé et brillant sous le soleil, vert clair et transparent du côté opposé. Voici donc les grandes, les vraies prairies. En les regardant, en aspirant cet air tiède, élastique, embaumé, vos poumons se dilatent. C'est l'image, la sensation de l'expansion individuelle, de la liberté sans bornes. Prisonnier moi-même dans ma cellule errante, j'envie à ces deux cavaliers qui paraissent et disparaissent tour à tour sous l'herbe, le bonheur de courir à bride abattue dans ces régions illimitées.

Le chemin de fer suit constamment la gauche de la Platte. Sur la rive droite, on aperçoit encore la route ou plutôt les sillons tracés par les chars attelés de bœufs des caravanes qui naguère traversaient ce continent. Le conducteur nous montre trois ou quatre points noirs. Ce sont des antilopes ; nous n'avons guère pu les distinguer ; mais à Fremont, au dîner, et au souper à Grand-Island, nous avons goûté de la chair de cet animal. Elle est un peu dure et rappelle le chevreuil. A Columbus, à quatre-vingt-douze milles d'Omaha, nous avons atteint le centre géographique des États-Unis.

...Rare et étrange beauté de la soirée. Le ciel, or liquide à l'ouest, vert clair au-dessus de nous, bleu foncé vers le levant. L'air d'une transparence et d'une pureté indescriptibles. Un seul nuage est visible. Tout près du disque du soleil couchant, il dessine ses contours fantastiques sur un fond d'or mat ; à chaque instant, il lance des faisceaux d'éclairs. Au moment où l'astre du jour disparaît derrière la ligne horizontale de la prairie, des ondées passent sur nous, et un froid intense succède soudainement aux chaleurs de la journée.

3 *juin*. — Pendant la nuit, toujours en suivant les bords de la Platte, nous entrons dans le pays des buffles. C'est ici qu'ils passent et repassent la rivière ; ils cherchent en hiver un climat plus tempéré et reviennent au printemps. Cette région a, de l'est à l'ouest, une étendue d'environ deux cents milles. Mais où sont les troupeaux que l'imagination de quelques voyageurs évoque dans leurs descriptions, un peu trop colorées, du chemin du Pacifique ? Ils les ont vus, mais seulement avec l'œil de l'esprit et non en réalité, car, à l'exception des deux très-courtes époques de leur passage, les buffles ont complétement disparu du rayon de la voie ferrée. Nous parcourons la vallée du Wood-river, le théâtre de tragédies inédites qui ne seront jamais connues, puisque tous les personnages blancs du drame ont été scalpés, et de guerres sanglantes entre les premiers colons et les anciens maîtres du pays. Plus loin, au milieu de la nuit, pendant une halte, à Willow-Island, je crois, on me montre quelques blockhouses, crénelées et entourées de fossés. A toutes les stations, on voit de petits détachements de troupes qui ont la pénible et souvent dangereuse mission de surveiller les Indiens et de pourvoir à la sécurité des gares et des voyageurs. Heureusement, en ce moment-ci, les Peaux-Rouges ne sont pas « sur le sentier de la guerre », *on the war path ;* aucune attaque combinée de forces considérables n'est à craindre ; mais malheur au voyageur qui, dans un lieu solitaire, et la solitude est ici partout, se laisserait surprendre ! malheur au settler qui n'est pas préparé à riposter par des coups de feu à une agression nocturne ! Car, même en temps de paix comme celui où nous

vivons, il y a des amateurs tout disposés à faire main basse sur les blancs qui pourraient se trouver sur leur chemin. Si vous êtes nerveux, n'écoutez pas ou du moins ne croyez pas ce qu'aux stations, pendant les courtes haltes et dans les wagons à fumer de votre convoi, on vous raconte des Indiens. Tout cela n'est certes pas l'Évangile, mais, même en faisant une large part à l'exagération, il en reste toujours assez pour faire frémir, surtout lorsqu'on vous débite ces histoires émouvantes sur les lieux mêmes qui en ont été le théâtre. Un colporteur qui fait régulièrement le voyage de Montana veut bien m'exposer toutes les sensations que l'on éprouve pendant que l'on est scalpé. C'est *l'après*, dit-il, qui est le plus terrible, puisque c'est une agonie lente et atroce. Quant à l'opération, c'est l'affaire d'un moment. Il y a très-peu d'exemples

STATION D'OMAHA, POINT DE DÉPART DU CHEMIN DE FER DU PACIFIQUE.

qu'un homme scalpé ait survécu à ce supplice. Nous en verrons un spécimen demain ; il est chef de l'une des gares de l'*Union Railroad*, et le conducteur « m'introduira » auprès de cet être presque unique qui sait vivre avec un crâne complétement dégarni de chair et de peau. Au reste, grâce aux mesures, qu'on dit excellentes, prises par le général Sheridan, la route est sûre dans tout son parcours, sauf toujours les accidents. Tâchez de ne pas dévoyer, tâchez de n'avoir pas d'arrêt forcé entre deux stations, et ne vous placez pas dans le dernier wagon.

Vers le matin, nous arrivons à North-Platte-City, autrefois un établissement florissant, car c'était ici qu'on chargeait les wagons des caravanes en destination pour le Colorado et le Mexique. L'achèvement de la ligne a ruiné cette ville et réduit sa population à la dixième partie de ce qu'elle était il y a deux ans. Au lever du soleil nous nous trouvons à près de quatre milles au-dessus de la mer. On arrête pour déjeuner à Sidney.

Toutes ces stations se ressemblent. Elles consistent en quelques maisons en planches ; souvent ce n'est qu'un échafaudage de poutres tendues de toile. Des Indiens déguenillés portant les restes des chemises et des pantalons que le *big father*, le Président de la République, leur fait distribuer annuellement, se tiennent aux alentours, fixent sur vous un regard hâve et stupide, grattent leur peau et leur chevelure, offrent, en un mot, le tableau de la dernière dégradation. Ce sont des Indiens amis, *friendlies*, c'est-à-dire qui ont renoncé à la vie nomade et guerrière, et qui sont censés être tant soit peu entrés dans le giron de la civilisation. Les femmes portent leurs enfants, dos à dos, sur leurs épaules, en sorte que ces pauvres petites créatures doivent forcément suivre les mouvements de la mère. J'ai vu des femmes qui, profondément inclinées sur un étang, lavaient du linge en tenant leur enfant sur le dos complétement renversé.

Mais nous n'avons pas de temps à perdre. Il y a trente minutes d'arrêt pour chaque repas — trois par jour. Tout le monde se précipite vers l'homme de couleur qui frappe le gong furieusement, tout en vous indiquant l'entrée du restaurant. Cependant la locomotive lâche bruyamment sa vapeur. C'est un vacarme infernal. Les passagers courent vers la porte, tâchent de conquérir une chaise, profitent enfin le mieux qu'ils peuvent de leurs trente minutes. Aux trois repas, le menu est toujours le même : un plat d'antilope, un ou deux plats sucrés et du café. C'est une nourriture simple et saine, et, vu les localités, on n'a pas le droit d'être exigeant. On est aussi très-bien servi, le plus souvent par de jeunes filles. Au bruit du dehors a succédé le silence profond propre aux Américains pendant qu'ils mangent. On n'entend que le glapissement des fourchettes. Après dix minutes, tout le monde a fini, et on se hâte de sortir en déposant un dollar entre les mains du propriétaire qui se tient près de la porte. Les hommes courent au *bar room ;* les femmes, dont le nombre est d'ailleurs fort restreint, se promènent sur le perron. Puis le conducteur se met à crier : « A bord, messieurs ; » et quand il a dit *all on board*, le convoi se met en mouvement au son d'une cloche d'église suspendue au-dessus de la locomotive.

Le pays, au sortir de Sidney, est plat. Sur l'horizon paraissent des mamelons noirs. Le chemin traverse des prairies fort vantées par les agents de la compagnie comme offrant d'excellents pâturages, mais qui, je l'avoue, m'ont paru de bien maigre apparence.

Nous venons d'entrer dans le territoire du Wyoming, célèbre par sa législature qui a émancipé la femme. Jusqu'ici aucun autre État ou territoire de l'Union ne s'est hasardé à suivre cet exemple. A midi, nous arrivons à *Cheyenne-City*, plus de six mille pieds au-dessus de la mer. Cette ville, la plus importante depuis Omaha, consistait, il y a quatre ans, en une seule maison. Peu après, elle comptait six mille habitants, mais elle est descendue à trois mille depuis l'achèvement de la ligne. Dans les premières années de son existence, elle était comme Denver, comme Julesburg, comme tant d'autres villes improvisées de ces contrées, le rendez-vous des *roughs*. L'orgie s'y était déclarée en permanence, le meurtre et l'assassinat se trouvaient mis à l'ordre du jour. Pour me servir du langage de la localité, ces jeunes *rowdies* déjeunaient tous les matins avec un homme : c'est-à-dire, il ne se passait pas de nuit sans que dans les maisons de jeu et de débauche dont se composaient en grande partie ces jeunes villes, il y eût au moins un homme de tué. A la fin, les habitants tranquilles et honnêtes de Cheyennes improvisèrent un comité de surveillance, et, « un matin, dit mon *Great Transcontinental-Railroad-Guide-book*, on put apercevoir suspendus à une corde, et à une élévation convenable au-dessus du sol, plusieurs de ces desesperados. Les autres comprirent l'avertissement, et, n'ayant aucun goût pour la corde, prirent tranquillement la tangente. En sorte que Cheyennes est devenue une ville parfaitement respectable. »

En remontant dans nos wagons, nous rencontrons sur le perron les officiers du fort Russell, situé à trois milles d'ici. Accompagnés de leurs *ladies*, ils sont venus dans des voitures de forte construction, assez élégantes et très-bien attelées. Ils tiennent à voir passer le train, à jouir pendant quelques instants du spectacle de la civilisation. Courte vision qui s'évanouit aussitôt, mais qui, avec la chasse aux buffles, forme leur seule distraction. Quelle existence ! regardez autour de vous, c'est la désolation. Maintenant, dans la plus belle saison, vous ne voyez que

INDIEN DES PRAIRIES QUI A SCALPÉ SON ENNEMI MORT (page 71).

du sable, de la boue sèche, de l'herbe grise de l'année dernière entremêlée d'un peu de verdure fraîche. Que sera-ce en été ? Et puis, les frimas de l'hiver ! Et voilà des hommes fort instruits, parfaitement élevés, habitués probablement à tous les agréments de la vie civilisée, au luxe des grandes villes atlantiques, les voilà condamnés à passer la plus belle partie de leur vie avec des

10

Indiens et des rowdies. Ils sont, il est vrai, bien rétribués, mais ce n'est pas la solde qui peut les retenir. En Amérique, qui veut devenir riche n'embrasse pas l'état militaire. C'est le sentiment du devoir et l'amour du métier qui leur font endurer ces rudes épreuves. J'aime cela, et j'aime aussi qu'ils trouvent des femmes assez héroïques et assez dévouées pour partager leur exil.

DALESBRIDGE.

A partir de Cheyennes, la voie gravit rapidement la crête des Montagnes Rocheuses. Nous voilà à Sherman, le point culminant du *Pacific Railroad*[1], situé à une élévation qu'aucun autre chemin de fer du monde n'a atteinte. L'air est sec et raréfié, la respiration un peu gênée. La descente, très-périlleuse vers le haut plateau appelé le parc de Laramie, s'opère heureusement.

[1] Huit mille trois cent quarante-deux pieds au-dessus de la mer.

La vue sur plusieurs pics des Rocky-Mountains au milieu desquels nous nous trouvons ne peut se représenter avec des paroles. Des ravins et des vallons plats, puis des horizons qui, malgré l'extrême transparence de l'atmosphère, se perdent dans l'infini. On nous montre deux cônes couverts de neige qu'on affirme être le Long Peak et le Pike Peak, l'un à soixante-dix et l'autre à cent soixante milles de distance ! Autour de nous, des blocs noirs de granit. De loin en loin, des groupes de pins et d'arbres-coton (*cotton-wood*). L'ensemble sauvage, grandiose, pittoresque. Le passage d'un pont en échafaudage (*trestle-work*) haut de cent vingt pieds, appelé Dalesbridge, m'arrache à l'extase. Enfin le voilà heureusement franchi.

A cinq heures, à Laramie-City. Autre ville de planches et de toile. Pas un arbre en vue. A l'entrée, il y a des ours attachés à de forts pieux. Des Indiens en haillons et des desesperados armés jusqu'aux dents, quelques militaires du fort Sanders, remplissent les abords de la gare. On nous fait dîner comme on nous a fait déjeuner, comme on nous fera souper : l'homme au gong, les filles qui servent les gigots d'antilope et l'homme qui prend le dollar. Puis tous « à bord ».

Le pays conserve toujours le même caractère. Le voyageur n'oublie pas un instant qu'il se trouve sur un haut plateau. La transparence de l'air rapproche les montagnes les plus éloignées ; l'élévation du terrain que nous parcourons donne à des pics couverts de neiges éternelles l'apparence de tertres. Le terrain onduleux commence à se couvrir de taches alcalines. De loin en loin de profondes déchirures laissent entrevoir des filets d'eau saumâtre qui viennent personne ne sait d'où, qui vont se perdre dans des régions inexplorées. Décidément ce long trajet pique ma curiosité plus qu'il ne la satisfait. Il y a des moments où la voie s'encaisse dans les rochers, d'autres où l'œil embrasse un horizon immense. Mais, chose étrange ! dans ce paysage il n'y a pas de lointain, tout paraît à portée de la main. Quant à la configuration, il rappelle la campagne de Rome, moins toutefois la coupole de Saint-Pierre, moins les murs de Bélisaire, les aqueducs et les tombeaux, les bourgs et villas qui blanchissent entre le feuillage des montagnes latines et des Sabins. Au moment où le soleil va disparaître, le bruit de notre passage donne l'éveil à un troupeau d'antilopes. Elles s'enfuient à travers les rochers en traînant après elles la silhouette de leurs ombres allongées. Vision passagère et contrastant avec ce milieu qui respire l'immobilité, le silence, la mort !

4 juin. — La nuit, horriblement froide. Dans les premières blancheurs de l'aube, nous apercevons Bitter-Creek, et, peu après, au fond d'un enchevêtrement de coteaux boisés et lézardés, les eaux rapides et transparentes du Green-river. Une teinte de turquoise verdâtre en relève l'éclat et justifie le nom qu'on lui a donné. Sur la rive gauche s'élève une ville considérable. Mais aucun être humain n'y est visible, aucune de ses cheminées ne jette de la fumée ; la mort semble planer sur cette communauté. En effet, la vie s'en est enfuie. La construction du chemin de fer l'a fait naître, son achèvement l'a fait périr. Bâtie il y a trois ans, cette ville aujourd'hui est déjà devenue une ruine complète. On vit et on meurt vite dans le *Far-West*, ou plutôt la vie se déplace sans cesse. Derrière cette sombre agglomération de foyers abandonnés, hantés seulement par les bêtes fauves, la rivière s'engage dans de sauvages défilés où le regard ne peut la suivre. Des rochers élevés, en partie couverts de neige, ferment l'horizon vers le sud-est. Leurs nobles et simples contours, le coloris qui, sous l'action du soleil levant, varie du rose au pourpre, rappellent à ma mémoire les montagnes édomites du grand désert de l'Arabie.

C'est ici qu'on voit les premiers Chinois. Dans toutes les stations suivantes, ils abondent. Quelques-uns s'entretenaient, on ne sait dans quelle langue, avec les Indiens. Y aurait-il de l'affinité entre ces deux races ? Les officiers qui passent leur vie dans ces régions confirment ce fait curieux, dont la science historique n'a pas encore pu suffisamment rendre compte, que les immigrés jaunes s'entendent plus facilement que les blancs avec les Peaux-Rouges.

A Aspen [1] la voie passe le défilé le plus élevé des Wahsatch-Mountains. Ceux-ci forment à l'ouest le versant du haut plateau américain. Les Montagnes Rocheuses en constituent le versant oriental. La descente vers le lac Salé se fait sans l'emploi de la vapeur, par la seule pesanteur des wagons, et, quoique les roues soient bridées, avec une rapidité vertigineuse, car la vitesse augmente en raison du poids du train, et le nôtre se compose d'un grand nombre de wagons et de trucs. Ajoutez les courbes qui sont aussi fréquentes que petites et les précipices que la voie côtoie presque constamment, et vous comprendrez l'émotion qui blanchit tant soit peu les visages des voyageurs. Pour vous laisser admirer la beauté des défilés, des cañones d'Echo et de Weber, le *thousand-miles-tree*, ainsi appelé parce que cet arbre est situé à mille milles d'Omaha, le *Devil's*

GREEN RIVER (*LA RIVIÈRE VERTE*), page 75.

gate et d'autres points jugés pittoresques, on a attaché aux trains un *car* d'observation. C'est un simple truc sans siéges et découvert. Exposé au soleil et à la brise du train, le voyageur peut admirer la belle nature et en même temps se rendre compte des dangers qu'on lui fait courir, grâce à la construction fautive de cette portion de la voie. Aussi, tout envahie au départ d'Aspen, la voiture d'observation ne tarda pas à se désemplir. Peu de passagers seulement se sentirent les nerfs assez bien trempés pour résister à ce spectacle saisissant.

Enfin notre course se ralentit ; le défilé s'ouvre et la terre promise des Mormons, l'immense nappe du lac Salé, la vallée des Saints tapissée de vert, des collines boisées, le tout encadré de hautes montagnes, roses, bleu foncé, bleu clair, se déroulent sous les yeux des arrivants. Ils sont éblouis par l'éclat des lumières qui flottent dans l'air, charmés par la beauté du site, étonnés du contraste avec la terre de désolation qu'ils viennent de quitter.

A cinq heures, nous entrons dans la gare d'Ogden, situé sur l'extrémité nord du lac Salé et formant le *terminus* de la ligne dite l'*Union Pacific Railroad*. D'ici à Omaha on compte mille

[1] Sept mille huit cent trente-cinq pieds au-dessus de la mer.

trente-deux milles ; à San-Francisco, huit cent quatre-vingt-deux milles. Un embranchement long de trente-sept milles, construit par Brigham Young, mène à Salt-Lake-City.

Ogden est en fête. Le perron, les halles de la gare et les abords regorgent de monde endimanché. Nous sommes en plein mormonisme. La petite ville est honorée de la présence du grand prophète, du président Brigham Young, qui a daigné la visiter aujourd'hui et prêcher au tabernacle. En ce moment il part. Quoique le train ordinaire doive partir aussi pour Salt-Lake-City dans un quart d'heure, Brigham Young, accompagné de quelques-unes de ses femmes et d'une suite nombreuse, voyage en train spécial. C'est juste. N'est-il pas le souverain de Deseret, le roi de la Nouvelle Jérusalem ? Debout sur la plate-forme, il salue majestueusement de la main pendant que le train s'ébranle au milieu des coups de chapeau des mormons et des profondes révérences des mormones. C'était une scène de cour en règle, comme on en voit

souvent dans nos gares d'Europe aux arrivées et aux départs des têtes couronnées. Il y avait cependant une nuance. Ici rien de factice, rien de conventionnel. Et pourtant pas l'ombre d'enthousiasme sur ces physionomies tendues, dans ces corps inclinés en avant et immobiles encore pendant quelques instants après que le prophète eut disparu ! Était-ce une simple démonstration de respect, un acte d'étiquette ? Je ne le pense guère. C'était, il me semble, la manifestation d'une croyance superstitieuse, tourmentée, mais non troublée, par des terreurs vagues. C'était l'adoration d'un être surnaturel qui dispose de votre sort, auquel vous êtes lié irrévocablement, mais que vous redoutez bien plus que vous ne l'aimez.

Le chef de gare me comble de prévenances. Je lui avais remis une lettre d'introduction, bien entendu. Quoiqu'il ait à expédier presque en même temps trois trains, il me rend mille services. Il change en or mes *greenbacks* qui n'ont pas cours au delà d'Ogden. Il prend soin de mes bagages ; il me pilote à travers cette foule silencieuse, qui joue vigoureusement des coudes. Il me donne des détails curieux sur les « Saints », me raconte l'historique de la journée et même sa propre biographie. On n'est pas plus aimable ni plus expéditif. Associé d'une grande maison de New-York qui s'occupe du négoce des fourrures, il a fait rapidement fortune. puis, plus rapidement, il l'a perdue. Maintenant, pour gagner sa vie, il a accepté cette modeste situation. Sa femme la partage. Elle est d'une bonne famille de l'Est, jeune, jolie, élégante et toute décidée à se faire bravement aux privations de cette nouvelle existence. Le domicile du jeune couple se compose d'une seule petite pièce qui donne de plain-pied sur les rails. Mais comme madame l'a bien arrangée ! Comme elle a su lui imprimer le cachet du goût, de l'élégance, de la

ÉCHO-CAÑON (page 76).

coquetterie d'une femme du monde ! Il y a des fleurs, deux fauteuils, un tableau à l'huile, une ou deux chinoiseries apportées par quelque enfant ambulant du Céleste-Empire. Mais si petit, si petit ! Le lit tendu de rideaux d'une blancheur irréprochable prend presque la moitié de la chambre. Et le bruit des trains ! — Ah ! on s'y fait si vite. — Et les mouches et les moustiques, cette plaie de Deseret ! — N'a-t-on pas des moustiquaires ? — Si fait, mais la poussière, et quelle poussière, c'est de l'alcali tout pur ! — Eh bien, on ferme les fenêtres. — Et vous êtes les seuls « gentils » de la localité ? — Sans doute, mais nous nous suffisons. Et puis, à l'hôtel où nous prenons nos repas, on nous réserve une table à part. — Enfin tout est pour le mieux. On vit de souvenirs et d'espérances. On prélève le bonheur sur l'avenir, et on traverse courageusement les mauvais jours en en attendant de meilleurs.

Ce qui me frappe, c'est l'air européen de cette multitude qui se bouscule sur les perrons. Le chef de gare me donne le mot de l'énigme. Tous ces hommes qui ressemblent à des ouvriers en habit de fête, toutes ces femmes proprement et simplement vêtues, quoique portant évidemment leur meilleure robe, sont des Anglais, des Norvégiens, des Danois ; mais l'élément britannique y domine. Le pays de Galles fournit le plus gros contingent. Après le départ du grand homme, toute cette foule monte tranquillement et tristement dans les wagons. Les femmes et les babies abondent. Les femmes ont l'air mélancolique et soumis ; les hommes, vulgaire et insignifiant. Ce qu'il y a de plus distingué dans cette cohue, c'est un guerrier indien coiffé de plumes, le visage barbouillé d'ocre jaune ; il toise avec dédain les mormons qui défilent devant lui. Dans la voiture où je me trouve, je puis observer un des effets de la polygamie. La plupart des hommes voyagent avec deux épouses ; quelques-uns en ont amené trois ; mais la plus jeune est évidemment la favorite. Le mari ne s'occupe que d'elle, ne parle qu'à elle, lui achète des gâteaux aux stations. Son autre moitié, négligée mais résignée à son sort, assiste d'un air maussade ou triste. Cette scène se renouvelle constamment. Au fait, elle est dans la nature des choses.

Nous mettons deux heures pour faire les trente-sept milles qui séparent Ogden de la capitale des mormons. A chaque instant, on arrête devant de petits hameaux ou des fermes isolées. Le chemin de fer suit de loin le lac Salé, nappe d'eau immense aux reflets ternes et métalliques. Des rochers escarpés, empourprés à cette heure par le soleil couchant, s'élèvent de son sein, comme des branches de corail qu'on aurait jetées sur un plateau imparfaitement émaillé. Le pays est beau et les effets de lumière magiques. N'étaient les teintes dorées et jaunes qui prédominent, n'était la clarté surprenante de l'atmosphère et l'absence complète des nuances vaporeuses de nos contrées du Midi, on se croirait sur les côtes de l'Andalousie ou de la Sicile. Enfin, à la nuit tombante, nous arrivons à Salt-lake-City, et je descends chez l'*ancien* Townsend, c'est-à-dire dans l'une des plus abominables auberges que j'aie jamais eu la mauvaise fortune de rencontrer dans les deux hémisphères.

SALT-LAKE (LE LAC SALÉ).

MAIN-STREET, A SALT-LAKE-CITY.

VII

SALT-LAKE-CITY

DU 4 AU 7 JUIN

Physionomie de la ville. — Les croisés modernes. — Le tabernacle et le théâtre des mormons. — Townsend.hôtel. — Les Indiens et les *indian agents*. — Le camp Douglas. — Les *cañones*. — Brigham Young. — Le mormonisme.

Quelle singulière ville! Les maisons sont invisibles. Entourées d'arbres fruitiers, elles se dérobent à la vue. De plus, des acacias, des arbres-coton, inconnus, me dit-on, à l'est du Missouri, et dont la fleur ressemble à des flocons de coton, forment un épais rideau vert, tendu tout le long de larges et interminables avenues. Celles-ci, comme dans toutes les villes américaines, se croisent à angle droit du nord au sud, de l'est à l'ouest. Des deux côtés, des ruisseaux amenés des montagnes roulent leurs eaux plus abondantes que limpides. C'est le grand trésor du pays. Selon les récits des rares aventuriers qui avaient les premiers visité cette terre inconnue quand elle faisait encore partie du Mexique, l'eau douce manquait complétement. A les en croire, en dehors du lac Salé il n'y avait que des mares saumâtres. Mais Brigham Young a changé tout cela. L'élu de Dieu, le Moïse des mormons, a fait jaillir du rocher ces sources inappréciables.

J'erre seul dans les allées silencieuses. A côté de moi bourdonne le ruisseau. Les acacias me protégent de leur ombre; les arbres-coton,légèrement agités par la brise du matin, me couvrent d'une pluie de flocons blancs comme la neige. Parfois je puis apercevoir, au-dessus de la cime des arbres, les « Jumeaux », les deux pics les plus élevés des Wahsatch. Deux diamants étincelant au soleil, suspendus dans l'air bleu à quinze mille pieds au-dessus de la mer! Sur ce haut plateau, les saisons se suivent avec une grande régularité. Après les pluies de l'automne, les ouragans et les tourmentes de neige de l'hiver; puis, après une courte époque de vents et de pluie appelée le printemps, six mois d'été, c'est-à-dire de soleil, de chaleur, de sécheresse. Le manque de pluie, la poussière, et, pendant la seconde moitié de la saison chaude, les mouches, sont les grands fléaux de la vallée des Saints. Mais maintenant la nature étale tous les trésors de sa beauté fraîche, jeune, enivrante. J'aspire à pleins poumons l'air élastique des montagnes, je me délecte aux doux parfums des champs dont je me suis approché sans m'en apercevoir, car me voilà arrivé à la circonférence de la ville. Depuis longtemps j'ai laissé derrière moi les dernières habitations. Les avenues continuent toujours, mais elles ne masquent plus de maisons. Les emplacements tout tracés attendent encore les Saints qui y dresseront leur tente. Ici la ville se confond avec la campagne. A peu de distance, le nouveau Jourdain serpente dans des crevasses qui rappellent le *ghore* de la rivière biblique.

Dans toute cette promenade, je n'ai rencontré que quelques femmes et une petite bande d'enfants portant sur le dos leurs livres et cahiers, et marchant d'un pas accéléré sans mot dire. Sur leur visage un peu pâle on lit déjà la préoccupation de l'homme mûr. L'aspect d'un étranger excite leur curiosité ; ils me regardent d'un œil scrutateur. Pas de sourire, pas une ombre de gaieté. Puis ils passent outre. Partout la solitude et le silence. Un guerrier indien, un Utah, fièrement posé sur sa maigre haridelle, passe au galop. Sa chevelure noire, longue, raide, luisante, s'échappe, sous un diadème de plumes ; sa figure est peinte écarlate et jaune ; ses traits sont féroces ; il est armé jusqu'aux dents et d'un aspect vraiment terrible. Derrière lui courent à pied ses deux *squaws*, ses femmes, l'image de la misère et de la dégradation féminine.

Je dirige mes pas vers *Main-street,* la grande rue, et me voilà tout d'un coup dans une ville quelconque du *Far-West*. N'étaient les Indiens, n'était la grande foule de femmes et d'enfants qui, même dans ce quartier industrieux, sont plus nombreux que les hommes, on oublierait que l'on se trouve au centre du mormonisme. Ici peu d'arbres. Des maisons bordent la rue. La plupart sont bâties en briques ou plutôt en *adobes ;* d'autres, de poutres et planches, datent encore des premiers jours de l'immigration. Quelques-unes des constructions modernes ont de la prétention à l'architecture. Dans toutes, le rez-de-chaussée consiste en boutiques tout ouvertes sur le devant. Les murs sont, de haut en bas, couverts d'inscriptions et d'affiches. De larges trottoirs poudreux, faits de planches mal rabotées, longent les maisons. Dans la rue se pressent des chariots attelés de bœufs, des véhicules de tout genre. Une diligence traînée par dix chevaux, de la raison, bien connue dans les États pacifiques, Wells Fargo et Cie, attire l'attention et augmente la confusion. Naguère ces voitures étaient la seule ressource du voyageur pressé. Depuis l'ouverture du railroad, on en voit rarement. Des colporteurs, des mineurs à pied ou montés sur des ânes, enfin toute cette foule de gens au regard intelligent et hardi, au teint bronzé, aux bras robustes, dont la vie n'est qu'un combat continuel avec la nature, et qu'on est convenu d'appeler les pionniers de la civilisation. Les anciens maîtres du sol, les Utah, plus indépendants et moins dégradés que la plupart des tribus indiennes des territoires limitrophes, sont représentés par plusieurs de leurs guerriers. Campés depuis quelques jours dans le voisinage de la ville, ils y pénètrent par petits groupes, chacun suivi de ses femmes. Ils marchent la tête haute et examinent, sans trahir la moindre émotion, les merveilles de la civilisation. J'en ai rencontré plusieurs dans une des boutiques élégantes de *Main-street*. Ils regardaient attentivement les divers articles exposés à la vente, toujours en conservant un air de dignité et de superbe indifférence. Les miroirs seuls leur faisaient perdre contenance. Quel étonnement d'abord, et puis quels rires fous ! Ils n'en croyaient pas leurs yeux ; ils ne se lassaient pas de s'admirer.

Je m'arrête sous un hangar. Des hommes qui vont et viennent entre Corinne et les établissements de Montana y sont attablés. Près d'eux, leurs montures attachées à des anneaux de fer, font comme leurs maîtres, prennent leur repas et se détendent les membres. Ces cavaliers

UNE DILIGENCE DE WELLS FARGO ET Cⁱᵉ.

arrivent de Virginia-City (Idaho). Ils ont parcouru des milliers de milles, remonté le Missouri
jusqu'à ses sources, passé et repassé les montagnes Amères, l'une des chaînes dont se compose
l'épine dorsale du continent, évité s'ils le pouvaient, combattu s'il le fallait, les Indiens, escorté
dans certains lieux périlleux la diligence qui court ou plutôt qui rampe deux fois par mois dans
ces régions désertes. Elle part de Corinne, toujours remplie de passagers des deux sexes et de
tout âge, mais n'arrive pas toujours avec toute sa cargaison humaine. La fatigue, le froid, en été
les chaleurs excessives, les privations, parfois les Indiens l'ont décimée. On enterre les morts à

CHARLEY, INDIEN SERPENT, ET SON COUSIN, DE LA TRIBU DES UTAH.

la hâte le long de la route, c'est-à-dire des sillons tracés par les chariots, et on passe outre.
Mes hommes suivent des vocations diverses. Je me mêle à la conversation, qui ne manque pas
d'intérêt. Leur vie est une épopée ; chaque heure a son danger ; les actes de violence deviennent
un devoir ; les aventures, un élément ordinaire et indispensable de ces existences ambulantes.
Mettez-vous à la place de ces croisés modernes, comparez avec les vôtres leurs idées, leurs
goûts, leurs mœurs, et vous trouverez qu'un abîme vous sépare d'eux. Il est impossible de les
comprendre bien et de les juger avec équité. Quelques-uns des hommes dont je parle sont des
rappers, d'autres des maquignons, des *moustanguers,* et leurs petits chevaux indiens, des

moustangs, harnachés à la manière du Mexique, c'est-à-dire à l'andalouse ou plutôt dans le style arabe. La selle et les étriers, qui, en forme de pantoufles, protégent le pied contre le soleil et la pluie, sont tels que je les ai trouvés au Maroc et dans certaines tribus de l'Arabie. Ils se sont conservés jusqu'à ce jour dans les parties de l'Espagne le plus longtemps dominées par les Maures. Les cavaliers portent le sombrero, et, sur une jaquette confectionnée à New-York ou à San-Francisco, la large ceinture espagnole. Mais le sang qui coule dans leurs veines est anglo-saxon ou celtique. Leurs enfants sont ou seront probablement des métis issus d'unions passagères avec des Indiennes. C'était un beau groupe digne du pinceau d'un des grands maîtres du dix-septième siècle. Pas un de ces visages bronzés qui eût des traits ordinaires ou l'expression banale ! Les passions s'y reflètent, les passions sans contrôle, quelquefois le vice, toujours la témérité ; ici de la bonhomie démentie par un rire cynique, là de la résolution, de la force, de la cruauté à côté d'une implacable sérénité.

L'*ancien* Townsend me mène au tabernacle : une salle basse, nue et dégarnie de tout emblème religieux, avec une estrade où sont placés le fauteuil du prophète et les siéges des évêques, le tout couvert d'une lourde coupole basse, ovale, qu'on a fort bien comparée aux cloches de table, aux *dish-covers* dont on se sert en Angleterre pour couvrir les grosses pièces. A côté, on a commencé à bâtir le nouveau temple. Ce sera un édifice immense, tout en pierre de taille et en style roman. Mais on en est encore aux fondations, et personne ne se flatte et ne semble pressé de voir le nouveau tabernacle achevé. On n'y travaille presque pas, car l'argent et la ferveur des fidèles font également défaut.

Le théâtre paraît jouir d'une plus grande popularité. C'est une des mille entreprises de Brigham Young et la grande ressource des habitants de Salt-lake-City. On y joue presque tous les soirs. La salle est très-simplement décorée et mal éclairée. Au parterre, j'ai vu des groupes d'enfants qui semblaient être venus tout seuls. Sur d'autres banquettes et dans les galeries étaient assis des hommes pour la plupart en jaquette ou en blouse, chacun avec deux ou trois femmes mises avec un certain soin. Le prophète, qui s'est réservé sa loge de cour près de la scène, contrairement à ses habitudes, n'y était pas venu ce soir-là, mais j'ai pu y entrevoir derrière les rideaux la plus jeune de ses épouses, jolie et presque coquette; sa toilette prétendait à l'élégance. Une des filles de Brigham, Mme Alice Clawson, dont le talent est avec raison apprécié, jouait le principal rôle. Elle a épousé un homme aisé, ce qui ne l'empêche pas d'accepter des honoraires. La pièce, un drame à sensation qui autrefois a eu la vogue en Angleterre, est empreinte du cachet des institutions et des mœurs britanniques, et contraste singulièrement avec le public de la Nouvelle-Jérusalem. Le moyen âge, la société peinte par Shakespeare ne sont pas plus éloignés de nous que le *high-life* anglais de nos jours ne l'est de l'état social des mormons. Cependant on suivait la représentation avec une attention soutenue, bien que d'un air terne, presque triste, sans rire et sans applaudir. On me dit que Brigham Young, qui exerce lui-même la censure des pièces et exclut celles qui sont contraires à la décence, encourage la fréquentation de son théâtre. C'est dans ses mains une école de belles-lettres et l'instrument avec lequel il tâche de châtier les goûts et de raffiner les mœurs d'une société condamnée par les circonstances, comme on verra, aux travaux forcés à perpétuité.

Il est deux heures. La chaleur, terrible ; le soleil, d'une blancheur ardente. C'est l'heure du principal repas, et les hôtes de l'*ancien* Townsend l'attendent avec impatience. Une nombreuse compagnie s'est réunie à la véranda. Les dames, dont plusieurs ont des toilettes fort élégantes, forment des groupes à part. Ce sont, pour la plupart, des femmes de mineurs. Leur mise recherchée et leurs efforts évidents d'être *ladylike* contrastent singulièrement avec la tenue des maris, qui arrivent droit de leurs mines, tout couverts encore de poussière, de boue et de sueur. Les hommes sont assis ou plutôt couchés dans des fauteuils rangés en ligne droite à côté les

CHARIOTS DANS MAIN-STREET.

uns des autres. Les poses de ces messieurs défient la description. Il faut les avoir vus, et on ne
les voit qu'au *Far-West*. D'autres se tiennent près de la porte en attendant le premier coup de
sonnette pour se précipiter dans la salle et conquérir des places. On fume et on chique, personne
ne parle. Les femmes seules chuchotent à voix basse, mais on voit bien que la conversation
manque d'animation.

Toute cette compagnie se compose presque exclusivement de *gentils*, de mineurs et de leurs
familles, d'agents de commerce, de quelques clercs et fonctionnaires du gouvernement central
et du tribunal fédéral. Aussi le maître, le gentleman de l'office et les aides de l'établissement
nous regardent-ils d'un air maussade sinon hostile, et le service est à l'avenant. Cette affluence
de non-croyants les irrite et les effraye. Hélas! les beaux jours du mormonisme semblent être
comptés. La masse des Saints ne s'en rend pas compte encore; mais les hommes intelligents

ne peuvent guère se faire d'illusion sur le sort qui les attend. Assurément, M. Townsend, le
dignitaire du tabernacle, n'est pas le modèle des aubergistes; il donne peu d'attention à sa
maison, et aucune à ses hôtes; il s'en rapporte à ses deux femmes qui, peu gracieusement, à
vrai dire, mais avec une persévérance et une résignation qui font pitié à voir, portent le fardeau
du jour. C'est tout au plus si elles le partagent avec le monsieur de l'office, qui ne répond à
aucune de vos questions, et, si vous demandez votre clef, vous dit : Cherchez-la. Le maître
passe son temps dans les méditations. Son fauteuil est placé à l'extrémité de la véranda. Là,
assis sur le dos, la tête renversée en arrière, il semble plongé dans la contemplation de ses
pieds appuyés, au-dessus de sa personne, contre une branche d'un bel acacia. Cette pose
étrange n'est pas gracieuse, mais elle doit être commode puisqu'il la garde pendant des heures
entières. Enfin le signal est donné. Les dames entrent solennellement. Après elles, tout le monde
court, se heurte, se marche sur les pieds, se donne des coups de coude à qui mieux mieux. Le
docteur C..... m'a pris sous sa protection. C'est un habitué et un notable qui a son couvert
réservé et trouve moyen de me placer à côté de lui. Les repas n'ont qu'un mérite, celui de
pouvoir être dépêchés en dix minutes. Ils se composent d'un plat de viande dure et mal cuite

et d'un ou deux gâteaux. Pour dessert, des fraises des bois délicieuses ; comme boisson, de l'eau claire. La buvette n'existe pas. La loi la proscrit, mais les mormons savent l'éluder. Dans leur intérieur, le vin et l'alcool ne font pas défaut. Le beau moment du dîner est celui où l'on se lève de table avec la satisfaction interne que donne l'accomplissement d'un pénible devoir.

Pendant mes trois jours de Salt-lake-City, le docteur C.... veut bien me consacrer ses moments perdus. Il a, pendant de longues années, exercé son art sur les bords du lac Supérieur et sur le haut Mississipi, au milieu des tribus indiennes, et ses récits sur ces races maudites m'ont vivement ému. Ils confirment ce qu'on m'a dit sur ce triste chapitre à New-York et surtout à Washington. C'est à cause de leur parfaite concordance avec des informations puisées à des sources dignes de foi que j'attache du prix aux souvenirs et aux appréciations d'un homme qui a passé une portion de sa vie avec les Peaux-rouges.

« Je m'abstiens, me disait-il, de tout jugement sur le système que le gouvernement central, de concert avec le Congrès, a adopté à l'égard des Indiens. Je l'accepte comme un fait, et je suppose ou plutôt je suis persuadé que le président, le *big-father* de ces races infortunées, a le désir et la ferme volonté d'observer fidèlement les engagements contractés avec les diverses tribus. Mais, parmi ses agents, les *indian agents*, il y a de bien tristes sujets. Ils retiennent à leur profit une grande partie des dons en drap et en vivres que le gouvernement de Washington envoie annuellement aux Indiens et que ces employés ont la mission de leur distribuer. Et non-seulement ils s'approprient une partie de ces objets, mais ce qui en reste pour la distribution est remplacé le plus souvent par des articles de moindre qualité. Cela explique les fortunes que ces agents infidèles font en peu d'années ; mais cela explique aussi le mécontentement, les hostilités périodiquement renaissantes des Peaux-rouges et les massacres également périodiques des colons blancs. Les affaires et les événements tournent toujours dans le même cercle vicieux. Les Indiens se plaignent des agents ; le gouvernement ordonne une enquête ; des commissaires sont nommés à cet effet à Washington. Quand ils arrivent sur les lieux, les agents tâchent de les tromper, en quoi ils réussissent parfois. Sinon, ils ont recours à un expédient extrême. Ils représentent aux Indiens l'intervention des commissaires comme un acte d'hostilité du gouvernement ou excitent leurs méfiances par d'autres insinuations de ce genre. Les Indiens se réunissent à un *pow-wow*, et débattent sur la guerre. Les anciens, surtout ceux qui ont été à Washington et en sont revenus fort impressionnés de la puissance du *big-father*, votent pour la paix, mais les jeunes gens qui n'ont jamais quitté leurs forêts poussent les hauts cris, et l'emportent souvent sur les conseils de la prudence. Dès ce moment on prend le sentier de la guerre, le *war-path*. Des messagers sont envoyés, des réunions tenues sur différents points. Plus de moyen pour les commissaires de se mettre en rapport avec les chefs qui ont porté plainte contre les agents du Président. Quelques semaines se passent en préparatifs. Les colons blancs, auxquels il ne reste que l'alternative de la fuite, si elle est encore possible, ou d'un supplice atroce qui est inévitable s'ils restent, demandent des troupes ; mais le fort le plus rapproché se trouve peut-être à cent, à deux cents, à trois cents milles de distance. D'ailleurs ces troupes sont-elles en mesure de résister aux Indiens, dont le nombre et les mouvements sont rarement et tout au plus imparfaitement connus ? C'est donc la guerre, une très-petite guerre, il est vrai, et dont on n'aura garde de parler. Plus ou moins de têtes blanches scalpées, plus ou moins d'établissements détruits. De l'autre côté, à titre de revanche, les débris de telle ou telle tribu exterminés jusqu'au dernier homme. Voilà tout. C'est ce qui se passe en ce moment dans l'Arizona, où le sang des blancs coule à flots. Mais les journaux en font à peine mention. Tout cela est fort pénible surtout pour ceux qui sont scalpés et dont on a enlevé les femmes et les filles, après avoir brûlé les fermes et emmené les troupeaux. Mais à quelque chose malheur est bon — l'enquête n'a pas eu lieu. »

UN GRAND CONSEIL D'INDIENS ET DE COMMISSAIRES ENVOYÉS DE WASHINGTON.

Dans l'intérieur de ce grand continent, le sort des Indiens, leurs relations avec le gouvernement central sont l'entretien de tout le monde. A Washington aussi, dans les sphères officielles,
cette grave question s'impose périodiquement à l'attention des hommes politiques qui cherchent,
mais qui ne trouvent aucune solution. Hélas ! la solution est toute donnée. C'est le contact
avec la civilisation moderne, le croisement avec le sang blanc et l'introduction des boissons
alcooliques qui ont déposé dans les populations rouges les germes de destruction. Dans les
tribus du Nord-Ouest, dans les régions les plus fréquentées par les *voyageurs* et les *trappers*,
il est rare de rencontrer une famille indienne pur sang. La première génération issue des
unions entre des aventuriers anglais et français avec des femmes indiennes se distinguait par
un heureux mélange de qualités propres aux deux races. Mais leurs enfants étaient chétifs et
peu nombreux. Les métis de nos jours sont évidemment une race faible, maladive, dégénérée.

On a remarqué qu'une tribu dépérit au fur et à mesure que l'élément blanc y augmente. Ce
dernier agit comme un poison lent, l'eau-de-vie comme un poison violent ; les ravages qu'elle
fait sont affreux. Les Indiens s'éteignent donc petit à petit ; fatalement, irrévocablement, ils
semblent condamnés à disparaître, et ils disparaissent.

Dès le premier jour, j'ai eu la bonne fortune de faire la connaissance du général Morrow,
commandant du camp Douglas. Ce poste est situé à trois milles à l'est de la ville, sur l'un des
coteaux qui forment le dernier gradin du versant occidental des monts Wahsatch. C'est une
position dominante, parfaitement choisie. Le camp a été installé il y a neuf ans. A cette époque,
la tâche du commandant de la petite garnison chargée de surveiller, au besoin de contenir
la milice du prophète et les Indiens, n'était pas facile. Perdu dans l'espace, sans communication
assurée avec sa base d'opération, ne pouvant guère attendre du secours en temps utile, il se
voyait réduit à ses propres ressources qui, dans certaines éventualités, étaient évidemment
insuffisantes. Aujourd'hui il n'en est plus de même. Le chemin du Pacifique relie le camp
Douglas aux forts semés le long de cette ligne et à Chicago, résidence du général en chef. Il

est donc possible d'y faire arriver en peu de jours tout ce qu'il faut pour faire face à un danger pressant.

C'est vers ce point que je me dirigeai dans un char à bancs couvert, attelé de deux beaux chevaux et conduit par un jeune mormon natif de Manchester. Mécanicien de son métier, il avait perdu un bras dans un accident de chemin de fer et était tombé dans la dernière misère, lorsqu'il y a deux ou trois ans un des missionnaires de Brigham Young l'engagea pour la vallée des Saints. Transformé en cocher malgré son bras de moins, il gagne assez pour vivre au jour le jour. Voiture et chevaux sont sa propriété ; il est vrai qu'il ne les a pas encore payés : c'est le président qui a avancé l'argent nécessaire. Sa dette le préoccupe ; mais ce qui le rassure, c'est que tout le monde se trouve à peu près dans le même cas. Quant à ses deux femmes, elles gagnent leur vie par elles-mêmes. Les loyers étant très-élevés au centre, il les a logées dans des quartiers éloignés, l'une à l'est, l'autre à l'ouest de la ville. « C'est économique, disait-il, et cela évite les scènes de jalousie. » Ce mari prudent me servait pendant mon séjour à Salt-lake, et ses causeries ne manquaient pas d'intérêt. Il avait l'air doux, résigné, un peu triste. En matière de religion, il était d'une ignorance complète. Évidemment, dans son enfance il n'a pas reçu la moindre instruction. Maintenant il est croyant. Il croit en Brigham Young. La vie et les actes du prophète ont déjà, dans son esprit, revêtu les formes de la légende. A côté d'une réalité sobre, sèche, prosaïque, le merveilleux occupe une large place dans ses récits.

La route remonte en ligne droite la pente douce dont le sommet est couronné par le camp. Devant nous, à portée de fusil, courait un léger phaéton tiré par deux chevaux fringants. « C'est le général qui rentre, me disait le mormon. Tâchons de le rejoindre. » Ce ne fut qu'au moment où le commandant mit pied à terre devant la porte de sa maison que nos chevaux essoufflés eurent gagné la hauteur. Le général me tendit les bras, bien qu'ils fussent chargés de joujoux d'enfants. C'est un homme d'une taille élevée, d'une tenue martiale et de manières parfaites. Dans sa physionomie ouverte et sympathique, on reconnaît la douceur alliée à l'énergie, le don et l'habitude du commandement. « Je suis prévenu, disait-il, de votre visite. Soyez le bienvenu dans nos montagnes. Pardonnez si je ne vous serre pas la main. Vous voyez, j'ai les miennes toutes pleines. Ce sont des joujoux que j'ai achetés pour mon petit garçon. Il n'est pas bien portant ; cela le distraira. Mme Morrow aussi est souffrante. » Il me fit entrer dans un petit salon fort simplement meublé, puis il s'éloigna, impatient de voir ses malades. Quand, quelques instants après, il reparut, son air de préoccupation avait fait place à une mine toute joyeuse. « Le petit bonhomme va mieux, s'écria-t-il, et les joujoux ont produit leur effet. Maintenant, à nous deux ! » Et il se mit à me faire les honneurs de son habitation, un joli petit *cottage* entouré d'une véranda, à me montrer ses petits trésors acquis dans le courant de sa vie errante d'officier de l'armée des États-Unis, à étaler des peaux d'ours magnifiquement brodées sur des dessins bizarres, des vêtements indiens ornés de plumes, des arcs, des flèches, des armes grossières de tout genre. Quelques-uns de ces objets curieux étaient de véritables trophées obtenus à la suite de luttes sanglantes ; d'autres lui avaient été donnés par des chefs de tribus qui, malgré sa peau blanche, avaient appris à l'aimer et le voyaient partir avec regret. Sauf la dernière guerre de sécession, le général Morrow a fait presque toute sa carrière militaire dans les contrées habitées par les Indiens. Il me racontait simplement et modestement quelques épisodes de sa vie. Les hommes vraiment braves sont toujours simples et modestes. C'était comme une page d'un roman de Cooper, comme un fragment de quelque épopée. Tout en parlant, il s'affubla des vêtements qu'il avait exposés devant moi, mit sur sa tête une coiffure à plumes, imita les attitudes et poussa le cri de guerre des Indiens. « Ce cri, me dit-il, produit un grand effet. Il encourage les sauvages et il ahurit les blancs. Mais ce qui démoralise surtout

SOLDATS D'UN RÉGIMENT DE CAVALERIE AMÉRICAINE.

le soldat, c'est le son aigre et rauque à la fois du sifflet que chaque guerrier porte suspendu à
sa ceinture et dont il ne cesse pas un instant de faire usage pendant le combat. Quant aux
flèches, on les décoche avec une rapidité qui dépasse de loin celle qu'il est possible d'atteindre
avec un revolver. » Il va sans dire que le bon général me força d'accepter quelques souvenirs
que j'emporterai en Europe.

Nous montons ensemble dans ma voiture, et Daniel qui, bien que mormon, semble vivre en
bons termes avec le commandant du camp, reçoit l'ordre de nous conduire au *cañon* dit de
l'Émigration. C'est le dernier défilé des monts Wahsatch que, lors de leur grand exode de
Nauvoo, les mormons eurent à traverser, avant d'apercevoir la terre promise, la vallée des Saints.
Aucun d'eux n'y passe aujourd'hui sans entonner un hymne qui rappelle ce moment solennel.
« Vous voyez ce bloc de rocher, me disait mon compagnon. C'est là que Daniel se mettra à
chanter. A cet autre il se taira. » Et en effet cela se passa ainsi. On sait que les Mexicains
appellent *cañones* les gorges étroites et profondes qui déchirent la chaîne des Cordillères. Ce
nom a survécu à la domination des anciens maîtres. Pour l'œil, c'est un chaos de précipices
presque perpendiculaires, d'anfractuosités, de crevasses lézardées, çà et là tapissées de touffes
d'arbustes, de pics superposés les uns aux autres. En suivant le sentier étroit qui rampe
entre l'abîme et les parois formées par les pierres, si vos nerfs vous permettent de vous pencher au-dessus du bord autant qu'il est possible sans perdre l'équilibre, vous verrez dans la
profondeur trancher un filet blanc sur le noir du rocher. Ici il reflète les clartés bleues du ciel
et les feux d'un soleil ardent ; là il s'enveloppe de ténèbres diaphanes ; plus bas il disparaît sous
quelque voûte naturelle tout en trahissant sa marche par le bruit sourd d'un convoi qui passe
dans un tunnel. Ce sont les eaux bouillonnantes d'un torrent. De cascade en cascade, de souterrain en souterrain, par de secrets passages bien connus des Peaux-rouges, mais qu'aucun blanc
n'a jamais explorés, elles vont chercher les grandes artères du continent américain ou mourir
ignominieusement dans une des nombreuses mares salées dont est parsemé le grand désert [1].
C'est dans une de ces gorges, le cañon de l'Émigration, que Daniel s'enfonce bravement. Nous
ne visitons, il est vrai, que la partie la moins difficile. Cependant le chemin raboteux, montant
et descendant sans cesse, côtoie les bords escarpés du torrent. Il y a des courbes qui font
frémir ; mais le général me rassure. « Malgré son bras de moins, me dit-il, cet Anglais est
bon cocher et maître de ses chevaux. C'est d'ailleurs une route royale comparée à la partie
supérieure de la gorge et à d'autres cañones par où les mormons ont dû passer. Beaucoup de
leurs chariots et attelages ont roulé dans l'abîme. »

Au retour, nous arrêtons près d'un brasseur bavarois. C'est un gentil qui fait fi des
mormons. Son établissement a conservé la couleur locale d'une petite brasserie de Munich
et forme la principale ressource des officiers et des soldats du camp.

Et nous voilà de nouveau assis à la véranda du général. Le soleil a baissé. Pas un souffle
d'air. Un calme profond et solennel plane sur le panorama qui se déroule devant nous.

A notre gauche, à l'est de la ville, dans la direction du nord au sud, pareille à un mur crénelé,
surmontée çà et là de flèches, étagée sur des contre-forts qui avancent dans la vallée comme les
coulisses d'une scène, se dresse la chaîne gigantesque des Wahsatch, le soubassement occidental, l'une des enceintes du haut plateau. Placés à fort peu de distance, à cinq milles environ
de la base de la crête, tous ces rochers nous apparaissent en raccourci. Le regard se perd dans
ce chaos de précipices lézardés, de déchirures bizarres parfaitement distinctes malgré les ténèbres
violacées qui les enveloppent, de montagnes rugueuses et bosselées, couvertes de végétation à
leur pied, nues dans les régions supérieures, étincelant aux saillies avec des reflets de bronze

____
[1] Les Américains les appellent *sink*.

florentin, marbrées de blanc plus haut, poussant dans l'air, qui les inonde de teintes roses et pourprées, leur panache de neige, culminant enfin dans les deux pics diamantés : les Jumeaux ! Ah ! les Jumeaux ! comme ils dominent la vallée des Saints ! comme ils s'imposent partout à l'œil, comme ils le fascinent et le charment !

A l'ouest, à nos pieds s'étend la ville du lac Salé, semblable à une large aiguière remplie de feuillage et de fleurs, ou plutôt à un parc immense rayé de lignes claires ; les avenues, parsemées de mille points blancs : les toits des maisons, qui elles-mêmes restent invisibles. La laide et lourde coupole oblongue du tabernacle s'élève seule au-dessus de la tête des arbres vert foncé, vert clair, vert-gris, qui enveloppent et cachent les habitations. Au delà de la ville, le Jourdain, taché en quelques endroits de gravier blanc, encaissé ici dans des bords rocheux, roulant ailleurs ses eaux limpides entre des prairies verdoyantes, s'approche paisiblement du lac, où tantôt il terminera sa courte carrière. Sur sa rive gauche, un amas de collines arrondies, boisées ou couvertes d'arbustes ; plus loin, des rocs sévères. Au-dessus d'eux, dans le lointain, tout noyés dans des teintes tendres variant du bleu d'azur au gris de perle, se profilent sur le ciel flamboyant les âpres contours de la chaîne des Oquerrah. Une frange lumineuse de neige est suspendue le long de la crête. Des ombres diaphanes l'enveloppent, car c'est derrière elles que le soleil va disparaître. De Salt-lake-City à ces hautes montagnes, on compte à vol d'oiseau quarante milles.

Vers le sud, la vallée s'élève graduellement. C'est un terrain tourmenté, déchiré par des crevasses, mais tapissé de verdure. Aux approches de la ville et à la distance de quelques milles, les fermes des mormons, flanquées de quelques arbres, leurs maisonnettes, des points blancs, moutonnent comme un troupeau de chèvres. Plus loin, la nature sauvage, inculte, indomptée, reprend son empire. Un amphithéâtre de bas rochers, qui ferme l'horizon, dérobe à notre vue le bassin du lac d'Utah, le lac de Tibériade des Saints, comme la rivière est leur Jourdain, et le lac Salé leur mer Morte. En effet, si les Oquerrahs, qui certes ne rappellent pas le pays de Moab, étaient plus rapprochés et plus arrondis, l'analogie avec la Palestine serait frappante.

Au nord, le grand lac développe ses eaux lustrées, ardoisées, métalliques. Même à ce moment où le ciel est embrasé, où des feux de bengale aux couleurs changeantes flottent et se croisent dans l'espace, où la nature entière a pris un air de fête vénitienne, cette nappe immobile, stagnante, impassible refuse de prendre part à l'allégresse générale. Mais le soleil baisse et les ombres des montagnes gagnent insensiblement sur les reflets fauves, indécis, sinistres, qui, en d'autres endroits, errent encore sur la surface de cette mer maudite. Un liséré étroit de sable blanc la contourne. Aucune habitation, aucun arbre, aucune trace de culture ne rompt la profonde mélancolie de ces lieux. Du centre du lac surgissent, les pieds plongés dans le clair-obscur, les cimes émaillées par le soleil couchant, des rochers escarpés, des îlots aux contours fantastiques, aux flancs perpendiculaires. On dirait qu'ils tentent un effort suprême pour s'échapper de leur prison en s'élançant vers le ciel. Plus près de nous, à notre droite, un petit promontoire dessine ses formes hardies et élégantes moitié dans l'air et moitié dans le bassin du lac. C'est le pic du Renseignement, le Mont-Saint, le signe d'alliance du Dieu des mormons.

Depuis l'ouverture du chemin de fer du Pacifique, le nombre des visiteurs augmentant tous les jours, Brigham Young se lasse d'être contemplé, examiné et commenté comme un objet de curiosité. Pour le voir, il faut être muni d'une lettre d'introduction. Mon hôte, l'*ancien* Townsend, s'offrit à lui porter celle qu'on m'avait donnée à New-York et à arranger une entrevue. Un matin, à dix heures, nous nous dirigeâmes ensemble vers la demeure du président. Quelques évêques et anciens que nous rencontrâmes en route voulurent bien nous faire cortége. J'avais à subir l'interrogatoire habituel, mais je ne les épargnai pas non plus, et ils répondirent de

SALT-LAKE CITY.

bonne grâce à mes nombreuses questions. C'étaient tous des Américains, car, règle générale, les Américains occupent seuls les grades supérieurs d'anciens ou d'évêques, et sont évidemment plus instruits et mieux élevés que la masse des mormons dont plus des trois quarts sont des Européens. Simplement mais décemment vêtus, ces hommes ne portaient aucun signe de leur dignité. Leurs figures ne disaient absolument rien. Aucune trace de fanatisme, d'affectation ou d'hypocrisie, surtout rien d'ecclésiastique, rien qui trahît l'habitude de la méditation ou de la prière, ou même le désir de s'en donner l'apparence. Ils avaient l'air de ce qu'ils étaient, d'hommes d'affaires, de fermiers, de boutiquiers, d'agents de commerce. On n'est pas plus banal, plus *common-place*, comme disent les Anglais. Un seul fit exception, c'était l'évêque ***. J'ai rarement vu une mise plus négligée, du linge moins frais et un habit noir plus râpé ; mais c'était le seul d'entre eux qui eût la physionomie ouverte, l'expression joviale et le rire franc. « J'ai trois femmes, disait-il, et je m'en trouve bien. — Et vos femmes ? — (Avec un gros rire.) Dame ! c'est leur affaire. — Ne trouvez-vous pas que la polygamie dégrade la femme ? — Aucunement. — N'éprouvez-vous jamais quelque scrupule ? — J'en éprouverais si j'agissais autrement. C'est à un commandement spécial de Dieu que j'obéis en ayant plusieurs épouses. Je nourris mes enfants, et je les envoie à l'école. C'est tout ce qu'il faut. Au reste, vous ne pouvez pas comprendre cela, car vous n'êtes pas des élus. Nous autres, nous sommes non-seulement des élus, mais des privilégiés. Dieu nous accorde le privilége de l'inspiration, et ce que nous faisons est bien fait. C'est pour cela que nous sommes des évêques. On a l'inspiration ou on ne l'a pas. Dieu seul la donne ou la refuse. » Il entra ensuite dans des développements confus et, quelque peine que je me donnasse pour le suivre, parfaitement inintelligibles. C'était du non-sens, du galimatias pur et simple. Le tout débité avec nonchalance et une certaine facilité. Il me semblait entendre un écolier qui, tout en pensant à autre chose, répète machina-lement la leçon qu'il a apprise par cœur.

L'homme le plus marquant de la compagnie était M. George Smith, dit l'historien, qu'il ne faut pas confondre avec Joë Smith, le fondateur de la secte, mort assassiné. George possède plus d'instruction que la plupart des autres dignitaires du tabernacle et occupe dans l'église la première place après le président Young. Il a dirigé avec celui-ci le peuple des Saints lors de leur terrible voyage des bords du Mississipi à ceux du lac Salé et pris une large part aux travaux du premier établissement à la Nouvelle-Jérusalem. Il m'a donné une foule d'infor-mations curieuses et une brochure qu'il a écrite il y a deux ans [1].

Marchant très-lentement, car la chaleur est accablante, et cherchant l'ombre des acacias et des arbres-coton qui bordent les larges avenues, nous arrivons enfin devant l'habitation présidentielle entourée d'un haut mur, et se composant de plusieurs maisons et appartements où sont logées, chacune séparément, les femmes du prophète avec leurs enfants. Le grand édifice à l'un des angles de l'enclos est une école destinée à l'usage exclusif de ces derniers. Nous fran-chissons le seuil et entrons au parloir, petite pièce simplement meublée et ornée de douze tableaux à l'huile, représentant les apôtres mormons. La première place est, comme de raison, réservée au portrait de Joë Smith. Le secrétaire et gendre du président, un petit jeune homme contrefait, après nous avoir offert des chaises, se met à m'adresser à haute voix les questions d'usage entre étrangers. Pendant que j'y réponds, je crois découvrir comme une ombre derrière une porte entr'ouverte. Vingt minutes se passent ainsi. La conversation, à laquelle tout le monde prend part, ne tarit pas ; mais le président se fait toujours attendre. « M. Young, dis-je en me levant, a ses occupations. J'ai les miennes, je n'ai rien à lui dire et je ne tiens plus à le voir. Je suis

---

[1] *The rise, progress and travels of the Church of Jesus-Christ of Latter-Day-Saints, being a series of answers to questions including the revelation on celestial marriage and a brief account of the settlement of Salt-lake-Valley, with interesting statistics, by President George A. Smith, Church Historian*, etc. Printed at the Deseret News Office. Salt-lake-City, 1869.

d'ailleurs attendu au fort Douglas. » A ce moment, la porte qui avait attiré mon attention s'ouvrit soudainement, et Brigham Young parut sur le seuil. Il était mis avec recherche et semblait sortir des mains du coiffeur. Pendant quelques instants, il me contempla en silence ; puis, d'un pas majestueux et en répondant par un léger geste de la main aux profondes révérences des siens, il avança lentement vers moi. Il avait gardé son chapeau sur la tête, mais il l'ôta précipitamment lorsqu'il me vit mettre le mien, et me désigna un fauteuil à côté de lui. Les évêques et anciens prirent place à une distance respectueuse. Sur un signe qu'il fit au secrétaire, celui-ci, se tenant debout à côté du maître, lut à haute voix ma lettre d'introduction.

L'entretien qui s'ensuivit a duré près d'une heure. En voici les parties essentielles [1]. Je les ai marquées dans mon calepin en rentrant à l'auberge, et j'ai été frappé de la peine que j'avais à trouver une seule pensée saisissable dans ces phrases sentencieuses, confuses ou banales, ou complétement dépourvues de sens et de logique.

« Le monde, disait-il, est plein de préjugés. L'homme privilégié seul s'élève au-dessus

d'eux. Dieu accorde le privilége à quelques élus. Ce qu'ils enseignent est la vérité, car ils parlent et agissent par inspiration. La foi et le travail, voilà en quoi se résume notre tâche.... Le but de la religion est de rendre les méchants bons et les bons meilleurs.... Lisez le livre des mormons. Il est traduit dans toutes les langues et se vend dans Main-street. Vous y trouverez notre histoire. Les premiers mormons ont immigré du temps du roi Salomon !! La dernière immigration eut lieu six cents ans avant notre Sauveur !! Aujourd'hui ils affluent de toutes parts. Un jour ils s'étendront sur toute la terre. »

Sur mon observation que lui, Brigham Young, me semblait réunir dans l'Utah les pouvoirs temporel et spirituel, il s'écria avec vivacité : « Vous vous trompez, le mormon est libre. Tout se fait par compromis entre les parties contendantes ou par arbitrage. Je ne crains pas, comme

---

[1] M. Young ne m'a dit rien de particulier, rien qu'il ne dise à tout le monde, et surtout au tabernacle, dans ses très-courts sermons. Je ne crains donc pas de commettre une indiscrétion en livrant ses paroles à la publicité.

on croit, les chemins de fer. Nous n'avons pas quitté Nauvoo pour fuir le contact des gentils. Nous sommes partis, parce qu'on nous a chassés. »

Je l'attaquai sur le chapitre de la polygamie. « En Europe, lui dis-je, votre nom est connu. On apprécie en vous l'homme énergique qui sait imposer sa volonté à des disciples, et qui a su transformer un désert en un jardin. Mais il n'y a, je ne puis vous le cacher, qu'un seul cri d'indignation contre la polygamie que vous pratiquez vous-même et que vous avez introduite dans votre communauté. On pense généralement que c'est une dégradation de la femme et une honte pour le siècle où nous vivons (*a shame and a disgrace*). » — Ici l'auditoire fit entendre un sourd grognement. Le président tressaillit, mais il se contint. Après quelques instants de silence, parlant très-bas et avec un léger sourire de dédain, il dit : « Préjugé, préjugé, préjugé. Nous avons des exemples, de grands exemples, ceux des patriarches. Ce qui alors plaisait à Dieu, pourquoi le proscrire aujourd'hui? » — Il entra ensuite dans un long exposé d'une théorie qui

LE HAREM ET LA RÉSIDENCE DE BRIGHAM YOUNG.

m'était nouvelle, regrettant que les hommes n'imitassent pas l'exemple des animaux, traitant les relations sexuelles confusément et avec une grande réserve de paroles, si grande qu'il m'a été impossible d'en saisir toujours le sens ; enfin arrivant à la conclusion que la polygamie était le seul remède efficace contre la plaie sociale de la prostitution. « Au reste, ce que j'enseigne, ce que je fais, disait-il, je l'enseigne, je le fais par ordre spécial de Dieu. » Lorsque je me levai, il me prit la main, m'attira vers lui et murmura en fermant les yeux : *Benediction, benediction, benediction ! luck, luck, luck !* (Bénédiction, bonheur.)

Brigham Young, né dans l'État de Vermont, vient d'accomplir sa soixante-dixième année, mais paraît beaucoup plus jeune qu'il n'est. Il est au-dessus de la taille moyenne, se tient fort droit et paraît jouir d'une excellente santé. Une chevelure crispée, blonde, tirant sur le châtain, et un collier grec blanc, soigneusement frisé, encadrent sa tête solidement assise sur des épaules carrées. Ses yeux, qui évitent de rencontrer votre regard, accusent de la finesse plus que de l'intelligence ; sa bouche, de la sensualité ; son menton carré et de dimensions disproportionnées, de l'énergie, je dirais presque de la cruauté. A tout prendre, c'est une figure qui ne peut appartenir qu'à un être hors ligne. Elle vous fascine et vous repousse à la fois. On comprend que cet homme exerce le charme du serpent, qu'il retienne ses victimes par la terreur qu'inspire un fauve, qu'il les écrase sans scrupule et sans pitié le jour où elles font mine de s'arracher à ses étreintes. Je ne dis pas que tel *est* Brigham Young. Je dis seulement que telle est l'impression que son extérieur m'a faite et que je partage avec presque tous les étrangers qui ont décrit leur visite auprès du chef des mormons. Certes on ne doit ni ne peut juger un homme au sortir d'une seule entrevue et sur son physique ; aussi je me borne à inscrire dans mon journal, exactement et consciencieusement, l'effet que son extérieur a produit sur moi et qui est ou ne peut plus défavorable. Quant à ses manières, je les trouve tout aussi peu sympathiques. Elles manquent de simplicité, ou plutôt elles portent l'empreinte de l'affectation. Tour à tour solennel et familier, onctueux et plaisantant, sévère et doucereux, Young n'oublie pas un instant son rôle de prophète. Avant d'émettre une phrase sentencieuse, il incline le front, prend un air majestueux, fixe ses regards sur le sol. Quand il parle, il s'énonce lentement, d'un ton d'autorité et en mettant un intervalle entre chacune de ses paroles. Puis, soudainement, il relève la tête, la rejette en arrière, et déploie sa large denture blanche et pointue, sa grosse bouche sensuelle sur laquelle erre un sinistre sourire. Il ferme les yeux et baisse la voix.

C'est le moment où il plaisante. J'avoue que ces accès de gaieté passagers et périodiques ne m'ont guère gagné. Il y a je ne sais quoi de grossièrement théâtral dans ces passages subits du sublime au vulgaire, du cothurne au socque ; mais on conçoit que ce sont là de ces effets de scène qui entraînent un public ignorant et tout disposé à se laisser entraîner. Aussi ai-je remarqué qu'à ces moments tous les évêques et elders étaient ou se donnaient l'air d'être comme électrisés.

Jugé sur son extérieur, sur ses manières, sur le galimatias qu'il a le front de vous débiter, Brigham Young n'est qu'un audacieux hypocrite. Mais jetez les regards autour de vous ! faites-vous raconter, non par ses acolytes qui adorent en lui une divinité, mais par des témoins impartiaux ou plutôt par des hommes qui, sans aucune sympathie pour lui, le connaissent et connaissent surtout ses œuvres ; faites-vous dire par eux les obstacles qu'il a vaincus, les dangers qu'il a affrontés et surmontés, les merveilles qu'il a créées — et le plus grand de tous ses miracles, c'est d'avoir captivé, brisé, subjugué la volonté de près de deux cent mille êtres humains ; — faites-vous raconter tout cela sur les lieux mêmes par des hommes, je le répète, impartiaux et fort instruits des choses qui se passent sous leurs yeux, par le commandant des troupes fédérales au fort Douglas, par ses officiers, par le chief-justice, par l'attorney-general, par les médecins, qui tous résident ici depuis des années, par les mineurs qui vont et viennent, et votre prévention fera place à l'étonnement d'abord, et à l'admiration ensuite, à l'admiration non certes des doctrines que Brigham Young a répandues et encore moins de ses pratiques, ni même des prodiges de la colonisation qui est son œuvre, car d'autres que des mormons en ont fait autant dans d'autres parties du territoire américain, ni des mobiles qui l'ont fait agir et que nous n'avons pas le droit de juger puisque nous ne les connaissons guère ; mais des moyens que la Providence a prodigués à cet homme extraordinaire, de l'instinct, de la perspicacité de cet esprit inculte, de son énergie indomptable, de sa persévérance, surtout du pouvoir mystérieux et absolu qu'il exerce sur ses sectaires.

On a écrit plusieurs livres, beaucoup de brochures et d'innombrables articles de journal sur Brigham Young, sur Deseret, sur les mormons, sur leurs croyances et leurs pratiques. Ces imprimés, du moins plusieurs d'entre eux, ont le mérite de peindre les localités et d'exposer les faits assez exactement. Rien de plus attrayant que la description de la Nouvelle-Jérusalem par Hepworth Dixon. Le portrait est bien fait et il est d'une parfaite ressemblance. Mais ni cet auteur ni d'autres qui ont écrit sur cette matière n'ont su faire connaître le secret de la puissance terrible créée et exploitée par cet homme afin d'établir, au centre de l'Amérique, un état de choses qui, politiquement, religieusement et socialement, est la négation manifeste des idées, des mœurs, des croyances de notre siècle.

Joë Smith est le fondateur ou le régénérateur de la secte des mormons. C'était un inspiré et en même temps un fort mauvais sujet. Il n'enseignait pas la polygamie ; mais, à en croire la voix publique, il la pratiquait, sauf la bénédiction nuptiale. Cette circonstance devint même, après sa mort, la cause d'une scission, d'une sorte de schisme au sein de la communauté : sa veuve et ses enfants jurant que Joë n'avait jamais été polygame, et Brigham Young, qui avait

besoin d'invoquer, en faveur de la polygamie, l'exemple de son prédécesseur, faisant constater par des témoignages supposés faux que le prophète Smith était partisan de la pluralité.

L'expulsion des mormons de leurs établissements sur le Mississipi, dans l'Illinois, forme un épisode extrêmement curieux et significatif, sous plus d'un rapport, de l'histoire contemporaine de l'Amérique. Le pauvre Joë n'avait du prophète que l'inspiration. Plus de cinquante fois il avait été traduit devant les tribunaux et toujours acquitté, lorsque à la fin il eut les honneurs du martyre. Pendant qu'il était enfermé dans la prison de Carthage, chef-lieu du comté de Hancock (Illinois), une bande d'hommes qui s'étaient noirci le visage y pénétrèrent et le tuèrent à coups de fusil, lui et son frère Hyram [1]. Admis à être leur propre caution, les assassins furent jugés et acquittés. Dès la mort du prophète, le charpentier Brigham Young, en sa qualité

[1] En juin 1814.

de président des douze apôtres, prend la direction dans ses mains. Malgré l'état calamiteux où l'on se trouve, il réussit à réconcilier les dissidents, à réunir dans le même bercail, qui est le sien, tous les croyants, à inspirer une nouvelle vie à cette secte si cruellement éprouvée, si près en apparence de sa dissolution. Cependant les actes de violence continuent. Dans quelques-uns de leurs établissements, leurs maisons sont brûlées, leur bétail enlevé, leurs récoltes détruites. L'intervention timide, peut-être peu sérieuse, des autorités reste sans effet. Une proclamation du sheriff du comté de Hancock trace un sinistre tableau des scènes de dévastation. « Pendant que j'écris, dit-il, la fumée monte aux nuages. On n'épargne ni veuves ni orphelins. » Le gouvernement de l'Illinois envoya des milices, mais leur commandant ne tarda pas à déclarer aux mormons qu'il n'était pas en mesure de les protéger ; que la populace était décidée à les expulser ; qu'il ne leur restait qu'à s'expatrier. Ce fut alors que les chefs prirent la résolution d'émigrer au lac Salé et d'y envoyer des pionniers. Ceux-ci, conduits par Brigham Young, se mirent en route dans les premiers jours de l'année[1]. Un millier de familles suivit en février. C'est le commencement du grand exode. Pendant que le président des apôtres avançait péniblement avec ses cinq cents pionniers, Nauvoo, la principale place de la secte dans l'Illinois, fortifiée à la hâte, eut à soutenir un siége régulier. Les ennemis des mormons s'étaient militairement organisés, avaient de l'artillerie et leur livrèrent de fréquents combats. Enfin, le 17 septembre, à la suite d'un bombardement qui avait duré plusieurs jours, les assiégés évacuèrent la ville et se réfugièrent de l'autre côté du Mississipi. Les vainqueurs, après avoir pillé à cœur joie, brûlèrent le tabernacle, qui avait coûté un demi-million de dollars, et beaucoup de maisons particulières. Tout cela se passait pour ainsi dire sous les yeux du gouverneur de l'État, qui, il est vrai, avait fait notifier aux mormons, par le commandant de ses forces, son impuissance à les protéger. Cependant, après avoir cédé à l'armée des États-Unis, alors en guerre avec le Mexique, ses meilleurs hommes, le fameux *bataillon mormon*, après avoir provisoirement établi dans le Nebraska (à Florence) les mille familles qui l'avaient suivi, Brigham Young, qui n'avait guère dépassé Council-Bluffs sur le Missouri, revint sur les bords du Mississipi. Il s'agissait d'organiser l'émigration du gros des siens. Dieu lui avait fait la grâce d'une révélation. Il avait vu en rêve un rocher conique qui s'élevait sur les bords d'un lac. C'est vers ce point, *Ensign-peak*, qu'il se dirigea. Il jugea nécessaire d'examiner les lieux et se mit en route, suivi seulement, cette fois, de cent quarante pionniers. Parti au printemps[2], il arriva en juillet sur le lac Salé, et y jeta les fondements de la Nouvelle-Jérusalem. Dans les derniers jours de l'année, il revint. Pendant ce second voyage, tous ses chevaux furent enlevés par des Sioux, et le prophète et ses saints obligés d'aller à pied. Enfin le moment était venu pour la masse des mormons de s'ébranler[3]. Il s'agissait de parcourir les prairies du Nebraska, de franchir les défilés des Montagnes Rocheuses, de traverser le grand désert américain, c'est-à-dire le haut plateau situé entre ces montagnes et la chaîne des Wahsatch, enfin de descendre dans le bassin du Salt-lake qu'avant l'expédition de Brigham personne n'avait vu, excepté quelques « voyageurs » et quelques *trappers*. Or, à les en croire, c'était un désert salé entourant une sorte de mer Morte, entouré lui-même de rochers qui s'élevaient à la hauteur de douze à quinze mille pieds, et, de l'autre côté du lac, d'une autre chaîne de montagnes également escarpées et également arides. Quant à l'eau, elle était saumâtre ; quant à la végétation, elle manquait absolument, sauf quelques misérables buissons, du *sage-brush*, et, en été, quelques fleurs sauvages dévorées, à peine écloses, par les locustes, qui, avec les ours des montagnes, avec les serpents des prairies, avec les tribus guerrières et cruelles

---

[1] 1846.

[2] 1847.

[3] 1848.

UNE CARAVANE DE NÉOPHYTES MORMONS EN ROUTE VERS LE LAC SALÉ.

des Utah et des Soshones, se partageaient la domination de ces contrées inhospitalières.
Probablement les informations recueillies sur les lieux par Young étaient moins défavorables,
puisque la transmigration fut résolue. On se mit en mouvement en plein hiver, formant plusieurs
caravanes; hommes, femmes, enfants, en wagon, à âne, en brouette, à pied, se dirigèrent vers
les bords du Missouri et de là tout droit sur les Montagnes Rocheuses. La distance à parcourir
était de quinze cents milles et le chemin traversait presque constamment un pays dépourvu de
toutes ressources. La misère, les privations, la mortalité éprouvaient cruellement, sans pouvoir
les dompter, le courage, la persévérance, la richesse d'expédients du prophète, la résignation,
la patience, l'aveugle foi des fidèles. Depuis l'exode des Israélites, l'histoire n'a pas eu à enre-
gistrer une semblable entreprise. Enfin ceux dont les os ne jonchaient pas les sentiers parcourus,
en débouchant un soir d'un défilé qui a conservé le nom d'*Emigration cañon*, aperçurent à leurs
pieds le lac, la vallée, la rivière que par analogie avec la terre promise ils appelèrent Jourdain :

le tout reconnaissable au promontoire conique que Dieu avait révélé à son élu, et qui porte pour
cette raison le nom de *Ensign-peak* [1].

Avoir conçu cette idée, l'avoir exécutée en perdant un grand nombre d'hommes, mais sans
perdre la confiance d'un seul de ceux qui survivent, ce fait qui appartient à l'histoire suffirait
pour immortaliser le nom d'un souverain, d'un capitaine, d'un prophète.

Brigham Young réunit ces trois qualités. Prophète tout en ayant garde de faire de la
prophétie, il règne sur les consciences; souverain, il exerce sans aucun contrôle le pouvoir le
plus absolu ; capitaine, il a organisé des milices qui forment une force respectable et comptent
pour beaucoup dans l'hésitation du gouvernement central à ramener ce potentat au respect de
la loi.

Les trois premières années étaient encore fort pénibles. Georges Smith, l'historien, m'a dit
que lui et sa femme, comme d'ailleurs tout le monde, se virent réduits au tiers de la quantité

---

[1] Utah appartenait alors au Mexique. Cédé plus tard aux États-Unis, un acte du congrès y établit, en 1850, un gouvernement territorial, et Bringham Young fut nommé gouverneur d'Utah. Il exerça ces fonctions jusqu'en 1857.

de nourriture jugée nécessaire pour l'homme. Souvent, pendant des semaines, ils vivaient de racines.

L'œuvre de la prédication dans le pays des gentils, dont les commencements remontent à l'année 1837, fut reprise avec plus de vigueur ; mais on ne faisait de prosélytes qu'en Angleterre, surtout dans le pays de Galles, en Australie et, dans une moindre proportion, en Scandinavie. Les contingents de l'Allemagne, de la Suisse et d'autres pays où des missionnaires de Young ont prêché sont minimes. Auprès des Chinois, des Indiens, des Cingalais et des Malais, la prédication du livre des mormons a complétement échoué. Brigham Young choisit ses missionnaires selon ses inspirations. Il lui est arrivé plus d'une fois d'accoster dans la rue un individu qu'il connaissait à peine. Suivant une inspiration soudaine, il lui enjoint de partir, le charge d'une mission apostolique en Europe, en Australie, dans les îles de l'Océanie, et l'homme ainsi désigné quitte sa femme, ses enfants, sa ferme, sa boutique, et part. Ces émissaires se mettent en rapport avec les populations les plus ignorantes et les plus pauvres soit des grandes villes d'Angleterre,

ANCIENS ET ÉVÊQUES. — 1, HUNTER. — 2, DIMICK HUNTINGTON. — 3, ORSON HYDE.

foyers de vices et de misères comme tous les grands centres de population, soit des campagnes galloises dont les habitants, semblables en ce point à leurs frères irlandais, ont l'esprit particulièrement tourné vers l'émigration. D'après le témoignage unanime des personnes qui, pendant mon séjour à Salt-lake-City, ont bien voulu me donner des informations sur cette étrange communauté, les Européens qui en font partie sont, sous tous les rapports, inférieurs aux classes infimes des populations américaines des campagnes et même des villes de l'Est.

Les missionnaires mormons ne s'adressent donc jamais aux personnes riches ou seulement aisées, jamais aux hommes instruits, mais toujours et exclusivement aux pauvres et aux ignorants. Ils se recrutent parmi ceux qui sont nés dans la misère ou qui y sont descendus par leur faute ou par la faute des circonstances ; qui n'ont rien à perdre, qui ne peuvent que gagner en s'arrachant au milieu moralement et physiquement vicié où ils vivent. C'est un des faits qu'il faut avoir présents pour comprendre la grande et subite expansion de la secte.

C'est à ces gens qu'ils prêchent, et voici ce qu'ils leur disent : Dieu est une personne de chair et de sang à l'instar de l'homme. Il a les passions de l'homme, mais en toutes choses il est parfait. Il a créé Jésus-Christ par les voies naturelles. Le père et le fils se ressemblent, avec cette seule différence que le père a l'air plus âgé. L'homme n'est pas la création de Dieu, car il existe de toute éternité. Il n'est pas né dans le péché et n'est responsable que de ses propres actes. Il se sanctifie par le mariage. Il y a des dieux, des anges, des hommes et des esprits. Il y a une résurrection dans l'autre monde, lequel d'ailleurs n'est qu'une continuation de l'existence actuelle des hommes. Dieu est en communication directe avec le prophète. Ce que dit et fait le prophète est dit et fait par inspiration. Les évêques ont aussi le privilége de l'inspiration, mais à un moindre degré. De toutes les religions, celle des mormons est la plus parfaite, mais les *gentils* ne sont pas nécessairement damnés.

Est-il possible que la prédication de pareils dogmes frappe les esprits, touche et enflamme les cœurs, attire en un mot des quartiers les plus mal famés de Londres, des chantiers de Liverpool, des pâturages du pays de Galles, les trois à quatre mille convertis qui arrivent tous les ans sur les bords du lac Salé ? C'est tout à fait inadmissible. Il n'est pas vrai, comme certains auteurs l'ont prétendu, que la nouveauté de ces doctrines agisse puissamment sur les

ANCIENS ET ÉVÊQUES.   1, FEU HÉBERT KIMBALL. — 2, DANIEL WELLS.

imaginations. Ce serait peut-être possible si ces prosélytes étaient des fanatiques. Mais la théologie est la moindre de leurs préoccupations. Ce sont des gens qui se trouvent dans le dénûment et qui cherchent à en sortir. Si les missionnaires de Brigham Young n'avaient pas autre chose à leur offrir que la continuation dans un autre monde, auprès de Dieu qui est leur semblable, de l'existence misérable qui leur est tombée en partage ici-bas, est-il à présumer qu'ils adopteraient avec tant de ferveur les préceptes du livre des mormons ? N'est-il pas plutôt probable qu'ils tourneraient le dos aux missionnaires ?

Mais ceux-ci ont encore autre chose à leur dire. Après avoir promis, ce que presque toutes les religions promettent, la félicité dans une vie future, ils font ce qu'aucune religion ne fait : ils leur ouvrent déjà, pour cette vie terrestre, les plus brillants horizons. A la seule condition du travail, mais d'un travail modéré, ils leur garantissent pour un avenir très-rapproché toutes les jouissances auxquelles le cœur humain peut aspirer, que le hasard n'accorde qu'à ses privilégiés, qu'il leur a, à eux, si obstinément refusées.

Voyez cet étranger qui pénètre dans une humble demeure — béni soit le jour où il en a franchi le seuil ! — Après avoir très-sommairement et très-brièvement exposé les articles de foi, il se répand longuement sur les occupations des mormons, sur les avantages, sur les profits merveilleux qu'ils recueillent, soulève en un mot le rideau lugubre qui jusqu'ici a assombri la triste existence de ses auditeurs, évoque devant leurs regards avides une vision enchanteresse, éveille toutes leurs convoitises, promet de les satisfaire toutes, leur montre au loin, par delà des mers, par delà des plaines sans limites, par delà d'effroyables rochers, le ghore du nouveau Jourdain, les deux lacs argentés de la Bible, les montagnes de la Nouvelle-Judée, la Terre Promise où ils trouveront ce qui les a constamment fuis — le bonheur. Ici, leur dit-il, vous êtes des esclaves, esclaves de la misère, sinon d'un maître, d'un patron. Dans la vallée des Saints, c'est l'indépendance qui vous attend ; l'indépendance, l'aisance certainement, la richesse peut-être. Plus d'assujettissement, plus de privations, plus de soucis ! Dans ce monde comme dans l'autre, vous êtes des gens pourvus. Puis, s'adressant à la jeunesse avec ce sourire particulier aux mormons, avec le sourire sinistre du prophète, il parle des plaisirs enivrants du harem, peint la beauté des filles de Deseret, leur promet des femmes à discrétion, développe en un mot la théorie de la pluralité. Comparez, dit-il en finissant, ce que vous êtes avec ce que vous serez, et choisissez !

Comment ces pauvres malheureux, à moins d'être retenus par les convictions chrétiennes qu'ils n'ont pas, comment résisteraient-ils à des promesses si brillantes? De plus, dès qu'ils ont donné leur adhésion, les banquiers de Young les munissent de l'argent nécessaire pour payer la traversée. A New-York, une feuille de route leur est donnée. Des lettres facilitent le voyage, et, plus heureux que les émigrants ordinaires, ils sont sûrs de trouver secours et protection dans les différentes stations de leur long itinéraire.

Ici, je dois insister sur le fait important, expliqué, j'espère, dans les lignes précédentes, et confirmé par des témoignages impartiaux et dignes de foi, le fait, dis-je, que les prosélytes, à part quelques exceptions très-rares, ne sont pas amenés dans le bercail de Young par un mouvement de fanatisme, par la soif de la vérité, par un de ces accès d'extase ou de scrupule qui parfois troublent les âmes, mais purement et simplement par des motifs mondains, par le désir d'améliorer leur existence. Sous ce rapport, ils ne se distinguent pas des autres émigrants. L'élément religieux n'entre pour rien dans leur conversion.

Suivons maintenant ces néophytes dans leur nouvelle patrie. Les voilà arrivés. Les évêques et quelques *elders* procurent du travail aux bien portants, donnent des secours aux malades, des vivres à tous, pourvoient enfin à leurs premiers besoins, en attendant qu'on puisse leur assigner les terrains qu'ils mettront en culture. Young avance des matériaux pour la construction des maisons, des *adobes* (briques séchées au soleil), des planches, des ustensiles. La valeur du terrain concédé et de tous les objets fournis est calculée en dollars, et inscrite dans le livre des dettes. L'acquittement se fait par termes ; en outre, la dîme, conforme à la dixième partie du revenu brut de la ferme, est prélevée pour les besoins de l'Église.

Il serait trop long d'entrer ici dans le détail des arrangements entre le créancier qui est Young et le débiteur qui est tout le monde. Il suffira de dire que la majorité des mormons ne sont pas parvenus et ne parviendront jamais à s'exonérer complétement. A force de travail, ils gagnent leur vie ; ils peuvent, ce qui est déjà rare, se créer une existence aisée ; mais il est extrêmement difficile de faire des économies ; aussi y a-t-il fort peu de riches. La rareté du numéraire et la difficulté de se procurer de l'argent des États-Unis forment une autre source d'embarras, et ajoutent à la gêne qui est l'état normal de cette société. Il y a deux ans, c'est-à-dire avant l'achèvement du chemin de fer, Utah était encore une prison, parce que les moyens de s'en éloigner faisaient défaut ; et, quoique à un moindre degré, il continue de l'être. Pour quitter Utah, les Saints doivent solder leurs dettes ; pour les solder, il faudrait vendre leurs fermes ; pour les vendre, il faudrait trouver des acquéreurs capables de payer argent comptant

et en monnaie des États-Unis. Or il n'y a dans Utah qu'un seul homme qui se trouve dans ces
conditions, c'est Brigham Young. Mais Brigham Young a précisément le plus grand intérêt à ne
pas faciliter les ventes. Le secret de sa puissance religieuse et politique consiste en grande
partie, non exclusivement, comme je le démontrerai, dans la nature de ses relations financières
avec la majorité des mormons, lesquels, à des degrés divers, sont ses débiteurs. Ainsi, on le voit
bien, les missionnaires, en promettant l'indépendance, ont menti. Les mormons vivent non-
seulement dans la dépendance de Young, ils sont de fait ses prisonniers.

Mais, chose étrange, l'émigrant, au lieu de l'indépendance, a trouvé ici ce qui lui manquait
en Europe, lorsqu'il embrassait la confession des Saints : il a trouvé la foi. Oui, lui, l'incrédule
de la veille, incrédule au moins par rapport à sa nouvelle religion, croit aujourd'hui fermement, aveuglément : il croit au prophète, à Brigham Young. Comment se rendre compte de
ce fait aussi étrange qu'incontestable, que personne n'a pu m'expliquer, mais que tout le

monde confirme, et qui d'ailleurs s'impose par lui-même? car, pour s'en convaincre, on n'a
qu'à regarder autour de soi, à causer avec le premier venu que l'on rencontre dans les rues de
la Nouvelle-Jérusalem.

Élucidons, s'il est possible, ce point si obscur et pourtant si essentiel, puisque, si on parvient
à y porter la lumière, on aura trouvé la clef de l'énigme, ou comprendra le mormonisme.

Pour simplifier, j'écarte momentanément l'influence que le chemin de fer, ouvert il y a
deux ans, exercera, qu'il exerce déjà sur cette communauté. Je ne m'occupe pas davantage de
la découverte plus récente des mines d'argent dans les monts Wahsatch et de la grande
affluence de chercheurs de métaux précieux qui en a été le premier résultat. J'en parlerai en
son lieu. Considérons d'abord la société des mormons, telle qu'elle existait encore au début de
l'année 1869.

A cette époque, Brigham Young se trouvait à l'apogée de sa puissance. On peut dire, sans
exagération, qu'à l'état normal le prophète, tant que le prophète est Young, est le maître
absolu des âmes et des corps des croyants. Cette société n'admet que des croyants. Celui qui

fait défection à la foi se place hors la loi. Ses biens sont confisqués, lui-même contraint de s'enfuir, et, comme la fuite est impossible, de venir à résipiscence, de faire pénitence, de recommencer la vie, seulement de la recommencer sans sa ferme, ses ustensiles, son bétail qui restent confisqués. En ce qui concerne les hérétiques actifs, dangereux, ils disparaissent. Quelquefois on a trouvé leurs cadavres. Le peu de gentils qui demeurent ici ne sont que tolérés, et encore leur existence est-elle peu enviable. Malheur à celui qui oserait faire la cour à une jeune fille mormone ! On lui briserait les os. Cela s'est vu plus d'une fois. Ajoutez à ceci la difficulté d'approcher de ce lieu, l'impossibilité de le quitter sans le consentement du prophète, et avouez que l'isolement est complet.

J'ai dit que Brigham Young est maître des âmes et des corps. Ceci est à prendre à la lettre. Quant aux âmes, il dispose des volontés et des consciences, il dispose des pensées, car il leur a donné une certaine direction, et il sait les y maintenir. D'ailleurs, qui est-ce qui pense dans l'Utah ? On croit, on travaille, on jouit, mais on ne pense pas. Le tabernacle, le dimanche ; la ferme ou la boutique, pendant la semaine ; le théâtre et le harem, tous les soirs. Cela suffit. Il ne reste pas de temps pour la réflexion. Tout se fait par inspiration. C'est Dieu qui inspire, et l'inspiré c'est Brigham Young. Dans toute sorte d'affaires, d'embarras, de doutes, on s'adresse à Young. Quelquefois il garde le silence : c'est qu'il n'a pas d'inspiration ; mais, s'il parle, on est convaincu que l'on a entendu la parole de Dieu. Brigham ne passe pas pour le Dieu incarné, mais c'est tout comme. C'est pour cela que je dis qu'il dispose des âmes.

Maintenant pour les corps ! Il concentre dans ses mains les fils de toutes les affaires et de tous les intérêts matériels. Il exploite le terrain, et son terrain est le territoire d'Utah, grand, je crois, comme la moitié de la France ; il exploite les forces physiques et les facultés mentales de deux cent mille personnes. Depuis le temps des Pharaons, le monde n'a pas vu de monopole semblable ! Aussi passe-t-il pour un des individus les plus riches des États-Unis. On lui suppose une fortune de plus de douze millions de dollars. Il domine les marchés, il règle les prix des denrées. Il trace des routes et perçoit des péages énormes. Après les avoir créées, il intervient dans toutes les activités de la vie. Il les exploite toutes. Avec sa force armée, ses milices parfaitement équipées et exercées, avec l'aide du télégraphe qu'il a fait construire et qui relie les différents établissements de l'Utah, lesquels, sauf celui de Corinne, sont tous aux mormons, il se fait obéir par les siens, craindre par l'opposition encore très-faible, et ménager par le gouvernement central de Washington. De plus, il a (il avait encore il y a deux ans) l'immense avantage d'être géographiquement inaccessible.

Enfin une justice sommaire, en partie occulte, entourée d'un prestige quasi religieux, complétait, avant l'établissement à Salt-lake-City d'autorités judiciaires régulières, le pouvoir inouï de cet homme. Est-ce trop dire qu'il dispose des corps ? Mais il y a encore un autre point de vue auquel cela peut se soutenir.

Brigham Young n'a jamais eu la réputation d'un saint, dans le sens habituel du mot ; mais aucun de ses amis et confidents n'a pu prévoir que, prétextant des ordres émanant de Dieu, il oserait imposer aux mormons les doctrines et les pratiques de la polygamie.

Une nuit [1], il eut une révélation qui, malgré son prestige si grand, jeta, pendant quelque temps, le trouble dans les consciences de ses dociles coreligionnaires. Dieu lui avait inspiré le retour à la vie patriarcale, à la pluralité des femmes. Pour étouffer l'opposition, il réunit des délégués représentant les différents établissements d'Utah, environ deux mille anciens, et produisit une prétendue révélation que Joë Smith aurait eue une année avant sa mort. Sous le titre de *Révélation sur le mariage céleste*, l'historien George Smith a publié ce curieux docu-

[1] En 1852.

ment dans ses *Réponses à des questions* citées plus haut. La veuve et les fils de Joë, comme on a vu, soutiennent que la pièce est apocryphe. On a eu soin de la rédiger dans le style du Vieux Testament. Jéhovah n'a pas marché avec le temps. Il en est encore au langage qu'il a tenu à Abraham, mais ce qu'il dit est nouveau. Voici une analyse des parties essentielles : Si un homme épouse une femme sans l'intervention de l'oint du Seigneur, lui et elle, devenus des anges au paradis, seront les domestiques des bienheureux et resteront célibataires *in æternum*. Ceux qui se marient conformément à la loi seront des dieux ! Joë Smith est déclaré descendant d'Abraham. Dieu a donné ses commandements à Abraham, et Sarah lui a donné Hagar. Pourquoi ? Parce que c'était la loi. Hagar fut la source d'une nombreuse descendance. Abraham a-t-il péché ? Non. Abraham eut des concubines qui engendraient des enfants. David eut des femmes et des concubines, et il fit bien, parce qu'elles lui avaient été données par Nathan et par d'autres prophètes qui avaient la clef, le pouvoir de donner des femmes. David n'a péché qu'en épousant la femme d'Uriah. Salomon et Moïse eurent aussi plusieurs femmes. La femme dont le mari a commis un adultère peut épouser un autre homme, pourvu qu'elle soit vertueuse. Sur ce point, Dieu se réserve, dans chaque cas, de renseigner le prophète Joë, qui alors pourra autoriser et bénir le mariage. Si Joë reste fidèle à la loi, Dieu lui donnera, dans ce monde, des maisons, des champs, des femmes, des enfants, et des couronnes dans l'éternité. Le prêtre qui a épousé une vierge peut, s'il le désire, en épouser une autre, pourvu que la première y consente. S'il lui plaît d'en épouser dix, en vertu de cette loi, il peut le faire sans commettre d'adultère. Si l'une de ses femmes se donne à un autre homme, elle est adultère et doit être détruite, car elle et ses compagnes ont été données au prêtre pour multiplier le genre humain.

A l'aide de ce document, Brigham Young obtint l'assentiment de l'assemblée. Elle adopta le principe de la polygamie qui fut déclarée devoir et privilége, lequel privilége ne pouvait cependant s'obtenir que par un commandement spécial de Dieu. Il résulte de la révélation faite à Joë Smith que Dieu donne ou refuse le privilége par l'intermédiaire de son prophète, aujourd'hui Brigham Young, qui, avant de rendre son arrêt, examine le cas ou le fait examiner par ses évêques. Sur la conduite d'une jeune fille et d'un jeune homme avant le mariage, sur d'autres questions de même nature, c'est Brigham qui, en arbitre suprême, rend l'arrêt au nom et par ordre spécial de Dieu, et c'est Dieu qui, dans chaque cas, lui fait connaître sa volonté. Bref, au monopole que le prophète exerce sur les vivres, sur les denrées, sur les produits du sol, enfin sur les bras et sur la sueur des hommes, il réunit le droit d'ingérence dans les relations de famille les plus intimes. La prospérité matérielle, la paix domestique, la réputation de chacun dépend de son bon plaisir. Loin de moi d'insinuer que Young abuse des pouvoirs énormes que lui accorde la loi, la loi qu'il s'est donnée lui-même. J'écarte la question des personnes. Le système est monstrueux et sans exemple dans l'histoire du genre humain.

Plus un seul homme est avancé dans les grades de la hiérarchie, plus son devoir l'oblige d'user du privilége de la pluralité. Brigham Young possède, à l'heure qu'il est, seize femmes, sans en compter seize autres appelées scellées, *sealed*. Quelques-unes de ces dernières vivent avec lui conjugalement, d'autres sont des veuves ou des vieilles filles qui par ce moyen espèrent devenir, dans l'éternité, ce qu'elles ne sont pas ici-bas, les épouses réelles du prophète. George Smith, l'historien, a cinq femmes ; les autres apôtres se contentent de quatre ; aucun n'en a moins de trois.

Il est entendu qu'on ne doit pas épouser plus de femmes qu'on ne peut en nourrir ; mais, en réalité, ce sont très-souvent les femmes qui entretiennent le mari par le produit de leur travail. C'est surtout le cas des gens pauvres. Si un homme a deux épouses, chacune occupe une chambre séparée, rarement dans la même maison. Pour cette raison, les fermes se composent ordinairement de deux cases. Les femmes exercent leur métier, pourvoient elles-mêmes à leurs besoins, et, pour attirer le mari, sacrifient leurs petites économies en lui préparant de temps à autre un modeste festin. Les femmes actuelles du prophète, non les scellées, occupent, dans la ruche, *bee-hive*, c'est ainsi que s'appelle sa maison, des appartements séparés. Elles sont toutes censées gagner leur vie par le travail, dînent à la même table, et sont, pour toutes choses, placées sous un régime d'administration et de contrôle strictement bureaucratique. L'un des gendres de Young, en même temps son secrétaire, le petit bossu qui m'a reçu dans le parloir du prophète, est chargé de ce département, et s'acquitte de ses fonctions délicates avec ordre et impartialité, sauf les faveurs exceptionnelles que lui imposent parfois les caprices changeants du maître.

Maintenant quel est le sens du mot *sealing*? Qu'est-ce qu'une femme scellée? Je n'ai eu ni le temps, ni l'occasion, ni, je l'avoue, l'envie de faire un cours de théologie mormone ou de vérifier les informations confuses, contradictoires et probablement exagérées, contenues dans les livres et journaux qui ont traité de cette matière. Il paraît qu'on scelle une femme à son mari pour cette vie et pour la vie future. Une femme peut aussi épouser un défunt; il serait même permis, mais je ne sais pas si cela s'est vu, qu'une femme fût scellée à deux maris vivants, à l'un pour cette vie, et à l'autre pour le paradis : toujours avec intervention du prophète ou des évêques. Enfin, c'est l'ignorance et la crédulité exploitées sous l'invocation de Dieu au profit de la luxure. Détournons les regards de ce triste spectacle.

Les enfants pullulent à Salt-lake-City. On en voit partout. C'est même un des traits caractéristiques de cette ville et de tous les établissements mormons. Ils sont bien tenus, décemment vêtus, et fréquentent tous l'école; mais la plupart de ceux que j'ai vus m'ont paru délicats, sinon chétifs. L'autorité domestique est absorbée par l'autorité du prophète. Les pères savent à peine le nombre et les noms de leurs enfants. Le président en a quarante-huit, sans compter les morts. Son dernier baby a cinq mois ! Un jour il se promenait dans les rues; une rixe entre deux gamins attira son attention. Il intervint en appliquant avec sa canne une leçon assez rude à l'un des petits tapageurs. L'opération terminée, il lui demanda : De qui es-tu fils? et l'enfant répondit : *I am president Young's boy*. En effet c'était l'un des quarante-huit.

De quelque côté qu'on envisage, ici même, la polygamie, on ne rencontre que des germes de destruction : pour la famille d'abord, pour la société ensuite. Mais les premières victimes sont les femmes. Celles que j'ai vues avaient toutes l'air triste et intimidé. Dans leur intérieur, elles n'occupent pas la place due à l'épouse. Les hommes évitent de parler d'elles et de les faire paraître devant les étrangers. On dirait qu'ils ont honte d'elles ou plutôt d'eux-mêmes. Les compagnes de l'Arabe ou du Turc n'ont jamais connu la sphère élevée que le christianisme a conquise à la femme. Mais ces pauvres mormones sont descendues de la place qu'elles occupaient naguère; ce sont des dégradées, et c'est la dégradation qui se lit sur leurs visages mélancoliques et flétris.

Brigham jouit d'honneurs plus que royaux, puisqu'il est regardé, sinon adoré, comme une divinité. Peu de temps avant mon arrivée, il avait accompli sa soixante-dixième année. A cette occasion, il fut complimenté, dans sa ruche, par les apôtres, les évêques, les anciens. L'un d'eux, en le haranguant, lui donna le titre de souverain. « Vous vivrez, ajoutait-il, pour voir le jour où tous les rois de la terre viendront ici vous demander conseil. » Le journal officiel s'empressa de publier cette allocution.

Le dimanche, Brigham Young prêche quelquefois au tabernacle. D'après les témoignages unanimes que j'ai pu recueillir, ces sermons sont un mélange de citations incohérentes de la Bible, de dénonciations et d'insinuations haineuses, de personnalités, de phrases onctueuses et banales. Le langage est vulgaire, parfois injurieux, toujours empreint du cachet de la

VUE DE LA PARTIE OCCIDENTALE DE SALT-LAKE-CITY.

plus crasse ignorance. Pas l'ombre d'éloquence naturelle. Depuis quelque temps, le prophète, choisissant de préférence la polygamie pour thème de ses homélies, répondait indirectement aux attaques de la presse américaine qui est en ceci l'écho fidèle de l'opinion publique aux États-Unis.

Affectant la tolérance en matière de religion, il a ouvert le tabernacle aux prédicateurs de toutes les confessions et sectes. Un ministre anglican de passage, revêtu d'un surplis, s'est prévalu de cette autorisation. Après lui, Brigham, enveloppé d'un drap de lit, monta en chaire au milieu des rires de l'assemblée et tint un discours bouffon, sorte de parodie grossière du sermon qu'on venait d'entendre [1].

En résumé : l'absolutisme porté à ses dernières conséquences et personnifié dans le chef de la religion. De la part des sectaires, la foi la plus entière en la personne du prophète. Aucun culte, car les courts sermons du dimanche, les quelques chants au tabernacle ne méritent pas ce nom. En général, parlant des masses, aucune préoccupation, aucun sentiment religieux, ou plutôt les sentiments religieux concentrés dans le culte fanatique de Brigham Young. Le travail et la foi proclamés principe souverain. Le travail, nécessairement manuel et nécessairement forcé, poussé à l'extrême, car on doit vivre et, en outre, acquitter les dettes qu'on a contractées avec le président (ce travail excessif explique les progrès rapides et merveilleux de la colonisation). Un monopole qui embrasse tout et s'étend à tous, exercé et exploité par le prophète. Intervention de ce dernier, ou personnelle, ou par l'intermédiaire des évêques, dans les relations de famille les plus intimes, dans les affaires privées, de commerce et autres. Dans tous les moments difficiles et critiques, recours aux oracles de Brigham Young. Enfin la polygamie, déclarée devoir et privilége, et pratiquée depuis vingt ans.

Telle est l'essence du mormonisme.

Labour and faith, travail et foi, voilà la devise, voilà les deux paroles que Brigham Young a constamment à la bouche et qui, en effet, expliquent tous ces phénomènes si étranges. Mais quels secrets mobiles ont fait naître la foi dans le cœur de ceux qui ne la possédaient pas au moment où ils embrassaient les nouvelles croyances? Comment cette transformation s'est-elle opérée en eux? Comment se fait-il que des hommes qui, en quittant leur patrie, ne croyaient à rien, à peine arrivés dans la vallée des Saints croient à tout, à tout ce qu'il plaît à Young de leur faire croire? Les mormons vous disent : C'est l'inspiration. Ce n'est pas une explication. Mais celle que vous donnent les *gentils* ne vous satisfait pas davantage. Je ne me suis pourtant pas laissé décourager. J'ai continué à questionner, à observer, et voici les conclusions auxquelles je suis arrivé.

Les commencements du mormonisme ressemblent à ceux de toutes les autres sectes. Chez un certain nombre de personnes, les besoins spirituels, la soif de secours surnaturels, le désir ardent de se rapprocher de Dieu, qui dorment au fond du cœur de tout être humain, du plus élevé comme du plus abject, se réveillent de loin en loin, soudainement et inopinément. Plus ces réveils sont rares, plus ils sont violents, semblables en ceci à une écluse longtemps fermée et qu'on vient d'ouvrir. Les eaux se précipitent avec impétuosité; puis, quand elles se sont écoulées, l'équilibre se rétablit et, avec l'équilibre, le calme. C'est l'histoire des fameux *revivals*. C'est aussi l'histoire de l'origine des sectes, surtout en Amérique, dans cette société tout absorbée par les préoccupations matérielles et qui a si peu de moments à donner à la méditation. Les besoins moraux, si longtemps négligés, la voix de la conscience, si longtemps étouffée, le repentir, le désespoir s'emparent soudainement des âmes. On demande des consolations, et on les accepte des mains du premier venu. A ces

---

[1] J'ai trouvé ce fait raconté je ne me rappelle pas dans quel journal ou livre. On me l'a confirmé sur les lieux.

moments apparaissent toujours des hommes tout prêts à se mettre à la tête du mouvement, à le diriger, à le maîtriser, à l'exploiter s'ils peuvent. Ce sont probablement des sycophantes, souvent des fanatiques, quelquefois l'un et l'autre. Mais l'hypocrite manque des lumières de la foi, le fanatique des lumières de la raison. Les mauvaises passions, la cupidité et la sensualité s'en mêlent. Comment s'étonner alors qu'on aille tout droit à l'absurde et au monstrueux ? A l'instar de tant d'autres sectes, c'est dans ces conditions qu'est né le mormonisme. Les premiers d'entre ses adeptes, ceux que dirigeait Joë Smith, nommé fripon par les uns et saint par les autres, étaient certainement des convaincus, des fanatiques. Ils étaient de plus des Américains. Ils ont formé le milieu moral dans lequel sont accueillis les arrivants d'Europe.

LABOUR AND FAITH. — MORMONS TAILLANT LE GRANIT POUR LA CONSTRUCTION DU TEMPLE.

La grande migration vers le lac Salé fait époque dans l'histoire de la secte. C'est elle qui a consolidé le prestige et l'autorité du Moïse moderne. A travers mille périls, au milieu d'affreuses privations, mais toujours guidé par cet homme merveilleux, on arrive enfin et on trouve les lieux exactement tels que Dieu dans des visions les avait fait connaître à son élu. Décidément, Brigham Young est un être surnaturel. Si ce n'est pas un Dieu, il est bien près de Dieu. Et après tout, qu'est-ce que Dieu ? Les mormons ne s'en inquiètent pas trop, et d'ailleurs le prophète leur enseigne que l'homme est l'égal de Dieu. Certes, aucun ne l'est plus que lui. C'est évident, c'est clair, tout le monde le pense, tout le monde le répète, tout le monde le croit. Malheur à celui qui se permettrait d'en douter !

Voilà le milieu qui s'est formé dans la vallée des Saints, l'atmosphère qu'on y respire et qui né tarde jamais d'exercer son empire sur le nouveau débarqué. Comment en serait-il autrement? Il n'a rien de ce qu'il faudrait pour s'en défendre. Il est ignorant, pauvre, et, en se déclarant mormon, il a renoncé à la religion dans laquelle il est né. Ce n'est pas dans les dogmes de la foi par lui reniée qu'il ira chercher des arguments contre les erreurs de la secte qu'il vient d'embrasser. De plus, il a brûlé ses vaisseaux. Désormais il appartient corps et âme au Président. Il fait donc comme tout le monde, il ferme les yeux et il devient croyant, croyant en Brigham Young. Les femmes galloises, qui forment la presque totalité, ou du moins la très-grande majorité des immigrés de leur sexe, sont, me dit-on, particulièrement ignorantes et superstitieuses. Elles poussent leurs maris dans cette direction et les y maintiennent. D'ailleurs, une fois entré dans cette voie, comment s'en écarter, puisqu'il n'y en a pas d'autre? L'œil du prophète est ouvert. Il veille sur la pureté de la foi, et les anges vengeurs, les Danites, sur les apostats. On ne peut guère s'exagérer l'importance du milieu où l'on vit; et plus un milieu se forme contre le dehors, plus son action est puissante. Des médecins attachés à un hôpital d'aliénés m'ont assuré qu'ils deviendraient fous eux-mêmes s'ils étaient enfermés dans l'établissement pendant un certain temps. Le duel, parfaitement explicable comme ordalie ou comme guerre entre particuliers, est, dans le sens moderne, tout ce qu'il y a de plus absurde. Celui qui refuse un défi est déshonoré. L'homme insulté est déshonoré; mais si, après l'insulte, il reçoit des mains de l'insulteur un coup d'épée ou un coup de feu, il est réhabilité. C'est insensé; mais, sauf la jeune génération en Angleterre qui s'en est affranchie, ce préjugé subsiste encore comme article de foi, à des degrés divers il est vrai, dans les différentes sphères de la vie. En Allemagne, par exemple, il est inconnu dans le peuple; la bourgeoisie en fait peu de cas; mais on le voit profondément enraciné dans la noblesse, dans l'armée et les universités, c'est-à-dire dans les classes et corporations qui sont ou ont été privilégiées. Or, qui dit privilégié, dit, dans la limite et par le fait du privilège, séparé du reste des citoyens. Pénétrez dans telle ou telle coterie où l'on s'occupe de littérature, de peinture, de musique. Vous y trouverez établi le culte, prenons un exemple, de la musique de l'avenir. Osez élever le moindre doute, énoncer le plus léger scrupule, et vous êtes à l'instant même jugé, condamné, exécuté, c'est-à-dire exclu. Si vous mettez du prix à conserver vos entrées dans le temple, il faudra vous convertir, vous incliner devant la divinité qu'on y adore, l'adorer à votre tour, ce que vous faites d'abord en vous reprochant secrètement votre hypocrisie; mais bientôt, si vous continuez à vous approcher de ces autels, si vous vous abstenez d'en encenser d'autres, la grâce de la foi descendra sur vous; vous croirez en Wagner, et, si votre naturel incline à l'enthousiasme, vous serez prêt à donner votre vie pour la musique de l'avenir. C'est le cas de la grande majorité des hommes. Pour résister à l'empire de l'atmosphère qu'on respire, si cette atmosphère n'a pas de communication avec le dehors, il faut, outre un fonds de principes, un jugement très-juste et une certaine élévation de caractère. Ces qualités sont clair-semées partout; comment s'étonner qu'elles fassent défaut aux pauvres catéchumènes accaparés et dirigés annuellement par les émissaires du prophète vers les régions naguère inaccessibles et hermétiquement fermées de la Nouvelle Jérusalem?

C'est ainsi que je m'explique ce phénomène si étrange de la conversion soudaine de gens qui chez eux n'avaient ni foi ni loi, en croyants je ne dis pas fervents, mais naïfs, convaincus et aveuglément dévoués à la personne et aux doctrines du chef des mormons.

Les cas de défection étaient il y a encore deux ans extrêmement rares. On a vu par quels moyens les récalcitrants furent retenus ou ramenés dans le bercail. Depuis l'ouverture du chemin de fer, des ministres anglicans et presbytériens ont pu, sans courir de dangers sérieux, se vouer, à Salt-lake-City, à leurs labeurs apostoliques; mais c'était de la peine perdue, en ce sens que les hommes qui se déclaraient prêts à quitter la secte, se montraient dépourvus de tout sentiment religieux et de tout sens moral. De mormons croyants et de bons travailleurs qu'ils étaient aussi longtemps que la main de fer de Young les contenait, ils devenaient, du moment où ils s'en affranchissaient, de francs incrédules et d'incorrigibles vauriens. Ce fait, qui est constaté, a sa signification. C'est la contre-épreuve de l'inanité des doctrines des *Saints*. Dans cette société, les éléments moraux font évidemment défaut. La force brute est tout. Otez la contrainte, et vous ne voyez que des êtres descendus aux derniers échelons de la dégradation humaine.

L'influence du chemin de fer et, à la suite de la découverte des mines d'argent, l'irruption des mineurs qui date à peine de deux mois, se font déjà sentir de différentes manières. D'abord le régime de terreur sous lequel gémissaient les quelques gentils qui avaient eu le courage de et s'établir la résignation de vivre dans la vallée des Saints, a complétement disparu. D'ilotes, les chrétiens sont devenus indépendants. Ils vantent leur force et portent la tête haute. Bientôt ils seront une puissance. La petite ville de Corinne, fondée par des gentils, il y a quelques années, à soixante milles au nord-ouest de Salt-lake-City, est devenue un foyer d'opposition, où se rencontrent les dissidents dirigés par les fils de Joë Smith, les ennemis personnels de Brigham Young, et tous ceux qui désirent secouer le joug du Président et, en même temps, se soustraire par la fuite à leurs obligations pécuniaires.

Même au sein de la communauté la situation est bien modifiée. Les émigrants non mormons apportent des capitaux, ouvrent des négoces, étendent tous les jours leurs opérations. Au fait, tout est changé. On n'entend plus parler de jugements ni d'exécutions occultes. Plus de cadavres de mormons apostats ; plus d'anges vengeurs ! Les jeunes filles commencent même à se mettre en état de rébellion. Elles se prononcent hautement contre les pratiques de la pluralité, et se jurent mutuellement de ne jamais prendre de maris polygames. La Ruche aussi semble être envahie par l'esprit d'insubordination. Le fils aîné a déclaré à son père qu'il ne considérait pas comme légitimes les enfants issus des mariages ultérieurs. Enfin le mormonisme approche évidemment d'une crise. Brigham semblerait la pressentir, et, malgré son grand âge, envisager sérieusement l'idée d'un second exode, soit vers les déserts d'Arizona, soit vers l'une des îles de l'Océanie.

A Washington, on hésite encore à s'occuper de la question des mormons, mais l'opinion publique exige de plus en plus une intervention active et énergique du gouvernement central. Les obstacles matériels qui s'y opposaient n'existent plus. Rien n'empêche le président Grant d'envoyer des troupes par le chemin de fer et de mettre fin à un état de choses que tout le monde déclare incompatible avec les lois existantes, avec les mœurs et l'esprit du siècle. A ceci on répond, dans la Maison Blanche, que le mormonisme, dépourvu de toute vitalité, est condamné à une fin prochaine ; qu'il disparaîtra avec Brigham Young, qui est un vieillard ; qu'il serait donc impolitique de hâter sa dissolution, et qu'il vaut mieux le laisser expirer d'une mort naturelle. Telles sont à ce moment les dispositions du gouvernement central, mais telle n'est pas l'opinion des masses, et tout semble indiquer que, cédant à cette pression qui va en augmentant, le général Grant finira par mettre Young en état d'accusation et par intervenir militairement dans le cas très-peu probable où le prophète oserait faire appel à ses milices.

Quel est l'avenir de cette grande communauté ? Disparaîtra-t-elle avec son chef ? Autour de moi, je vois que tout le monde en est convaincu. Et en effet, logiquement parlant, si les événements suivaient toujours les règles de la logique, cela ne serait guère douteux. Supposons donc que le fait de la dissolution soit accompli. Quelle sera la situation morale et sociale des débris de ce grand corps réduit alors à l'état de cadavre ? Ce sera une société sans foi et sans loi. Sans foi, puisque cette foi se concentrait dans un seul objet : la personne de Brigham Young qui n'existera plus. Sans loi, car c'est lui qui non-seulement l'avait donnée, mais qui seul a pu la faire observer, et Brigham Young n'existera plus. Cette société fondée sur le prestige moral et sur la force matérielle, illimitée, impitoyable d'un seul homme, que deviendra-t-elle lorsque cet homme aura disparu? Aucun autre, quand bien même un successeur de la trempe de Young se trouverait, ce qui est fort problématique, ne pourra le remplacer. Le mormonisme aura expiré avec son prophète. Aucune résurrection de la secte dans ses formes actuelles ne sera possible. La force des choses, un concours de circonstances, l'établissement du chemin de fer, la découverte des mines, l'affluence de citoyens américains, l'intervention du gouvernement central qui tôt ou tard aura lieu, l'indignation de l'opinion publique y mettront obstacle. Alors la paisible vallée des Saints pourrait bien devenir le théâtre d'une lutte hideuse de tous contre tous, des fils de la première femme surtout contre les enfants de la deuxième et de la troisième épouse. Les liens de la famille, viciée dans son essence par les effets de la polygamie, seront violemment brisés; la propriété de chacun sera mise en question. Ce sera la guerre intestine, l'anarchie, le chaos.

Je ne sais si tout ceci arrivera; mais certes ce seraient là les conséquences naturelles et logiques de la dissolution violente et soudaine de l'État fondé par Brigham Young. C'est ce qu'on semble craindre à Washington. De toute façon, c'est la principale des considérations mises en avant par ceux qui s'élèvent contre une intervention du gouvernement.

MASQUE DE JOË SMITH.

CORINNE (D'APRÈS UN CROQUIS DE L'AUTEUR).

VIII

CORINNE

LES 7 ET 8 JUIN

Corinne, le type d'une ville cosmopolite. — *Pow-wow*, sur la rivière de l'Ours. — Excursion dans les montagnes. — Copenhague. — Définition du *rowdy*.

Les trois jours à Salt-lake-City ont passé vite. La vie matérielle, il est vrai, laissait à désirer : mais qu'y a-t-il de plus attachant que de feuilleter un livre rempli d'informations et de pensées nouvelles, d'en pénétrer le sens secret qui n'est pas toujours très-facile à saisir, et d'être secondé, dans cette tâche qui est un délassement plus qu'un travail, par des personnes instruites, sympathiques et empressées de satisfaire votre curiosité? Le commandant du camp Douglas, le *chief-justice*, le juge, ont bien voulu se mettre à ma disposition, parcourir avec moi les environs, et répondre aux mille questions que je leur adressais. Le soir, assis à la véranda de l'hôtel, je suis sûr de voir bientôt arriver le docteur. Il pousse son fauteuil à côté du mien, étend ses membres, cherche et trouve à la fin une pose convenable selon les goûts du pays, reprend exactement où il l'a laissé le matin le fil de ses récits tantôt émouvants, tantôt burlesques, toujours palpitants d'intérêt, et, j'aime à l'espérer, mais je n'oserais l'affirmer, conformes aussi à la vérité. Parfois, au clair de la lune, nous nous hasardions dans les sentiers qui bordent les ruisseaux ; mais, comme nous écrasions à chaque pas d'immenses crapauds qui s'y promenaient comme nous, force nous était de préférer le plancher surélevé de la véranda. Vers neuf heures, la compagnie nombreuse mais taciturne qui s'y est rassemblée après le souper se retire. L'ancien Townsend seul reste encore. Ce stylite d'un nouveau genre, assis comme dans la matinée au bout de la terrasse, à la même place et dans la même attitude, se livre évidemment à de profondes méditations. Sa silhouette noire, qui rappelle un acrobate suspendu à son trapèze la tête en bas, tranche sur le rideau clair du feuillage de l'avenue, argenté par la pleine lune.

L'aimable chef de gare d'Ogden m'avait promis de venir me chercher, et il tint parole. C'est en sa compagnie que j'ai quitté la capitale des mormons pour reprendre la route du Pacifique. Et nous voici à Corinne, l'ennemie jurée de la Nouvelle Jérusalem. De Rome à Carthage en trois heures ! Tout le territoire d'Utah est aux Saints. Corinne seule, cette épine dans la chair du mormonisme, a osé tenir tête à Brigham Young, porter haut le drapeau des gentils, accorder même quelquefois un asile aux transfuges, aux apostats assez heureux pour avoir échappé au glaive vengeur des Danites. Tâche périlleuse, presque désespérée il y a deux ans encore, mais assez facile aujourd'hui, puisque le chemin de fer a mis cette ville naissante à la portée et sous la protection du gouvernement de Washington.

Deux notables m'attendent à la station. Ce sont des juifs des bords du Rhin, l'un propriétaire de l'hôtel le plus renommé de Corinne, l'autre son aide. Ce dernier réunit les fonctions de boucher, de premier commis, — car le maître tient une boutique d'articles de tout genre, — de garçon en chef et de garçon d'omnibus. De plus, il aspire à la main de la fille du patron. Tout cela m'est exposé pendant qu'on me hisse dans le char à bancs qui, conduit par le jeune homme, fait la navette entre la gare et la ville. Nous arrêtons devant l'*Hôtel de la Métropole*, petit taudis en planches, situé dans Main-street, la grande et unique rue de Corinne, la seule du moins qui mérite ce nom. La maison est comble ; la grande salle, qui sert en même temps de boutique et de magasin, remplie d'acheteurs. A côté, dans la cuisine, la maîtresse du lieu, belle et jeune encore, aidée de sa fille, est occupée à préparer le souper. La recherche de la mise de ces *ladies* me frappe. J'admire surtout les dimensions colossales de leurs chignons. Devant la porte de la maison se sont réunis des personnages importants, les autorités judiciaires, de gros boutiquiers, des avocats. La plupart de ces messieurs savent l'allemand. Ils attendent comme moi le signal du repas, me questionnent *de omni re scibili* et m'offrent leurs services. Des Indiens de la tribu des Soshones ont dressé leur camp sur la rivière de l'Ours, non loin de la ville. Demain plusieurs chefs tiendront un *pow-wow*. On me propose de m'y conduire. Pour demain aussi, le monde élégant s'est donné rendez-vous dans les montagnes. Je suis invité à être de la partie. On n'est pas plus favorisé par le hasard ; car ici les pow-wow et les pique-niques sont choses assez rares. Un gentleman, le rédacteur de l'un des deux journaux qui paraissent ici, me remet la feuille du soir, où je vois plusieurs articles dont j'ai l'honneur d'être le sujet. C'est un compte rendu de mes *sayings and doings* à Salt-lake-City, le tout naturellement empreint de l'esprit antimormon qui anime les habitants de Corinne. Je me récrie un peu contre ces indiscrétions que j'attribue tout bas à mon ami le docteur, ou plutôt contre les propos inventés qu'on me prête. Mais on a hâte de me rassurer. « A Corinne, me dit le journaliste avec un superbe mouvement d'orgueil, vous n'avez rien à craindre des anges vengeurs du prophète. Vous êtes un homme public. Vous appartenez à la publicité. Laissez-nous satisfaire la légitime curiosité des contemporains. » Le gong met fin à notre *tertulia*. *Madame* nous sert un souper succulent — on n'est pas difficile, il est vrai, en sortant des mains du vénérable Townsend — et, pour le dessert, de petites fraises qui sentent la forêt vierge où elles ont été

ROWDIES DANS LES RUES DE CORINNE. (Pages 129 et 133.)

cueillies. Le repas ne dure pas dix minutes. Tout le monde semble brisé de fatigue et pressé de se coucher.

L'aimable hôtelier m'a réservé la meilleure chambre. Elle mesure exactement six pieds carrés. De minces cloisons me séparent des voisins. Ici un couple mexicain, là un gros marchand chinois et sa suite. Le jeune Mexicain chante et sa femme l'accompagne sur la guitare. Il y a bien quelques notes fausses, mais ne soyons pas trop difficile. Seulement, le moyen de dormir? Mon autre voisin m'envoie des exhalaisons fétides. « John (c'est par ce nom générique qu'on désigne les enfants de l'Empire du Milieu), John, me dit l'aubergiste, sent comme tous ses compatriotes. C'est une odeur *sui generis* et pour vous une bonne occasion de vous préparer au voyage de Chine. »

Corinne n'existe que depuis quatre ans. Sortie de terre comme par enchantement, cette ville compte aujourd'hui deux mille habitants, et son importance augmente tous les jours. C'est un centre d'approvisionnement pour les postes avancés de la colonisation dans l'Idaho et en Montana. Une diligence qui part d'ici deux fois par semaine la relie avec Virginia-City et Helena, situées à trois cent cinquante et cinq cents milles vers le nord. Malgré les risques très-sérieux et les terribles fatigues de ce voyage, ces chars à bancs, intitulés diligences, partent toujours remplis de passagers. Les denrées et dry goods sont expédiés dans des chariots. La prétendue grande route n'est qu'un faisceau de sillons tracés dans le sol par les roues massives de ces véhicules.

Les rues de Corinne présentent l'aspect d'un mélange d'hommes blancs armés jusqu'aux dents, d'Indiens chétifs vêtus de lambeaux de chemises et de pantalons fournis par le gouvernement central, de Chinois aux mines affairées, au regard intelligent et dur. Aucun autre endroit de l'extrême Occident ne m'a donné plus que cette petite ville l'idée de ce qu'est le *borderlife* : la lutte de la civilisation avec les hommes et les choses sauvages. Nulle part le contraste n'est plus frappant entre l'activité merveilleuse, saccadée, inquiète des blancs, l'activité contenue, réglée, méthodique des Chinois, l'incorrigible fainéantise des Peaux-rouges. Dans son extérieur, dans ses manières, dans sa toilette, l'Américain des *frontières* est débraillé, négligé, grossier; le Chinois, soigné, poli et d'apparence respectable; l'Indien, l'image de la dernière pauvreté et de la dernière dégradation.

L'animation commerciale se concentre dans Main-street. Les maisons qui la bordent sont des cabanes en planches. J'en ai vu avec des cloisons de toile. Les plus prétentieuses se distinguent par une façade en bois plaqué et dépassant de beaucoup la hauteur du toit, ce qui donne à ces maisons l'apparence de coulisses de théâtre mal faites et mal plantées. Des tréteaux en bois, variant de hauteur selon le goût de chaque propriétaire, forment les trottoirs. Souvent troués, ils ne facilitent guère la circulation. Les ruelles latérales des huttes, en partie occupées par des femmes chinoises de mauvaise vie, se perdent dans le désert, qui commence sur le seuil même des dernières maisons. Au sud de la ville, j'ai vu un peu de verdure, de timides essais de jardins.

Au reste pas un arbre. C'est le désert et rien que le désert, sauf pourtant quelques oasis, quelques établissements de mormons, au pied des rochers ou perchés à mi-côte.

Situé à quelques milles au nord du lac Salé, à une moindre distance de la rivière de l'Ours et des montagnes Wahsatch, ici toutes nues et de contours monotones, Corinne est bien certainement l'endroit le moins pittoresque et le moins attrayant, sinon pour ceux qui viennent y chercher fortune. A l'ouest s'élève une petite église presbytérienne ; une autre, consacrée au culte épiscopal, est en construction. Les catholiques manquent encore de temple et de prêtres. La population blanche est un mélange de toutes les nations. Les Allemands sont fort nombreux. Il y a aussi beaucoup d'Irlandais. Les descendants des Yankees, surtout des Pensylvaniens, semblent avec les Allemands tenir le haut du pavé. Prise dans son ensemble, la physionomie de la ville est plutôt cosmopolite qu'américaine.

Trois gentlemen viennent me prendre dans un char à bancs, léger et découvert, qu'on a loué pour un nombre prodigieux de dollars. Nous nous dirigeons d'abord vers le camp des Indiens. Il est dressé sur les bords du Bear-river. Le grand nombre de tentes promet nombreuse compagnie. En effet, plusieurs chefs, accompagnés de leurs guerriers, femmes et enfants, sont arrivés ces

CHEF DES PAH-YUTES.

jours-ci ; d'autres sont encore attendus. Tous appartiennent à la grande tribu, maintenant déchue et misérable, des Soshones. Ils vont discuter leurs griefs, formuler leurs plaintes et partager les dons annuels du président des États-Unis. Aux bords du camp, des jeunes gens sont placés en vedette. De petits garçons et des femmes gardent les moustangs qui, éparpillés sur la plaine sablonneuse, cherchent dans les *sage-brushes* leur pauvre nourriture. Quoique fort maigres, ces petits chevaux semblent d'une bonne race. Quelques-uns sont même fort beaux, et tous, dit-on, excessivement durs à la fatigue.

On nous conduit dans la tente du principal chef où quatorze guerriers, accroupis sur leurs

talons et formant un cercle, débattent les intérêts de la chose publique. Le chef seul se lève pour
nous saluer; les autres restent assis, gardant un air impassible et s'efforçant évidemment de ne
trahir aucun mouvement de surprise ou de curiosité. Le président de l'assemblée me fait
asseoir à côté de lui, et la discussion, un instant interrompue, est aussitôt reprise. Les orateurs
parlent lentement et avec des voix sonores. Parfois on s'anime, mais un regard du chef suffit
pour calmer les vivacités. Une grosse pipe, le fameux calumet qui joue un si grand rôle dans les
romans de Cooper, ne cesse de circuler de bouche en bouche. Au premier tour, ce n'est pas sans
une secrète frayeur que je la vois approcher; mais soit par délicatesse, soit par un sentiment
analogue au mien, mon voisin de droite la fait passer, par-dessus ma tête, à mon voisin de

INDIENS PAUNIES.

gauche. L'avouerai-je? c'est le calumet qui m'a le plus impressionné. Il me rappelait les récits
animés du romancier américain, ces brillants portraits de héros dont la férocité a été souvent
rachetée par des actes chevaleresques, dignes des croisés, et dont les hauts faits devenus légendes
survivent encore, hélas! sans servir d'exemple, dans les traditions de leurs fils dégénérés.
J'examine ces hommes un à un. La maladie chez les uns, le terrible brandy chez les autres, chez
tous la pauvreté, ont dénaturé des traits qui chez plusieurs trahissent encore les mâles et sauvages
vertus de leurs ancêtres. Pendant l'animation des débats, j'ai pu, par moments, saisir un
mouvement de dignité, de fierté, de virilité, mêlé à l'expression d'une indéfinissable mélancolie.
C'était comme une apparition soudaine et passagère : l'éclair qui vous fait entrevoir les débris
encore imposants d'une forêt vierge ravagée par l'ouragan. Cette race est bien à plaindre. Elle
est condamnée à périr, à périr lentement. Les instruments de sa perte sont le vice et la maladie.

Elle a le pressentiment, sinon la conscience de sa ruine imminente ; elle sait ce qu'elle est, et, pour comble de misère, elle se rappelle ce qu'elle a été.

> ....*Nessun maggior dolore*
> *Che riccordarsi del tempo felice*
> *Nella miseria.*

En sortant du pow-wow, nous nous dirigeons droit vers les montagnes. Brigham-City, niché à leur base, tout enveloppé de champs cultivés et d'arbres fruitiers, une des villes les plus florissantes des mormons, est Salt-lake-City en miniature : des avenues droites et se croisant en rectangle, les maisons à peine perceptibles derrière le feuillage, le tabernacle, le tribunal et quelques rares édifices qui, par une apparence de prospérité et de gaieté, dépassent un peu le niveau général des établissements mormons. Un *colonel* nous fait servir des fraises et du lait, après quoi nous continuons notre voyage en voiture. Toujours en montant par une gorge entre des blocs de lave tapissés en quelques endroits d'arbustes et de *sage-brush*, nous pénétrons dans l'intérieur des monts Wahsatch. Ici cette noble chaîne s'est beaucoup abaissée. Ses contours, si fantastiques à l'est du lac Salé, se sont arrondis. Une pauvre végétation, de maigres broussailles en couvrent les flancs. Plus loin, par un cañon qui n'a rien de pittoresque, mais qui offre toutes facilités pour rouler dans les profondes déchirures du terrain, nos chevaux essoufflés gagnent enfin une haute vallée plate et circulaire, plus ou moins cultivée par une colonie de Danois.

Copenhague est un groupe de huttes misérables. Les habitants m'ont paru à l'avenant. Un vieillard offre et vend à l'un de mes compagnons des fraises à peine mûres de son jardin, le contenu d'une assiette ordinaire. Il demande et reçoit deux dollars et demi. A mon observation sur le prix qui me paraît exorbitant, l'acquéreur fait une réponse qui ne manque pas de couleur locale. « A Corinne, dit-il, des fraises bien meilleures ne coûteraient pas un demi-dollar ; mais ici, dans les montagnes, la végétation est en retard : ce sont des primeurs. C'est pour cela que je les ai achetées. Je les apporterai à ma femme, à qui je ne pourrais guère offrir un cadeau de moindre valeur. »

Enfin nous découvrons le rendez-vous, un massif de jeunes érables entremêlés de quelques peupliers raboguris et donnant fort peu d'ombre. Une douzaine de femmes, toutes en toilette recherchée, un nombre à peu près égal d'hommes et une vingtaine d'enfants de tout âge campent au pied des arbres. Chaque famille s'est pourvue de ses provisions de bouche et forme bande à part. Me rendant à leurs pressantes invitations, je passe successivement d'un groupe à l'autre. Après le repas, les hommes se réunissent pour improviser une buvette, et on boit, comme on a mangé, en silence. Les enfants seuls semblent s'amuser, les enfants et le curé de la commune épiscopale, jeune Oxonien arrivé tout frais de la vieille Angleterre dont il est le fidèle et joyeux représentant. Il tient dans ses bras un magnifique poupon et le regarde comme un amoureux. C'est le vrai type du baby anglais, gros et gras, blanc et rose, tout joufflu, l'image de la santé et des soins maternels. J'ai une bonne causette avec le jeune père, qui a l'esprit cultivé et les manières du grand monde. Comment peut-il se faire à ce milieu si différent de celui où il a vécu ? C'est le secret de l'atmosphère américaine.

Copenhague, de tous les établissements mormons le plus isolé et le moins important, jouit néanmoins des avantages du télégraphe, dont Brigham Young a doté toutes les villes et presque tous les villages de son royaume. Un des jeunes gens du pique-nique, en venant ici, était tombé de cheval. Pendant que ses amis le plaisantaient, l'un d'eux, un journaliste, court à Copenhague et fait jouer le télégraphe. A notre retour à Corinne, nous trouvons déjà cette petite mésaventure rapportée par le journal du soir, sous le titre de *narrow escape*, avec des détails dramatiques et, cela va sans dire, tous controuvés. On appelle cela une nouvelle à sensation. Aussi le jeune homme en est-il très-flatté.

Pendant cette journée si remplie, j'ai pu enrichir considérablement ma collection de biographies. Il y aurait de quoi écrire une nouvelle série de Vies de Plutarque. Ces aventures, sans doute un peu exagérées, ne peuvent être complétement inventées. Les sentiments exprimés avec sobriété sont évidemment vrais. Les mobiles seuls, tels qu'on les donne, me semblent sujets à caution. Quand un gros gaillard, après vous avoir naïvement raconté qu'il a tiré un coup de revolver à un rival au cabaret ou au coin d'une rue, jure qu'il n'a quitté la localité que parce qu'il y faisait trop chaud et que le climat ne lui convenait plus, il est permis

HOMMES ET FEMMES SIOUX.

de douter de sa véracité. Mais le fait du meurtre, ou, comme il dit, de l'accident, n'est que trop probable.

Avoir sur la conscience quelques bons homicides, commis en plein jour, sous les yeux de ses concitoyens; avoir échappé à la justice soit par la ruse, soit par l'audace, soit par la corruption; jouir enfin de la réputation d'être *sharp*, c'est-à-dire de tricher au su de tout le monde. sans se laisser jamais prendre en flagrant délit, voilà ce qui constitue le *rowdy* de l'extrême Occident. Terreur des pères de famille, admiré et choisi pour exemple par la jeunesse mâle, fort populaire auprès du beau sexe, il n'est pas, nécessairement et à jamais, un scélérat. Parfois il se réforme jusqu'à un certain point, et, comme il possède au suprême degré l'art de se faire craindre, il parvient le plus souvent dans son village à s'emparer du pouvoir, et alors il pourra peut-être vivre vieux, entouré de la considération d'un nombre plus ou moins restreint de citoyens libres dont il sera devenu le tyran absolu. C'est la carrière de beaucoup de *rowdies*. D'autres, moins heureux ou moins politiques, terminent leur courte existence suspendus à une potence ou à une branche d'arbre. Ce sont les martyrs, les premiers sont les héros, de la civilisation. Dans une autre sphère, avec le sens moral qui leur fait défaut, doués, comme ils le sont souvent, de qualités réelles, d'énergie, de courage, de force intellectuelle et physique, ils seraient devenus des membres utiles de la société. Quelques-uns d'entre eux, placés sur une scène plus retentissante, auraient inscrit leurs noms dans les annales de la république, si riche de grands faits, et, comparativement, si pauvre de grands hommes. Mais, tels qu'ils sont, ces aventuriers ont leur raison d'être, leur mission providentielle à remplir. Pour oser provoquer, pour pouvoir soutenir la lutte avec la nature sauvage, il faut des qualités, et à ces qualités répondent naturellement certains défauts. En regardant en arrière, vous voyez le berceau de toutes les civilisations entouré de géants, d'êtres herculéens, prêts à tout hasarder, capables aussi de tout faire, ne reculant devant aucun danger ni devant aucun crime. Les dieux et les héros de l'ancienne Grèce avaient, en fait de morale, des idées assez larges ; les fondateurs de Rome, les *adelantados* de la reine Isabelle et de Charles-Quint, les colonisateurs hollandais du dix-septième siècle, ne brillaient pas par un excès de scrupule, par la délicatesse du goût et le raffinement des mœurs. Ce n'est, il me semble, que par la couleur particulière des temps et des lieux, si différente de celle de nos jours, qu'ils se distinguent des *backwoodmen* et des *rowdies* américains.

CHURCH-BUTTE.

GREAT AMERICAN DESERT.

IX

DE CORINNE A SAN-FRANCISCO

DU 8 AU 10 JUIN

Le *Great American desert*. — Le palais d'argent. — Ascension de la Sierra Nevada.— Cap Horn. — Arrivée à San-Francisco.

8 *juin*. — Nous avons quitté Corinne ce soir, peu avant le coucher du soleil. Au moment où nous nous enfonçons dans la partie la plus désolée du désert, dite, pour cette raison, le *Great American desert*, il fait nuit close, mais la lune, comme par ironie, se donne la peine d'éclairer de ses lueurs magiques l'immense linceul d'alcali et de sable qui recouvre cette terre maudite. Çà et là on aperçoit de petites taches noires : ce sont de maigres touffes d'herbe; plus loin, même ces derniers vestiges de végétation disparaissent. L'eau douce manque complétement. Un train spécial en approvisionne tous les jours les différentes stations de cette portion de la voie. A Promontory, les deux moitiés du chemin de fer du Pacifique, l'Union et le Central-railroad, ont été soudées ensemble; mais, par suite d'un arrangement entre les compagnies, Ogden a été choisi pour *terminus* des deux lignes. Sur la ligne dite *Centrale* (entre Ogden et le Pacifique), les Pullman-cars ne circulent qu'exceptionnellement. Ils sont très-incomplétement remplacés par les palais d'argent (*silver palace cars*), qui, malgré leur nom pompeux, manquent de cabines particulières, sont mal ventilés, et, sous tous les autres rapports, inférieurs au véhicule imaginé par le grand citoyen de Chicago.

A Kelton, plusieurs voyageurs quittent le train pour prendre la voiture qui part régulièrement pour Idaho et les établissements du nord de l'Orégon. Il n'y a guère de voyages plus fatigants et plus dangereux, et cependant ces voitures sont toujours surchargées de mineurs, de leurs femmes et de leurs enfants. On me dira : *Auri sacra fames.* Oui, d'accord; c'est la soif de l'or qui fait affronter ces périls et endurer ces fatigues; mais il y a encore autre chose : il y a l'instinct et le besoin de migration. Cet instinct semble inné à l'Américain, à la race blanche autant qu'à la race rouge, et il se communique à tous ceux qui mettent le pied sur le continent. L'Américain est essentiellement nomade. L'Indien court après le buffle; le blanc, après l'or, après le gain. Les uns et les autres ont besoin de vivre, et pour vivre ils doivent courir; même le cultivateur, s'il y trouve son compte, quitte facilement sa ferme et ses champs. Ceux qui ne voyagent pas de leur personne et matériellement, passent avec la plus grande facilité d'une occupation à l'autre. C'est encore un genre de locomotion. Tout le monde se meut, tout le monde change de place, va de l'avant, *goes ahead*, ne recule devant aucun obstacle ni devant aucun danger. Et qu'on ne croie pas que l'Américain soit fait d'une étoffe différente de la nôtre. Il tient à sa vie autant que nous, et ne trouve aucun plaisir à l'exposer; mais sa mission est d'avancer, et il avance. Il est pareil au médecin qui, fidèle à sa vocation, visite son hôpital en temps de choléra ou de typhus comme dans les temps ordinaires, mais qui pourtant préfère beaucoup qu'il n'y ait pas d'épidémie.

9 *juin*. — Aux premières lueurs du crépuscule, on voit que le pays a un peu changé d'aspect. Depuis une heure ou deux, nous nous trouvons sur le territoire de Nevada. Un rocher isolé s'élève à deux ou trois mille pieds au-dessus des sables. Les émigrants lui ont donné le nom de *Pilote*, parce que, à l'issue du *désert américain*, il montrait à leurs caravanes le chemin de la rivière Humboldt où ils allaient enfin trouver de l'eau potable.

Peu après, le train gravit lentement une élévation de terrain, marge occidentale du bassin desséché que nous avons traversé pendant la nuit. Nous franchissons le *défilé des Cèdres* et descendons dans la vallée de Humboldt. Cette rivière prend sa source près des cèdres, et se dirige lentement vers l'ouest. Le chemin de fer, comme autrefois la route des caravanes dont on aperçoit encore les traces, la suit pendant tout son parcours, long d'environ trois cent cinquante milles. Toute la journée, nous pouvons la voir rouler ses eaux vertes entre une double bordure de saules rabougris tout couverts d'une poussière alcaline blanche, très-fine, qui remplit l'air et pénètre dans les narines, les yeux et les oreilles du malheureux voyageur. Tout le monde est pris d'éternuments et beaucoup se plaignent de mal de tête.

Plus loin, le paysage devient un peu moins monotone. Au-dessus des rochers qui encaissent la rivière, l'œil se perd dans des plaines accidentées, complétement dépourvues d'arbres et de culture. A l'horizon surgissent des pics, bas en apparence parce que la vallée atteint ici une élévation de cinq à six mille pieds, mais couverts de neige pendant la plus grande partie de l'année. Ici encore, comme dans les Montagnes Rocheuses, l'analogie avec la campagne de Rome est frappante. Plus à l'ouest, le terrain est pierreux, et nous sommes moins incommodés par la poussière.

Une atmosphère fétide et une chaleur accablante me chassent de l'intérieur du « palais ». Selon mon habitude, je m'assois sur les marchepieds de la plate-forme, et là je puis respirer à pleins poumons l'air frais et élastique du haut plateau. Les chaînes de rochers que nous apercevons à peu de distance sont riches en minéraux précieux. A Palissade-station, une immense quantité de lingots d'argent, formant deux hautes murailles, attendent qu'on les « embarque » sur les trucs du chemin de fer. Une masse d'argent, exposée au soleil, au milieu du désert! La prose de la vie quotidienne et la poésie des *Mille et une Nuits* se touchent dans le *Far-West*. Partout où le train s'arrête, les Indiens et les Chinois abondent. Quelques hommes blancs, revenus des mines ou s'y rendant, complètent le tableau étrange qui se répète à chaque station, comme entre les stations se répètent les échappées de vue sur la rivière, sur la plaine déserte, sur les panaches blancs des montagnes. Aspect monotone, si vous

LA VOITURE D'IDAHO (NEVADA), SUR LE CHEMIN DE FER CENTRAL-PACIFIC.

voulez, mais d'une beauté sévère, grandiose et souvent pittoresque. La plupart des voyageurs
ne sont pas de cet avis, mais des artistes le partageraient.

Deux ou trois wagons de notre train sont remplis de troupes régulières de l'armée des États-
Unis. Elles se rendent à San-Francisco pour être, de là, dirigées en toute hâte vers l'Arizona,
où les Apaches ont pris le sentier de la guerre. Depuis plusieurs semaines, les massacres des
planteurs y sont à l'ordre du jour. Ces soldats, parfaitement équipés et bien armés, ont fort
bonne tenue. A l'une des gares on leur avait confié un jeune prisonnier chinois. En passant
devant lui, je remarquai la pâleur de ses traits et son profond accablement. Peu d'instants
après, ce malheureux, soit pour s'enfuir, soit pour se suicider, se jeta par la fenêtre. Le
convoi fut arrêté, mais on ne releva qu'un cadavre mutilé. Ce qui me frappa, ce fut l'indifférence avec laquelle on se racontait cet incident. Quelques-uns de mes compagnons de voyage
en plaisantaient même. Je ne leur cachai pas mon indignation. « C'était pourtant un homme,
leur dis-je. — Non, c'était un Chinois, » fut la réponse. Un autre disait : « C'est un Chinois
de moins, voilà tout. Il en reste encore assez dans le pays. » Voilà de la philanthropie à la
façon de la Californie.

A l'une des stations, j'envoie un télégramme à mon banquier de San-Francisco pour le
prier de commander un logement. Une ou deux heures après, la réponse me fut remise. A
l'aide de l'Indicateur du chemin de fer, mon correspondant avait pu calculer où elle me trouverait, et le chef du bureau télégraphique, pendant un arrêt de quelques minutes, avait su me
découvrir au milieu d'une centaine de passagers. Messieurs les télégraphistes d'Europe, seriez-
vous capables d'en faire autant, ou plutôt seriez-vous disposés à suivre cet exemple?

A la nuit tombante, nous pouvons apercevoir au sud, à peu de distance de la voie, un lac
ou plutôt une mare immense, longue de trente-cinq milles et large de dix. C'est dans cette
masse d'eau formée par lui-même que le Humboldt se donne la mort. C'est son *sink*. Nous
sommes ici dans le grand bassin du désert californien. Un immense ruban de terrain sablonneux, qui longe les versants orientaux de la Sierra Nevada et des chaînes plus basses, s'avance
par ses deux extrémités dans l'Orégon et vers Arizona. Ce désert reçoit et absorbe dans
ses sables brûlants les grandes rivières et les innombrables filets d'eau que les montagnes
lui envoient, et qui ne trouvent pas d'issue parce que, entre les monts Wahsatch et la haute
chaîne de Californie, le sol s'abaisse graduellement [1]. Malgré l'obscurité, nous pouvons, au
ralentissement de notre marche et à l'air plus frais, nous apercevoir que nous sommes arrivés
sur les premiers gradins de la Sierra Nevada.

10 *juin*. — C'est à une heure du matin que le convoi entre en Californie. La station
s'appelle Verdi, en l'honneur du maestro. Un des passagers, un commis-voyageur de Hambourg,
en est tout indigné. Il demande à grands cris que la gare soit intitulée Wagner. C'est, il me
semble, manquer un peu de goût et parfois de tact que d'affubler des villes naissantes ou,
comme en Europe, des rues nouvelles, de noms célèbres qui n'ont aucun rapport avec la
localité. Les illustres personnages qu'un ingénieur musicien, un architecte poëte, une municipalité aux velléités philosophiques, ont voulu honorer, se trouvent dépaysés et quelquefois
exposés à des plaisanteries ou du moins à la question peu respectueuse : Comment! vous ici?
que les passants leur adressent involontairement. Aussi y a-t-il à ce sujet une réaction aux
États-Unis; on commence à préférer pour les nouvelles villes les noms que les Indiens ont
donnés aux sites où elles s'élèvent.

---

[1] En tout, d'environ onze cents pieds. Ogden est situé à quatre mille trois cents pieds; Mirage-station, où
commence l'ascension de la Sierra Nevada, à trois mille cent quatre-vingt-dix-neuf pieds au-dessus de la mer.

La voie, souvent par des courbes à très-petit rayon et en montant très-rapidement, suit les sinuosités de la montagne, s'enfonce de plus en plus dans les forêts, gagne enfin, à la station de Summit, la crête de la Sierra et le point le plus élevé de son parcours [1]. De tous côtés, des pics de granit, crénelures de cette haute muraille ; plus bas, des pentes douces couvertes d'arbres magnifiques et en maints endroits rayées de lignes blanches : ce sont les torrents artificiels formés par les mineurs, car nous voilà en plein Eldorado. Une seconde chaîne, plus basse, nous empêche de plonger du regard dans les plaines de Californie. C'est un dédale de montagnes aux crêtes allongées et aux contours arrondis, inondés de teintes tendres d'un vert clair tirant sur le bleu. Ce n'est plus l'atmosphère de l'intérieur du continent.

Plus de transparence, plus de ces clartés surnaturelles qui effacent les distances et détruisent pour ainsi dire la perspective du paysage. C'est le ciel de l'Andalousie, au lointain azuré, vaporeux et se confondant avec le rideau bleu des montagnes. Malgré le nom que la Sierra porte, nous n'avons vu que de rares plaques de neige oubliées dans quelques crevasses et entourées d'une guirlande de fleurs de toutes nuances. Le train glisse rapidement le long de l'abîme, le plus souvent dans des galeries de poutres étroitement jointes et destinées à protéger la voie contre les neiges. Ces constructions assez frêles, et certes incapables de résister à de véritables avalanches, masquent la vue du panorama, et en même temps celle des précipices qui sont à vos pieds. C'est une jouissance et une émotion de moins. Plus nous descendons, plus la scène change.

Une station, située environ à mi-côte de la Sierra, se grave dans la mémoire du voyageur. Rien de plus gracieux que l'aspect de cette petite ville de Dutch-flat. Chaque maison est entourée d'un jardinet. Le pampre rampe le long des murs des *cottages*. Des arbres fruitiers, blanchis par la saison, forment l'enceinte. Une profusion de fleurs embaume l'air. Dans les prairies, des ruisseaux répandent une délicieuse fraîcheur. Malheureusement, ce ne sont pas des bergers et des bergères qui habitent ce petit paradis. Rien n'est moins pastoral, ni moins en rapport avec la poésie idyllique de ces lieux que la race des aventuriers qui y demeurent.

Entre Dutch-flat et Goldrun, le terrain est coupé de tranchées et sillonné de digues. Tout le monde connaît la méthode dite hydraulique. On amène, du haut des montagnes, des colonnes d'eau qu'on lance contre les gisements de minerai. D'immenses blocs de rocher, d'argile et de

[1] Sept mille sept pieds au-dessus de la mer. Le point le plus élevé atteint par le Central-railroad, Sherman, compte huit mille deux cent quarante-deux pieds.

INDIENS ATTAQUANT DANS LE DÉSERT LA DILIGENCE TRANSCONTINENTALE (JUILLET 1867).

terre se désagrégent ainsi en peu d'instants, et les débris aurifères sont conduits dans les *flumes* où l'on recueille l'or.

Un peu plus bas, le convoi s'arrête à la station nommée Cap Horn. Cette portion du chemin de fer passe pour le *nec-plus-ultra* de l'art de l'ingénieur et en même temps du genre émouvant.

car on s'y voit suspendu au bord d'un abîme de plus de deux mille pieds de profondeur. Cet endroit si vanté pour sa beauté et pour les sensations désagréables qu'il cause est resté au-dessous de mon attente. Le pittoresque ne sort pas de l'ordinaire des paysages alpestres, et le terrible n'est pas dans la conformation du terrain, — les ingénieurs des chemins de fer du

Semmering et du Brenner ont vaincu de plus grandes difficultés, — le terrible est dans la construction de la voie et, par conséquent, dans la rapidité forcée des convois : forcée en ce sens qu'elle se règle moins sur la volonté du conducteur que sur le poids du train, et qu'au delà d'une certaine limite, les moyens d'enrayer et de brider les roues sont nécessairement insuffisants. C'est un danger auquel on n'a pas encore su obvier; mais les mécaniciens, les conducteurs et tous les employés des deux lignes du Pacifique remplissent leurs devoirs scrupuleusement, et, sous ce rapport, se distinguent très-avantageusement de leurs confrères de l'autre côté du Missouri. Aussi les accidents y sont-ils rares, ce qui, au dire des experts, est dû à l'exploitation bien plus qu'à la construction de la ligne, et un peu aussi, je pense, au nombre encore très-peu considérable des trains qui y circulent. Au reste, les sinistres ne font pas complétement défaut. Dernièrement, à la suite d'une rencontre de deux convois dont l'un se composait de wagons de dimensions inégales, les plus petits furent poussés dans les plus grands. Ce terrible choc, qui coûta la vie à beaucoup de personnes, a enrichi le vocabulaire technique d'un nouveau terme. On dit : tel train a été *télescopé* (*telescoped*).

L'affluence des voyageurs sur le Pacific-railroad augmentera nécessairement avec le temps; mais jusqu'ici elle est loin de répondre à l'attente des actionnaires et du gouvernement de Washington qui, en accordant aux deux compagnies des facilités de tout genre et d'immenses concessions de terrain, s'est laissé principalement guider par une pensée politique. Il comptait, par cet anneau de fer, resserrer les liens entre les États du Pacifique et de l'Est, et s'en faire une arme contre les tendances séparatistes du Sud. Ce but sera-t-il atteint un jour? Il y a beaucoup de sceptiques; c'est une des questions que le temps seul peut résoudre.

Nous descendons toujours rapidement. La voie tourne parmi les coteaux boisés où l'eau ruisselle; mais les dévastations causées par les mineurs blessent le regard. Çà et là, on aperçoit des cabanes solitaires habitées par des Chinois. Ils cherchent les placers abandonnés par les blancs, et, grâce à l'industrie et à l'extrême sobriété qui distinguent cette race, ils savent, en glanant sur les traces de leurs prédécesseurs, réaliser de petites économies. Nous en avons vu plusieurs à l'œuvre. Assis les pieds dans l'eau, inclinés en avant et occupés à *laver* l'or, ils ne détournaient même pas la tête pour voir passer le convoi.

Celui-ci sort enfin des montagnes. La plaine de Californie, jaunie déjà par les premières chaleurs d'un été mexicain, parsemée de points noirs qui sont des chênes magnifiques, plus loin dépourvue d'arbres, mais animée de quelques villages et petites villes qu'une ceinture de cultures entoure, cette plaine s'étend devant nous comme un immense drap d'or. Les brouillards diaphanes qui flottent dans l'air tempèrent l'éclat du jour et jettent sur ce fond lumineux comme un voile de gaze. A l'horizon, en face de nous, du nord au sud, nous apercevons un liséré bleuâtre. C'est la chaîne du *milieu* qui traverse la Californie dans toute sa longueur. Quelques heures après, nous nous engageons dans ses gorges, nues vers le haut et couvertes sur leurs flancs de chaparrales, de manzanitas, d'arbustes luisant au soleil malgré l'épaisse couche de poussière qui les recouvre. La rivière tourbillonne presque sous la roue de nos wagons. Puis, voilà une autre plaine, bordée à l'ouest d'une autre chaîne de montagnes basses : le *Coast-range*. La dernière émotion réservée au voyageur qui a parcouru le continent américain dans toute sa largeur est le passage d'un grand nombre de ponts en bois (*trestle work*) jetés sur des marais et sur la *rivière américaine* près de Sacramento-City.

On nous montre à l'horizon un petit nuage gris. C'est San-Francisco, non pas la ville, qui est invisible, mais le brouillard sombre et froid qui l'enveloppe pendant les mois d'été. Nous touchons donc au terme de ce long voyage. Les passagers semblent tout à coup saisis d'impatience. Enfin, vers cinq heures de l'après-midi, le train s'arrête, à peu de distance d'Oakland, près de la baie et en face de la ville de San-Francisco. Ici la scène change soudainement. Le soleil s'obscurcit, le ciel est devenu noir et brumeux. Des nuages épais enveloppent les cimes des coteaux qui entourent le golfe. De San-Francisco on n'aperçoit que les bâtiments ancrés dans le port et les maisons de la ville basse. C'est comme un rideau de théâtre levé à peine et laissant entrevoir seulement les pieds des acteurs. L'air s'est énormément refroidi. Un vent glacial souffle du nord-ouest. De vingt-huit à trente degrés Réaumur nous sommes descendus à trois ou quatre au-dessus de zéro. En moins de dix minutes, nous avons passé des chaleurs caniculaires du Mexique aux frimas du Nord. On se dirait à Liverpool ou à Glascow par une vilaine journée de novembre.

Du wagon au grand steamer qui nous transportera de l'autre côté du golfe il n'y a qu'un pas. Mais ce pas est une course au clocher. Chacun saisit son sac, sa femme, ses enfants s'il en a, et, sans dire un mot d'adieu aux personnes qui ont partagé avec lui les fatigues et les périls du voyage d'un Océan à l'autre, il se lance vers la passerelle qui mène au bateau. Comme Oakland est la résidence du monde élégant de San-Francisco, ces immenses bâtiments, des palais flottants, sont toujours remplis, et quelquefois il est difficile d'y trouver place. Le froid intense ne permet pas de se tenir dans les galeries. Aussi la vaste salle du premier étage, chauffée par de grands poêles, est-elle comble. Les fauteuils et banquettes sont occupés par des dames enveloppées de fourrures et pour la plupart mises avec goût et recherche. Les hommes portent le puncho ou le gros paletot d'hiver. L'ensemble de la nombreuse compagnie a un cachet décidément cosmopolite.

Et me voici débarqué sur l'autre rive du golfe, transporté au grand trot à travers des rues désertes et sombres, déposé enfin à l'*Occidental Hotel* et parfaitement logé dans un joli appartement bien clos, bien éclairé et surtout bien chauffé ; car, sauf la neige, c'est l'hiver, le vrai hiver régulièrement et de plein droit établi pour les mois de juin, de juillet et d'août, à une ou deux lieues du vrai, du grand été semi-tropical du Mexique.

PONTS EN BOIS (TRESTLE WORK), PRÈS DE SACRAMENTO-CITY.

VUE DE L'ANCIENNE ÉGLISE DE LA MISSION DOLORES, ÉDIFIÉE A SAN-FRANCISCO EN 1777.

X

SAN-FRANCISCO

DU 10 AU 13 ET DU 22 JUIN AU 1er JUILLET

Son origine. — Les pionniers. — Le règne des *pikes*. — Le comité de vigilance. — Le commerce et l'industrie. — Wells et Fargo. — Réaction croissante contre les chercheurs d'or. — Situation, climat et physionomie de San-Francisco. — Ses habitants. — Son caractère cosmopolite. — Un intérieur allemand. — Le quartier chinois. — Mauvais traitements infligés aux émigrants de race jaune. — Les colléges des Jésuites. — Cliff-House.

Au moment de la découverte de l'or, la mission de Dolores n'était plus qu'une ruine. Des Pères franciscains l'avaient fondée du temps de la domination espagnole [1], mais dès la séparation du Mexique ils l'abandonnèrent. Près du couvent s'élevait un *presidio*, petit fort bâti par ordre de Sa Majesté Catholique pour la protection de la mission. Sous le gouvernement mexicain, quelques soldats dégueuillés y montaient encore la garde. De rares canots sillonnaient alors les eaux solitaires de la baie qui, comme le *presidio*, portait le nom du fondateur de l'ordre. Le fauve et le chasseur indien hantaient les forêts des montagnes qui encadrent le bassin, mais les coteaux environnants étaient déjà cultivés par des indigènes que les moines de Saint-François avaient gagnés au christianisme, et, dans une certaine mesure, à la civilisation. En 1849, lorsque la « fièvre de Californie » commençait à sévir dans le Missouri, à New-York, à Boston, dans toutes les grandes villes de l'Est, et à envoyer sur cette plage lointaine les premiers chercheurs d'or, San-Francisco se composait à peine de quatre maisons qui méritassent ce nom. Aujourd'hui, la jeune métropole, *the queen-city*, compte cent trente à cent

[1] En 1777.

quarante mille habitants. C'est à la découverte de l'or qu'elle doit son origine et sa rapide croissance. C'est à son commerce déjà considérable, au défrichement du sol, à l'agriculture qui bientôt, il faut l'espérer, remplacera l'exploitation des mines, à son industrie encore dans l'enfance, mais susceptible d'un grand développement, qu'elle devra les éléments d'une prospérité solide et durable.

Ici tout est jeune : la nature encore vierge ; les maisons, dont les plus vieilles n'ont pas vingt ans ; les habitants, dont les plus âgés n'en comptent pas cinquante. Parmi ces derniers se font remarquer, comme de véritables ruines, les patriarches, les hommes des *early days*, les *pionniers*, comme ils s'appellent eux-mêmes, ceux qui ont vu naître la capitale de l'or, qui, en arrivant, ont habité l'une de ces quatre maisons, ou bien ont couché à la belle étoile, sous la protection des canons, s'il y en avait encore, du presidio mexicain. Ce sont maintenant des hommes à la chevelure et à la barbe grisonnantes sinon blanches, car on vit vite en Californie, et d'un aspect comparativement respectable. Leurs rangs se sont éclaircis. Beaucoup d'entre eux sont morts, et morts pauvres ; très-peu ont fait fortune, et peu seulement, en retournant dans leur pays, ont pu emporter avec eux de modestes économies. Ceux que j'ai vus n'avaient pas l'air prospère. Cependant ils ont tous consacré leur vie au culte de l'or, l'ont arraché des entrailles de la terre, ou dégagé des sables des cañones. L'or a passé par leurs mains, mais rien, ou peu s'en faut, n'y est resté. Ces hommes rappellent le vieux lion de la fable qui a perdu ses dents. L'âge et les infirmités ont tempéré l'éclat de leurs yeux. On voit bien que c'étaient de rudes aventuriers, autant que de rusés compagnons. Leur teint aussi n'est pas des plus purs : le hâle et l'alcool y ont laissé des traces. Mais, malgré des vêtements un peu râpés, malgré la frugalité des repas, malgré les fatigues, les dégoûts, les déceptions d'une existence manquée, ils n'ont pas tourné à la misanthropie. On reconnaît dans leur visage un fonds de bonhomie caustique, dans leur maintien l'autorité que donne l'expérience, et même une certaine dignité. La considération dont ils jouissent, du moins à leurs propres yeux, les soutient. Ne sont-ils pas les premiers qui ont foulé ce sol précieux, qui ont, par leurs découvertes, appelé la multitude, jeté les fondements, préparé la grandeur actuelle, les merveilles plus grandes de l'avenir ? Ce sont des hommes qui se sentent, et vraiment on ne peut guère leur en vouloir. Je me suis laissé raconter par eux l'histoire de San-Francisco. C'est de l'histoire contemporaine, puisqu'elle n'embrasse que vingt ans ; mais ces vingt ans, envisagés au point de vue des transformations dont ils ont été témoins, représentent des siècles. Et penser que ces hommes ont jeté la semence, qu'ils ont vu la plante pousser, grandir, se développer en un arbre magnifique. Certes, tout n'est pas leur œuvre, tant s'en faut ; mais une certaine part de la paternité, ils peuvent la revendiquer à bon droit. C'est seulement après avoir entendu parler ces Romulus modernes, que je comprends la fondation de Rome, les passions ardentes des aventuriers qui en ont tracé les limites, posé la première pierre, arrosé du sang d'un frère, dans des rixes quotidiennes, le sol qu'ils se disputaient déjà, tout en le disputant encore aux bêtes féroces et au désert. Les détails que le burin de Tite-Live a dédaigné de nous transmettre, il me semble les trouver dans les récits des fondateurs de San-Francisco, de « Frisco », comme ils l'appellent familièrement.

Les cinq ou six premières années de l'existence de la nouvelle ville forment l'époque de la guerre de tous contre tous, *bellum omnium contra omnes*. Frisco présentait alors la physionomie de toutes les villes naissantes de l'Amérique : une ou deux rues bordées de maisons en planches, en poutres, en toile ; quelques grandes constructions, prétendues monumentales : les auberges ; puis les maisons de jeu, les maisons de prostitution. Aux mines, le travail excessif ; dans la ville, l'orgie en permanence ; les rixes, les meurtres, les assassinats partout. L'absinthe et le sang coulaient à flots. C'était tout simplement l'enfer, non l'enfer de Dante, mais celui des deux frères Breughel, dont l'un peignait des orgies de paysans, et l'autre des diableries telles qu'une imagi-

nation hollandaise du dix-septième siècle pouvait seule les inventer. C'est le sublime du genre
vulgairement grotesque.

Les premiers arrivés venaient du seul État à esclaves de l'Ouest, le Missouri. On sait que ses
habitants, immigrés pour la plupart des États du Sud, en ont conservé les idées et les goûts.
Après avoir traversé les déserts du continent, après avoir les premiers occupé les terrains
aurifères, les Missourimen virent arriver les frères de l'Est. Ceux-ci, les moyens de transport
par la voie plus courte de Panama n'étant pas encore organisés, avaient dû doubler le cap Horn.
C'étaient six, huit, douze mois de navigation à la voile. Dans les placers, les frères devinrent
bientôt de formidables compétiteurs. L'antagonisme qui, dans le vieux monde, dans le vieux

SAN-FRANCISCO, RUE DU SACRAMENTO.

monde des Américains, a toujours subsisté entre le Yankee et l'homme du Sud, venait s'ajouter
aux rivalités du métier. Comme moralité, les uns valaient les autres. Mais l'immigration des
hommes du Nord continuait, celle du Missouri tarissait. Après cinq ans d'une anarchie que nous
avons de la peine à nous figurer, mais qui n'empêchait pas le progrès matériel de la ville, les
hommes du Nord se sentirent en force, et bientôt ils eurent décidément le dessus. Ils établirent
le fameux Comité de vigilance. Tout homme qui avait commis un meurtre, ou qui, seulement
par sa conduite, permettait de supposer qu'il serait capable de tuer son prochain, fut, surtout
s'il était du Sud, traduit devant le comité et pendu au premier arbre, *morto popolarmente*, comme
aurait dit Machiavel. C'est de la création de ce tribunal, tout partial, arbitraire et irrégulier qu'il
était, que date l'établissement d'un état de choses au moins supportable. Les hommes de désordre

de la veille, transformés en juges, prirent eux-mêmes du goût à faire de l'ordre. Tout le monde s'en trouvait mieux.

C'est ici que s'ouvre la seconde époque [1]. Le règne des *pikes*, grâce aux exécutions sommaires, était clos à jamais. Les membres du Comité de vigilance eurent le bon esprit de le dissoudre eux-mêmes, et de céder la place à des tribunaux régulièrement constitués. Mais une autre révolution s'accomplissait graduellement dans les esprits. Au commencement, tout le monde avait couru aux mines. Dans les imaginations des premiers émigrants, la Californie n'était qu'une carrière d'or pur. On n'avait qu'à le saisir et l'emporter. Le désabusement ne se fit pas attendre, et à la fin on comprit que l'or cherché ne se trouvait pas seulement dans les placers. On découvrit même que d'autres occupations rendraient plus que la fouille et le lavage, pourvu qu'on importât dans le pays ce qui lui manquait : des capitaux et de l'honnêteté. Des hommes pourvus des uns et de l'autre commencèrent alors à arriver et à s'établir à San-Francisco. Après les aventuriers, les gens sérieux; après l'anarchie, des garanties tant soit peu süffisantes pour la vie et la propriété. Il y avait donc de l'ordre, de la sécurité et de l'honnêteté, dans le sens californien il est vrai, non dans le nôtre. L'ordre n'excluait pas encore le revolver, ni la nécessité dans les transactions de s'entourer de précautions qui, à la Cité de Londres et à Wallstreet, feraient rougir pour celui qui en serait l'objet. Mais le progrès n'en était pas moins très-notable, et, à en juger par ce que je vois, il ne s'est pas arrêté. Avec une rapidité, comparable seulement à l'épanouissement de la végétation durant les courts printemps des régions arctiques, une nouvelle classe d'hommes se formait comme par enchantement. Elle se composait de nouveaux immigrés qui apportaient des capitaux et de quelques rares pionniers, qui, après s'être enrichis dans les placers, voulaient bien rentrer dans le giron de la civilisation. C'étaient des hommes d'affaires sérieux. Ils s'installèrent paisiblement à Montgomery-street, refoulèrent les mineurs au second rang, apportèrent dans les spéculations une sagacité, une hardiesse et un à-propos admirables. Ce qui les distingue surtout, c'est l'intuition et le courage. Ils devinent les affaires; ils voient les profits comme dans une vision, puis ils se lancent à la poursuite de l'idéal et le plus souvent le réalisent. Ce sont de grands marchands; seulement, vous qui venez d'Europe ou même de New-York, si vous voulez faire des affaires avec eux, dites-vous bien qu'ils sont aussi forts et plus fins que vous, et que leurs idées sur la limite entre le permis et l'illicite sont plus larges que les vôtres.

Ces hommes ont fondé un grand nombre de compagnies et de banques particulières qui travaillent avec des capitaux américains et anglais, et dont les ramifications s'étendent à Londres, à Shanghaï, à Hongkong, à Calcutta, à Bombay. Un des plus remarquables établissements de ce genre est la compagnie *Wells et Fargo*. Ses opérations multiples ont pour champ d'activité toute la partie occidentale du continent, depuis les montagnes Rocheuses jusqu'au Pacifique, depuis les confins de la Colombie anglaise dans le Nord jusqu'aux frontières du Mexique dans le Sud. Ses agents sont éparpillés sur toute cette surface immense. Dans les coins les plus reculés des districts miniers et de la forêt vierge, là où il y a un établissement de blancs, on est sûr de trouver une petite maison bien proprette, portant en lettres colossales l'inscription Wells, Fargo et Cⁱᵉ. Cette compagnie sert de banquier aux planteurs, aux *backwoodmen*, aux mineurs, aux petites villes qui s'improvisent tous les jours soit pour disparaître le lendemain, soit pour devenir des centres importants. Le transport des paquets et des lettres forme une des branches les plus importantes de l'activité de Wells et Fargo [2]. A cet effet ils achètent des enveloppes de l'admi-

---

[1] 1855 et 1856.

[2] En 1863, la Compagnie a acheté du gouvernement deux millions d'enveloppes à trois cents, quinze mille à six cents, trente mille à dix et à dix-huit cents. soixante-dix mille timbres-poste à trois cents et douze mille cinq cents à six cents

nistration des postes, ajoutent le leur au timbre officiel, et les revendent avec une faible augmentation de prix. Le petit sacrifice qu'ils exigent du public, est largement compensé par la régularité et la parfaite sécurité de leur service.

Jusqu'à l'avant-dernière année, ces opérations ont constamment augmenté; mais elles se sont considérablement réduites depuis l'ouverture du grand chemin de fer. Les diligences et cars de Fargo et Wells ne vont plus chercher les voyageurs et marchandises au fort de Laramie ni à Salt-lake-City. C'est la voie ferrée qui s'est chargée de cette partie de la besogne; mais ils continuent à desservir toutes les autres routes censées carrossables qui aboutissent aux railroads,

ou relient les points importants d'Idaho, de Montana, de Nevada et des États Pacifiques depuis Olympia jusqu'à Los Angeles et San-Diego. On peut donc se faire une idée de l'importance de cette compagnie. Ses capitaux ne tirent pas leur origine des placers. Je relève ce fait significatif, que presque la totalité des actions Fargo et Wells se trouve entre les mains de la haute finance de New-York. Les capitaux anglais engagés dans les maisons de banque et aussi dans quelques grandes compagnies sont et deviennent de plus en plus considérables. Ce n'est donc en aucun cas directement l'or californien qui alimente l'activité commerciale de San-Francisco. Cet or au contraire s'en va à l'étranger et surtout en Angleterre. Il serait curieux mais difficile de vérifier

J'emprunte ces détails, comme quelques autres qui d'ailleurs m'ont été confirmés sur les lieux, à un livre intéressant que j'ai déjà cité : *Across the continent*, New-York, 1869, par Samuel Bowles. Cet auteur donne aussi des fragments d'un sermon dont on lira plus bas un extrait.

la proportion entre la valeur des métaux précieux qui s'exportent et le montant des capitaux qui affluent de l'étranger.

L'industrie est en progrès constant. Le premier rang appartient aux manufactures de laine. Les nombreux troupeaux du pays lui fournissent la matière première. On vante aussi la perfection et la solidité des machines fabriquées ici. Ce sont les ateliers de San-Francisco qui fournissent aux mineurs les ustensiles dont ils ont besoin. L'importation de ces articles a presque complétement cessé. Naguère on envoyait d'ici les peaux dans les États atlantiques, pour y être tannées, puis réimportées sous forme de chaussures. Aujourd'hui, sous ce rapport aussi, on s'est affranchi de l'Est. La production des étoffes de soie promet de bons résultats. La manufacture des cotons est moins prospère. Somme toute, comparativement à ce qu'on fera, ce qui se fait n'est qu'un bon commencement. Mais les richesses naturelles abondent dans le pays et forment, si on veut les exploiter, autant d'éléments pour une saine et florissante industrie. Les capitaux ne manquent pas plus que les bras, car les Chinois qui affluent constamment sont d'excellents ouvriers. Dans les manufactures de laine, on les emploie de préférence. Ordinairement, on compte deux hommes jaunes pour un blanc; mais il y a des fabriques dont presque tous les ouvriers sont des enfants de l'Empire du Milieu. Comme le commerçant, l'industriel californien se distingue par la largeur des vues, la hardiesse des conceptions et la disposition naturelle à employer d'emblée les grands moyens pour arriver promptement aux grands résultats. On dirait que la grandeur de la nature se communique aux activités humaines; et c'est peut-être là un des charmes principaux de ce pays, une des causes qui y ramènent presque toujours ceux qui l'ont habité longtemps.

Sa vraie richesse n'est pas l'or qu'on extrait de ses entrailles ; c'est la fertilité de son sol. Si les renseignements statistiques qu'on m'a donnés sont exacts, la sixième partie de ses terres labourables est mise en culture. Les principaux produits sont et seront toujours les céréales. On en récolte assez pour pourvoir aux besoins du pays et exporter au Japon, en Chine, au Mexique, des quantités considérables de farine. Il est évident que cette exportation augmentera tous les ans. Mais il me paraît douteux que les blés des États Pacifiques puissent jamais entrer en concurrence avec les céréales des grands et inépuisables greniers de Minesota, de Wisconsin et des autres États du Centre. Leur débouché naturel sera l'Amérique du Sud et l'extrême Orient.

L'industrie agricole qui rend le mieux ici, c'est le jardinage. Sur certains points, les terrains qui produisent des fruits et des légumes sont d'un rapport fabuleux. La culture de la vigne fait aussi des progrès et donne des vins que j'ai entendu beaucoup vanter et vu peu boire. Je ne pense pas que dans le pays même ils puissent jamais soutenir la concurrence des vins français. Le long des chemins de fer, de celui surtout qui, en traversant toute la partie septentrionale de la Californie et tout l'État de l'Orégon, reliera bientôt la baie de San-Francisco avec Portland, le prix des terrains monte dans des proportions inouïes [1]. La spéculation y entre certes pour quelque chose; mais, quoique peut-être exagérée momentanément, cette augmentation de la valeur du sol se fonde sur l'augmentation correspondante de la valeur et de la qualité des productions ; en un mot sur des résultats qu'on peut dire brillants et sur des espérances qu'on ne peut pas dire chimériques.

Plus le commerce, l'industrie et l'agriculture prospèrent, plus la réaction qui se fait ici contre

---

[1] Je m'abstiens à dessein de reproduire les chiffres qu'on m'a donnés, parce qu'ils me paraissent exagérés. Je crois bien faire aussi de ne pas fatiguer le lecteur par des détails statistiques qui n'ont de valeur que lorsqu'ils viennent de sources officielles et sont scientifiquement groupés. Mon intention n'est pas de fournir ici une étude complète sur l'état de la Californie. Je tâche seulement de réunir, dans un tableau succinct, les informations que j'ai pu recueillir sur les lieux.

l'exploitation des mines gagne du terrain. Cette question a été souvent débattue en ma présence. J'ai même entendu soutenir, par des hommes qui font autorité en pareille matière, la thèse qui me semble paradoxale : que les frais absorbent les profits et qu'on a enfoui dans la terre autant d'or qu'on en a extrait. Comme preuve, on cite le peu de diminution de la valeur des métaux précieux, malgré les quantités prodigieuses rendues par les placers d'Amérique et d'Australie. Mais ce fait s'explique mieux, il me semble, par l'immense augmentation, durant les trente dernières années, des produits de l'industrie européenne auxquels l'or importé sert de signe représentatif, et, dans une moindre proportion, par l'exportation constante de l'argent vers la Chine.

Quoi qu'il en soit, l'opinion hostile à l'exploitation des mines se propage de plus en plus.

UNE USINE (SILVER-CITY, LA VILLE DE L'ARGENT).

Les griefs sont nombreux et se présentent d'eux-mêmes à l'esprit de chacun : les chercheurs d'or qui arrivent isolément n'apportent aucun capital, n'offrent aucune garantie de moralité, appartiennent en général à la classe la moins respectable des émigrants. Rendus aux mines, ils subissent l'influence de l'atmosphère délétère qui s'y est formée. Comme les titres de propriété sont mal définis, des rixes continuelles s'élèvent, d'un côté entre les différentes petites bandes de mineurs, et de l'autre entre ces bandes et les planteurs. Toute l'existence de ces hommes devient une constante protestation contre les conditions fondamentales de la vie civilisée. Quant au gouvernement, il manque des moyens ou de la volonté de les ramener au respect des lois. Ce n'est pas tout. L'expérience a prouvé que, sauf de rares exceptions dues au hasard, les individus ne peuvent lutter avec les compagnies. Ruinés tôt ou tard, ils quittent le travail et deviennent la terreur des planteurs, de vrais bandits, enfin une plaie saignante de la société californienne. Les compagnies, et il y en a de grandes et de petites, environ trois mille, courent aussi les plus grands risques. A des gains énormes répondent des pertes ruineuses. Leur activité n'est, en réalité, qu'un gros jeu de hasard, car une de ses conditions caractéristiques, c'est l'incertitude et la rapidité du gain ou de la perte. On en conclut donc, avec raison, que la recherche de l'or est une source permanente de démoralisation. Au point de vue matériel, c'est la destruction des terres labourables qui seraient bien autrement précieuses si, au lieu d'en fouiller les entrailles, on voulait les rendre à la culture. Pour se faire une idée de l'étendue des dévastations, on n'a qu'à visiter les districts miniers. Partout où les procédés hydrauliques ont été employés sur une grande échelle, les terrains les plus fertiles sont convertis en un chaos de rocs et de gravier. Mais c'est de l'excès même du mal que sortira le remède. Le moment arrivera où l'agriculture, qui se développe à pas de géant, sera en mesure de disputer victorieusement le sol à l'exploitation des mines. Ce sera une révolution heureuse que la partie la plus respectable du public appelle de tous ses vœux. *Mining is a curse :* « nos mines sont une malédiction ; » voilà ce que tout le monde me dit. On ne peut guère mieux interpréter cette conviction que ne l'a fait un des prédicateurs protestants de San-Francisco. « Ne nous faisons pas d'illusions, disait-il. Jamais, l'histoire le prouve, la société n'a pu s'organiser d'une manière satisfaisante sur un sol aurifère. La nature même est de mauvaise foi. Elle corrompt l'homme, elle le séduit, elle le trompe. Elle se rit de ses sueurs. Elle transforme son travail en un jeu de hasard et sa parole en un mensonge. »

San-Francisco tourne le dos au Pacifique qui, malgré sa proximité, reste invisible. La distance entre la *queen-city* et l'Océan n'est pourtant que de cinq à six milles. La ville regarde la baie qui, en s'étendant vers le sud-est, s'enfonce dans l'intérieur des terres. C'est un bassin oblong entouré de hauteurs, ici boisées, là couvertes de vignes et de champs. Des rues de la ville haute, pour peu que les rideaux sombres des brouillards d'été veuillent bien se lever, vous jouissez d'une vue unique. Quelquefois, mais rarement et seulement le matin, le soleil pénètre et chasse pour quelques instants cette couche épaisse de nuages qui traîne sur les hauteurs environnantes. Alors, enveloppé de votre paletot, grelottant de froid, vous apercevez, comme à travers un cadre noir, un petit bout de ciel bleu et les coteaux lumineux de Santa-Clara et de San-José. Vous avez au moins la satisfaction d'entrevoir l'été.

La ville est bâtie moitié sur la plage artificielle qui à force de travaux et de dépenses a été gagnée sur les eaux du golfe, moitié sur le versant oriental du *Coast-range*, de cette digue de granit qui, en courant du nord au sud, arrête les flots du Pacifique. Une seule ouverture y a été pratiquée par la nature : c'est la *Porte d'Or*. Francis Drake a été le premier à en franchir le seuil. Elle donne accès aux bâtiments et en même temps aux vents glacés, chargés de vapeur, qui, soufflant avec force du nord-ouest, c'est-à-dire du pôle, pendant les trois mois d'été, viennent se choquer contre la chaîne des côtes, et, après avoir glissé le long de ce rempart infranchissable, pénètrent par la Porte d'Or, s'engouffrent dans la baie et accumulent au-dessus de San-Francisco un groupe d'immobiles et sombres nuages. C'est l'hiver au cœur de l'été, l'hiver circonscrit dans la banlieue de la ville et entouré des chaleurs presque tropicales qui, à cette époque de l'année, embrasent les plaines de Californie. Contraste singulier qui ne cesse de me frapper ! Je suis ici depuis près de trois semaines, et je n'ai aperçu quelques rayons blafards du soleil que deux ou trois fois, et encore pour quelques instants à peine.

La plus grande moitié de la ville occupe, je l'ai dit, le flanc de la montagne. C'est un plan très-rapidement incliné, un rocher de granit recouvert ici d'une couche épaisse de sable et de gravier. Si les « pionniers » avaient conformé le tracé des rues aux mouvements du sol, on aurait pu tirer

BAIE DE SAN-FRANCISCO.

parti de ses inégalités et facilement établir des voies de communication carrossables. Mais les fondateurs étaient, pour la plupart, des Yankees et des hommes du Missouri qui n'admettent que la ligne et l'angle droits. Figurez-vous l'un des versants d'une vague immense fouettée par la tempête et présentant mille petites concavités. Voilà le terrain. Maintenant, en homme habitué à commander aux éléments et à transporter les montagnes, dites-vous : Je veux que ces rochers, que ces dunes disparaissent ; les voilà convertis en plaines — dans votre imagination. Puis vous prenez une règle et une équerre, et vous tracez les rues et les avenues, les « blocs », les carrés, exactement d'après le modèle de toutes les villes américaines. Boston fait une exception, mais Boston a été bâti par des Anglais. Si San-Francisco était à refaire aujourd'hui, il prendrait une tout autre physionomie. L'élément cosmopolite, qui commence à y prédominer, lui imprimerait son cachet. Mais le génie de l'Américain est d'aller de l'avant, de ne pas tourner les difficultés, de les attaquer de front, de prendre le taureau par les cornes. Grâce à cette hardiesse, on a obtenu des résultats merveilleux ; mais quelquefois on a fort mal réussi. La construction de San-Francisco, tout le monde en convient aujourd'hui, est un non-succès.

La circulation des rues est incommode, et leur aspect pénible, laid et, en quelques endroits, une vraie caricature. Après avoir tracé les rues en ligne droite, on se mit à bâtir des deux côtés ; puis, pour rendre la voie carrossable, on abaissait le niveau de la rue, on la convertissait en une profonde tranchée, les maisons, accessibles seulement par de petits escaliers, restant comme suspendues en l'air. Cela vous rappelle les déblais des chemins de fer aux abords de nos grandes capitales. Il n'y a rien de plus laid ni de plus incommode. Bientôt on découvrit que, le sol n'étant pas déjà très-solide, puisqu'il consiste plus ou moins en sable et en gravier, l'action du vent qui s'engouffrait à plaisir dans ces artères compromettait très-sérieusement la solidité des habitations aériennes perchées sur le bord de précipices. Des accidents graves eurent lieu. Plus d'une fois il arriva que la *brise* du nord-ouest, après avoir secoué les fondements mis à nu par les excavations, jeta des maisons dans la tranchée. La dépense de ces fouilles était en outre considérable. On abandonna donc ce système, impossible d'ailleurs quand il ne s'agissait pas de conduire des rues à travers des mamelons isolés, mais de les faire monter sur les flancs de la montagne. En ce cas, on s'aidait de gradins. Il s'ensuit que les voitures, pour arriver dans les hauts quartiers, ont à faire de longs détours. Lorsqu'on se promène dans la ville basse, en regardant vers les rues transversales, l'œil est surpris, je dirai presque choqué, par l'effet optique de ces lignes droites brisées par le niveau. Partout ailleurs, si vous contemplez une longue avenue rectiligne, les maisons ou les arbres qui la bordent s'abaissent vers l'horizon. Ici, par suite de la configuration abrupte du terrain, ils montent. On dirait qu'il y a là des fautes de perspective. Mais la nature n'en commet jamais. C'est l'œuvre des hommes qui la fait paraître coupable d'une infraction à ses lois.

Les habitations, à très-peu d'exceptions près, sont toutes construites en bois. Des maisons de bois assises sur le sable ! Il n'y a rien de moins solide. Mais ce qui est caractéristique pour la race forte et hardie qui les occupe, c'est le sang-froid avec lequel on répond à vos sinistres prédictions : Eh bien, on rebâtira !

Ne croyez pas que ces hommes si occupés de faire de l'argent ne sachent pas apprécier les agréments de la vie, et qu'ils dédaignent les arts. Dans le dessin des maisons de la haute finance, presque toutes d'un style qu'on pourrait appeler renaissance américaine, et qui se répand de plus en plus en Europe, se remarquent les traces de la recherche du beau. Je ne dis pas qu'on l'ait toujours trouvé. Ce que je reproche à tous ces édifices prétentieux, ce sont leurs matériaux. Bâtir avec des poutres et des planches, les couvrir de plâtre et leur donner la forme et la couleur du marbre ou de la pierre de taille, c'est involontairement commettre un faux qui n'échappe pas à l'œil si vous avez l'entente de l'architecture, et qui le blesse si vous en avez le

goût. Mais l'intérieur de la plupart de ces maisons est beau, commode, spacieux ; l'ameublement,
riche et rarement surchargé. Peu ou pas de colifichets. Le génie californien dédaigne les petites
choses. En revanche, quelques objets d'art de prix. On retrouve des statues qu'on a pu voir dans
les ateliers des premiers sculpteurs de Rome. Les villas d'Oakland sont fort vantées. Celles que
j'ai visitées méritent leur réputation. La maison de M. B*** est digne d'un prince de la finance ;
la résidence du général K***, mon aimable compagnon à travers l'Atlantique, un vrai bijou
d'élégance et de goût. La maison et le jardin sont sa création. L'art et la nature y ont prodigué
leurs trésors.

Mais revenons à San-Francisco. J'aime les modestes demeures des petites gens ; elles ont
aussi leur mérite. Rarement elles manquent d'un jardinet, — une corbeille remplie de roses et

LE GRAND HÔTEL.

de fuchsias. Les jardins des gros personnages, quoique peu étendus, sont bien aménagés ; il y
a de petites pelouses parfaitement arrosées et une grande variété de fleurs que la douceur du
climat permet d'entretenir et de renouveler pendant toute l'année.

Les grands hôtels, les édifices publics, se ressemblent partout, du moins en Amérique. Il y a
plusieurs églises. Deux ou trois sont de beaux spécimens de l'architecture sacrée. Le temple
le plus somptueux est la synagogue. Je la nomme la première, parce que, placée sur un
des points culminants de la ville, elle attire les regards plus qu'aucune des églises chrétiennes,
et constate, soit dit en passant, l'importance locale de l'élément juif. Sainte-Marie, la cathédrale
catholique, est une belle et noble construction gothique. Saint-Ignace porte le cachet du style
de l'ordre auquel il appartient. Enfin il y a Saint-François. Les protestants des différents cultes
possèdent des temples plus ou moins considérables. N'oublions pas les deux *josshouses*, les
pagodes des Chinois. Ce qui semble assez significatif, ce sont les dates de la construction de
presque toutes les églises protestantes ou catholiques : 1854 et 1855. C'est le moment où le

Comité de vigilance commençait à fonctionner. Pendant qu'il sévissait contre les malfaiteurs, les habitants paisibles pouvaient se rappeler qu'ils étaient chrétiens. On faisait des collectes, et l'établissement de l'ordre matériel coïncidait avec la pose de la première pierre des églises. Les écoles aussi appartiennent à cette époque. Le luxe architectonique de ces constructions me paraît exagéré et déplacé.

Montgomery et Market-street sont les grandes artères de la ville basse. Elles traversent les quartiers commerçants et industriels. L'animation s'y concentre de préférence. Les autres rues sont plus ou moins désertes. La plupart des négociants ont leur habitation dans la ville haute. La couleur générale est celle de la poussière qui ne cesse de tourbillonner dans l'air. Les nuances

L'OCCIDENTAL-HÔTEL, DANS MONTGOMERY-STREET.

varient de l'ocre jaune au brun pâle, et sous l'ombre des nuages d'été, au gris foncé. Les édifices, les trottoirs, le pavé de bois, le macadam, tout est inondé de ces teintes tristes et uniformes. Un dessin à la sépia exécuté sur du papier jaune, et où les ombres seraient indiquées avec de l'encre de Chine, en pourrait donner une idée. Le sable envahit les rues, et la poussière les maisons.

Tout cela n'est pas très-attrayant, et cependant, le croiriez-vous, on n'est pas huit jours à Frisco que l'on commence à s'y faire. Presque tous les résidents étrangers, surtout les Allemands, n'avaient en arrivant qu'un rêve : vite, vite faire fortune, et puis retourner dans la patrie. Mais, quand l'heure du départ sonne, on a changé d'avis ou plutôt de sentiment. On reste, ou bien si on se décide à partir, le plus souvent, au bout d'un certain temps, on revient. Cette vie californienne a évidemment des charmes auxquels personne ne se soustrait. Tout est grand, tout est facile, du moins dans l'idée de gens qui se croient capables de tout, et c'est ici l'idée prédominante. Tout le monde se sent les coudées franches. L'espace est immense, et l'espace vous appartient. L'avenir aussi. Cette conviction profondément enracinée dans les âmes favorise les conceptions hardies, vous guide dans les moments de trouble et d'incertitude, ranime les découragés, les soutient dans les épreuves. L'atmosphère morale autant que l'air que vous respirez agit sur le physique et sur l'esprit comme du vin de Champagne. La vie qu'on mène est à l'avenant. Vous êtes dans la misère ou dans l'abondance. Si vous êtes pauvre, eh bien, travaillez ! Vous êtes le maître de vos destinées. Et on travaille. Dans les premiers jours, les *early days*, et même il n'y a pas encore très-longtemps, il n'était pas rare de voir des *gentlemen* offrir leurs services au coin des rues comme portefaix. On les voyait charger sur leurs épaules, que couvrait un habit noir de drap fin parfaitement coupé, des sacs de farine, des malles de voyage, des pianos. Chaque course leur valait un dollar. Aujourd'hui on est déjà loin de cet état de choses primitif, exceptionnel, fantastique. Chacun a trouvé son assiette. Les bras ne font plus défaut ; seulement les prix de la main-d'œuvre, fabuleux à notre sens, sont restés les mêmes. Mais ne pensez pas que la vie soit aussi chère que certains voyageurs veulent vous le faire croire. Dans les premiers hôtels, vous payez trois dollars en or, environ dix-sept francs et demi. Tout est absolument compris dans ce chiffre, sauf les vins. Il n'y a pas d'extra. On vous donne une excellente chambre, et on vous nourrit avec profusion. La cuisine n'est peut-être pas de votre goût, mais on ne vous sert que des denrées de première qualité. De plus, vous jouissez de tout le confort des grands hôtels américains. Pour un beau et grand salon, éclairé à jour par six becs de gaz (hélas!) et chauffé du matin au soir, on me fait payer cinq dollars. A Londres, à Paris, à Vienne, cela coûterait plus cher. Les mineurs et les gens qui n'ont aucune prétention à l'élégance, trouvent des maisons où ils sont très-convenablement hébergés et nourris à raison d'un demi-dollar par jour. Cela donne la mesure des prix, nullement exagérés, des objets de première nécessité.

Ce qui me frappe, c'est de trouver partout le progrès le plus avancé. Dans les édifices publics, aux comptoirs des grands banquiers, dans les maisons particulières, les écoles publiques, les ateliers, les manufactures, on a appliqué les dernières conquêtes des sciences exactes, de la physique et de la mécanique. La ventilation des appartements, encore à l'enfance chez nous, est admirable. Les aménagements pour l'éclairage et les conduites d'eau, pour le chauffage, pour toutes les branches du service, laissent peu à désirer. Comparez les grands steamers du Pacifique avec ceux de l'Atlantique, et vous trouverez que, pour tout ce qui a trait au luxe et à l'agrément, ces derniers sont fort arriérés. New-York et Londres sont évidemment distancés par San-Francisco. Ce seul fait surprendrait quand même cette ville ne serait pas une oasis que d'un côté les déserts du continent américain, de l'autre le Pacifique et l'Océan Indien séparent du monde civilisé. Mais le fait n'a pas besoin d'explication. Ici tout est à créer, à bâtir pour ainsi dire depuis les fondements. On n'est pas arrêté ni même gêné par les égards dus aux créations du passé. Le passé? Mais il n'y a pas de passé. C'est là le secret de la vie californienne. Ajoutez qu'on a, pour tout, l'argent nécessaire. C'est-à-dire on l'a ou on ne l'a pas ; si on ne l'a pas, on l'aura ; cela revient au même, car on a du crédit. On ne recule donc devant aucune dépense. On profite de toutes les inventions sorties des têtes spéculatives du vieux monde et des « États [1] ». On se les approprie, on les applique sur une grande échelle.

Le climat aussi a ses charmes : un printemps continuel, surtout pendant l'hiver, qui ne connaît ni neige ni glace. En été, au contraire, règnent le froid et les brouillards. Pendant cette

---

[1] C'est ainsi qu'on désigne en Californie spécialement la Nouvelle-Angleterre et en général les États de l'Est.

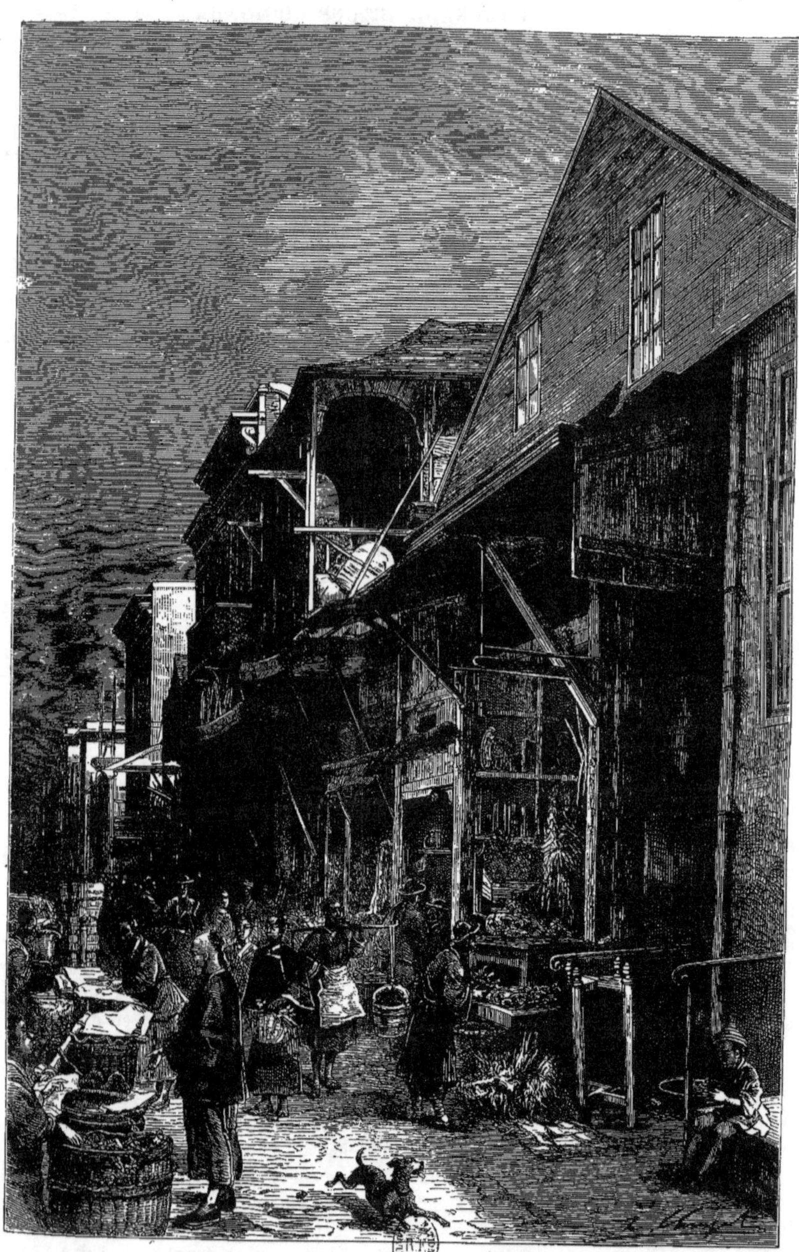
SAN-FRANCISCO. LE QUARTIER CHINOIS.

dernière saison, les poitrinaires, les personnes délicates, font bien de quitter la ville. Pour échapper aux rigueurs des mois de juillet et d'août, ils n'ont qu'à traverser le golfe et à se réfugier à Oakland. Le voyage s'accomplit en moins d'une heure. Ils y trouvent une température douce et pas de chaleur, car ce lieu de plaisance est situé entre la région brumeuse de la Porte d'Or et les plaines brûlantes de l'intérieur.

Et ici n'oublions pas l'abondance des fleurs, des fruits, du poisson. Tout le monde peut en avoir. La vue seule de tous ces trésors de la nature exposés aux marchés publics réjouit le cœur. Les oranges se vendent à profusion ; elles arrivent pourtant de loin, du sud de l'État, de los Angeles et de San-Diego, et la plus grande partie est importée par des voiliers qui mettent vingt à trente jours pour venir de Taïti et d'autres îles de l'Océanie.

A chaque pas que vous faites dans les rues, vous êtes rappelé à la conscience des grandes distances qui vous séparent du vieux monde. L'extrême Orient et l'extrême Occident se rencontrent ici. C'est à San-Francisco qu'on commence à comprendre que la terre est ronde et que les extrêmes se touchent. On flâne dans Montgomery-street. Des servantes, des cuisinières allemandes reviennent du marché. Les Allemands sont très-nombreux ici. Il y a des moments où l'on n'entend parler que leur langue. Quelques pas plus loin, les sons insaisissables des fils du Céleste Empire frappent votre oreille. Deux d'entre eux, livides de colère, se disent, je suppose, des injures. Ils ne se montrent pas les poings, car en Chine c'est le signe du respect, mais ils inclinent la tête en l'ébranlant fortement. Leurs camarades, groupés en cercle, rient à gorge déployée. Quelle laide compagnie ! Au coin de la rue, vous tombez dans une troupe d'Irlandais et d'Irlandaises reconnaissables à leur dialecte, à leurs traits caractéristiques ; les femmes, à la taille élevée et aux mantilles noires. Les Mexicains n'ont pas disparu entièrement. Ils occupent un quartier de la ville haute. C'est du sang mêlé, mais le type andalou, c'est-à-dire arabe, prédomine. Les Américains vrais, les hommes des États, les Yankees, sont numériquement en minorité. Dans les commencements, ils étaient plus ou moins les maîtres. Ils marchent encore à la tête du progrès : ils donnent les idées ; ils dirigent le haut commerce ; mais ils ne sont plus les maîtres de la place. D'autres éléments sont venus leur disputer le terrain ; d'abord la masse des émigrants étrangers : les Irlandais, les Allemands, les Chinois ; ensuite, dans une proportion croissante, les capitalistes anglais. La France est représentée par quelques maisons de commerce respectables de second ordre. Au reste, elle fournit San-Francisco, comme tous les points du globe, de modistes, de coiffeurs, quelquefois d'acteurs. Les Français n'aiment pas à émigrer. Ils préfèrent chercher fortune chez eux. La petite colonie autrichienne se compose presque exclusivement de Dalmates. Quelques-uns d'entre eux ont établi des maisons de commerce et font de bonnes affaires. D'autres sont colporteurs, vendeurs de fruits ou ferblantiers. Ce sont de braves et paisibles gens, très-bons Autrichiens, généralement considérés, n'ayant jamais de rixes entre eux, rarement avec leurs confrères des autres nationalités et donnant peu de soucis à notre excellent consul. Ah ! monsieur Mücke, je ne fais pas comme eux ; j'abuse de vous, de votre bonté et de votre temps. Mais aussi quels bons moments je vous dois, et quels bons souvenirs j'emporterai !

L'Allemagne envoie à cette population cosmopolite un contingent important par le nombre et par les qualités qui, sous toutes les latitudes, distinguent ses fils. Ils sont laborieux, sobres, économes. Ils possèdent surtout deux vertus qui généralement manquent à l'Anglo-Américain : ils savent mieux attendre et se contenter de plus petits profits. Ils travaillent à meilleur marché et vivent à meilleur compte. Sous le rapport social, ils sont supérieurs à leurs compatriotes des États. Leurs enfants savent et parlent habituellement la langue des parents, et restent Allemands tout en se faisant Californiens. J'ai assisté à une représentation d'une troupe de comédiens allemands. La salle du théâtre, qui a environ les dimensions de celle de Leipzig, était comble. Dans les États de l'Est et du Centre, la seconde génération *s'américanise*[1]. Entrez dans un des comptoirs allemands de Montgomery-street, et vous vous croirez à Brême ou à Hambourg. Pénétrez dans l'intérieur d'une de ces familles, ce qui est facile, car l'Allemand de San-Francisco est hospitalier : il sera charmé de vous conduire chez lui, pourvu que ce soit à la fin de la journée, après qu'il a fermé son comptoir.

Le chemin est long, car nous allons à la ville haute. Mais il y a le tramway, ou bien on va à pied ; c'est une excellente promenade de santé. S'il fait jour encore, vous traversez sans inconvénient le quartier, peu sûr la nuit, et toujours mal famé, des Chinois. En montant une infinité de gradins, vous gagnez les régions élevées, exposées à tous les vents, mais saines et jouissant d'une vue superbe. C'est là que de préférence habitent les Allemands et les Mexicains. Vous gravissez le dernier escalier, une échelle ; vous grimpez de la rue, qui est une tranchée, au porche de la maison, et vous voilà en pleine Allemagne. La maîtresse de la maison, tout en vous faisant les honneurs, ne cesse d'avoir l'œil sur les jeunes filles très-proprettes, Allemandes aussi, qui servent à dîner. Le repas est excellent. Des plats de haute cuisine alternent avec des mets du Vaterland. Pendant qu'on croque une saucisse de Francfort, un jambon de Westphalie, en vidant une bouteille de Liebfrauenmilch, on pense aux frères absents, et une larme brille dans les yeux de plus d'un convive. Partout et toujours, l'Allemand est sentimental. Il semble, au reste, qu'ici les hommes prennent, plus que les femmes, les allures du nouveau monde. Celles-ci restent essentiellement Allemandes : de bonnes ménagères, d'excellentes musiciennes, l'âme remplie de rêves poétiques, *haüslich, poetisch, musikalisch*. Elles dirigent la maison, elles soignent et élèvent les enfants ; elles président aux travaux culinaires, ne dédaignent pas quelquefois de mettre la main aux casseroles ; et, malgré ces occupations multiples, il leur reste toujours quelques moments à donner à Schiller et à Gœthe. Le soir, c'est le tour de la musique : une symphonie de Beethoven exécutée sur le piano avec plus de sentiment que d'entrain, un *Lied* de Schubert chanté par une de ces voix mélodieuses dont le timbre argenté semble être le privilége des gosiers germaniques. L'arrangement des appartements, la disposition des meubles du salon et des fleurs, le choix des tableaux et des gravures, tout porte le cachet de ces existences modestes, nourries par le travail, embellies et ennoblies par un fonds d'instruction sérieuse, par le goût et la pratique des arts.

Une nuit, assez tard, je sortais d'une de ces réunions où j'avais passé la soirée fort agréablement. Sûr de trouver mon chemin tout seul, je refusai de me faire accompagner. « Tournez le quartier chinois, » me disait-on de toute part, et je me mis en route. Mais la nuit était sombre ; un brouillard humide et noir augmentait l'obscurité, et, à San-Francisco, de l'Allemagne en Chine il n'y a qu'un pas. Soudain je me trouve engagé dans une ruelle évidemment habitée par des êtres jaunes. Je presse le pas, mais dans la fausse direction, et me voici dans la grande rue du quartier chinois. Autant que les ténèbres permettent d'en juger, elle est complétement déserte. Les basses maisonnettes sont enveloppées d'ombres noires. Çà et là, une lanterne en papier cramoisi se balance sur un balcon peint aussi en rouge. Des lueurs pourprées errent sur le pavé de bois, se croisent, sautillent aux saillies des poutres, s'éteignent plus loin. A chaque pas, je heurte contre les enseignes, des planches longues et étroites suspendues perpendiculairement à des tringles de fer et agitées par le vent. Le sinistre grincement des gonds se marie à des sons sourds, rauques, faibles, confus. Les maisons chuchotent, les enseignes ont trahi la présence d'un intrus. Je descends toujours. En quelques endroits, l'obscurité est complète, et je ne puis avancer qu'à tâtons. Dans d'autres, des reflets incertains, venant Dieu sait d'où, rampent sur le bossage des volets dorés d'une boutique, éclairent les traits de quelque monstre

____

[1] Voir page 50.

grotesque ou les caractères cabalistiques rouges et noirs d'une enseigne. Plus loin, à la lumière rousse et blafarde d'un bec de gaz isolé, je puis non reconnaître mais deviner le terrain qu'il me reste à parcourir. La violence du vent a augmenté. Chassés par les rafales, les nuages sont descendus dans les rues et glissent sur les dalles. Sous les ombres fugitives, les enseignes prennent la forme d'êtres humains rangés en double haie, s'agitant furieusement, accourant vers moi, s'entrechoquant, exécutant je ne sais quelle danse macabre. Je passe devant une porte ouverte. Une faible lumière en sort; j'entends des sons de voix et de sapèques. C'est un tripot de jeu. Un homme placé en vedette se tient collé contre le mur. En m'apercevant, il se précipite dans l'intérieur pour donner l'alarme. Il m'a pris pour un agent de police. Je continue aussi promptement

CHINOISES, A SAN-FRANCISCO.

que le permettent les gradins glissants. Déjà je puis distinguer à mes pieds une des grandes rues transversales, déjà mon oreille se réjouit du bruit d'une voiture, de quelque omnibus attardé. Encore une centaine de pas, et je serai en pays civilisé. A ce moment, au coin d'une impasse, je suis assailli par une bande de femmes. Ces harpies se cramponnent à mes vêtements, me saisissent de leurs mains mignonnes aux doigts effilés, aux ongles en griffes. Elles sont toutes fardées de blanc, de rouge, de jaune et répandent l'odeur, qui n'est pas un parfum, propre à la race du Milieu. Jouant des coudes, je me dégage à grand'peine, et, suivi de leurs vociférations — leurs pieds mutilés les empêchent de courir après moi — je gagne enfin, la sueur au front, l'issue de cet enfer, et, une demi-heure après, le toit hospitalier de mon auberge.

Le quartier chinois, négligé et mal surveillé par la police, qui cependant sait assez bien maintenir l'ordre dans le reste de la ville, devient souvent le théâtre de crimes; mais les coupables sont presque toujours des blancs venus des mines pour célébrer leurs saturnales, jouer leurs doublons, « manger » un homme jaune, et, sans distinction de couleur, détrousser les passants. Ce sont les épigones ou les derniers survivants de la race de malfaiteurs que le Comité de vigilance a exterminée avec si peu de cérémonie.

Cette promenade nocturne a été suivie de plusieurs visites au même quartier, faites pendant le jour et en compagnie de personnes qui entretiennent des relations avec les gros négociants chinois. On évalue à quatre-vingt ou cent mille le nombre des émigrés chinois de Californie, dont quinze à vingt mille résident à San-Francisco. Quelques-uns d'entre eux ont fondé des maisons importantes, et jouissent d'une excellente réputation. On vante leur loyauté, leur intelligence et la facilité avec laquelle ils adoptent les formes du commerce américain et européen. Ils importent de la soie, du thé et des objets de curiosité. L'un des notables est Fang-Tang. Établi ici depuis la première immigration de ses nationaux [1], il est parvenu à faire honnêtement une fortune considérable. Ses deux femmes et les plus jeunes de ses enfants sont restés à Canton. De temps à autre, il traverse le Pacifique pour leur rendre visite. Les émigrants chinois se font rarement accompagner de leur famille. Aussi ne voit-on en Amérique que la partie la moins respectable du beau sexe de cette nation. Cependant depuis l'année dernière plusieurs résidents ont fait venir leurs épouses. Fang-Tang aussi est disposé à amener ses deux moitiés, à donner, me disait-il, le bon exemple. L'arrivée de la femme honnête relèvera le moral de la colonie, et lui ôtera, jusqu'à un certain point, le caractère du provisoire. Bien des familles resteront dans le pays, elles se propageront, formeront un des éléments stables de la population des États Pacifiques. Ce sera une révolution riche de conséquences d'une portée incalculable.

Jusqu'à présent, les Chinois n'ont été que des oiseaux de passage. Aucun d'eux ne songeait à s'établir en Amérique. Ils appartiennent tous au Midi, aux deux grandes provinces de Kwang-tung et de Kwangsi, à une classe supérieure aux koulis que l'on exporte de Macao au Chili et à la Havane. Ce sont, pour la plupart, des paysans aisés. Quelques-uns possèdent une certaine instruction, d'autres sont des artisans; plusieurs apportent de petits capitaux, tous des bras vigoureux, un esprit ouvert et la ferme résolution de faire une modeste fortune. Tous, on l'a dit, ont quitté leur pays avec l'espoir d'y retourner. En prévision de la mort, ils prennent des arrangements pour que leur dépouille soit transportée dans le village qui les a vus naître. Le renvoi du corps forme l'une des conditions du contrat qu'ils passent soit avec les chefs de leurs compagnies, soit avec les Américains qui leur donnent du travail. Aussi, chaque steamer, chaque voilier en partance pour Hong-kong ou Canton, emmène une cargaison de cadavres. Ces émigrés se divisent en plusieurs compagnies, dont les présidents résident à San-Francisco, et, d'après ce que Fang-Tang me dit, ces derniers ont sur leurs nationaux une assez grande influence. Ils pourvoient autant que possible au bien-être des arrivants, arrangent les disputes à l'amiable, et, afin de se passer des tribunaux américains, exercent, du consentement des parties contendantes, même au criminel, un certain pouvoir judiciaire. Ils accordent des secours aux malades, facilitent l'émigration des vivants et le retour des morts, tâchent, en un mot, d'adoucir la rude existence de leurs compatriotes. Sans leur intervention constante et essentiellement paternelle, l'animosité trop justifiée qui anime les Chinois contre les blancs éclaterait en actes de violence, et compromettrait probablement l'existence de la colonie.

Je ne trouve pas de mots assez sévères pour blâmer la conduite des Californiens à l'égard des hommes de la race jaune. Ces derniers sont presque mis hors la loi. Devant les tribunaux, leur témoignage est répudié. Ceux qui travaillent dans les mines sont frappés d'une capitation de quatre dollars par mois. Aux placers, des scènes sanglantes se reproduisent périodiquement.

[1] 1852.

Les mineurs blancs donnent la chasse aux Chinois, les expulsent du terrain que ceux-ci ont acquis régulièrement, les tuent s'ils osent résister. Souvent, sans la moindre provocation de leur part, ils les frappent ou les détroussent. Mais les choses en restent là. Il n'y a pas d'exemple d'un verdict de jury rendu contre les coupables. D'ailleurs, comment constater le fait? Aucun blanc ne dépose contre un homme de sa couleur en faveur d'un Chinois, et les compatriotes de ce dernier ne sont pas admis comme témoins. Que des hommes rudes, naturellement portés aux excès, stimulés par la jalousie du métier et jouissant d'une entière impunité, se croient tout permis vis-à-vis de leurs faibles quoique redoutables rivaux, rien de plus simple. Mais comment

BANQUIERS CHINOIS A SAN-FRANCISCO.

qualifier la conduite des membres de la législature, des juges, des jurés, d'hommes instruits, bien élevés, qui, parfaitement édifiés sur l'importance des services que rendent les Chinois et dont ils sont les premiers à profiter, ne rougissent pas de se mettre au service des mauvaises passions de la multitude? Mais hélas! c'est là une des plaies saignantes de la grande république, surtout depuis qu'elle a adopté le suffrage universel. Bien souvent la justice et la morale doivent subir la loi de la populace; plus d'une fois Fang-Tang m'a parlé de la triste condition des siens, mais toujours en s'exprimant avec une sobriété et une réserve dignes d'un diplomate de la vieille école. « Ils ne nous considèrent pas, disait-il, comme des hommes. Ce n'est pas bien, *not good*. Ils voudraient nous exterminer comme si nous étions de la vermine, *very bad*. Mais, se hâtait-il d'ajouter, il y a aussi des Américains qui sont bons, qui parlent bien. Seulement, ils n'osent pas agir comme ils parlent. »

L'origine de ces haines est une question de dollars et de cents. Dans les mines, le travailleur blanc reçoit par jour, outre la nourriture, trois, trois et demi, quatre dollars. Le travailleur chinois n'est pas nourri et se contente de soixante-quinze cents, d'un dollar, tout au plus d'un dollar et demi. Il en est de même pour les autres branches d'activité. Dans les villes, le Chinois sert de domestique ou exerce le métier de blanchisseur et de cuisinier ; dans les campagnes, il excelle comme cultivateur et surtout comme jardinier. Les travaux de terrassement qu'on fait maintenant dans différentes parties de la Sierra Nevada, sont exécutés par les Chinois. Ce sont

SAN-FRANCISCO; QUAI OU WHARF DE MISSION-STREET.

les meilleurs travailleurs. Sans leur concours, la ligne du Pacifique n'aurait pu être achevée en si peu de temps. A bord des steamers des grandes compagnies, les matelots (de mauvais matelots à vrai dire) et les garçons affectés au service des passagers sont tous des Chinois. Dans les manufactures, ils remplacent de plus en plus les blancs. Partout ils leur font une concurrence formidable. Les patrons, les maîtres, tous ceux qui ont besoin de bras, les recherchent, car ils rendent à peu près les mêmes services que les blancs pour moins de la moitié du salaire. Et comme ils sont très-nombreux, et que l'immigration continue et va même en augmentant, leur concurrence pèse sur le marché, et commence à faire baisser le prix de la main-d'œuvre du blanc. C'est là leur crime. On le leur fait expier par des actes de brutalité qui vont jusqu'au meurtre, par des dispositions légales qui font la honte des législateurs, par des arrêts du jury aussi contraires au bon sens qu'à la justice. Et cependant ils tiennent bon. Rien ne les décourage.

Chacun des grands steamers qui depuis trois ans font la traversée mensuelle entre San-Francisco et Hong-kong, amène jusqu'à huit ou douze cents passagers jaunes. Un nombre moins considérable est rapatrié par ces mêmes bâtiments. Ce sont les émigrés qui ont fait leur temps. Ils emportent dans leurs malles le fruit de longs et pénibles labeurs, dans l'esprit un souverain mépris de notre civilisation [1], dans le cœur la haine du chrétien.

Les Irlandais, plus nombreux que les Allemands et les Chinois, se font remarquer et valoir par les forces physiques qu'ils représentent et par la multiplicité des occupations auxquelles ils se livrent. Les plus basses ne sont pas dédaignées par les vigoureux enfants de la verte Erin; mais on les rencontre dans toutes les sphères de la vie. L'Occidental-Hôtel donne une idée assez

---

[1] Je sais que cette assertion sera fort contestée par des Européens résidant en Chine. Mais je crains qu'à ce sujet ils ne se livrent à des illusions.

exacte de leur situation sociale en Californie. Les propriétaires, des hommes très-considérés par leur caractère et la fortune qu'ils doivent à leur industrie, et tous les employés, domestiques, servantes, sont Irlandais. On les voit occuper tous les degrés de l'échelle hiérarchique de ce vaste établissement.

La population anglo-américaine appartient en grande partie à l'Église épiscopale. Ce fait, difficile à expliquer, mérite d'être relevé à cause du contraste que, sous ce rapport comme sous tant d'autres, offre la Californie avec le reste des États-Unis, où les presbytériens, les méthodistes et les unitariens forment la majorité. Les Allemands sont pour la plupart protestants rationalistes. Il y a aussi parmi eux beaucoup de juifs, mais peu de catholiques.

On évalue le nombre des catholiques à cinquante mille. Tous les résidents irlandais et mexicains et beaucoup d'Anglo-Américains appartiennent à cette communion. Si ce chiffre n'est pas exagéré, ils formeraient le tiers de la population de San-Francisco. Les prêtres sont presque tous

LE COLLÉGE DES JÉSUITES DE SANTA-CLARA.

des Européens, des Irlandais ou fils d'Irlandais et des Italiens. C'est en Europe et, dans une petite proportion, au Canada que se recrute le clergé. L'Amérique, tout absorbée par la poursuite des biens de ce monde, donne peu de novices. Il en est de même des religieuses. La mère supérieure du grand monastère de Notre-Dame de Namur à San-José m'a dit que, pour remplir les vides faits par la mort ou les infirmités dans les rangs de ces saintes filles, elle est obligée d'avoir recours aux maisons que sa religion possède en Belgique, ou d'aller elle-même chercher des novices en France, en Allemagne ou en Angleterre.

Les jésuites ont deux grands colléges : Saint-Ignace à San-Francisco et Santa-Clara dans la ville de ce nom, située à quarante milles au sud de la capitale. A Saint-Ignace, ils reçoivent cent pensionnaires et cinq cent cinquante externes. A Santa-Clara, le nombre des pensionnaires est beaucoup plus considérable. Dans les deux maisons, les Pères sont tous Italiens. Les études embrassent les différentes classes des lycées. On ne néglige pas les auteurs latins et grecs ; mais on donne des soins particuliers à l'étude des sciences exactes, surtout de la chimie et de la mécanique. On laisse aussi aux élèves plus de liberté et plus d'initiative qu'on ne leur en accorde dans les établissements de ce genre en Europe. Ce sont les deux seules concessions faites à

OCÉAN PACIFIQUE, PRÈS DE SANTA-CLARA : LES ROCHERS DITS VEAUX MARINS (SEAL ROCKS).

l'esprit américain. Sous tous les rapports, on a conservé les doctrines, pratiques et allures des colléges d'Europe. En effet, c'est l'atmosphère de l'Europe que l'on croit respirer en franchissant le seuil de ces grands et florissants établissements. Et, chose singulière, c'est à cette circonstance qu'ils doivent, en partie, leur grande popularité. Un riche négociant américain, un protestant, m'a dit : « J'y ai placé mes fils, d'abord parce que les études y sont plus fortes que dans aucune autre école, et ensuite parce que les jeunes gens y apprennent à obéir et adoptent de bonnes manières. Ils en sortent comme s'ils revenaient d'un voyage d'Europe. » Ce jugement est confirmé par l'opinion universelle [1] et par ce fait que les colléges des jésuites en Californie, comme celui de Georgetown près de Washington, comptent parmi leurs élèves beaucoup de protestants et quelques juifs. Les préventions si répandues en Europe contre les membres de la compagnie de Jésus sont inconnues en Amérique.

Si les Irlandais forment ici le principal élément catholique, si les Allemands, comme représentant les doctrines de la réforme ou les idées rationalistes, sont les adversaires-nés des Celtes, l'antagonisme de ces deux races, proverbial ici comme dans les *États*, est mitigé par la haine commune du Chinois. Mais Irlandais, Allemands, Chinois, semblent appelés à croître sur le sol de la Californie, à se répandre, peut-être un jour à lutter d'importance avec le sang anglo-américain. Aussi la physionomie de San-Francisco porte-t-elle un cachet essentiellement cosmopolite. Les maisons, les rues, les édifices publics rappellent encore l'Amérique, mais une très-grande partie des habitants sont nés loin d'ici. Ils ont apporté d'autres idées et d'autres mœurs. Les Germains, les Celtes, les Mongols mis en présence ! Depuis la grande émigration du cinquième siècle, le monde n'a pas vu de semblables contrastes. Quelle race sortira du contact de peuples si divers d'origine, de religion, de civilisation? Dans quelle mesure s'amalgameront-ils? Quelle sera ici l'influence, toujours si sensible quoique inexpliquée encore, du sol vierge sur ceux qui le défrichent? Quel milieu moral se formera autour des générations à venir? Ce sont là les secrets de la Providence. Je n'essayerai pas de les pénétrer.

A New-York, dès le premier jour, on mène l'étranger au Parc central, à Washington au Capitole, à Chicago aux Greniers, à San-Francisco à Cliff-house. Ce sont les grands *lions* de ces grandes villes. Pour ma part, je donne la palme à Cliff-house. Il est impossible de jouir d'un spectacle plus étrange et plus attrayant. Sauf le petit café dont la terrasse sert d'observatoire, c'est la nature qui s'est chargée de la mise en scène. La main de l'homme n'y est pour rien. M. Mücke m'y conduit dans son gig attelé d'un trotteur comme l'Amérique seule en produit. Il brûle le macadam d'une belle route tracée en ligne droite à travers les hauteurs onduleuses de la chaîne des côtes. Nous avons laissé derrière nous les dernières maisons de la ville, puis les cimetières transformés en jardins. Plus loin le pays prend l'aspect de dunes dépourvues de végétation. Pas un arbre en vue. Des nuages noirs rasent le sable et nous empêchent de voir l'Océan. Mais nous entendons ses rugissements. Le noble animal qui a fait les six milles je ne sais en combien de minutes s'arrête devant la porte d'une maison. Nous y pénétrons, et, ressortant par le côté opposé qui donne sur une véranda, nous voici en face de l'infini.

La mer se brise contre la terrasse naturelle qui supporte la maison. A droite vers le nord s'étendent les rochers du Coast-range, à gauche la plage, devant nous le Pacifique. A une très-courte distance s'élèvent trois écueils. Celui du milieu est couvert d'immenses oiseaux aquatiques, noirs et immobiles comme la roche qu'ils occupent. On dirait qu'ils en font partie. Sur les deux autres écueils se groupent des monstres de dimensions colossales. Les uns sommeillent, d'autres

---

[1]. « *Modern convents and colleges holding up the cross.... now offering perhaps the best education of the coast to the children of our Puritan emigrants.* » *Across the continent*, par Samuel Bowles, p. 277.

semblent folâtrer. Quelques-uns se livrent des combats en aboyant furieusement. Ce sont les célèbres phoques, les *seals*. Ils abondent sur les innombrables récifs semés le long de la côte de Californie ; mais les habitants ou visiteurs de ces trois îlots privilégiés jouissent de la protection spéciale de l'État. Une loi défend de les incommoder. Aux abords des écueils une foule de ces animaux se pressent, se disputent le pas, gagnent péniblement le rocher ou retombent dans l'eau. Mouillée, leur robe est d'une teinte gris foncé ; mais, à peine séchée à l'air, elle prend la couleur blonde du lion. Tableau bizarre, fantastique, sauvage ! au-dessus de la côte, des nuages fixes ; sur l'Océan, de mobiles rideaux de brouillard qui dérobent l'horizon. Mais, avec l'œil de la réflexion, vous pénétrez ce voile. Vous embrassez, du regard de la pensée, cette mer immense qui vous sépare de l'extrême Orient et roule ses vagues d'un pôle à l'autre. Pour compléter l'effet magique du spectacle, un autre monstre, une énorme baleine, tout en se tenant à distance, paraît sur la scène.

A ce moment un bruit m'arrache à ma contemplation. Je me retourne et j'aperçois une foule de femmes en grande toilette, une foule de messieurs élégants, tous armés de longues-vues qui, sortant du kiosque, s'élancent vers la balustrade pour voir la nouvelle venue. Par les portes ouvertes, on distingue des tables chargées de friandises et des mille *paraphernalia* de la haute gourmandise : les petitesses de la civilisation en présence de la sauvage grandeur de la nature.

LES SEALS'ROCKS.

XI

YOSEMITI

DU 13 AU 22 JUIN

Manière de voyager. — Modesto. — Mariposa. — La forêt vierge. — Les *big trees*. — La vallée de Yosemiti. Les chutes. — Coulterville.

L'excursion aux gros arbres, aux *big trees* de Mariposa et à la vallée de Yosemiti n'est pas chose commode. Cependant les habitants de Frisco commencent à y prendre goût. Un homme qui prétend à l'élégance, un homme qui se respecte, doit, je ne dis pas avoir fait ce voyage, mais en avoir conçu le projet et l'annoncer à ses amis. J'ai rencontré très-peu de personnes qui aient visité ces régions si difficiles d'accès, mais tout le monde s'y rendra — l'année prochaine. Quant aux routes, il n'y a que des tronçons ; d'ailleurs, le chemin de fer en construction, destiné à relier les districts miniers avec les grandes lignes, les rendra bientôt superflues. En attendant, il y a une voiture publique, toujours remplie de mineurs, qui va et vient régu-lièrement.

Pour l'agrément des touristes, tout est à créer. On s'aide comme on peut. Deux compagnies navales se sont formées pour encourager et exploiter les velléités champêtres des plutocrates de Montgomery-street et les instincts voyageurs des étrangers que les bateaux de Yokohama et le chemin de fer du Pacifique amènent à San-Francisco. Des agents vont de maison en maison, d'hôtel en hôtel, pour vous exposer les charmes de ces régions inabordables, vous promettre sécurité et toute sorte de facilités, et enfin prendre votre signature. Quand un nombre suffisant d'excursionnistes, vingt à trente, est assuré, vous payez votre billet ; des relais sont envoyés à certains *ranchos*, et, au jour fixé, on se met en route. Distance, aller et retour, quatre cent quarante milles. Prix de locomotion en chemin de fer, en voiture et à cheval, quatre-vingts dollars en or (quatre cent quatre-vingts francs). C'est de tous les genres de voyage celui qui me semble le moins agréable. On renonce à sa liberté, et on passe une dizaine de jours dans la plus étroite intimité avec des inconnus. Mais on n'a pas le choix des moyens. C'est la seule manière de se rendre promptement dans cette partie de la Sierra Nevada, et d'y voyager sans s'exposer à des inconvénients, peut-être même à des dangers.

13 *juin*. — A quatre heures de l'après-midi, départ de San-Francisco. Nous y laissons l'hiver pour trouver le printemps à Oakland et l'été à la station suivante. A Lathrop, nous quittons la grande ligne du Chemin de fer central, et continuons sur la voie latérale, appelée section de *Visalia* parce qu'elle doit aboutir à cette ville, située dans la partie méridionale de la Californie, entre los Angeles et San-Diego. Visalia sera un jour la capitale florissante du comté de Tulare, qui à son tour sera, dit-on, un riche grenier ; en ce moment, c'est un terrain inculte, couvert de forêts, de maquis et de marais. Ici on parle toujours au futur. Aujourd'hui, le nouveau chemin de fer qui traversera la vallée de Saint-Joaquin dans toute sa longueur, s'arrête à Modesto, à vingt milles de Lathrop. L'auberge de cette petite ville et la compagnie nombreuse qu'on y trouve ne laissent rien à désirer comme couleur locale. C'est déjà le Mexique. On se dirait à mille lieues de San-Francisco. Des hommes en sombrero et en guêtres andalouses bavardent et fument sur le perron. Des mineurs en blouse se livrent dans la buvette à des libations. Tout le monde est armé. C'est à grand'peine que l'agent chargé de diriger notre caravane nous trouve des places à la table d'hôte. Puis chacun cherche sa petite chambrette ; mais les minces cloisons en planches ne nous mettent à l'abri ni du vacarme, ni de l'odeur de l'absinthe et du tabac qui infecte l'air. Bientôt la maison se transforme en un seul et grand dortoir. Aux conversations bruyantes succèdent les ronflements cadencés et énergiques des civilisateurs de l'Ouest.

Distance de San-Francisco à Modesto, cent un milles.

14 *juin*. — On nous appelle avant le jour pour nous parquer dans deux chars à bancs intitulés diligences. A cinq heures, en route ! Nous nous dirigeons droit vers les montagnes. Le terrain — des plaines couvertes de blés sauvages ou d'herbes, les uns et les autres brûlés par le soleil, — présente l'aspect d'un immense tapis couleur de poussière, et communique à nos véhicules le mouvement d'un bateau à l'ancre sur une mer légèrement agitée. Le gros monsieur en face de moi est atteint d'un violent accès de mal de mer. Plusieurs passagers pâlissent. La chaleur et la poussière ajoutent au malaise. De route, je n'en vois nulle trace. Les quatre chevaux nous traînent au pas à travers champs, et malheur à nous quand, par moments, il leur prend fantaisie de trotter ! Quelle partie de plaisir ! Et cependant on s'amuse. Il y a trois ou quatre hommes sérieux et taciturnes, avec leurs femmes : des Yankees ; puis une nombreuse famille établie à Omaha. C'est là l'élément tapageur. Une jeune personne, le type de la *fast lady*, des jeunes gens, le frère et ses amis, des élégants de l'extrême Ouest. Il y a aussi un père et une mère, mais c'est l'accessoire. Je ne puis, autant qu'on semble le désirer, prendre part à leur conversation, étant absorbé par les soins que réclame mon vis-à-vis, toujours en proie au mal de mer.

A Hornitas, où l'on dîne, la jeune personne a pénétré une des premières dans la salle à manger. Je la vois confortablement installée, pendant que ses parents errent autour de la table pour chercher des places.

En sortant de la ville, nous pouvons distinguer, à travers un crêpe doré, poudroyant, lumineux, les contours bleuâtres de la Sierra Nevada. Bientôt après la route, car ici il y en a une, s'engage dans une petite vallée. Des deux côtés s'élèvent les premiers contre-forts des hautes montagnes. Des groupes isolés de beaux chênes reposent l'œil. Partout on peut se rendre compte des dévastations produites par le procédé hydraulique des mineurs. Plus loin on entre dans les bois.

A six heures du soir, arrivée à Mariposa. C'est le centre d'un des districts miniers les plus renommés. Dans le voisinage se trouve la fameuse concession Fremont. Ici des fortunes immenses ont été faites et perdues. Aujourd'hui la marée est basse; la physionomie de la ville et de ses habitants le constate. Nos voitures s'arrêtent devant une petite auberge tenue par des Allemands. En ma qualité de compatriote, l'hôtelier et sa moitié me reçoivent à bras ouverts. Dans la salle, un groupe de mineurs et d'hommes de sinistre apparence, assis autour d'une table, disputent leur souper à des nuées de mouches. L'atmosphère étouffante est imprégnée d'odeurs méphitiques.

Heureusement, à sept heures, on nous fait de nouveau monter en voiture, cette fois-ci dans de petits véhicules adaptés aux chemins de la montagne. Je profite de l'occasion pour changer de compagnie, et je tombe à merveille. Un vieux gentleman aux manières européennes, qui aux différentes haltes m'a observé d'un air compatissant, me prend sous sa protection. C'est un grand propriétaire d'usines de Pittsburgh (Pensylvanie). Il visite souvent l'Europe. Dans une heure néfaste, dit-il, il a eu la malheureuse inspiration de faire une excursion sur le chemin du Pacifique, et, chose encore plus triste, d'aller voir les *big trees* de Mariposa. Ses compagnons sont un « général » de la milice de Virginie, homme de bonne apparence et, comme la plupart des hommes du Sud, de manières distinguées, son fils et un autre jeune homme. Admis dans ce milieu, n'étant plus obligé de tenir la tête au gros monsieur du New-Hampshire, ni de faire la conversation avec l'espiègle demoiselle d'Omaha, je respire plus librement et je puis jouir à mon aise de la fraîcheur de la soirée et de la beauté du pays. La route pénètre dans une gorge étroite toute couverte de magnifiques conifères, en suit les déchirures et s'enfonce dans la forêt. De temps à autre, la plaine de Californie, jaune, pâle, tachetée de noir, apparaît à travers des clairières ou par-dessus les cimes des arbres, magiquement dorées à cette heure par le couchant. Mais bientôt l'obscurité de la nuit ajoute aux ténèbres de la forêt. Enfin, à neuf heures, de faibles rayons de lumière et l'aboiement furieux de plusieurs dogues indiquent que nous sommes arrivés à destination.

Nous nous trouvons en pleine forêt vierge, au rancho de MM. White et Hatches, planteurs aisés qui reçoivent les touristes. La maison a l'air d'un cottage, toutes les pièces ouvrent sur la véranda : un carcel éclaire le petit salon, parfaitement et même coquettement meublé. Le souper nous semble exquis ; des affamés sont faciles à contenter. Ce qui me charme surtout, c'est la maîtresse de la maison. On n'est pas plus aimable ni plus *ladylike*. Elle a la bonté de me céder sa chambre à coucher, modèle de propreté et d'élégance : le lit tendu de rideaux blancs, un petit bureau, un fauteuil en font l'ameublement : sur une console, une guitare, de la musique et un volume ouvert de Tennyson. Les murs de la chambre, des planches à peine lisses ; au-dessus de la porte, comme partout ici, un vasistas qui, faute de volets et de carreau, — le verre est un article précieux, — reste ouvert jour et nuit ; le tout, un noyau de civilisation enveloppé d'une pulpe grossière.

De Modesto au rancho de MM. White et Hatches on compte quatre-vingt-quatre milles.

15 juin. — Le chant des oiseaux, un concert qui semble descendre du ciel, et la fraîcheur de l'aube qui pénètre par le vasistas nous réveillent. A six heures et demie, en voiture. La route s'élève rapidement et les passagers s'éparpillent dans les petits sentiers formés par l'eau pendant la saison des pluies. La forêt s'épaissit de plus en plus. C'est à peine si le jour pénètre sous ce dôme gothique supporté par mille colonnes rouges, élancées, lisses ou cannelées, qui, à une hauteur prodigieuse, cachent leurs chapiteaux dans une voûte de feuillage. Le taillis fourmille dans l'ombre. Au fond des gorges, le regard se perd dans des profondeurs noires. Çà et là, des reflets de lumière tremblotante répandent des lueurs incertaines sur les buissons en fleur, sur des touffes d'azalées roses, pourprées, violacées, sur les cloches blanches, gracieusement inclinées, de la fleur d'acajou [1], sur des arbustes aux feuilles luisantes, surmontées de leurs thyrses veloutés. Quelques pas plus loin, le crépuscule cède de nouveau à la nuit. Mais soudain, par quelque ouverture invisible, le soleil envoie ses clartés éblouissantes. Alors, sous une pluie de poussière d'or, la forêt étale toutes ses magnificences.

Quels sont ces arbres qui par leurs dimensions imposent à l'œil, qui le charment par leur variété ? Je reconnais nos chênes d'Europe, nos érables, nos mélèzes, beaucoup d'autres arbres de notre hémisphère ; mais les variétés de conifères propres à la Californie prédominent. Quant aux montagnes, nous y sommes, mais nous ne les apercevons guère. Arrivés sur une crête [2], un mouvement du terrain nous permet de jeter un dernier regard dans la plaine qui, par une illusion d'optique, semble s'élever sur l'horizon comme une natte de paille suspendue contre un mur. Un liséré bleuâtre laisse deviner la chaîne du milieu, et vers le nord-ouest la chaîne de la côte. L'atmosphère est chargée de vapeurs transparentes, le ciel et la terre se confondent. Vers l'est, à nos pieds et du côté de la Sierra Nevada dont nous avons gravi le premier gradin, des têtes d'arbres ; au-dessus de nous, des troncs rouges couronnés d'une épaisse verdure. De rochers, nulle trace, si ce n'est quelques rares et basses calottes de granit noir. Ici, comme plus au nord, à l'endroit où le chemin de fer la traverse, la Sierra Nevada rappelle, par ses longues lignes arrondies, le Jura plus que les Alpes.

A dix heures, nous descendons dans une petite vallée circulaire, très-plate, tapissée de velours vert. On a coupé les arbres et seulement laissé sur pied quelques magnifiques sapins. Le rancho de M. Clarks marque de ce côté le point le plus avancé de la civilisation. Ici se termine aussi la route appelée, par euphémisme, carrossable. Rien de frappant comme le contraste entre les maisonnettes de notre hôte et les géants qui l'ombragent.

De la ferme de ce planteur aux grands arbres il n'y a qu'une couple de milles. Mais nous devons attendre l'arrivée des personnes que ce matin au départ nous avons eu soin de laisser en arrière, le gros monsieur, *big fellow*, comme le guide l'appelle irrévérencieusement, avec son *party* et les gens d'Omaha, la jeune fille avec ses adorateurs, son frère et ses parents. Enfin, tout le monde est réuni, et nous nous mettons en route, assez bien montés sur de petits chevaux indiens, des moustangs, harnachés et sellés à la mexicaine.

Les *big trees* de Mariposa [3] méritent leur réputation. Une loi votée par la législature de l'État met ce district à l'abri de la spéculation et des dévastations des mineurs. Elle ne peut malheureusement le protéger contre les incendies dont les Indiens sont les auteurs. Mais aucun de ces arbres ne peut être coupé. Il y en a plus de quatre cents qui, grâce à un diamètre de plus de 30 pieds, à une circonférence de plus de 90 pieds et à une hauteur d'environ ou de plus de 300 pieds, sont honorés du nom de *big trees*. Plusieurs ont perdu leur couronne ou ont été en

---

[1] Le nom populaire est *mahogany flower*.

[2] Cinq mille trois cents pieds au-dessus de la mer.

[3] Découverts en 1855, ils ont été, dans ces dernières années, si souvent décrits, que je craindrais d'ennuyer le lecteur en répétant ce que d'autres ont dit avant moi.

LES BIG TREES DE MARIPOSA.

partie détruits par le feu, ce fléau des forêts de Californie. Quelques-uns, terrassés par le vent, sont couchés sur le sol, et se couvrent déjà de plantes grimpantes et de jeunes taillis qui poussent à côté de ces cadavres gigantesques. Un de ces troncs, tout creusé, forme un tunnel naturel. Nous l'avons, dans toute sa longueur, traversé à cheval sans baisser la tête. Un autre, debout et vert encore, permet à un cavalier d'entrer dans son intérieur, de s'y retourner et de sortir par la même ouverture. Ces deux arbres forment le grand attrait des touristes. Comme les pèlerins russes, en Palestine, qui ont pris leur bain au Jourdain, les touristes, après avoir passé par le tunnel de l'un de ces troncs et visité à cheval l'intérieur de l'autre, forts de la conscience d'avoir rempli leur devoir, ne songent plus qu'au départ. Les plus grands de ces arbres ont été décorés des noms de divers personnages célèbres. L'un d'eux porte l'inscription : Ferdinand de Lesseps.

Situé à huit mille pieds au-dessus de la mer, le terrain où la nature s'est plu à créer ces géants, est un creux de la montagne couvert d'une épaisse forêt vierge. Toutes les générations s'y pressent à côté l'une de l'autre, depuis le germe à peine éclos jusqu'aux patriarches auxquels l'opinion populaire attribue des milliers d'années. La mort et les infirmités n'épargnent rien de créé. Ici pareillement on trouve à chaque pas les traces de leur œuvre destructive. Il y a des troncs d'où la vie s'est évidemment retirée graduellement et naturellement. Mais il y a aussi de jeunes arbrisseaux qui dépérissent sans cause connue ; il y a des arbres de tout âge que la foudre, le feu des Peaux-rouges ou l'ouragan ont détruits avant l'heure. Mais les vivants font l'immense majorité. Les *big trees*, famille de conifères au tronc lisse, d'un rouge mat, aux branches horizontales et comparativement courtes, sont bien connus en Europe. On en voit des spécimens dans tous nos jardins botaniques et dans beaucoup de jardins particuliers. Celui qui les a découverts, un Anglais, leur avait donné le nom, qui leur est resté chez nous, de *Wellingtonia*. Cette dénomination, antipathique aux Américains, a été changée par eux en *Sequoia gigantea* d'après un chef indien, je crois de Pensylvanie, qui s'est distingué par son amitié pour les blancs et ses velléités civilisatrices. Les sequoias produiraient à l'œil plus d'effet s'ils étaient isolés, au lieu d'être entourés d'autres arbres dont beaucoup ont atteint à peu près les mêmes dimensions. Sans l'aide du guide, il serait difficile, sinon impossible, de les distinguer de ces derniers. Le grand, l'indéfinissable charme de ces lieux, est dans la beauté poétique du site et dans l'étonnante vigueur de la nature.

Mais après la poésie, la prose. La petite cabane de M. Clarks est comble. Une société d'excursionnistes qui fait le voyage en sens inverse, vient d'arriver de la vallée de Yosemiti et partagera avec nous les quelques chambrettes de la maison. Le petit salon et le perron de la véranda regorgent de monde, car le gazon des forêts vierges ressemble peu aux pelouses des pays civilisés. Pour s'y promener, il faut des chaussures *ad hoc*, abstraction faite des serpents, qui ne sont pas des boas constrictors, mais qu'on aime à éviter. Les dames occupent les banquettes, les hommes sont assis sur le plancher ou appuyés contre les poutres. La jeune *fast lady* s'est déjà emparée des nouveaux arrivés. Par des œillades, des gestes, des attitudes séduisantes, par ses rires bruyants, au besoin par des propos impérieux ou caustiques, elle sait les attirer et les retenir autour d'elle. C'est la haute école de la coquetterie de village, et un bel échantillon de galanterie à l'usage de l'extrême Occident. « Vous êtes choqué, me dit mon ami de Pittsburgh ; mais ne vous y trompez pas ; la jeune personne sait ce qu'elle fait, et son père, qui affecte de sommeiller, a probablement déjà choisi sa victime, celui des jeunes gens auquel il adressera la question fatale sur la pureté des intentions. »

Distance du rancho de White et Hatches à celui de Clarks : vingt-quatre milles ; aux gros arbres et retour : douze milles.

16 juin. — A sept heures du matin, à cheval. Un guide spécial que nous avons pu trouver, nous permet de laisser en arrière la caravane. Depuis San-Francisco, on avait marché dans la direction sud-est. Maintenant on se dirige vers le nord. Le chemin, un sentier étroit, mais moussu et dépourvu de pierres, s'élève par une pente douce vers la crête qui nous sépare de la vallée de Yosemiti. Autour de nous, la forêt, tout aussi épaisse et vigoureuse que celle où nous avons passé hier, étale ses richesses et répand au loin ses parfums résineux. En divers endroits, de minces colonnes de fumée montent tout droit vers le ciel. De beaux arbres, à demi consumés par un incendie que de fortes pluies pourraient seules éteindre, se penchent en gémissant sur

LE PIC DE L'INSPIRATION, D'APRÈS UN CROQUIS DE L'AUTEUR.

d'immenses troncs couchés entre les buissons et déjà en partie calcinés par les flammes. Partout les différents âges se présentent à côté les uns des autres. Dans les forêts vierges, on naît, on grandit, on vit, on dépérit, on meurt en famille. A onze heures, nous nous sommes élevés à sept mille pieds au-dessus de la mer. Dans ce lieu solitaire est un pauvre chalet habité par un planteur et sa famille. On l'appelle *Half-way house*, parce qu'il se trouve à mi-chemin entre Clarks et l'entrée de la célèbre vallée. La chaleur est accablante.

Après une courte halte, suivie de trois heures de marche, toujours dans la forêt, le sol s'inclinant légèrement vers le nord, nous arrivons au bord d'un précipice. A deux mille pieds au-dessous de nous, dans des profondeurs qu'enveloppent déjà les ombres des montagnes, serpente un filet blanc. Cette rivière ou plutôt ce large torrent est la Merced. Cette fente profonde, étroite, tourmentée, toute remplie de végétation, de chênes, de coniféres qui ne le cèdent pas de beaucoup aux *big trees* de Mariposa, est la vallée de Yosemiti, le but de notre voyage. Le point culminant qui sert d'observatoire a été nommé *pic de l'Inspiration*. En face de nous, de l'autre côté de Yosemiti, un seul et immense bloc de granit presque carré, à la cime aplatie, précipite dans la vallée ses flancs perpendiculaires. Les Mexicains lui ont donné le nom d'El Capitan. Plus loin, vers le nord-est, s'avancent, des deux côtés de l'abîme, des pics, des

BRIDAL FALL DANS LA VALLÉE DE YOSEMITI.

dômes, des plates-formes, supportés par des murailles lisses et presque verticales. Çà et là, d'étroites terrasses aériennes se parent d'une rangée de sapins. Au fond, dans la même direction, l'horizon est borné par un mur de granit fort rapproché en apparence et plus élevé que les montagnes qui bordent la vallée. Les sommets semblent se confondre et présentent à l'œil une seule ligne presque droite et horizontale. C'est, à ce qu'on nous dit, la crête la plus élevée de la Sierra Nevada.

Nous descendons par un sentier étroit, pierreux, rapide, mais nulle part vertigineux. Il côtoie le *rocher de l'Inspiration* et s'enfonce plus bas dans la forêt. De temps à autre, à travers le feuillage, nous apercevons l'eau écumante de cascades dont le bruit ne cesse de nous suivre. L'une d'elles, appelée la Fiancée (*Bridal fall*), tombe en une seule colonne d'une hauteur de neuf cents pieds. Nous mettons deux heures pour arriver aux bords de la Merced et une heure pour gagner notre gîte.

Du rancho de Clarks à Yosemiti, vingt-quatre milles.

17 *juin*. — La législature de Californie a eu l'heureuse inspiration d'acheter pour l'État la vallée de Yosemiti et d'en exclure les mineurs. Pour conserver intacte la beauté de ces lieux, elle renonce aux trésors enfouis dans le sol.

Trois colons ont obtenu l'autorisation de s'établir dans la vallée. Au rendement de leurs

LE DÔME DU SUD.

champs ils ajoutent les dollars que les touristes, peu nombreux encore, laissent entre leurs mains. Grâce à ces hommes, on trouve dans ce coin reculé une nourriture simple et un abri. Pendant les heures les plus chaudes de la journée, à moins de préférer l'ombre de la forêt qui touche aux maisons, on se tient sur la véranda. Quelques fauteuils rustiques vous y tendent les bras. En face de vous, la Yosemiti se précipite de la cime d'un rocher haut de deux mille six cents pieds. C'est la célèbre cataracte, une des plus grandes du globe, ce me semble, et la gloire de la vallée. Elle se divise en trois cascades, dont la plus élevée a mille six cents pieds. La compression de l'atmosphère causée par la chute de l'eau et l'action d'un courant d'air dû à la configuration verticale du rocher ralentissent la descente du liquide écumant, et lui donnent la forme d'innombrables fusées à parachute. Quand le temps est calme, un grondement de tonnerre tempéré par la distance vient se mêler au bruissement de la forêt. Au pied du rocher, des blocs arrondis de granit forment un cirque. C'est sur eux que cette masse d'eau vient se briser en atomes qui en rebondissant enveloppent la gorge d'un rideau de gaze lumineuse. Assis dans

VALLÉE DE YOSEMITE.

la véranda, vous l'apercevez sous la forme d'uu nuage blanc suspendu au-dessus des arbres.

Un touriste venu de loin pour jouir des solitudes d'une forêt vierge se lasse vite des conversations banales d'inconnus et des débats bruyants d'une jeunesse dont l'éducation n'est pas achevée. Depuis ce matin nous sommes au grand complet. Divisés par groupes, montés sur de petits moustangs et guidés par les moustanguers, mes compagnons de voyage sont partis pour visiter ce qu'ils appellent les lions de Yosemiti, les différentes cascades, le *lac-miroir*, les rocs de la *cathédrale*, le dôme, les dunes, les rochers de la sentinelle. Pour moi, je compte voir ce qui m'attire, et le voir seul, même sans guide. Le propriétaire de la maison a un air patriarcal qui me plaît. Sauf la question des dollars, il m'inspire de la confiance. Je lui demande conseil.

LE ROC DE LA CATHÉDRALE.

« La vallée, dit-il, est pleine de serpents, d'ours, d'Indiens, mais les Indiens sont *friendly*, des amis, et les serpents et les ours ne vous feront aucun mal, à moins que vous ne les attaquiez. Évitez la mousse et les gerbes touffues pour ne pas marcher sur un reptile, et allez en paix. »

Un pont grossier est jeté sur la Merced. Les eaux transparentes et verdâtres de ce torrent rempli de truites me rappellent la *Grundltraun ;* le *Capitan*, le *Backenstein ;* la haute crête de la Sierra Nevada, le *Todtengebirge* vu d'Aussee. C'est la vallée styrienne regardée avec une loupe. Aussee, il est vrai, manque de cascades et Yosemiti de lacs, mais la ressemblance n'en est pas moins frappante. Ce sont les mêmes eaux cristallines, c'est le même contraste entre la riante végétation de la vallée et la sévère nudité des rochers qui la surmontent. Seulement, ici, tout est colossal. Dans les Alpes de la Suisse la ressemblance est plus éloignée : au-dessus des rochers abrupts qui encaissent les torrents, s'étendent en terrasses doucement inclinées les pâturages verts, surmontés, à leur tour, de glaciers. Ici pas d'étages intermédiaires. Il n'y a ni pâturages ni glaciers. Les rochers s'élèvent tout d'une pièce de la profondeur des gorges vers le ciel qu'ils rasent de leurs sommets aplatis ou légèrement bombés. Les pics sont rares et, comme ils n'atteignent pas à la grande muraille de la crête, ils ne s'imposent pas à la vue. Le spectacle y offre donc moins de variété. D'autre part les lignes y sont moins brisées. La

FRIENDLY INDIAN.

simplicité classique des contours contraste avec leurs dimensions. On dit que, pour apprécier la grandeur de la nef et de la coupole de Saint-Pierre de Rome, il faut les voir plusieurs fois. Le voyageur éprouve ici la même impression. La nature, bon architecte et bon jardinier, s'est complu à mettre dans les proportions de ce paysage une telle harmonie, que c'est moins par les yeux que par le calcul des distances et des élévations qu'on parvient à s'en rendre compte. Mais, ce petit travail accompli, on se sent saisi d'étonnement, d'admiration, de respect pour la main puissante qui, en modelant ces rochers, leur a imprimé le cachet de sa grandeur.

LE LAC-MIROIR ET LES TROIS FRÈRES.

J'ai traversé une belle pelouse et je m'engage dans un taillis, où je sens déjà une pluie fine que la brise du soir amène de la cataracte. Quelques Indiens à demi nus abreuvent leurs moustangs dans la rivière. Un autre groupe entoure un homme qui se distingue par une toilette plus soignée. Il porte un pantalon et un bonnet de police ; mais il a oublié de passer une chemise : c'est le capitaine John, le chef de la tribu, une des plus misérables de l'Amérique. Il

tient en main un pistolet et vise un grand oiseau posé tranquillement à peu de distance sur la branche d'un sapin. Le capitaine tire et manque. Il en est visiblement contrarié. Ses subordonnés se regardent et rient sous cape. Les hommes sont partout les mêmes.

Les approches de Yosemiti-falls ne me paraissent pas faciles. C'est en sautant de bloc en bloc, en grimpant sur la mousse glissante, en rampant péniblement dans les déchirures et dans les fentes de la roche nue, que, tout mouillé par le ressac, je parviens enfin sur les bords d'un abîme creusé par l'eau et dérobé à la vue sous un épais nuage d'écume. Rien de nouveau dans ce spectacle. Mais la solitude profonde et la sauvagerie grandiose du paysage donnent à ce site un caractère à part et indéfinissable. On ne voit du reste que la cascade la plus basse et la partie supérieure de la plus haute. La seconde est masquée par son bassin de rocher. Pour y monter, on n'y songe pas. C'est à faire aux chamois.

Les ombres diaphanes qui, depuis quelques heures déjà, avaient enveloppé la vallée, commençaient à gagner les crénelures des murailles qui la bordent, lorsque enfin je parvins à m'arracher à la contemplation de ce spectacle si monotone et si varié à la fois : des zigzags lumineux qui serpentent entre des filets vert foncé, s'arrêtent comme en hésitant dans l'air, et disparaissent dans l'abîme pour être aussitôt remplacés par d'autres colonnes qui suivent la même impulsion, obéissent aux mêmes lois, rencontrent les mêmes obstacles, subissent le même sort ; un ruban argenté de fin tissu, sur lequel se reproduit à l'infini le même dessin ; des lignes brisées se terminant en cloches aplaties ; et cependant chacune de ces figures a son individualité. J'en ai vu tourbillonner des millions : il n'y en avait pas deux absolument pareilles.

La descente des rochers s'opère sans accident. Accompagné des mugissements sourds de la cataracte, je m'engage dans le taillis. L'obscurité y règne. Comment ne pas perdre le chemin ? C'est un dédale. Il y a bien des sentiers, mais ils aboutissent tous à un ruisseau limpide comme du cristal, trop large pour être sauté, trop profond pour qu'on puisse le passer à gué. D'issue, nulle trace. La nuit est presque close, et je commence à me faire à l'idée de la passer à la belle étoile. Mais quel est ce sifflement sinistre ? Serait-ce un serpent ? Je tends l'oreille. Un étrange bruissement la frappe. On dirait qu'un corps lourd s'approche lentement à travers le branchage. Grand Dieu ! serait-ce un ours ? Je suis armé d'un parasol. A ce moment, des éclats de rire, une voix vibrante qui ne m'est pas inconnue, se font entendre. Je suis la direction et, traversant les buissons, je tombe dans un sentier ; je sors du taillis et me trouve face à face avec la *fast young lady* et son joyeux cortége.

18 *juin*. — Le repos dominical se fait sentir même au fond de la Sierra Nevada. Il n'y a pas d'église, mais le maître de la maison, le mulâtre qu'il a engagé pour l'été en qualité de garçon, les valets de ferme et quelques servantes indiennes ont mis leurs vêtements du dimanche et se prélassent dans les fauteuils de la véranda. Les hôtes s'arrangent comme ils peuvent, s'assoient sur le plancher ou s'étendent sur le grabat de leur cellule.

Malgré la chaleur, + 24° R. et pas un souffle de brise, je remonte les bords de la Merced. La vallée se resserre graduellement. Une gorge étroite, étagée en terrasses, s'ouvre vers le sud-est. C'est par ces gradins que, de cascade en cascade, un puissant torrent descend dans la vallée. L'une de ces chutes, connue sous le nom de *Nerval-fall*, est le but de la promenade. Quatre heures, aller et retour. Le caractère du pays est toujours le même : des blocs de granit lisses et luisants, roussis en beaucoup d'endroits par la mousse, ombragés partout d'arbres gigantesques. Le gazon est tapissé de fleurs ; mais ce sont des détails qui se perdent dans ce grand entourage. Le regard a hâte de passer outre, ou plutôt il est arraché aux séductions de ces modestes beautés. Involontairement, il s'élève aux dômes effilés de la forêt, les perce et s'arrête comme terrifié devant le spectacle grandiose des Titans de la montagne qui d'un seul bond s'élancent vers le ciel. Il y a peu de variété dans les éléments de ce paysage et, sans jamais devenir monotones, ils se répètent sans cesse. La beauté, je l'ai dit, est dans la simplicité des contours et dans leur grandeur surnaturelle. Quant aux couleurs, l'artiste n'en a mis que trois ou quatre sur sa palette : le ciel bleu californien, une teinte d'azur mat saupoudré d'or ; les rochers gris clair, avec des tons froids tirant sur le jaune. Parfois des

CASCADE DE YOSÉMITI.

lueurs d'un bleu pâle y serpentent verticalement. Ce sont les reflets de l'air sur le granit du
rocher poli par les eaux de l'hiver. La végétation, d'un vert frais, intense, nuancé à l'infini. Il
n'y a ni les clartés transparentes du haut plateau central de l'Amérique, ni les teintes vaporeuses d'outre-mer qui forment la beauté de notre ciel du midi. On dirait que le maître a
oublié ou dédaigné de donner les dernières touches.

NERVAL-FALL.

19 *juin*. — Dans la nuit, chose rare à cette époque de l'année, un orage a rafraîchi
l'atmosphère. Ce matin, l'air est de nouveau tiède. Des rafales viennent de temps à autre
déchirer les rideaux de brouillard, les chasser de rocher en rocher, ployer sous leur étreinte les
géants de la forêt. Au mugissement du vent se mêlent les soupirs des chênes et des érables, le
sifflement courroucé des sapins et des cèdres. Les ombres des nuages, les rayons du soleil se
succèdent avec rapidité. Parfois il y a intermittence, comme dans le pouls d'un fiévreux. La grande

cataracte du Yosemiti offre un spectacle sublime. Le vent s'est engouffré dans la rigole verticale qu'elle a creusée dans le rocher. Il en déloge cette colonne d'eau haute de seize cents pieds, qui, fuyant l'ouragan, s'épanouit dans l'espace comme la robe de gaze d'une danseuse.

A cinq heures du soir, le temps s'est assez remis pour nous permettre de monter à cheval. C'est avec délices que nous recevons quelques légères ondées, avec volupté que nous humons l'air balsamique de la forêt. La nature, comme régénérée, semble sortir du bain ; tout est joyeux, frais, reposé. Nos petits moustangs galopent gaiement dans les prairies qui longent la rive droite de la Merced ; puis ils s'engagent dans un sentier contournant l'abîme en maint endroit

ROCHERS DANS LA VALLÉE DE YOSEMITI, D'APRÈS UN CROQUIS DE L'AUTEUR.

et demandant des cavaliers qui aient bonne tête, des chevaux qui aient bons jarrets. Le général de Virginie et moi, habitués tous deux à ce genre de chemins et de locomotion, nous avançons sans difficulté. Les deux jeunes gens et le guide, ce dernier non sans maudire le *old fellow* qui nous retarde, restent en arrière pour aider mon ami de Pittsburgh à franchir les mauvais passages.

Rien de pittoresque comme la Merced à nos pieds, surmontée, devant nous, du *pic de l'Inspiration* ! Il n'y a que deux chemins qui donnent accès dans la vallée de Yosemiti : au sud celui par lequel nous sommes venus et qu'à ce moment nous pouvons suivre de l'œil depuis le bord du précipice jusqu'à l'endroit où il pénètre dans la forêt. L'autre, celui même où nous nous trouvons, escalade la vallée vers le nord. L'ascension prend deux heures. Une cabane perdue au milieu de la forêt nous sert de gîte. D'après le hardi colon qui l'habite, cet endroit s'appelle

Crean's flat. Élévation, six mille cinq cents pieds. Froid intense. La nuit s'avance et le gros de notre *party* se fait encore attendre. Y aurait-il eu quelque accident? On commence à s'inquiéter. Le temps est de nouveau à l'orage, et la pluie tombe à torrents. Enfin, vers minuit, les excursionnistes attardés arrivent, les dames plus mortes que vives, tous exténués de fatigue, mouillés jusqu'aux os et maudissant « le temps, le lieu et l'espèce humaine ».

20 *juin.* — Quoique nous n'ayons à faire qu'une très-petite journée, on donne le signal du départ vers quatre heures. « Pourquoi? demandé-je au conducteur. — Parce que, me répond-il, M. Coulter le veut ainsi. » M. Coulter est l'arrangeur de ces excursions, un des pionniers de Californie, le fondateur de la ville où nous passerons la nuit, et que la carte désigne sous le nom de Coulterville. Comme sa fondation, ce grand homme a eu des hauts et des bas. Aujourd'hui, on est en déveine. La ville tombe en ruine et M. Coulter, comme dernière

ressource, tient des chevaux de louage pour les touristes que, de temps à autre, il va racoler à San-Francisco. Une voiture, par lui envoyée, nous attend à quelques milles de Crean's flat, à l'endroit où le chemin devient carrossable. Nous sommes sur l'un des grands contre-forts que la Sierra Nevada pousse vers la plaine. La route, en suivant les sinuosités de la crête, fournit au cocher dont je partage le siége l'occasion de faire briller les qualités qui le distinguent. Chez lui, la témérité l'emporte sur l'art, et nous courons ventre à terre. A chaque tournant, je me prépare à rouler dans le ravin. Les travaux de cette route, qui sera prolongée jusqu'à Yosemiti, sont exécutés à merveille par des ouvriers chinois. En plusieurs endroits, nous en voyons de petites troupes. Ces enfants du Céleste-Empire ont la figure intelligente et l'apparence de gens au-dessus de leur condition.

A deux heures de l'après-midi, nous arrivons au gîte, une petite et sale auberge, tenue par un couple allemand. Que sont devenus les grands hôtels qui, dans les jours de prospérité, faisaient la gloire de Coulterville? Les rues désertes, négligées, remplies de boue et d'immondices, les maisons mal tenues, en partie abandonnées, plusieurs déjà s'écroulant, rendent témoignage des péripéties qui forment l'ordinaire de la vie du mineur. Une seule maison me frappe par son aspect de prospérité. C'est le comptoir de Wells, Fargo et Cⁱᵉ. L'agent me raconte l'histoire de Coulterville. C'est un Yankee de naissance. Il s'énonce avec lucidité, brièvement, jugeant les choses à leur valeur pratique et au point de vue des exigences du jour. Il ne descend pas au fond. Il va au plus pressé. On y reconnaît la tournure d'esprit propre à l'Anglo-Américain.

Toujours poursuivi par les dogues de M. Coulter, je continue ma promenade. A deux pas de la ville est une petite église ; plus loin, on aperçoit les cimetières séparés d'après les confessions. A en juger par l'étendue de cette nécropole, on dirait qu'il y a à Coulterville plus de morts que de vivants. Le cimetière catholique se reconnaît aux croix. On y voit une douzaine de tombeaux, renfermant les restes d'Italiens, de leurs femmes et de leurs enfants. Sur quelques-uns on lit des vers. Un époux pleure la mort de sa jeune compagne dans un sonnet digne de Pétrarque. Les rimes laissent à désirer, mais le sentiment y est. Dans la ville aussi, on rencontre des Italiens. Les uns sont occupés aux mines, d'autres tiennent boutique, tous meurent de faim et maudissent le jour où ils ont quitté leur pays, le Piémont et la Lombardie.

Je visite une des mines, puis la forte chaleur m'oblige de revenir chercher l'ombre de l'auberge, car, tout autour de la ville, on a coupé les arbres. La femme de l'hôtelier, un mineur bavarois, et des myriades de mouches me tiennent compagnie. Des plaintes, des malédictions alternent avec de courts accès de gaieté inspirés par l'espérance d'un retour de fortune. La femme dit : « Nous vivons des mineurs qui prennent leurs repas chez nous. Quand ils cessent de payer, nous ne pouvons pour cela cesser de les nourrir. Cela les fâcherait (on n'aime pas à fâcher des mineurs), et d'ailleurs, s'ils mouraient de faim ou s'en allaient, nous serions ruinés de même. — Comment vous payer, dit le mineur, si on ne me paye pas mes gages ? Mes compagnons et moi nous sommes tous dans le même cas. Les propriétaires des placers sont tenus à nous donner trois dollars par jour outre la nourriture. Depuis bientôt six semaines, pas de gages. Si nous cessons de travailler, ils seront ruinés, et nous perdrons les sommes qu'ils nous doivent. » Ici tout le monde est endetté, ballotté entre le désespoir et l'illusion, condamné à la la vie du joueur.

Dans la salle, le père de l'aubergiste, avec l'autorité dont le grand âge jouit dans nos villages d'Allemagne, s'entretient avec plusieurs hommes qui, couverts de boue et de sueur, reviennent des placers. C'est dans cet état qu'ils souperont avec nous. Ils occupent toutes les chaises et la banquette qui longe le mur. Les excursionnistes attendent humblement debout. Ces mœurs si étranges aux yeux des nouveaux arrivés ont déjà cessé de me choquer. On s'y habitue vite. Ce que tout le monde fait ou subit s'impose comme loi. On ne songe pas même à s'y soustraire. Dans ces régions sauvages, les représentants de la civilisation ne brillent pas par l'éducation. Ils n'ont apporté dans la forêt et dans les mines que des bras vigoureux, une intelligence souvent remarquable, beaucoup de courage et la soif de l'égalité. Pour la constater plus que pour la satisfaire, ils prétendent être vos supérieurs. Ceux qui dépendent d'eux suivent leur exemple et ont la même prétention vis-à-vis du patron. Qu'en résulte-t-il ? Des hommes vivant fort à l'étroit et constamment aiguillonnés par le désir d'être les égaux de tout le monde, comment seraient-ils heureux ? Leur vie est une suite d'aspirations irréalisables et de déceptions amères. Aussi ont-ils tous l'air maussade, sinon triste.

On voit des scènes que l'on ne croirait pas possibles, si on n'en avait pas été témoin. Ainsi, règle générale dans la Sierra Nevada, les moustanguers, cochers, bouviers, domestiques, dînent les premiers. Ils ont le même repas que les voyageurs et sont ordinairement servis à la même table. Ceux-ci attendent debout que le dîner des gens soit terminé. Partout ces hommes affectent des allures de maître. Leur insolence serait insupportable si elle ne prêtait pas au comique. Au reste cette hauteur n'est qu'un masque. Elle ne résiste pas à l'appât d'un dollar glissé adroitement dans la main de ces « gentlemen ». Cela fait, non-seulement ils vous sourient agréablement, mais, ce qui est l'essentiel, ils poussent l'affabilité au point de vous apporter de l'eau dans votre chambre, de brosser vos habits, de cirer vos bottes. Pendant cette excursion, les voyageurs étaient obligés de faire leur toilette en plein vent, passant l'un après l'autre devant le robinet d'un rustique lavabo pratiqué près du puits, et il leur fallait nettoyer eux-mêmes leurs vêtements et leurs chaussures. J'ai demandé à mon ami de Pittsburgh pourquoi il ne faisait pas comme moi. Pour toute réponse, non sans rougir, il regardait tour à tour les excursionnistes et les tyrans de l'endroit.

Ce qui me frappe, c'est moins l'insolence des bûcherons et des mineurs que l'attitude respectueuse de mes compagnons de voyage. Il y a parmi eux des hommes qui, par leur position sociale autant que par leur éducation, appartiennent, dans les États de l'Est leur pays, et appartiendraient en Europe, aux classes supérieures de la société. Quand nous sommes entre nous, ils blâment sévèrement les traitements qu'on nous fait subir. Mais, mis en présence du souverain du rancho et de ses vassaux, la prudence l'emporte sur l'impatience. Non-seulement ils se taisent, mais ils se taisent avec un sourire gracieux. On est plus que sujet loyal, on est courtisan du pouvoir établi. Si je note ce fait, ce n'est certes pas par esprit de blâme ni pour augmenter le nombre des critiques, souvent injustes et inintelligentes, qu'on lit sur l'Amérique. Chacun de nous, cantonné dans quelque petite ville de la Sierra Nevada ou de n'importe quelle autre forêt de l'extrême Ouest, en ferait autant. Je cite ces exemples pour prouver que la liberté individuelle illimitée et l'égalité sociale, en Amérique comme ailleurs, sont une chimère, et que les roitelets de village sont, en fait de soumission et d'étiquette, plus exigeants que les plus grands monarques de la vieille Europe.

De Yosemiti à Coulterville, quarante-sept milles.

21 juin. — On nous appelle à quatre heures. Les valets de ferme et les cochers de nos voitures déjeunent, comme toujours, les premiers. Derrière la chaise de chaque domestique, un voyageur se tient debout; il guette le moment de s'emparer de la place quand elle sera libre. Lorsque les gens qui ont pris leur repas fort à leur aise se lèvent de table, un des cochers nous dit d'un ton impérieux : *Eat fast*, mangez vite. Un autre ajoute : Nous vous donnons dix minutes. Ceux qui ne seront pas prêts resteront en arrière.

M. Coulter nous assigne nos places. J'ai la mienne près du cocher. Il est petit-fils d'Allemand et parle encore la langue de ses ancêtres. Pendant que ses chevaux vigoureux dévorent l'espace à la vitesse de huit milles à l'heure, il me raconte sa vie. Il est propriétaire de deux paires de chevaux et gagne cent dollars par mois. Pour vivre avec sa femme et deux enfants, il lui faut six à sept cents dollars par an.

A vingt milles de Coulterville, nous descendons dans la plaine, jaune, brûlée, parsemée d'abord de beaux chênes verts, mais plus à l'ouest complétement dépourvue d'arbres. Pendant plusieurs heures, nous suivons le Tolomini, bordé d'une riche végétation. Cette rivière rappelle le Tage entre Abrantes et Santarem. En regardant en arrière, on voit les derniers contre-forts de la Sierra Nevada développer leurs masses imposantes, arrondies, boisées, semblables ici aux flancs occidentaux du Liban.

Le soleil est impitoyable, et je me demande comment il me sera possible de résister à l'ardeur de ses rayons. Heureusement, à chaque relais, un bon samaritain, au prix d'un demi-dollar, condescend à me jeter de l'eau froide sur la tête. Grâce à ce traitement prophylactique, j'arrive vers le soir, vivant et même en bonne condition, à la station de Modesto et, une heure après, par le chemin de fer, à Lathrop, où nous passerons la nuit dans un excellent hôtel. Demain, vers midi, nous serons de retour à San-Francisco.

Distance de Coulterville à Modesto, quarante-huit milles ; de Modesto à San-Francisco, cent et un milles.

Ici se termine mon excursion dans les forêts vierges de la Sierra Nevada. Plein de charme et d'intérêt, ce petit voyage, vu l'insuffisance des arrangements qui bientôt seront perfectionnés, suppose bonne santé et bonne patience. A en croire vos amis de San-Francisco, c'est une simple promenade de plaisir. Tout le monde vous la recommande, surtout ceux qui ne l'ont pas faite.

VUE DE LA VALLÉE PRISE DU PIED DU CAPITAN.

XII

DE SAN-FRANCISCO A YOKOHAMA

DU 1ᵉʳ AU 24 JUILLET

Sortie de la Porte d'Or. — Triste aspect de San-Francisco vu de la mer. — La Compagnie de la malle du Pacifique. — Le *China*. — Monotonie et émotions de la traversée. — Réflexions sur les États-Unis. — Débarquement à Yokohama.

1ᵉʳ *juillet*. — A midi précis, le *China* quitte la jetée. Les amis des partants qu'ils ont accompagnés à bord leur serrent la main une dernière fois, puis se précipitent dans leurs embarcations. A une heure nous avons franchi la Porte d'Or, le *Golden Gate*. Vu de la mer, San-Francisco offre un aspect des plus étranges et des moins attrayants : des collines de sable coupées en ligne droite par des rues larges, non pavées ou pavées en bois ; rues et collines semblent monter perpendiculairement ; les maisons de bois sont brunes, le sable jaune, le ciel bleu pâle tacheté de gris ; des flocons de brouillard lui donnent l'apparence d'un voile de gaze déchiré. Des deux côtés, vers le nord et vers le sud, s'enfuient les galeries rocheuses de la côte. Là aussi les tons bruns et jaunes l'emportent. Des nuages épais et immobiles, dont le dessous plafonne, enveloppent comme un baldaquin la crête de ces montagnes. Le *Cliff-house* avec ses trois écueils, ce lieu de plaisance des phoques et des oiseaux aquatiques, est la dernière terre que nous apercevions. Devant nous et déjà au-dessous du *China*, le Pacifique étend ses flots verdâtres. Des ombres noires y rampent sinueusement. L'horizon de la mer et les îles Farallones sont invisibles. Le brouillard qui nous attend les dérobe à la vue. Encore quelques tours de roue de la machine et il nous enveloppe. Rien de plus lugubre que ce départ.

2 *juillet*. — Le temps, superbe. Le vent, nord-est. La mer, légèrement crispée, bleu d'outremer avec reflets pourprés. Des goëlands de dimensions colossales nous suivent en voltigeant à quelques brasses au-dessus de l'arrière-pont. Dans les profondeurs, fourmillent de nombreux poissons plats, ornés d'une crête. Les marins anglais les appellent vaisseaux portugais, *por-*

26

tuguese men of war. Ce nom date probablement de l'époque où la Grande-Bretagne s'emparait de la suprématie des mers. Les navires de Vasco de Gama et des conquérants ses successeurs n'étaient pas des modèles de construction, mais ils portaient des héros dans leurs flancs. Ce qui était alors dit par dérision, rappelle aujourd'hui aux navigateurs la grandeur pâlie d'une nation chevaleresque.

3 *juillet.* — La ligne de vapeurs qui fait le service entre San-Francisco et Hongkong en touchant Yokohama est de récente création. Si une expérience de trois ans permettait de former un jugement définitif, le problème, si longtemps jugé chimérique, de traverser dans toute sa largeur le Pacifique avec des steamers à roue, aurait été résolu victorieusement par la compagnie américaine. Mais il n'y a qu'un départ par mois, et trente-six à quarante traversées (aller et retour) ne suffisent peut-être pas pour donner des résultats positifs. Quoi qu'il en soit, jusqu'à ce jour aucun accident n'a eu lieu. Les bateaux partent et arrivent avec la régularité d'un train de chemin de fer. C'est avec une assurance qui donne le frisson que, le 1er de chaque mois, au moment de quitter la Californie, les officiers du bord disent aux passagers : Le 24, à 9 heures du matin, vous débarquerez à Yokohama. Un de leurs steamers, il est vrai, cinq jours après avoir quitté San-Francisco, a eu sa machine dérangée, et n'a pu marcher qu'avec une roue. Cependant le capitaine a eu la témérité de continuer et le bonheur d'entrer dans le port de Yokohama après neuf jours de retard seulement, ayant consumé presque tout son charbon et étant fort à l'étroit quant aux provisions.

Un autre steamer a failli périr sur les côtes japonaises dans un typhon. Les garanties de sécurité que toute compagnie doit offrir aux marins à son service, aux passagers et aux marchandises que ses bâtiments transportent, ces garanties sont-elles réellement données ? Sur cette question, les avis se partagent. Des officiers de la marine de guerre anglaise et française, des notabilités du haut commerce de San-Francisco que j'ai entendus débattre cette question, en doutent ou soutiennent positivement le contraire. Les marins américains, de leur côté, prétendent qu'aucune navigation ne présente moins de dangers, et qu'aucun bâtiment voguant sur les mers n'est plus en mesure de les affronter.

Voici les objections des sceptiques : La compagnie de la malle Pacifique, *P. M. S. S. C.*, *Pacific Mall Steam Ship Company*, reçoit du gouvernement de Washington une subvention annuelle de cinq cent mille dollars (plus de deux millions et demi de francs). Cette subvention est insuffisante, parce que, comparativement aux dépenses, l'affluence des passagers de première classe et le trafic sont encore peu considérables. Pour rentrer dans ses frais, qui sont énormes, la Compagnie, obligée d'expédier, le 1er de chaque mois, un bateau de San-Francisco et, le 12, un bateau de Hongkong, doit nécessairement, par des motifs d'économie, réduire au plus strict nécessaire le nombre de ses steamers et leur personnel. Les grandes compagnies des lignes transatlantiques d'Europe et les Messageries maritimes françaises emploient un personnel plus nombreux au moins du double. Quant aux bateaux et au matériel, la différence est dans les mêmes proportions. La compagnie américaine fait le service avec quatre bateaux seulement, dont chacun, à chaque voyage, aller et retour, doit parcourir l'énorme distance de quatorze mille quatre cents milles (soixante au degré). Il en résulte que les bâtiments s'usent très-vite ; que, dans les ports, le temps fort limité durant lequel ils y restent à l'ancre ne suffit pas pour donner les soins nécessaires à l'inspection de la machine et aux réparations indispensables, et que, sous ce rapport, le matériel manque de solidité. De plus, pour réduire la dépense, tout l'équipage, sauf les officiers et les mécaniciens, se compose de Chinois. Or les Chinois sont de médiocres marins : par le mauvais temps, ils perdent la tête ; en cas d'embarras sérieux, ils manquent de courage et de discipline. Les domestiques du bord sont également Chinois. A quoi il faut ajouter les nombreux passagers de cette nation que transportent ces bâtiments, surtout en venant de Hongkong. Les voyageurs blancs atteignent un chiffre comparativement peu élevé. Dans certaines éventualités, la disproportion pourra donner lieu à des inconvénients graves. De San-Francisco à Yokohama, il y a, tout d'une traite, cinq mille milles à parcourir, sans possibilité en cas d'accident de chercher un port de refuge ou de ravitaillement. On est donc obligé d'embarquer toute la quantité nécessaire de charbon en prévision d'une prolongation de la traversée, par suite soit de mauvais temps, soit de quelque accident. Il en résulte que les bateaux, durant les premiers jours de la navigation, sont surchargés, lourds et par conséquent peu dociles, *unwieldy*. Ils manquent de l'agilité, *buoyancy*, si essentielle par les bourrasques qui sont fréquentes en certaines saisons sur les côtes de Californie, et qui soufflent pendant une grande partie de l'année sur les côtes du Japon. Mais il y a d'autres considérations plus graves encore, dignes par conséquent de fixer l'attention du gouvernement central et des directeurs de la Compagnie. Elles ont rapport à la construction des bâtiments. Ce sont des steamers à roues, de cinq mille tonneaux, qui ne peuvent marcher qu'à la vapeur. La mâture est démesurément faible et petite, et elle doit l'être, car on n'a pas encore résolu le problème d'adapter, à de si grands navires qui doivent parcourir sans relâcher de si grandes distances, le système de la voile et de la vapeur conjointement et à proportions égales. Des bateaux à vapeur, il est vrai, se rendent, directement et sans relâcher, d'Angleterre en Australie. Mais ce sont, en réalité, des voiliers qui profitent des vents alizés et des courants, et qui là où les uns et les autres les quittent, comme aussi en temps de calme, s'aident de la vapeur ; l'hélice n'est qu'un auxiliaire, la voile est l'essentiel. Ces traversées s'accomplissent donc dans d'excellentes conditions. Mais ces conditions font complétement défaut à la navigation dont il s'agit. D'abord les vices de construction. Je les ai indiqués ; ils proviennent de la prétention, téméraire dans l'état actuel de la science et de l'art nautiques, d'adapter conjointement la voile et la vapeur à de si grands navires pour une si longue navigation non interrompue. Ce n'est pas tout. Le Pacifique n'offre aucun des avantages dont se prévalent les « auxiliaires » et les skippers qui font le voyage d'Australie. Il n'y a, dans le Nord-Pacifique, ni vents alizés, ni courants réguliers. Dans ces parages, les vents décrivent souvent la circonférence d'un cercle. Pendant que, sous le trente-sixième parallèle invariablement suivi en été par les bateaux de la compagnie parce que c'est la ligne droite et en conséquence la plus courte, la brise d'est prédomine, le vent souffle de l'ouest avec violence à quatre-vingts ou cent milles plus au nord. Les bâtiments, des voiliers pour la plupart, et le nombre n'en est pas grand, qui font le trafic entre les États Pacifiques et l'extrême Asie, transportant au Japon la farine et les bois de construction de la Californie et de l'Orégon, en rapportant du thé, prennent toujours la route du nord pour échapper aux calmes qui règnent plus au sud. Ceci explique pourquoi les steamers de la compagnie n'aperçoivent jamais de voiles. En résumé, les moyens employés par la Compagnie sont insuffisants pour la tâche ; la disproportion à bord de ses bateaux entre les éléments blancs et chinois est un inconvénient grave ; enfin, et c'est là le point principal, il faut, pour faire un service régulier, avoir recours à la vapeur, employer de très-grands bateaux, les surcharger de charbon ; car, en cas de dérangement de la machine ou d'épuisement du combustible, les voiles qu'on emploie ne seraient d'aucune utilité. Vu la nature des bateaux dont la Compagnie dispose, et quoiqu'ils soient parfaits comme vapeurs, il vaudrait mieux diviser la route en deux parties et relâcher à Honolulu. On prolongerait, il est vrai, la durée du voyage, mais on réduirait considérablement les risques qui viennent d'être signalés. Faire traverser à ces steamers le Nord-Pacifique tout d'une traite, c'est méconnaître les règles de la prudence et provoquer des catastrophes.

A ceci les Américains répondent : Les moyens de la Compagnie sont plus que suffisants. Ses vapeurs, comme tout le monde le reconnaît, sont des modèles de perfection. Ils s'usent moins vite que les bateaux des compagnies atlantiques, parce qu'ils marchent plus lentement, la moyenne de leur marche réglementaire étant de deux cent quarante milles dans les vingt-quatre heures, tandis que les steamers des Cunard et des autres compagnies font trois cents milles. Les relâches aux deux extrémités de la route sont assez longues pour permettre d'accomplir les travaux nécessaires d'inspection, de nettoyage et de réparation. Il n'y a pas, sur les mers du globe, de navires plus proprement et mieux tenus. Le personnel n'est pas réduit au minimum ; il répond amplement aux exigences du service. Pas de superflu, il est vrai. Pas de paperasses inutiles, ni de longueurs bureaucratiques, pas de distinctions hiérarchiques, ni d'étiquette au delà du strict nécessaire. Le capitaine ne se croit pas amiral ou commodore. Après avoir donné les ordres au premier officier, il ne dédaigne pas de visiter lui-même deux fois par jour, conformément à ses instructions, la machine, les cuisines, les cabines des passagers et de descendre jusqu'à fond de cale. En comparaison de vos lignes d'Europe, chacun de nos officiers fait double travail, mais chacun d'eux a double paye. Notre système a tous les avantages de la simplicité, et, en cas de dangers, offre plus de sécurité que le vôtre, car chacun de nos agents est pénétré du sentiment de sa responsabilité, ne se croit pas trop grand monsieur pour faire les choses par lui-même, et ne s'en rapporte jamais à ses subordonnés, par la raison toute simple que le plus souvent il n'en a pas à sa disposition. L'équipage se compose de Chinois, et les Chinois certes, comme marins, ne valent pas les blancs. Mais, sous le rapport de la discipline, nous les préférons aux matelots américains ou européens que l'on trouve dans les ports du Pacifique. Ceux-ci appartiennent, tout le monde le sait, à la lie de la population blanche. Ce sont, pour la plupart, des querelleurs et des ivrognes, toujours disposés, quand on est à l'ancre, à rompre leur engagement et à s'enfuir. Les matelots chinois, au contraire, se distinguent par la douceur de leur caractère ; ils sont soumis et obéissants. Il n'y a pas d'exemple, parmi eux, de rixe ni d'insubordination. Quant aux passagers de cette nation, telle est la disposition de leurs cabines qu'on peut les mettre sous les verrous aux premiers symptômes de sédition. D'ailleurs ils ne sont pas armés, et le capitaine, en temps utile, distribuera un nombre suffisant de revolvers aux passagers blancs qui, en mettant le pied sur le pont, prennent l'engagement de se tenir à sa disposition, s'il les en requiert. Au reste, par les raisons qu'on vient d'indiquer, les bateaux des grandes maisons anglaises de Shanghaï, de Hongkong et de Calcutta ont un équipage entièrement composé de Chinois ou de Malais. Le prétendu danger causé par la prépondérance de l'élément jaune est donc une chimère.

Mais arrivons à votre grande objection : la construction de nos steamers. Il est vrai que la vapeur est l'élément essentiel, et elle doit l'être, puisqu'il s'agit de parcourir des espaces énormes avec la régularité d'une horloge. Certes, la voile n'est qu'un accessoire, et il serait désirable de lui assigner un rôle plus important ; mais telle que nous l'employons, elle donne, en cas de dérangement de la machine, de sérieuses garanties. Nos petits mâts seraient alors remplacés par de grands mâts. Chaque bateau en est muni. Vous pouvez les voir couchés, sur le pont, le long du bastingage. Ainsi, même en supposant l'éventualité peu probable où il serait impossible de marcher au moins avec une roue, on aura toujours la chance d'atteindre soit Yokohama, soit San-Francisco, de se maintenir de toute façon sur la route que suivent nos bateaux et par conséquent d'être vu et secouru par l'un d'eux. Car, notez bien, notre service se fait avec une telle précision nautique que, sauf de très-rares exceptions causées par le brouillard, les steamers dont l'un a quitté San-Francisco et l'autre le Japon, se rencontrent régulièrement à un point, à un jour et presque à une heure calculés et connus d'avance. Quant aux provisions de bouche, on en est amplement pourvu. Enfin, il n'est pas exact de dire que les bateaux soient surchargés en quittant le port. Partout, au contraire, ils se trouvent placés dans les meilleures conditions. En mer, il faut toujours faire sa part à l'incertain, aux éléments. Ceci s'applique à toutes les navigations. Nous ne craignons en réalité qu'un ennemi : l'incendie, et contre l'incendie les précautions les plus ingénieuses et les plus minutieuses sont prises. Nous osons vous les recommander. C'est un progrès à faire. Mais ce qui parle plus haut que nos raisonnements, c'est l'expérience de plus de quarante voyages, ce qui fait quatre-vingts traversées du Pacifique et des mers si mauvaises de la Chine et du Japon. Nos bateaux ont, dans ces trois ans, parcouru plus de six cent mille milles. Ils sont tous rentrés dans la Porte d'Or sans avoir perdu un homme ni un colis [1].

Voilà donc le pour et le contre. Qui a raison? Ce n'est pas à des profanes à en décider. Vogue donc la galère ! Et, puisque nous nous y sommes embarqués, persuadons-nous que la Compagnie a raison, et que rien n'est plus sûr que de traverser le Pacifique à bord de ses bateaux. Certes, rien n'est plus paisible tant que cet Océan répond à son nom, et c'est la règle en cette saison et sous cette latitude. Pendant les mois d'hiver, les steamers suivent une route plus méridionale. La distance à parcourir s'augmente alors d'environ deux cents milles. Ainsi pendant toute l'année on peut compter sur un ciel serein et sur une mer calme, toujours en exceptant une zone étroite de trois cents milles environ sur la côte de Californie, et une autre de cinq à six cents sur la côte du Japon. Entre les deux, la nature n'a pour vous que des sourires — des sourires, il est vrai, ressemblant quelque peu à des bâillements. Autour, au-dessus, au-dessous de vous, tout dort, les hommes, l'air, la mer.

4 juillet. — Le temps est gris, mais gris de perle. Le bâtiment est peint tout en blanc : les mâts, les cabines du pont, les bastingages et la toile qui couvre le pont. Ce pont, de la poupe à la proue, est tout d'une pièce et forme une excellente promenade. Pendant la plus grande partie de la matinée, j'y suis seul. Les passagers de première classe se lèvent tard; ceux de deuxième, les Chinois, jamais. Ils se couchent à San-Francisco, et ne quittent leur lit que pendant le temps qu'il faut pour le faire. On ne les voit jamais sur le pont. Les matelots aussi, après avoir terminé leur service, disparaissent. Et quel service facile par le temps qu'il fait ! En sortant de la Porte d'Or, on a hissé les voiles et on n'y a plus touché. La brise d'est est constante et juste assez forte pour les maintenir en position et pour neutraliser l'effet de la brise du bateau. La résultante, pour la sensation, est un calme plat. La fumée monte vers le ciel en colonne droite. Les matelots ont donc la partie belle. Ils dorment, ou jouent, ou fument en bas avec leurs compatriotes. Les deux hommes au gouvernail, ceux-là des Américains, sont également invisibles, car une guérite les dérobe à la vue, eux et le timon, et souvent aussi l'officier de service. J'ai donc le pont de cet immense navire à moi tout seul. Je l'arpente de bout en bout.

---

[1] Ce fier appel à un court mais brillant passé vient de recevoir deux cruels démentis. Le 24 août 1872, entre onze heures et minuit, en rade de Yokohama, l'*America*, la gloire de la Compagnie, après avoir heureusement accompli son onzième voyage, a été détruit par un incendie. C'est le *China* qui apporta la triste nouvelle à San-Francisco. L'enquête sur les causes de ce désastre n'a donné aucun résultat. Au dire de témoins oculaires, moins de sept minutes après qu'on eut aperçu les premières flammes, tout le bâtiment, de proue en poupe, n'était qu'une seule immense colonne de feu. Au moment suprême, le capitaine, grièvement blessé, se jeta dans la mer et fut sauvé par le commandant du *Costarica*, steamer de la même compagnie. Trois passagers européens et plus de soixante Chinois, tous en destination pour Hongkong, périrent ou brûlés ou noyés. Les Chinois, songeant avant tout à sauver leurs économies, perdirent un temps précieux; puis ils se précipitèrent tous à la fois sur une échelle qui se brisa sous leur poids. L'or qu'on trouva sur leurs cadavres prouve que pas un d'eux ne rentrait pauvre dans son pays.

Le *Bienville*, loué par la Compagnie pour desservir la ligne de New-York-Aspinwall, prit feu le 15 août dans les parages des îles Bahama. On eut à peine le temps de quitter le bâtiment qui fit explosion et sombra. Des cent vingt-sept personnes qui se trouvaient à bord, quarante perdirent la vie.

Un steamer portant aussi le nom d'*America* périt également par le feu, peu d'heures après avoir quitté le port de Nagasaki. Le même été enfin, un autre grand vapeur dont j'ignore le nom, se rendant de Yokohama à Shanghaï, fit naufrage dans la mer intérieure du Japon. Ces deux bâtiments n'appartenaient pas à la *Pacific Company*, qui a augmenté son personnel et le nombre de ses bateaux comme aussi le nombre de ses voyages, devenus bimensuels, et fait de brillantes affaires.

Quatre cents pas, aller et retour ! Le seul obstacle est formé par une barre de fer transversale
qui, à hauteur de tête, relie au centre les deux bords du steamer. Elle est peinte en blanc
comme le navire et difficile à distinguer. Dans toutes les situations de la vie, il y a, sinon un
ver rongeur, une épine dans notre chair, au moins quelque point noir. A bord du *China* le point
noir, pour moi, c'est cette barre blanche. Outre que je m'y cogne d'innombrables fois, elle me
rappelle sans cesse la fragilité des choses humaines. Elle est bien mince, et cependant, au dire
de l'ingénieur, c'est elle qui par le très-gros temps doit empêcher la coque énorme du bateau
de se fendre en deux. Il y a des moments où votre vie tient à un fil ; ici elle tient à une barre
de fer ; cela vaut mieux, mais ce n'est pas assez.

5 *juillet.* — Hier soir, on a célébré l'anniversaire de la déclaration d'indépendance des États-
Unis. Les Américains parlaient avec facilité, avec esprit, mêlant à des morceaux d'éloquence un
peu banale des mots pour rire qui leur font rarement défaut. Tout le monde était momentanément sorti de l'état de somnolence qui nous a envahis.

Ce matin, le temps est plus splendide que jamais. Tout est bleu et or. Dans l'eau miroitent
toujours ces reflets d'un pourpre mat qui m'ont frappé dès le second jour de la traversée. Sur
le pont, personne. Le balancier de la machine monte et descend lentement. Les vagues se
gonflent et s'enfoncent régulièrement comme la poitrine d'un dormeur. Autour de moi, sauf le
bruissement des roues et parfois le battement d'ailes des goëlands qui nous suivent depuis San-
Francisco, silence profond. En bas, de même. De temps à autre j'entends le son d'une guitare ;
il sort de la boutique du barbier. Cet artiste est mulâtre. A l'autre bout de la grande cabine, le
purser charme ses loisirs en jouant du même instrument. Les passagers, retirés dans leurs
cabines ou étendus sur les fauteuils du salon, lisent ou sommeillent. Ils ne paraissent sur le pont
que fort tard dans la journée.

Aux premières, nous ne sommes pas nombreux, vingt-deux en tout : deux touristes anglais,
des jeunes gens fort agréables et du meilleur monde, deux négociants de la même nation établis
à Yokohama, l'un accompagné de sa femme, et quelques Américains, un homme du haut commerce de Boston, un jeune médecin qui, après avoir pratiqué aux îles Sandwich, va chercher
fortune au Japon, deux graineurs italiens, deux Espagnols qui vendent de la chair humaine; établis à Macao, ils expédient des koulis au Chili et à la Havane. Pendant mon long séjour à Lisbonne, j'ai cru trouver aux hommes qui s'étaient enrichis dans la traite des noirs, alors encore
florissante, un certain air de famille, une expression toute particulière qui n'est pas belle. Je
l'ai retrouvée dans la physionomie de l'un de ces Espagnols avant même de connaître son
métier.

Involontairement, les passagers, si peu nombreux, se divisent en deux coteries : l'anglo-
saxonne et la latine. Il y a encore une jeune femme de couleur, vraie tête et figure de madone.
Elle est veuve et va rejoindre son futur, un coiffeur de Yokohama. Sa fille est un petit monstre
sourd-muet qui pousse des cris rauques et inarticulés. Mais la tendresse et l'infatigable sollicitude de la mère sont un spectacle si doux, si touchant, que tout le monde supporte volontiers
la présence incommode, sinon dégoûtante, de cette pauvre petite créature. C'est l'amour ma-
ternel qui opère ce prodige. Et on doute des miracles !

La race jaune est représentée par mon ami Fang-Tang et par deux Japonais affublés d'un
costume européen qui leur va fort mal. L'un, ancien gouverneur d'une province, ne parle que
le japonais ; l'autre, jeune étudiant, fils, dit-on, d'un daimio, semble, comme linguiste, avoir
peu profité de son séjour en Angleterre ; cependant il parvient à me dire : *England all good,
Japan all bad :* Tout est bon en Angleterre, tout est mauvais au Japon. C'est le résumé de son
éducation européenne. Elle lui assurera le bonheur dans son pays.

La figure la plus intéressante de nous tous est sans contredit un vieux parsi de Bombay. Boulanger de son métier, mais prince-boulanger, il fournit le meilleur pain aux résidents européens à Yokohama, à Shanghaï et à Hongkong. Avant l'établissement des lignes de bateaux à vapeur, ses bâtiments traversaient les mers de la Chine et du Japon. C'est un personnage important. La belle tête, la belle barbe blanche, le maintien digne, la politesse exquise, même le costume sobre mais pittoresque de ce vieillard, s'harmonisent avec la tournure de son esprit, sa vaste expérience et sa position sociale. On sait que les marchands jouissent aux Indes d'une haute considération. Nos causeries sont longues et faciles, car il parle l'anglais couramment. Il a, me dit-il, voulu voir de près la civilisation européenne. C'est pour cela qu'il est allé en Amérique. Il a visité San-Francisco. Cela lui suffit. Après s'être bien assuré que je ne suis pas Américain, il m'avoue ne pas trouver de termes assez sévères pour blâmer tout ce qu'il a vu : « Quel scandale dans les rues ! Les femmes, et quelles femmes, fi donc ! Et les hommes ! Quel manque de dignité ! Il n'en est pas ainsi dans mon pays. L'Oriental aime le prochain, il est bon, serviable, et décent ; jamais, dans les rues de nos villes, vous ne serez choqué par l'aspect d'ivrognes ou de femmes de mauvaise vie. L'Américain ne pense qu'à lui-même ; il est grossier et se livre publiquement à des excès. » C'est avec impatience qu'il a attendu le départ du bateau pour fuir à jamais ces lieux antipathiques.

Le capitaine Cobb, né dans l'Est, comme tous ses officiers, est un excellent marin, poli et plein d'attention pour les passagers. Plus ou moins, il communique ses qualités à ses subordonnés.

M. O., l'ingénieur en chef, issu d'une bonne et ancienne famille d'Espagne, natif des îles Canaries, élevé à la Havane, forme un singulier contraste avec son entourage anglo-américain. C'est un mélange du caballero et de l'ascète castillan. On n'a qu'à le regarder pour reconnaître l'homme d'élite. Cette première impression est confirmée par sa conversation. Jeune encore, il doit sa place à son mérite. Ses loisirs sont consacrés à la lecture sérieuse. Sa cabine qui, d'un côté, ouvre sur le pont, et de l'autre sur la chambre des machines, reflète la tournure de son esprit et les aspirations de son âme. Une petite bibliothèque, où les traités de théologie et de sciences exactes coudoient les auteurs classiques espagnols et les œuvres de Donoso Cortès ; deux pots de fleurs que sa femme lui a donnés au départ et qu'à force de soins il a su jusqu'ici préserver contre l'air salé de la mer ; enfin le portrait de cette jeune dame. Concevez-vous tout ce qu'il y a de poétique, de triste, de solitaire dans cette existence anormale ? Il aime, il est vrai, son métier ; il vit en bons termes avec ses camarades. Mais, fervent catholique, il passe sa vie avec des hommes dont la moindre préoccupation est la religion ; jeune époux amoureux, il voit sa femme tous les trois mois pendant dix-huit jours ; passionné pour les études spéculatives, son métier est de surveiller une machine et d'en compter les évolutions.

Le médecin du bord, natif du Sud, d'un âge déjà avancé, est philosophe. Il envisage les choses par leur côté le moins brillant. Sa spécialité est d'examiner le revers de la médaille. L'originalité de son esprit, sa causticité rachetée par un fonds de bonhomie et une vaste expérience, donnent à sa conversation un charme particulier. En général, le grand attrait des voyages lointains est de rencontrer des hommes très-différents de vous-même. Tout est autre en eux : le point de départ, l'éducation, la manière de voir et d'être. Le docteur exerce en même temps les fonctions de bibliothécaire. Tous les jours, à une heure, il distribue les livres qu'on demande : les auteurs classiques anglais, et, ce qui est bien précieux, les meilleurs et les plus récents ouvrages sur la Chine et le Japon.

N'oublions pas le *purser*, l'homme qui tient les cordons de la bourse, personnage important pour le passager, et plus haut placé à bord des bateaux américains que ne le sont les stewards des steamers européens. C'est toujours un gentleman qui vous sourit agréablement, qui n'attend et n'accepte aucun pourboire, et qui, de temps à autre, vous serre affectueusement la main. J'aime beaucoup le nôtre, mais je l'aimerais mieux s'il jouait moins de la guitare.

Le garçon en chef est Hambourgeois. Lui et son compagnon blanc mènent une douce existence. Ils se bornent à surveiller les domestiques chinois, et passent le reste de leur temps à folâtrer avec les femmes de chambre. Ce sont les deux seuls désœuvrés du personnel. Trente-deux *waiters* de couleur jaune font le service de la table et des passagers. Tous petits de taille, ils ont très-bonne apparence avec leur toque noire, leur queue noire aussi, qui descend presque jusqu'aux talons, leur tunique bleu foncé, leur large et court pantalon blanc, leurs guêtres ou leurs bas blancs, leurs souliers de feutre noir avec de fortes semelles blanches. Ils forment toujours des groupes symétriques et font tout avec méthode. Figurez-vous une vaste salle où se perd la table des vingt-deux convives avec ces petits Chinois qui voltigent autour d'eux d'un air respectueux et sans faire le moindre bruit. Le Hambourgeois, négligemment appuyé contre une console, une main enfoncée dans la poche de son pantalon, dirige, avec l'index de l'autre, les évolutions de sa docile escouade.

6 juillet. — Tous les jours, à onze heures du matin et à huit heures du soir, le capitaine, suivi du *purser*, fait la visite du bâtiment. A celle du matin, on ouvre les portes des cabines, en respectant seulement celles des dames. Mais dès que celles-ci en sortent, l'œil de la Providence, c'est-à-dire du capitaine et du purser, y pénètre également. Les allumettes, si on en trouve, sont impitoyablement confisquées. Ce matin, le capitaine m'a engagé à l'accompagner, et j'ai pu me convaincre de la propreté extrême, de l'ordre et de la discipline absolue qui règnent partout. Rien n'est appétissant comme ce qu'on évite ordinairement de voir, les cuisines. Le chef et les marmitons, des Allemands, en faisaient les honneurs. Partout les employés de chaque département se trouvaient à leur poste, empressés d'exposer à la vue des visiteurs les réduits les plus secrets de leur domaine. C'était comme un examen de conscience consciencieusement fait. Les magasins aux provisions sont admirables. Tout est de première qualité, tout est en abondance, tout est classé, étiqueté comme les drogues d'une pharmacie. Sous l'avant-pont est le quartier des passagers chinois. Les nôtres sont au nombre d'environ huit cents. Tous couchés, ils fument, causent à haute voix, et jouissent de la bonne fortune, si rare dans leur existence, de passer cinq semaines dans l'oisiveté. Malgré le grand nombre d'hommes parqués dans un espace comparativement restreint, la ventilation y est si bien établie que l'air n'y est nullement vicié. Le capitaine visite tout, absolument tout; et partout nous avons trouvé la même propreté. Dans un petit réduit réservé aux fumeurs d'opium nous avons vu plusieurs de ces victimes d'une habitude funeste. Les uns humaient avidement le poison, d'autres en ressentaient déjà les effets. Couchés sur le dos et profondément endormis, les traits inondés d'une pâleur mortelle, ils ressemblaient à des cadavres.

7 juillet. — Contrairement à notre somnolence habituelle, nous sommes tous en proie à une vive agitation. Le *China* est arrivé au point où il doit rencontrer l'*America* qui a dû quitter Hongkong il y a vingt-cinq jours. Les huniers de nos petits mâts sont occupés par de petits Chinois qui, de leurs petits yeux tout grands ouverts, interrogent l'horizon. Le capitaine et les officiers se tiennent près du beaupré, leurs longues-vues braquées dans la même direction. Mon ami a quitté aussi sa machine, ses fleurs et le portrait de sa femme pour perlustrer la mer bleue, légèrement gonflée et vide comme toujours. Pas d'*America!* Le capitaine est dans ses petits souliers. Il consulte ses cartes, ses instruments, ses officiers, mais la journée se passe sans que le steamer soit signalé. Le dîner est triste. Nous avons tous l'air préoccupé et le capitaine inquiet. Il paraît que les directeurs de la compagnie mettent du prix à ce que les deux bateaux se rencontrent. C'est pour eux la preuve que les capitaines ont exactement suivi leur route et que le bâtiment qui vient de San-Francisco a parcouru sans accident un tiers du Pacifique. Les passagers profitent volontiers de cette précieuse occasion d'écrire à leurs amis. Pour les capitaines c'est une question d'amour-propre. Ils veulent ainsi prouver leur habileté à tracer, malgré les courants si variables et peu connus, je crois, du Pacifique, une ligne droite à travers cette immense nappe d'eau.

8 *juillet*. — A cinq heures du matin, le second officier tombe dans ma cabine : « L'*America* est en vue ! » Je me précipite dans mes vêtements. La matinée est superbe et ce steamer colossal, le plus grand après le *Great-Eastern*, s'approche majestueusement. On échange les saluts d'usage et un gig de l'*America* nous apporte un extrait de son journal, la liste de ses passagers, les feuilles de Hongkong, Shanghaï et Yokohama, et, ce qui est l'essentiel, se charge de nos lettres pour l'Amérique et pour l'Europe. Quelques instants après, il reprend sa course. Beau et grandiose spectacle [1] ! A six heures il disparaît à l'horizon. Au point de la rencontre, nous avons parcouru exactement quinze cents milles, la moitié de la distance entre l'Angleterre et New-York.

Les journaux de Chine et du Japon fournissent une lecture assez curieuse : des plaintes sur la stagnation des affaires, des appréhensions à l'égard de l'état embrouillé du Japon, où l'ancienne constitution féodale a été virtuellement abolie. De là, mécontentement de quelques grands daïmios qui font des préparatifs de guerre. Il en est un qui a rétabli l'ancienne cérémonie de cour, tombée en désuétude, de fouler la croix aux pieds.

Ce sont pour moi autant de rébus. Mais la solution au Japon, si j'y trouve des personnes qui puissent et veuillent me renseigner.

9 *juillet*. — La liste des passagers de l'*America* est affichée ; elle donne aussi à penser. On y voit figurer une cinquantaine de Japonais, tous appartenant à des familles nobles. Le gouvernement réformateur du jour les envoie pour un an, aux frais de l'État, en Amérique et en Europe. Ils doivent y recueillir, pour les rapporter dans leur pays, les germes de la civilisation, comme les graineurs italiens vont tous les ans au Japon chercher le ver à soie. A en juger par nos deux Japonais civilisés qui reviennent d'Europe, on oserait douter du succès de la méthode. Le vieux parsi, qui prétend connaître l'Empire du Soleil levant mieux que la plupart des résidents européens, me dit : « Les Japonais sont des enfants, de bons enfants ; mais, jeunes ou vieux, toujours des enfants. Ceux qui vont en Europe emportent beaucoup d'argent ; ils tombent entre les mains de fripons qui les mènent dans de mauvais lieux et les détroussent. Puis nos pauvres dupes reviennent l'oreille basse, la bourse vide et aussi ignorants qu'ils étaient au départ. Voyez ces deux hommes que nous avons à bord ; ils n'ont rien appris et ont dépensé des sommes fabuleuses. L'un d'eux, le gouverneur, m'avoue qu'il est ruiné. » Ce fait m'est confirmé par mon ami Fang-Tang, fort intime avec le fonctionnaire qui a si chèrement payé sa soif de civilisation. On sait que les langues chinoise et japonaise, quoique de la même souche mongole, n'ont conservé que fort peu d'affinité. Mais au Japon on a adopté depuis plusieurs siècles les caractères chinois. C'est donc par écrit que des personnes des deux nations peuvent correspondre sans savoir les deux langues. Mes deux compagnons de voyage se servent de cette méthode. Assis à côté l'un de l'autre, ils passent des heures à écrire et à échanger leurs notes. Qu'est-ce qu'ils peuvent se dire ?

10 *juillet*. — Aujourd'hui, nous avons passé le 164° degré de longitude (Greenwich). Il correspond au méridien de Vienne. Nous avons 21 degrés Réaumur dans nos cabines. Sur le pont,

---

[1] Voir la note page 205.

sous la tente, il fait encore plus chaud. L'humidité est extrême. Le vent souffle toujours de l'est. Depuis San-Francisco, on n'a pas touché aux voiles.

11 *juillet*. — Longue causerie avec un homme du Sud. Son pays en forme le sujet. Ce sont les lamentations d'un prophète de l'Ancien Testament ! Je n'ai pas encore rencontré un seul de ses compatriotes qui ne m'ait parlé dans le même sens ; mais rarement j'ai entendu exprimer la douleur du patriote dans un langage plus simple, plus élevé, plus émouvant. Après avoir tracé à grands traits, mais avec de vives couleurs, un tableau séduisant de ce que le Sud a été, il me fait voir ce qu'il est devenu depuis la guerre : une seule et immense plaie. Un étranger qui n'a pas étudié la question sur les lieux doit naturellement suspendre son jugement ; mais, vu l'unanimité de ces plaintes, il est permis de se demander si les hommes avec la meilleure volonté, si le temps qui ferme tant de blessures, pourront remédier à des maux jugés incurables, incurables sous le régime actuel, par ceux qui en sont affligés. Je l'avoue, les raisonnements des hommes du Nord, qui voient naturellement les choses moins en noir, ne me rassurent guère. Ils comptent sur la communauté des intérêts : mais c'est précisément la divergence des intérêts qui a provoqué l'insurrection ; sur l'action du temps qui apaisera les passions et modifiera les idées et les sentiments des générations à venir : mais ces espérances, sur quoi se fondent-elles? Ne sont-elles pas chimériques? L'histoire montre fort peu d'exemples d'une nation qui, à tort ou à raison, se croyant opprimée, se soit sincèrement réconciliée avec ses vrais ou prétendus oppresseurs. Elle accepte peut-être son sort avec résignation, mais les espérances et les haines persistent ; les aspirations hostiles, la soif de vengeance se transmettent de génération en génération. A ceci, on répond : d'abord, les *Southeners* ne sont pas une nation à part ; ensuite, le territoire des États du Sud est immense et la population blanche est comparativement petite. L'immigration augmente. Les nouveaux arrivés sont les antagonistes-nés des anciens propriétaires du sol, c'est-à-dire de nos ennemis. Ils les évinceront. Peu à peu ils formeront la majorité. A une certaine époque, ils seront les maîtres ; l'ancienne population blanche aura disparu ; de toute façon elle ne comptera plus. Nous avons donc raison de dire que le temps est en notre faveur.

J'admets ce raisonnement. C'est une solution que le temps peut amener et qui, sauf la séparation, est peut-être la seule possible. Mais pour les hommes du Sud, c'est la destruction. Comme les premiers habitants du sol, les Indiens, ils seraient condamnés à dépérir, à s'éteindre lentement. Tant qu'ils vivront, ils résisteront au nouvel état de choses qui leur paraît insupportable et impossible. Ce sera la guerre sourde ou déclarée. Cela étant, je cherche, sans les trouver, les éléments d'une réconciliation.

12 *juillet*. — Vers le milieu de la nuit dernière, nous étions à mi-chemin entre San-Francisco et Yokohama. Ce matin, comme d'habitude, nous comptons nos goëlands. Le plus grand nombre nous ont faussé compagnie. Ils rentrent à la suite de l'*America*. Six sont restés fidèles. Ceux-là traversent le Pacifique dans toute sa largeur, voltigent pendant le jour autour du bateau, rasent les flots ou les effleurent du bout des ailes, cherchent et trouvent le sommeil pendant la nuit posés sur une vague, et nous rejoignent le lendemain.

13 *juillet*. — Ce soir, nous passerons le 180e degré de longitude. C'est pour les navigateurs le moment de liquider leurs comptes avec le soleil et la terre. Nous supprimerons le vendredi 14, et passerons directement au samedi 15. Pour les bâtiments qui marchent en sens inverse, de l'ouest à l'est, c'est le contraire ; on répète le jour de la semaine et du mois. A bord, c'est le grand thème de conversation. Peu le comprennent et personne ne l'explique clairement. Quelques

voyageurs regrettent sérieusement d'avoir laissé au fond du Pacifique un jour de leur existence.

15 *juillet.* — Le beau temps, si fidèle jusqu'ici, nous quitte. Pendant toute la journée, une pluie chaude tombe à torrents. Dans les cabines, atmosphère et température d'étuve. Les passagers commencent à se lasser de leur réclusion et à compter les jours qu'ils ont encore à passer à bord. Les repas aussi ne sont plus jugés avec la même bienveillance. On sert un grand nombre de plats, mais ce sont plus ou moins les mêmes. C'est la monotonie dans la variété. L'eau employée à la cuisine, comme celle que l'on boit, est de l'eau de mer distillée qui fatigue l'estomac. L'humidité et la chaleur et, depuis ce matin, l'absence du soleil forment un autre sujet de plainte. Voilà les griefs que j'entends énoncer autour de moi. Les Asiatiques seuls gardent leur sérénité. Vers le soir le thermomètre tombe rapidement et le capitaine prévoit des coups de vent. Heureusement nous sommes encore loin de la zone des typhons.

19 *juillet.* — Le mauvais temps continue. Cette nuit, le roulis nous empêchait de dormir. Aujourd'hui, la mousson souffle avec violence. Elle semble sortir d'une fournaise. Après le déjeuner, le capitaine me prend dans sa cabine, et m'explique notre situation, les bonnes et les mauvaises chances. La mousson est devenue presque une tempête. Ce n'est pas elle qu'il craint. Mais il y a des indices d'un typhon au nord-ouest. Quelle direction prendra-t-il? Là est la question. Peut-être sommes-nous déjà dans sa périphérie. Peut-être non. Bientôt on verra plus clair. En attendant, pas de danger imminent. La navigation dans les mers du Japon et de la Chine est un jeu de loterie. Seulement, les mauvais numéros sont rares. Le capitaine Cobb parle avec la sérénité d'un médecin qui, en quittant son patient, explique à un tiers la nature de la maladie. En suivant son exposé si lucide, j'oublie que le malade c'est nous.

A ce moment, l'Océan offre un aspect sublime. De l'eau bouillonnante, de l'écume qui s'envole horizontalement. La mer noire avec des lueurs blanches. Le ciel gris de fer. A l'ouest, un rideau de même couleur, mais plus sombre. Le baromètre tombe de nouveau très-rapidement. Je vois fourmiller dans l'air, au-dessus des vagues, une pluie blanche. Ce sont de petits morceaux de papier sacré (*joss-paper*) que les Chinois ont jetés dans la mer pour apaiser les dieux. Je passe devant la cabine ouverte de l'ingénieur; il arrose ses fleurs. Les passagers sont réunis dans le salon. Plusieurs ont l'air ému.

A midi, le ciel s'éclaircit un peu, et voici que les figures se détendent. J'ai souvent remarqué que les gens qui se trouvent ou se croient en danger ressemblent aux enfants. Un rien les fait pleurer et rire. Le boulanger de Bombay, le marchand chinois et les deux Japonais me frappent par leur imperturbabilité. Le premier me chuchote à l'oreille : « La Compagnie fait mal d'avoir des équipages chinois; des Malais vaudraient mieux. Les matelots chinois se découragent au moindre danger et seraient les premiers à s'emparer des bateaux de sauvetage. » Fang-Tang n'a pas meilleure opinion de ses compatriotes. Il me dit : *Good men, very good, bad sailors, very bad.* — Je lui demande : « Si nous sombrons, qu'est-ce qui arrivera à Fang-Tang? — Il répond : *If good, place above; if bad, below-stairs punished.* (Si bon, chambre en haut; si mauvais, au bas de l'escalier, puni.)

20 *juillet.* — Dans la nuit, l'Océan et le vent se calment subitement. Le *China* est sorti de la région de l'ouragan. Le temps est délicieux, la mer comme une glace. Mais, à quatre heures de l'après-midi, nous sommes tout à coup assaillis furieusement par des vagues colossales. Et cependant pas un souffle d'air. C'est ici, nous dit-on, que se trouvait probablement le centre du typhon d'hier. Il s'est déplacé ou épuisé, mais la mer qu'il a fouettée, tourbillonne encore, comme le pouls d'un fiévreux oscille quelques instants après l'accès.

22 juillet. — Les jours se suivent et se ressemblent. Sauf le court épisode du mauvais temps, ces trois semaines me font l'effet d'un charmant rêve, d'un conte de fée, d'une promenade imaginaire à travers une salle immense, tout or et lapis-lazuli. Pas un moment d'ennui ou d'impatience. Si vous voulez abréger les longueurs d'une grande traversée, distribuez bien votre temps, et observez le règlement que vous vous êtes imposé. C'est un moyen sûr de se faire promptement à la vie claustrale et même d'en jouir.

Le matin après le bain, quelques heures de solitude et d'exercice sur le vaste pont. Ensuite plusieurs heures de lecture dans votre vaste cabine. A quatre heures, si cela vous tente, vous participerez ou assisterez au jeu de cerceau. Cet exercice est fort populaire à bord des steamers américains. On tâche de jeter des anneaux formés de bouts de corde dans des carrés numérotés qu'on a dessinés sur le plancher avec de la craie. C'est plus difficile qu'on ne pense. Les deux touristes anglais battent tout le monde. A cinq heures, le dîner est servi dans la vaste salle à manger. A bord du *China* tout est vaste, abondant, copieux. Après le repas, la race anglo-saxonne et la race latine se rencontrent au fumoir; c'est le seul endroit où elles échangent leurs idées. L'Espagnol de Macao, l'homme aux koulis, a l'esprit tourné à la philanthropie. Un rien le ferait pleurer d'attendrissement. Il ne peut entendre sans frémir les récits de son voisin, l'un des *graineurs* italiens, héros garibaldien, à l'en croire, et farouche massacreur de bourboniens. Mais, en fait de contes merveilleux, personne ne s'élève à la hauteur du jeune médecin américain qui vient des îles Sandwich et va au Japon. Ses aventures au milieu des sauvages, les fréquents carnages qu'il a faits d'eux, donnent un démenti à la douceur de son visage et à la modestie de son maintien, mais ils font honneur à la fertilité de son imagination. Tout cela est assez amusant pendant la durée d'un cigare.

La plus belle partie de la journée, c'est la nuit. Nulle part je n'ai vu briller les étoiles avec autant d'éclat. La voie lactée déroule à travers le ciel son ruban lumineux, et se mire dans les vagues. Nos paysans disent qu'elle mène à Rome. Ici elle mène aux archipels de l'Océanie, le paradis terrestre, l'idéal des philosophes du siècle dernier. Nourri de leur lecture, vous voyez, avec l'œil de l'esprit, de naïfs insulaires jouir, à l'ombre des cocotiers, des bienfaits de la nature; de chastes naïades, suivies d'honnêtes baleiniers, plonger dans les ondes cristallines. Mais voilà que se dressent les spectres de la reine Pomaré et du révérend Pritchard ! Ils dissipent les rêves poétiques et ramènent à la réalité des choses. Dans les premières heures de la nuit, je suis sûr de rencontrer l'ingénieur en chef, ou bien il m'arrête quand je passe au seuil de sa cabine. J'aperçois Fang-Tang, toujours assis près de l'ex-fonctionnaire japonais. Tous deux regardent les étoiles, car l'obscurité a mis fin à leur conversation au crayon. Le parsi aussi n'est pas encore couché. Accroupi sur ses talons, il caresse sa belle barbe. Je prends place à côté de lui et il me communique ses idées sur toutes sortes de questions ; depuis le pain blanc qu'il fournit aux princes-marchands anglais jusqu'à la politique tortueuse du Tsungli-Yamen et à la réforme du Japon. Souvent nous ne nous séparons qu'au signal du couvre-feu.

C'est ainsi que nous avons traversé le Pacifique.

23 juillet. — Aujourd'hui tout est changé : le ciel, le climat, les dispositions des voyageurs qui croient déjà toucher au rivage, puisque quelques heures de navigation seulement les en séparent. L'atmosphère chargée de vapeurs n'a plus la même transparence. Le soleil est plus pâle, le ciel moins bleu. Le vent d'ouest amène de gros nuages fantastiques, conservant encore les contours des montagnes d'où ils viennent de se détacher. Ce sont les premiers messagers que la terre nous envoie. Vers midi, des rafales saccadées nous en apportent d'autres : des nuées de demoiselles. Ces petits insectes gracieux, au corps effilé, aux ailes diaphanes, semblent tout ahuris. L'ouragan les a arrachés à leurs buissons fleuris et chassés à travers l'espace vers les régions inhospitalières de l'Océan. Ils s'abattent sur le pont, sur les bastingages, sur la mâture. Mais ils sont les bienvenus ; personne n'y touche. Le *China* va les rapatrier.

Ce ne sont pas les seuls naufragés qu'il ramène. A son dernier voyage de retour, au fond du Pacifique, à plusieurs centaines de milles de la côte de Niphon, on avait aperçu une jonque japonaise démâtée. Une embarcation y fut envoyée, et l'on trouva gisant, entre cinq ou six cadavres déjà décomposés, deux hommes qui respiraient encore. Leur petite coquille, sur la route de Hiogo à Yokohama, avait été assaillie par une tempête, jetée dans le Pacifique et ballottée pendant près de six mois ? Les deux survivants furent sauvés et menés à San-Francisco. Une collecte des passagers donna un résultat splendide. Nous les avons à bord. Ce sont de beaux garçons qui ne se tiennent pas de joie. Dans quelques jours, ils feront leur rentrée sous le toit paternel, dans un joli costume de matelot européen, et les poches pleines de dollars. Ils compteront parmi les richards de leur village. Quel retour de fortune !

Somme toute, nous avons fait une excellente traversée. La brise d'est, en aidant à la vapeur, nous a rapprochés du but de notre voyage. Nous aurions pu facilement entrer dans le port de Yokohama aujourd'hui ou même hier. Mais depuis deux jours nous avons ralenti notre course, car les règlements sont sévères. Un capitaine qui arriverait à destination quelques heures seulement avant le temps normal serait renvoyé du service de la Compagnie. Autour de moi, j'entends blâmer ces restrictions. Pour ma part, je les trouve fort sages. En voici les motifs, tels qu'on nous les a donnés : la consommation du charbon augmente avec la rapidité de la marche dans une très-grande proportion ; on serait donc obligé de surcharger le bateau, toute abstraction faite du surcroît de dépense. Si on n'avait pas fixé la durée de la traversée, les capitaines des quatre bateaux tâcheraient de rivaliser de vitesse, au grand préjudice de la machine et du bâtiment. N'oubliez pas, m'a-t-on dit, que nous sommes des Américains, et que nous allons volontiers de l'avant. Le commerce de Yokohama et celui de Hongkong tiennent à recevoir et à expédier leurs correspondances à jour fixe, ce qui n'est possible qu'en donnant de la marge aux bateaux, en tenant compte des retards ordinaires que peuvent causer le mauvais temps ou les vents contraires. De son côté, la Compagnie met du prix à ce que les steamers venant de San-Francisco et de Hongkong ne se rencontrent pas à Yokohama, parce qu'on serait obligé de les charger et décharger en même temps et, par conséquent, d'augmenter le personnel des employés et des koulis. Or cette coïncidence se produirait souvent, si le bateau qui s'éloigne de Californie mettait moins de vingt-deux jours à faire sa traversée. Enfin, le gouvernement de Washington, qui a son mot à dire puisqu'il donne la subvention, apprenant que les bateaux peuvent raccourcir la durée de la traversée, serait peut-être tenté d'en faire une obligation à la Compagnie, et réduirait le temps fixé actuellement par le contrat.

Vers le soir, un trois-mâts est en vue. Il a toutes voiles dehors et cingle vers le nord-est. Sauf l'*America*, c'est le premier et seul bâtiment que nous ayons aperçu pendant la traversée.

Ce voyage touche donc à sa fin. En quittant demain le *China*, nous quitterons l'Amérique. Jetons un regard en arrière, résumons nos impressions.

Oui, c'est un grand, un glorieux pays. Oui, vous avez raison d'en être fiers, de donner, s'il le faut, votre sang pour la jeune et noble patrie. Nation à peine éclose du contact d'un sol vierge et de races diverses, vous possédez déjà la vertu qui est la première condition de la croissance, de la prospérité et de la gloire des grands peuples : vous êtes de bons, de vrais, de chaleureux patriotes. La guerre civile, que je déplore pour vous, l'a constaté. Je n'examine pas si elle aurait pu être évitée ; si vous, hommes du Nord, vous usez de votre victoire avec modération ; si vous, hommes du Sud, vous ne devriez pas accepter la main de vos frères, pourvu qu'on vous la tende sincèrement; s'il ne vaudrait pas mieux, pour les uns renoncer à une partie des avantages obtenus par les armes, pour les autres à des haines peut-être impuissantes et au souvenir des pertes irréparables ; si de part et d'autre vous ne devriez pas, avant tout, songer à la réconciliation, pourvu qu'elle soit possible à réaliser. Toutes ces questions, surtout la dernière, qui touche à des intérêts vitaux, non-seulement à ceux du Sud, mais peut-être à l'existence même de votre grande république, je les écarte. Vous êtes trop près encore de cette lutte fratricide pour être disposés à écouter de semblables conseils. Ils vous seraient adressés par des voix plus autorisées que la mienne, que vous les répudieriez. Je fais aussi abstraction de vos distinctions de partis. Je ne m'y entends guère. Pour moi, il n'y a ni démocrates ni républicains. Je ne connais que des Américains. Ici, je veux surtout constater que, de part et d'autre, vous avez apporté dans la guerre civile les mêmes vertus, la même intrépidité, la même persévérance, la même abnégation. Sous ce rapport, il n'y a ni vainqueurs ni vaincus. Vous êtes bien les membres de la même famille, dignes les uns des autres, une nation pleine de séve, de vie, de jeunesse et, à moins de fautes graves, pleine aussi d'avenir.

Ces mêmes vertus vous soutiennent dans une autre lutte plus profitable, plus glorieuse, dans la lutte avec la nature sauvage. De vos sueurs vous avez, en moins d'un siècle, fécondé la moitié d'un continent. Grâce à la hardiesse de vos conceptions, à la vigueur de vos bras, vous avez créé des merveilles. Le monde vous voit à l'œuvre, et le monde vous admire.

Si nous autres enfants de la vieille Europe, nous qui, sans nous fermer la route du progrès où devra se modifier notre avenir, tenons à notre présent, continuation logique, naturelle, régulière de notre passé, à nos souvenirs, à nos traditions, à nos mœurs; si nous rendons hommage à vos succès obtenus sous l'égide d'institutions qui, sur bien des points essentiels, sont le contraire des nôtres, c'est une preuve de notre impartialité, et nos louanges n'en sont que plus flatteuses. Car, ne nous y trompons pas, l'Amérique est l'antagoniste née de l'Europe. Je parle de votre Amérique des États-Unis, et je parle de l'Europe telle qu'elle existe, telle qu'elle s'est formée à travers les siècles, et non telle que des idéologues voudraient la façonner soit à votre image, soit d'après quelque modèle de leur invention. Les premiers arrivés, les précurseurs de votre grandeur actuelle, ceux qui en ont jeté les germes, étaient des mécontents. Des dissensions intestines, des persécutions religieuses les avaient arrachés à leurs foyers et jetés sur vos plages. Ils apportèrent avec eux, ils implantèrent dans le sol de la nouvelle patrie le principe pour lequel ils avaient combattu et souffert : l'autorité de l'individu. Celui qui la possède passe pour libre dans l'acception la plus étendue du mot. Et comme, en ce sens, vous êtes tous libres, chacun de vous est l'égal des autres. Votre pays est donc le sol classique de la liberté et de l'égalité, et il l'est devenu par le fait d'hommes que l'Europe avait expulsés de son sein. Voilà comment vous, en conformité de votre origine récente, nous par une genèse toute diverse qui se perd presque dans la nuit des temps, nous sommes antagonistes. Cet antagonisme est peut-être plus apparent que réel. Vous n'êtes pas peut-être aussi libres ni aussi égaux entre vous que l'on pense eu Europe, et la vieille société n'est certes ni si entravée ni si divisée en castes que vous semblez le croire. Mais ne discutons pas cette question, cela mènerait trop loin, et, quant à nos convictions réciproques, cela ne mènerait à rien. Je me bornerai à dire que plus je voyage et avance en âge, plus je me convaincs que le fond des choses humaines se ressemble partout, et que les divergences se trouvent principalement à la superficie. Je vois partout les mêmes passions, les mêmes aspirations, les mêmes déceptions et défaillances. Il n'y a guère que la forme qui varie.

Mais vous offrez à tout le monde liberté et égalité. C'est au charme magique de ces deux mots, plus qu'à vos mines d'or, que vous devez l'affluence des émigrants et l'accroissement surprenant, rapide, constant de votre population. La Russie, la Hongrie, disposent encore de terrains incultes, l'Algérie demande des bras. Mais on n'y va guère. Les Anglais émigrent aussi en

Australie, parce que c'est encore une Angleterre, surtout une Angleterre qui vous ressemble bien plus qu'à la mère patrie. La grande masse des émigrants se dirige donc vers l'Amérique du Nord. Pourquoi? D'abord pour trouver le pain, article qu'il n'est plus facile de se procurer dans notre Europe surabondamment peuplée ; ensuite pour trouver la liberté et l'égalité. J'ignore si vous êtes en mesure de leur offrir dans une dose conforme à leurs rêves ces deux biens dont l'humanité, dès son berceau, s'est toujours montrée si friande. Mais vous leur offrez certainement de l'espace. C'est l'espace qui fait votre fortune et qui fera la leur, par la raison que vous êtes doués des qualités requises pour l'exploiter, que les enfants des races germaniques et celtiques les possèdent aussi, et qu'ils les développent à votre contact et guidés par vos exemples. D'autres pays ne manquent pas d'espace. Les pampas, par exemple, toutes ces régions encore incultes des républiques de l'Amérique du Sud n'attendent que des hommes qui sachent s'emparer de leurs trésors. Mais, abstraction faite des obstacles du climat, les habitants ne sont pas à la hauteur des âpres luttes avec la nature, et quoiqu'ils aient aussi inscrit sur leur bannière les mots Liberté et Égalité, le monde ne s'y laisse guère prendre. Des soldats de fortune, renversés périodiquement par des rivaux, tiennent entre leurs mains cette prétendue liberté ; et l'égalité ne consiste que dans la soumission de tous aux volontés et aux caprices de ces maîtres éphémères. On va donc chez vous. On cherche le pain, la liberté individuelle et l'égalité sociale ; et on trouve l'espace, c'est-à-dire la liberté du travail et l'égalité du succès, si on a apporté, au même degré, les conditions voulues pour réussir.

J'ai dit que tout le monde vous admire. Mais tout le monde ne vous aime pas. Ceux d'entre nous qui vous jugent à leur point de vue exclusivement européen, ne voient en vous que les ennemis des principes fondamentaux de notre société. Plus ils apprécient vos œuvres, — et à moins d'être des aveugles, ils ne peuvent pas ne pas les apprécier, — plus ils vous admirent, mais moins ils vous aiment. J'ajouterai qu'ils vous craignent. Ils craignent vos succès comme un exemple dangereux pour l'Europe, et tâchent d'arrêter l'invasion de vos idées. Mais ils forment la minorité. Vos amis sont plus nombreux. Ceux-là voient en vous le prototype et le dernier mot de la civilisation. Toutes leurs sympathies vous sont acquises ; ils ont le plus vif désir, sinon politiquement, ce dont ils n'osent pas toujours convenir, du moins socialement, ce qu'ils proclament hautement, de se transformer à votre exemple. Il y a une troisième classe : les résignés ; leur opinion est la plus répandue. Quoiqu'ils ne vous aiment pas, ils sont néanmoins tout prêts à vous subir, à subir vos principes, vos mœurs, vos institutions. Fatalement, inévitablement, l'Europe deviendra Amérique. C'est leur croyance.

Pour moi, je ne partage ni ces craintes ni ces espérances. Je ne crois pas à cette prétendue fatalité ; et voici les raisons de mon scepticisme.

D'abord je soutiens que cette crainte, ces espérances, cette foi aveugle dans des décrets imaginaires de la Providence se fondent sur une connaissance imparfaite de l'Amérique. On a beau dévorer des bibliothèques entières, lire tout ce qui a été publié par des esprits éminents sur les États-Unis, on est frappé, en mettant le pied sur votre sol, de la différence qui existe entre la réalité et l'idée qu'on s'en était formée par la lecture. Tout est différent de ce qu'on s'était imaginé. Telle est la première impression des Européens qui viennent dans votre pays soit comme simples visiteurs, soit pour s'y fixer. On apporte des préjugés contre vous et des préventions en votre faveur ; et, à peine débarqué, on modifie involontairement les uns et les autres. Les démocrates européens sont désappointés. Votre luxe et l'inégalité sociale dont New-York donne le spectacle les effarouchent. A ceux qui ne sont pas démocrates, ce même spectacle cause une agréable surprise. Les Allemands, socialement et politiquement les plus avancés de tous les immigrés, arrivent républicains ardents, mais ils ne tardent pas à s'apercevoir que votre république répond peu à leur idéal. Eux aussi, ils ont trouvé les choses autres qu'ils ne s'étaient imaginé. Je pourrais multiplier les exemples. La diversité des goûts entre aussi pour une grande part dans les jugements, et on ne dispute pas sur les goûts. Aussi ne nous y arrêtons pas ! J'ai seulement voulu dire que l'Amérique, vue par les lunettes d'approche de la lecture, et l'Amérique vue sur les lieux, sont deux choses distinctes ; et que fonder des calculs d'une portée si vaste, puisqu'il s'agit de la transformation totale de l'Europe, sur l'idée que chacun s'est formée à sa guise de l'Amérique et des Américains, c'est se livrer à des illusions, à des jeux d'esprit plus ou moins piquants, mais qui ne peuvent donner des résultats sérieux.

Comparé à l'Europe, votre pays est une table rase. Tout s'y construit à neuf. En Europe, on restaure, on modifie, on ajoute, si on a de l'espace, ce qui est déjà rare, une aile à sa maison. Mais, à moins de démolir ce qui existe, on ne rebâtit pas des fondations ; car ce qui abonde chez vous, nous fait défaut : l'espace. Devenir Amérique présuppose tout simplement la destruction de l'Europe. J'ai trop haute opinion de l'esprit pratique de nos enfants ou de la génération qui leur succédera pour croire à un bouleversement aussi radical, et je constate avec plaisir que, s'il y a beaucoup d'Européens qui vous ont pris pour modèle, il y a fort peu d'Américains, et je n'en ai pas rencontré un seul, qui aient la prétention de s'imposer pour exemple. Que diriez-vous, messieurs de Boston ou de New-York, si on vous proposait de faire comme les pionniers de Californie, de couper les vieux chênes de vos parcs, comme ils rasent les arbres de la forêt vierge autour de leurs ranchos ? Vous répondriez : C'est ce que faisaient nos aïeux, mais nous n'en sommes plus là ; à chaque chose sa place et son temps !

Il y a une autre raison pour laquelle, malgré toute l'admiration que vous inspirez, vous ne pouvez encore servir de modèle. Comment choisir un modèle qui n'est pas achevé, qui se modifie de jour en jour sous la main du temps, cet infatigable artiste, et avec l'aide que l'Europe et, depuis vingt ans, l'Asie ne cessent de fournir ? En parcourant votre immense territoire, on trouve partout, sauf dans le Sud qui est malade, la même séve, la même santé, la même exubérance de forces ; seuls les degrés de développement varient. Mais, somme toute, rien n'est fini. Vous êtes à l'âge de la croissance ; vous n'êtes pas encore faits.

Que serez-vous au jour de la maturité ? Vous ne le savez pas, et personne ne saurait le prévoir, car l'histoire n'offre pas d'exemple d'une semblable genèse. Les nations du globe, et celles de l'Europe en particulier, grandes ou petites, sont des nations en tant qu'elles ont une origine commune, et que le même sang coule dans les veines de chacun de ses membres. Il y a des États à nationalités diverses, mais ces races vivent à côté les unes des autres en conservant chacune son caractère particulier. Elles ont en commun le souverain, un pouvoir central, parfois la législation, des circonscriptions territoriales de province et une foule d'intérêts, mais elles ont gardé leur langue, leurs mœurs, souvent leur religion et des droits historiques, et ne sont pas amalgamées physiquement. Là où l'amalgame a eu lieu, il ne s'est opéré que fort lentement, à la suite d'un procès qui a duré des siècles. Enfin, règle générale, chaque nation avait sa religion. Aujourd'hui, dans la plupart des pays de l'Europe, il n'y a plus de religion d'État. Presque partout on a proclamé le principe de la liberté de conscience, et on est occupé à l'introduire dans les lois. Mais cette grande révolution n'est pas encore accomplie pratiquement, et on ne peut encore juger de ses effets. Voilà l'Europe envisagée au point de vue de l'origine des nations qui l'habitent et des États à races diverses que l'on y voit. L'Amérique du Nord offre un spectacle tout différent. Dans les commencements, il est vrai, il y avait une certaine analogie. L'élément anglo-saxon prédominait. L'immense majorité des immigrés étaient des Anglais. Les Hollandais, qui comptaient à peine numériquement, les Français au Canada et dans la Louisiane, n'étaient pas en mesure de disputer le terrain. Les Indiens se retiraient dans leurs forêts comme le fauve fuit les lieux cultivés. Les Anglais étaient donc les maîtres du littoral, et le nom de Nouvelle-Angleterre, parfaitement choisi alors, a encore sa

raison d'être. Sur ce territoire, les descendants des colons anglais, vu leur immense majorité,
pouvaient aisément absorber le petit nombre des éléments hétérogènes, et former une nation
dans le sens ordinaire du mot. L'Anglais a pu donner et a donné aux États-Unis, dans les
étroites limites qu'ils avaient alors, le sang, la langue, les mœurs, les idées de la mère patrie
avec les modifications résultant de la séparation politique, de la forme républicaine qu'on avait
choisie et de la nature du sol. Mais, depuis une trentaine d'années, cet état de choses s'est considérablement modifié. Les émigrants anglais, si on en défalque les Irlandais qui sont d'une
autre race et des antagonistes, ne forment plus la majorité. Les Allemands envahissent les
États de l'Ouest, et augmentent de jour en jour dans les États Pacifiques. Puis les Chinois ! Si,
comme il est probable, cette affluence d'éléments non anglais continue, est-il à supposer que
la race anglo-saxonne puisse, dans le *Far West*, maintenir la prépondérance politique et
sociale qui certes lui est assurée sur les bords de l'Atlantique ? Pourra-t-elle étendre cette
prépondérance au littoral du Pacifique, aux nouvelles conquêtes que font tous les jours les
Irlandais, les Allemands et les Chinois ? Cela est au moins problématique. Mais qui remplacera
l'hégémonie anglo-américaine ? Quelle nouvelle race sortira des Celtes, des Allemands, des
Mongols ? Nous ne le savons pas, nul ne le sait ; nous savons seulement qu'il en résultera de
grands changements. Ai-je raison de dire que vous n'êtes pas encore faits ?

Reste le problème de la liberté illimitée des consciences, du droit de chacun d'adorer l'Être
suprême à sa façon. Jusqu'ici ce régime qui, dans les circonstances données, me semble être
le seul possible, marche bien. Les prêtres catholiques que j'ai vus, se louent de la liberté dont
ils jouissent. Sous ce rapport, ils ne voudraient changer avec le clergé d'aucun pays
d'Europe. Je suppose que les ministres des confessions protestantes se trouvent dans le même
cas. Mais cela ne prouve rien. La vie est facile pour tout le monde, parce que tout le monde a
de l'espace. Pour éviter une rencontre désagréable, on n'a qu'à se diriger de l'autre côté de la
rue. Elle est assez large pour donner passage à tout le monde. Au sujet de cette grande question de l'espace, envisagée au point de vue des matières de religion, il n'y a pas d'exemple plus
riche d'enseignements que l'histoire des Mormons. Ils déplaisent dans l'état de New-York ; on les
maltraite, et ils passent en Ohio. Ils n'y sont pas plus populaires, et, pour ne pas être expulsés
de vive force, ils vont s'établir en Illinois, sur les bords du Mississipi. Le même sort les attend.
Cette fois, on les chasse avec de l'artillerie. On les aurait tués s'ils ne s'étaient enfuis. Heureusement la place ne faisait pas défaut ; ils pouvaient, sans déranger personne, porter leurs
pénates ailleurs. En Utah aussi, la situation commence à devenir critique, et déjà on parle
d'un quatrième exode pour Arizona. Ceci prouve deux choses : d'abord qu'en Amérique il y a
de la place pour tous, et ensuite que la liberté de conscience n'y est une vérité que pour le
plus fort, qui chasse le plus faible à coups de bâton ou à coups de fusil. Mais le jour, très-éloigné
encore, viendra où l'espace vide se sera rétréci, et où il sera plus difficile de se soustraire, par
le déplacement, aux poursuites de ceux qui ne partagent pas vos convictions religieuses. Ainsi,
chez vous encore, soit dit en passant, la question de liberté de conscience n'est pas définitivement résolue.

En résumé, vous possédez l'espace qui manque à l'Europe, et vous êtes à l'âge de la croissance. On ne peut savoir si l'homme justifiera les espérances que donne l'adolescent.

Mais, tels que vous êtes, je vous aime, et je vous dirai pourquoi.

L'Amérique du Nord offre à l'individu un champ illimité d'activité. Elle ne lui donne pas
seulement l'occasion, elle le force de déployer toutes les facultés dont la nature l'a doué.
L'arène est ouverte ; dès qu'il y est entré, il faut qu'il combatte, et qu'il combatte à outrance.
En Europe, c'est tout le contraire. Chacun se voit retenu dans la sphère étroite où il est né.
Pour en sortir, il faut s'élever au-dessus de ses pairs, il faut des efforts extraordinaires, des

qualités d'esprit et de caractère hors ligne. Ce qui chez vous est la règle, est chez nous l'exception. En Europe, un homme qui remplit les devoirs de son état plus ou moins limités par les circonstances, et qui obtient le prix ordinaire de sa peine, prix réglé aussi par les circonstances, croit avoir répondu amplement aux exigences de sa vocation. Pourquoi sortir de l'ordinaire? pourquoi tenter des efforts au delà de l'habituel, puisque le succès est incertain et la récompense minime? Vu la grande concurrence, c'est assez pour lui de gagner sa vie. Les ambitieux, les remuants font du bruit, mais ils sont peu nombreux, comparés à la masse dont je parle. Prenons un exemple. Il y a un grand pays dont l'industrie fort avancée serait néanmoins susceptible de nouveaux développements. Mais, si on y exhorte les principaux industriels à augmenter leur production afin de concourir avec d'autres pays sur les grands marchés de l'étranger, ils vous répondent : A quoi bon, puisque nous trouvons à l'intérieur un marché suffisant? Ils se contentent de petits profits ; je dis petits, si on les compare aux gains qu'ils pourraient réaliser en se donnant plus de peine. C'est plus commode, et on ne court pas de risques. A leur point de vue, ils ont peut-être raison ; mais l'industrie nationale reste au-dessous de ce qu'elle pourrait être. En Amérique, dans toutes les sphères de l'activité humaine, chacun fait des efforts suprêmes. La concurrence, qui est plutôt une gêne qu'un stimulant, y est moindre, mais l'émulation est plus vive, car les résultats possibles sont plus grands et plus faciles à obtenir. En Europe, on travaille pour vivre, tout au plus pour parvenir à l'aisance; ici on travaille pour parvenir à la richesse. Tout le monde ne l'obtient pas, mais tout le monde y vise. Aux suprêmes efforts de chacun répondent des succès extraordinaires : sur le littoral de l'Atlantique, des villes qui rivalisent avec nos grandes capitales par le luxe, la culture de l'esprit et, quoi qu'en disent certains voyageurs humoristes, par le goût et les mœurs raffinées des hautes classes ; dans le centre, des prairies et des forêts vierges devenant en peu d'années, grâce à l'énergie d'une poignée d'hommes, les greniers les plus abondants du globe ; du nord au sud, d'un océan à l'autre, des chemins de fer [1] ; sur les rivières, des vapeurs ressemblant à des palais flottants ; dans les parties les plus reculées de cet immense continent, des pionniers qui défrichent le terrain et ouvrent de nouvelles voies à de nouvelles conquêtes. Et, si vous comparez ces merveilles avec le nombre des têtes et des bras dont elles sont l'œuvre, votre étonnement n'en sera que plus profond, — tant la disproportion est grande entre les uns et les autres. A peine les émigrés sont-ils sortis de la foule de notre vieux monde et ont-ils fouillé le sol de la grande république américaine, que, d'atomes qu'ils étaient, ils deviennent des individus appelés, chacun dans sa mesure, à participer à l'œuvre commune.

Cette transformation miraculeuse, abstraction faite d'autres causes que je néglige, est évidemment due, dans une large proportion, aux institutions politiques qui vous régissent. Pour s'en convaincre, on n'a qu'à jeter un regard sur le Canada. Sauf l'ancienne colonie de Louis XIV, heureuse, paisible, mais restée stationnaire dans son bucolique isolement, les immigrés sont presque exclusivement des Anglais. Le climat et le sol offrent une grande analogie avec les vieux États du littoral atlantique. On devrait donc penser que les résultats obtenus y sont pareils à ce que d'autres émigrés anglais ont entrepris et accompli dans la Nouvelle-Angleterre. Mais non. Il y a moins d'animation et moins de progrès au Canada. Je ne lui en fais pas de reproche. Peut-être ses habitants n'en sont-ils que plus heureux : mais, les choses prises dans leur ensemble et au point de vue matériel, une certaine infériorité de la colonie britannique, d'ailleurs si florissante, est incontestable.

Je pourrais citer encore beaucoup d'autres qualités et avantages que vous possédez. Je me

---

[1] En 1864, les États-Unis possédaient trente mille milles de chemins de fer. En 1871, on en compte soixante mille milles.

bornerai à rendre hommage à l'absence de préjugés qui vous distingue là où les passions du jour n'entravent pas la liberté et la lucidité de votre esprit, à la largeur de vos vues à laquelle répond la largeur de vos allures. Rien de petit, rien de mesquin. C'est, à mon sens, un des grands charmes de l'Amérique et des Américains. Des personnes qui vous connaissent mieux et depuis plus longtemps que moi, assurent que vous avez beaucoup appris dans les dernières années, surtout à l'amère école des souffrances et des épreuves de la guerre civile ; que vous avez mûri, que vous êtes moins pétulants, moins épris de vous-mêmes et meilleurs appréciateurs des bonnes choses d'Europe ; en un mot, que votre esprit s'est étendu et est devenu capable d'embrasser de plus vastes horizons. Pour ma part, je ne puis que me louer de l'accueil qu'on m'a fait partout ; du reste, il n'est personne qui ne rende hommage à votre hospitalité.

A tant de côtés brillants répondent naturellement des ombres. Tout être mortel est affligé des défauts de ses qualités. Et vous n'êtes pas exempts de cette infirmité.

Vous avez obtenu et vous obtenez tous les jours des résultats immenses, mais c'est au prix d'un travail excessif, d'une tension permanente de l'esprit et d'une dépense également permanente de forces physiques. Cet excès de travail, qui s'explique d'ailleurs, comme il a été dit plus haut, par la situation donnée, me semble une source d'inconvénients graves. Il doit produire avant le temps la lassitude, l'épuisement, la vieillesse ; priver ceux qui s'y livrent du temps d'abord et plus tard de la faculté de jouir des résultats de leurs labeurs ; il les empêche de s'occuper des besoins plus élevés de l'âme ; fait du gain, de l'argent le but principal de la vie, exclut la gaieté, dispose au contraire à la tristesse, suite naturelle de l'excès de fatigue ; il fait enfin une funeste concurrence aux devoirs de la famille et aux loisirs du foyer domestique. A cette observation, on oppose invariablement la même réponse. Oui, c'est vrai, mais cela se modifiera avec le temps. Nous en sommes à l'époque du travail. Nous faisons fortune ; plus tard viendra l'époque de la jouissance et du repos. Je n'admets pas ce raisonnement. Une triste et précoce vieillesse attend les hommes qui ont abusé de leurs forces. Il en est de même des nations.

Une autre cause de votre grandeur est l'expansion presque illimitée de la liberté individuelle. Mais la liberté de l'individu doit être nécessairement limitée par la liberté de tous représentée par l'État. C'est de la pondération de ces deux libertés que résultent leurs mutuelles garanties. Dans la plupart des pays du vieux monde, l'État en réclame trop, et l'individu en obtient trop peu. Chez vous on tombe dans la faute contraire. C'est la conviction de beaucoup de vos hommes éminents que l'on en accorde trop à l'individu et trop peu à l'État. En effet, une grande partie des abus et des scandales qui se voient chez vous semblent provenir de cette source. Le contrôle des organes de l'opinion publique est insuffisant. Ce qui manque, c'est le contrôle d'une autorité admise et reconnue par tout le monde. Les doléances qu'on entend proférer de toutes parts se fondent sur des faits de triste notoriété. Je ne saurais mieux résumer ces plaintes qu'en citant ce passage d'un livre qui vient de paraître, et dont les auteurs sont vos concitoyens:

« Tout commentaire affaiblirait la valeur de ce récit qui porte avec soi son propre enseignement. Les faits racontés révèlent à l'observateur la corruption de notre édifice social. Aucune partie de notre organisation n'a paru saine lorsqu'elle a été mise à l'épreuve. La bourse est un enfer. Les bureaux de nos grandes compagnies sont des antres secrets où les administrateurs complotent la ruine de leurs mandataires ; la loi est une machine de guerre au service des méchants ; l'esprit de parti se dissimule sous l'hermine du juge ; le palais législatif est une halle où l'on vend des lois à l'enchère, tandis que l'opinion publique est silencieuse ou impuissante [1]. »

---

[1] *Chapters of Erie and other essays by Ch. and H. Adams.* Boston, 1871. Voir l'article remarquable intitulé *les Chemins de fer aux États-Unis* de la *Revue des Deux-Mondes*, 1er avril 1872.

Ces accusations si graves ne sont-elles pas exagérées? Je l'ignore. Ce que je puis affirmer, c'est que je les ai rencontrées dans la bouche de tout le monde. Aussi les cris demandant une réforme sont-ils universels. Mais quelles réformes? sur quelles bases? dans quelles limites? Voilà le difficile. La grande réforme par laquelle vous avez modifié la constitution telle qu'elle était sortie des mains de Washington et de vos premiers législateurs, ne vous a pas porté bonheur. En abolissant le cens qu'ils avaient eu la sagesse d'établir, en adoptant le suffrage universel, vous avez plus ou moins livré vos grandes villes aux influences de la populace, en tout cas, de la partie la plus inquiète, la plus ignorante, la moins respectable des habitants. Aussi vous en voyez les effets. Ils sont moins sensibles dans l'Ouest, parce que là presque chaque homme devient propriétaire foncier et par conséquent, dans une certaine mesure, conservateur. Mais dans les villes le mal est grand. La corruption et la vénalité dont vous vous plaignez sont, dans une certaine mesure, l'œuvre de cette réforme. Tôt ou tard, on tâchera d'y remédier, on essayera peut-être de revenir sur ses pas, ce qui est toujours difficile et souvent dangereux.

En dehors de ces questions, sociales à un certain point de vue, il y a la grande question politique qui ne cesse de vous préoccuper. Du Saint-Laurent au Potomac, de l'Atlantique au Missouri, il n'y a pas, je pense, un homme qui ne soit prêt à donner sa vie pour sauvegarder l'intégrité de sa grande république. Mais à cet effet la conquête morale du Sud, qui ne sera pas facile, devra succéder à la conquête matérielle qui est accomplie. L'Ouest extrême, c'est-à-dire les États Pacifiques, appelle aussi votre sollicitude. De grands progrès, mais en même temps de grandes transformations, s'y accomplissent; de plus grandes s'y préparent. Des éléments étrangers affluent, et la population perd de plus en plus le caractère anglo-américain. Il ne faut donc pas trop compter sur la communauté du sang, puisqu'elle n'existe déjà presque plus, et d'ailleurs — deux faits de votre histoire le prouvent : votre séparation d'avec la mère patrie et l'insurrection du Sud — la communauté du sang cesse d'être une garantie quand il n'y a pas aussi communauté d'intérêts. Il faut donc viser à la communauté des intérêts. Il faut rendre à vos concitoyens du Pacifique la vie facile, et les pénétrer de la persuasion qu'ils vous doivent de grands et durables avantages.

Cette grosse question du maintien de la république dans toute son étendue se lie étroitement à un autre problème fort difficile à résoudre. Comme il s'agit d'assurer à l'individu et à l'État. c'est-à-dire à la totalité des individus qui le composent, la juste mesure de liberté qui convient à chacun, il faut aussi équilibrer l'autonomie des États avec le pouvoir législatif et gouvernemental du centre. Envisagé comme contre-poids de l'autonomie des États, Washington ne représente pas seulement le lien central entre les membres divers de la république. Vu les pouvoirs conférés au président par la constitution, vu l'influence dont l'exercice lui est facilité par les légions de fonctionnaires, employés, agents qu'il nomme et destitue et qui disparaîtront avec lui au bout de quatre ou huit ans, vu les moyens d'action et de résistance dont il dispose vis-à-vis de la législature centrale, Washington représente aussi le principe du gouvernement personnel. On demande des réformes et on en fera, et ces réformes seront peut-être plus étendues que ne pensent et ne désirent ceux qui les réclament. Il arrivera peut-être ce qui arrive souvent à l'architecte chargé de restaurer une maison. Un mur mitoyen est à refaire, une voûte à étayer, rien de plus; mais, au fur et à mesure que le travail avance, se manifestent des dommages inconnus jusque-là. Parfois on est obligé de renforcer ou de renouveler les fondations de l'édifice. L'opinion publique se récrie contre les abus. Il faudra remonter aux sources, ce qui mènera peut-être loin. Dans ce travail, la tâche ardue, délicate, mais que, dirigés par votre patriotisme, vous parviendrez à accomplir, votre tâche sera de ne pas sacrifier le pouvoir personnel au principe de l'autonomie des États, ni l'autonomie des États au pouvoir personnel.

Dans le premier cas, vous compromettriez l'intégrité de la république ; daus le second, vous risqueriez de dénaturer l'essence même de vos institutions, et d'ouvrir les voies au césarisme qui est la pire des formes de gouvernement, sauf l'anarchie qui n'en est pas une. Quant au rêve auquel, uon chez vous, mais en Europe, des esprits chimériques et superficiels ont pu se livrer, quant au rêve de vous voir devenir monarchie, il ne mérite pas qu'on s'y arrête. C'est là une ressource qui vous est refusée. Vous n'en possédez pas les éléments. Les rois ne s'improvisent pas. Les trônes sont comme les géants de vos forêts. Il leur faut un sol à part et des siècles de croissance.

24 *juillet*. — Il fait à peine jour, et déjà les passagers se rassemblent sur le pont. A droite et à gauche, la terre est en vue. Des coteaux boisés ou tapissés de gazon et de rizières d'un vert digne de l'Irlande ; les contours des montagnes, dérobés à la vue par de blanches vapeurs qui semblent sortir d'une étuve. Au-dessus de ce rideau mobile, les flancs d'un cône colossal. Sa cime s'enveloppe d'autres nuages. C'est le Fujiyama, volcan éteint qui élève son cratère à quatorze mille pieds au-dessus de la mer. En approchant de la rive, le regard peut pénétrer dans de nombreuses criques ombragées de grands arbres, bordées de maisons et remplies de djonques, les unes à l'ancre, d'autres en mouvement, voguant à la rame ou poussées par d'énormes voiles de jonc. Plusieurs de ces étranges bateaux, rappelant un peu les galères des anciens, passent tout près du *China*. Debout sur le pont, des hommes nus, sauf leur pagne, agitent les rames en s'accompagnant d'un chant ou plutôt de cris sonores et cadencés. Ces corps souples à la peau bronzée, lisse ou tatouée, développent dans des poses athlétiques la symétrique beauté de leurs membres.

Un peu avant huit heures, nous sommes en face des *bluffs* de Yokohama. Le steamer double lentement ces coteaux couronnés de magnifiques conifères et des mâts de pavillon appartenant à la légation britannique et à quelques autres missions. Un instant après, nous entrons dans la rade. Elle est couverte de bâtiments voiliers et de vapeurs de toutes les nations. De grandes et petites djonques indigènes vont et viennent. Plus au large, se dessinent sur le ciel les contours gracieux et imposants de plusieurs navires de guerre portant les pavillons d'Angleterre, de France et des États-Unis. Devant nous, s'étend le long du quai une file de belles maisons entre-mêlées d'arbres. C'est le *Bund*.

A huit heures précises, le *China* jette l'ancre. Un peu avant neuf heures, exactement comme on nous l'avait promis à San-Francisco, nous mettons le pied sur le sol encore mystérieux de l'Empire du Soleil levant.

II

JAPON

I

YOKOHAMA

DU 24 AU 26, DU 28 JUILLET AU 3 AOUT; DU 14 AU 18 AOUT; DU 18 AU 19 SEPTEMBRE [1].

Premières impressions du nouveau débarqué. — Physionomie de la ville. — Mouvements commerciaux. — Les Européens à Yokohama.

Les impressions de l'arrivant ont été, dans les douze dernières années, mille fois peintes. Les journaux et les revues anglaises, françaises, allemandes, en ont donné des descriptions plus ou moins colorées. Il n'y a pas de commissaire ou d'aspirant de marine à bord des stationnaires qui n'ait fourni un article à l'organe officiel du chef-lieu de son département. Il y a aussi des livres sérieux, comme celui de sir Rutherford Alcock, le fondateur officiel de Yokohama, et des livres instructifs et amusants à la fois, comme le spirituel compte rendu de M. Oliphant et le charmant *Voyage autour du Japon* de M. Rodolphe Lindau. Mais tout ce qu'on dit reste au-dessous de ce qu'on éprouve en se voyant soudainement transporté dans un monde absolument

---

[1] J'adopte pour les noms japonais et chinois l'orthographe anglaise comme étant la plus répandue, la seule qui soit consacrée par l'usage et la moins choquante pour l'œil.

nouveau. On n'en croit pas ses yeux. A chaque pas qu'on fait, on se demande si tout cela n'est pas un rêve, une féerie, un conte des Mille et une Nuits. Et la vision est si belle qu'on craint qu'elle ne se dissipe.

Je ne tenterai pas une description inutile. Tout le monde sait aujourd'hui que le peuple japonais est doux, aimable, poli, gai, rieur, bon enfant, et surtout enfant ; que les hommes des classes inférieures ont le teint bronzé par le soleil, et souvent la peau tatouée de rouge et de bleu, ressemblant par le dessin et la couleur aux vieux laques de leur pays ; que les hommes de toutes classes ont la tête rasée sur le devant et ornée d'une petite queue qui se balance agréablement au-dessus de l'occiput ; qu'ils laissent en été les pantalons étroits, se contentant d'une simple tunique de taffetas ou de coton, selon la condition de l'individu, et, quand ils sont chez eux, du *fundoshi*. Du mikado jusqu'au dernier kouli, cette ceinture fait le fond de la toilette de tout Japonais qui se respecte. Tout le monde, sauf les négociants, qui se trouvent au bas de l'échelle hiérarchique, appartient à quelqu'un, non à titre de serf ou d'esclave, mais comme membre d'un clan qui, divisé en plusieurs castes, ne forme qu'une seule et grande famille. Le prince ou daïmio en est le chef. Il a ses conseillers, ses vassaux, ses *samurais* ou chevaliers à deux épées, d'autres n'en ayant qu'une seule, ses hommes de guerre et employés de tout grade. Chacun porte sur le dos et sur les manches de sa tunique le blason du prince ou de la corporation qu'il sert, une fleur ou des lettres inscrites dans un cercle. Les sabres des gentils-hommes, l'encrier, la pipe, la bourse attachée à la ceinture, tout cela est connu. On sait aussi, sur la foi de sir Rutherford, qu'il n'est pas bon, qu'il y a même péril de mort de rencontrer des samurais faisant cortége à leur prince, ou sortant d'une maison de thé ou de plaisir, échauffés par quelques rasades de saki. Il est moins généralement connu que le gouvernement actuel est en train de détruire les institutions féodales. Mais la physionomie extérieure du pays s'est encore peu altérée. Quant aux femmes, tous les auteurs d'articles et de livres en sont ravis. Elles ne sont pas précisément belles. La régularité des traits laisse à désirer. Les pommettes saillent un peu trop. Les beaux gros yeux bruns sont un peu trop fendus en amande, et les lèvres charnues manquent de finesse ; mais cela ne gâte rien. Ce qui gâte beaucoup, c'est l'affreuse habitude des jeunes filles, au moment de leur mariage, de s'arracher les sourcils et de noircir leurs dents. Ce sont des précautions prises vis-à-vis d'elles-mêmes. En sacrifiant leur beauté, en se rendant moins séduisantes, et par conséquent moins exposées à la séduction, elles donnent à leur mari un gage de fidélité. Mais elles sont gaies, simples et gracieuses, pleines d'une distinction naturelle, et, à en croire les jeunes auteurs qui ont fait leurs études de mœurs dans les maisons de thé autour de Yokohama, extrêmement faciles à vivre. Leur coiffure : deux ou trois bandeaux d'un noir d'ébène, gracieusement noués et retenus par deux épingles, — il n'y a que les courtisanes qui en portent davantage, — leur toilette : une jupe et une jaquette avec une large ceinture formant un grand nœud par derrière ; leurs chaussures : de petites planchettes munies d'une courroie adroitement pincée par l'orteil, on connaît tout cela par d'innombrables descriptions, par des photographies et même par la peinture et les éventails japonais, si répandus aujourd'hui en Europe.

Mais aucune plume, aucun pinceau ne saurait rendre la réalité. On ne s'imagine pas, sans l'avoir vu, tout ce monde s'agitant dans les rues, s'adressant des sourires gracieux, s'inclinant profondément les uns devant les autres ; s'il s'agit de quelque gros personnage, se prosternant, mais avec une agilité et une dignité qui ôtent à la démonstration ce qu'elle paraît avoir d'humiliant et ne lui laissent que le caractère d'une manifestation un peu exagérée de politesse et de déférence. Pendant que vous avancez dans une rue dont l'extrême propreté vous frappe, regardant à droite et à gauche, et regrettant de n'avoir pas cent yeux pour mieux dévorer ces scènes, vous entendez un bruit cadencé et le chant ou cri des koulis qui portent des caisses suspendues à un long bambou reposant sur leurs épaules athlétiques. La sueur ruisselle sur leurs membres tatoués. Sauf le pagne, ils sont entièrement nus en cette saison. Eux aussi ils sourient. Aux courtes haltes, ils bavardent et s'adressent des compliments. Et les maisons ! vous les connaissez bien ; on vous les a représentées mille fois, et plusieurs d'entre vous ont vu à l'Exposition de Paris une véritable maison japonaise. Mais dites-vous bien que cela ne donne aucune idée de la réalité. Il faut voir ces maisons en place, habitées par de vrais Japonais. Il faut plonger ses regards dans l'intérieur, ce qui est facile, car la maison est entièrement ouverte sur la rue. Il faut voir l'ombre et la lumière jouer dans ces habitations dépourvues de tout mobilier, mais fournies d'une belle natte et laissant au fond entrevoir un petit jardin avec des

INTÉRIEUR DE MAISON : PORTIER ET VOISINES.

arbres nains ressemblant, malgré leur exiguïté, aux géants de la forêt, comme des enfants qu'on aurait grimés et déguisés en vieillards.

Voici que, sans le vouloir, je me laisse aller à la description après l'avoir déclarée impuissante même pour des plumes bien autrement habiles que la mienne. Devant le voyageur qui arrive se déroulent les solutions des mille petits problèmes de la vie d'un peuple évidemment raffiné, éprouvant dans une certaine limite les mêmes besoins que nous, mais les satisfaisant par des moyens et par des procédés tout autres. On scrute, on compare et on s'arrête devant des mystères. On admire le tableau qui est charmant de dessin et de coloris ; mais, en y regardant de près, on trouve que c'est un rébus indéchiffrable.

N'oublions pas les Européens. Yokohama est la création des premiers négociants anglais arrivés le lendemain de la signature des traités [1] pour chercher fortune dans l'Empire du Soleil levant, jusque-là hermétiquement fermé. Pendant que le ministre de la reine Victoria, sir Rutherford Alcock, négociait avec le shogun sur les terrains à concéder aux Européens, ceux-ci, de leur propre autorité, choisirent pour y ériger des magasins et des maisons une plage presque déserte, non loin d'un petit hameau de pêcheurs appelé Yokohama : *à travers la plage*. Cette localité avait sur le lieu recommandé par sir Rutherford l'avantage incontestable d'être plus accessible aux bâtiments que tout autre point du golfe de Yedo. Les ministres japonais favorisaient ce choix, car, encadré par la mer et un marais, par une petite rivière et un canal, ce lieu leur semblait réunir toutes les conditions voulues pour être aisément transformé en un second Detsima, c'est-à-dire en une prison. Cette arrière-pensée n'avait pas échappé à sir Rutherford, mais il dut enfin céder aux clameurs de ses nationaux et à la force des circonstances. On croit, en général, que la sécurité du moment ne sera jamais troublée, et on se rit un peu des répugnances et des sinistres prévisions de l'ancien ministre d'Angleterre. Parce qu'aucun résident n'a été massacré dans ces dernières années, on se sent aussi sûr que si l'on habitait Charing-Cross ou le Strand. Il paraît que c'est dans la nature humaine. Quand il a fait beau pendant un mois, beaucoup de gens ne croient plus au mauvais temps. A la fin de la longue et heureuse époque de paix qui a séparé les deux Napoléon, il se trouvait des hommes sérieux qui ne croyaient plus à la possibilité de la guerre. Elle était, disaient-ils, incompatible avec le degré de civilisation que le genre humain avait atteint. Si vous en doutiez, vous étiez un visionnaire, voire même un homme dangereux. C'est dans cette disposition d'esprit que j'ai trouvé les Yokohamois. Je désire que les événements donnent raison aux optimistes et tort au prudent sir Rutherford.

La ville à peine bâtie fut, il y a cinq ans [2], presque entièrement détruite par un incendie. Aujourd'hui on ne voit plus trace du désastre. C'est un parallélogramme traversé, de l'ouest à l'est, par trois grandes artères avec lesquelles se croisent des rues de moindre importance. Le long de la mer, parallèlement aux grandes voies, s'étend le *Bund*, une rangée de belles maisons, flanquées ou précédées de petits jardins. Dans la partie orientale est le quartier indigène qui se prolonge vers le nord. A l'entrée, on voit le palais du gouverneur japonais, situé au coin de *Curio-street* qui est la prolongation de *Main-street*, et contient les boutiques où l'on vend des bronzes, des laques modernes, des vases et d'autres curiosités. A l'extrémité, une porte et un pont soigneusement gardés par des troupes indigènes mènent au dehors et dans le village qui a donné son nom à la ville. Il gravit péniblement une colline et descend de l'autre côté dans la plaine. Une double rangée de maisons suit la route qui, à peu de distance, rejoint le Tokaido, la grande chaussée royale de Yedo. Pour se donner le spectacle d'un courant d'êtres humains de tout âge et de toute condition, on n'a qu'à se promener entre Kanagawa et Kawasaki. Autrefois c'était faire acte de bravoure ou plutôt de témérité ; aujourd'hui il n'y a pas de danger. Cette partie du Tokaido perdra bientôt son animation et sa physionomie. Un chemin de fer, dont les travaux sont déjà fort avancés, réunira la capitale avec Yokohama [3]. A l'ouest de la ville européenne, au delà de la petite rivière, sont les célèbres *bluffs*, des hauteurs qui, se détachant des collines environnantes, avancent vers la mer ; dans les dernières années, elles se sont couvertes d'un grand nombre de jolies maisons. On y voit l'hôtel inoccupé de la légation d'Angleterre, la maison du juge anglais, les habitations de plusieurs résidents européens et américains, et les légations de quelques gouvernements étrangers. La plupart de ces édifices

[1] 20 novembre 1866.

[2] En 1858.

[3] Une section de la voie a été ouverte avec grande pompe le 12 juin 1872. Aucun incident fâcheux ne vint troubler la solennité, si ce n'est que le principal personnel de la fête, le premier ministre Sanjo fut oublié dans la salle d'attente.

BOUTIQUE D'OBJETS D'ART ET D'INDUSTRIE, CURIO-STREET, YOKOHAMA.

sont entourés de beaux arbres et jouissent d'une vue magnifique : vers le nord, au-dessus des
collines de la côte, le grand volcan, le Fujiyama ; vers l'ouest et le sud, le Pacifique ; vers le levant,
le long et boisé promontoire et la blanche ligne des maisons de Kanagawa. Au pied des bluffs est
la caserne française, et au sommet les baraques des troupes anglaises. On sait que, à l'occasion
des troubles intérieurs, le gouverneur de la ville ayant déclaré aux agents diplomatiques qu'il

ROUTE DE YOKOHAMA A KANAGAWA.

ne pouvait plus répondre de la sécurité des Européens, l'amiral français Jaurès fit débarquer
des troupes de marine, et qu'un régiment de ligne fut envoyé de Hongkong. Cette occupation,
avec certaines modifications, dure encore, et a, ce me semble, quoiqu'on en puisse dire, sa
raison d'être.

La vie commerciale se concentre dans la ville basse. Là se trouvent les grandes banques, les
comptoirs des principales maisons, les bureaux des trois compagnies de navigation à vapeur,

des magasins et des boutiques plus ou moins abondamment fournies, et un grand nombre de buvettes.

Tous ces établissements témoignent des efforts, en partie couronnés de succès, qu'on a faits pour transformer la factorerie à peine née en un des grands emporiums de l'extrême Orient. Cependant des symptômes de malaise sont évidents. Il est plus difficile d'en découvrir les causes. Il est clair qu'ici comme en Chine on est déjà loin de l'âge d'or, des profits soudains et fabuleux. L'affluence des négociants européens et américains, l'établissement de nouvelles maisons, et même la concurrence de plus en plus sensible des Chinois, expliquent ce fait dans une certaine mesure. Il y a aussi les fluctuations inhérentes aux mouvements du commerce et les contre-coups des derniers événements d'Europe. Toutefois le commerce direct avec l'étranger augmente constamment; mais, depuis deux ans, les Anglais font moins d'affaires. J'entends beaucoup de plaintes, et cela se conçoit. On n'est pas venu s'exiler aux antipodes et courir les

chances du climat pour travailler beaucoup et gagner peu. Mieux aurait valu rester chez soi. On a été attiré par la perspective brillante d'une grande fortune rapidement faite. Ces illusions s'évanouissent; de là les mécontentements.

Je ne me permets, naturellement, aucun jugement sur une matière que je n'ai pu approfondir. Mais je crains que les calculs et les espérances de quelques négociants étrangers ne se fondent sur des suppositions qu'une connaissance plus exacte des ressources du pays ne justifierait guère. Le peuple japonais semble heureux et content des conditions où il se trouve, ou plutôt où il s'est trouvé jusque dans ces derniers temps. La misère est presque inconnue, mais le luxe l'est aussi. La simplicité des mœurs, une frugalité extrême, l'absence des besoins que l'Europe pourrait et voudrait satisfaire, sont, il me semble, autant d'obstacles à un vaste échange des produits de l'industrie européenne contre les produits du Japon. Le thé de ce pays n'est pas goûté chez nous, et, depuis que les meilleurs œufs de vers à soie sont exportés en Lombardie, les soieries japonaises ont perdu de leur valeur. Restent les mines, qui peut-être recèlent des trésors. Mais, dans l'état actuel, ni le peuple ni le pays ne sont riches. Sauf les cotonnades anglaises, les habitants n'éprouvent aucun besoin des articles européens, et il en serait autrement, qu'ils n'auraient pas les moyens de les payer. Tout cela, il est vrai, peut se modifier ; seulement ce ne sera pas en un jour. Des générations se succéderont avant que de pareils rêves puissent se réaliser. Les ministres actuels tendent vers ce but ; ils avancent à pas de géant. La nation, quand bien même elle voudrait les suivre, ce qui n'est pas prouvé, le pourrait-elle ? Cela est au moins douteux. Les négociants européens l'espèrent, parce qu'ils le désirent ; ils applaudissent aux réformes, car ils se promettent d'en tirer parti. Mais des esprits non prévenus, des hommes fort versés en pareille matière, craignent au contraire que ces innovations improvisées et dispendieuses ne deviennent pour le pays une source d'appauvrissement, et que le commerce étranger, bien que très-considérable, ne touche à l'extrême limite où, dans les circonstances données, il soit possible d'atteindre.

Les documents officiels pour l'année 1870 constatent sur l'année précédente une augmentation notable du commerce étranger avec le Japon. En chiffres ronds, les importations dans les cinq ports des traités représentent la valeur de plus de trente et un millions de dollars [1] ; les exportations, celle de plus de quinze millions ; total, quarante-six millions deux cent soixante-trois mille dollars. L'importation des cotonnades, presque exclusivement anglaises, arrive au chiffre énorme de sept millions de dollars ; les étoffes de laine, à celui de deux millions ; mais le chiffre total des importations de marchandises européennes et américaines n'est que d'un peu plus de treize millions ; tandis que, par suite des mauvaises récoltes des deux dernières années, on a importé de la Chine pour plus de dix-huit millions de dollars (!) de denrées, comme riz, coton, sucre, pois et huile. Le Japon a acheté du riz pour douze millions de dollars. De là vient la diminution des demandes de marchandises européennes.

L'exportation est moins satisfaisante. Le principal produit, la soie, n'a donné lieu qu'à une petite augmentation. Le chiffre a monté seulement de quatre millions huit cent soixante-cinq mille à cinq millions deux cent mille dollars. La guerre entre la France et l'Allemagne et la détérioration de la soie japonaise expliquent la stagnation de cette branche de commerce. L'exportation du thé faite exclusivement par des maisons et pour la consommation américaines s'est élevée, au contraire, de deux millions à trois millions huit cent quarante-huit mille dollars, c'est-à-dire a presque doublé.

Ces transactions constituent pour le Japon un passif de seize millions de dollars que le pays aura à acquitter en belles espèces. On sait que, depuis la nouvelle ère, les monnaies d'or et d'argent ont complétement disparu de la circulation. On ne voit plus que du papier.

L'analyse des tableaux officiels présente une diminution notable du commerce anglais et une légère augmentation des transactions avec la France. Tandis que la navigation étrangère non anglaise a monté, la navigation anglaise a diminué dans la dernière année. Cette diminution porte entièrement sur le cabotage, qui se fait aujourd'hui presque exclusivement par les vapeurs de la *P. M. S. S. Company*. Ces bâtiments représentent, à eux seuls, les trois quarts de la navigation américaine dans le Nord-Pacifique.

On a vu la grande part qui, dans ces transactions, revient aux Chinois. Le commerce en détail commence à passer aussi dans leurs mains. Dernièrement le *Costa Rica*, l'un des steamers de la compagnie du Pacifique, transportait de Shanghaï à Yokohama dix-huit cents tonneaux de marchandises européennes et chinoises, dont deux cents seulement étaient consignés à des négociants européens et américains de Yokohama, et seize cents à des maisons chinoises établies dans ce port et à Nagasaki. Il y a ici plusieurs maisons allemandes. Elles travaillent pour la plupart avec des capitaux anglais.

Quant à la navigation, voici l'ordre dans lequel, selon le chiffre du tonnage, se suivent les

---

[1] Le dollar vaut au pair 4 francs 50 centimes.

différents pavillons : anglais, américain, allemand, français et hollandais. Les Allemands transportent de préférence des articles anglais et suisses et peu de productions de l'industrie de leur pays. Ils viennent rarement d'un port d'Allemagne. Ils font surtout le cabotage entre Yokohama, Hiogo, Nagasaki et Shanghaï. Mais on voit leur pavillon dans tous les ports, même dans les plus reculés et les moins visités, de la Chine et du Japon. Sur terre et sur mer l'activité des Allemands se fait de plus en plus sentir. Ce sont, avec les Chinois, les concurrents les plus redoutables de la navigation et du commerce anglais. Les bâtiments français, bien moins nombreux que les allemands, viennent presque tous de France et y retournent; ils transportent principalement des productions françaises. Dans toutes les transactions, les marchés de Londres et de Liverpool font loi. Ils sont surtout les régulateurs du commerce des soieries. Une partie considérable des soies japonaises destinées aux filatures françaises s'embarquent pour Marseille, à bord des Messageries maritimes, traversent la France, et vont à Londres et à Liverpool. C'est là que les achètent les fabricants de Lyon. Le Japon ne prend que des marchandises anglaises, des *Birmingham* et *Manchester goods*. Les Américains importent de l'Orégon et de la Californie des bois de construction et de la farine; en échange, ils exportent surtout du thé, dont il est fait une grande consommation dans les États du Pacifique.

Par sa physionomie extérieure, le quartier des affaires ressemble peu aux grands centres industriels et commerciaux de l'Europe ou de l'Amérique. Pas de cheminées vomissant des tourbillons de fumée, pas de presse de cabs ni d'omnibus, pas de gens affairés qui se bousculent. Maisons et passants ont un air respectable, tranquille et légèrement champêtre. Les habitations, adaptées au climat, ont conservé un cachet britannique. Les têtes des arbres qu'on aperçoit au-dessus des toits sont le principal ornement des rues, qui s'animent le matin et une ou deux heures avant le coucher du soleil, quand on va au comptoir ou qu'on en revient. Une agitation agréable se fait remarquer au milieu du jour. A ce moment, les bureaux et les boutiques se ferment. Tout le monde va déjeuner. Comme aux Indes et en Chine, le *tiffin* est le principal repas. Le dîner n'est qu'une cérémonie. On n'est très-occupé que les jours de l'arrivée et du départ des malles. Dans la vie ordinaire, à quatre heures on a assez travaillé et on ne songe plus qu'à s'amuser. Les jeunes gens quittent la plume, les uns pour monter à cheval, les autres pour faire des courses en bateau. La mode veut que les gentlemen portent eux-mêmes, à travers la rue, leur canot, long et effilé, et le posent dans l'eau. Puis, rompus en vrais Anglais aux jeux athlétiques, ils saisissent les rames et partent comme une flèche. C'est une lutte d'audace, d'agilité et de force. A cette heure, le *Bund* commence à se sillonner de *gigs* ou de voitures légères construites à Hongkong, attelées de petits chevaux d'Australie ou des Philippines, occupées par de jeunes couples, — car ici tout le monde est jeune, — et se dirigeant rapidement vers les bluffs. On les gravit, on passe près de l'hippodrome, le *race ground*, qui ne manque à aucun établissement anglais, on s'engage enfin dans la *nouvelle route* qui, par des coteaux boisés, entre les rizières et des bosquets de bambous, descend à la baie de Mississipi. Partout des cavaliers, montés sur des ponies du pays ou sur de grands chevaux anglais, les derniers vétérans de la guerre de Chine; des officiers anglais, des marins français, des gentlemen vêtus de blanc, la tête couverte du casque indien. Ce qui ne gâte rien, c'est le fond riant et gracieux du paysage, et, dans cette saison, la beauté toute particulière du soleil couchant : le ciel cramoisi, de grands nuages bleu de Sèvres, le long et bas promontoire de Kanagawa inondé de tons nacre-de-perle; sur la mer pourpre et violacée, les pâles silhouettes noires des navires et des djonques, les uns balancés par la houle, les autres glissant sur l'eau comme des fantômes.

Les Anglais forment la grande majorité des résidents; puis viennent les Américains, les Allemands, les Français. L'Italie est représentée par les *graineurs*; ils arrivent en été et repartent en novembre. Les femmes sont peu nombreuses. L'hiver dernier, sir Harry et lady Parkes

CAMPANILE D'UN TEMPLE BOUDDHISTE, A KAWASAKI.

ont pu en réunir trente à un bal donné aux *bluffs*. Ce fut un événement dont on parle encore. Une fête au club anglais, offerte aux officiers du régiment anglais qui partait, m'a permis d'admirer l'élégance, la fraîcheur et les belles toilettes des dames assez héroïques pour se livrer à la danse par une température de trente degrés Réaumur.

Les indigènes qu'on rencontre dans le quartier européen sont des domestiques ou des garçons de comptoir. La place de *comprador*, si importante dans les ménages européens et aux banques, est invariablement tenue par des Chinois. En général, le rôle de ces derniers grandit ici d'année en année. Comme domestiques, ils sont préférés aux indigènes. Les Japonais, m'a dit un homme qui a longtemps vécu ici, ont adopté la civilisation, la religion et jusqu'à l'écriture des Chinois. Aujourd'hui c'est l'Europe qu'ils imitent. Ils ont besoin d'imiter, de s'adapter aux autres. C'est dans leur nature. Que l'on compare entre eux les domestiques japonais et les chinois. Les premiers observent exactement les habitudes du maître et s'y conforment avec une extrême facilité. Seulement, qu'ils n'agissent pas d'après leur propre inspiration, car ils manquent de tête. Les Chinois restent toujours Chinois; ils observent et imitent moins, mais ils font mieux, surtout quand on les laisse faire conformément à leur propre jugement. Les Japonais, pourvu qu'on ne les affranchisse pas de l'étiquette de leur pays, sont doux, gais et s'affectionnent au maître. S'il les bat, ils ne lui en restent pas moins attachés; d'ailleurs, le bambou ne déshonore pas. Ce sont des enfants que le père a châtiés. Si on les traite comme des domestiques européens, ils deviennent familiers, grossiers, insupportables. Le Chinois n'aime jamais le maître européen qu'il sert. Il est fier, vindicatif et très-susceptible, mais toujours d'une politesse exquise. A la moindre observation que vous lui faites, il quitte votre service, soit en prétextant une maladie de sa mère, soit en vous disant respectueusement et avec un certain sourire propre à sa race quand il s'agit de choses désagréables, qu'il y a entre vous et lui incompatibilité de caractère. Cela dit, rien ne l'arrête, il part.

Dans une des grandes rues, derrière un petit mur surmonté de la croix, on voit au fond d'une petite cour une belle église de modestes dimensions, et, devant le porche, la statue de la Vierge. A côté est une maison basse, l'humble demeure du délégué apostolique, Mᵍʳ Petitjean, et de ses vicaires, qui appartiennent tous aux Missions étrangères de Paris. Le zèle apostolique les a conduits sur cette plage lointaine. Les lois du pays, la jalouse vigilance des autorités japonaises, la haine du christianisme, qui a survécu aux transformations accomplies ou méditées par les novateurs, les conseils de prudence suggérés par les envoyés étrangers, ont mis des obstacles jusqu'ici insurmontables à l'exercice de leur ministère. Ce sont des pasteurs sans ouailles, sauf quelques résidents catholiques qui ont le temps de se rappeler qu'ils sont chrétiens, et les soldats et matelots français ou irlandais qui ne l'oublient jamais. Des milliers de chrétiens indigènes, cruellement persécutés en ce moment, demandent vainement les consolations qu'il est refusé à ces bons pères de leur apporter. On prie donc, on attend, on se perfectionne dans la connaissance de la langue, des mœurs et de l'histoire du pays, on se promet quelques bons résultats de la prochaine révision des traités, on se flatte de l'espoir, qui n'est peut-être pas chimérique, que le jour approche où le Japon, ouvert au commerce européen, le sera aussi à la propagation de la foi.

Somme toute, Yokohama est une place importante. On y travaille beaucoup, mais pas trop. On y est actif, mais non de cette activité exagérée et fébrile qui caractérise les grands centres industriels et commerciaux de l'Amérique. Il reste assez de temps pour le repos, les distractions et aussi pour les regrets qu'on ne cesse de donner à la terre qui vous a vus naître. Le nouvel arrivé n'est pas vingt-quatre heures à Yokohama sans s'apercevoir que tout le monde a le mal du pays. On travaille, il est vrai, et on s'amuse, chacun à sa façon. Au-dessous de l'existence du gentlemen, il y a celle du *rowdy*, car cet élément, mieux contenu sans doute que dans le *Far*

West, ne manque pas complétement, témoin les buvettes et les salles de billard constamment remplies de ces aventuriers tapageurs. Mais tous soupirent après le *home*. Parlez-leur de la vieille Angleterre, et un nuage passera sur leurs physionomies. L'homme est fait ainsi. Partout et toujours il est enclin à entrevoir le bonheur dans l'avenir, plutôt que de le saisir à l'heure présente. L'existence dans ces pays lointains développe cette disposition. Vivant entre le regret de ce qu'on a laissé et l'espérance de ce que l'on trouvera, on passe son temps dans le doute et dans l'agitation. Ceux qui sont réellement devenus riches, et ils font l'exception, quittent avec bonheur le pays d'exil où ils ont passé les meilleures années de leur vie. Ils rentrent. Ils sont *homeward-bound*. Quelle musique n'y a-t-il pas dans ces deux mots ! Des mots magiques qui excitent les soupirs de ceux à qui ils s'adressent. Mais je pense que le meilleur moment, pour ces heureux mortels, est la traversée. C'est l'époque des illusions. A peine arrivés sous le ciel gris et nébuleux de leur pays, ils regrettent le soleil du Japon, les beaux cèdres qui ont ombragé leur maison, le nombreux domestique, le travail, l'animation, toute leur existence. A Yokohama, ils étaient *quelqu'un*, ils valaient au moins un *chi-fu-chi*. En Angleterre, ils s'imaginent n'être personne, *nobody*. Au Japon, ils avaient le mal du pays ; en Angleterre, ils ont le mal du Japon. S'ils avaient à recommencer la vie, iraient-ils chercher fortune aux Antipodes [1] ?

[1] Voici, selon sir Hardy Parkes (rapport du 29 avril 1871), le recensement des résidents européens au Japon : sept cent quatre-vingt-deux Anglais, deux cent vingt-neuf Américains, cent soixante-quatre Allemands, cent cinquante-huit Français, quatre-vingt-sept Hollandais, cent soixante-six Européens d'autres pays ; total : quinze cent quatre-vingt-six.

SCÈNE DE FAMILLE A YOKOHAMA.

DES BAIGNEURS DE LA CLASSE BOURGEOISE AUX BAINS DE MIYANÔSHITA.

II

YOSHIDA

DU 3 AU 14 AOUT

Le Japon, sauf les *trade ports*, et les villes de Yedo et d'Osaka, toujours fermé aux étrangers. — Manière de voyager dans l'intérieur. — Passage émouvant de la rivière d'Odawara. — Les bains de Miyanôshita. — Les pèlerins du Fujiyama. — Au temple de Yoshida. — Le défilé de Torisawa. — Hachôji. — Retour à Yokohama.

Les traités n'ont pas ouvert le Japon. Ils ont seulement assuré aux Européens la liberté de résider et de faire le commerce dans les cinq ports dits *des traités :* Yokohama, Hiogo (Kobe), Nagasaki, Niigata, Hakodaté, et dans les grandes villes, *fu*, Yedo et Osaka. Le reste, c'est-à-dire tout le territoire de l'empire, sauf ces sept points, est hermétiquement fermé. Autour de chaque *treaty port*, il y a quelques milles carrés rendus accessibles aux étrangers. Des poteaux avec cette inscription : *Frontière des traités*, en marquent les limites. Au delà commence le terrain défendu. Seuls les chefs des légations et les consuls généraux sont, en vertu des conventions, autorisés à voyager dans l'intérieur. La défense faite aux étrangers d'y pénétrer est strictement maintenue. Toutefois, sur la demande des envoyés, on accorde la permission de visiter les eaux chaudes de Miyanôshita et d'Atami, et de faire l'ascension du Fujiyama. En ce cas, des gardiens armés, que les Européens appellent, à tort me dit-on, *yakunins*, cette appellation appartenant à des officiers d'un rang supérieur, accompagnent le touriste, avec mission de veiller sur lui et de le surveiller lui-même. Les points les plus éloignés de Yokohama pour lesquels ces permis sont accordés à titre de faveur spéciale sont Subashiri, au pied du Fujiyama, au nord-est, à environ cinquante milles, et Atami, sur les bords de la mer, au sud-ouest, à environ soixante milles de Yokohama. Quand on procédera à la révision des traités [1], la clôture du Japon formera probablement une des questions importantes des négociations. Jusqu'à présent, aucune des légations étrangères ne l'a officiellement touchée; mais, en sondant les intentions des conseillers du mikado, on a toujours reçu la même réponse : aussi longtemps que les *samurais*, gens de la classe militaire, resteront armés, la fermeture, dans l'intérêt même des étrangers, doit être maintenue. Permettre à ceux-ci de voyager dans l'intérieur serait exposer leurs personnes, leur vie même aux plus grands dangers. Quand on dit aux ministres : Eh bien, désarmez les samurais, ils répondent que c'est là une grosse affaire, une question de politique intérieure qu'il ne leur est pas permis de traiter avec les représentants des puissances étrangères [2]. C'est dans ce raisonnement qu'ils se renferment. Désarmer les samurais à deux épées, c'est accomplir une révolution. Permettre aux étrangers de voyager à l'intérieur avant que les samurais soient désarmés, c'est multiplier les meurtres. Ils ont tous été commis sur le territoire ouvert; jugez de ce qu'il en serait si nous autorisions les voyages dans l'intérieur. Cet argument est sans réplique.

Y a-t-il aujourd'hui des dangers à voyager dans l'intérieur? Là-dessus les avis sont partagés [3]. Dans le monde diplomatique, le mot d'ordre du moment semble être d'envisager du côté le plus brillant les hommes et les choses du Japon. Des ministres réformateurs, se disant amis des étrangers, sont au pouvoir. Il faut les ménager, les encourager, les aider peut-être dans une certaine mesure à réaliser leurs intentions bienveillantes, éclairées, civilisatrices. Sans doute la liste des étrangers assassinés et mis en pièces est longue; quand on compare le nombre des victimes avec le nombre des résidents, elle paraît même effrayante. Mais, depuis plusieurs mois, il n'y a plus d'attentats semblables. Si deux samurais aidés d'un troisième que le hasard avait amené, ont, au mois de janvier dernier, écharpé deux Anglais au service du gouvernement japonais, ces deux hommes n'ont à s'en prendre qu'à eux-mêmes, car ils avaient renvoyé leurs gardiens et s'étaient montrés la nuit dans les rues de la capitale avec une femme du pays. Sans doute sir Rutherford Alcock a raison de dire dans son livre qu'il n'est pas bon de rencontrer des daïmios en voyage avec leur suite de gentilshommes à deux épées; que c'est même s'exposer à une mort immédiate; mais, on ne rencontre plus de daïmios aussi fréquemment qu'autrefois, par la raison qu'ils voyagent en bateau à vapeur et rarement par terre. Les samurais ne sont plus aussi difficiles à vivre qu'ils l'étaient. L'influence de la civilisation commence à les atteindre. — Mais le terrible attentat que deux fanatiques ont commis dans les rues de Kiyôto sur sir Harry Parkes, au moment où, entouré de ses ordonnances et de soldats anglais, il se rendait solennellement au palais du mikado! — Oh! il y a trois ans de cela et nous n'en sommes plus là. — Enfin, à en croire les chancelleries des missions, tout danger a disparu.

Les résidents de Yokohama aussi sont très-confiants. Cependant quelques-uns d'entre eux m'ont avoué leur complète ignorance sur cette question. Les missionnaires catholiques, si bien informés dans d'autres pays de l'extrême Orient, surtout en Chine, n'ont su me donner aucune indication précise. Il est toutefois un point sur lequel tout le monde est d'accord : le peuple est bon, aimable, bienveillant. Quant aux hommes à deux glaives, il faut les éviter, tant qu'on peut. Le reste est inconnu. Bien des choses le sont dans ce pays. Un épais rideau semble

---

[1] En 1873.

[2] D'après les dernières nouvelles du Japon, le désarmement des samurais s'est opéré en plusieurs points de l'empire.

[3] A en croire les dernières correspondances, il y a, à cet égard, une amélioration notable.

encore l'envelopper. Les légations des grandes puissances peuvent bien le soulever un peu ;
mais leurs moyens d'information sont limités, et, à l'exception de la légation d'Angleterre qui
est à Yedo, elles sont toutes établies à Yokohama. D'ailleurs, les circonstances imposent aux
chefs une grande réserve. S'ils insistaient beaucoup auprès de leurs nationaux sur les dangers
auxquels ceux-ci s'exposeraient en pénétrant dans l'intérieur, ils répandraient l'inquiétude dans
la factorerie de Yokohama et blesseraient la susceptibilité des autorités du pays ; s'ils s'appesan-
tissaient sur la sécurité dont les Européens jouissent de fait aujourd'hui sur le territoire des
traités, ils encourageraient indirectement l'esprit d'aventure propre à la race anglo-saxonne, et
assumeraient, en partie, la responsabilité des meurtres qui pourraient en être le résultat. Ils
gardent donc le silence. Mais, comme il a été dit, la confiance l'emporte en ce moment dans le
monde officiel, diplomatique et consulaire.

3 *août*. — M. van der Hoeven, ministre des Pays-Bas, a bien voulu me proposer d'être d'une
excursion qu'il va entreprendre au Fujiyama. Je profiterai de cette occasion précieuse pour
explorer le pays très-peu connu au nord et au nord-est de ce volcan éteint. Nous sommes six
voyageurs et nous avons la bonne fortune d'emmener avec nous M. Kempermann, japonologue
distingué et interprète de la légation Nord-Germanique. Les préparatifs sont faits, les ordres du
gouvernement expédiés par courrier aux autorités locales. Le cuisinier en *kangho*, les provisions,
la vaisselle, la literie chargées sur les épaules d'un nombre respectable de koulis, nous précèdent. Enfin ce matin, à cinq heures, par une matinée splendide qui annonce une journée de
feu, nous montons dans un char à bancs. Il nous transportera sur le Tokaido, la route royale
que nous prenons à une lieue d'ici et qui est carrossable jusqu'aux bords de la rivière
d'Odawara. De là, on continuera à pied, à cheval, en kangho. Des yakunins, nos anges gardiens et nos surveillants, montés sur de petites haridelles, entourent la voiture. A peine
établi dans ce véhicule de construction primitive, tout le monde, excepté moi qui n'en porte
jamais, examine ses armes. Mon jeune voisin tire de sa poche un revolver formidable. La
manière dont il s'y prend me fait, pour la première fois dans ma promenade autour du monde,
trembler pour mes jours.

Le Tokaido est, comme toujours, fort animé. Des voyageurs à pied, en norimon, en
kangho, des femmes, des enfants, des hommes à deux épées, des prêtres à la tête rasée, se
suivent presque sans interruption. De temps à autre, nous rencontrons un messager. Comme
la plupart des hommes que nous voyons, il a pour tout vêtement une ceinture. Coiffé d'un
grand chapeau rond complétement plat et miraculeusement perché sur l'occiput, il porte sur
l'épaule un long et mince bâton de bambou. A l'une des extrémités est attaché un petit paquet
contenant ses dépêches ; à l'autre, son léger bagage. Ses petits pieds, selon l'usage du pays,
sont chaussés de sandales de paille. Il court avec une grâce et une agilité merveilleuses : c'est
à peine s'il touche le sol. Ce Mercure n'est pourtant qu'un simple kouli au service de quelque
daïmio, ou du gouvernement, ou de l'administration des postes ; car il y a une poste aux
lettres dont le service se fait très-régulièrement. Nos yakunins sont de beaux garçons. Sous
leur chapeau noir de papier laqué à larges bords, et dans leurs amples robes de soie, ils ont
assez bon air. Des deux côtés de la route, il y a des maisons, des boutiques, des arbres. Les
villages se touchent. Le plus gros s'appelle Totska. A huit heures et demie, nous arrivons dans
la ville de Fujisawa, célèbre par son temple. Le pays est charmant. Des coteaux alternent avec
de petites vallées qui, sans issue vers la montagne, s'ouvrent sur la route. Monts, vallées, petites
gorges, tout est d'un vert éclatant. Des rizières couvrent de petites plaines et remontent d'étage
en étage sur les flancs et dans les déchirures des collines qui sont ombragées par des arbres
magnifiques, des pins, des cryptomerias, des lauriers japonais ; çà et là, des touffes de bambous.

Nous déjeunons dans une grande maison de thé. Les *né-sans*, les demoiselles, c'est-à-dire les servantes de l'auberge, si fréquemment chantées dans les descriptions de voyage, se blottissent autour de nous. Quoiqu'on soit habitué ici à voir des étrangers, il y a un grand concours de curieux. A neuf heures et demie, départ. Une heure après, nous franchissons les limites des traités, et, traversant le gros bourg d'Oiso, nous arrivons, vers une heure, sur le bord de la rivière, en face de la ville féodale d'Odawara.

Ici on quitte la voiture et chacun de nous s'étend sur une planche, en passant ses doigts dans de petites ouvertures pratiquées à cet effet. Puis quatre hommes nus la soulèvent, la placent sur leurs épaules et se précipitent dans la rivière. C'est une scène animée, bizarre et un peu émouvante. Au milieu du torrent, l'eau monte presque aux épaules des porteurs. Obligés de céder à la violence du courant, ils se laissent aller à la dérive, heureusement sans perdre pied. Le rivage s'enfuit comme si nous descendions dans une barque. Bientôt le bruit du ressac de la mer vient se mêler aux cris cadencés des koulis qui, tout en luttant contre les vagues, nous regardent de temps en temps en riant. Ballottés sur notre légère planche, nous nous y cramponnons de toutes nos forces. Enfin, le rivage est atteint et on nous dépose sur le sable. Encore quelques pas et nous voilà dans la principale rue d'Odawara. A l'entrée de la ville, le maire et les adjoints, affublés de leur costume officiel, nous reçoivent en faisant le grand *kow-tow ;* puis ils nous mènent solennellement à une grande maison de thé où nos gens, envoyés la veille, ont préparé le *tiffin*. Depuis un ou deux ans, Odawara a été visitée par des résidents de Yokohama. Cependant l'arrivée de figures blanches y est encore un événement. Des habitants des deux sexes et d'innombrables enfants accourent pour nous voir manger. Après le repas, se présente un homme muni d'une belle boîte laquée et divisée en quatre compartiments contenant du sable rouge, bleu, noir et blanc. En le jetant sur le plancher, comme un cultivateur jette la semence, il dessine et peint à la fois des ornements bizarres, des fleurs, des oiseaux, et, à la fin, au milieu des rires bruyants de l'assemblée, des sujets érotiques dignes de la *chambre secrète* de Pompéi. L'allégresse des femmes et des jeunes filles nous donne une singulière idée de la moralité du peuple japonais. Mais la correction du dessin, l'harmonie des couleurs deces peintures de sable, exécutées d'une si étrange façon sous nos yeux et en peu d'instants, n'en sont pas moins admirables. Pour moi, c'est un trait de lumière. Je commence à comprendre l'art japonais.

A quatre heures, départ, cette fois-ci à cheval. Jusqu'à présent nous avons marché vers l'ouest. A partir d'Odawara, nous nous dirigeons vers le nord. La route suit la rive droite du torrent, laisse entrevoir à demi caché dans l'ombre de beaux groupes d'arbres séculaires le

LA TOILETTE D'UN YAKUNIN.

château du daimio, et, devenant de plus en plus escarpée, s'engage dans des montagnes couvertes de pied en cap d'une exubérante végétation.

Rien de pittoresque comme le petit village de Yumoto, situé au fond d'une gorge. Ici nous quittons le Tokaido qui mène à Kiyôto, et par des sentiers étroits, sur de petits ponts fragiles, entre des rochers couverts de lichen, toujours en montant, nous arrivons sur les sept heures du soir aux bains de Miyanôshita.

Distance de Yokohama, quatorze ris ou trente-cinq milles anglais.

COUREUR IMPÉRIAL, PORTEUR DE DÉPÊCHES.

4 et 5 août. — Miyanôshita, *au-dessous du temple*, se compose d'un temple, *mia*, et d'un groupe de maisons superposées les unes aux autres, jetées moitié sur le flanc d'un rocher, moitié au fond d'une gorge étroite qui s'ouvre vers le nord. Dans cette direction, le regard enfile le versant oriental d'une chaîne de collines. Tout autour on ne voit que des montagnes couvertes de cryp-

tomérias, de toutes sortes de conifères, de chênes, de mélèzes. Tout est vert, sauf les toits gris
des maisons supportées par des piliers rouges et montrant çà et là leurs cloisons mobiles tendues
de papier blanc. Des gradins taillés dans le granit tiennent lieu de rues. Autour des maisons,
de petits jardins descendent d'étage en étage; de petits filets d'eau limpide forment de petites
cascades. De petits chênes, de petits sapins, de petits cèdres tourmentés, lacérés, tordus selon
le goût du pays, les ombragent. De petits ponts consistant en une seule pierre sont jetés sur des
torrents artificiels. Le goût certes est contestable, et le dessin a je ne sais quoi d'enfantin; il y a
pourtant là de l'imagination et les proportions sont harmonieuses. Si de votre balcon vous

PASSAGE DE L'ODAWARA, D'APRÈS UN CROQUIS DE L'AUTEUR.

plongez le regard dans un de ces jardins, il vous fait l'effet d'un parc. Mais voici une jeune fille
qui passe, et elle est plus haute que ce vieux cèdre. Tout cela n'est qu'un joujou, mais, convenez-
en, un joujou charmant.

Le maire nous a logés dans le meilleur appartement de la meilleure auberge, en dérangeant
une famille du pays. Je déteste ces coups d'autorité, mais, le mal étant fait, j'en profite comme
les autres. Au reste, les dépossédés nous sourient agréablement. Notre maison de thé ou
plutôt notre hôtel se compose de plusieurs corps de logis reliés par un corridor. En s'y promenant, on peut étudier la vie intime des Japonais. Tout le monde est venu pour faire une cure.
Au bout du corridor, on se réunit dans la salle de bain et on se couvre tour à tour d'eau chaude
ou froide, puis chacun se retire dans sa chambre plus ou moins ouverte de tous les côtés.

Là on se fait masser par des aveugles, ou bien, si vous avez amené votre femme, c'est elle

TOILETTE D'UNE DAME JAPONAISE.

qui se charge de cette besogne. J'ai vu un gros monsieur étendu sur la natte, fumant et lisant :
sa femme, accroupie à côté de lui, était occupée, pendant des heures entières, à passer ses
mains effilées sur les épaules du maître. Leur fille, jeune personne assez jolie, coiffée à ravir
et fort bien mise, jouait d'un instrument ressemblant à un luth. De temps à autre, les domestiques entraient en rampant pour servir le thé et renouveler le tabac du père de famille, qui est,
me dit-on, un personnage officiel de Yedo.

Dans une autre chambre, nos yakunins, accroupis en cercle autour de jeunes filles, chantent
et boivent du *saké*. La cuisine regorge de femmes qui préparent les repas, surveillent les marmites,

UN MÉDECIN EN VISITE.

coupent en tranches des poissons encore vivants. Elles sont d'une extrême propreté et procèdent
méthodiquement. Rien qui puisse choquer l'œil. Tout le monde bavarde et rit, tout le monde
a l'air joyeux, insouciant, facile. Comme les pièces se touchent et ne sont séparées que par des
cloisons en papier, pour la plupart ouvertes, le regard pénètre partout. Des têtes joliment
coiffées, des bustes et des bras nus fourmillent dans la pénombre. Çà et là un rayon de soleil
pénètre, et alors l'air poudroie comme une pluie d'or au milieu des ténèbres. Plus loin vous
apercevez le jour, et, au fond, des arbres, un fragment de cascade, des passants qui gravissent
ou descendent les escaliers taillés dans le roc, qui disparaissent dans la verdure ou pénètrent
dans des chaumières.

6 *août*.—Notre colonne s'ébranle peu avant six heures du matin. Si on pouvait dévisser ses

jambes, rien ne serait commode comme le voyage en kangho. Cette litière du pays est un panier
ouvert, long d'environ trois pieds, et haut de deux. Il faut défalquer l'épaisseur du gros bambou
auquel il est suspendu. La toiture vous protége imparfaitement contre le soleil, et elle est si
basse, qu'elle vous oblige de vous coucher sur le dos, tandis que le voisinage du porteur de
devant vous force à replier vos jambes. Mais on se fait à tout, sinon il ne faut pas venir au Japon,
où tout est autre que dans le reste du monde.

En sortant de Miyanôshita, on franchit la gorge et, se dirigeant constamment vers le nord,
on traverse une belle forêt. Après une marche de deux heures et demie, nous faisons une

UN MÉDECIN DE QUALITÉ.

première halte dans le village de Sen-goku-no-hara. Départ, à neuf heures et demie. Nous avons
quitté les ombrages du bois, et c'est sous les dards de feu d'un soleil impitoyable que nous
gravissons les hauteurs de la dernière chaîne qui nous sépare du Fujiyama. L'herbe, presque
haute comme la taille d'un homme, est blanche sur un côté et verte sur l'autre, ce qui fait
paraître les montagnes, ici d'un gris clair pâle, là d'un vert éclatant, selon le vent qui souffle.
Le sentier devient de plus en plus raide. Derrière nous, un peu à l'ouest, se développe entre
des bords solitaires une nappe d'eau noire : c'est l'extrémité septentrionale du lac Hakoné.
A onze heures, en débouchant du défilé, nous atteignons la crête, à peine large ici de quelques
pieds et précipitant ses pentes abruptes vers une plaine onduleuse couverte de prairies, de quin-
conces, de hameaux, de villages. Le vert clair et mat du gazon alpestre et touffu alterne avec
le vert, foncé à l'ombre, argenté au soleil, du feuillage. De l'autre côté de la plaine, vers le

UN DINER DE FAMILLE.

nord-ouest, à la distance de quatre à cinq milles, s'élève tout d'une pièce, à quatorze mille
pieds au-dessus de la mer, le géant des volcans, le mont saint de l'empire, le Fujiyama. Il
rappelle l'Etna vu de Taormina; seulement ses flancs sont moins déchirés, ses contours moins
brisés, et les chaleurs exceptionnelles de cet été ont fait disparaître la neige qui le recouvre
jusqu'à mi-côte pendant la plus grande partie de l'année.

Les voyageurs se laissent glisser sur l'herbe. En quelques minutes ils sont descendus dans
la plaine. Là ils trouvent les suaves parfums du printemps, l'air frais et élastique des Alpes.

A une heure, arrivée au village de Gotemba et halte dans une jolie maison de thé. Puis une
charmante promenade à travers un parc anglais où l'ombre et l'eau abondent. Peu à peu les
arbres deviennent rares. Nous entrons dans le steppe qui ceint la base du volcan. C'est dans
cette région d'herbe et de lave que se trouve Subashiri, où nous passerons la nuit. Arrivée à
six heures et demie. Distance de Miyanôshita, sept ris ou dix-sept milles et demi.

Toute cette journée a été délicieuse. Quand on voyage en kangho, on rase pour ainsi dire
le sol. Pendant la matinée, en traversant les prairies, l'herbe, le lichen, les tiges des fleurs
caressaient mes joues; mes regards pénétraient dans des régions mystérieuses que le piéton
foule du pied, mais qui échappent à sa vue. C'était pour moi comme une révélation. Le soleil
jouait avec les ombres dés feuilles et des brins d'herbe. J'épiais les abeill s, les papillons,
mille insectes se glissant furtivement dans les calices des fleurs. Et quelles fleurs ! De grandes
cloches d'azur gracieusement inclinées sur des œillets gigantesques; des lis s'épanouissant sous
un dôme d'herbes longues et minces. Tout rit dans ce pays, la végétation, les hommes. Voyez
les pauvres gens qui vous portent ! Ils ne cessent de rire, de bavarder. La sueur perle cependant
tout le long de leur corps bronzé. Toutes les deux ou trois minutes, ils changent d'épaule.
C'est l'affaire d'une seconde. Nous avons chacun quatre koulis qui se relayent. Dans les montées,
ceux qui sont libres aident leurs camarades en appuyant les mains contre le dos des porteurs.
De dix en dix minutes, ils se relèvent : jamais sans s'être préalablement livré un combat de
politesse. « Vos grandeurs doivent être fatiguées. — Du tout, votre grandeur se trompe, » et
de nouveaux rires et de nouvelles protestations.

7 août. — C'est d'ici, du village de Subashiri ou par un sentier plus à l'ouest de Hakoné, que les Européens, dûment autorisés, escortés, gardés et surveillés, font l'ascension du Fujiyama. Dans cette saison, les pèlerins indigènes affluent de tous côtés, mais leur point de départ principal est Yoshida. Au delà de Subashiri, commence le sol mystérieux, peu connu des blancs. C'est là, au nord-est du volcan, qu'est située la ville de Yoshida, célèbre par son temple shintoïte, par la sainteté du lieu, par le nombre prodigieux de pèlerins qui, en juillet et en août, viennent y faire leurs dévotions, avant ou après l'ascension du mont saint. C'est le but de mon voyage. Quant au Fujiyama, je m'en rapporte aux récits qu'en feront mes compagnons. Je sais d'ailleurs que le plaisir ne vaut pas la fatigue. Un sentier assez bien entretenu et divisé en huit stations où l'on peut passer la nuit dans des huttes, mène aux bords du cratère éteint. Si, par exception, le ciel est clair, on y jouit d'une vue étendue, mais peu intéressante. Le grand charme des paysages alpestres, contemplés d'un point culminant et très-élevé, consiste, il me semble, dans la variété plus que dans l'étendue du panorama. Tout terrifié, vous plongez dans les gorges des hautes montagnes qui vous entourent, vous en dominez les pics et mesurez du regard les abîmes ; puis, pour reposer vos yeux, vous les dirigez vers la plaine qui, par une illusion d'optique, surmonte les crêtes et élève l'horizon à la hauteur du point que vous occupez. Cet entourage de pics et de montagnes manque au Fujiyama. Celles qui l'encadrent atteignent à peine trois mille pieds. Vu du cratère, le pays présente l'aspect d'une feuille de papier chiffonné, vert, tacheté de lignes et de points blancs : c'est Yedo, Yokohama et les innombrables villes, bourgs et villages du Kuanto [1].

Les préparatifs de l'ascension ont rempli la matinée. A deux heures [2], mes amis se mettent en route. En même temps, accompagné de l'inappréciable M. Kempermann, le seul de nous tous qui ait le don de la parole, je monte à cheval pour pénétrer dans les terres inconnues. Le soleil est cruel, le pays monotone. Nous suivons un ravin, une profonde déchirure du sol. Au sortir de là nous avons devant nous un petit lac ; au fond, plusieurs rideaux de montagnes ; à gauche, le volcan. Direction, nord-nord-est. Arrivés au bord de l'eau, nous acceptons pour quelques minutes l'hospitalité du maire de Yamanonaka, petit village coquettement intercalé entre le versant d'une colline boisée et le lac. Notre arrivée émeut la population. De toutes parts on accourt, on nous regarde avec étonnement et en silence, puis on se met à rire, mais d'un rire gai, franc, aimable : nous sommes les bienvenus. La dernière partie de cette petite journée est délicieuse. Le Fujiyama nous protége de ses ombres gigantesques. A cinq heures et demie, après avoir passé devant l'entrée du grand temple, nous arrivons aux premières maisons de Yoshida. Le maire nous reçoit et nous mène à un petit temple précédé d'une grande hôtellerie où il nous a fait réserver des chambres.

Distance de Subashiri, six ris ou quinze milles.

7 au 10 août. — La ville de Yoshida occupe le versant d'un contre-fort du Fujiyama. La grande rue descend en ligne droite. Un ruisseau, formant çà et là de petites chutes, la parcourt dans toute sa longueur. Les maisonnettes aux toits aplatis et chargés de grosses pierres rappellent les chalets de nos Alpes. Vues d'une distance suffisante pour faire disparaître les détails, l'illusion est même complète. On se dirait en Suisse ou au Tyrol. En regardant en arrière, dans la direction de la rue, le cône colossal du volcan s'élève au-dessus des bois sacrés

---

[1] Groupe de huit provinces, littéralement traduit : l'Est de la barrière.

[2] Comme la route que nous avons suivie depuis Subashiri a été faite très-rarement, et qu'autant que je sache elle n'a jamais été décrite, j'ai cru utile d'indiquer exactement l'heure des départs et des arrivées : c'est un moyen fort imparfait, il est vrai, de calculer les distances. Celles-ci sont marquées en ris sur les itinéraires imprimés que l'on peut acheter au Japon dans presque toutes les auberges des villes un peu considérables. Seulement les ris ne sont pas toujours les mêmes. Mais partout nos koulis ont marché d'un pas accéléré, environ cinq kilomètres à l'heure.

qui couvrent les hauteurs voisines. Vers l'est, au lointain, un dédale de montagnes rocheuses, de gorges, d'anfractuosités, le tout revêtu de végétation.

Le temple-auberge où nous sommes logés est une immense bâtisse contenant beaucoup de chambres qui, comme partout, sont séparées par des cloisons mobiles. Une grande cour le précède. Un jardin le borde sur un côté ; au-dessus du mur, on voit le Fujiyama. De mon logement, qui est contigu au temple, je puis, à travers les châssis entr'ouverts, observer tout

PÈLERINS SE RENDANT AU FUJIYAMA.

ce qui se passe dans ce vaste caravansérail. J'aperçois beaucoup de pèlerins, quelques seigneurs et leur suite et, dans les pièces avoisinant la grande cour, une légion de domestiques et de gens armés portant sur leur tunique le blason du maître. Par delà la cour, des pèlerins vêtus de blanc et agitant une sonnette ne cessent de défiler dans la grande rue. Ils viennent du Fujiyama. Le maître de l'hôtel, qui est en même temps prêtre du grand temple, met son estampille sur leurs robes, et constate ainsi qu'ils ont fait l'ascension du mont saint. Ces vêtements se lèguent de père en fils, et forment de précieuses reliques.

Ma chambre, une vaste salle, donne dans une petite cour et dans le sanctuaire : un autel avec des candélabres; au milieu, le miroir sacré. Pas de monstres ni de statues de dieux. Une noble simplicité et un silence solennel règnent dans ces lieux, consacrés à une idée abstraite et dégagés de tous les attributs extérieurs du culte bouddhique. Les bruits confus de la rue, de la cuisine, des chambres occupées par les pèlerins, n'arrivent ici que tempérés par la distance. Des lumières magiques et inexplicables errent dans l'espace, rampent le long des lambris, pénètrent par les châssis de papier, se reflètent sur les bords laqués des parquets, se perdent dans les profondeurs de l'appartement. Comme dans les auberges d'Italie au temps de Montaigne, les gens de qualité y suspendent en partant leurs écussons peints sur bois ou sur toile. On voit aussi beaucoup de tableaux votifs qui représentent le donateur entouré de ses compagnons. Le Fujiyama couvert de neige, des malades qui ont retrouvé la santé, des combattants victorieux, des hommes miraculeusement échappés à des voleurs. Quelques-uns de ces tableaux sembleraient remonter au dix-septième siècle, tout au plus au seizième. Le progrès et la décadence de l'art, les variations du goût se reconnaissent dans ces images, pour la plupart grossièrement faites, mais qui, presque toutes, trahissent le sentiment de la nature.

L'aubergiste, comme on a vu, est prêtre ou plutôt gardien du temple, car, à ce qu'on m'assure, la religion shintoïte n'a pas de prêtrise au sens ordinaire. Les hommes du gouvernement actuel sont systématiquement hostiles à la religion bouddhique qui est celle de l'immense majorité du peuple. Les dogmes du shintoïsme sont à peu près oubliés. Les savants seuls les connaissent. Les hommes politiques du jour n'en ont aucune souvenance, et les confondent volontiers avec les doctrines de Confucius, qui, en réalité, ne sont que des maximes de haute morale. On sait que le grand philosophe chinois, interpellé par un de ses disciples sur l'existence d'un autre monde, répondit : « Je n'y suis jamais allé, je n'en sais rien. » Telle est la religion des conseillers actuels du mikado; et c'est ainsi qu'ils comprennent le shintoïsme, patronné par eux et indirectement imposé au peuple comme religion d'État. Mais il paraît que cette interprétation est sujette à caution. Le shintoïsme était certainement l'ancienne religion du pays, mais il a dû céder la place au bouddhisme qui, officiellement introduit en Chine à la fin du premier siècle, a, vers le milieu du sixième, envahi, et, on peut le dire, conquis le Japon. L'ancienne religion professée pour la forme par les mikados fut envahie par les croyances et pratiques bouddhiques. Quant aux shoguns, ils étaient tous bouddhistes. Cela explique les progrès rapides de la religion importée des Indes, voie de Chine. Et l'on comprend aussi que les dogmes et le culte de l'ancienne religion soient tombés d'abord en désuétude, puis en oubli. Le shintoïsme officiel du jour est tout simplement la négation de toute religion et l'abolition de tout culte; c'est la destruction des temples bouddhiques, qu'on a déjà inaugurée par la démolition d'une grande partie du célèbre sanctuaire de Kamakura, et par la confiscation dont on veut frapper les biens des prêtres ; mais ce n'est évidemment pas la vieille religion de l'empire. Dans beaucoup de temples, les deux cultes ont été pratiqués simultanément; dans d'autres, comme ceux de Yoshida et des environs, beaucoup de cérémonies bouddhiques, sympathiques au peuple, ont été introduites avec une certaine mesure. Nulle part les dogmes, les doctrines et les cérémonies de l'ancienne religion ne se sont réellement conservés dans leur antique pureté.

Ici, et tout autour de la base du Fujiyama, on professe l'ancienne religion du pays, mais on pratique plus ou moins le bouddhisme. Notre hôtelier-prêtre est d'une famille noble ; vu son saint ministère, il a renoncé au port des armes. Chaque après-midi, il endosse son costume officiel et se rend au grand temple. Sa femme, une matrone encore belle mais qui manque de dignité — hélas ! je la vois tous les soirs un peu grisée de saké — ses deux filles qui exercent les fonctions de servantes d'auberge et son fils, un charmant enfant de quinze ans, composent la famille. Ce jeune samurai armé de ses deux sabres aime à parader devant nous dans son costume de gentilhomme. A ses bonnes manières répond la délicatesse de ses sentiments. Une

AU GRAND TEMPLE DE YOSHIDA, D'APRÈS UN CROQUIS DE L'AUTEUR.

petite scène qui se passa au retour de mes compagnons la mit en évidence. Un de ces derniers
désirait emporter comme souvenir un des tableaux votifs. Les scrupules de l'hôtelier écartés
moyennant une offre splendide, l'image fut décrochée et remise à l'acquéreur. Mais on avait
compté sans le jeune samurai, qui se mit à sangloter. « Vous n'avez pas, disait-il à son père,
le droit de vendre ce tableau. C'est la propriété du temple, c'est un ornement de notre maison,
qui a appartenu à nos ancêtres, qui vous appartient maintenant, mais qui un jour sera à moi.
Et laisser emporter ce tableau par les étrangers ! quelle honte ! quelle affliction ! » Et un nouveau torrent de larmes ! Il va sans dire que le tableau fut remis à sa place.

Le grand temple est situé à quelques pas de l'entrée de la ville haute, au milieu d'un bois
sacré de cèdres et de cryptomérias au moins six fois séculaires. Une longue avenue formée de
ces arbres vénérables et d'une double rangée de lanternes de pierre mène de la grande route
à la *fourche*, c'est-à-dire à la porte d'entrée qui est isolée et dont les montants, deux poutres
légèrement inclinées, supportent deux autres poutres horizontalement superposées l'une à
l'autre. Ce portail d'un dessin peu compliqué et, il faut l'avouer, peu gracieux puisqu'il
rappelle une potence, se répète dans tous les temples shintoïtes et donne accès à une cour
oblongue et carrée. Au milieu, en face du temple proprement dit, est une plate-forme,
élevée de cinq à six pieds au-dessus du sol et couverte d'un lourd toit ressemblant à un chapeau de feutre à larges bords retroussés. Des tréteaux placés pour cette occasion et réservés
aux prêtres relient la plate-forme avec le temple. Des gradins y conduisent; une galerie règne
tout le long de la façade. Derrière la galerie, un vestibule mène au sanctuaire, qui est parfaitement accessible aux regards des profanes et qui contient l'autel avec les candélabres, le brûle-
parfums et le miroir sacré où se reflète la divinité. Une lourde toiture semble écraser l'édifice.
Les frises sont richement sculptées et ont conservé des traces de dorure. Dans la cour nous
admirons quelques *itchos* (salisburia adamantifolia) d'une magnificence rare, et un bassin de
pierre que protége un toit et qui est flanqué d'un conduit d'eau de bronze, représentant un
serpent-dragon. Tous les jours, dans l'après-midi, nous avons visité le temple.

La veille de notre départ, il y eut une grande cérémonie. La cour était remplie de peuple.
Sur l'estrade où l'on avait dressé un petit autel orné de fleurs et supportant le miroir mystique, un prêtre vêtu d'une ample robe de soie, coiffé d'un casque et muni de deux épées,
exécuta la danse des glaives. C'est un combat acharné livré à un adversaire invisible. De la
défensive il passe à l'attaque, puis il recule, tourne sur ses talons, s'élance de nouveau à la
poursuite du démon, qui cette fois est décidément vaincu. La scène du combat, la plate-
forme, occupe tout au plus vingt pieds carrés. Le guerrier est souvent obligé de revenir sur
ses pas. Ses mouvements pleins de noblesse se règlent d'après les sons plaintifs d'une flûte
accompagnée du bruit rauque et lugubre d'une grosse caisse. Les musiciens sont un vieillard
et un enfant, accroupis sur leurs talons dans un coin de l'estrade. Enfin le guerrier se retire
dans l'intérieur du temple. A ce moment, une demi-douzaine de prêtres paraissent sur le
haut des gradins et jettent de petites pièces de cuivre aux femmes et aux enfants.

Deuxième cérémonie.

Un bonze paraît sur le seuil du temple; puis, passant sur les tréteaux, il s'avance majestueusement vers l'estrade. Sa démarche est celle du tragédien. Il traîne un pied après l'autre
et s'arrête un instant à chaque pas. Il porte une sorte de chasuble richement brodée. L'ensemble de son costume rappelle nos ornements pontificaux. Sa tête non complétement
rasée, car il est shintoïte et non bouddhiste, est ceinte d'un ruban rose dont le bout
fortement collé se dresse et oscille au-dessus du front. Il porte dans la main un arc
et sur le dos, en bandoulière, un carquois rempli de flèches. Un silence profond s'est fait
dans la foule bleue et couleur de chair, comme les foules le sont au Japon. On n'entend que

le chant monotone de la cigale et le bruissement léger des cèdres, doucement agités par la brise du soir. Des milliers de regards suivent le prêtre. Mais aucune émotion, aucun sentiment de dévotion, de recueillement ou même de simple curiosité n'anime ces visages. Les gens qui nous entourent semblent trouver en nous des sujets plus dignes de leur attention. Ils nous regardent d'un air presque effaré. Deux blancs au temple de Yoshida ! Au moment où le prêtre pénètre sur l'estrade, la musique recommence. La flûte fait entendre des récitatifs, évidemment d'une haute antiquité. De temps à autre, la grosse caisse imite le sourd grondement d'un orage éloigné. Le bonze, après avoir fait plusieurs fois le tour de l'estrade, toujours comme s'il marchait sur des cothurnes, les regards tournés vers le ciel, s'incline rapidement, arme son arc, vise le mauvais esprit qu'il a découvert, lui décoche une flèche, le tue. Aussitôt la flûte fait entendre un hymne de victoire. Le prêtre recommence sa promenade, découvre et extermine un autre esprit, et la musique exprime de nouveau les différentes phases du combat. Enfin, après avoir délivré le pays de Yoshida de plusieurs de ces êtres malfaisants, le bonze entonne un cantique, jette des fèves dans l'air, se prosterne devant le miroir et se retire.

Je n'ai pas de paroles pour peindre l'expression du jeu de sa physionomie, la beauté classique de ses poses, l'effet saisissant de la musique, la noble et mystérieuse sévérité du lieu. Les attitudes du célébrant étaient, je l'ai dit, classiques ; mais elles ne l'étaient pas seulement dans un sens général : elles rappelaient, à ne pas s'y méprendre, les types connus des statuaires grecs de la grande époque. Les transitions d'une pose à l'autre portaient au contraire l'empreinte du goût japonais ; c'étaient des mouvements saccadés, jamais disgracieux, toujours exagérés et approchant de la grimace. Que ces cérémonies remontent à une ère bien antérieure à la nôtre, c'est ce qui ne fait aucun doute. Que certains mouvements rhythmiques se retrouvent dans les sculptures en bois et dans les images pieuses du Japon, rien de plus simple ; mais comment s'expliquer la pureté classique des attitudes et leur analogie incontestable avec l'art grec, tandis que, dans les arts du pays, on ne trouve aucune trace du même caractère ? Serait-ce un jeu du hasard ? Je n'admets pas cette manière banale d'expliquer les choses qu'on ne comprend pas. L'art grec aurait-il, dans son âge d'or ou peu après, pénétré dans l'extrême Orient ? Sur ce point les données historiques manquent absolument.

Après la chasse aux mauvais esprits, les bonzes paraissent de nouveau sur le seuil du temple pour jeter de la petite monnaie au peuple. Encouragés par la tenue des spectateurs, nous montons résolûment les gradins et nous échangeons les compliments d'usage avec les prêtres. Ceux-ci nous reçoivent avec une politesse exquise, acceptent une modeste offrande et, nous donnant quelques rouleaux de petite monnaie de cuivre, nous engagent à participer nous-mêmes à la distribution. Nous voilà donc transformés en bonzes, et jetant de l'argent à plusieurs centaines de fidèles qui courent, reculent, dégringolent, roulent les uns sur les autres. Scène burlesque et peu en harmonie avec la sainteté du lieu ! Tout le monde, y compris les prêtres, rit à gorge déployée. Parmi ces derniers je reconnais le guerrier à deux glaives et le chasseur aux esprits. Dégrimés et débarrassés de leurs armures, ils ont l'air inoffensif, bourgeois et bonhomme.

Après cet entr'acte profane, on procède à la dernière partie des cérémonies. Les prêtres se réunissent dans le sanctuaire. Assis en cercle sur leurs talons devant l'autel, ils se passent l'un à l'autre un vase sacré. Le liquide qu'il contient est versé dans une soucoupe et chacun en boit à son tour. Ils chantent en chœur, puis ils se lèvent, traversent la salle où ils reprennent leurs sandales, et se retirent. Ils portent des tuniques blanches, bleues ou rouges, selon leur rang ; le blanc désigne le grade le plus élevé. Sur leur tête on voit le ruban collé, ou le bonnet noir de papier laqué que portent les gens de qualité quand ils se présentent à la cour.

Le soleil se couche derrière le Fujiyama, non sans envelopper de ses feux de Bengale le triple ou quadruple rideau de montagnes qui s'élèvent à l'est, que peu d'Européens ont vues et que nous franchirons demain ou après-demain. Le ciel est rose, mais des nuages bleu clair flottent dans l'air. Ce n'est qu'à Yokohama, et encore rarement, que j'ai vu de pareils effets de lumière. Je me crois dans un monde idéal, dans des régions enchantées, et je retrouve avec délices, dans mon sommeil, les scènes étranges, mystérieuses, poétiques du grand temple de Yoshida.

10 *août*. — Mes compagnons sont revenus hier du Fujiyama. La chaleur les a fait beaucoup souffrir. En revanche, ils ont pu passer la nuit sur les bords mêmes du cratère, à quatorze mille pieds au-dessus de l'Océan. Ils confirment le jugement de la plupart des voyageurs. Ils ont distingué Yokohama, Yedo, un grand tapis sombre parsemé de points blancs et un immense horizon de mer. Des nuages ont arrêté la vue vers le nord.

Nous ne faisons aujourd'hui qu'une étape très-courte. Départ à deux heures après-midi. Direction : est-nord-est. Tournant constamment le dos au Fujiyama, nous nous engageons dans une grande et belle vallée. Les montagnes sont toutes vertes ; de simples rangées d'arbres en dessinent les contours. Dans les paysages japonais, c'est un élément qui se répète à l'infini. Toutes ces hauteurs se terminent en lame de couteau. Entre les deux versants, il n'y a de place que pour une simple rangée d'arbres. Nous traversons plusieurs villages propres, coquets et évidemment prospères. Partout une riche culture ; dans la plaine étroite qui çà et là serpente entre les montagnes, des rizières et beaucoup de mûriers. La route, un simple sentier soigneusement entretenu, est fort animée. A chaque pas on rencontre des pèlerins. Ils marchent en petites ou grandes bandes, tous vêtus du même costume blanc, tous agitant des sonnettes. Quand la pluie menace, ils mettent leur manteau de paille. Quelques-uns se font suivre de leurs domestiques. Les pèlerines sont rares, mais elles ne manquent pas complétement. Tout le long de la route, les détails charmants abondent. Par exemple, au dixième ri, près d'une petite maison de thé, un escalier de pierre mène à quelques tombeaux ombragés par un groupe de cryptômérias. Plus loin, près du village Tôkaichiba, nous nous arrêtons pour voir une belle cascade. L'encadrement d'une riche végétation en fait le principal charme.

PÈLERIN EN MANTEAU DE PAILLE.

A cinq heures et demie, nous arrivons à Yamura, petite ville située au centre d'un des grands districts de la soie. Partout des mûriers. La rivière se précipite avec violence à travers de petites prairies toutes fleuries, et longe, en écumant, des rochers couverts de mousse, de gazon, d'arbres de diverses espèces. Derrière nous, entre des pics verts, apparaît le cratère du Fujiyama. Notre arrivée est un événement. Toute la population accourt, mais en se tenant à une distance respectueuse. C'est d'ailleurs partout la même scène. Les babies pleurent, les enfants se cachent derrière leurs mères, les jeunes filles s'enfuient. Les hommes aussi semblent enclins à se sauver. Les matrones seules montrent du courage. C'est par elles que s'ouvrent les négociations, puis tout le monde se rassure, et, les premiers moments de surprise passés, nous ne voyons que des figures ouvertes, pleines de bonhomie et respirant le désir de nous être agréables. On bavarde, on rit, on se groupe autour des voyageurs, on ne les quitte plus. On les suit partout : à leur repas et jusqu'au bain, à moins qu'ils n'aient la cruauté de fermer les parois en papier. On aime surtout à assister à leur toilette. Je parle ici des classes populaires et moyennes, et non de la noblesse.

A un quart d'heure de la ville, près de la rivière, mes jeunes compagnons ont trouvé un lieu solitaire, et ils vont se plonger dans les eaux froides et limpides lorsque soudain la population tout entière apparaît : hommes, femmes, jeunes filles, enfants. Par exception, nos yakunins qui aiment à s'amuser se sont esquivés. C'est donc à moi de veiller à la moralité publique. Armé d'un long bambou, je me place sur la digue étroite qui seule donne accès à l'endroit du bain. Je laisse passer les hommes, mais je suis impitoyable pour le beau sexe. Vaine tentative ! Au risque de rouler dans le torrent, ces dames tournent ma position et grimpent sur le talus de la jetée, plusieurs avec des poupons attachés à leur dos. Quelques-unes m'abordent de front. Il y en avait de fort jolies, et toutes étaient d'une extrême propreté. Leurs petits pieds chaussés de petits patins de bois, les genoux légèrement pliés, les bras tendus en avant et les mains ployées en arrière comme les gens de cette race savent seuls le faire, la tête nue, un peu renversée, elles m'accablent d'un flux de paroles entremêlées d'un petit rire séduisant, et me décochent de leurs gros yeux bruns fendus des regards suppliants et pleins de douceur. Les contorsions des membres nuisent peut-être à la grâce des poses ; mais, dans ce pays, le grotesque est un des signes caractéristiques des hommes et des choses. Là encore je puis admirer le don d'imitation et la consciencieuse exactitude des artistes japonais. Les éléments de cette scène, je les ai rencontrés mille fois dans les sculptures, laques et peintures, et jusque dans les images grossières qui se vendent ici quelques centimes. De guerre lasse, j'ouvre le passage, et la foule des curieuses se précipite en avant, s'approche autant que possible des baigneurs, savoure enfin, avec une ineffable béatitude, l'aspect inouï, bizarre, fantastique de cinq hommes complétement blancs.

Distance de Yoshida à Yamura, quatre ris et demi, environ douze milles.

11 *août*. — Départ à cinq heures. Direction, est. La vallée serpente à mi-côte entre des montagnes hautes environ de trois à quatre mille pieds. Derrière nous, le Fujiyama se dresse dans toute sa grandiose magnificence. A deux ris de Yamura, courte halte près d'un temple entouré d'un beau bosquet. A huit heures et demie, arrivée au gros et important bourg de Saru Hashi. Ici on traverse une rivière profondément encaissée dans le rocher. Le pont, suspendu à une grande hauteur, est d'une construction toute particulière : des poutres, superposées horizontalement, en sorte que les bouts de chacune avancent graduellement les uns vers les autres au-dessus de l'eau. C'est le célèbre *pont des Singes*. Nous l'avons vu représenté dans plusieurs tableaux votifs du temple de Yoshida.

Le pays est toujours riant, mais il conserve encore le caractère des hautes Alpes. A part la

« C'EST DONC A MOI DE VEILLER A LA MORALITÉ PUBLIQUE », D'APRÈS UN CROQUIS DE L'AUTEUR.

végétation, c'est le canton d'Unterwalden. Nous sommes frappés tous de cette analogie. De nombreuses petites bandes de pèlerins nous rencontrent. Ils chantent et agitent leurs sonnettes, mais rien dans leur physionomie ne trahit la dévotion. Selon M. Kempermann, aucun sentiment religieux ne dirige ces milliers d'hommes vers le mont sacré. C'est une tradition, un exercice physique, des prières dites mécaniquement. La tête et le cœur n'y sont pour rien. C'est possible et, à en juger par l'aspect de ces gens, plus que probable ; mais ce n'est pas certain. Au fait, qu'en sait-on ? Le Japon n'est accessible que depuis quelques années, et encore seulement sur cinq ou six points de sa circonférence. La langue en est encore à l'étude. Comment lire dans

LE PEUPLE SE PROSTERNE DEVANT LE CHEF.

le cœur du peuple ? Comment s'expliquer l'origine et l'entretien des temples innombrables semés sur tout le territoire de l'empire ? Qui les a construits, qui les a dotés plus ou moins richement ? Évidemment ce n'est pas le peuple. Des sentiments religieux animaient donc alors les hautes classes. Comment, par quelles révolutions se sont-ils perdus ? Voilà bien des problèmes à résoudre.

De beaux et gros villages se succèdent à courts intervalles. Cette animation fait un des principaux charmes du pays. Nous nous trouvons ici dans les plus hautes montagnes du Kuanto ; et cependant, partout de la culture, des habitations, partout les traces de l'activité humaine et d'une fort ancienne civilisation. Les villages présentent tous le même aspect. Un ruisseau limpide traverse la rue principale dans toute sa longueur, à égale distance des maisons. En maints endroits il est bordé de plates-bandes remplies de balsamines énormes. Les maisons sont pour la plupart neuves, ce qui indique que tout récemment un typhon ou des incendies ou un tremblement de terre, ces trois fléaux qui à l'instar de certaines épidémies se reproduisent ici périodiquement, ont exercé leurs terribles ravages.

Par bonheur, si la nature dans ses accès de colère détruit les édifices en peu de minutes, les hommes savent les relever en peu de jours. Prévenus de notre passage, le maire et ses adjoints nous attendent à l'entrée, font leurs prosternations, se mettent à la tête de la colonne et, arrivés à l'autre bout du village, nous quittent avec le même cérémonial. Partout le peuple nous sourit sans nous saluer, mais il se prosterne devant le chef de nos yakunins qui, durant l'exercice de ses fonctions actuelles, représente l'autorité souveraine de l'empereur. Demandez en Europe à un paysan ce que c'est qu'un fonctionnaire muni du caractère représentatif ! Dans ce pays-ci, le dernier kouli le sait. Il sait aussi par cœur le code de l'étiquette, il le pratique scrupuleusement, et attend qu'on en fasse autant à son égard.

A Saru-Hashi, nous quittons la grande vallée que nous avons suivie depuis Yoshida. Elle sert de lit à une rivière qui, sortie du petit lac de Yamanonaka au pied du Fujiyama, se dirige d'abord vers le nord, depuis Yoshida vers l'est, et, à partir de Saru-Hashi, vers le sud-est. Si ma grande carte japonaise est exacte, cette rivière se jette dans la mer près du village d'Oiso (entre Fujisawa et Odawara).

Arrivée à Torisawa à neuf heures et demie. Départ à une heure.

Ici les voyageurs s'engagent dans un dédale de montagnes, un des plus beaux paysages que j'aie jamais vus. Le chemin, ou plutôt le sentier, gravit des hauteurs abruptes et en suit la crête, souvent si étroite qu'un homme seul a de la peine à y passer. Dans certains endroits, si j'avais marché à pied, je me serais aidé de mes mains. Mais, en kangho, ma confiance est sans bornes. Il faut pourtant une foi assez robuste dans les jarrets des porteurs. Comme ils changent d'épaule toutes les deux ou trois minutes, le voyageur se voit suspendu tantôt sur l'abîme de de gauche et tantôt sur l'abîme de droite. De là au beau-père de Blondin il n'y a qu'un pas ; et cependant le moyen d'avoir peur lorsque, dans les passages les plus difficiles et les plus dangereux, vous voyez vos koulis bavarder et se livrer à des combats de politesse ! Des deux côtés de la crête s'ouvrent des précipices qui, au premier faux pas des porteurs, seront votre tombeau, couvert, il est vrai, de buissons odoriférants, de touffes de fleurs colossales, de plantes grasses et luisantes que la nature, ce grand jardinier, a disposées avec une coquetterie et un goût exquis. Mais ayez le courage, si vous n'éprouvez pas de vertige, de plonger le regard dans ces abîmes, puis de l'élever vers ces hauteurs. C'est un panorama qui change à l'infini. Dans toutes les directions, des rideaux de montagnes. J'ai compté jusqu'à douze plans. C'est l'océan fouetté par la tempête, soudainement pétrifié, et tout tapissé de végétation. La grande variété des perspectives s'explique par les dimensions comparativement petites des divers éléments qui composent le paysage, et par le manque de profondeur des montagnes qui, fort étroites à leur base, s'élèvent par un escarpement très-rapide et se terminent en lame de couteau. La nature ne présente rien de mesquin, elle est au contraire grandiose et gracieuse à la fois ; elle se complaît à produire des effets qui charment votre œil tout en piquant votre curiosité.

Les villages sont toujours nombreux, mais l'aspect en est moins prospère que ceux où nous avons passé le matin. Dans plusieurs, il y a foire ou fête religieuse, c'est-à-dire force mâts ornés de fleurs, de petits papiers, de rubans, d'images. Partout des masses de pèlerins.

A six heures et demie nous arrivons à Uyenohara.

Distance de Yamura, neuf ris et demi, environ vingt-cinq milles.

12 août. — De la pluie et quelque rafraîchissement dans la température. A cinq heures, en

route. Direction, est. Après avoir traversé en bac une assez large rivière, un affluent de celle que nous avons suivie les deux jours précédents, nous gravissons par des sentiers fort rapides le plus haut défilé — parfaitement visible de Yédo, par un temps clair — des chaînes qui forment la ceinture du Fujiyama. Le pays conserve toujours son caractère alpestre.

De onze à quatre heures, halte au village de Komakino. En quittant la maison de thé, une

NÉSAN, D'APRÈS UN CROQUIS DE L'AUTEUR.

des plus jolies que j'aie vues, les coulis, au grand détriment de nos membres, s'amusent à improviser une course au clocher. En moins d'une heure ils nous portent à Hachôji. A cinq heures du soir, au milieu d'un immense concours de peuple, nous y faisons notre entrée solennelle.

Hachôji est une ville considérable par son commerce de soie. Ses habitants ont l'air prospère et la grande rue se distingue par la beauté et l'élégance de ses maisons. L'auberge où nous sommes logés est grande, spacieuse et très-propre. Malheureusement, notre provision de bougies étant épuisée, nous dînons à la lueur incertaine de chandelles japonaises, faites d'une cire végétale et donnant plus de fumée que de lumière. Mais regardez cette jeune fille, la *nésan :* elle les mouche avec l'épingle qui retient ses cheveux noirs, soyeux, abondants. Quelle grâce, quelle distinction et quelle modestie vraie ou adoptée pour la circonstance ! Mes jeunes compagnons en sont dans l'extase.

Durant ce voyage qui approche de sa fin, la rareté des animaux nous a frappés. Nous n'avons presque pas vu d'oiseaux ; peu de chiens, peu de chevaux, peu de bétail ; çà et là, des poulets et des cochons.

Distance de Uyenohara à Hachôji, sept ris et demi, environ vingt milles.

13 *août*. — Départ à six heures un quart. La grande rue est encore déserte ; mais hier, avant de se coucher, les habitants y ont étendu pour les sécher leurs grands parapluies de papier jaune huilé, ornés de grosses inscriptions noires. Nous avons le soleil en face. Il est encore bas et convertit les ombrelles en transparents lumineux. La brise du matin les fait pirouetter sur leurs manches. Aucun paysagiste n'oserait ou ne saurait rendre les effets de lumière produits par l'action simultanée des rayons directs et des rayons transmis : les teintes d'or mat et d'or bruni qui oscillent sur le sol, rampent sur les jambes bronzées de nos porteurs, lèchent les trottoirs devant les maisons dont les occupants sont encore plongés dans le sommeil.

Depuis Yoshida nous avons constamment marché vers l'est. Ici notre chemin tourne au sud.

Nous sommes entrés dans la plaine, mais une plaine accidentée, sillonnée de larges enfoncements, ombragée ici d'arbres magnifiques, là de bouquets épais de bambous. Un dédale de petits sentiers mène à une foule de jolis petits hameaux littéralement enterrés dans le feuillage. Espérant que la grande colonne nous suivrait de près, j'avais quitté Hachôji avec un seul de mes compagnons de voyage. Après quelques heures de marche, nous nous apercevons que nous sommes seuls, et que M. van der Hoeven a pris une autre route. Nous continuons donc en tête-à-tête, réduits, pour converser avec les indigènes, au langage des yeux et des gestes, et résignés à nous contenter de la cuisine du pays. Dans une maison de thé isolée, nous apercevons de grands sabres déposés, selon l'étiquette, sur une console de la pièce d'entrée. Voilà donc des samurais, des hommes à deux glaives, de ces êtres intéressants qui perpétuent si bien dans ce pays-ci la chevalerie du moyen âge, mais qui ont le tort d'écharper les chrétiens quand l'occasion s'en présente. Évidemment, il n'y en a pas de meilleure. Nous nous sommes assis devant la maison, et mon jeune ami profite, comme toujours, de l'occasion pour se faire donner par les nésans une leçon de langue japonaise, lorsque nos trois gentilshommes apparaissent. Ce sont de jeunes gaillards de haute taille, coiffés de calottes de soie bleu clair rayée de blanc, et portant sur leurs tuniques de même couleur les blasons du prince qu'ils servent, du daimio comme disent les jeunes filles, qui d'ailleurs ont hâte de mettre fin à la leçon et de s'esquiver, non sans avoir préalablement subi les accolades un peu brusques des trois chevaliers. Ceux-ci, les bras entrelacés, nous toisent d'un air insolent, vont et viennent en s'appuyant l'un sur l'autre, car ils ont évidemment fait de fortes libations de saké, s'approchent insensiblement de nous et semblent disposés à lier conversation d'abord, et à chercher querelle ensuite. Je vois mon compagnon plonger sa main dans une certaine poche de son pantalon. Je sais ce qu'elle contient cette poche : c'est le terrible revolver qui m'a déjà donné la chair de poule au départ de Yokohama. Présenté à ces trois messieurs, il provoquera infailliblement une rixe ; l'issue n'est pas douteuse. Heureusement, le maître de la maison intervient, il s'approche des samurais avec force démonstrations de respect, leur prodigue des caresses et parvient enfin à les ramener dans la maison. A ce moment nos koulis, prévenus par le prudent aubergiste, se présentent avec les kanghos ; nous y montons avec plaisir, et fouette cocher ! A dix heures, nous arrivons à Tana, situé à peu de distance d'une belle rivière qu'on me dit être, et c'est aussi l'avis de ma carte japonaise, le cours d'eau que nous avons suivi depuis sa sortie du petit lac de Yamanonaka jusqu'à Saru-Hashi. Nous la traversons en bac, et trouvons sur l'autre rive une petite barque et des bateliers qui s'offrent à nous conduire à Atsugi, la ville où nous passerons la nuit. Ce fut une belle et émouvante navigation. La rivière forme ici une suite de rapides entre deux haies d'arbustes. Des oiseaux aquatiques, posés sur les bords, nous regardent immobiles et d'un air hébété. C'est le moment de faire usage du fameux revolver. Mon compagnon enfonce sa main dans la poche qui lui tient lieu d'arsenal, en extrait le pistolet, le dirige sur un groupe d'im-

DES VOYAGEURS INDIGÈNES PAR UNE JOURNÉE DE PLUIE.

menses oiseaux blancs, vise, tire et rate. Cette fois, il est bien constaté que cet engin de guerre est absolument inoffensif et hors d'état de faire du mal à qui que ce soit. Que n'ai-je fait cette découverte en temps utile ! Tous les matins, en quittant notre gîte, au milieu de la foule de nos domestiques, des gens de l'auberge, des curieux, je voyais briller cette arme dans la main du jeune voyageur, jamais, je l'avoue, sans éprouver de sinistres pressentiments. Il y avait de quoi empoisonner les jours d'un paisible citoyen : maintenant me voilà rassuré, et demain, à pareille heure, nous serons, je l'espère, rentrés à Yokohama sans avoir versé de sang innocent.

Vers six heures apparaissent devant nous les toits gris entremêlés d'arbres d'une ville considérable : c'est Atsugi. Nous avons la double satisfaction d'y trouver notre caravane et un dîner qui ne demande qu'à être servi.

Distance de Hachôji à Atsugi, sept ris ou dix-huit milles.

14 *août*. — Départ d'Atsugi à sept heures et demie ; arrivée à Fujisawa à midi. Le pays, comme celui que nous avons traversé hier. Une voiture nous ramène à Yokohama, où, enchantés de notre excursion, nous rentrons à sept heures du soir.

Distance, douze ris ou trente milles.

YOSHIDA. — D'APRÈS UN CROQUIS DE L'AUTEUR.

VUE PRISE A LA MAISON DE THÉ DE HATA.

III

HAKONÉ

DU 22 AOUT AU 1er SEPTEMBRE

La célèbre maison de thé à Hata. — Une mauvaise nuit. — Le lac de Hakoné. — Le sentiment de la nature et le goût des arts, répandus dans le peuple. — Des esprits en voyage. — Les eaux chaudes d'Atami. — La sainte île d'Enoshima. — Daibutsu. — L'ancienne résidence des Shoguns. — Bouddha en disgrâce. — Une grande dame japonaise. — Kanagawa.

23 *août*. — Hier nous avons quitté Yédo. Mes compagnons de voyage sont M. Adams, chargé d'affaires d'Angleterre, et M. Satow, secrétaire-interprète de la légation. Par la même route que j'avais prise en me rendant au pied du Fujiyama, nous sommes arrivés cette après-midi à Yumoto, d'où se détache vers le nord-est le chemin de Miyanôshita. Nous continuons de suivre le Tokaido qui nous mène, en longeant un torrent, au village de Hata, célèbre par la beauté du site, par sa maison de thé et ses jardins. Ce sont toujours les mêmes éléments, mais l'usage que la nature et les hommes en font varie à l'infini. Où trouver des paroles pour les décrire ? Comment éviter les redites ? Comment rendre avec la plume des nuances à peine perceptibles et qui en font précisément le charme ? Dans une photographie de Beato, je ne trouve pas même

une trace de ressemblance. Comment voulez-vous peindre les jolies boiseries du *tea-house* de Hata, les jolies petites cascades et les sentiers du jardin qui escalade les flancs abrupts d'une haute montagne, les jolis poissons dorés et les carpes monstres dignes des étangs de Fontainebleau ; enfin les jolies *nésans* qui, tous les soirs, en battant des mains, ramènent les poissons dans un creux de rocher pour les soustraire aux visiteurs nocturnes de ces lieux enchanteurs, les renards et les chacals ? Tout cela a été bien des fois raconté ; mais, quand on arrive, on est surpris et charmé, et l'on trouve que les belles descriptions, les photographies et les ébauches les mieux réussies ne donnent qu'une faible idée de ces tableaux champêtres, poétiques et bizarres à la fois.

De Fujisawa à Hata, onze ris ou vingt-huit milles.

24 août. — Concevez-vous le bonheur ineffable d'être couché sur une natte bien propre, dans une jolie pièce complétement ouverte sur le jardin, pendant qu'une pluie abondante, serrée,

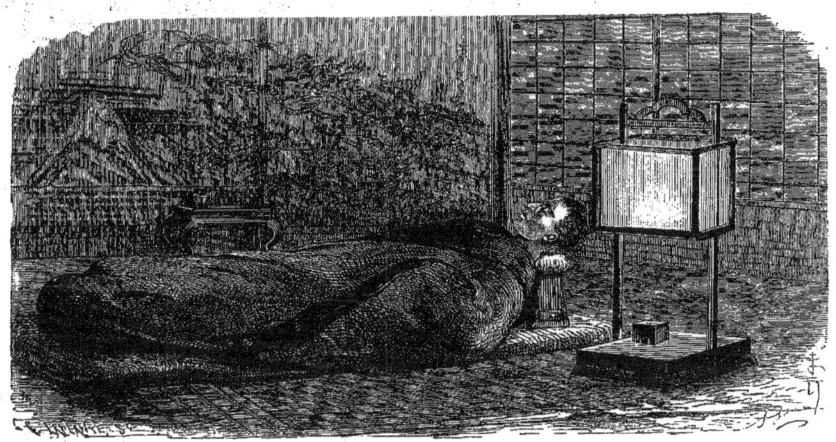

LE COUCHER AU JAPON.

continue, tombe du matin au soir, répandant une fraîcheur délicieuse et vous rendant la conscience de la force et de la santé ? Et ces agréables sensations, j'ai eu la bonne fortune de les partager avec des hommes distingués, sympathiques, connaissant autant, sinon mieux que personne, ce pays étrange qui n'est encore qu'une grande énigme. Toujours prêts à répondre à vos mille questions, ils vous questionnent à leur tour, vous ramènent par la pensée aux amis communs, à cette chère et lointaine Europe. C'est ainsi que nous passons la journée.

Les gens que nous avons emmenés, les maîtres et les domestiques de l'auberge ne s'approchent de nous qu'avec mille inclinations plus ou moins profondes, selon le rang qu'ils occupent. Ils avancent à quatre pattes, s'arrêtent la tête tendue en avant, les bras appuyés sur le sol et les mains tournées en dedans, puis ils s'asseyent familièrement sur leurs talons. Comme les maîtres sont aussi couchés ou blottis sur la natte, on se trouve sur le même niveau. Ce sont des formes de politesse réglées par l'étiquette depuis un temps immémorial. En Europe, au seizième siècle, et plus tard encore, des démonstrations analogues étaient de rigueur. Des personnes du même rang s'inclinaient jusqu'à terre avant de s'embrasser. Les enfants se mettaient à genoux

LAC DE HAKONÉ, D'APRÈS UN CROQUIS DE L'AUTEUR.

devant leurs parents pour leur dire bonsoir. Un page, fils de gentilhomme, s'agenouillait en servant son maître. Le baise-main des grandes cérémonies s'est encore conservé dans plus d'une cour d'Europe. Mais les négociants de Yokohama, trouvant ces démonstrations absurdes et indignes de l'humanité, les ont interdites à leurs domestiques japonais qui, affranchis des règles et usages de leur pays, sont devenus grossiers et insolents. Il est facile de détruire les formes d'une ancienne civilisation, il est difficile de les remplacer par d'autres.

25 août. — Hier au soir, à peine couchés, nous fûmes réveillés par les hurlements de l'ouragan et le bruit sinistre des poutres et des boiseries de la maison. En même temps nous éprouvâmes de fortes secousses verticales. C'était une combinaison savante d'un des plus terribles typhons qui aient jamais ravagé le Kuanto et d'un de ces tremblements de terre qui agitent si fréquemment les entrailles de ce sol volcanique. Aujourd'hui, la colère des éléments s'est apaisée. Hata, situé dans un creux de la montagne, a peu souffert; mais l'idée d'être écrasé par le toit dont la pesanteur doit donner de la solidité à l'édifice, et l'impossibilité de s'enfuir, car pendant la nuit les maisons japonaises sont fermées comme une boîte, cette belle perspective et cette captivité nous ont causé quelques moments d'inquiétude.

Le temps s'est éclairci. A huit heures, nous continuons à pied notre voyage. Le départ d'une auberge est toujours une scène animée. On passe de pièce en pièce entre une double haie de curieux. Le maître et la maîtresse ont reçu des mains de votre comprador le montant de leur compte; ils vous accablent de remercîments et de bénédictions. Les *nésans* courent après vous en riant, en gesticulant, en vous souhaitant bon voyage et prompt retour. Sur le seuil de la maison, vous cherchez vos souliers que vous avez laissés en arrivant. Là, vous trouvez les autorités municipales, le maire et ses adjoints, faisant leurs inclinations et vous précédant jusqu'à la sortie du village.

Nous suivons encore le Tokaido, ici grossièrement pavé, et, en certains endroits, à peine praticable pour les chevaux. Le paysage est toujours le même : des arbres d'une grande variété et d'une grande beauté ombrageant un terrain déchiré, tapissé de fleurs et de gazon. Après avoir gravi une crête, nous descendons vers le lac de Hakoné. Une statue colossale de Bouddha s'élève sur le bord de l'eau. Derrière le dieu s'ouvre une avenue de vieux cryptomérias. Des promontoires boisés, d'autres couverts d'herbes aux deux couleurs verte et blanche, s'avancent en se mirant dans le lac. Cette avenue nous mène à la petite ville de Hakoné, but de notre voyage.

Distance de Hata, deux ris ou cinq milles.

26 août. — Sur la rive orientale du lac est le célèbre et antique sanctuaire shintoïte, connu sous le nom de Hakoné-no-jinja. Comme beaucoup d'autres temples, il vient d'être « purifié », c'est-à-dire, au grand mais jusqu'ici passif mécontentement du peuple, il a été rendu au culte exclusif de Shintô. On a éloigné et détruit les statues, vases et ornements des dieux bouddhiques. Hakoné-no-jinja est situé sur le flanc de la montagne. Des escaliers de pierre y mènent. On y trouve de beaux arbres, des tableaux curieux et fort anciens, peints sur bois et suspendus à la corniche; le tout fort délabré, solitaire, abandonné, car le peuple privé de ses dieux semble peu disposé à s'incliner devant les divinités officielles du moment. Je ne me permettrai pas d'énoncer un jugement. Je n'ai pas plus de partialité pour les uns que pour les autres, mais il y a des choses qui sont partout les mêmes. Un gouvernement sage y pensera à deux fois avant de s'attaquer aux consciences. Il réussira peut-être à détruire la religion du peuple, triste succès politique; mais il parviendra difficilement à faire adopter les croyances qu'il patronne. C'est donc une œuvre de destruction, et pas autre chose.

27 août. — Fait le tour du lac en bateau. La ressemblance avec le nord de l'Écosse est frappante. Certes le ciel et la végétation ne sont pas les mêmes, et on chercherait vainement les hameaux, les *cottages*, les châteaux et les parcs qui animent les environs du Loch-Lomond et du Loch-Catherin. Le lac de Hakoné étend ses eaux noires entre des montagnes aux contours arrondis, habitées seulement par les fauves. A l'exception de la petite ville et du temple qui en ont pris le nom, je n'ai pas aperçu une seule chaumière sur tout le parcours de ses bords solitaires. Parfois une rafale chasse les nuages dont le cratère du grand volcan aime à s'entourer. Alors le Fujiyama apparaît au-dessus des hauteurs qui encadrent le lac. C'est comme une vision céleste qui s'évanouit aussitôt. Des mots ne peuvent rendre le caractère gracieux et riant des détails de ce paysage, ni l'aspect sévère et grandiose de l'ensemble.

28 août. — Un missionnaire américain, le docteur B..., vient me voir. Il a pendant un

LE LAC DE HAKONÉ, D'APRÈS UN CROQUIS DE L'AUTEUR.

au résidé dans le port ouvert de Niigata, sur la côte septentrionale de Niphon. Le climat y est tout autre. Les vents nord-ouest qui viennent de la Mandchourie soufflent pendant toute l'année et refroidissent l'air. En hiver, la neige ensevelit la ville, et, pour communiquer d'une maison à l'autre, on creuse des couloirs. Malgré l'abondance et la persistance des neiges, le thermomètre baisse rarement au-dessous de zéro. C'est aussi à zéro que s'est réduit le nombre des résidents européens et américains. Le seul blanc qui s'y trouve est un sous-officier anglais, l'ordonnance du consul absent en ce moment.

J'admire M. Satow ; il cause avec tout le monde, et ne cesse de marquer sur son calepin les expressions, les tournures de phrases qui le frappent. En comparant ses notes, il parvient à définir, à fixer la valeur de chaque mot. C'est un travail mental de tous les instants. Les dictionnaires et grammaires font défaut, ou bien ce sont des essais incomplets, de faibles tentatives pour faire connaître les rudiments de la langue. En pénétrer l'esprit, en saisir les finesses, voilà la tâche à résoudre. Le système suivi par M. Satow me semble le seul pratique et possible pour *découvrir* la langue japonaise.

29 août. — Les fortes pluies des jours derniers ont détruit les ponts, et rendu impraticable la route royale de Yédo. Quant au passage à gué de la rivière d'Odawara, il ne faut pas y songer. Nous tournerons la difficulté en nous dirigeant sur Atami d'où il sera facile de gagner par mer l'île d'Enoshima et de là Yòkohama. Il y a un sentier qui mène tout droit vers le sud-sud-ouest. C'est le chemin ouvert aux Européens qui ont reçu la permission de visiter Hakoné et les eaux chaudes d'Atami. Nous choisissons une autre route plus à l'ouest; c'est un petit détour, mais le maire de Hakoné et notre aubergiste nous la recommandent à cause de la beauté du paysage, et, en ces matières, les Japonais, même les gens du bas peuple, sont des juges fort compétents.

A midi, départ en kangho. On gravit, entre deux rangées de vieux cryptomérias, les hauteurs qui à l'ouest bordent le lac. Après une demi-heure de marche, on atteint la crête où, en regardant vers le couchant, on jouit d'une vue féerique sur la baie de Suruga. Une grande maison de thé, qui occupe le point culminant, est remplie de voyageurs, de gens de Kiyôto, appartenant à toutes les classes de la société. La politique, les intérêts pécuniaires,

BAIE DE SURUGA, D'APRÈS UN CROQUIS DE L'AUTEUR.

le commerce, les appellent à Yédo, devenu hélas! la résidence de l'empereur au grand détriment de leur antique et naguère si riche et florissante capitale. Tous semblent admirer le point de vue.

Le Japonais est ami de la nature. En Europe, le sentiment du beau a besoin d'être développé et formé par l'instruction. Nos paysans parleront de la fertilité des champs, de l'abondance de l'eau qui fait marcher les moulins, de la valeur des forêts, mais non des charmes pittoresques du pays. Ils n'y sont pas complétement insensibles; mais ce qu'ils éprouvent est une satisfaction vague dont ils ne savent guère se rendre compte. Il n'en est pas ainsi du cultivateur japonais. Chez lui, le sentiment du beau est inné. Peut-être aussi a-t-il plus de temps pour le développer. Il est moins accablé de travail que nos paysans. La fertilité du sol, la pluie et le soleil, font la moitié de la besogne. Il lui reste des heures entières où, couché sur le seuil de sa cabane, fumant sa pipe, prêtant l'oreille aux chants de ses filles, il laisse errer ses regards sur le paysage qui l'entoure et qui est beau partout. S'il le peut, il bâtit sa chaumière au bord d'un ruisseau. Au moyen de quelques grosses pierres placées à l'endroit voulu, il crée une petite cascade, car il aime le bruissement de l'eau. A côté s'élève un jeune cèdre. Il en réunit quelques branches, en sépare d'autres et le fait pencher au-dessus de sa petite chute. C'est un motif que vous voyez mille fois représenté sur les images enluminées. A côté, il plante un abricotier. Quand l'arbre est en fleur, l'homme et sa famille sont dans l'extase. Le sentiment de la nature se reflète surtout dans les productions de la peinture japonaise. Ici, plus qu'en aucun pays de l'Europe, les jouissances et le goût des arts se sont répandus jusque dans les basses classes. Sous le toit de la plus humble demeure, on en trouve des traces : une fleur artificielle, un joujou d'enfant ingénieux, un brûle-parfums, une idole, d'autres objets dont le seul but est de récréer l'œil. Chez nous, à moins d'être au service de la religion, l'art est le privilége des riches et des gens aisés. Au Japon, il est la propriété de tout le monde ; et celui qui est trop pauvre pour orner sa hutte d'une image représentant le cône neigeux du Fujiyama avec un beau poirier en fleur sur le premier plan, d'une statue de chanteuse assise sur une tête de mort, d'un petit oiseau montant vers les cieux, d'un papillon posé sur un arc-en-ciel, d'un escargot lançant des œillades amoureuses à une tortue qui détourne la tête avec dédain, — eh bien ! il se dédommagera en regardant, d'un œil d'artiste, son abricotier en fleur, son petit cèdre, et il écoutera avec délices la musique de sa cascade.

C'est à grand'peine que nous nous arrachons à la contemplation de ce panorama : un dédale de vallées, de coteaux qui descendent vers une petite plaine ; puis, le golfe parsemé d'écueils verdissants ; au delà, de bas promontoires, s'avançant vers la mer, du nord au sud ; au-dessus de leurs contours fantastiques, une autre chaîne de montagnes plus hautes, s'étendant du sud au nord ; puis, une autre galerie de rochers et encore une autre, toutes boisées sur leurs flancs, et panachées sur leur crête à la mode du pays. Entre toutes ces verdures, s'élèvent et s'abaissent les vagues longues et aplaties du Pacifique. Peu après, quittant le Tokaido, nous nous dirigeons vers le sud-sud-ouest. Le sentier se perd dans l'herbe, qui est d'une hauteur et d'une épaisseur prodigieuses ; elle caresse les épaules et les joues de nos koulis. Bientôt séparés les uns des autres, nous nous égarons tout à fait. Vainement les porteurs poussent des cris formidables. Les échos seuls y répondent. Je me trouve avec mes hommes sur les bords d'un précipice, ou plutôt d'un talus presque perpendiculaire en quelques endroits, mais tout couvert d'herbes. Les koulis poursuivent bravement. Quelquefois ils tombent. Mon kangho leur échappe, chavire et, transformé en traîneau, descend avec rapidité. Grâce à l'épaisseur de l'herbe, il finit toujours par s'arrêter. C'est une sorte de montagne russe. Heureusement la nature du lieu vous entoure de précautions ; vous n'avez rien à craindre, si ce n'est les serpents. Mais si ces hommes tout nus se risquent dans le maquis, le danger ne peut guère être très-grand. La descente s'est faite en peu de minutes. Nous voilà dans un ravin profond. Il s'agit d'escalader le côté opposé. Marcher sur l'herbe glissante et, en même temps, gravir une pente rapide est pour moi chose impossible. Pour le tenter, il faut la vocation du kouli. Au premier essai que je fais, je roule dans le fossé ; et ces braves gens de rire à se tenir les côtes. Ils me chargent sur leurs épaules, me traînent en haut, retrouvent le kangho, ne perdent pas un instant leur bonne humeur. Enfin nous sortons de cette mer de sargasses, et, à ma grande satisfaction, j'aperçois au loin M. Adams suspendu à mi-chemin sur une pente semblable et se dirigeant comme moi, moitié roulant, moitié traîné, vers le sentier qui nous réunit et nous mène à bon port. Chemin faisant, autre aventure ! La fatigue de porter des hommes à travers la montagne ne suffit pas à nos koulis ; il leur faut encore les émotions de la chasse. En poussant des cris sauvages, ils déposent les kanghos, et s'éloignent en courant à qui mieux mieux. Quelques minutes après, ils reviennent avec un petit ours qu'ils ont tué à coups de bambou.

A quatre heures et demie, ayant fait à peu près quatre ris ou douze milles, nous arrivons à Karuizawa. Là nous trouvons Satow qui, en bon piéton, est arrivé depuis une heure. Le maire lui a dit que nous sommes les premiers Européens que ses administrés aient jamais eu l'avantage de contempler. A en juger par l'effet que nous produisons, cela est assez probable. Ici encore la scène déjà écrite. Les babies pleurent, les jeunes filles se cachent, les hommes se tiennent au loin et les vieilles femmes vous sourient. Peu à peu la foule est apprivoisée ; mais nous n'avons qu'à avancer d'un pas pour qu'elle se retire en tous sens. Pour s'en faire une idée, il faut avoir nagé dans un étang rempli de poissons. Le village est petit, mais coquettement assis entre deux montagnes boisées ; un ruisseau limpide, bordé de belles fleurs, le traverse. Nous descendons dans la maison du maire. C'est un bijou ; le petit jardin, de même. Dans la cour, on a érigé un échafaudage orné de fleurs et de petits drapeaux en papier colorié. Il supporte une cage qui a la forme d'un temple et dont la porte est ouverte. Ce *tempietto* est destiné à recevoir les esprits des trépassés que l'on attend demain et qui reviennent d'un voyage fait dans je ne sais quelles régions de l'éternité.

Départ de Karuizawa, un peu avant cinq heures. Direction, sud. Nous franchissons l'une des deux montagnes. La route ressemble à un tunnel, tant les taillis et les vieux arbres qui la

ATAMI, D'APRÈS UN CROQUIS DE L'AUTEUR.

bordent s'entrelacent étroitement. Nous arrivons sur la crête après une marche d'une demi-heure, et, en quinze minutes, sur le bord du versant sud. Ces montagnes sont la continuation de la chaîne connue sous le nom de monts Hakoné. Elles côtoient l'océan Pacifique en courant de l'est à l'ouest. Leurs flancs, après une pente très-rapide, s'avancent en ligne presque horizontale vers la mer, et s'y précipitent verticalement. Du point où nous nous trouvons, ces promontoires, bas, longs et abrupts à leur extrémité, s'étalent les uns derrière les autres comme des coulisses de théâtre. Je ne pense pas que l'imagination des dessinateurs du Grand Opéra de Paris ait jamais rien pu inventer qui, dans le genre fantastique, ressemble, même de loin, à ce magique décor. Au fond d'une petite baie formée par deux caps, exactement à nos pieds, nous apercevons une ligne blanche : c'est Atami. Nous y arrivons à sept heures et demie. Il faisait nuit close lorsque nos excellents koulis, qui n'ont pas cessé de rire et de bavarder, nous déposèrent à la porte d'une élégante et spacieuse hôtellerie.

Distance de Hakoné, six ris et demi, un peu plus de seize milles.

30 *août*. — Atami est agréablement situé sur les bords de la petite baie, en face d'un îlot, sur la déclivité de la montagne. Les rues descendent rapidement sur la plage, et se transforment

çà et là en escaliers. Une source sulfureuse attire dans la belle saison un grand nombre de baigneurs indigènes, et parfois quelques résidents européens de Yokohama. Toutes les trois ou quatre heures, l'eau jaillit avec force d'une ouverture encadrée de quelques blocs de rocher. Dans l'enclos qui les entoure on voit un monument érigé par un voyageur anglais aux mânes de son chien. Les gens du pays n'ont garde d'y toucher ; quelques-uns se prosternent même

LE REQUIN ENDORMI, D'APRÈS UN CROQUIS DE L'AUTEUR.

devant la pierre tumulaire, car il est toujours prudent d'être en bons termes avec les esprits des trépassés, fût-ce même l'esprit d'un chien. Comme à Hata et à Hakoné, les habitants font de jolis coffrets et autres objets en bois de camphrier. On les offre à des prix ridiculement bas.

Départ à neuf heures, sur deux bateaux à six rames, dont l'un est occupé par les voyageurs et l'autre par leur suite. Direction, est-nord-est. Dans l'air et sur la mer, calme parfait. Les deux barques, reliées par un câble, naviguent de conserve. Les bateliers, debout sur les traverses, déploient les membres athlétiques de leurs corps bronzés, s'inclinent en avant, se rejettent en arrière, règlent par des cris cadencés leurs élastiques et souples mouvements. Quelques-uns de ces hommes sont le type de la beauté et de la force masculines. D'autres le seraient, s'ils n'avaient pas les jambes un peu grêles. Tous se distinguent par l'exiguïté et la finesse des mains et des pieds. Il n'y a que deux poses, qui se répètent sans cesse, mais elles sont classiques. Il faut voyager au Japon pendant l'été pour comprendre la statuaire grecque de l'âge d'or. Les grands maîtres de l'Attique et de Corinthe, entourés d'hommes peu ou non vêtus, avaient constamment sous les yeux le jeu des muscles du corps humain. Nos sculpteurs se forment sur des modèles dont les attitudes toujours forcées manquent de vérité et d'animation.

Parfois la corde est lâchée, nos bateaux se séparent et les deux équipages exécutent une course effrénée. Alors les hommes se démènent comme des possédés. Ils ne chantent plus, ils hurlent. De statues antiques ils sont soudainement devenus des sauvages. De chaque côté des embarcations, les ondes naguère si placides semblent se transformer en torrents écumants. Puis, de guerre lasse, nos athlètes s'arrêtent, se regardent et rient. Tout à coup le silence se fait. On change de route et on se dirige furtivement vers une ligne noire qui flotte sur l'eau. C'est un immense requin bercé par la faible houle. L'un des bateliers s'est élancé sur la proue. Là, debout, le corps légèrement jeté en arrière, la main gauche appuyée sur le cœur comme s'il voulait en contenir l'émotion, il lève doucement le bras droit au-dessus de sa tête, et, balançant le harpon dans ses doigts effilés, il s'apprête à le lancer. Devant nous, à la distance de quelques brasses, le monstre dort paisiblement. Spectacle sublime, sévère, classique! Ce qui manque, c'est un Phidias capable d'en rendre l'indéfinissable beauté. Au moment décisif, le géant aquatique se réveille et disparaît sous l'eau.

Malgré cet épisode, nous avons fait du chemin, d'abord en côtoyant un rivage dont la végétation semble appartenir aux tropiques. Des orangers se mêlent aux cryptomérias. De hautes murailles en pierre protégent les jardins contre les visites des fauves, surtout des ours qui abondent.

Nous passons successivement devant Idzusan, suspendu à mi-côte au fond d'une petite baie, entre des bois d'orangers et de bambous; devant Yoshihama, autre bourg considérable, devant le cap Madzu-no-hama et l'embouchure de la rivière d'Odawara. A cinq heures du soir, nous sommes en face d'Oiso. Ici les montagnes reculent, et le rivage, toujours boisé, s'aplanit de plus en plus. Nos hommes ont ramé sans interruption pendant huit heures. Quelques poignées d'orge, car le riz est réservé aux riches, arrosées de quelques rasades d'eau pure, constituent le repas de ces braves gens. Comme ils en jouissent! Pauvres! oui, ils le sont certainement; mais, ne connaissant ni misère ni soucis, ils ne sont pas malheureux.

Le soleil baissait, lorsque l'île d'Enoshima apparut, dessinant son élégante et lumineuse silhouette sur un fond de sombres nuages. A huit heures du soir, nous sommes arrivés. La marée basse empêchant nos barques d'approcher, les bateliers nous chargent sur leurs épaules. C'est une promenade d'environ dix minutes, et, à en juger par leurs rires, ils trouvent cela charmant. Enfin, nous voilà à l'entrée du paradis japonais. La nuit est noire; mais des lanternes de couleur, suspendues aux portes des maisons, nous éclairent. Toutes grandes ouvertes sur la rue étroite qui gravit le flanc d'un rocher, elles offrent le spectacle d'une extrême animation: des marchands vendant des fruits, des femmes occupées à préparer le riz et le plat de poisson, des bandes de pèlerins cherchant un gîte. Partout des festons de fleurs, des mâts, de petits drapeaux; car Enoshima, l'île sainte, est toujours en fête. On nous conduit dans la meilleure auberge. Elle regorge de monde. On y fait de la musique, on chante, on boit. A peine le dîner est-il annoncé, que l'aubergiste se présente. Après avoir accompli les devoirs de politesse prescrits par le cérémonial, il nous remet un petit papier soigneusement plié et contenant des cure-dents. Sur l'enveloppe, on lit une longue inscription : *cure-dents impériaux; Shiraki, aubergiste, rue principale, cinquième maison à gauche, gîte impérial, repas copieux et promptement servis.* De l'autre côté sont marquées les distances de Enoshima à Kamakura, à Yédo et à Kiyôto. Le mot *impérial* est employé pour exprimer l'excellence des hommes et des choses.

De Atami à Enoshima, seize ris ou quarante milles.

31 *août.* — Certes le gîte n'était pas impérial. A peine avons-nous pu fermer l'œil. Les pèlerins, quand ils ne sont pas occupés à dire leur chapelet et à agiter leurs sonnettes, sont d'affreux tapageurs. Mais la délicieuse fraîcheur de la matinée nous fait oublier bien vite les ennuis de l'insomnie. Nous montons par les petites ruelles du village. La foule des pèlerins se presse déjà devant les boutiques où l'on vend des rosaires, des tableaux votifs, des coquillages de toute espèce. Le petit îlot a été souvent et quelquefois très-bien décrit. C'est un lieu charmant. De sanctuaire en sanctuaire, on arrive par des gradins sur le haut du rocher. De vieux arbres qui s'y cramponnent miraculeusement étendent, sur le point culminant de l'île, le baldaquin de leurs branches. Dans les temples, qui sont petits et peu ornés, je n'ai rien trouvé de particulier ; mais les jolis détails n'y manquent pas complétement. Ainsi, nous avons admiré le dessin classique d'un puits rappelant les citernes des palais de Venise. C'est un petit rocher circulaire artificiel. Des tortues y rampent. On dirait qu'elles se sauvent à votre approche. Des pierres bombées, maintenues en haut par une bande représentant un cerceau, forment le soubassement de la fontaine. La partie supérieure est soigneusement polie. On y voit des bas-reliefs et de petits cercles plans, ornementation propre au style byzantin. Çà et là quelques inscriptions. Vers l'ouest et le sud, le rocher tombe perpendiculairement dans la mer. Dans des proportions moindres, c'est le *Saut de Tibère,* de l'île

ENOSHIMA, D'APRÈS UN CROQUIS DE L'AUTEUR.

de Capri. On descend par un escalier taillé dans le roc, et, si l'on est pèlerin, on fait la visite obligée de la grotte noire, accessible seulement à ceux qui savent sauter sur des blocs plus ou moins submergés.

Une digue naturelle, praticable à marée basse, relie l'île d'Enoshima avec la terre ferme. En ce moment nous y voyons passer de longues files de pèlerins. Préférant notre barque, nous traversons l'étroit bras de mer, doublons un petit promontoire et débarquons, une heure après, non loin du village de Sakanôshita. Ici on entre dans les limites du traité. Ce district, l'un des plus riants et des plus pittoresques de Niphon, est bien connu des résidents de Yokohama. Nous visiterons aujourd'hui trois points célèbres : le Daibutsu, Kamakura, l'ancienne capitale des shoguns, et Kanazawa, renommée par la beauté de son site et de ses jardins.

La colossale statue de bronze de Bouddha, le Daibutsu, s'élève près d'un petit village

entouré d'arbres. La conception en appartient au grand shogun Yoritomo ; mais ce n'est que cinquante ans après sa mort, vers le milieu du treizième siècle, que ce splendide monument fut posé à l'endroit où il se trouve encore. La physionomie du dieu respire la parfaite quiétude et une douceur ineffable. On se demande comment il est possible de produire un si grand

effet avec de si simples moyens. Cette œuvre est encore une preuve irrécusable de la perfection que l'art du fondeur avait atteinte à une époque si reculée. Le piédestal est haut de quatre pieds, la statue de cinquante ; la circonférence de la tête compte trente-deux pieds ; le nez quatre.

L'air étant frais et le chemin partout ombragé, nous continuâmes à pied à travers des rizières,

VALLÉE DE RIZIÈRES SUR LA ROUTE DE KANAZAWA.

des champs, des prairies. On passe dveant une petite maison de thé isolée ; c'est là que deux
Anglais, le major Baldwin et le lieutenant Bird, ont été massacrés par un bonze et un homme
à deux sabres. Les yakunins des voyageurs n'eurent pas le temps, ou ne se sentirent pas la
vocation d'accourir à leur défense.

Ici commence la longue et belle avenue qui mène à Kamakura, petit village aujourd'hui,

PAGODE D'HACHIMAN (DÉTAIL).

jadis florissante résidence des shoguns. Cette allée est le seul indice qui laisse deviner qu'une
plaine couverte de champs, bordée sur deux côtés de collines boisées, ait été autrefois la
seconde capitale de l'empire. Des incendies semblent l'avoir détruite. Sa ruine a fait la fortune
de Yédo. L'intérêt principal de ce lieu abandonné s'attache au grand temple de Hachiman,
fondé par le shogun Yoritomo vers la fin du douzième siècle. Yoritomo et, quatre siècles après
lui, Taiko-Sama, sont les deux grandes figures des annales du Japon. Leur éloge est dans
toutes les histoires ; les légendes populaires ont transmis leur souvenir de génération en

génération. Mais si Yoritomo a fondé les temples de Kamakura, il ne s'ensuit pas que ces magnifiques constructions, debout encore il y a trois mois, datent de cette époque reculée. Des édifices en bois peuvent-ils, pendant sept siècles, résister à l'intempérie des saisons? Cela est au moins douteux. D'ailleurs, les plus beaux sanctuaires, ceux qui étaient dédiés à Bouddha, gisent par terre. Les gouvernants du jour viennent de les faire démolir. Les édifices consacrés au culte officiel ont été seuls épargnés. Nous avons vu entassés pêle-mêle des débris de colonnes, des piliers richement sculptés, laqués et dorés, des idoles bouddhiques mutilées, des candélabres en pièces. On conçoit le désespoir des populations. L'historien et l'amateur des arts déplorent la destruction de si précieuses antiquités ; le chrétien désire voir les images des faux

LES ILOTS PRÈS DE KANAZAWA.

dieux remplacées, non par le miroir, mais par la croix ; le politique hausse les épaules, le philosophe sourit et se dit qu'il n'y a rien de nouveau sous le soleil.

Nous continuons par un chemin creux, bordé de magnifiques conifères. Après avoir franchi un défilé, la route descend à la plage d'une baie intérieure encadrée de coteaux et parsemée d'îlots riants. En face est la ville de Kanazawa. Là nous attend une scène de haute politesse japonaise. Une jeune femme appartenant à l'une des grandes familles de Yédo dont le chef est fort lié avec mon compagnon de voyage, prend ici les bains de mer. A peine informée de l'arrivée de ce dernier, elle lui fait annoncer sa visite et apparaît aussitôt suivie de son vieux médecin. C'est une très-belle femme d'environ dix-huit ans, native de Kiyôto, blanche comme une Européenne, un peu pâle de figure, car elle est souffrante, et mise avec la simple élégance qui distingue les toilettes des dames de qualité. Ses manières sont aisées, modestes,

CÉRÉMONIAL JAPONAIS, D'APRÈS UN CROQUIS DE L'AUTEUR.

gracieuses. Elle se prosterne, fait le grand kow-tow, c'est-à-dire touche la natte avec son beau front. Après être restée quelques instants à genoux, les bras appuyés sur le sol et les mains tournées en dedans, elle se lève, tenant les jambes pliées et les mains appuyées sur les genoux : enfin elle s'accroupit sur ses talons et, les compliments terminés, la conversation commence. Mon ami, en homme galant et qui sait vivre, passe, lui aussi, par toutes les phases du cérémonial. J'admire sa désinvolture ; seulement le moyen de garder mon sérieux ! Mais rira bien qui rira le dernier. La jeune Japonaise se leva, me regarda avec un charmant sourire, et fit le grand plongeon et tout le reste. Pour répondre à ces civilités, il fallait m'exécuter et passer à mon tour par les mêmes évolutions. La dame et son médecin, trop polis pour relever mes maladresses, reprirent la causerie, un peu banale à la vérité, mais entremêlée de mots aimables et assaisonnée de force petits rires. Rentrée dans son appartement, elle nous envoya des corbeilles remplies de fruits et de sucreries.

Distance d'Enoshima à Kanazawa, cinq ris ou douze milles et demi.

1er *septembre*. — A six heures, en route. Au moment de monter en kangho, nous apercevons notre aimable voisine qui, suivie de son médecin, s'approche pour nous faire ses adieux. Elle portait pour tout vêtement une tunique de taffetas ; ses pieds nus étaient chaussés de sandales de bois ; elle n'avait pas eu le temps de se faire coiffer. Mais ce négligé lui allait à ravir.

Nous touchons au terme du voyage. Après cinq heures employées à des exclamations d'enthousiasme, car le pays est on ne peut plus pittoresque, et à des gémissements que nous arrache le supplice des kanghos portés au grand trot, nos koulis nous déposent, à midi sonnant, sur le seuil de l'*Hôtel international* de Yokohama.

Distance de Kanazawa, cinq ris ou douze milles et demi.

HAKONÉ.

UN PALAIS DE DAIMIO (YASHKI), A YÉDO.

IV

YÉDO

Aspect général. — Les environs. — Visite chez Sawa, ministre des affaires étrangères. — L'école allemande. — La Shiba, ses trésors d'art. — Influence évidente mais inexplicable du baroquisme italien. — Entretiens avec Iwakura, devenu ministre. — Ses projets de réforme. — Boutiques, soirées, curiosités. — Le temple de Megaro. — Saigo. — Les sanctuaires d'Ikegami. — Les quarante-sept ronins. — Festin chez Sawa. — Le palais de Hamagotén. — Dîner chez Iwakura. — Le premier ministre Sanjo. — Au temple d'Asakusa. — L'art dramatique. — Vaudeville japonais. — Les figures. — Yédo la nuit. — (Conclusion). — Une partie fine chez Yaozen. — Audience du mikado. — La légation d'Angleterre. — Départ.

26 *au* 28 *juillet*. — Mon premier séjour est consacré à une étude générale de la grande et toujours mystérieuse capitale du Japon. Ouverte aux étrangers depuis deux ans seulement, elle avait été antérieurement visitée par les ambassadeurs lord Elgin et baron Gros et, plus récemment, par des voyageurs et résidents de Yokohama. Les légations étrangères y ont temporairement résidé. Des différentes descriptions qu'on en a publiées, et dont je ne compte pas augmenter le nombre, celle que M. Rodolphe Lindau a adressée [1] à la Société asiatique de

[1] Décembre 1864.

Londres, *North China branch*, est la plus connue, la plus renommée et la meilleure que j'aie lue. On y trouve nécessairement des lacunes ; car à cette époque plusieurs temples, et entre autres les tombeaux des shoguns, la perle et le triomphe des arts japonais, étaient encore inaccessibles. Le mérite de l'auteur allemand n'en est pas moins réel, d'autant plus qu'il était alors bien plus difficile qu'aujourd'hui de circuler dans Yédo.

Voici les notes que j'ai prises sur les lieux [1].

Imaginez-vous une plaine onduleuse, baignée au sud par les eaux basses d'un vaste golfe, bordée au nord et à l'est par une belle et large rivière, traversée dans son extrémité méridionale, parallèlement à la mer, par une chaîne de bas coteaux. Environ au centre de la plaine, mais un peu plus près de la mer, s'élève un tertre arrondi de trois à quatre milles de circonférence. Au nord-est, une autre rangée de collines part de la grande rivière, se dirigeant vers l'ouest.

Tel est le terrain occupé par la capitale du Japon. La rivière est le Sumidagawa. Le tertre porte l'ancien château des shoguns, devenu depuis deux ans la résidence du mikado. Le coteau boisé au nord-est du château est l'Uyeno, qui contient un temple et les monuments sépulcraux de quelques-uns des anciens maîtres de Yédo. L'autre colline, au sud, c'est la célèbre Shiba avec les magnifiques tombeaux d'autres shoguns.

Entre les hauteurs, autour du cône bas qui supporte le château impérial, s'étend la ville. Ses limites sont : au nord, le Sumidagawa qui, après avoir fait un coude, se jette dans la mer ; à l'est, des terrains accidentés ; au sud, le golfe ; à l'ouest, de petites vallées couvertes de conifères, de bambous, de rizières, qui se confondent presque avec la ville. A l'est de la rivière est le grand faubourg Hondjo. A l'extrémité sud-ouest de la ville s'étend le grand village de Shinagawa, qui n'est que la continuation du faubourg de Takanawa.

Yédo est divisé en quatre parties : le Jiro, le Soto-Jiro, le Midzi et le Hondjo.

Le Jiro, le château impérial. On n'en voit que les murs. Des arbres trois fois séculaires, plantés par le grand Taiko-Sama [2], dérobent à la vue des profanes les lieux aujourd'hui habités par le fils des dieux. Un gazon toujours frais et vert revêt les flancs du monticule ; un large et profond fossé, couvert en ce moment de colossales fleurs de lotus, en fait le tour. Aucun mortel, excepté les personnes de la cour et les grands dignitaires de l'État, ne pénètre dans cette enceinte sacrée. Les ministres étrangers y sont admis aux rares occasions où ils approchent l'empereur.

Autour du Jiro s'étend le Soto-Jiro. Il contient les yashkis, palais des grands personnages de la cour, des ministres d'État et des daimios qui, autrefois soumis à l'autorité des shoguns, devaient résider à Yédo pendant six mois de l'année. Depuis la chute de leur maître, ils vivent presque tous retirés dans leurs terres. Un large canal, formant un cercle irrégulier, fait la limite de ce quartier. Ce n'est que vers l'est qu'il s'étend jusqu'aux bords du Sumidagawa. Cette partie du Soto-Jiro est traversée par de longues rues et par un grand nombre de ruelles qui se croisent avec les grandes artères. C'est le quartier du haut commerce, appelé avec raison par les Anglais la *Cité*. Par la beauté et l'élégance de ses boutiques, par son animation, par la foule qui s'y presse du matin au soir, il contraste singulièrement avec les blocs rectangulaires des palais, aujourd'hui fermés pour la plupart, avec le silence et la solitude du quartier aristocratique.

Au nord, à l'ouest et au sud du Soto-Jiro, se développe le Midzi, la ville proprement dite. Plusieurs ponts fortement arqués établissent la communication avec le Soto-Jiro. Le plus célèbre est le Niphon-bashi, le pont du Japon, ainsi appelé parce qu'il donne passage à la

---

[1] Je les donne au lecteur pour rafraîchir ses souvenirs, mais, je le répète, je n'ai pas la prétention de faire une description de cette ville.

[2] En 1598.

LE PONT DE NIPHON-BASHI, A YÉDO.

grande route impériale qui traverse la grande île de Niphon depuis son extrémité sud, en face
de l'île Kiushiu, jusqu'à l'extrémité nord, en face de Hakodaté, dans l'île de Yézo. A l'intérieur
de la ville elle porte le nom de O-dori, Grande-Rue ; sa partie méridionale, depuis Yédo jusque
près de Nagasaki, s'appelle Tokaido, route de l'Ouest ; la partie septentrionale, de la capitale à
Hakodaté, est connue sous le nom de Oshiu-kaido, route du Nord. Le Tokaido, soit dit en
passant, est généralement bien entretenu : de Yédo jusqu'aux bords de la rivière d'Odawara, il
est même praticable pour les voitures ; mais, dans les montagnes, il se transforme souvent en
sentier et, dans les rochers, en escaliers taillés dans la pierre et donnant difficilement accès aux
chevaux.

Niphon-bashi est le centre géographique de l'empire. Dans les itinéraires officiels, c'est de
là que l'on compte les distances de toutes les villes du Japon. A ce lieu se rattachent les souvenirs de combats sanglants et de massacres si fréquents dans l'histoire de Yédo. Le Midzi est
un mélange de rues fréquentées et désertes, de jardins, de potagers, de rizières, de parcs, de
temples, dont les plus beaux sont : l'Asakusa au nord-est et la Shiba au sud-ouest. O-dori et les
autres rues parallèles à la mer, le quartier que l'on traverse derrière la Shiba pour se rendre du
faubourg Takanawa au château, enfin les approches de l'Asakusa, sont les parties les plus
animées du Midzi. Sur d'autres points on se dirait à la campagne. Du côté de Meguro, au nord
de Takanawa la ville se perd dans les bosquets et dans les rizières. Au sud, sur les bords
de la mer, à peu de distance de l'embouchure de la grande rivière, a surgi depuis deux

ans le Tsukiji, le quartier des étrangers. Entouré et sillonné par plusieurs canaux, mais dépourvu de jardins et d'arbres, il offre un assez triste aspect. Là se trouvent le Grand Hôtel d'actions, pauvre imitation des caravansérails d'Amérique, les maisons des consuls et d'une quarantaine d'étrangers, enfin un petit restaurant français qui a décoré sa bicoque du nom pompeux d'Hôtel de France. A l'heure qu'il est, les femmes font encore défaut. A peu de distance et au sud-ouest de Tsukiji, est le château de plaisance impérial avec un parc délicieux, baigné par les eaux du golfe dit Hamagotén. Dans la partie nord du Midzi est le fameux Yoshiwara, le quartier des courtisanes. Tout le monde a lu les descriptions menteuses ou exagérées qu'on a publiées de cet établissement, fondé en partie et surveillé par le gouvernement. On y soutient que, d'après les idées du pays, le métier de courtisane n'a rien de honteux ; que des filles de famille sont placées à Yoshiwara par leurs parents, et que des gens honorables n'hésitent pas à y choisir leurs épouses. Des personnes vivant à Yédo, et dont le témoignage ne saurait être récusé, m'assurent que rien n'est plus faux. Il peut arriver au Japon comme dans les autres pays qu'un homme, cédant à la passion, épouse une de ces malheureuses ; mais, là comme ailleurs, ces pauvres créatures sont réputées déshonorées, et les lieux consacrés à la prostitution sont des foyers de vices, de maladies, de misères et souvent de suicides. Un fonctionnaire de l'État qui les fréquenterait publiquement, serait impitoyablement renvoyé du service.

Sur la rive gauche du Sumidagawa, s'étend le grand faubourg Hondjo. Il y a dans le voisinage un grand nombre de maisons de thé et de hatagoya, littéralement maisons de repos, mais en réalité de mauvais lieux, fréquentés surtout par les étudiants. Plus loin sont les grands magasins du gouvernement et plusieurs palais de daimios. Un quai longe la rivière. A l'extrémité nord demeurent les etas, la race maudite, les parias du Japon.

Telle est la physionomie générale de Yédo. Quant aux éléments dont se compose le tableau si étrange, si complétement nouveau qui se déroule devant le visiteur, j'en ai compté quatre qui se répètent à l'infini. Ce sont : le temple, le yashki ou résidence du daimio, la maison bourgeoise et le magasin incombustible.

Dans le temple, c'est le caractère bouddhique que l'on rencontre le plus souvent. Yédo est essentiellement la ville des shoguns. Ce sont eux qui l'ont bâtie et transformée en capitale, et les shoguns ont de tout temps pratiqué et protégé le bouddhisme.

Les yashkis n'ont du palais que le nom. Ce sont des groupes de maisons entourées de communs à un étage, dépourvues de toute architecture, blanchies à la chaux, et dont les fenêtres sont munies de grilles en bois noir. Ces constructions servent à la fois de mur d'enceinte et d'habitation pour les gentilshommes et les domestiques du maître. Toujours basses et, si le terrain le permet, rectangulaires, elles ressemblent à des entrepôts ou à des casernes. Le toit est couvert de briques noires, bordées de blanc. Ce sont les deux couleurs du Soto-Jiro [1].

La maison bourgeoise est ici, comme partout au Japon, un toit lourd, posé sur des piliers. Elle est complétement ouverte du côté de la rue et du côté de la cour. Pendant la nuit, on la ferme au moyen de panneaux qui se meuvent dans des coulisses. S'il y a des cloisons, elles sont faites de châssis sur lesquels on a collé de petits carreaux de papier blanc. En se promenant dans les rues, le regard pénètre dans ces intérieurs. La vie domestique s'y livre aux curieux. On n'a rien à vous cacher : deux ou trois femmes, nues dans cette saison jusqu'à la ceinture, et occupées du ménage ; des hommes complétement nus, sauf le *fundoshi* (le pagne), étendus sur le sol et fumant la pipe ; des enfants qui jouent dans la pénombre. Le feu allumé dans un coin ; dans un autre, des pénates sur un petit autel, une lampe, des fleurs, de petits morceaux de papier

---

[1] Je parlerai de l'intérieur des yashkis en rendant compte de mes visites auprès de quelques grands personnages.

BOUTIQUE DE PHARMACIEN, A YÉDO.

attachés à des baguettes. Sur un cabaret carré, de petites tasses; le thé prêt à être servi du matin au soir. Point de mobilier, mais une belle natte. Le tout d'une extrême propreté. Si c'est une boutique, un étage supérieur grillé en bois ou pourvu d'un balcon sert ordinairement de dépôt.

Il y a enfin le magasin incombustible, sorte de tour basse en bois, mais revêtue d'une couche de ciment pareil à du stuc et badigeonné en noir. Les fenêtres sont petites et se ferment au moyen de volets en fer massif. C'est le lieu de sauvetage en cas d'incendie ou de typhon. On y place à la hâte les objets précieux, puis on s'enfuit, laissant faire aux vents, au feu, aux convulsions du sol.

Ce sont ces quatre éléments qui donnent leur physionomie à la ville de Yédo. Imaginez-vous les temples répandus partout, les yashkis concentrés autour du château, éparpillés dans le Hondjo et très-peu nombreux dans le sud-est de la ville ; figurez-vous de petites maisons toutes

PORTEURS DE NORIMON.

semblables entre elles et, dans le quartier mercantile du Soto-Jiro, flanquées le plus souvent de tours noires ; figurez-vous enfin ces rues, qui ne sont pas larges, mais qui le paraissent par suite du peu d'élévation des maisons, remplies d'hommes, de femmes du peuple, car les dames de qualité ne se montrent guère, d'enfants, d'un nombre effrayant d'aveugles, de *norimons*, de *kanghos*, de *jinrikishas*. Le norimon et le kangho remplacent le palanquin. Le premier est un panier fermé, le kangho un panier ouvert, suspendu à un gros bambou qui repose sur les épaules du kouli. Le jinrikisha n'existe que depuis un ou deux ans, et il y en a déjà plus de vingt mille dans Yédo. C'est un véhicule à deux roues, bien laqué, couvert d'une capote blanche et tiré par un homme. Son inventeur a fait fortune. Le nom veut dire voiture mue par la force d'homme [1]. Le kouli va au petit trot et fait trois à quatre milles à l'heure. Si vous en faites usage, et que vous vouliez éviter le contact avec cet être utile qui réunit les fonctions de cocher et de cheval, tenez-vous droit sur votre séant, et retirez à vous vos genoux et vos pieds. Armez-vous aussi contre les petits incidents très-fréquents : une roue qui part, le siége qui s'enfonce, la capote qui reste suspendue à une devanture de boutique. Maintenant, imaginez-vous des files

[1] *Jin*, homme ; *riki*, force ; *sha* est la corruption du mot anglais *car*.

de ces véhicules remplis de femmes, de bonzes, de chanteuses et de danseuses, ces dernières reconnaissables à l'exagération de leur coiffure, enfin de Japonais et de Japonaises exactement pareils aux images que vous avez mille fois vues peintes sur des vases, sur des éventails, sur des feuilles de papier de riz, et vous pourrez, sans grand effort d'imagination, vous former une idée assez juste de la grande *capitale de l'Est*. Dans les quartiers riches, où les voleurs sont attirés par l'importance du butin, se multiplient les petits corps de garde et les guichets qui, fermés pendant la nuit, empêchent la circulation des honnêtes gens, mais ne gênent guère les drôles. N'oublions pas, comme ombre au tableau, les hommes qui portent aux champs l'engrais

animal. Détournez la tête et marchez vite ; vous n'échapperez pourtant pas aux odeurs méphitiques exhalées par les ruisseaux. Mais, à cela près, il n'est aucune grande ville en Asie, et il y en a peu en Europe qui, sous le rapport de la propreté, puissent être comparées à Yédo.

Elle a aussi un caractère de prospérité et de gaieté qui fait plaisir à voir. Il y a toujours plusieurs quartiers où l'on célèbre la fête de quelque dieu. Des bambous ornés de fleurs artificielles sont dressés devant les maisons, des mâts de cocagne devant les temples ; les bonzes affluent ; les honnêtes bourgeois se tiennent devant leurs boutiques et voient passer la procession. C'est un bon prétexte pour ne pas travailler ce jour-là, mais le riz ne fait pas défaut ; on se contente de peu, et, dans ce vieux Japon, on ne connaît ni richesse ni dénûment. On tient le milieu. C'est le lot des heureux, et, à moins que les apparences ne soient fort trompeuses, c'est la condition de la majorité des habitants de cette ville. J'ai vu peu de mendiants. Il y en a sur

FÊTE DES BANNIÈRES, A YÉDO.

le Tokaïdo et il y en a sans doute aussi à Yédo. Mais ils ne s'imposent pas, et ceux que j'ai aperçus semblaient plutôt exercer un métier et n'avaient pas l'air trop misérables. Dans les maisons de thé, des enfants se sont approchés de nous pour demander l'aumône. On les avait dressés à remuer leur grosse tête, rasée déjà, sauf la partie d'où poussera un jour la petite queue, et à agiter leurs petites mains, en chantant les louanges des passants. C'était d'un comique irrésistible. La misère se présentant sous forme de caricature ! En Europe, le mendiant par métier tâche de vous attendrir ; ici, il vous fait rire. Les gémissements vous laissent froids, car vous savez qu'ils sont feints. Les bouffonneries du pauvre japonais touchent d'abord votre rate, et ensuite, par une réaction naturelle, votre cœur. L'idée n'est pas mauvaise ; elle est pratique, j'ajouterai qu'elle est profonde.

J'ai vainement cherché un point culminant d'où l'on pût embrasser du regard l'ensemble de cette ville immense. La configuration du terrain et l'absence de tours font que, même des points les plus élevés, vous n'en découvrez qu'une partie. Du toit du grand hôtel, au Tsukiji, on aperçoit un grand triangle dont le sommet est le château. Au nord et au sud-est, l'horizon est borné par l'Uyeno et la Shiba. Plus au sud, se profilent les forts maritimes érigés à la hâte[1] à l'approche de la flotte américaine, le promontoire de Kanagawa, enfin les eaux du golfe. Au delà, des contours à peine perceptibles : la terre, le ciel et la mer se confondent.

Dans le Soto-Jiro, tout près du château, presque à la même hauteur, s'élève une colline couronnée par une maison de thé de pauvre apparence. De là on aperçoit la même partie de la ville en sens inverse. Regardez maintenant : du nord au sud, à droite, la vue est limitée par l'une des portes du palais et par un bouquet de gros arbres ; à gauche, par les hauteurs de l'Uyeno : devant vous, à vos pieds, se déroule un tableau unique, non par sa beauté, qui n'a rien de frappant, mais par l'étrangeté et les dimensions de la scène.

Je serais embarrassé pour rendre l'impression que cette vue vue m'a laissée ; en voici toutefois une analyse : un tapis vert immense, parsemé de petites lignes et de points gris et blancs qui, suivant la loi de la perspective, s'accumulent vers les bords. Il n'y a ni commencement ni fin. Vous savez, sans le voir, que, derrière l'Uyeno à votre gauche, derrière le château à votre droite, se prolonge un amalgame d'édifices bas, d'arbres, de jardins, de champs. Devant vous s'étend le même spectacle. Rien qui fixe particulièrement le regard. S'il y a çà et là une toiture un peu plus lourde, un peu plus élevée que les autres, dites-vous que c'est un temple ; puis vous apercevez des mâts, des poteaux où l'on affiche les décrets, entre autres celui qui frappe les chrétiens de peines sévères. Les petites tours des magasins ne sont pas assez hautes pour se faire remarquer. Les deux seuls édifices qui dépassent le niveau général sont l'Hôtel d'actions et une douane bâtie pour le compte du gouvernement par un ingénieur anglais. Sauf ces éléments hétérogènes dont l'effet peu agréable est d'ailleurs mitigé par la distance, rien ne jure avec le caractère si étrange de ce panorama. Ajoutez le silence profond qui règne au-dessus de la ville. Les cris des porteurs et des bettos n'arrivent pas jusqu'à nous. Le son du gong des temples est à peine saisissable. D'oiseaux, je crois qu'il n'y en a pas. On entend bien quelques bruits confus, très-faibles, mais ils diffèrent tellement de ceux de nos grandes villes qu'ils ne font qu'augmenter l'impression produite sur les yeux. Impression étrange, mystérieuse, indéfinissable.

Au nord-est du château se trouve un autre lieu renommé pour sa beauté et pour la vue qu'il offre sur une autre partie de Yédo : la hauteur d'Atangoyama. Deux escaliers en pierre y conduisent. De magnifiques cryptomérias la couronnent et répandent leurs ombres sur une élégante maison de thé. Allez-y vers le coucher du soleil. La partie occidentale du Midzi s'étend vers le sud. Regardez ensuite du côté opposé, et vous apercevez tout près de vous de

[1] 1854.

petites collines entrecoupées de gorges couvertes de gazon, de beaux arbres, de rizières d'un vert éclatant. Charmant contraste qui caresse l'œil et frappe l'imagination. Ici une immense capitale; là un paysage alpestre. L'un et l'autre, c'est Yédo [1].

BETTOS (PALEFRENIERS), A YÉDO.

On ne vient pas ici sans visiter Oji. C'est un lieu de plaisance situé hors de la ville, au

[1] Je supprime tout détail statistique, parce que ceux qu'on m'a donnés ou que j'ai trouvés dans les diverses publications ne m'inspirent qu'une médiocre confiance. Je dirai toutefois que le terrain occupé par Yédo est généralement évalué à trente-six mille carrés ou quatre-vingt-cinq kilomètres carrés, mais dont seize mille carrés seuls seraient occupés par des habitations, le reste se composant de parcs, de rizières et de jardins potagers.

Quant à la population, il y a la même incertitude. On l'a portée à deux millions, d'autres auteurs à un million et demi d'habitants. Depuis la chute des shoguns et le départ des daïmios avec leurs familles, gentilshommes et domestiques, on prétend que la population est tombée au chiffre de huit cent mille. Toutes ces évaluations me paraissent fort risquées.

YÉDO : VUE PRISE SUR UN QUARTIER INCENDIÉ ET SUR LES PARCS DU CASTEL.

YÉDO : VUE PRISE SUR LA BAIE, DES HAUTEURS D'ATANGO-YAMA.

nord-ouest. Nous faisons comme tout le monde, et, comme tout le monde, nous sommes dans l'enthousiasme. De petites collines, de vieux cryptomérias, des ruisseaux, de l'ombre, de l'eau, de la fraîcheur ; des jeunes filles très-jolies, très-gracieuses, qui vous sourient, vous servent le thé, le tabac, le *tay* coupé en tranches, se blottissent autour de vous, vous donnent des leçons dans l'art difficile de manier les baguettes, et, le repas fini, vous apportent un petit escabeau joliment sculpté et laqué, après avoir enveloppé d'une feuille fraîche de papier le petit rouleau qu'il supporte. C'est votre oreiller. Vous vous étendez sur la natte et, la *nésan* s'étant discrètement retirée en poussant les cloisons de

papier, vous cherchez le repos, doucement éventé par la brise qui pénètre dans la petite gorge, joue avec les petites cascades, effleure les grandes feuilles de lotus, vient enfin caresser vos joues brûlantes. Tout cela est charmant et a été mille fois décrit. Quant aux nésans, ce sont des filles d'auberge, ni plus ni moins, habillées comme des dames et qui en ont pris les manières et le langage. C'est ce qu'on peut dire d'elles de plus favorable. Le reste s'appuie sur des suppositions, sur des calomnies peut-être, et n'a d'intérêt que pour ceux qui aiment à pénétrer ces mystères.

A vingt minutes d'Oji, il y a des champs où l'on cultive le thé. J'ai oublié de marquer le nom du lieu. Un puissant ruisseau tombe du haut d'un rocher. Au-dessus des eaux écumantes, de vieux pins forment un dôme. C'est là qu'hommes et femmes prennent des douches. A côté le génie japonais, essentiellement tourné aux joujoux, en a créé un qui a été introduit depuis quelques années en Europe : une pastèque, en forme de boule creusée et laquée de rouge, est posée sur un jet d'eau vertical qui sort d'une petite vasque d'osier. Cette boule tourne sur elle-même et, chassée par la force du jet plus puissant à sa base, monte et descend avec la régularité d'une mécanique.

En revenant sur nos pas, nous longeons une rangée de cèdres nains artificiellement courbés et tordus. Une jeune et jolie femme du peuple s'avance vers nous ; elle porte un enfant sur le dos et en conduit un autre par la main. Tout à coup elle pousse un cri de détresse ; ses beaux traits se couvrent d'une pâleur mortelle. Nous accourons et apercevons un assez grand serpent

MAISON DE THÉ RUSTIQUE A OJI, PRÈS DE YÉDO.

suspendu à un de ces arbres. Sa tête et le haut de son corps, luisant et tacheté de noir, s'allongent vers la pauvre mère qui, toute tremblante et comme fascinée, est incapable de s'enfuir. Nos gardes s'inclinent respectueusement devant l'animal, qui ne semble nullement effrayé par l'approche de tant d'hommes. Ils n'ont garde, en effet, de le déranger ; car le serpent est sacré. Les dragons en prennent parfois la forme, et les dieux aiment à se déguiser en dragons. Tuer un serpent serait donc s'exposer à commettre un sacrilége.

18 *août*. — J'ai accepté l'aimable hospitalité de M. Adams, et c'est toujours avec plaisir qu'au retour de mes diverses excursions je rentre à la légation britannique de Yédo. Arrivé ce matin, j'y trouve le juge des communautés anglaises du Japon, M. Hannen, avec sa charmante femme, les autres membres de la mission et le docteur Wheeler. Quel contraste

entre cette maison bien montée, entre cette réunion de personnes aimables et instruites, et la foule bruyante d'inconnus que j'ai laissés à l'hôtel de Yokohama !

19 août. — Longue promenade à pied dans les environs. C'est un parc anglais, plus la végétation si singulière du Japon. Autre particularité : vous sortez de l'hôtel de la légation, situé dans une rue fort animée ; vous descendez une petite ruelle qui insensiblement prend l'aspect d'un village. Encore quelques pas, et vous vous trouvez au milieu d'une solitude profonde, silencieuse, champêtre. Encore quelques pas, et vous voilà revenu dans la ville. Au reste, même dans les quartiers les plus fréquentés, on entend peu de bruit ; pas de pavés, pas de voitures, presque pas de chevaux. Les sandales en paille amortissent le bruit des pas. Rarement de la foule, et là où il y en a, elle glisse doucement. On n'est pas taciturne ; au contraire, on bavarde beaucoup, mais vous entendez plus de rires que de paroles.

20 août. — C'est dimanche. Au petit quartier européen, à Tsukiji, il n'y a ni prêtre catholique ni ministre protestant, ni église ni chapelle. En revanche, dans tous les lieux de la ville où sont placardés les édits, on peut lire les décrets qui interdisent aux Japonais l'exercice de la religion chrétienne. Les hommes aujourd'hui au pouvoir ont, me dit-on, malgré leurs tendances civilisatrices, conservé la haine et l'horreur du christianisme, surtout de la religion catholique. Le libre exercice de leur culte est garanti aux résidents étrangers des *treaty-ports*; mais en est-il de même à Yédo et à Osaka ? Dans le doute, Mgr Petitjean, le délégué apostolique au Japon, me semble faire bien de ne pas provoquer de difficultés en ouvrant une chapelle au Tsukiji, et de réserver la solution de cette question pour l'époque très-rapprochée de la révision du traité.

Passé l'après-midi chez Sawa Nabuyoshi, premier ministre des affaires étrangères. Quoique âgé de cinquante ans seulement, il a l'air d'un vieillard ; au Japon on vit vite. Sa physionomie est agréable, ouverte, un peu caustique quand il plaisante, mais pleine de cette bonhomie qui vous gagne d'emblée. Lui et son fils, un beau jeune homme, sont fort simplement vêtus d'une tunique de taffetas. Tous deux se distinguent par la noblesse du maintien et une politesse exquise. La pièce où nous sommes, à l'exception d'une table et de quelques chaises placées là pour l'usage des diplomates, est dépourvue de tout mobilier. Dans une niche, on voit un beau vase de cristal de Bohême, souvenir du passage de notre mission. Sur l'ordre du père, le jeune homme apporte et met en riant aux éclats les robes de gala de sa mère, de riches étoffes brodées de soie et d'or. Sawa est un lettré et nous dit une foule de choses intéressantes sur les usages, l'histoire et les antiquités de son pays. C'est à la tournure scientifique de son esprit que je m'attaque pour obtenir l'autorisation de visiter Kiyôto (Miako). « Que voulez-vous faire à Kiyôto ? me disait-il d'un air embarrassé. C'est une vieille ville un peu négligée depuis que le mikado a pris ici sa résidence et en partie détruite par des incendies récents. Si vous y allez, d'autres Européens en voudront faire autant. Il y a de méchantes gens à Kiyôto ; il pourrait vous arriver malheur. N'y allez pas. D'ailleurs, songez à l'incendie qui en a détruit les plus belles maisons neuves. — Je suis étonné, lui répondis-je, de vous entendre parler ainsi. Ce n'est pas pour voir des maisons neuves que je compte m'y rendre ; c'est pour admirer les plus anciens et les plus beaux temples de l'empire. Vous, si grand appréciateur de l'architecture et des antiquités, pouvez-vous sincèrement soutenir que Kiyôto ne soit pas la ville la plus ancienne du Japon ? » Cette observation porta juste. Le ministre répliqua en souriant : « Vous avez raison. Laissez-moi le temps de réfléchir. Je tâcherai de trouver des arguments à faire valoir au conseil des ministres. »

Sawa est un esprit éclairé, aimant les réformes et le progrès, quoique trop sage pour approuver cette course au clocher qui est aujourd'hui le mot d'ordre dans les régions du pouvoir. Cependant l'idée de voir un Européen pénétrer dans la ville sainte ne lui sourit guère, et, pour obtenir le consentement de ses collègues, il lui faut user de précautions oratoires. Tant l'idée de l'exclusion des étrangers s'est, durant ces trois derniers siècles, enracinée dans les esprits ! Cela n'empêche pas le gouvernement de favoriser les voyages en Europe, l'adoption de notre costume et de nos mœurs, et l'étude des langues étrangères. Il vient même d'établir une école allemande.

Je l'ai visitée dernièrement. Il y avait là une douzaine d'enfants et de jeunes gens qui répétaient en chœur les deux phrases suivantes : « L'homme pauvre veut être comme l'homme riche ; » et : « L'homme riche ne veut pas être comme l'homme pauvre. » Quelquefois ils se trompaient, en disant que le riche veut être comme le pauvre. L'instituteur, beau type du maître d'école allemand, s'écriait d'un ton sévère : « *Arimazen, arimazen, ne pas, ne pas ;* » et les écoliers, après un moment d'hésitation, de reprendre en chœur : « L'hom-me-pau-vre-ne veut-pas-ê-tre-com-me-l'hom-me-ri-che. » De là nouvelles colères du maître. Le mot riche, *reich*, était la pierre d'achoppement. Rien de comique comme les efforts de gosier qu'on faisait pour vaincre la difficulté. Ces jeunes gens oublieront peut-être l'allemand ; probablement ils ne l'apprendront jamais ; cependant la maxime morale, qui n'est pas celle de l'Évangile, que la richesse vaut mieux que la pauvreté, restera gravée dans leurs âmes.

21 août. — J'ai passé la plus grande partie de la journée à la Shiba. C'était ma troisième visite.

La Shiba contient les tombeaux de plusieurs shoguns, des temples, des couvents richement dotés. Aujourd'hui, les gardiens de ces sanctuaires, les bonzes, sont en partie expropriés. On leur a donné un peu d'argent, et, contrairement à leurs vœux, le conseil de se marier. Les couvents séquestrés ont été transformés en casernes. C'est le changement le plus récent, mais non probablement le dernier. Il y a dans le conseil des ministres des voix qui demandent l'abolition formelle du bouddhisme, la suppression de toutes les lamaseries, et la démolition des temples de la Shiba, qui, avec ceux de Kiyôto, sont le dernier mot de l'art japonais[1]. A l'heure qu'il est ils subsistent encore dans toute leur magique splendeur.

Au milieu de la cour est le grand temple ; à côté l'estrade couverte d'un toit, partie essentielle du sanctuaire des deux cultes. Entre de vieux arbres, une tour carrée, à plusieurs étages, élève ses formes gracieuses et solides à la fois. Il n'y a, dans la construction de ces édifices, rien qui les distingue des autres temples bouddhiques, si ce n'est la perfection des sculptures, la richesse des détails et la profusion des dorures. L'harmonie indéfinissable des couleurs fait presque oublier le barbare de la construction et le grotesque des statues. Sans doute, ce sont les divinités qui règnent en ce lieu, mais on y respire aussi une atmosphère de cour. Involontairement on pense à la chapelle de Louis XIV à Versailles.

Les vrais trésors de la Shiba sont les tombeaux. Séparés les uns des autres par un mur, ils se succèdent le long d'une avenue bordée de conifères de différentes espèces. On en sait exactement l'âge. C'est vers la fin du seizième siècle que Taiko-Sama les fit planter.

Les tombeaux les plus anciens remontent au premier tiers du dix-septième siècle. Je les ai visités tous, et je les ai comparés avec soin. De cet examen il m'a semblé résulter une décadence graduelle dans les arts. Mais je m'abstiens de formuler un jugement avant d'avoir vu les grands temples et le château de Kiyôto, tous également l'œuvre de Taiko-Sama.

---

[1] Les craintes conçues à ce sujet par les bouddhistes et par les Européens de Yokohama qui s'intéressent aux belles choses, n'ont été que trop justifiées. On écrit du Japon (juin 1872) que le gouvernement a décidé de faire démolir les édifices sacrés de la Shiba. Les journaux de Yokohama protestent énergiquement contre cet acte de vandalisme civilisateur.

UN MAUSOLÉE DE LA SHIBA.

Les mausolées de la Shiba se composent de trois éléments distincts : la cour, le sanctuaire ou le temple proprement dit, et, derrière le temple, le tombeau.

La cour est séparée de la grande avenue par un mur qui, à l'intérieur, forme une galerie couverte. Des hauts-reliefs en bois, sculptés à jour, servent de grilles aux fenêtres de l'enceinte. Ce sont des paons, des faisans volant dans les nuages, des oiseaux aquatiques nageant dans les étangs. Le sculpteur fait fuir et saillir les membres des animaux avec un art infini. L'éclat des couleurs et des dorures ajoute à l'effet merveilleux de ces petits chefs-d'œuvre où le sentiment de la nature est toujours contrôlé par les égards dus au caractère idéal et symbolique du sujet.

LA COUR D'UN MAUSOLÉE, A YÉDO.

Dans la cour, il y a une double rangée de lanternes sculptées en pierre, comme on en voit dans presque tous les temples et dans beaucoup de jardins publics et particuliers. A chaque pas on est ébloui par la richesse des matériaux, la prodigalité des ornements, le fini des détails, la solennelle magnificence de l'ensemble.

En face de l'entrée s'étale le temple proprement dit. Ici tout rappelle la grandeur du potentat défunt, son pouvoir, sa richesse et sa foi mystique. Des deux côtés de la porte se dressent les idoles, qui manquent rarement dans les temples bouddhiques. L'une, aux traits courroucés, le visage peint en rouge, vous exhorte à la convenance ; l'autre, dont la figure est verte ou rouge, vous donne la bienvenue. Si cette explication, qu'un des bonzes m'a donnée, n'est pas exacte, les savants la corrigeront. Une porte richement sculptée et ornée de bronzes mène dans l'intérieur. Lorsque nous entrâmes, le jour baissait ; les ténèbres nous enveloppèrent ; mais peu à peu l'œil les perça, et nous vîmes reluire les filets dorés des poutres, les saillies, les frises et, derrière un autel chargé de fleurs, de vases, de flambeaux, le dieu Bouddha, symbole de l'insensibilité suprême, de l'absolue et éternelle quiétude :

Grato m'é il sonno e l'esser di susso.

Des lustres suspendus au plafond entourent l'autel ; des nattes d'une finesse merveilleuse couvrent le plancher laqué de rouge-brun sur les bords.

Le goût du grotesque et la recherche du beau, le raffinement et la perfection technique, la fécondité d'imagination et un sentiment délicat de la nature, l'un et l'autre contenus par les exigences de la théogonie indienne et la sainteté du lieu : voilà les caractéristiques des merveilles répandues avec profusion dans les dernières demeures des shoguns. Une chose m'a vivement intrigué : c'est l'empreinte incontestable, évidente, palpable, de *baroquisme* italien que portent certaines sculptures. Tant qu'on a des sujets sacrés à traiter, on se laisse diriger par la tradition ; mais dès qu'on passe aux oiseaux, aux fleurs, aux nuages, aux vagues, on sort des anciennes ornières, on prend des allures plus libres, et on produit des œuvres qui semblent sortir des ateliers du Borromini ou du Bernin. Explique qui pourra ce fait étrange !

Derrière le temple est le tombeau. C'est une colonne panachée, entourée de deux balustrades circulaires en pierre sculptée. On y arrive par quelques marches. L'ensemble est simple, grand, barbare.

Les arbres vénérables de Taiko-Sama forment l'encadrement. Le chant monotone à deux notes des cigales ne cesse pas un instant ; il ajoute à l'étrangeté du lieu solitaire, triste, essentiellement héroïque.

3 septembre. — Pendant notre excursion de Hakoné, le gouvernement réformateur n'a pas chômé. Par un édit du 29 août, il a, d'un trait de plume, aboli les *hans*. On sait que les villes du Japon se divisent en trois catégories : les *fus*, il n'y en a que trois : Kiyôto (Miako), jusqu'à l'avant-dernière année, résidence du mikado ; Yédo, jusqu'à la chute du shogunat, capitale et résidence du shogun ; enfin Osaka, la perle des villes japonaises et le grand emporium du commerce intérieur. Les autres villes sont ou des *hans*, c'est-à-dire des fiefs de daimios (princes feudataires), ou des *kens*, des villes placées directement sous l'autorité soit du mikado, soit du shogun. L'ordonnance par laquelle le ministre supprime l'autorité des seigneurs féodaux est un acte d'une portée immense, puisqu'elle détruit un régime dont l'origine se perd dans la nuit des temps. Il inaugure une révolution sociale et politique des plus radicales. Jusqu'ici, il est vrai, cela n'existe que sur le papier, et, au Japon plus qu'ailleurs, il y a loin d'un décret à l'exécution. Pour ne pas trop effaroucher les daimios, on leur laisse, comme dédommagement des droits féodaux qu'on leur enlève, l'administration de leurs anciens fiefs, avec le titre de gouverneurs ou de délégués du mikado[1]. Dans le haut personnel aussi, des revirements importants ont eu lieu. Entre autres, le vieux Sawa a été relevé de ses fonctions de premier ministre des affaires étrangères.

Ce grand seigneur de vieille roche, ami et protecteur des belles-lettres, connaisseur en objets d'art et pratiquant lui-même la peinture, renommé surtout comme fort versé dans l'histoire et les antiquités de son pays, porte sa disgrâce avec une noble aisance. Il est venu aujourd'hui avec son fils dîner à la légation. Il était fort gai, riait de bon cœur, et nous disait en parlant de sa retraite : « Eh bien, je m'en vais retourner à mes livres. »

[1] Peu de jours après, cette disposition fut révoquée et le gouvernement retiré aux princes, pour être confié à des fonctionnaires nommés par le gouvernement.

LA SHIBA, ENTRÉE DE LA COUR DU MAUSOLÉE ET VUE DU TEMPLE.

4 septembre. — Iwakura Tomomi, qui vient de remplacer Sawa à la tête du département des affaires étrangères, s'est présenté ce matin à la légation. Selon l'usage du pays la visite a duré plusieurs heures. J'ai pu, à cette occasion, faire la connaissance de ce personnage qui exerce une si grande influence sur les destinées du Japon. Iwakura, quoique appartenant à la classe des kugé, la haute et ancienne noblesse de cour, avait vécu à Kiyôto dans une obscurité volontaire. C'est la révolution de 1868 qui l'a fait monter sur la scène. Depuis lors, il a joué un grand rôle, et aujourd'hui il passe pour l'homme le plus considérable du gouvernement. Il m'a dit avoir quarante-huit ans. Au Japon, comme en Chine, la question sur l'âge est la première que les gens bien élevés s'adressent. Sa physionomie n'a rien qui frappe, si ce n'est la vivacité des yeux quand

il parle, et sur la bouche une expression très-marquée de causticité. Sa parole est brève et un peu sèche ; ses manières sont celles d'un homme du grand monde, simples, aisées, naturelles [1].

Une conversation qui sortait des banalités m'a fourni l'occasion de puiser à la principale source des informations assez curieuses sur l'origine, la nature et la portée de la grande réforme que Iwakura et ses amis viennent d'inaugurer [2].

[1] Depuis mon séjour au Japon, Iwakura a conçu l'idée d'une ambassade aux États-Unis et aux grandes cours d'Europe, dont il serait le chef et Kido le second plénipotentiaire. Pendant son absence, la direction des affaires est confiée à Sanjo et Saigo.

[2] Ce que Iwakura me disait dans les trois ou quatre entretiens que j'ai eus avec lui est devenu plus tard le programme avoué de son gouvernement. Il l'a répété non-seulement à tous les membres du corps diplomatique, mais à tous les étrangers qui l'ont approché, et il a tâché d'assurer à ses paroles la plus grande publicité possible. Je n'ai donc aucun scrupule à en donner ici un résumé.

Je l'entretenais d'abord de mon désir de visiter Kiyôto, la capitale de l'Est, la ville sainte, particulièrement fermée aux étrangers. Lorsque le ministre d'Angleterre, sir Rutherford Alkock, traversa Niphon, depuis Osaka jusqu'à Yédo, il fut prié de ne pas entrer dans Kiyôto, et il ne l'a pas vu. Le baron Richthofen, qui a beaucoup voyagé dans l'intérieur, n'a pas été plus heureux, et lorsque, il y a trois ans, le ministre d'Angleterre et les agents de France et des Pays-Bas s'y rendirent sur l'appel même du mikado, la présence de ces diplomates fut tristement signalée par un attentat sanglant sur la personne et la suite de sir Harry Parkes. Les légations retournèrent à Osaka, sans qu'on eût eu le temps et l'occasion de visiter les principaux monuments de la ville. M. de Brands, chargé d'affaires de la Confédération Nord-Germanique, et quelques autres membres du corps diplomatique y ont fait récemment de courtes apparitions; mais, en dehors de ces personnages officiels, il paraît qu'aucun Européen n'y a pénétré, excepté un maître d'école et un ingénieur, tous les deux au service du gouvernement japonais. De toute façon, personne n'en a jamais donné une description *de visu*[1]. Seul le docteur Kaempffer, qui l'a visité à la fin du dix-septième siècle, lui a, dans son précieux livre sur le Japon, consacré quelques pages. On se rappelle qu'il était médecin de la factorerie hollandaise de Detsima, et qu'il accompagnait une des ambassades que la colonie devait, tous les quatre ans, envoyer à Yédo. Pendant ces voyages, les délégués hollandais furent traités en prisonniers d'État ; ils voyageaient en norimon fermé, et n'osaient quitter les auberges où on les gardait à vue pendant la nuit. Kiyôto est donc resté une terre inconnue et mystérieuse, et j'ai un vif désir de le voir. Le vieux Sawa avait à peu près donné son consentement, mais il n'est plus au pouvoir. Je m'adressai donc à son successeur, qui, déjà prévenu, se hâta de promettre qu'il saisirait le conseil de ma demande.

J'avais, chose encore plus délicate, à négocier avec lui mon audience du mikado. Règle générale, le fils des dieux n'est pas accessible aux mortels. On ne fait d'exception que pour ses serviteurs, et, depuis que les blancs ont pris pied sur quelques points de la côte, pour les ministres étrangers. Il a aussi reçu les amiraux commandant les stations navales dans les mers de l'extrême Orient. M. Seward, ancien ministre des affaires étrangères des États-Unis, est le seul personnage non officiel qui ait été présenté à l'empereur. Néanmoins, grâce à l'appui indirect mais puissant du représentant d'Angleterre, je serai reçu.

Nous passâmes ensuite aux événements du jour, à la suppression des droits féodaux qui fait maintenant le sujet de toutes les conversations.

« Les daimios, disait Iwakura, étaient contenus par le shogun. Plusieurs d'entre eux étaient placés sous sa domination directe. Lorsque le shogunat fut supprimé, les uns et les autres devinrent complétement indépendants. Cela n'était pas tolérable. Il fallait rétablir le pouvoir du mikado ; c'est ce que nous avons entrepris de faire. Dans trois ans, notre tâche sera accomplie. Les *hans* viennent d'être abolis. Les anciens daimios ne seront pas même maintenus comme gouverneurs de leurs anciens domaines. Nous les obligerons à venir demeurer à Yédo avec leurs familles. Des hommes capables, n'importe de quelle caste, seront nommés gouverneurs. A ce titre seul, c'est-à-dire s'ils sont des hommes capables, les daimios aussi pourront être revêtus des hautes fonctions de l'État. Les petits clans seront réunis aux clans plus considérables, et une armée sera formée des hommes de guerre jusqu'à présent à la solde et dans la dépendance des ci-devant daimios.

« Nos adversaires prétendent que nous sommes ennemis de la religion du peuple. Cela n'est pas exact. Nous ne comptons pas détruire le bouddhisme. Nous purifierons seulement les

---

[1] Cet été (1872), il y a eu une exposition d'industrie à Kiyôto. Les étrangers ont été autorisés exceptionnellement à s'y rendre, et on a pu lire dans les journaux anglais une courte description de la *capitale de l'Ouest*. Depuis lors Kiyôto a été de nouveau fermé hermétiquement.

temples autrefois dédiés au shintoïsme. Les shoguns les ont consacrés irrégulièrement à Bouddha en y établissant exclusivement son culte, ou en y laissant continuer simultanément l'exercice de la religion shintoïte restée de tout temps la religion officielle, c'est-à-dire celle du mikado.

« En ce qui concerne les impôts, il est vrai que les paysans des daimios en étaient exempts quand les récoltes étaient mauvaises, et que le gouvernement de l'empereur ne pourra user de pareils ménagements, parce que les frais d'administration sont les mêmes dans les bonnes comme dans les mauvaises années. Mais nous tâcherons d'atténuer les charges qui pèsent sur les populations rurales, en y faisant participer, dans une certaine mesure, les marchands et ouvriers, exempts jusqu'ici de tout impôt. »

5 septembre. — Visité ce matin plusieurs des principales boutiques de Yédo. Dans le quartier indigène de Yokohama, on trouve des objets confectionnés expressément pour le marché européen. Ici, au contraire, c'est le goût du pays qui dirige les fabricants. Rien d'aussi intéressant que d'examiner ces mille objets divers dont l'usage échappe à votre pénétration, si vous n'êtes éclairé par des connaisseurs, et les membres de la légation ont, à tour de rôle, la bonté de me servir de guides. C'est une vraie étude à faire. La grande variété des ustensiles forme un contraste inexplicable avec la simplicité ou plutôt avec l'absence complète de mobilier qu'on remarque chez les riches comme chez les pauvres. Presque tous ces produits attestent une imagination féconde qui se complaît dans des conceptions bizarres, le sentiment du beau entravé par une tendance à la caricature, le désir évident de produire de grands effets par de petits moyens, le culte de la nature inanimée qu'on imite en exagérant à dessein, une grande latitude laissée à l'individu, à côté d'un respect profond pour les types et routines traditionnels. En comparant les objets d'art dont je parlerai plus bas avec les produits de l'industrie, je dirai que l'artiste ici tient beaucoup de l'artisan, et que l'artisan est, dans une certaine limite, essentiellement artiste. En Europe il en était de même au moyen âge.

Les boutiques où l'on vend des joujoux font mon admiration. On se demande comment il est possible de dépenser tant d'esprit, d'invention, de goût, de savoir, pour amuser les enfants, incapables d'apprécier ces petits chefs-d'œuvre. La réponse est fort simple : c'est que, dans ce pays, tout le monde charme ses loisirs en jouant comme des enfants. J'ai vu trois générations, grand-père, père et fils, occupés à manœuvrer un cerf-volant. Les femmes des classes élevées, me dit-on, qui ne sortent presque jamais, passent des heures avec des joujoux [1]. En ce moment le jeu à la mode est le tô-sen-kio, le jeu de l'éventail [2]. On pose sur la natte une petite boîte de bois léger, et sur cette boîte une figurine de jonc recouverte de soie, et représentant un papillon, *cho*. Les joueurs, ordinairement des dames, accroupis à une certaine distance, visent et lancent à tour de rôle leurs éventails, dont le manche doit enlever la figurine sans renverser la boîte. Les gains et les pertes se règlent d'après un tableau indiquant les différentes manières d'atteindre le papillon. Ce sont les femmes du mikado, dit-on, qui ont donné de la vogue à ce jeu. J'ai acheté à des prix minimes une foule de petits objets curieux, dont quelques-uns sont de véritables objets d'art. Par exemple, de petits bronzes, des serre-papier représentant différents animaux, des groupes de tortues. L'intention de viser au comique est évidente. J'ai vu de pareils groupes dans d'autres boutiques et j'ai trouvé les mêmes motifs, mais jamais de copies. Ce n'est pas le même modèle reproduit machinalement, c'est la même pensée. L'artisan, ou plutôt l'artiste, tout en imitant, y met du sien.

---

[1] Il y en a d'assez étranges. On les voit entre les mains des petits enfants et sur l'autel des pénates. C'est le symbole de la fécondité, et par conséquent de la prospérité des familles. Aucune mauvaise pensée ne s'y rattache.

[2] *Tô* veut dire frapper, *sen* éventail, *kio* jeu.

J'admire aussi les mains fines, effilées, proprettes, des femmes qui emballent mes emplettes avec du papier soyeux.

Nous avons visité les deux magasins d'étoffes de soie les plus renommés. On nous a fait monter au premier étage, dans une vaste salle remplie de chalands, parmi lesquels plusieurs dames de qualité. Tout le monde, hommes et femmes, était assis sur ses talons derrière une table, haute d'un pied, où l'on étalait la marchandise : des crêpes fins et des étoffes très-lourdes, unies ou avec des dessins. Les couleurs sont d'un éclat remarquable. N'étaient les prix trop élevés, on emploierait volontiers ces tissus pour meubles et tentures. Ils donneraient aussi de splendides ornements d'église. Ici on en fait des robes de cérémonie pour les deux sexes.

Au reste, la culture de la soie est en décadence, et c'est encore l'Europe qui en est la cause. Les deux grands centres de la production des œufs sont les provinces Ôshiu et Shinshiu, dont les villes Yonesawa, Uyeda Jôshiu et Shimamura servent de dépôt. Le climat y est particulièrement favorable à la production des œufs, qui demandent un air sec ; et cette condition, on ne la trouve au Japon que dans les hauts plateaux. Naguère les producteurs de soie des autres parties de l'empire allaient chercher les œufs dans ces deux provinces. Mais depuis que la maladie des vers à soie en Lombardie amène tous les ans les *graineurs* italiens, les œufs d'Ôshiu et de Shinshiu ont atteint des prix fabuleux. Il s'ensuit que le midi et les autres lieux où l'on se livre à la fabrication de la soie ont cessé de se pourvoir dans ces provinces, et que, malgré leur qualité fort inférieure [1], on se contente des œufs de la localité.

Après le tiffin, belle et longue promenade à pied à Meguro, petit village au nord-ouest de Yédo, célèbre par son beau temple entouré de magnifiques cryptomérias, et par ses maisons de thé, rendez-vous habituel des jeunes élégants de Yédo. M. Mitford, dans ses *Tales of old Japan*, en fait un joli portrait. Ce livre vient de paraître à Londres, et un exemplaire est arrivé à la légation. On se l'arrache, et on a raison. L'histoire des quarante-huit *ronins* et la terrible scène du *hara-kiri*, à laquelle l'auteur a assisté comme délégué de son chef, seront lues avec intérêt par le grand public européen. Les autres récits sont peut-être trop exclusivement empreints de la couleur du pays pour être goûtés par des lecteurs qui n'ont pas vu le Japon. Mais les petits contes de fées du second volume sont d'une simplicité naïve et d'un charme poétique que tout le monde peut apprécier.

De Meguro, nous dirigeons nos pas vers un tertre élevé, appelé Shinfuji, d'où l'on jouit d'une de ces vues idylliques qui donnent un caractère si particulier aux environs de Yédo. Ce sont toujours les mêmes éléments : une vallée oblongue et plate bordée de coteaux boisés ; des rizières au fond ; des cryptomérias, des pins *massericana* et *retinispora* sur les hauteurs et autour des temples qui, placés à mi-côte, se cachent dans le feuillage ; des cerisiers et des pruniers, si admirés à cause de leurs fleurs ; différentes espèces de lauriers, le mélèze, l'érable japonais (*Acer japonica*), et le *Salisburia adamantifolia* que les Japonais appellent itchô. Ces deux espèces, essentiellement sacerdotales, se rencontrent surtout dans les bois sacrés. Ajoutez les camellias et les azalées et, pour varier, les barbes de plumes vert pâle du bambou. Sans doute il y a des redites dans ce paysage de Yédo ; mais c'est la plus charmante, la plus douce, la plus poétique des monotonies.

Aujourd'hui on jasera beaucoup dans les maisons de thé de Tôkei. C'est le nouveau nom qu'on vient d'inventer pour désigner la capitale de l'Est, *to* signifiant *Est*, et *kei* capitale. Les élégants, les hommes de progrès l'emploient de préférence. L'événement du jour est un fait

---

[1] Le gouvernement anglais a voué à cette question une attention particulière. M. Adams, accompagné de quelques experts, a visité les principaux districts où se produit le ver à soie. Les rapports, communiqués au parlement, donnent sur cette matière des informations d'autant plus précieuses qu'elles ont été recueillies sur les lieux. Voir les *Livres bleus*, Japon, de 1870 et 1871.

LES MAGASINS DE SOIERIES DE MITSOUI.

inouï : une dame de haut rang dînera ce soir à la légation d'Angleterre. M. Adams, grâce aux relations qu'il a su former avec plusieurs notabilités du pays, est l'auteur de cette innovation. Ses invités sont : Matsuné et sa femme, la fille de Uwajima, actuellement ambassadeur en Chine. La jeune dame a quatorze ans à peine. Elle est très-petite, a de beaux gros yeux légèrement fendus, des mains et des pieds mignons. Si sa tête paraît un peu grosse, c'est peut-être l'effet produit par sa riche chevelure, divisée en bandeaux et retenue par deux grandes épingles en écaille. Sur sa chemise blanche elle porte une tunique de soie gris clair fort étroite, surtout autour des pieds. Une large ceinture, couleur rose-thé, serre la taille, qui est très-courte, et se termine par un nœud bouffant qui remonte presque aux épaules. Si ce n'était

M. ADAMS.

un anachronisme, je dirais que c'est une figurine de vieux Saxe affublée d'une toilette du premier Empire. Je suis assis à côté de son mari et en face d'elle. Rien n'est amusant comme de l'observer. Ses yeux vifs et intelligents errent furtivement autour de la table. Elle veut faire comme nous, et son instinct japonais la sert si bien, qu'arrivée au rôti, elle sait déjà manier la fourchette. Petit à petit, la timidité la quitte et, en sortant de table, elle prend les allures naïves et insouciantes d'un enfant. Elle circule dans le salon où tout lui est nouveau, s'assoit sur un tabouret aux pieds de son mari, fume un cheroot et semble oublier notre présence.

Matsuné, malgré l'irrégularité de ses traits, est joli garçon; mais, comme tant de ses compatriotes, il est en voie de transformation. Par les extrémités, il est devenu européen. Il porte des bottines de Paris, a coupé sa petite queue, ne rase plus l'occiput et laisse pousser ses cheveux abondants, ébouriffés et crépus, ce qui le prive de distinction. Je lui demande pourquoi il a quitté la coiffure japonaise. Il me répond qu'elle lui donnait des rhumes. C'est un politique, inclinant vers le progrès, mais n'osant pas encore en convenir, et par conséquent nageant entre deux eaux. Il n'est plus *codino* et il n'est pas encore progressiste. C'est en ce moment le cas de beaucoup de Japonais; mais dites-vous bien que ceux qui coupent leur queue sont gagnés à la réforme, et leur nombre augmente. Le Japon se meurt.

6 septembre. — Ce soir, à dîner, j'ai fait la connaissance de Saigo qui, de simple samurai du prince de Satsuma, est devenu un des hommes les plus influents de l'île de Kiushiu. Pour que l'œuvre de la réforme pût marcher, il fallait s'assurer de son concours et, par son intermédiaire, de l'appui des grands clans du midi. Iwakura est allé le chercher au fond de son île, l'a disposé en faveur du nouveau programme, et lui a persuadé de venir à Yédo.

Saigo est d'une stature herculéenne. Ses yeux accusent de l'intelligence, ses traits de l'énergie. Sa tenue est négligée, mais martiale; ses manières, celles du gentilhomme campagnard. On dit qu'il s'ennuie à la cour et brûle d'impatience de retourner dans ses terres.

7 septembre. — La religion s'en va. Il n'y a que les femmes et les vieillards qui, matin et soir, au lever et au coucher du soleil, sortent de leurs maisons et s'inclinent devant l'astre bienfaisant. Règle générale, on ne prie jamais, excepté pour obtenir une faveur. Les femmes demandent aux dieux la fidélité de leur mari; les malades, la santé; les jeunes filles, une nouvelle robe, un bijou, un amoureux, un mari. Quand on va au temple, on appelle le dieu en frappant sur le gong, ou en battant des mains; on se courbe devant le dieu qui apparaît infailliblement au troisième coup, et on l'adore pendant une minute ou deux; puis on jette une petite monnaie de cuivre dans le coffre, et tout est dit. Au temple d'Asakusa, il y a un dieu de bronze que visitent les malades. Ils lui frottent de la main la partie du corps qui correspond à celle dont ils souffrent. En somme, une foule de cérémonies religieuses, beaucoup de superstition; mais, dans les classes élevées et dans celle des lettrés, manque complet de foi et de religion. Voilà ce que j'entends dire autour de moi, et cela confirme mes renseignements pris à Yokohama. Plusieurs fois, j'ai questionné des notables du pays sur leurs croyances. On m'a toujours répondu en riant que c'étaient des bêtises. Le vieux Sawa seul, tout en souriant finement, s'est exprimé avec une certaine réserve.

Les sanctuaires d'Ikegami, à l'ouest et à peu de distance de Yédo, sont d'une haute antiquité. Nous y sommes allés dans l'après-midi. Je renonce à en décrire la beauté. Explique qui pourra le charme des temples japonais. C'est, au fond, toujours la même chose : de beaux vieux arbres entourent des pilastres qui supportent un lourd toit à large bord. Et cependant vous êtes dans l'extase. Il n'est pas question d'architecture. Ce sont simplement des chaumières colossales, des perches et un toit à pignon. Mais ce que j'admire, c'est que l'architecte ait eu un si juste sentiment de ce qu'on peut et ne peut pas faire avec du bois, et que, pour l'ornementation, il ait si bien tiré parti de la simplicité et des nécessités mêmes de la construction. Observez cette frise : elle relie les piliers, elle sert de console aux poutres qui forment le plafond, et elle fait la transition naturelle au toit. Les poutres horizontales, — il y en a une double couche, — donnent, en s'enchevêtrant, de la solidité à l'édifice, tandis que leurs extrémités, ornées de quelques sculptures simples et élégantes, rompent agréablement la monotonie de la frise.

Dans un *tempietto* isolé, rond, de fort gracieux dessin, et dont le coloris rouge tendre, gris tendre, vert mat tendre, se marie admirablement avec les teintes vigoureuses des vieux cèdres et des itchôs qui l'encadrent, on voit une statue colossale de je ne sais plus quel dieu. Lorsque nous arrivâmes, un vieux bonze, de vénérable apparence, chantait des hymnes. Des fidèles prosfernés adoraient la divinité. Scène vraiment japonaise; mais elle aurait manqué d'actualité sans nos yakunins qui, la pipe à la bouche, pénètrent dans le sanctuaire, rient, bavardent, se moquent tout haut du prêtre et de son dieu.

8 septembre. — Il n'y a pas de légende plus populaire que celle des quarante-sept ronins. On lui doit la connaissance d'un fait significatif au point de vue des mœurs féodales [1].

Le ronin est en général un homme déchu. Le plus souvent ce sont des gens de la classe militaire renvoyés par leur daimio. D'autres fois ils sont devenus ronins à la suite de la ruine du

LE GRAND CHAPELET DE FAMILLE.

maître. Or il y avait un daimio, Takumi-no-kami, qui, envoyé avec un message du mikado à la cour de Yédo, y fut cruellement offensé par Kotsuké, l'un des grands fonctionnaires du shogun. Comme on ne tire pas l'épée dans l'enceinte du palais sans encourir la peine de mort et la confiscation des biens, Takumi se contint longtemps ; mais un jour, poussé à bout, il dégaîna et se précipita sur son ennemi, qui put s'enfuir, tandis que lui-même, arrêté et traduit devant le tribunal, fut condamné à s'ouvrir le ventre. Ses terres furent confisquées, sa famille réduite à la misère. Ses vassaux et gentilshommes devinrent *ronins*. Les uns descendirent au rang de marchands, d'autres prirent du service auprès de quelque daimio ; mais Kuranosuké, le principal conseiller et quarante-six autres chevaliers de Takumi se promirent de venger leur maître.

[1] On le fait remonter à l'an 1727.

Malheureusement pour ce projet, Kotsuké en eut vent et pourvut à sa sûreté en s'entourant d'une garde nombreuse, si bien qu'à moins d'endormir les soupçons de l'ennemi, il fallait renoncer à toute idée de vengeance. Les quarante-sept ronins, sachant que Kotsuké les faisait surveiller à Kiyôto par ses espions, se séparèrent, prenant chacun un déguisement, soit de charpentier, soit d'ouvrier ou de·marchand. Kuranosuké feignit de s'adonner aux vices. On ne le voyait plus que dans les maisons où l'on vend du saké et dans d'autres mauvais lieux. Un jour il fut trouvé ivre-mort dans un ruisseau de la rue. Un passant, un homme du clan de Satsuma, s'écria : .« N'est-ce pas là Kuranosuké, autrefois le conseiller du malheureux Takumi ? Au lieu de venger son maître, il se livre aux femmes et au vin ! Oh ! le misérable, indigne du nom de samurai ! » Et, le poussant du pied, il lui

cracha à la figure. Ce fait, rapporté par ses espions à Kotsuké, lui sembla de bon augure. Mais ce ne fut pas tout. Le fidèle conseiller poussa la dissimulation jusqu'à la cruauté. Jouant toujours le rôle de débauché, il accabla sa femme d'injures et la chassa de sa maison, elle et ses enfants, sauf le fils aîné, âgé alors de seize ans, qu'il garda auprès de lui. A cette nouvelle mandée aussitôt à Yédo, Kotsuké, ne doutant plus que tout danger ne fût passé, renvoya la plus grande partie de ses gardes. Le jour du grand acte de justice approchait donc. Le conseiller s'enfuit secrètement de Kiyôto et alla rejoindre ses compagnons, tous réunis à Yédo et n'attendant que le signal du chef pour se mettre à l'œuvre.

On était au cœur de l'hiver, et, par une nuit sombre et froide, par une forte tourmente de neige, les conjurés séparés en deux colonnes, l'une conduite par le chef, l'autre par son fils, se dirigèrent silencieusement, et sans être aperçus, vers le yashki de l'homme voué à la mort. Ils convinrent de pénétrer dans le palais, de ne pas verser de sang innocent, d'épargner les serviteurs qui ne feraient pas résistance, enfin de tuer Kotsuké et d'aller déposer sa tête sur le tombeau de leur maître, au temple de Sengakuji, dans le faubourg de Takanawa. Cela fait, ils iraient tous se présenter devant le tribunal, et attendraient tranquillement la sentence, qui ne pouvait être que la mort. Tels furent les derniers ordres du chef des conjurés, et les ronins promirent tous de s'y conformer. Le haut mur d'enceinte du palais fut escaladé et la porte intérieure enfoncée à coups de marteau. Afin d'empêcher les voisins d'accourir, Kuranosuké leur avait envoyé ce message : « Nous, les ronins, autrefois au service de Takumi-no-kami, comptons cette nuit pénétrer dans le palais de Kotsuké-no-Suké, pour venger notre seigneur. Nous ne sommes ni voleurs ni malandrins, et aucun dommage ne sera fait aux maisons des voisins. Rassurez-vous. » Les voisins n'eurent garde de venir au secours d'un homme peu populaire dans le quartier; ils se tinrent tranquilles.

et laissèrent faire aux ronins. Ceux-ci pénétrèrent dans l'intérieur du palais. Une lutte terrible s'engagea avec les samurais du seigneur. Bientôt ceux-ci gisaient tous morts ou mourants; aucun des ronins n'avait péri. Le fils du chef des conjurés, cet enfant de seize ans, avait fait des prodiges de valeur. Mais où était Kotsuké? Vainement on le cherchait dans tous les coins de ce labyrinthe. Déjà, dans un moment de désespoir, les ronins se décidaient à s'ouvrir le ventre, lorsque leur chef, en examinant le lit du seigneur, trouva que les couvertures étaient encore chaudes. Celui qu'il cherchait ne pouvait donc être loin. A la fin, on tira de sa cachette un homme âgé, de respectable apparence, vêtu d'une tunique de soie blanche. On ne tarda pas à le reconnaître. C'était Kotsuké. Le chef des ronins se mit alors à genoux devant lui, et, après avoir accompli les démonstrations de respect dues au rang élevé du vieillard, il dit : « Seigneur, nous sommes les hommes de Takumi-no-kami. L'an dernier, Votre Grâce a eu une querelle avec lui. Il a dû mourir et sa famille a été ruinée. En bons et fidèles vassaux, nous sommes venus cette nuit pour le venger. Vous devez reconnaître la justice de notre cause. Et maintenant, seigneur, nous vous conjurons de faire hara-kiri. Je vous servirai de second [1], et, après avoir humblement recueilli la tête de Votre Grâce, j'irai la déposer en offrande sur le tombeau du seigneur Takumi. » Mais Kotsuké, tout tremblant, ne put se décider à mourir de la mort d'un gentilhomme.

Comme le temps passait et que des secours pouvaient arriver, Karunosuké lui coupa la tête avec le poignard dont son maître s'était servi pour s'ouvrir le ventre. Afin d'éviter un incendie, les ronins, avant de partir, eurent soin d'éteindre les lumières et les feux dans le palais. Puis ils mirent la tête dans une corbeille, et se retirèrent. Le jour commençait à poindre. La nouvelle des événements de la nuit s'était déjà répandue dans tout Yédo. Le peuple accourut en foule et salua de ses acclamations les quarante-sept hommes qui, tout ensanglantés, leurs vêtements en lambeaux, se dirigeaient processionnellement vers le faubourg de Takanawa. A chaque instant ils craignaient d'être attaqués par les samurais du beau-père de leur victime; mais l'un des dix-huit grands princes du Japon, ami et parent de Takumi, avait à la hâte rassemblé ses hommes de guerre pour aller au secours des quarante-sept. Au moment où ceux-ci passaient devant le yashki du prince de Sandai, on les engagea à entrer et on leur servit du riz et du vin. Arrivés au temple où repose Takumi, ils lavèrent leur trophée sanglant dans une fontaine qui existe encore, et le déposèrent sur le tombeau de leur maître. Kuranosuké remit tout l'argent qu'il possédait au prêtre, lui dit qu'ils feraient tous hara-kiri, et le pria de les ensevelir, lui et ses compagnons, près du tombeau de leur prince. Le bonze versa des larmes d'attendrissement. Les ronins attendirent ensuite les ordres des magistrats. Mandés devant le conseil suprême, il leur fut notifié qu'ayant manqué au respect dû à la cité et au gouvernement, ils étaient condamnés à faire hara-kiri. Ils furent divisés en quatre groupes et mis sous la surveillance de quatre daimios. Ce fut dans la maison de ces derniers, qu'en présence d'officiers du shogun, ils se donnèrent la mort. Ayant d'avance fait le sacrifice de leur vie, ils finirent avec intrépidité. Leurs corps furent portés à Sengakuji et enterrés près des dépouilles du seigneur Takumi; et, depuis ce temps, le peuple n'a cessé de visiter leurs tombeaux, de les orner de petites branches, d'y brûler de l'encens. Parmi les premiers qui s'y présentèrent, était l'homme du clan de Satsuma qui avait insulté Kuranosuké lorsque celui-ci feignait de dormir dans un ruisseau. Il déclara être venu pour faire amende honorable à ce saint martyr et expier la faute qu'il avait commise en l'insultant. A ces mots, il tira son poignard et s'ouvrit le ventre. Il fut enterré dans le même enclos.

[1] Cela veut dire : pour abréger vos souffrances, au moment où vous vous enfoncerez un poignard dans le ventre, je vous trancherai la tête avec mon sabre. C'est ordinairement un membre de la famille ou le meilleur ami qui rend ce dernier service au prince ou gentilhomme obligé de faire hara-kiri.

Telle est la tragédie des fidèles ronins, connus à Yédo sous le nom des *Quarante-sept*. On me dit que, dans cette partie du Japon, il n'y a pas un homme ni une femme qui ne la sachent. C'est par la tradition orale que les détails en ont été transmis de génération en génération ; et c'est probablement dans les contes populaires que M. Mitford a puisé les éléments de son simple et touchant récit[1]. Mais les faits principaux s'appuient sur des documents d'une incontestable authenticité. On conserve dans le temple de Sengakuji, à titre de reliques, les vêtements et les armes des quarante-sept. En fouillant dans ces dépouilles, M. Mitford a découvert quelques écrits, notamment un court mais complet récit des faits qui déterminèrent les ronins à venger leur maître. Une copie de ce mémoire fut trouvée sur le corps de chacun des vengeurs de Takumi. En ce pays d'ailleurs, c'est l'habitude des hommes qui s'engagent dans une aventure où il y va de la vie. Toujours jaloux de leur honneur, ils ont soin de consigner dans un écrit qu'ils portent sur eux les motifs de leurs actions. Quelques auteurs qui ont écrit sur le Japon mentionnent ce sanglant épisode ; mais le jeune japonologue anglais a le mérite d'avoir été le premier à le faire bien connaître. Je n'ai pas voulu le passer sous silence, et, contrairement à mon habitude d'inscrire seulement dans mon journal les faits que j'ai vus ou qui m'ont été racontés, j'ai cru devoir donner un extrait de la relation de M. Mitford.

Sur les mœurs du pays, telles qu'elles étaient il n'y a pas très-longtemps, telles qu'on doit encore les trouver aujourd'hui dans l'immense majorité de la nation, comme aussi sur les idées dominantes du temps présent, l'histoire des quarante-sept et la vénération dont le peuple entoure les tombeaux de Takanawa répandent des flots de lumière. « Nous avons, disent-ils dans les justifications adressées aux mânes de Takumi et trouvées sur leurs corps, nous avons mangé de votre pain. » C'est le motif de leur conduite. En serviteurs fidèles et en loyaux chevaliers, ils devaient venger la mort de leur seigneur. Puis vient la justification. Ils citent un précepte de Confucius : *Tu ne dois vivre sous le même ciel, ni fouler la même terre que l'ennemi de ton père ou seigneur.* « Comment, disent-ils, aurions-nous pu réciter ce vers sans rougir ? » L'opinion publique approuve leur conduite. Le peuple et les daimios admirent cette fidélité au maître poussée à l'extrême. Il y a trois ans, un homme, après avoir fait ses prières devant le tombeau du jeune Chikara, le fils du Kuranosuké, s'ouvrit le ventre. La blessure n'étant pas mortelle, il se coupa la gorge. Un papier, trouvé sur lui, disait qu'il était ronin et avait désiré entrer au clan du prince de Chôshiu, que sa demande avait été repoussée, qu'il ne voulait servir aucun autre maître, et qu'il était venu mourir auprès du tombeau des braves. C'est en 1868 que cela a eu lieu. Comment, je le demande, après ces faits qui sont authentiques, peut-on croire ou veut-on faire croire que la constitution historique du pays, telle qu'elle s'est formée dans le cours des siècles, soit tombée soudainement en ruines ? que les sentiments et les idées qui en font la base et le ciment moral, se soient évanouis, et qu'avec des décrets sur papier de riz, « on changera tout cela, » comme dit le médecin de Molière ?

Aujourd'hui nous avons visité ce lieu. Il est à quelques pas de la légation. En montant le coteau, nous passâmes près de la fontaine où la tête de Kotsuhé fut lavée. Une inscription rappelle le fait. Plus haut est un enclos peu étendu, mais tenu très-proprement. De beaux arbres l'entourent. On y voit quarante-huit petites pierres tumulaires placées verticalement le long de la grille qui ferme l'enceinte. De petits godets contiennent de l'eau, et c'est là qu'on brûle l'encens. Près de l'entrée s'élève le tombeau plus monumental du seigneur Takumi. De petites branches d'arbres, apportées par les fidèles que la sainteté du lieu attire toujours, ornaient la dernière demeure des quarante-sept.

Dans une chapelle, on voit les statues de bois, peintes ou laquées, de ces héros populaires

---

[1] *Tales of old Japon*, cité plus haut.

LE HARA-KIRI; CONDAMNATION D'UN NOBLE AU SUICIDE.

et de leur maître. Ils sont armés et représentés au moment du combat : de vrais chefs-d'œuvre, dignes des sculpteurs espagnols du dix-septième siècle.

9 *septembre*. — Ce soir, dîner chez Sawa Nabuyoshi, relevé, comme on l'a vu, de ses importantes fonctions et vivant tranquillement en philosophe, en savant, en artiste dans son beau yashki, situé à environ quatre milles de la légation à peu de distance du quartier européen.

L'invitation était pour cinq heures, et peu après nous arrivâmes à la porte d'honneur du palais. Comme dans toutes les habitations des grands, la cour est semée de gros cailloux sur lesquels il est impossible de marcher sans faire du bruit et par conséquent sans attirer l'attention des gardes. Un petit sentier facilite l'approche du grand corps de logis. On y pénètre par une seconde porte dont les deux battants, ouverts en ce moment, sont, comme ceux de la porte d'honneur, forts et lourds et en quelques endroits armés de plaques et de clous de bronze ou de fer. Trois ou quatre domestiques sont assis immobiles sur leurs talons devant un écran qui empêche le regard de pénétrer dans l'intérieur. Des gentilshommes à deux sabres nous reçoivent et, à travers de petits couloirs semblables aux approches d'une forteresse, nous mènent dans la pièce du premier étage où Sawa m'avait reçu à ma première visite. Elle est toute grande ouverte sur le jardin : un étang entouré d'arbres. On y voit de petites baies, et un petit promontoire ombragé d'un cèdre magnifique. Le maître de la maison nous engage à monter sur le toit, d'où l'on découvre une partie de Yédo. Mais ce qui me frappe le plus, c'est le yashki contemplé à vol d'oiseau. Un vrai dédale de différents logis détachés, mais reliés par des corridors couverts dont on voit serpenter les toitures entre des bâtisses de diverses dimensions, séparées elles-mêmes par d'étroites ruelles. En y plongeant le regard on n'y voit qu'un amas confus de toits lourds et noirs. La forme de cette construction bizarre se retrouve dans tous les palais des grands. Elle est un gage de sûreté, ou du moins elle offre une dernière chance de salut dans les cas, naguère assez fréquents, où des hommes amenés soit par des rivalités politiques, soit par le désir de la vengeance, auraient réussi à pénétrer dans la cour.

Sawa nous mène ensuite dans une pièce adjacente à la chambre qui ouvre sur le jardin. On y a dressé une table basse sur laquelle sont étalés coquettement et avec le goût du comme il faut qui distingue les Japonais, des couleurs délayées, de l'encre de Chine, des pinceaux et de grandes feuilles de papier. Une jeune femme, épouse d'un samurai de Sawa, se met aussitôt à l'œuvre. Une feuille de papier est fixée au moyen d'un énorme bloc de cristal de roche. D'une main hardie et sûre, la jeune femme y trace d'abord les boutons, les fleurs, les feuilles d'une plante ; puiselle relie ces éléments épars en terminant par la tige et les branches. Appuyant sa brosse avec plus ou moins de force, et mêlant ainsi la couleur qui en remplit l'extrémité au plus ou moins d'eau contenue dans la partie supérieure, elle parvient, d'une seule touche, à poser sur le papier deux ou trois nuances diverses. Elle dessine et peint à la fois avec une sûreté merveilleuse. A cette sûreté répond la rapidité de l'exécution. En dix, cinq, trois minutes, le croquis est fait, et certes il est digne de figurer en forme d'écran dans le) plus élégant boudoir. Sans doute ce sont là des procédés en grande partie mécaniques. L'artiste, s'il mérite ce nom, a évidemment appris par cœur un certain nombre de motifs qu'il reproduit machinalement, et par suite d'un exercice continu, avec une admirable justesse. Ces motifs sont les éléments dont se composera son dessin. Mais l'application qu'il en fait lui appartient. C'est une sorte de jeu d'esprit joint à une grande facilité technique. Il cherche à intriguer les spectateurs, à les dérouter, à les laisser le plus longtemps possible dans le doute, à les surprendre enfin au moment de donner la dernière touche. Pour ne pas leur laisser le temps de réfléchir, l'artiste doit travailler vite. Aussi la rapidité de l'exécution ajoute-t-elle beaucoup à son mérite.

Après la jeune femme vint le tour du bon vieux Sawa. En riant beaucoup, en maniant avec une grande prestesse un gros pinceau qui par la finesse de sa pointe vaut au moins ceux du Cheriaut, en le plongeant tour à tour dans le godet et dans sa bouche, il parvint, en peu de minutes, à faire un charmant croquis représentant un groupe de cavaliers. Il commença par la tête d'un cheval, puis aborda celle de l'homme qui le montait, puis les jarrets des chevaux, et ainsi de suite. Impossible de deviner le sujet du dessin. A la fin, par quelques traits de brosse, il réunit les membres épars, ajouta en même temps les ombres et acheva ainsi son petit chef-d'œuvre.

L'obscurité mit fin à ces jeux, car je ne puis les désigner autrement, et notre hôte nous ramena dans la première pièce. On s'assoit autour de la table et le dîner est servi. Des lanternes accrochées aux lambris et des flambeaux savamment distribués dans le jardin de façon à refléter leurs lumières dans l'étang, ajoutent au charme de cette scène si étrange à mes yeux. Nous sommes six : l'amphitryon, un officier du ministère des affaires étrangères, un ami de la maison, M. Adams, M. Satow et moi. Le fils de Sawa est souffrant et n'a pu assister au festin. Le repas se composait d'une multitude de mets servis à chaque convive dans une petite coupe de porcelaine mince comme une feuille de papier. Du potage de volaille exquis, des entremets d'œufs qui étonnent nos palais plus qu'ils ne les satisfont, du poisson bouilli, du poisson braisé, du poisson rôti, puis une grande variété d'autres plats dont nous ne pouvons deviner la substance ; le tout assaisonné de sauces de poisson d'un goût délicat et aromatique. On est trop bien élevé pour nous forcer de manger, mais nos observations louangeuses sur tel ou tel plat sont accueillies avec un plaisir visible, répétées et commentées entre les trois convives japonais. Le vin, le *saké*, fait je crois avec du riz, est ce que je sais le moins apprécier. Il est servi dans un petit flacon de porcelaine et versé dans de fort petites tasses. Nous sommes à table depuis deux heures ; c'est, conformément à l'étiquette du pays, le moment où les convives demandent le riz, c'est-à-dire indiquent poliment leur désir de se lever. Le riz nous est servi sur un plateau carré de laque rouge avec le fameux *tay*, le poisson le plus délicat que les eaux du Japon produisent, et avec du potage et d'autres ingrédients. C'est le bouquet ; aussi les deux convives indigènes poussent-ils des exclamations de satisfaction.

Pendant le dîner, dans une pièce adjacente, ouverte dans toute sa largeur du côté de la salle à manger et mystérieusement éclairée par des lanternes de papier blanc, cinq aveugles assis sur les nattes exécutent des morceaux de musique. Leurs instruments ressemblent à notre *zitther*, si populaire dans les montagnes de Styrie, et au violon. Parfois ils s'accompagnent de la voix. Ce sont des chants un peu monotones, mais nullement désagréables. Reliées par des récitatifs, les mêmes phrases reviennent souvent. On dirait qu'on cherche des mélodies sans pouvoir les trouver. Le grand artiste est l'homme à la flûte, un talent remarquable. A un certain moment, nous vîmes se glisser dans la chambre et se blottir sur ses talons en nous tournant un peu le dos une jeune femme qui ne pouvait être qu'une grande dame. C'était, en effet, la belle-fille de Sawa, qu'avec peine sans doute on avait déterminée à se donner en spectacle aux barbares. Elle jouait du même instrument que l'un des aveugles. Nous étions tous frappés de la force et de la limpidité de son toucher. Elle marquait la mesure et dirigeait évidemment les autres musiciens. Le vieux Sawa était dans l'extase et ne se lassait pas de faire l'éloge de la *maestria* de sa bru. Malheureusement, nous n'avons pu admirer que son art et non sa beauté ; car, le morceau terminé, elle s'éclipsa sans daigner venir dans la salle à manger, ni se tourner une seule fois vers nous. C'était pourtant un charmant spectacle que cette jeune femme gracieusement accroupie en face des cinq aveugles, avec sa robe de soie grise et sa ceinture écarlate, la tête légèrement inclinée sur son instrument, laissant entrevoir les contours d'une joue bien dessinée et une jolie petite oreille, tandis que ses mains mignonnes et blanches faisaient vibrer les cordes de son luth.

TYPE DES JARDINS DES DAIMIOS.

Après le repas, les pinceaux et les couleurs ayant été apportés de nouveau, le maître de la maison et la femme du samurai firent courir encore leur main habile et complétèrent par d'autres croquis la petite collection de dessins dont ils voulurent bien nous faire cadeau.

Mais il est neuf heures et demie. Dans ce pays-ci, c'est minuit. Nous prenons donc congé, et, après avoir passé par différents couloirs et antichambres qu'éclairent de grosses bougies fixées dans des flambeaux de bronze, nous gagnons la cour où nous attendent le poneychair de M. Adams, son *orderly* à cheval, les gardes japonais et les bettos de la légation.

Nous avons à traverser une partie considérable de la ville. C'est pour la première fois que je vois Yédo pendant la nuit. Ordinairement on évite les promenades nocturnes. A moins d'un motif urgent, il est, dans l'intérêt de leur sûreté personnelle, défendu aux quelques Européens établis dans le Tsukiji de quitter leur quartier après le coucher du soleil. A la légation, sauf le

RONDE DE NUIT.

cas de nécessité absolue, on ne sort jamais la nuit. Encore au commencement de cette année, deux Anglais au service du gouvernement japonais ont été grièvement blessés et estropiés pour la vie. Il n'y a pas de voleurs à craindre, mais quelques samurais échauffés par le saké peuvent, à l'aspect d'un Européen, se sentir la vocation d'écharper un barbare. Nous nous mettons donc en route avec toutes les précautions voulues. L'*orderly* anglais, monté sur un grand cheval, et géant lui-même, suit la voiture. Cinq cavaliers japonais forment l'arrière-garde. Un autre tient la tête de la colonne. Toutes les trois ou quatre minutes il est relevé par l'un de ses camarades. Ce sont des gentilhommes pointilleux sur l'honneur. Chacun brigue le poste du danger qui est à la tête et non en arrière, car si nous sommes attaqués, ce sera de front. Il y a je ne sais quoi de chevaleresque et de moyen âge dans l'atmosphère de ce pays. Des deux côtés de la voiture courent les *bettos*, les palefreniers, criant : « Hai, hai, gare, gare ! » Bettos et cavaliers sont munis de lanternes colorées, de grands globes de papier renfermant une bougie. L'air est tiède, le ciel noir, mais çà et là on voit briller une étoile solitaire. Presque toutes les maisons sont fermées. Parfois des lanternes de couleur répandent une lueur incertaine. Il n'y a pas d'autre éclairage. Aux issues des différents quartiers, nous apercevons des hommes armés, assis sous la porte des corps de garde. Partout ailleurs les ténèbres. M. Adams lance ses ponies bravement à travers l'obscurité, et, sans avoir écrasé un seul des hommes et des femmes attardés, qui à pied et en jinrikisha cherchent leur domicile, il nous dépose sains et saufs au seuil de la légation.

10 *septembre*. — Le temps s'est un peu rafraîchi. Nous en profitons pour visiter Hamagotén, littéralement le *palais de la plage*. Le château de plaisance des shoguns s'élève sur le bord de la mer, au milieu d'un beau parc entouré d'une haute muraille. Une porte fortifiée y donne accès. Au Japon, le château n'est pas encore devenu palais. Lors de la visite du duc d'Édimbourg, qui y a demeuré, l'intérieur de l'ancienne habitation d'été des maîtres déchus a été meublé à l'européenne. A cette époque, si rapprochée pourtant, le vent ne soufflait pas encore à la réforme et à l'imitation de l'Europe. On en était encore à se demander s'il fallait tolérer les intrus blancs ou les exterminer. La révolution de 1868 s'est faite sous le double cri de : restauration du mikado et expulsion des étrangers. Néanmoins la prudence recommandait d'être aimable pour le fils de la reine d'Angleterre, et ce fut en son honneur que les grandes pièces du château furent remplies de meubles en acajou qu'on avait fait venir de Hongkong. On n'oublia ni la vaisselle, ni les cristaux et surtouts de table. Quand le ministre des affaires extérieures reçoit à dîner les plénipotentiaires étrangers arrivés de Yokohama, il emprunte les ustensiles gastronomiques de Hamagotén, et, dans ces rares occasions, le restaurant français de Tsukiji est admis à l'honneur insigne de fournir le repas. Grâce à cet artiste et à la visite du prince britannique, les hauts fonctionnaires se sont initiés aux graves mystères de la cuisine européenne. Ils ont ainsi appris à manier la fourchette et à s'équilibrer sur une chaise. L'Hôtel de France et Hamagotén occuperont une place dans l'histoire de la civilisation.

En attendant, je préfère au château gauchement *européanisé* le parc qui est resté japonais. De magnifiques arbres, des terrasses, de petits lacs artificiels, de petits promontoires, des ponts jetés sur les criques, le terrain naturellement et artificiellement accidenté, et, entre les arbres, l'horizon de la mer ; partout la solitude et le silence.

11 *septembre*. — Dîner chez Iwakura. Arrivés vers sept heures dans son palais du Soto-Jiro, nous pénétrons par la grande porte dans le corps principal, passons devant une douzaine de serviteurs accroupis, et sommes conduits par des gentilshommes à deux épées dans les appartements du ministre. A l'exception d'une table ronde et de quatre chaises placées pour l'occasion, la salle, comme toutes les nombreuses pièces que nous avions traversées, était complétement dégarnie de meubles, sauf toujours la petite étagère destinée à recevoir les épées des visiteurs. Peu après, on annonça le dîner préparé et servi à l'européenne. J'admirais l'adresse des domestiques. Ils changeaient les couverts, posaient les assiettes, sans faire le moindre bruit et avec la souplesse et les soins délicats d'une sœur de charité qui met un appareil.

Le dîner et la conversation se prolongèrent jusqu'à minuit. Mais ces cinq heures passèrent comme des minutes. Iwakura, d'humeur causante ce soir-là, s'exprimait avec facilité, brièvement et clairement.

Il disait entre autres choses :

« Mon but est d'entretenir de bonnes relations avec l'étranger et d'accomplir de grandes réformes à l'intérieur.

« Il n'est pas vrai que le Japon ait toujours été fermé aux étrangers. Deux causes ont amené l'isolement volontaire de l'empire : d'abord l'usurpation des shoguns qui craignaient de compromettre leur pouvoir en se mettant en contact avec le dehors, puis la rébellion des chrétiens [1].

---

[1] Allusion à la révolte des habitants chrétiens d'Arima et de Shimahara (à l'est de Nagasaki), poussés au désespoir par les cruautés du gouverneur en 1638.

DINER CHEZ SAWA, D'APRÈS UN CROQUIS DE L'AUTEUR.

Le mikado restauré sur son trône et dans la plénitude de ses pouvoirs n'a pas à craindre, comme les shoguns, la curiosité des étrangers. Libre à eux d'examiner ses droits. Ils sont incontestables et personne ne saurait les révoquer en doute.

« La réussite de la révolution de 1868 et le consentement des deux grands clans Satsuma et Chiôshiu au sacrifice de leurs priviléges s'expliquent par la vénération universelle dont jouit le mikado. Elle subsiste dans tous les cœurs, et une usurpation qui a duré tant de siècles a été impuissante à l'effacer. »

On toucha aussi les voyages des Japonais en Europe et en Amérique. Je me permis de faire observer au ministre qu'il vaudrait peut-être mieux envoyer quelques hommes mûrs et instruits, qu'un si grand nombre de jeunes gens sans instruction et sans expérience, incapables encore de bien saisir les choses d'Europe et exposés d'ailleurs aux dangereuses séductions de nos grandes villes.

Iwakura répondit : « Ce sont les paroles d'un sage. Cependant les jeunes gens rapportent quelques idées nouvelles et les répandent dans le pays. Sous ce rapport leurs voyages pourront produire du bien. »

Il ajouta, en riant beaucoup, comme font les Japonais :

« Nous avons la réputation d'être menteurs. Les menteurs, c'étaient les shoguns, qui ne visaient qu'à se faire passer pour des souverains. »

Ce n'est pas seulement à nous qu'Iwakura a exposé ses projets de réforme. Il parle avec le même abandon à tous ceux qui l'approchent. « Vous craignez, leur dit-il, ou quelques-uns de vous craignent que nous ne soyons pas à la hauteur de notre tâche, et que, si nous échouons, les étrangers n'aient à en souffrir. Rassurez-vous. En Europe, ce sont les peuples qui choisissent leurs rois ; au Japon on est persuadé que l'empereur est descendu du ciel et que les hommes sont ses serviteurs. Aussi les princes et les samurais ont toujours considéré le mikado comme leur maître, à qui ils doivent une aveugle obéissance. C'est la base de notre droit public. Depuis longtemps, moi et mes amis, nous avons médité l'abolition des daïmiats ; mais c'était une entreprise fort hasardeuse que de priver d'un coup deux cent soixante seigneurs de leurs dignités. Cependant nous avons reconnu dans ces princes un obstacle permanent aux réformes que nous comptions réaliser à l'intérieur et aux développements que nous désirions donner à nos relations avec les étrangers. En conséquence, comme tout le monde sait, je me suis rendu chez les Satsuma et les Chiôshiu, et j'ai amené les hommes les plus considérables à approuver l'abolition immédiate et complète des clans. Les Tosas, invités à se joindre à nous, ont également accédé. Maintenant nous sommes occupés à former une garde de dix mille hommes et une armée impériale. Les trois clans nous ont déjà envoyé leurs hommes de guerre. Les autres seront obligés de suivre cet exemple. Nous posséderons ainsi les moyens de briser toutes les résistances.

« C'est à Yédo que le gouvernement impérial s'est établi, et c'est là qu'il concentrera toutes les branches du service. Les droits et impôts de tous les territoires seront de son ressort. Nos revenus montent à douze millions de rios. Les droits perçus dans les ports sont insignifiants. Notre tâche est difficile, mais nous réussirons. Les shoguns ont menti, nous dirons la vérité à tout le monde. »

Les deux fils d'Iwakura sont à New-York. C'est la grande mode. Les gens de qualité envoient leurs enfants en Europe et aux États-Unis. Ceux qui en reviennent portent le costume européen et, ne leur en déplaise, ont comme les pauvres soldats un peu l'air de singes. Nous serions tout aussi ridicules si nous adoptions la petite queue verticale, ou si, en été, nous nous promenions dans nos jardins, ayant pour tout costume le pagne et un éventail. Dans les rues de Yédo, on rencontre des gens qui portent le chapeau cylindre, d'autres les bottines à élas-

tiques ou un paletot qui fait agréablement valoir les jambes nues jusqu'à la ceinture. Il y en a
qui, habillés complétement à l'européenne, ont conservé les sandales de bois à patins et le
bonnet de papier laqué. Ce qui les défigure tous, c'est la coiffure européenne, car leur chevelure,
naturellement raide et revêche au peigne, veut être fortement huilée et nouée par un ruban.
Ces innovateurs forment encore une très-petite minorité et, à ce qu'on me dit, provoquent
l'indignation plutôt que l'imitation du peuple. Mais ils ont le haut du pavé, jouissent de la
protection du gouvernement, se croient et sont même, à un certain point de vue, des personnages importants. Sans doute rien n'est louable comme l'ardent désir de progresser, d'améliorer son existence, d'adopter les conquêtes d'autres nations plus avancées ; mais je crains que
ces nobles élans ne soient mal dirigés, qu'ils ne produisent maintenant un grand désordre dans
les esprits, et, un jour peut-être, une forte et sanglante réaction.

12 *septembre*. — Visite chez le premier ministre Sanjo. Son yashki ressemble à ceux de
Sawa et d'Iwakura. En traversant les appartements, j'aperçois de grands et beaux écrans de
vieux laque placés devant les portes ou plutôt devant les ouvertures laissées entre les châssis
des cloisons. Nous sommes introduits par deux pages. Les grands seigneurs, les kugés et les
daïmios se font servir par des enfants. Ceux-ci, au moindre signal du maître, paraissent, se
glissent doucement à ses pieds, reçoivent l'ordre et s'éloignent en courant. Le respect, la
fidélité, l'ardeur, le dévouement, se symbolisent dans le maintien du page.

Sanjo nous reçoit en grand costume de cour ; une tunique de soie richement brodée, avec
des manches larges et raides ressemblant à des ailes. Il porte le chapeau noir officiel de papier
laqué qui recouvre seulement la partie rasée de la tête et se relève en arrière. Le ministre m'a
dit avoir trente et un ans. Il appartient à l'une des plus anciennes familles de Kiyôto, et doit sa
place au rôle très-actif qu'il a joué au début de la révolution de 1868 en se prononçant un des
premiers contre le shogun. Comme Saigo, par sa présence à Yédo, contribue puissamment à
maintenir les clans de Kiùshiù dans des dispositions favorables aux réformateurs, Sanjo, en
figurant à la tête du ministère, exerce une influence analogue sur une partie de l'ancienne
noblesse. Son importance est moins dans sa personne que dans sa position sociale et dans le
nom qu'il porte.

Notre conversation, interrompue par des rafraîchissements que les pages apportaient et
enlevaient en touchant à peine les nattes de la pointe du pied, fut reprise après la collation ;
elle roulait sur des objets de peu d'intérêt. Cependant Sanjo me dit : « Veuillez me donner vos
conseils sur l'art de gouverner ; car j'occupe un grand poste, et j'ai encore peu d'expérience. »
Phrase de politesse sans doute, mais elle répond à la disposition actuelle des esprits. La même
pensée se retrouvera dans les paroles que m'adressera le mikado à mon audience, et qui m'ont
été communiquées d'avance par écrit. On veut apprendre des Européens et on a le bon esprit
d'en convenir.

13 *septembre*. — Nous allons une fois de plus visiter le grand temple d'Asakusa, une des
merveilles de Yédo. On descend à la plage et on s'embarque sur un des bateaux de plaisir qui
sont à la mode pour les excursions nocturnes et qu'affectionnent particulièrement la jeunesse
dorée et les chanteuses. Rien n'est propre ni coquet comme ces petites barques. Seulement, la
toiture très-basse de la cabine vous oblige d'y pénétrer en rampant et de vous accroupir sur les
talons ou de vous étendre sur la natte, qui heureusement est toujours d'une propreté irréprochable. Quand il fait nuit, on suspend au plafond une lanterne de diverses couleurs. Vus du
rivage ou sur les canaux de la ville, ces bateaux font l'effet de vers luisants voltigeant sur
l'eau.

INTÉRIEUR DU GRAND TEMPLE D'ASAKUSA A YÉDO.

Le vent est frais et le golfe légèrement crispé. A notre gauche, des promontoires bas, entre-coupés de petites criques, couverts de verdure, de cèdres, de sapins, de jardins, de parcs, dont le plus touffu est celui du palais impérial de Hamagotén. De maisons nulle trace. A notre droite, vers le sud, le vaste golfe. Derrière nous, s'enfuient vers l'ouest les coteaux boisés du faubourg de Takanawa que surmonte le pavillon de la légation britannique. Plus au sud, on aperçoit les forts détachés, baignés par la mer, et, au fond, gris sur gris, les coteaux de Kanagawa. Le Fujiyama, comme à l'ordinaire, se drape dans dès nuages. Parfois ils ont la complaisance de se déplacer, laissant à découvert tantôt le cratère, tantôt les flancs de la colossale pyramide. Enfin, courant toujours à l'est, après avoir rasé les soubassements de l'hôtel américain, nous virons au nord et entrons dans l'embouchure de la grande rivière de Yédo.

On compare le Sumidagawa à la Tamise, à Londres ; il paraît même plus large par le peu d'élévation des maisons qui le bordent. C'est un spectacle gai et majestueux à la fois. Sur les bords s'étendent de longues files de maisons entremêlées d'arbres magnifiques. On aperçoit à l'ancre une triple, souvent une quadruple rangée de bateaux des formes les plus variées et les plus fantastiques. De grandes djonques chargées de marchandises et de provisions de bouche, leurs grosses voiles de jonc gonflées par la brise du sud-ouest, remontent la rivière. D'autres descendent à la rame. Cette animation, qui en effet rappelle la Tamise, se perd au fur et à mesure qu'on avance. Plus haut on ne voit plus qu'une large et longue nappe d'eau et, des deux côtés, des parcs, quelques palais de daïmios et des maisons de thé ; parfois une solitude absolue où règne le silence. On se dirait à la campagne et non au cœur d'une grande capitale. Nous avons passé sous les quatre grands ponts en bois qui relient la ville proprement dite avec le faubourg Hondjo, et dont l'un a été détruit par le dernier typhon.

Après une rapide navigation d'une heure et quart, après avoir parcouru environ dix milles, nous débarquons sur la rive droite dans la partie septentrionale du Midzi, mais non encore à l'extrémité de cette ville immense. Nous gravissons quelques degrés, et nous voilà dans la rue longue et étroite, bordée de boutiques et de maisons de thé, qui mène droit à la grande entrée du temple. C'est à peine si nous pouvons traverser la foule. Ici se vendent des tableaux votifs, du papier béni, des images saintes, toutes sortes d'articles profanes, des vues et des portraits photographiés. Les Japonais sont passés maîtres dans cet art qui, en peu d'années, s'est installé chez eux et s'exerce aujourd'hui dans des localités que n'a visitées encore aucun Européen.

Nous suivons le courant, et nous entrons par le grand portail, dit des Princes. Ces princes sont des dieux qui s'appellent Niô. Leurs visages horribles, barbouillés de rouge, vous donnent le frisson. En face du portail est le temple consacré à la déesse Kwanon. M. Beato de Yokohama l'a photographié et maints voyageurs en ont publié des descriptions ; mais ni les photographies ni les descriptions ne peuvent donner une idée du charme mystique de ce lieu. Le sanctuaire est dans la pénombre. L'or rampe sur l'autel, s'épanche autour de la déesse, se perd dans les profondeurs de la chapelle. Des fleurs, des ornements bizarres, des statues grotesques inspirant de secrètes terreurs ; sur les parois, des tableaux votifs dont quelques-uns sont couverts de petits morceaux de papier que les croyants ont crachés contre l'image. Si le papier reste collé contre le tableau, c'est un signe que la prière est exaucée. Deux teintes dominent dans la salle : le rouge et le brun foncé rehaussé d'or. Une foule de dévots se pressent devant l'autel de la déesse Kwanon. Les genoux légèrement pliés, la tête tendue en avant, les yeux pleins d'attention et fixés dans l'espace, ils frappent trois fois des mains. C'est le grand Bouddha qu'ils appellent. Au troisième coup le dieu arrive. A ce moment ils se prosternent ou s'inclinent. L'expression de l'attente a soudainement fait place à un profond recueillement. Ils disent alors leurs prières, ce qui est l'affaire d'une minute, jettent quelques pièces de cuivre dans un grand coffre divisé en plusieurs compartiments et se retirent. D'autres les remplacent aussitôt. Tenez-vous pendant une demi-heure près des fidèles, observez le jeu de leur physionomie, la ferveur de leurs prières, et vous me direz si ce ne sont pas des croyants. Sans doute leurs croyances sont superstitieuses, mais ils croient, et en priant, en appelant le dieu, ils s'approchent de lui. Qu'ils demandent, celui-ci la réussite d'une affaire de commerce, celle-là une robe ou la

AUTEL DE KWANON DANS LE TEMPLE D'ASAKUSA, A YÉDO.

fidélité de son mari, qu'importe? ils croient. Dans le peuple, et tous ces gens que vous voyez là sont du peuple, le sentiment religieux existe. Quant aux personnes des classes plus élevées, on n'en voit que fort rarement, et encore seulement des hommes. Les femmes de qualité ne paraissent jamais au temple.

Après la prière, le délassement. On s'est élevé à Dieu, aux faux dieux il est vrai, mais on ne s'en est pas moins élevé; maintenant on a hâte de descendre: on retombe dans les

REPRÉSENTATION THÉATRALE, A YÉDO.

ornières de la vie courante. Du sanctuaire de la déesse on passe aux maisons de thé, aux buvettes où se vend le saké, aux maisons de plaisirs de tout genre, au théâtre ou aux célèbres figurines. Tous ces établissements, ombragés de vieux arbres, entourent le grand temple. A ma première visite j'ai assisté à une de ces représentations théâtrales.

Une femme galante est entretenue par un vieillard chauve et caduc. Un jeune homme élégant jouit en même temps des faveurs de l'épouse et de la maîtresse du vieillard. Cette dernière est jalouse de la dame, la dame de son mari, le jeune galant du vieillard et le vieillard du jeune galant. Le sujet, on le voit, est des plus lestes, l'exécution d'une liberté extrême ; mais l'intrigue est bien nouée, et les acteurs sont parfaits. J'ai vu au Palais-Royal des vaudevilles moins spirituels et plus libres, avec cette différence, toutefois, que chez nous tout se dit, et qu'au Japon tout se fait, sur la scène. Le public se composait principalement de femmes et de jeunes filles qui riaient à gorge déployée. C'étaient en grande partie, m'assure-t-on, des personnes honnêtes : mais toutes appartenaient aux classes populaires.

Nous entrons dans la maisonnette qui contient les figurines. On y voit des scènes miraculeuses, des apparitions de dieux, des combats, des faits transmis par les légendes. Les figures, grandes comme nature, sont faites de bambou et de papier mâché et habillées d'étoffes de soie. Chaque groupe est isolé et placé dans une niche représentant le lieu où l'événement s'est passé. Le mérite de ces figurines, c'est la recherche du réel, le sentiment de la nature, l'étude et la connaissance du corps humain et une facilité prodigieuse d'exprimer, à peu de frais, les émotions et les passions : la colère, la frayeur, l'impatience, l'amour physique. Ici encore la tendance à la caricature est évidente. L'intention première est d'impressionner le spectateur et non de l'amuser. Mais involontairement, ou à son insu, l'artiste mêle l'*humour* au tragique, comme s'il voulait vous dire : ne soyez pas trop ému ; vous n'êtes pas tenu de croire ce que je vous raconte.

Au retour, pour éviter la mer qui est grosse et le vent qui est contraire, nous passons par les canaux intérieurs dont le vaste réseau facilite, par tous les temps, les communications entre les divers quartiers de la ville. Nos bateliers font jouer leurs rames, et, étendus sur la natte, nous voyons fuir les rives.

Le soleil est déjà bas. Des flots de lumière jaune mat inondent les toits, descendent dans les rues, sautillent sur la surface, tantôt étroite, tantôt large, des canaux. Nous glissons devant d'interminables rangées de maisons, devant de misérables huttes, quelques-unes renversées par le dernier typhon [1], devant d'énormes yaskhis (palais de daimio) au soubassement noir, au mur supérieur blanc, écrasé par un toit lourd. C'est là, comme nous l'avons dit, qu'habitent les gentilshommes des clans et les domestiques. Des ouvertures carrées, basses et larges, fermées par des grilles de bois noir, tiennent lieu de fenêtres. Pendant le jour, l'œil ne peut guère y pénétrer ; mais le soir, quand les lanternes sont allumées, on découvre des scènes d'intérieur dignes d'un Hobbéma ou d'un Meissonnier. La grande porte de ces châteaux forts est pratiquée dans une embrasure profonde et les deux battants, en bois massif revêtu de plaques de fer et de clous, sont protégés par un toit d'ardoises ou de briques. Ouverts, ils sont abrités, à l'intérieur, par de petits auvents qui sortent du mur à angle droit. Si l'enceinte rappelle nos casernes, le grand portail avec son écusson finement sculpté donne à l'édifice un air noble. On y reconnaît la résidence d'un grand seigneur féodal, transformé, malgré lui, en courtisan et prenant ses précautions [2].

Nous voilà dans un quartier moins aristocratique, mais plus animé. C'est la partie com-

---

[1] Le typhon du 24 août a dévasté plusieurs quartiers de Yédo, et détruit des rues entières.

[2] On sait que sous les shoguns les daimios soumis à leur autorité devaient habiter Yédo pendant six mois de l'année.

merçante de Soto-Jiro. Partout des maisons bourgeoises, le dos tourné vers le canal, et étalant
sur la rue leurs boutiques bien fournies. Sur les quais, que nous longeons, dans les rues transversales qui s'ouvrent sur les canaux, on voit une grande animation, mais rarement de la foule :
des jinrikishas, des kanghos portés par des koulis au cri de *haï, haï*, des femmes toujours un
peu inclinées en avant et marchant gauchement sur leurs patins, des bonzes à la tête complétement rasée et vêtus de larges tuniques en crêpe jaune ou violet, beaucoup de soldats de la
nouvelle armée impériale plus ou moins costumés à l'européenne, des samuraïs leurs deux
sabres passés horizontalement dans la ceinture et se dandinant fièrement sur leurs hanches en
gens qui se sentent et savent que tout le monde se rangera sur leur passage.

YAKOUNINS (FONCTIONNAIRES CIVILS ET MILITAIRES) RENTRANT AU QUARTIER.

L'air est tiède, agité, fiévreux. Doucement bercés dans notre barque, nous avançons
toujours, et cependant il y a près de deux heures que nous sommes en route. Le soleil près
de son coucher disparaît derrière des nuages noirs lisérés d'or. Devant nous, le canal s'étend
comme un large ruban de moire antique, couleur nacre de perle. Les silhouettes noires
d'autres bateaux et de leurs bateliers nus, debout à l'arrière, s'enfuient comme des ombres. A
notre gauche, et en face, les maisons se recouvrent d'un voile transparent d'encre de Chine où
tremblent des reflets pourpres. A notre droite les files de petites maisons et les arbres, éclairés
par les lueurs magiques qui, sous cette latitude, précèdent ordinairement la nuit, sont comme
confondus dans un halo lumineux d'une indescriptible nuance.

Cependant sur l'eau l'animation a cessé. En passant sous d'innombrables ponts, nous

VUE PRISE DANS LE QUARTIER DES DAIMIOS (SOTO-JIRO), A YÉDO.

apercevous des attardés. Ils marchent à grands pas. Tous semblent pressés de regagner leur domicile avant qu'il fasse nuit close. Dans les rues qui débouchent sur les canaux commencent à briller les lanternes de couleur suspendues au seuil des maisons. Les trottoirs des quais sont déserts. Autour de nous la solitude s'est faite. Enfin, nous longeons les murs du parc de Hamagotén, et quelques instants après nous gagnons le large. Le golfe, fouetté par le sud-ouest, fait danser la petite barque, mais elle résiste bravement, et de crique en crique, de promontoire en promontoire, nous arrivons au débarcadère, puis, un quart d'heure après, à la légation.

14 *septembre.* — Il pleut à verse. Ce sont les premières eaux qui annoncent l'automne : la saison désagréable pour les habitants des maisons japonaises. L'humidité les envahit. Le papier des châssis se décolle ; plus d'obstacle au vent, et, quoiqu'il fasse tiède au dehors, à l'intérieur le frisson vous prend. En été on y souffre de la chaleur, en hiver il n'y a pas moyen de se garantir contre le froid. Mais, pendant le court printemps et vers la fin de l'automne, quand le temps se remet au beau, on s'y trouve à merveille.

J'ai bouquiné chez plusieurs libraires. Dans les dernières années le prix des livres a extrèmement baissé. On n'achète plus que des encyclopédies traduites de l'anglais, de l'allemand, du français. Je fais emplette d'une description illustrée de la ville de Kiyôto, en onze volumes, et l'on me fait payer quatre *bous*, un peu plus de cinq francs. L'année dernière cette édition valait encore six rios, environ trente-six francs.

15 *septembre.* — Il fait beau et nous voulons nous donner le régal d'un repas japonais dans le célèbre restaurant Yaozen. C'est le café Anglais de Yédo. La maison est située derrière l'Asakusa, à l'extrémité opposée de la ville, à onze ou douze milles de la légation.

L'hôtesse nous mène dans une jolie pièce du premier, nous fait prendre place sur de fines nattes et nous engage, en tout bien tout honneur, à simplifier notre toilette. Le Japonais se met à l'aise pour manger. On se rappelle que la ceinture seule est indispensable ; les autres vêtements sont l'accessoire ; on les met, on les quitte selon la saison et le temps qu'il fait. Il est dans le génie de la nation de viser à la simplicité. On aime, il est vrai, à jouir ; on s'entoure, si on le peut, de mille superfluités ; mais, s'il le faut, on s'en passe volontiers, et on a toujours le nécessaire, puisque, dans les bons comme dans les mauvais jours, on se trouve réduit aux limites du possible.

Le repas est exquis : plusieurs poissons crus et coupés en tranches, bouillis et braisés, un potage de poissons, diverses confitures et à la fin un plat de vermicelle fait d'une racine dont j'ignore le nom, le tout servi dans des coupes de porcelaine placées devant chaque convive sur un petit cabaret à quatre pieds de bois laqué. Auprès de nous, quatre jeunes filles, richement habillées, font entendre à tour de rôle, quelquefois ensemble, et en s'accompagnant du luth, les morceaux les plus à la mode. Dans les entr'actes, on cause, on rit beaucoup, mais on reste dans les bornes de la plus stricte convenance. Ces jeunes filles, dit-on, n'en sortent jamais, à moins qu'on ne leur fasse boire du saké ; même alors elles ne pèchent que par un excès de gaieté, qui se dissipe avec les fumées de cette boisson. Des fleurs épanouies près d'un tas de fumier ! Deux autres jeunes filles exécutaient des danses, ou plutôt des pantomimes. Elles tâchaient d'exprimer par des gestes et des poses les paroles des chanteuses. La musique n'accompagnait pas la danse. C'était plutôt la danse qui complétait la chanson. Les sujets de ces pantomimes étaient des scènes de tendresse. Un jeune homme va voir sa belle en cachette. Pour indiquer le caractère secret de l'entretien et en même temps la résistance que la belle oppose aux supplications de son amoureux, la danseuse s'incline et dérobe derrière son éventail

sa figure et son buste. Enfin le jeune homme est écouté. Pour exprimer le départ de son amant,
la jeune fille imite le mouvement d'un samurai qui passe ses deux épées dans sa ceinture et
met son chapeau. A la fin, pour peindre son bonheur, elle compte sur ses doigts le nombre des
rendez-vous. La danseuse devait à peine avoir quatorze ans, mais elle était déjà complétement
faite. Elle avait de fort beaux yeux, l'air délicat, la physionomie régulière autant que le type
mongol le comporte, l'expression du visage doucement mélancolique et le maintien on ne peut
plus modeste. Ses poses étaient pleines de grâce, mais un peu outrées et offrant, sous ce rapport,

JOUEUSE DE LUTH, D'APRÈS UN CROQUIS DE L'AUTEUR.

une vive analogie avec les produits de l'art japonais. Sa toilette consistait en une robe de soie
gris bleuâtre, retenue par une ceinture écarlate. Dans le courant de la soirée, elle et ses compagnes se retirèrent deux ou trois fois pour changer de costume.

Cependant la conversation ne tarit pas. La première chanteuse, un peu plus âgée que les
autres, y prend une part active. Elle a des traits fort jolis et les manières aisées et élégantes
d'une femme du monde. Un événement vient d'agiter le quartier. Un comédien a enlevé une
femme mariée. Le couple a été arrêté et jeté en prison. Être emprisonné, au Japon, c'est le
plus souvent la mort, toujours l'extrême misère. Il est vrai qu'une commission de fonctionnaires,

UNE MAISON DE THÉ ÉLÉGANTE, A YÉDO.

guidée par un des *étudiants* de la légation d'Angleterre, s'est rendue tout récemment à Hongkong pour visiter l'établissement pénitentiaire de la colonie anglaise, modèle de toutes les perfections que l'esprit philanthropique ait jamais inventées pour la demeure des criminels. Mais cette question n'est qu'à l'étude, et, en attendant la solution, les prisons sont encore des repaires infects. A moins d'avoir une santé de fer, ceux qui y sont enfermés périssent par la faim, par le froid, ou par les maladies [1]. Un homme en prison est donc, avec raison, le sujet de la commisération de ses concitoyens. Nos chanteuses aussi déploraient le sort du comédien ; mais, et voilà le trait caractéristique, elles applaudissaient à l'incarcération de la femme ; car, disaient-elles, quand une femme dit à un homme qu'elle l'aime, que peut-il faire, le malheureux ! sinon se rendre à son désir ? Agir autrement, ce serait violer les lois de la galanterie ; ce serait ignoble, ce serait lâche. Que dites-vous de ce code de morale ?

Il est un autre trait que je ne dois pas omettre ; il jette une vive lumière sur le mouvement qui se fait dans les esprits, et que représente la jeunesse dorée de Yédo. L'infatigable Satow, tout en causant avec ces beautés, transcrivait soigneusement sur son calepin le texte des chansons que nous venions d'entendre. En voici une : « Ah ! que ne puis-je voyager par télégraphe ; car le jinrikisha est bien lent, il vous traîne péniblement, vous meurtrit les membres et vous écrase en tombant ! » Ce sont là les échos du jeune Japon : progrès, imitation de l'Europe et mépris des choses indigènes.

Pendant notre retour on nous fait voir de loin la maison du chef des étas. Elle est située non loin de l'Asakusa, sur la rive gauche du Sumidagawa. La maison semblait proprette, bien tenue, et ne trahissait nullement l'état abject de son propriétaire. Impossible d'y entrer. Nous aurions été souillés à jamais et nos bettos nous eussent abandonnés sur-le-champ. Les étas sont les parias du Japon. Ils vivent entre eux, et sont employés aux cimetières comme fossoyeurs et à tous les métiers réputés infâmes.

16 *septembre.* — Mon audience auprès du mikado, fixée pour aujourd'hui, avait donné lieu à plusieurs entretiens de M. Satow avec Iwakura. On m'avait communiqué les paroles que l'empereur m'adresserait, et j'avais dû fournir ma réponse. On m'avait remis en outre un plan du pavillon où l'audience aurait lieu, avec indication du trône et des places que chacun de nous aurait à occuper. Quant à l'étiquette, elle fut réglée d'après le précédent fourni par l'audience accordée à M. Seward, ancien ministre des affaires étrangères des États-Unis.

Ce matin, un chambellan vint nous chercher dans une sorte de phaéton fabriqué à Hongkong, peut-être le seul véhicule qu'on possède, car à la cour impériale l'usage des voitures est inconnu. Le mikado ne sort jamais [2].

A midi, M. Adams, M. Satow et moi nous quittons la légation, précédés et suivis par les ordonnances anglaises à cheval et par une vingtaine de cavaliers japonais. Les bettos couraient à pied aux portières de la voiture. La distance qui sépare du château le faubourg de Takanawa est environ de quatre milles. Sur tout le parcours, les rues transversales avaient été fermées aux passants avec des cordes ; des sentinelles étaient placées à de courts intervalles. Les postes présentaient les armes. Une foule compacte, indifférente, mais curieuse, se pressait derrière les cordes.

Arrivés à la porte de la première enceinte, nous trouvâmes de la troupe sous les armes. Il

[1] D'après des nouvelles récentes (septembre 1872), des améliorations notables viennent d'être introduites dans l'administration du grand bagne de Yédo. Les prisonniers, tous des condamnés aux travaux forcés, sont suffisamment nourris et traités avec humanité.

[2] Quelques mois après, sur le conseil de ses ministres réformateurs, l'empereur s'est montré en calèche à ses sujets ébahis. En 1872, ils l'ont vu pour la première fois parcourir les rues de Yokohama en voiture de louage. Le fils des dieux portait un uniforme de fantaisie européen, moitié de marin et moitié d'ambassadeur !

en était de même à l'entrée de la seconde et aux abords du château. Armés et en partie habillés à l'européenne, ces soldats avaient bonne apparence; seulement ils semblaient un peu gênés par leur déguisement. En revanche, les yakunins et autres cavaliers du service militaire et civil qui portaient le costume et les armes du pays, offraient un spectacle imposant et vraiment beau. Après avoir traversé le dernier pont, jeté au-dessus du grand fossé du château, nous mîmes pied à terre et fûmes conduits dans le jardin particulier du mikado, rigoureusement fermé aux mortels, sauf de très-rares exceptions.

C'est une étroite bande circulaire qui d'un côté entoure une partie du château, et de l'autre a pour limite le grand fossé. Mais ni le château ni le fossé ne sont visibles. Ils sont cachés derrière un double rideau de bambous et d'arbres plantés par Taiko-Sama : des conifères aux troncs rouges et tourmentés, des érables aux feuilles fines et étoilées, des chênes verts, des cryptomérias, des lauriers, des arbres fruitiers choisis pour la beauté de leurs fleurs, les seules

UNE DES PORTES DU PALAIS DU MIKADO, A YÉDO, D'APRÈS UN CROQUIS DE L'AUTEUR.

que l'on trouve dans ce lieu enchanté. Aucun vestige de plates-bandes. Un seul sentier sur la pelouse fraîche et épaisse. Le terrain, artificiellement ondulé, figure une région montagneuse. Çà et là on a semé de petits chalets, ne se distinguant en rien des pavillons qu'on voit dans les jardins des riches. Nous avions marché environ cinq minutes, lorsque nous fûmes reçus par Sanjo, président du conseil, par Iwakura et par trois conseillers intimes, Kido, Okuma, Itagaki, les délégués des clans de Chôshiu, Hizen et Tosa, qui, avec Saigo, le délégué des satsumas, absent en ce moment, ont fait la révolution de 1868.

Nous nous trouvions donc en présence des hommes qui, selon le point de vue auquel on se place, seront les régénérateurs ou les destructeurs du Japon. J'ai déjà parlé d'Iwakura et de Sanjo. Tous deux ont l'air de ce qu'ils sont, de grands seigneurs. Okuma, pauvre étudiant à Nagasaki la veille de la révolution, est devenu, avec Kido, l'homme important du jour. Les autres, avant de s'élever aux postes qu'ils occupent, étaient de simples samurais ou kôtos, et leur nouvelle grandeur n'a pas poli leurs manières. Mais ce sont des têtes intéressantes, plus intéressantes même que celles de leurs nobles collègues. On y lit l'intelligence et la hardiesse, et aussi l'assurance du joueur qui, se sentant en veine, est décidé à jouer son va-tout. Certes, leurs ongles ne sont pas soignés, et leurs mouvements un peu brusques, un peu gauches, manquent de la gracieuse nonchalance du Japonais de haut rang. Mais ils n'en sont pas moins les maîtres de la situation. C'est d'eux que dépend en grande partie l'issue finale de la lutte, sourde encore en ce moment, entre ceux qui profitent de la réforme et ceux qui en payent les frais. J'en parlerai ailleurs en examinant la situation politique de l'empire. Il suffit de dire que, grâce à leur popularité, ces quatre conseillers, dont trois sont assis en face de moi, ont décidé leurs clans à prendre les armes en 1868, et à continuer leur appui aux réformes radicales qui doivent changer la face du Japon.

Après une courte causerie, on vint nous avertir que le mikado était prêt à nous recevoir. Nous reprîmes notre marche et, accompagnés de tous ces dignitaires qui portaient leur grand costume de cour, nous arrivâmes à la porte ouverte du pavillon, dit *de la Cascade*. Malgré ma vive curiosité de voir l'empereur, je ne pus m'empêcher de jeter un regard autour de moi, et d'admirer la beauté poétique du lieu. Le pavillon s'élève sur le bord d'une petite plaine circulaire entourée de coteaux et d'arbres gigantesques. En face, quelques blocs de granit groupés avec un art et un sentiment de la nature exquis, forment un rocher escarpé d'où se précipite un ruisseau abondant qui donne son nom au kiosque.

Nous pénétrons dans l'intérieur et nous voici en présence du fils des dieux. La pièce est longue de vingt-quatre pieds environ et large de seize à dix-huit. Le plancher est couvert d'une natte très-fine. Aucun meuble, sauf un piédestal haut de deux pieds, occupé par le mikado. A l'entrée, la pièce était sombre; mais, par un heureux hasard, un rayon de soleil, glissant entre les persiennes et par les fentes des cloisons de papier, répandait une vive clarté sur la personne de l'empereur. Dans les rares audiences officielles, toujours données au château, un rideau à demi baissé dérobe la tête du souverain aux regards indiscrets des personnes qui l'approchent. Ici, aucune précaution de ce genre n'avait été prise. Il était assis sur un tabouret, les jambes croisées, et tenant ses mains appuyées l'une contre l'autre. C'est exactement la pose qu'on donne aux statues de Bouddha.

L'empereur a vingt ans, mais il paraît en avoir trente. Son nom particulier est Mutsuhito. J'ai eu de la peine à le savoir. C'est M. Satow seul qui a pu me renseigner sur ce point. Dans le peuple on ne désigne jamais le souverain que par le nom générique de mikado. C'est seulement après sa mort qu'on lui décerne le nom qu'il portera dans l'histoire. Les traits de Mutsuhito ont tous les signes de la race japonaise : le nez large et un peu épaté, le teint blême, mais les yeux vifs et brillants, malgré l'immobilité que leur prescrit l'étiquette. Il me semblait avoir souvent rencontré ce visage dans les rues de Yédo. Le costume était on ne peut plus simple : tunique bleu foncé uni tirant sur le noir d'ardoise et de très-larges pantalons écarlates. Les cheveux, arrangés à la mode du pays ; la coiffure, une aigrette colossale faite d'une branche de bambou et de crins, qui, partant de l'oreille droite, s'élevait verticalement à une hauteur d'au moins deux pieds et demi et s'agitait avec violence au moindre mouvement de la tête. C'est l'insigne du rang suprême. Ni le mikado ni ses ministres ne portent de bijoux. Excepté en nous adressant la parole, Sa Majesté se tint immobile comme une statue.

Derrière elle un dignitaire portait, soigneusement enfoncé dans le fourreau, le glaive de l'empire. Malheur à celui qui le verrait nu ! Ce serait sa mort. A la gauche du trône, appuyés contre la cloison, se tenaient Sanjo et les trois conseillers; à la droite, Iwakura. M. Adams et moi, accompagnés de M. Satow et de l'interprète de cour, nous occupions le milieu de la pièce, en face et à quelques pas de l'empereur. Pendant les premiers instants, un profond silence régna dans ce petit pavillon qui en ce moment renfermait les arbitres des destinées d'un grand empire. On n'entendait que le bourdonnement des mouches et le chant des cigales.

M. Adams, prié par Iwakura de procéder à la présentation, dit qu'en l'absence du représentant de l'Autriche, qui réside à Shanghaï, il avait l'honneur de m'introduire auprès de Sa Majesté. Le mikado lui dit quelques mots aimables, s'adressa à moi en me félicitant d'avoir heureusement traversé les grandes mers, et je répondis par quelques phrases adaptées à la circonstance.

Il prit alors la parole pour la seconde fois.

« J'apprends, dit-il, que pendant longtemps vous avez porté dans votre pays le fardeau d'importantes positions, et que vous avez diverses fois exercé les fonctions d'ambassadeur dans de grands pays. Je ne saurais guère me figurer exactement la nature de vos occupations. Si, parmi les fruits de votre expérience, il se trouve quelque chose qu'il me serait utile de connaître, je vous prie de vous en ouvrir sans réserve à mes principaux conseillers. »

Conformément à l'étiquette, l'empereur, en me parlant, ne faisait que murmurer entre ses dents des sons inarticulés et à peine saisissables. Sanjo les répétait à haute voix, et le drogman du palais les rendait en anglais. Nos réponses furent traduites en japonais par M. Satow. Toutes les fois que l'empereur parlait, il se tournait vers nous, nous regardait dans les yeux, et ses traits s'animaient soudain d'un sourire gracieux et d'une expression de bienveillance. Mais, au moment où il fermait la bouche, il reprenait aussitôt son visage sérieux, ou plutôt insignifiant.

Lorsque nous nous retirâmes, l'empereur, restant immobile, fixa sur nous ses yeux. Ni à notre arrivée ni à notre départ, il ne nous a salués. Les ministres nous suivirent et nous firent faire un tour dans le jardin. Ils nous montrèrent une petite ferme-modèle destinée à donner au souverain une idée des différentes manières dont ses sujets cultivent la terre. On me permit aussi d'escalader le bord du grand fossé et de jouir de là d'une vue superbe sur une partie de Yédo. Une petite collation nous fut ensuite offerte dans un des pavillons. Nous admirions la symétrie et l'élégante simplicité avec lesquelles la table était servie.

Au moment où l'on allait se lever, Sanjo, selon les ordres de son maître, me pria de lui exposer mes idées sur le Japon. Je m'excusai sur mon ignorance, tout en applaudissant aux efforts que faisait le nouveau ministère pour améliorer les conditions du pays, et aux innovations salutaires qu'il méditait. « La sagesse des hommes éminents que je vois réunis autour de cette table, ajoutai-je, les dirigera dans cette tâche ardue. Ils compteront avec les mœurs et les idées du pays ; ils comprendront que tout ce qui est bon en Europe ne saurait l'être au Japon ; ils éviteront les changements trop brusques et ne procéderont qu'avec une circonspection extrême. »

C'est ainsi que notre réception se termina. Les dignitaires nous accompagnèrent à notre voiture, et à trois heures nous étions rentrés à la légation.

Le soir, le mikado nous envoya des boîtes remplies de confitures de formes bizarres, et de sucreries de diverses espèces. Ces boîtes sont en bois naturel ; car, à la cour impériale, conformément à une ancienne tradition, on dédaigne de peindre ou de laquer le bois.

Je ne pense pas que j'oublierai jamais la scène de ce matin : ce jardin féerique, ces pavillons mystérieux, ces hommes d'État en grande tenue errant avec nous dans les sentiers des bosquets, ce potentat oriental qui se présente comme une idole et qui se croit et se sent un dieu. Cela dépasse les contes des Mille et une nuits.

17 septembre. — J'ai rencontré ce matin l'un des quatre conseillers qui avaient hier assisté à mon audience et nous avons causé des affaires du pays. « Les chefs du mouvement réformateur, m'a-t-il dit, sont certains du succès. Ils le disent et ils le croient, et je partage leur opinion. Nous ne craignons aucune résistance sérieuse. Dans trois ans, l'œuvre sera accomplie (c'est exactement ce qu'Iwakura nous avait dit). Peut-être ne sommes-nous pas tout à fait sûrs

RÉCEPTION, D'APRÈS UN CROQUIS DE L'AUTEUR.

du Sud, ni des satsumas dans l'île de Kushiu; là il pourrait y avoir des dissidents; mais eux aussi finiront par céder. Quant à moi, je ne doute pas du succès final. Un de nos grands projets est de réunir plusieurs petits clans en un seul et de scinder les clans trop grands et, par suite, trop puissants. »

Notez l'analogie avec les procédés qui ont été souvent employés en Europe. On décompose les provinces en départements, on change les districts électoraux. Au Japon, un sort pareil est réservé aux clans, qui sont les éléments historiques dont se compose la nation.

« Déjà, continua mon interlocuteur, nous avons supprimé les daimiats, les principautés féodales. Reste à résoudre la grosse question des samurais, des gentilshommes de clan attachés au service des daimios, et qui jusqu'à présent vivaient des rations de riz et des libéralités de leurs chefs. Voici notre projet : On leur ôtera le tiers de ce qu'ils touchaient. Les deux autres tiers leur seront payés pendant dix ans à titre de pension. Le troisième tiers, avec les intérêts composés, formera un fonds public qui servira à l'amortissement de la pension des deux tiers [1].

« Tous les daimios sans exception seront tenus de résider à Yedo, c'est-à-dire d'y prendre domicile et d'y établir leurs familles. Ils seront libres d'ailleurs de visiter leurs terres et de voyager dans les pays étrangers.

« Nos réformes répondent aux vœux de la nation. Plusieurs clans nous ont adressé des pétitions, et ce que nous comptons faire était précisément ce qu'ils demandaient. »

La vérité, c'est que les meneurs du Centre donnent le mot d'ordre aux meneurs des clans, et se servent des pétitions, écrites sous leur dictée, comme si elles émanaient de la libre initiative des clans. Qui n'est frappé de la ressemblance de ces procédés avec les moyens employés par nos radicaux d'Europe? Je me demande si elle est le produit naturel de tendances et de circonstances analogues ou d'influences étrangères qui agissent en secret. Je pense que les deux éléments sont à l'œuvre. Seulement, j'ai de la peine à me persuader que des Européens ou des Américains interviennent, même indirectement, dans le travail qui se fait à Yedo. Sans doute, les ministres japonais, excessivement ardents à s'informer des choses d'Europe et à les imiter, ont pris l'habitude de consulter les envoyés des grandes puissances sur telle ou telle mesure administrative ou financière, et on me dit qu'ainsi interpellés, les diplomates n'ont pas toujours refusé d'énoncer un avis. L'avenir prouvera peut-être qu'on aurait mieux fait de s'abstenir; car les donneurs de conseils sont toujours regardés comme moralement responsables, quoique en réalité ils ne devraient répondre de leurs idées qu'autant qu'ils auraient été appelés à les mettre à exécution, et ce n'est pas ici le cas. Mais, à ce sujet, je suspends mon jugement. C'est une observation générale et non une critique déguisée de la conduite de tel ou tel ministre accrédité aupès du mikado. Ce dont je suis fermement persuadé, c'est qu'aucun de ces diplomates, quand bien même il eût été consulté, n'aurait pris sur lui d'encourager le gouvernement à se lancer dans l'inconnu ou de lui fournir, d'après des modèles européens, un programme pour la future constitution du Japon. Quelque disposé qu'on puisse être à voir le pays entrer dans les voies d'une sage réforme, on ne peut pas ne pas comprendre que ces essais, fort louables en eux-mêmes, devront, s'ils réussissent mal, amener une réaction, et que cette réaction pourrait bien compromettre les intérêts, la prospérité, peut-être la vie des résidents européens.

Néanmoins l'analogie entre les procédés employés ici et la marche suivie par nos radicaux est si frappante, que, je le répète, on ne peut nier l'action d'influences européennes et américaines. Ce sont là, je pense, les premiers fruits des voyages que les Japonais font à l'étranger. Déjà ces influences commencent à se faire sentir. Elles seront bien autrement puissantes quand tous ces jeunes Solons seront revenus d'Europe.

[1] Cette opération financière a été simplifiée. On m'écrit à ce sujet, du Japon, en date du 29 avril 1872, que les rations de riz des hommes à deux sabres ont été fort diminuées.

Le soir, Kido, dont j'ai fait la connaissance hier au château, dîne à la légation. C'est le meneur du clan de Chôshiu, l'un des principaux moteurs de la révolution de 1868 et l'auteur de la célèbre pétition au mikado, par laquelle les daimios ont demandé leur médiatisation. Il a l'air et les manières d'un homme du peuple. En effet, avant de figurer sur la grande scène, il était simple samurai. Mais je n'ai pas rencontré dans ce pays-ci de physionomie plus spirituelle. Quand il parle, ses traits s'animent singulièrement. Il s'exprime avec facilité. On voit que c'est un homme hors ligne. On l'a fait beaucoup causer après dîner, et le résumé de sa conversation est : la confiance la plus entière dans l'œuvre de la réforme. Lui aussi déclare que trois ans suffiront pour déplacer tous les droits acquis, changer les mœurs et transformer les idées !

La légation britannique à Yedo se compose en ce moment de M. F. O. Adams, chargé d'affaires ; d'un second secrétaire, absent et suppléé par M. Dohmen, vice-consul au Tuskiji ; de M. E. Satow, premier interprète ou *japanese secretary of legation*, et, quoique à peine âgé de trente ans, un des plus forts japonologues vivants ; enfin de quatre « étudiants » qui, placés sous la direction du secrétaire interprète, apprennent la langue du pays. Ils occupent de jolis *cottages*, situés dans l'enceinte de la légation, et touchent pendant la durée de leurs études deux cents livres sterling par an. Les jours de la malle, ils travaillent à la chancellerie, ce qui leur fournit l'occasion de se rompre aux affaires. Dès qu'ils sont suffisamment avancés, ils sont placés comme interprètes, soit à la légation, soit aux cinq ports des traités. La carrière consulaire leur est également ouverte ; mais ils doivent s'engager à servir exclusivement au Japon. Ce système semble donner d'excellents résultats. Ces jeunes gens, animés d'une noble émulation, font des progrès rapides, s'éprennent d'une vive affection pour le pays où ils passeront la plus grande partie de leur vie, et contribueront un jour à porter la lumière dans les ténèbres qui enveloppent encore l'empire du Soleil levant. Mais ce ne sont pas « les étudiants » seuls qui aiment à apprendre. Ce désir est partagé par tous les membres de la légation. On ne parle que Japon, Japonais et Japonaises. C'est l'inconnu qui pique votre curiosité ; un rébus qu'on s'étudie à déchiffrer.

En dehors du personnel diplomatique, il y a un médecin, un inspecteur et quatre ordonnances ou *orderlies* qui suivent le ministre à cheval dans les occasions solennelles ou quand il peut y avoir du danger. Ils sont chargés de veiller dans l'enceinte de la légation à la sûreté de ses membres et font alternativement le service de nuit.

En attendant qu'on bâtisse l'hôtel de la mission, qui doit être érigé dans le Soto-Jiro, c'est-à-dire dans la seconde enceinte, la légation d'Angleterre occupe un yashké situé dans la partie haute du faubourg de Takanawa, à environ un mille de la porte occidentale de Yedo. Comme toutes les habitations des grands, c'est un groupe de maisonnettes en bois et en papier, reliées par des couloirs, élevées de deux ou trois pieds au-dessus du sol, donnant d'un côté sur de petites cours et de l'autre sur un vaste et beau jardin. Un mur solide l'entoure. Il y a bien quelques parties faibles du côté d'un petit bois sacré appartenant à un vieux temple, mais les orderlies y ont les yeux. Au centre est le principal corps de logis. Des arbres magnifiques ne vous laissent pas oublier que vous êtes au Japon. En effet, édifices et jardins portent au plus haut degré la couleur du pays. Près des maisons se dresse le mât de pavillon. Au dehors, en face du grand porche, imposant comme ceux de tous les yashkis, se trouve le corps de garde occupé par une trentaine de yakunins, de cavaliers et de soldats ayant pour mission de veiller à la sûreté des membres de la légation et de les accompagner quand ils sortent. J'ai plusieurs fois essayé de me glisser au dehors sans être aperçu. Vaine tentative ! Trois ou quatre hommes, quittant leurs cartes et leurs pipes et ceignant à la hâte leurs épées, s'attachaient aussitôt à mes pas. Pour leur échapper, je saute dans un jinrikisha et je dis au kouli : « Vite à la Shiba ! » Mais à peine suis-je

LE TOSENDJI, RÉSIDENCE DE SIR RUTHERFORD ALCOCK, ALORS MINISTRE BRITANNIQUE, A YEDO.

arrivé aux tombeaux des shoguns, trois autres de ces véhicules mettent sur le pavé autant de yakunins. Ils s'inclinent profondément et sourient finement; puis ils m'entourent, me suivent, et ne me quittent qu'à la porte de la légation.

L'accès de ce palais n'est pas facile. Une longue montée assez raide, où, par intervalles, on a pratiqué de larges degrés, vous y mène. Heureusement, chevaux et voitures s'y habituent. Le jardin, où ne se trouvent pourtant ni fleurs ni aucun genre de luxe, est de toute beauté. Il possède une belle allée et un tertre d'où l'on découvre, au-dessus des têtes d'arbres, le golfe de Yedo, les forts maritimes désarmés aujourd'hui, puis à l'horizon les hauteurs bleuâtres de Kanagawa. Dans ce lieu solitaire, on aime à passer les heures chaudes de la journée, recueillant les brises de la mer, et tendant l'oreille au son du gong des temples qui appelle les dieux, aux mille bruits confus, étranges, qui, tempérés par la distance, montent du golfe et des régions basses de la ville jusqu'à ces hauteurs aériennes.

Ce sont mes dernières heures à Yedo, et nous sommes tous un peu tristes de nous séparer. L'hôte ou le compagnon de voyage de M. Adams pendant plus d'un mois, et jouissant chaque jour de l'agréable commerce de M. Satow et de tous les membres de la légation, je vois avec peine se terminer ce séjour si plein d'intérêt et d'agrément. Mes regrets sont, je le crois, partagés; car, dans ce brillant mais lointain exil, on a rarement l'occasion de rencontrer des personnes avec qui l'on puisse causer des hommes et des choses d'Europe. Les grandes distances agissent sur l'esprit comme un rideau de gaze agit sur l'œil. Les nouvelles de la patrie, tronquées et dénaturées comme le sont ordinairement les télégrammes, arrivent d'abord par le fil électrique, et deux mois après par la malle[1]. Dans l'intervalle, très-probablement, la situation en Europe a de nouveau changé. Ce n'est presque pas la peine de lire les journaux, écrémés d'ailleurs par le télégraphe.

Telle est la disposition d'esprit des résidents de l'extrême Orient. Les nouvelles de la patrie leur parviennent comme aux passants de la rue les sons d'un concert à travers les fenêtres closes d'une maison. On entend la grosse caisse, mais l'ensemble de la musique vous échappe. Le cœur reste attaché au pays qui vous a vu naître, mais vous renoncez forcément à suivre en détail la marche des événements. Vraiment, l'existence de ces hommes courageux et dévoués n'est pas toujours enviable. Le négociant vient pour faire fortune; le missionnaire, obéissant à sa vocation, est soutenu par les satisfactions internes d'une vie d'abnégation et de sacrifice. Les fonctionnaires diplomatiques et consulaires ne sont amenés ni par l'appât de l'or ni par l'espoir des récompenses éternelles réservées aux apôtres et aux martyrs. Sauf quelques douteuses chances d'avancement, le sentiment seul du devoir les maintient au poste du danger. Oui, au poste du danger! Regardez cette légation d'Angleterre, la seule qui réside dans la capitale du Japon. Le golfe de Yedo, à cause de son peu de profondeur, est inaccessible aux vaisseaux de guerre. Et, même en supposant en rade quelque canonnière prête à vous recueillir, il faudrait, pour gagner la plage, descendre par des ruelles et traverser des rues et des quartiers populeux. A moins d'une protection miraculeuse de la Providence, il me semble qu'en cas d'une attaque soudaine par la populace ou par des troupes, aucun des membres de la légation ne parviendrait à se sauver. Leur vie dépend absolument de la loyauté du gouvernement japonais, des moyens qu'il a ou qu'il n'a pas de les défendre, des mouvements incalculables et le plus souvent mystérieux de sa politique, de la conduite de l'opposition, aujourd'hui sourde et contenue, mais non résignée, et qui, à un moment donné et quand on s'y attendrait le moins, pourrait bien essayer de ressaisir le pouvoir[2]. A l'heure qu'il est, je veux bien le croire parce qu'on me

---

[1] Le télégraphe aboutit à Shanghaï (Chine) et atteindra prochainement le Japon.

[2] En 1872, des hommes armés ont tâché de pénétrer dans le palais du mikado. Après avoir livré aux gardes un combat acharné, ils ont été massacrés dans les antichambres. C'était un acte de désespérés; mais il répond au génie de la nation, et semble prouver que le feu couve sous la cendre.

l'affirme, il n'y a aucun danger. Mais, au Japon plus qu'ailleurs, les jours se suivent et ne se ressemblent pas. A Yokohama, il y a beaucoup plus de garanties pour la propriété et pour la vie des résidents. Les troupes et les bâtiments de guerre européens donneraient probablement, en cas d'attaque, le temps de s'embarquer. Comparativement, mais non absolument, c'est de la sécurité. Le corps diplomatique a d'ailleurs déjà fourni ses victimes. M. Heusken, secrétaire de la légation des États-Unis, fut massacré, au centre de Yedo, près des célèbres tombeaux de la Shiba. Sir Rutherford Alcock, le prédécesseur de sir Harry Parkes, à peine installé dans un temple, non loin de la légation actuelle, fut attaqué de nuit par des hommes armés; un de ses orderlies et son cuisinier furent tués. M. Oliphant, l'écrivain, alors secrétaire de la légation, quelques jours seulement après son arrivée de Londres, fut très-grièvement blessé. Honneur donc aux hommes qui acceptent ces situations périlleuses, qui les remplissent avec dévouement, qui veillent sur les intérêts et la sécurité de leurs nationaux, portent haut, aux antipodes, le drapeau de la patrie et, par des études solides de la langue et des mœurs du Japon, ouvrent de nouvelles voies aux conquêtes de la science !

GUET DE NUIT.

V

ÔSAKA

DU 19 AU 22 SEPTEMBRE

Kobe et Hiôgo. — La barre du Yodogawa. — Ôsaka. Son importance commerciale. Sa physionomie. — La rue des Théâtres. — Le château de Taiko-Sama. — Le Chi-fu-ji.

19 septembre. — A quatre heures du soir, je suis à bord du *Costa-Rica*, un des beaux vapeurs de la *Pacific-steam-ship company*, qui entretient un service régulier entre Yokohama et Shanghaï, en touchant Hiôgo (Kobe) et Nagasaki. Ces bâtiments partent et arrivent quatre fois par mois. La Compagnie anglaise péninsulaire-orientale, *P. and O.*, comme on l'appelle ordinairement, et les Messageries françaises, desservent, chacune deux fois par mois, la ligne plus considérable et plus ancienne entre Yokohama et Hongkong. On a donc toutes les semaines l'occasion de se rendre soit dans le nord, soit dans le sud de la Chine. Sauf les touristes et les étudiants que le gouvernement expédie en Europe, peu de Japonais en profitent; mais beaucoup de Chinois du midi s'en servent pour aller au Japon, et ceux du nord, les natifs du Kiangsu et du Shantung, commencent à suivre l'exemple de leurs frères méridionaux. Petit à petit l'élément chinois augmente dans les *ports des traités*, surtout à Yokohama et à Nagasaki. Quand l'intérieur du Japon sera ouvert aux étrangers, les enfants du Céleste-Empire y afflueront en masse, car la force d'expansion de cette race n'est égalée que par son activité, sa persévérance et son extrême frugalité. Si les réformes qu'on vient d'inaugurer dans le Japon s'accomplissent sans secousse, et que l'intérieur en soit rendu accessible à tout le monde, les Européens auront à soutenir dans l'exploitation de ce pays la formidable concurrence des Chinois.

Quelques amis viennent à bord. Comme ils vous envient le bonheur de partir! Mais celui qui

part n'est pas disposé à la gaieté. Quitter un pays avec la certitude de ne plus le revoir est pénible. Vous regardez en arrière, et vous trouvez que cette époque ou cet épisode de votre vie est
clos à jamais. C'est un peu l'avant-goût de la mort ; de toute façon, c'est un moment solennel
qui invite à la réflexion, et, quand on a été, comme moi, comblé de prévenances et d'amitiés, à
la plus vive reconnaissance.

Vers la tombée de la nuit, nous sommes sortis du golfe. A la lueur incertaine du crépuscule,
nous distinguons les contours de la petite île d'Enoshima et les deux cornes des monts Hakoné.
Une clarté olympique inonde le Fujiyama.

20 septembre. — Les mers du Japon ont mauvaise réputation, surtout dans cette saison qui
est l'époque du changement de la mousson. C'est la plus dangereuse de l'année à cause de la
fréquence des typhons. Mais, par exception, le temps est superbe et la mer comme une glace.
Ce qui ajoute aux périls de la navigation, c'est l'absence de cartes nautiques. Les capitaines
suivent une certaine route où ils sont sûrs de ne pas rencontrer d'écueils ; mais, si la tempête ou
des courants changeants et peu connus éloignent le bateau de la ligne connue, du *beaten track*,
tout est remis au hasard. En ce moment-ci, les gouvernements de France et d'Angleterre font
faire des reconnaissances hydrographiques dans les mers intérieures. Ces travaux touchent à
leur fin, et on attend avec impatience la publication des cartes.

Nous sommes peu nombreux à bord et peu intéressants. Mais l'avant-pont est surchargé de
passagers japonais. Il y en a aussi quelques-uns aux premières cabines. Ils vont tous à Kiôto
et à l'île de Kiushiu. Dès qu'ils touchent le pont d'un bâtiment étranger, ils s'affranchissent de
leur cérémonial, et certes ils font bien ; mais, en affectant d'adopter les usages européens, ils
deviennent insupportables [1]. J'admets tout naturellement des exceptions.

Vers trois heures de l'après-midi, nous nous approchons de la côte, en tous points semblable à celle de Yokohama : des montagnes aux profils tourmentés, couvertes de végétation sur
leurs flancs, et couronnées de panaches.

21 septembre. — A deux heures du matin, le *Costa-Rica* est à l'ancre devant l'établissement
de Kobe, situé à un mille à l'ouest du *Ken* japonais Hiôgo.

Distance de Yokohama : trois cent quarante-deux milles, soixante au degré.

Kobe est l'un des cinq *ports des traités.* Il n'est réellement ouvert que depuis trois ans, et déjà
la *concession* s'est couverte de belles habitations et de spacieux magasins. Le nombre des résidents, y compris la partie flottante de la population, ne dépasse guère le chiffre de deux à trois
cents ; mais Kobe a de l'avenir, car c'est en réalité le port d'Ôsaka.

M. Gower veut bien m'offrir l'hospitalité au consulat d'Angleterre dont il est le chef. Son
habitation est un petit bijou de *comfort* et de goût. Il possède, sur le flanc de la montagne, une
maison japonaise qu'il a fait venir d'Ôsaka ; elle est entourée d'un jardin et on y jouit d'une vue
enchanteresse sur le golfe. Derrière ce petit Tusculanum, un escalier mène à un temple à moitié
enseveli dans le feuillage.

J'ai fait ici une connaissance fort intéressante. Le P. Monico, des Missions étrangères de
Paris, qui dirige l'établissement catholique de cette ville naissante, m'a donné une foule de
curieuses informations sur la triste et en même temps glorieuse situation des chrétiens japonais
et sur les persécutions cruelles dont ils sont l'objet [2]. Ce digne prêtre est natif de Tarbes. C'est

---

[1] M. Medhurst, consul d'Angleterre à Shanghaï, fait la même observation au sujet des Chinois *européanisés.* Il les
appelle *most insufferable creatures.* Voir *The foreigner in far Cathay.* London, 1872, p. 176.

[2] J'en profiterai en traitant plus bas cette matière. Le P. Monico, mort peu de semaines après mon passage par Hiôgo,
laisse une grande lacune dans l'œuvre des missions et d'universels regrets dans le milieu où il a exercé son ministère.

ÔSAKA, D'APRÈS UN CROQUIS DE L'AUTEUR.

le beau type du missionnaire, pâle, mélancolique, des traits nobles, l'expression douce et résignée. Quand il parle, sa figure s'anime et un fin sourire légèrement caustique erre sur les lèvres décharnées de l'ascète. Les résidents de Kobe, pour la plupart des protestants, parlent de ce saint homme avec une extrême vénération. Il passe pour être un des meilleurs japonologues.

Le golfe d'Ôsaka s'avance dans les terres du sud au nord. Hiôgo et Kobe sont situés dans la partie occidentale. Vers l'est, la grande ville, le *fu* d'Ôsaka s'étend sur les deux rives du Yodogawa qui, coulant du nord au sud, après avoir traversé le *fu*, se précipite dans le golfe un peu au-dessous de la ville. De Kobe à Ôsaka en ligne droite par mer, on compte quinze milles, et vingt-deux par terre en faisant le tour du golfe. Plusieurs petits steamers appartenant à des compagnies indigènes, et commandés par des Anglais, font le trajet entre ces deux villes. Un de ces bateaux, dont les différentes pièces ont été construites en Allemagne, nous transporte en une heure et demie à la barre toujours difficile et souvent dangereuse du Yodogawa. Quel-

EMBOUCHURE DU YODOGAWA, PRÈS D'ÔSAKA, D'APRÈS UN CROQUIS DE L'AUTEUR.

ques minutes après, nous arrivons aux premières habitations et, à onze heures du matin, après un trajet de deux heures, à la très-petite concession. Au dedans de la barre, près et un peu au-dessus de son embouchure, la rivière est fort étroite, et, par conséquent, profonde et rapide. Les maisons qui la bordent, à l'instar de tous les édifices de cette grande ville, n'ont qu'un rez-de-chaussée. Sur les deux rives, devant les maisons, de doubles et triples rangées de djonques de toutes dimensions rétrécissent le lit du fleuve et n'ajoutent pas peu aux difficultés de la navigation.

Ôsaka, l'un des trois *fu*, compte, à ce qu'on m'a dit, de quatre à cinq cent mille habitants. Le terrain qu'il occupe est moins étendu que celui de Yedo ; en revanche, il y a ici moins de yashkis, moins de temples et de bois sacrés, peu de jardins particuliers et pas de champs labourables. Je serais donc tenté de penser que le chiffre d'un demi-million reste au-dessous de la vérité. Trois branches du Yodogawa et une autre rivière moins considérable traversent la ville. Ces cours d'eau sont reliés par un réseau de canaux. On compte plus de deux cent soixante ponts, tous en bois ; plusieurs sont d'une grande longueur.

Cette ville est la capitale commerciale du Japon. Toutes les marchandises des pays étrangers destinées aux régions centrales de l'empire passent par là. Malgré le peu de profondeur de cette partie du golfe et la mauvaise barre, l'affluence des bâtiments indigènes est incroyable. En effet, l'animation de la rivière de Yedo me semble inférieure à l'activité maritime et commerciale qu'on rencontre aux approches et sur le parcours de cette grande artère. La vapeur commence ici à jouer un rôle, et, à cet égard, les Japonais ont devancé les Chinois. Ceux-ci n'ont pas encore appris à faire marcher la machine ni à diriger un steamer, tandis qu'on trouve des Japonais qui en sont capables. Le prince de Tosa (île de Shikoku) possède plusieurs grands bateaux à vapeur dont les capitaines et les mécaniciens sont des indigènes. Nous avons vu à l'ancre, hors de la ville, trois beaux steamers. Ils appartiennent à ce daimio et font le commerce entre Yokohama et les petits ports de la mer intérieure. Comme les prix du passage sont fort inférieurs aux tarifs de la Compagnie américaine [1], ils sont toujours surchargés de voyageurs. D'Ôsaka, les marchandises importées de l'étranger remontent le Yodogawa jusqu'à Fujimi, d'où elles sont transportées par terre à Kiyôto. D'autres bateaux, en remontant ce fleuve, pénètrent dans le grand lac intérieur connu sous les noms de Biva ou d'Omi.

Je descends chez M. J. J. Enslie, vice-consul d'Angleterre. Quoique jeune encore, c'est un des anciens de l'état-major consulaire britannique. Il habite le pays depuis dix ans, en sait bien la langue et connaît surtout les hommes et les choses de cette partie du Niphon. Il aura la bonté de m'accompagner durant mon voyage à Kiyôto. C'est une faveur inappréciable ; car en ce pays, qui est encore fermé aux étrangers et où les interprètes bons ou mauvais, comme on en trouve en Égypte et en Turquie, manquent absolument, il faut, à moins de jouir d'une protection officielle très-efficace, renoncer à tout projet de voyage dans l'intérieur.

Le quartier des étrangers, complétement bordé sur tous les côtés par la rivière ou par des canaux et dûment surveillé par des gardiens, est situé à l'extrémité méridionale de la ville. Il contient deux ou trois maisons européennes, le consulat britannique, fort bien établi dans un petit yashki japonais, et quelques cases indigènes accommodées à l'usage des barbares blancs. Quelques beaux arbres sont l'unique ornement de ce lieu d'exil, qui dans son ensemble porte le cachet de la jeune Angleterre un peu américanisée. Il y a, dans le *settlement*, une vingtaine d'Européens et Américains, un nombre égal d'employés à la Monnaie qui vient d'être construite à l'extrémité septentrionale de la ville, et quatre ou cinq instructeurs français qui demeurent au château, en tout une cinquantaine de blancs. Les femmes blanches, me dit-on, font complétement défaut. Ni église, ni prêtres, ni ministres. L'esprit de la population indigène ne comporte pas l'exercice de la religion chrétienne. D'ailleurs le droit d'établir des églises dans la concession serait discutable, Ôsaka n'étant pas un *port de traité*, mais seulement une ville ouverte aux étrangers. Tout dans cet établissement me semble précaire et provisoire. Les affaires des négociants étrangers sont peu lucratives. Leurs meilleures pratiques étaient les daimios, qui autrefois résidaient ici pendant quelques mois de l'année ; mais, depuis la chute du shogun, ils ne viennent plus. Les marchands indigènes jalousent les étrangers, et les autorités, sourdement il est vrai, et en évitant autant que possible de provoquer les réclamations des agents consulaires, leur créent des obstacles de tout genre. Aussi la petite colonie est-elle stationnaire et plusieurs résidents parlent-ils de départ. La population, naguère excitée en secret par les fonctionnaires, est demeurée hostile. En se promenant dans les rues, on voit parfois les parents souffler à l'oreille de leurs enfants des injures que ceux-ci, en s'attachant aux pas des Européens, répètent à haute voix. Les soldats de la nouvelle armée impériale, qu'on fait bien

---

[1] Le passage de Kobe à Yokohama, dans la grande cabine, coûte à bord des bateaux américains trente dollars, et dix-huit à bord des steamers de Tosa. Dans ces derniers, il est vrai, on n'est pas nourri, on marche aussi plus lentement, et on risque de couler bas ou de faire explosion. Néanmoins ces bateaux sont toujours combles, ce qu'on ne peut pas dire des vapeurs américains.

d'éviter, se distinguent par leur insolence. Sur les réclamations instantes et réitérées des ministres étrangers, les autorités ont reçu l'ordre de mettre fin à ces démonstrations, et aujourd'hui
il y a, sous ce rapport, un mieux sensible à constater.

Je n'eus pas plutôt franchi le seuil du consulat que le gouverneur de la ville, prévenu de mon
voyage par un courrier d'Iwakura, fit annoncer sa visite. Quelques minutes après, il arriva,
accompagné du vice-gouverneur et d'un interprète. C'est le type du haut fonctionnaire japonais, poli, digne, un peu gauche, ce qui lui sied assez bien, les traits contractés pour l'occasion,
l'expression de la physionomie compassée et un peu stupide. L'étiquette le veut ainsi. C'est
comme le style officiel de nos chancelleries, qui n'est ni brillant ni élevé, mais qui a l'avantage
de subordonner le caractère de l'individu aux exigences des affaires qu'il traite. D'ailleurs,
l'échange des phrases banales terminé, le visage se détend, le naturel, qui est ordinairement gai
et souvent bienveillant, l'emporte ; on écarte le masque officiel, sauf à le reprendre au moment
du congé. Le *chi-fu-ji*, gouverneur d'un *fu*, coiffé du bonnet de papier laqué noir, portait son
grand costume de cour, une très-ample robe, aux manches très-larges et très-raides, d'une riche
étoffe de brocart brodée de soie et d'or. Ses deux sabres, l'un immense et l'autre de proportions
raisonnables, étaient richement sculptés. Son compagnon avait une figure ouverte, la voix sonore et un gros franc rire qui faisait oublier l'extrême irrégularité de ses traits. Il portait un
bonnet phrygien colossal en papier laqué et une robe de soie violette parsemée de dessins roses.
Le gouverneur me félicita avec effusion de l'honneur inouï, disait-il, que j'avais eu d'approcher
le mikado, et me prévint que l'empereur lui avait ordonné de me considérer, durant tout mon
voyage dans son gouvernement, comme l'hôte de Sa Majesté.

Ces grands personnages partis, nous nous mettons en jinrikisha. M. Enslie a renvoyé les
yakunins, ce qui serait impossible à Yedo, et nous avons le plaisir de parcourir tout seuls ce
fu immense.

C'est évidemment une ville qui travaille et qui s'amuse. L'aspect en est un peu uniforme,
mais l'animation corrige la monotonie. Les rues sont alignées, très-étroites, — de quatre à huit
pieds, — très-propres, très-longues, et se rencontrent à angle droit. Il y a des quartiers entiers qui,
ne contenant que des boutiques, se composent de longs et bas parallélogrammes divisés en maisonnettes couvertes, garnies d'auvents noirs formant saillie ; au-dessus, un petit attique sert de
magasin et supporte le toit, également très-plat. Pour l'œil, c'est un immense bloc sillonné par
le réseau des rues. Les tons noirs et gris prédominent. Rien de moins gracieux ni de plus triste ;
mais le regard n'a pas le temps de s'arrêter aux maisons. Il est absorbé par la richesse et la
variété, j'ajouterai par l'étrangeté, des objets exposés en vente, et par la foule bariolée des piétons. Dans ce courant d'êtres humains qui se croisent sans se choquer, on voit fort peu de
cavaliers et quelques rares jinrikishas. Une de ces rues, courant du sud au nord et passant sur
plusieurs ponts, traverse la plus grande partie de la ville. C'est l'Oxford-street d'Ôsaka. Dans
une rue parallèle s'élèvent deux grands et vieux temples bouddhiques. Ils appartiennent à la
secte de *Montô*, assez importante pour se faire ménager par les innovateurs de Yedo. Un des
ministres m'a dit : « Nous n'osons pas y toucher, car les montoïtes comptent parmi eux des
gens considérables. » Là règne encore en maître Shaka, le Bouddha des Japonais ; personne
ne le dérange, ni lui, ni ses sous-dieux, ni ses sanctuaires. Ses deux temples remontent à une
haute antiquité. Ni peints, ni laqués en rouge et vert comme la plupart des édifices de ce genre
que j'ai vus jusqu'ici, ils ont conservé la couleur naturelle du bois, devenue, sous l'action des
siècles, gris clair de brun rougeâtre qu'elle était à l'époque de la construction. Les sculptures
à l'entrée et à l'intérieur sont riches, mais sobres. On ne voit nulle part de hauts reliefs, ni trace
du caractère baroque qui m'a frappé dans les édifices érigés sous les auspices de Taiko-Sama
et de ses premiers successeurs. Les hautes et lourdes toitures, semblables à des chapeaux de

feutre retroussés sur les bords, dominent la ville et interrompent la monotonie de son aspect.

Nous quittons nos véhicules pour gravir à pied les gradins qui mènent à la ville haute. Nous voici à l'entrée de la rue des Spectacles. Il s'y trouve plusieurs théâtres. Sur toute la longueur de ces édifices on voit, suspendus au-dessus de la galerie qui longe la façade, des tableaux d'un coloris très-vif, peints à la gouache et représentant des scènes empruntées aux pièces à la mode, surtout aux drames historiques. Aux portes se presse une foule de curieux des deux sexes et de tout âge. J'aperçois des vieillards essoufflés qui tâchent de se frayer un passage. Une impatience fébrile se lit sur leurs visages pâles et décharnés. Des musiciennes et des danseuses fortement grimées, les cheveux ornés de trois ou quatre épingles, et portant des robes d'étoffes riches, s'élancent vers l'entrée. Il y en a toujours cinq ou six qui forment une petite bande. La foule regarde ces privilégiées avec curiosité et bienveillance, et se range autant que possible sur leur passage. En attendant, le courant nous entraîne. La presse est énorme, mais on ne se bouscule pas. Ici, comme partout dans ce pays, la foule est bleue et couleur de chair bronzée. Au peuple se mêlent un grand nombre d'hommes de qualité, mais pas une femme de cette classe. Ce n'est pas la toilette, qui est la même pour tous, c'est le teint plus clair, les ongles soignés, et surtout le maintien, qui les font connaître. Nous remarquons aussi beaucoup de chevaliers à deux épées. Au-dessus de ce chaos humain et des tableaux destinés à attirer les curieux, on voit se profiler sur le ciel une forêt de mâts, reliés par des festons, des fleurs, de petits et de grands drapeaux qui s'agitent dans l'air. Tout le monde est animé par la soif des divertissements. On veut s'amuser. Spectacle étrange où le grotesque bouscule l'élégance, où toutefois, dans l'ensemble comme dans les détails, le bon goût et le comme-il-faut prédominent.

Arrivés au bout de la rue des Spectacles, nous montons par de larges degrés de pierre dans la rue des Temples. Au quartier des plaisirs, l'animation ; au quartier des dieux, la solitude. Des deux côtés, des murs d'enceinte de modique élévation et percés de grands portails laissant voir la petite cour qui précède le sanctuaire. Quelque étroite qu'elle soit, il y a toujours de la place pour quelques magnifiques *ichôs*, pour quelques cèdres ou cryptomérias dont les branches tordues envahissent la rue et donnent de l'ombre aux passants. Sur le seuil de la porte sont assis les bonzes à la tête rasée, au vêtement usé et sale de taffetas jaune ou violacé. Ils fument leur pipe et vous lancent de leurs petits yeux clairs des regards curieux et malveillants. C'est dans quelques-uns de ces temples qu'ont été logés les représentants d'Angleterre, de France et des Pays-Bas, lorsque les événements de 1868 les eurent appelés dans ces parages, que peu d'Européens avaient visités avant eux[1].

Nous sommes arrivés vers l'extrémité nord-est et en même temps au point culminant de la ville. Il est occupé par le château qui, bâti par Taiko-Sama[2], a plusieurs fois, et en dernier lieu lors de la chute du shogun, joué un grand rôle dans l'histoire du Japon. C'est une double enceinte formée de murs presque cyclopéens, dont les pierres légèrement bombées sont rangées en lignes courbes. Deux fossés énormes, murés de la même façon, les protégent ; mais, par suite d'une ignorance incroyable en matière de fortification, deux ponts larges et solides facilitent aux assiégeants l'accès de la forteresse. Au centre de la seconde enceinte et sur le point le plus élevé, était le palais. Le shogun l'a brûlé en 1868, au moment où il se vit obligé d'évacuer le château. C'est à cette occasion qu'il a aussi fait incendier, sur les bords du Yodogawa, le grand yashki du prince de Satsuma, l'un des auteurs de sa chute. Le palais est entièrement rasé, mais la seconde enceinte est restée intacte. De l'une des quatre tours qui la flanquent on jouit d'un panorama superbe. L'immense ville, traversée de larges rubans blancs et d'une

---

[1] Quelques années auparavant, Sir Rutherford Alcock y avait passé sans s'arrêter.
[2] En 1590.

LA RUE DES SPECTACLES, A ÔSAKA.

infinité de petits filets d'eau, s'étend à nos pieds. Au-dessus d'une masse confuse, les toits des deux temples se profilent sur les eaux, à cette heure argentées et lumineuses, du vaste golfe. Au delà, les montagnes, dorées par le soleil couchant et tachetées de noir par les ombres des nuages légers que la brise du soir éparpille sur le fond azur et rose du ciel ! Telle est la vue vers le sud, l'ouest et le nord-ouest. Au nord s'ouvre une vallée large et plate. C'est le lit du Yodogawa, notre chemin pour Kyôto. A l'est, des montagnes toutes vertes, aux contours gracieux, s'approchent de la ville. Une plaine étroite et bien cultivée les en sépare.

En face du château, de l'autre côté du fleuve, et un peu plus en amont, se dresse fièrement la nouvelle Monnaie, bâtie aux frais du gouvernement par des architectes anglais et dirigée par des fonctionnaires appartenant à la même nation. C'est un édifice énorme, qui a coûté des millions. On évalue à dix mille dollars l'ameublement du pavillon destiné à la réception des personnages japonais ! Il leur faudra du temps pour apprendre à s'asseoir sur ces magnifiques fauteuils et canapés tendus d'étoffes de Lyon. Le reste est à l'avenant. La Monnaie vient de commencer à travailler. Le nouveau *rio* est fort bien réussi.

Nous terminons notre promenade par une visite au gouverneur, qui nous reçoit dans son yashki officiel, situé sur un canal au centre de la ville. Ici nous avons pu jouir d'un de ces magiques effets de lumière possibles seulement sous cette latitude et dans les maisons japonaises. Le portail qui mène dans la cour, et qu'on s'empresse d'ouvrir devant nous, car l'étiquette ne permet pas aux gens de qualité de passer par les poternes latérales, est peint en noir et revêtu de briques de même couleur. La cour est dans la pénombre. En face du portail, le vestibule encadré de noir est tout grand ouvert. A l'intérieur s'étend une belle natte couleur de paille ; les cloisons sont en papier blanc. Le disque du soleil, visible entre les maisons qui bordent l'autre côté du canal, touche l'horizon. Ses rayons, presque horizontaux, pénètrent par le grand portail, glissent sur les cailloux de la cour, s'engouffrent dans le vestibule, y allument un foyer de lumière presque insupportable : des teintes d'or mat, des teintes d'or luisant, et, autour, un halo transparent, mais profondément noir.

On nous fait traverser les bureaux, à cette heure déserts, un dédale de chambres où l'on vient de placer, pour l'usage des employés, des tables et des chaises. C'est toute une révolution. Le Japonais écrit debout ou blotti sur ses jambes, la tête penchée en avant. Il tient le pinceau verticalement, afin de faire mieux couler son encre de Chine. Assis auprès d'une table, il incline nécessairement sa brosse en arrière. Il faudrait donc remplacer l'encre de Chine par la nôtre, et de toute façon le pinceau par la plume, qui ne se prête guère à tracer les caractères chinois, larges et fins en même temps. Il serait, par conséquent, nécessaire d'en adopter d'autres, d'introduire l'usage de l'écriture européenne, révolution que l'essence des langues mongoles ne comporte guère. J'insiste sur ces détails, en apparence puérils, mais qui ont une signification, car ils donnent une idée des obstacles presque insurmontables que rencontrent nécessairement les imitateurs de l'Europe [1].

Le chi-fu-ji nous reçoit dans une pièce ouverte sur le jardin. Il nous invite à nous asseoir autour d'une table. Un fonctionnaire, non sans s'être préalablement prosterné à terre, y prend également place. Les deux pages, qui ne manquent jamais dans les maisons des grands, et trois chevaliers à deux sabres s'accroupissent sur la natte à une distance respectueuse. La conversation roule sur la culture du thé, et le chi-fu-ji nous donne des informations intéressantes. La province qui produit les meilleurs crus est Udji. Vient ensuite celle de Kiyôto. Il nous enseigne

---

[1] D'après les journaux américains (septembre 1872), un professeur de New-Haven, accompagné d'une centaine d'instituteurs, était attendu au Japon avec la mission d'établir, dans différentes parties de l'empire, sept écoles normales. Le gouvernement du mikado avait décidé que l'anglais servirait désormais de langue savante et que, pour la langue du pays, les caractères chinois seraient remplacés par les lettres de l'alphabet romain !

comment il faut préparer le thé, et, joignant la pratique à la théorie, il fait placer sur la natte le cabaret avec la théière, s'y blottit et nous sert du thé d'Udji le plus finement parfumé que j'aie jamais goûté. Voici sa recette : il faut bouillir l'eau dans un vase de terre cuite, et non dans un pot de métal. Il faut calculer exactement la quantité requise de feuilles et d'eau pour un nombre de tasses déterminé, boire le thé très-chaud et immédiatement après l'infusion, et ne jamais en faire une seconde. Les confitures de diverses couleurs qu'on nous servit nous parurent un peu fades, mais elles étaient d'un goût très-fin qui répondait à l'odeur de différentes fleurs. Les Japonais ont le palais moins blasé que nous autres Européens, et plus apte à saisir des nuances qui nous échappent.

Le retour au *settlement* se fit en bateau par une nuit délicieuse. Le palais du gouverneur est, je l'ai dit, situé au centre de la ville; cependant, malgré la rapidité de nos rameurs, nous mîmes près d'une heure pour rentrer. Des *bateaux de thé*, éclairés par des lanternes et remplis de jeunes gens et de chanteuses, glissaient à côté de notre barque. Nous rencontrâmes aussi d'immenses djonques, venant de Kiyôto et surchargées de passagers. A l'angle des canaux s'élèvent des maisons de thé, brillamment éclairées à l'intérieur et inondées, cette nuit, des magiques rayons de la pleine lune. Partout des rires, des cris joyeux, des chants accompagnés de la flûte et de la guitare !

UNE DANSEUSE A LA MODE.

EN REMONTANT LE YODOGAWA, D'APRÈS UN CROQUIS DE L'AUTEUR.

VI

KIYÔTO [1]

DU 22 AU 25 SEPTEMBRE

Sur le Yodogawa. — Fushimi. — La capitale de l'Ouest. — Le palais du mikado. — Le château du shogun. — Les temples. — Vue sur Kiyôto. — Guion-machi.

22 septembre. — En dehors des grands bateaux à rames employés au transport des voyageurs et des marchandises, de petits vapeurs quittent Ôsaka le matin, et, suivant l'état variable du courant du Yodogawa, arrivent ou n'arrivent pas vers le soir ou dans la nuit à Fushimi. Capitaine, ingénieur, matelots, sont tous des indigènes. Ainsi s'explique la fréquence des accidents. Par bonheur, depuis quelque temps il n'y a pas eu d'explosion. C'est à bord d'un de ces petits vapeurs que nous partons à sept heures du matin. Grâce à l'intervention de M. Enslie, notre garde d'honneur a été réduite à deux fonctionnaires civils, deux officiers et quatre soldats. Le cuisinier et les gens du consul complètent notre suite. Le chi-fu-ji, malgré mes protes-

[1] Le Miako de nos cartes européennes. Au Japon ce nom commence à tomber en désuétude.

tations, nous a fait réserver exclusivement l'arrière-pont et les cabines du bateau. Nous sommes donc fort bien installés.

On passe devant plusieurs palais. Le plus grand est ou plutôt était celui du prince de Satsuma, incendié, comme on a vu, par le shogun au moment de sa retraite. Les murs d'enceinte sont seuls restés debout. Plus loin nous côtoyons l'imposant édifice de la nouvelle Monnaie. Enfin les maisons cèdent la place aux jardins et aux champs. Le rivage est trop élevé pour que l'on puisse voir l'intérieur des terres ; mais ce qu'on en aperçoit donne une idée de la culture et de la fertilité du sol. Bientôt les bords du Yodogawa s'aplanissent. Nous naviguons entre des touffes de bambous et de beaux groupes d'érables, de mélèzes, de saules pleureurs. De gros bourgs, des villages petits et grands, tous ayant l'air populeux et prospère, se succèdent à de courts intervalles. Pendant qu'aux stations on dépose et on reçoit des passagers, nous assistons à de petites scènes de politesse villageoise. On accompagne les partants, on accueille les arrivants à la jetée, avec des démonstrations de respect et d'amitié. On forme de petits groupes, et on se parle dans les attitudes voulues entre gens bien élevés, c'est-à-dire les jambes pliées, et les mains appuyées sur les genoux. Les endroits solitaires, où les bosquets remplacent les maisons, sont rares et d'un caractère tout à fait bucolique. Mais sur la rivière règne partout une grande animation. Les bateaux sont munis d'une seule et immense voile carrée, formée d'étroites bandes de jonc, disposées verticalement et reliées entre elles par un léger cordage ; le jour et le vent passent à travers. Aspect singulier et bizarre, qui vous rappelle que vous vous trouvez au cœur du Japon, où tout vous semble nouveau, parce que tout vous est inconnu.

Par une faveur spéciale du fleuve, nous arrivons à quatre heures à Fushimi. Une réception brillante nous y attend. Les autorités en grande tenue nous reçoivent au débarcadère et nous mènent à un bel appartement orné de fleurs et de tapis, où l'on a placé pour l'occasion une table et des chaises. Ces meubles utiles, que le gouverneur a eu la gracieuseté de mettre à notre disposition, nous suivront dans tout le voyage.

Fushimi a souvent marqué dans l'histoire du Japon. C'est là que s'est livrée, il y a trois ans, la bataille qui a décidé du sort du shogun. D'autres souvenirs se rattachent à cette ville. Saint François Xavier y a séjourné, lorsque, le crucifix à la main, la besace sur le dos, les pieds gelés, le corps couvert d'ulcères, il se rendait avec deux catéchumènes à la cour du mikado.

La route de Fushimi à Kiyôto monte, en serpentant, une pente douce et peu élevée. Des deux côtés, les maisons se suivent sans interruption. On quitte Fushimi et on entre dans Kiyôto sans s'en apercevoir. Tout le chemin n'est qu'une seule rue longue de trois ris où un peu moins de huit milles. Le pays conserve le caractère idyllique de la vallée du Yodogawa.

Chemin faisant, nous visitons deux temples célèbres d'une haute antiquité. Dans le premier, Inarino-Yàjiro, petit édifice du culte shintoïte, on voit des renards sculptés sur les poutres et les lambris.

A un ri plus loin est le grand et très-ancien temple bouddhique Tô-fu-Kuji, fondé, s'il faut en croire nos amis japonais, par le shogun Yoritomo, au commencement du treizième siècle. La plupart des temples japonais ont été rebâtis plusieurs fois. Celui-ci, à en juger par les sculptures et la couleur des poutres, doit être très-ancien. Un bois sacré l'entoure et l'on y franchit un profond ravin sur un pont ombragé d'érables gigantesques et d'itchôs qui semblent contemporains de la fondation du temple. Toujours en traînant à notre suite une foule de fonctionnaires et d'officiers et une escorte de trente soldats envoyés par le chi-fu-ji de Kiyôto, M. Enslie en norimon et moi sur son beau poney japonais, nous avançons lentement à travers la foule qui se précipite sur notre chemin pour jouir du rare et émouvant aspect de voyageurs européens. A six heures nous entrons dans la capitale de l'Ouest, et, une demi-heure après, notre journée se termine dans le sud-est de la ville au seuil d'une grande auberge. Sous notre

balcon passe une belle rivière, la Kamagawa, animée, à cette heure de la nuit, par une foule de
bateaux de plaisir. Le dai-sanji, ou vice-gouverneur, se présente pour nous complimenter au
nom du chi-fu-ji dont il annonce la visite pour le lendemain matin à sept heures, disant que le
gouverneur a choisi cette heure matinale pour que nous puissions parcourir la ville avant les
fortes chaleurs du jour.

Distance d'Ôsaka à Fushimi, dix ris ; de là à Kiyôto, trois ris ; en tout environ trente milles.

23 *septembre.* — Les deux fonctionnaires d'Ôsaka nous quittent ici et sont remplacés par
le vice-dai-sanji et un autre personnage, tous deux chargés de nous faire les honneurs et de
nous accompagner dans nos promenades. Ils arrivent au lever du soleil et déroulent un papier
long de six à huit pieds sur lequel sont marqués les différents temples que nous visiterons. Ce
n'est pas sans peine que M. Enslie parvient à en faire biffer quelques-uns. Le principal de nos
guides est un petit gentleman à la physionomie ordinaire, au visage fortement marqué de petite
vérole, aux yeux petits, intelligents et vifs. Il porte un chapeau noir de papier laqué qui affecte

DE MA FENÊTRE, LE KAMAGAWA A KIYÔTO, D'APRÈS UN CROQUIS DE L'AUTEUR.

la forme d'une assiette, avec une pointe au centre, et qu'à la mode des Anglo-Indiens il a entouré
d'un grand voile de mousseline blanche. Une tunique de taffetas lilas bordée d'un liséré blanc,
des pantalons et des bottines à l'européenne, voilà son costume. Par un procédé ingénieux, il
a passé ses deux sabres par les goussets de son gilet, qui remplace la belle ceinture japonaise.
L'une de ces armes, un chef-d'œuvre de ciselure et d'incrustation, appartient à sa famille
depuis le règne de Taiko-Sama. L'ensemble du personnage est d'un haut comique. C'est
d'ailleurs le type du bureaucrate de haut bord. Très-respectueux vis-à-vis des supérieurs, d'une
politesse exquise envers nous, raide pour ses subordonnés, il hume avec une volupté visible les
profondes salutations dont il est l'objet de la part du peuple. Son second, plus avancé dans les
voies du progrès, porte à la mode européenne sa chevelure raide, revêche, et imparfaitement
peignée. Sa redingote et ses pantalons lui vont fort mal ; l'usage de la chemise et de la cravate
lui est encore inconnu ; ses bottes vernies semblent le gêner, car de temps à autre il les ôte pour
les remplacer par les sandales du pays. C'est un jeune homme à physionomie ouverte. Vêtu à
la japonaise, il serait joli garçon, mais le costume des barbares lui donne un air gauche et
vulgaire.

A sept heures précises le chi-fu-ji fait son entrée dans l'hôtellerie. Sur son passage, c'est un *kow-tow* général; tout le monde se prosterne et nous entendons le bruit des têtes qui frappent le sol. Le gouverneur nous comble de civilités. Intimement lié avec les moteurs de l'œuvre de la réforme, il n'occupe son poste que depuis peu de temps, mais il a déjà beaucoup fait pour l'instruction publique et établi plusieurs écoles de jeunes filles. Jusqu'ici, sauf de rares exceptions dans les classes élevées, les femmes n'apprenaient ni à lire ni à écrire. Comme Iwakura, comme Kido, le gouverneur affirme que la transformation du Japon sera accomplie dans l'espace de trois ans. J'aime cette force de conviction; elle est un gage de succès, si le succès est possible.

OFFICIER DU MIKADO EN TENUE DE VILLE.

Pour se rendre de notre auberge, qui est dans le sud-est de Kiyôto, au château du mikado, qui avoisine l'extrémité nord-est, il faut traverser la ville dans toute sa longueur. A la tête de notre cortége marche un fonctionnaire du gouverneur; c'est un samurai monté sur un grand cheval noir qui, selon le goût des hommes à deux sabres, est dressé à sautiller et à faire des lançades. Six gardes à cheval nous précèdent immédiatement. Le sanji et son second se tiennent à côté et aussi près que possible des deux Européens. Les bettos suivent à pied. C'est à grand'peine que nous les empêchons de saisir la bride de nos chevaux. Six yakunins à deux sabres et à cheval et des gardes à pied forment l'arrière-garde. En tout nous sommes environ quarante personnes. Aussi notre marche triomphale produit-elle une grande sensation. Les passants s'arrêtent, les marchands et leur famille se précipitent sur le seuil de leur boutique. Tous se prosternent devant le sanji et saluent jusqu'à terre les autres officiers. Pour les deux barbares, on ne se met pas en frais de politesse; on les regarde avec curiosité et froideur; dans certains quartiers, habités comme nous dirions par des conservateurs, par les mal pensants comme dit notre sanji, à en juger par les regards qu'on nous lance, nous ne sommes guère populaires. Durant les haltes mon lorgnon fait grande sensation. Des notables s'approchent et me demandent la permission de s'en servir; il passe de mains en mains, et, après avoir fait l'admiration de quelques centaines de personnes, il m'est rendu avec force démonstrations de reconnaissance.

Le palais du mikado occupe un vaste terrain. Le quartier des domestiques, des petits employés de cour, des samurais, entoure la première enceinte et ne se distingue du reste de la ville que par un calme solennel, par cette atmosphère de cour qu'on respire ordinairement aux approches des résidences royales. Ici, pareillement, chacun semble sentir sa propre importance et prendre sa part de la splendeur du souverain qu'il sert, mais qui malheureusement est parti pour jamais.

Dans l'espace compris entre la première enceinte et la seconde dite *des Neuf Portes*, laquelle est une assez haute muraille, se trouvent les palais de l'aristocratie de cour, des kugés. Leurs yashkis, semblables à ceux des daimios, sont entourés de petits jardins où le laurier alterne avec des cèdres nains, et avec les plus beaux, les plus grands saules pleureurs que j'aie jamais vus.

LE MIKADO LORSQU'IL RÉSIDAIT ENCORE A KIYÒTO.

Un des principaux objets de mon voyage à Kiyôto était de visiter le château de l'empereur, le pied-à-terre de ce mystérieux personnage dont la véritable demeure est l'Olympe, puisqu'il est fils des dieux. Comparer son habitation avec les résidences magnifiques des shoguns à Yedo, à Ôsaka et à Kiyôto même, c'était, je l'espérais, soulever un coin du voile qui couvre encore les relations si peu connues entre les shoguns et les mikados. Mais, à Yedo et à Yokohama, on m'avait dit : « N'y songez pas. La demeure du dieu est inaccessible aux mortels. » Rien de plus juste. Cependant je ne désespérais pas. Grâce à l'intervention aimable et toujours efficace de MM. Adams et Satow, après d'assez longs pourparlers, Iwakura m'avait muni d'une lettre pour l'intendant du palais, avec ordre de me laisser voir les neuf portes de la seconde enceinte, c'est-à-dire de m'admettre dans le quartier des kugés. De là, disait-on, vous pourrez distinguer parfaitement le palais.

Mais, arrivé sur les lieux et n'apercevant à travers ces fameuses neuf portes, heureusement ouvertes, qu'un autre mur et nullement le château, j'insiste pour entrer dans la seconde cour formée par la deuxième et la troisième enceinte. Le sanji ne me cache pas sa surprise, voire même son mécontentement. Quelle prétention inouïe ! D'accord, mais j'insiste. Cela devient sérieux. Notre homme est évidemment ébranlé. Ses remontrances font place aux prières, aux rires, au silence de l'embarras. A ces symptômes d'indécision, je pique des deux, et franchis le seuil de la porte interdite, traînant après moi les deux grands fonctionnaires et tout le cortége.

Arrivés dans la seconde cour, nous nous regardons en silence. La consternation se lit sur tous les visages. Un grand sacrilége vient d'être commis ! Cela est indubitable. Mais on accepte le fait accompli et nous faisons le tour de la troisième et dernière enceinte dite *des Six Portes*. Successivement nous passons devant le grand portail appelé du *Sud*, devant la porte du *Soleil*, qui regarde vers l'est, devant les portes du *Jardin*, des *Femmes du mikado*, des *Cuisines* et des *Fonctionnaires*, tournées vers le nord-est, le nord, l'ouest et le sud-ouest. Toutes ces portes ressemblent aux portails des temples. Elles sont faites de bois grisonnant sous l'action des années. On y voit quelques rares sculptures et des traces de dorure à peine perceptibles. Ni laque, d'ailleurs, ni peinture. L'enceinte consiste en un soubassement de pierres de taille, sur lequel s'élève un mur en talus, construit en bois, probablement couvert de ciment, peint en gris et divisé en compartiments. Un petit toit de briques noires le protége contre la pluie. Sauf quelques pignons et les arbres du jardin, impossible de rien voir du palais. Quelques-unes des six portes étaient fermées ; d'autres, entr'ouvertes. Lorsque je faisais mine de pénétrer dans ce sanctuaire, les regards suppliants du sanji m'arrêtaient. M. Enslie épuisait en vain tous les arguments propres à vaincre ses scrupules. La réponse était invariablement : l'intendance du palais n'est pas du ressort de l'administration ; l'intendant appartient à l'ancien parti de la cour hostile au ministère, au progrès et surtout aux Européens. Pour dernière concession, le sanji nous mène à la porte des Cuisines, et nous fait entrevoir, par-dessus les toits bas de quelques maisonnettes, le pignon de la grande salle du palais. « Eh bien, êtes-vous content ? s'écrie-t-il avec un rire forcé. De retour en Europe vous pourrez vous vanter d'avoir vu ce que personne ne voit : le palais de l'empereur. » Et il se hâte de tourner bride, ajoutant qu'il est tard ; que le chi-fu-ji nous attend au château ; que le chemin est long ; qu'il fait chaud, et qu'il est temps aussi de penser au déjeuner. « Non, lui répondis-je, je ne suis pas satisfait de votre conduite. Comment ! vous imitez nos mœurs, vous vous affublez de notre costume, vous vous croyez en pleine voie de civilisation, et vous êtes assez superstitieux pour nous exclure de la demeure de votre souverain ! Comme on rira en Europe quand on apprendra que la permission de jeter un regard dans la cuisine du mikado est le dernier mot de votre civilisation. » M. Enslie n'a pas plutôt traduit ces paroles que le silence se fait autour de nous. Autant que le lui permet son teint de Mongol, le sanji rougit. Une courte conversation à voix basse s'engage entre lui et son second. « Vous avez raison, nous dit-il. On se moquerait de nous. » Il offre d'aller voir l'intendant, mais il ne se promet, dit-il, aucun bon résultat de cette démarche, car, à l'exception de sir Harry Parkes et de ses deux collègues, dont la courte apparition a produit une fermentation si grande et donné lieu à des massacres, aucun Européen n'a jamais mis les pieds dans cette enceinte. Nous prenons place sous un énorme tilleul. Un groupe se forme autour de nous, à une distance respectueuse. Ce sont les domestiques des kugés.

KIYÔTO. M. DE HUBNER PÉNÉTRANT DANS LE PALAIS DU MIKADO.

Nous remarquons le costume particulier et la coiffure coquette des servantes. Dans le reste de l'enceinte, pas une âme. Rien que la monotonie des murs. L'œil, involontairement,

PORTE DU SOLEIL, PALAIS DU MIKADO, A KIYÔTO, D'APRÈS UN CROQUIS DE L'AUTEUR.

s'élève vers la cime des arbres et des montagnes bleues qui forment l'horizon.

Une demi-heure se passe ainsi. Enfin, nos ambassadeurs accourent tout joyeux. Nous

PALAIS DU MIKADO. LA PORTE DES CUISINES, D'APRÈS UN CROQUIS DE L'AUTEUR.

serons admis. L'intendant et son second ne demandent que le temps de passer leur grande robe de cour. Les voici. Ils ont l'air assez maussade; mais enfin ils s'exécutent et nous font franchir le seuil de la cité défendue. Nous entrons par la *porte des Fonctionnaires*. Malgré un soleil meurtrier, tout le monde se découvre. Quant à nous, on nous invite à plier au moins nos parasols en signe de respect. Les gens de notre suite se jettent par terre et ramassent de petits cailloux en nous engageant à suivre leur exemple. Ces pierres sont des talismans qui préservent des maladies.

Nous nous trouvons dans une cour spacieuse et solitaire. Un silence profond y règne. A l'ombre d'une porte, trois gardes, pareils à des statues, sont assis sur leurs talons. Derrière eux un grand écran orné de peintures sur fond d'or empêche les regards profanes de pénétrer dans l'intérieur. A ce moment un kugé en grand habit de drap d'or, aux manches larges et raides, traverse la cour à pas mesurés, passe devant les gardes qui ne bougent pas, et disparaît

UN KUGÉ EN COSTUME DE COUR.

derrière l'écran. Cette cour, comme toutes celles que nous avons visitées, est entourée d'une galerie couverte qui suit la muraille. Les colonnes sont peintes en rouge et en blanc ; on retrouve les mêmes couleurs dans tous les temples du culte shintoïte. Arrivés à l'extrémité de la galerie, l'intendant, dont la mauvaise humeur et l'embarras sont évidents, fait mine de nous reconduire par où nous sommes venus. Mais cette fois, notre bon sanji prend ouvertement parti pour les barbares ; il gesticule, crie, se fâche tout rouge ; M. Enslie le seconde de son mieux, et, malgré les protestations courroucées de l'adjoint, on finit par vaincre les scrupules de l'intendant. Des scènes semblables se répètent à toutes les portes, qui heureusement sont ouvertes et que je franchis dès que je vois l'irrésolution gagner les fonctionnaires. On m'avait dit à Yedo : Les bureaucrates japonais sont lourds et aiment à faire des difficultés ; mais avec de la patience, de la politesse et de la fermeté on en vient aisément à bout. Ce renseignement m'a aujourd'hui bien servi.

Nous sommes dans la cour d'honneur, au fond de laquelle, en face de la *porte du Sud*, s'élève une grande construction isolée, la salle des audiences. Un pan de murailles sert d'écran à ce sanctuaire et le protége, même quand la porte de l'enceinte est ouverte, contre les regards curieux des passants. C'est dans cette salle que sir Harry et les deux autres ministres avec leurs suites furent admis en la présence de l'empereur : la première et jusqu'à ce matin la dernière fois que des Européens y ont mis les pieds. On introduisit les diplomates par la grande porte, et on les reconduisit par le même chemin. Les autres parties du palais leur restèrent inaccessibles.

La salle des audiences est construite en bois ; le plancher s'élève de quatre pieds au-dessus du sol, un large escalier y mène. L'édifice est un parallélogramme : l'un des grands côtés forme façade sur la cour ; le toit est double, très-haut, très-lourd, et surplombe les murs de plusieurs pieds. Les extrémités des poutres qui le supportent sont sculptées et ornées de

DEVANT LA TROISIÈME ENCEINTE DU PALAIS, D'APRÈS UN CROQUIS DE L'AUTEUR.

dorures. Les boiseries, selon le goût et les traditions de la cour des mikados, ne sont ni peintes ni laquées. Cette salle a été construite il y a environ vingt ans. A l'intérieur, rien qu'une natte tapissant le plancher. L'obscurité de la pièce ne nous a pas permis d'examiner les ornements des lambris, s'il y en a. La cour d'honneur aussi est encadrée d'une galerie peinte rouge et blanc.

Dans un petit pavillon isolé, on avait, de temps immémorial, conservé les insignes mystiques du pouvoir suprême des mikados, entre autres une épée, un coffret et un miroir. Ces objets précieux ont été, l'année dernière, transportés à Yédo.

Après de nouvelles discussions qui se terminent par de nouvelles concessions, nous pénétrons dans la cour qui mène à la *porte du Soleil* ou de l'Est.

En somme, le palais du mikado, qui, abstraction faite des deux quartiers où logent les kugés et les samurais, n'occupe qu'un terrain peu considérable, ne se distingue des yashkis que par des dimensions un peu plus grandes et par le caractère essentiellement sacré de l'architecture.

COUR D'HONNEUR DU PALAIS DU MIKADO, D'APRÈS UN CROQUIS DE L'AUTEUR.

C'est un dédale de cours et de ruelles formé par des maisons, par des pavillons, par des corridors ou de simples cloisons. Les toits, pareils de tous points à ceux des temples shintoïtes, sont supportés par des poutres horizontales, laquées de blanc ou dorées aux extrémités, et ornées de petites sculptures dont quelques-unes sont de vrais bijoux. Aux angles des maisons s'élèvent des pans de mur construits en pierre ou en bois et couverts de ciment. Les cloisons ressemblent à celles de toutes les autres habitations ; elles sont mobiles et garnies de petits carreaux de papier blanc. Parfois un grillage en bois naturel les protége. J'en ai admiré le dessin à la fois varié, simple et élégant. Les volets aussi ont gardé la couleur naturelle du bois, devenue, selon l'âge et l'espèce des arbres, gris clair ou acajou pâle. Çà et là on y voit des baguettes en laque noire. L'effet de l'ensemble est indescriptible. L'harmonie sobre et douce des couleurs, la beauté des détails, le fini des ornements qui, loin de s'imposer à l'œil, semblent plutôt le fuir, le goût exquis, l'élégance et la noble simplicité qui dominent en ces lieux mystérieux et inaccessibles, vous font oublier le caractère barbare de l'architecture. Nulle part, la moindre trace des riches sculptures, des hauts-reliefs percés à jour que l'on admire à la Shiba de Yedo, en général dans tous les édifices de Taiko-Sama, et que le goût et les traditions shintoïtes des mikados ont peut-être dédaignés.

« Mais où est l'habitation, la chambre à coucher de l'empereur? — Dans le jardin. — Passons au jardin. — Impossible. Deux portes seules y conduisent. L'une est la porte d'honneur; il n'y faut pas songer, on blesserait la susceptibilité du peuple. L'autre est clouée. Donc impossibilité absolue. — Nous ne prétendons pas à l'honneur de la grande porte. Nous sommes des gens modestes. Mais rien n'est plus facile que de passer par une porte clouée. Une pince et la bonne volonté suffisent. » Cette fois, je l'avoue, devant le désespoir visible du sanji et de l'intendant, devant la rage mal contenue de son adjoint qui, à voix basse, semble conjurer son chef de ne pas céder, je m'arrête. Je renonce à pénétrer dans le Saint des saints. Mais

LE JARDIN ET LE GYNÉCÉE, D'APRÈS UN CROQUIS DE L'AUTEUR.

M. Enslie ne se décourage pas si vite. Il se mêle à la conversation des cerbères et parvient à les amadouer. Nous entrons donc dans le jardin par une poterne. Quant aux clous, il va sans dire qu'ils n'avaient existé que dans l'imagination fertile de l'intendant.

Le jardin du Mikado n'est qu'un petit étang affectant les contours sinueux d'un lac. Sur deux côtés, il est bordé de beaux et vieux arbres; sur le troisième, d'un mur, et sur le quatrième enfin, de deux maisons perchées sur des poutres et reliées par un corridor. C'était la maison du mikado et de ses femmes. Nous n'en avons pas vu l'intérieur. On nous dit que les nattes et les objets précieux qu'elle contenait ont été transportés à Yedo. Un pont en zigzag est jeté sur le lac. Ce motif bizarre, fort à la mode en Chine, doit rappeler le serpent et, indirectement, le dragon, symbole du pouvoir suprême. L'état d'abandon où se trouve le jardin du fils des dieux suffirait à expliquer l'extrême répugnance de l'intendant pour nous y introduire. Tout respire l'absence du maître. Le petit lac est couvert de feuilles mortes et de végétaux; l'herbe a envahi les allées; quelques pots de fleurs rangés devant les maisons témoignent seuls de l'existence d'un jardinier. Mais, abstraction faite de l'absence de soin, tout est petit et mesquin, sauf les arbres. Quelle différence entre le parc vraiment impérial du château de Yedo, œuvre des shoguns, et ce misérable *teahouse garden* du fils des dieux !

En quittant le palais, nous nous rendons au château. Il est situé dans la partie occidentale de la ville. Pour y arriver, il nous faut, par une chaleur accablante, parcourir Kiyôto dans presque toute sa largeur.

Voici, très-brièvement, ce qui m'a particulièrement frappé dans ce curieux et magnifique édifice. Rebâti de la base au faîte par Taiko-Sama, il porte l'empreinte du génie et de la puissance de ce grand homme. Au-devant règne une vaste esplanade bordée de beaux arbres sur un côté. Le mur d'enceinte est pareil à ceux du palais impérial, mais plus solide. La porte d'entrée, en bois gris, donne sur une cour spacieuse. En face est le portail du principal corps de logis. J'admire la *sopraporta* ; c'est un travail d'une grande richesse ; des oiseaux et des fleurs en haut-relief, dorés et peints, y rappellent les fenêtres de la Shiba [1].

Les appartements, répétition en grand et en beau de ceux qu'on voit dans les palais de daimios, se distinguent surtout par leur élévation ; car, au Japon, les maisons sont ordinairement très-basses. Tout respire ici la splendeur de cette époque, âge d'or des shoguns et âge d'or des arts [2]. Sur des plafonds en or mat, des poutres sculptées se croisent en échiquier, et une plaque de bronze doré d'un dessin fort élégant marque les points où elles se rencontrent. Nous traversons plusieurs pièces avant d'arriver à la grande salle, longue environ de quatre-vingts pieds, large de trente et haute de vingt-deux. Le plafond, dans le style que je viens de décrire, est d'une grande beauté ; les cloisons mobiles et les murs présentent, sur un fond d'or, des arbres de grandes dimensions hardiment et simplement dessinés, sans toutefois être complétement libres des contorsions et exagérations qui sont dans le goût du pays [3]. Autour de cette pièce règne un couloir dont les fenêtres percées dans le haut du mur, et semblables à celles de la Shiba, sont d'une richesse, d'une variété et d'une exécution merveilleuses. On trouve le même style, mais un peu moins riche, dans les salles où le shogun recevait les daimios et les kugés. L'appartement qu'il habitait est décoré de lambris en vieux laque, et de quelques tableaux précieux où se trouve réfutée la supposition, généralement admise, que les Japonais ignorent les règles de la perspective. L'emblème du shogun, un trèfle entouré d'un anneau, est ici reproduit à l'infini.

Après une collation servie dans la grande salle, le chi-fu-ji nous conduisit dans les appartements du château et dans ses bureaux, meublés depuis quelques jours de chaises et de tables. Les employés y étaient assis gauchement, écrivant à qui mieux mieux, car, lorsque le chef se montre, l'étiquette veut qu'on redouble de zèle. Dans chaque pièce il y a une étagère où l'on dépose les épées. C'est un meuble important, car on ne plaisante pas avec les épées, et ceux des employés qui appartiennent à la classe militaire se gardent bien d'oublier qu'ils sont avant tout des gentilshommes. Le sabre est l'essentiel ; le pinceau, l'accessoire. A ce sujet, un fait mérite d'être noté. Il y a quelques mois, deux membres du corps diplomatique de Yokohama visitèrent Kiyôto. Dans une ville des environs, pendant une halte, un d'eux, par hasard, toucha du pied le sabre d'un yakunin de leur suite. Cet homme se crut déshonoré. Ses collègues d'abord, puis les nombreux oisifs de la ville, enfin toute la population s'apitoyèrent sur le malheureux qui déclara ne pouvoir survivre à cet affront, et n'avoir plus qu'à faire harakiri. La situation des Européens devenait assez critique, lorsqu'un des interprètes japonais eut l'heureuse

[1] Voir p. 313.

[2] Cette époque embrasse environ un demi-siècle, de 1580 à 1630.

[3] J'ai profité d'un moment d'absence de notre hôte pour en prendre à la hâte un croquis que j'ai comparé plus tard avec un dessin absolument semblable, fait par Engelbert Kaempfer en 1691. Peut-être est-ce dans cette même pièce qu'a eu lieu l'audience de la délégation hollandaise, dont le savant Allemand faisait partie. On sait d'ailleurs que les mikados habitaient parfois le château, surtout lors des visites des shoguns qui possédèrent cet édifice jusqu'à l'abolition de leur dignité. Voyez l'*Histoire du Japon*, par Engelbert Kaempfer traduite de l'allemand. La Haye, 1729.

inspiration de dire au yakunin : « Vous avez déposé votre sabre sur la natte et non sur l'étagère, comme vous auriez dû le faire. C'est donc par hasard que le seigneur étranger a touché votre épée et non avec l'intention de vous offenser. Votre honneur est sauf. » Cette interprétation satisfit tout le monde, surtout l'officier, dispensé de s'ouvrir le ventre, et les deux voyageurs, empressés de quitter une population si chatouilleuse sur le point d'honneur.

Le gouverneur eut l'amabilité de nous faire préparer un repas à la mairie de l'un des arrondissements que, selon son programme, nous devions visiter. Dans une belle salle on avait dressé une table recouverte d'un tapis de soie et ornée d'un immense bouquet de fleurs, haut de cinq à six pieds, tels qu'on en voit dans les temples ; sur les chaises on avait jeté des châles et sur la natte un tapis anglais. Des couverts furent mis pour les deux Européens et les deux sanjis. Les officiers de la suite dînèrent dans la même pièce, assis sur le plancher, et les autres dans les chambres adjacentes. Le repas fut copieux et les plats très-variés. La grosse pièce est le fameux poisson *tay*. On le coupe en tranches, on se hâte de l'apporter sur la table, on lui verse sur les yeux quelques gouttes de vinaigre. Les fibres font un dernier mouvement convulsif. Les tranches se séparent, et l'animal semble expirer. Cette fois l'expérience ne réussit pas ; mais plusieurs Européens m'ont assuré avoir été témoins de ce cruel et dégoûtant spectacle.

Ma io nol viddi, nè credo che sia.

A côté de la salle du festin est l'école du quartier, une grande chambre remplie de petites et de grandes filles, de petits et de grands garçons, tous occupés à noircir du papier déjà tout noir. Il y a dans Kiyôto, me dit-on, soixante-quatre écoles. Le gouverneur actuel, homme de progrès, a le mérite d'en avoir fondé le plus grand nombre.

Après avoir visité le temple shintoïte, Kitano-ten-jin, consacré à la mémoire d'un guerrier célèbre du quinzième siècle, nous passons par des rues interminables, toujours en nous dirigeant vers l'ouest. A la fin on sort de la ville. De longues avenues de beaux arbres, bordées de ruisseaux, mènent vers une chaîne de collines boisées. Au-dessus et à une distance de quelques milles, de hautes montagnes ferment la vallée de Kiyôto vers le couchant.

Nous sommes arrivés au but de notre promenade : un des plus riches temples bouddhistes, nommé Kin-kaku-ji, et dédié à Tojimizu, un des héros du Japon. Cet édifice [1] ne se distingue des autres temples antérieurs à Taiko-Sama que par la beauté et l'étendue de ses bosquets. L'art du jardinage japonais célèbre ici ses plus grands triomphes et atteint en même temps la dernière limite du grotesque et du ridicule. Pour ne donner qu'un exemple, on a figuré un bateau avec les branches d'un pin colossal. Le tronc en forme le mât ; les branches supérieures, les vergues ; les branches d'en bas, les rames. Le charme poétique de ce lieu consiste dans la solitude qui y règne et dans les échappées de vue que l'on a sur les environs, mais non sur la ville, cachée derrière un épais rideau de feuillage.

A peu de distance s'élève un mamelon. Du sommet on doit évidemment apercevoir Kiyôto. Par malheur, ce point ne se trouve pas marqué sur le programme du gouverneur. Le bon sanji me le démontre en déroulant le long papier où est tracé notre itinéraire. Mais, riche de mes expériences du matin, je gravis tout seul le mamelon, laissant à M. Enslie le soin de tranquilliser nos gardes. Aussi ne tardent-ils pas à mettre pied à terre, à attacher irrévérencieusement leurs chevaux à la balustrade d'un petit temple et à nous rejoindre. L'ascension est pénible, mais nous en sommes bien récompensés. A nos pieds se déroulent la vallée et la ville de Kiyôto. Au centre s'étend un océan noir de toits, entouré d'un océan vert de cimes d'arbres. Pour cadres,

____
[1] Érigé vers l'an 1420.

TEMPLE BOUDDHISTE DE KIN-KAKU-JI, PRÈS DE KIOTO, D'APRÈS UNE PHOTOGRAPHIE INDIGÈNE.

des montagnes inondées de teintes transparentes, variant du gris de perle au rose ; mais quel rose et quel gris !

En marchant au pas accéléré de nos chevaux, nous mettons une heure et vingt minutes pour rentrer à l'auberge. A notre arrivée il fait nuit close. Sur la rivière, comme hier, fête vénitienne : des bateaux de plaisir, des lanternes pirouettant sur l'eau, des cris, des chants, de la musique ; le tout enveloppé des crêpes noirs d'une tiède nuit d'été.

24 septembre. — Les artistes en renom nous ont apporté une foule de *curiosités ;* dans le nombre il y a quelques vrais chefs-d'œuvre. Malheureusement les gens riches du pays aiment à collectionner, et les prix sont exorbitants. Les objets en laque moderne et les sculptures en ivoire me paraissent bien supérieurs à ceux que l'on voit à Yokohama et même à Yedo. Quant aux bronzes, ils sont hors ligne. J'ai choisi une coupe et une boîte en cuivre incrusté d'or et d'argent, œuvres, l'une et l'autre, du célèbre Goroza. Une inscription sur le revers contient le nom de l'artiste, et il y est dit que la famille de ces orfèvres, les Cellini du Japon, fleurit depuis neuf générations.

A sept heures nous reprenons nos promenades dans Kiyôto. Nishi-hon-guan-ji, le grand temple bouddhique de la secte de Montô, construit au treizième siècle, et rebâti presque tout entier par Taiko-Sama vers la fin du seizième siècle, se compose de deux grands édifices, les deux temples proprement dits. Séparés et reliés par une galerie, ils occupent le fond d'une cour oblongue. On y voit un seul arbre, mais il est plusieurs fois séculaire. Deux portails donnent accès dans ce vaste enclos. Les deux temples portent l'empreinte de l'époque du grand shogun. L'un est consacré à Shinranshôzo, le fondateur de la secte de Montô, l'autre à la déesse Amida.

Nous pénétrons dans le temple du dieu. C'est une grande salle en forme de parallélogramme, longue de cent vingt-quatre pieds et large de cinquante-six. Le fond est occupé par cinq chapelles séparées les unes des autres par des cloisons. La chapelle du milieu, qui est la plus large, est le sanctuaire ; on dirait que l'architecte a étudié et imité les églises gothiques de Florence. Au-devant règne un couloir fermé du côté de la salle par une balustrade. Le toit est supporté par des colonnes sans chapiteaux, auxquelles on a laissé la couleur naturelle du bois. Le temple était rempli d'hommes et de femmes vêtus de blanc. Ceux dont la toilette se composait seulement d'un pagne, portaient dans les cheveux un morceau de papier blanc : le blanc est la couleur du deuil. On les laissait à tour de rôle entrer dans le couloir. Ils s'inclinaient devant le sanctuaire, disaient la prière pour les trépassés, ce qui était l'affaire d'une minute, puis s'écoulaient à droite et à gauche, riant et bavardant. Malgré la foule immense, il n'y avait ni presse ni confusion. La foi du charbonnier de ces braves gens amusait beaucoup notre Sanji ; esprit fort comme tous les gens de qualité, il s'étudiait à nous bien faire comprendre la liberté de ses idées en matière de religion.

Les parois des chapelles et les battants des portes, toutes grandes ouvertes à cette heure, sont dorés et ornés de *sopraportes* sculptées et dorées aussi. Le sanctuaire est d'une grande magnificence. Au fond, l'autel, laqué de noir, supporte un *tempietto* en bronze doré et très-richement ciselé. Il est fermé, mais je suppose qu'il contient l'idole. Devant l'autel, une table oblongue, couverte d'un tapis de soie brodé qui rappelle le style byzantin. On y voit l'encensoir, deux tablettes, et deux beaux vases de porcelaine dont l'un contient un immense bouquet de fleurs naturelles. Six tabourets très-bas en laque noir et ornés d'arabesques dorées sont placés symétriquement des deux côtés de l'autel. Les parois du sanctuaire présentent un fond d'or mat légèrement rehaussé de quelques peintures. Quatre grandes lampes suspendues au plafond, doré aussi, mêlent leur lumière blafarde aux reflets du soleil qui viennent de la cour, glissent à travers la forêt de colonnes de la salle, se concentrent dans le sanctuaire, l'inondent de leurs clartés mouvantes.

La résidence de la déesse est pareille à celle du dieu.

Ce grand et célèbre temple, une des gloires de cette antique capitale et en même temps un des sanctuaires les plus vénérés de l'empire, est doté richement. Naguère encore, il était desservi par un grand nombre de bonzes. Mais, malgré les égards que l'importance de la secte montoïte impose aux ministres, les embarras financiers l'ont emporté sur les règles de la prudence et sur le respect dû au droit. Le gouvernement a donc réduit le nombre de ces prêtres, confisqué au profit de l'État une partie de la dotation, et s'est approprié quelques-uns des plus

beaux édifices appartenant au temple. En ce moment, il les fait convertir en logements destinés à des hôtes de distinction. C'est dans un de ces appartements que l'on admire un tableau représentant trois femmes à l'entrée d'un palais. Il est digne de nos grands maîtres, et la perspective n'y laisse rien à désirer.

Toutes ces constructions, temples et maisons, à l'exception d'un petit portail, évidemment beaucoup plus ancien, portent, en ce qui regarde la sculpture et la peinture, les signes caractéristiques du style plus ou moins baroque de Taiko-Sama et de ses premiers successeurs au pouvoir. L'emblème du grand régent [1] se retrouve ici ; seulement, il se compose de trois trèfles qui se touchent par le lobe médial, et sont inscrits dans un cercle. Le dessin des feuilles est héraldique, et s'écarte volontairement de la nature que les artistes japonais savent si bien imiter.

Le bois sacré qui s'étend derrière le temple passe pour le plus beau et le plus vaste du Japon. Des palmiers et des bananiers lui donnent un air tropical. Partout on rencontre des souvenirs de la vie et des actions, grandes ou petites, de Taïko-Sama. Ici, il s'est reposé pendant les chaleurs de midi ; là, il avait coutume de regarder la pleine lune ; ces deux oiseaux presque effacés sur le mur, c'est lui qui les a peints.

Nous avons encore visité d'autres temples que je passe sous silence. Le plus considérable est Higashi, dans le style du Nishi, et également l'œuvre de Taiko-Sama ; un incendie vient d'en détruire une partie. M. Enslie possède un manuscrit indiquant les époques où ont été fondés les principaux sanctuaires [2], dont plusieurs, à en croire ce document, remonteraient aux neuvième et dixième siècles.

Malgré l'intérêt qui s'attache à ces lieux, on s'en fatigue bien vite. Une foule de questions

---

[1] Taiko-Sama n'a jamais été shogun. Son nom était Toyotomi Hidiyoshi, et son titre officiel *Kuambaku*, régent. Lorsqu'il abdiqua en faveur de son fils, il prit le titre de *Taiko* ou régent en retraite.

[2] Les plus anciens datent des années 839, 870, 950, 1162, 1185 et 1240. D'après ce manuscrit, le temple de Taiko-Sama, dont on vient de lire la description, a été bâti en 1578 et le Higachi en 1592.

VUE GÉNÉRALE DE KIYÔTO, PRISE DE GUION-MACHI, AU SUD-EST DE LA VILLE, D'APRÈS UN CROQUIS DE L'AUTEUR.

se présentent à votre esprit, mais personne ne sait les résoudre. Notre connaissance de l'histoire sacrée et de la mythologie du Japon est encore fort incomplète. En revanche, les bonzes, par une chaleur étouffante, vous font exécuter des marches et des contre-marches, escalader et descendre des échelles presque perpendiculaires et peu solides, plonger dans des cavernes, et tout cela, pour vous montrer une pierre, un kiosque, une hutte à laquelle se rattache quelque miracle ridicule, quelque absurde légende dépourvue de tout intérêt historique.

Les temples de Kiyôto et des environs sont innombrables. Quelques-uns ont des dotations en terres, et en ce moment, dit-on, sont impitoyablement rançonnés par le gouvernement. D'autres jouissent d'une subvention de l'État, qui consiste en rations de riz. Enfin il y en a dont les prêtres vivent d'aumônes.

Un fait curieux attestant le grand rôle joué si longtemps par les shoguns, qui étaient bouddhistes, dans la résidence et sous les yeux des Mikados qui, officiellement du moins, sont shintoïtes, c'est que Kiyôto compte encore aujourd'hui plus de trois mille temples bouddhiques.

Au sud-est de la ville, au delà du Kamagawa, sont situés les quartiers Guion-machi et Shima-barra, consacrés particulièrement au plaisir. Ils couvrent les flancs des montagnes qui ferment vers l'est la vallée de Kiyôto. Les maisons de thé les plus élégantes, et hantées de préférence par la jeunesse dorée, s'y succèdent presque sans interruption. Nous nous dirigeons vers Guion-machi, où les foires et les fêtes sont en permanence. Partout des mâts ornés de petits drapeaux, des festons de fleurs, des cordons avec de petits morceaux de papier, tendus à travers les rues, et de maison en maison ; partout des chants, partout le son de la guitare et de la flûte mêlé aux rires bruyants des convives. Un sentier assez raide nous mène à une maison de thé fort à la mode, d'où l'on jouit d'une vue magnifique.

La ville de Kiyôto, un immense parallélogramme, occupe le centre d'une vallée qui descend doucement du nord au sud. Deux rivières considérables la bordent : à l'est le Kamagawa, à l'ouest le Katsuragawa. Réunies un peu au sud de la ville, elles vont à peu de distance se jeter dans le Yodogawa. La vallée de Kiyôto, fermée sur trois côtés par des montagnes, s'ouvre vers le sud et se confond avec la large et plate vallée du fleuve que je viens de nommer. A l'est, les montagnes ne sont séparées de la ville que par le Kamagawa ; elles ne peuvent guère avoir plus de mille pieds de hauteur ; celles du côté opposé, appelées Atagoyama, atteignent une élévation d'au moins trois mille pieds. A la distance de trois ris ou huit milles anglais, elles dessinent sur le ciel leurs contours allongés, interrompus çà et là par des cônes et des brèches.

La ville de Kiyôto offre l'aspect d'une masse confuse et uniforme de maisons basses, dont les toits noirs sont seuls visibles. A notre gauche, dans le lointain, le château montre ses pignons et les murs blancs de son enceinte. Devant nous, un peu à notre droite, on distingue un dédale d'édifices et un groupe de vieux arbres : le palais du Mikado. Au-dessus de cet océan de toits s'élèvent les innombrables chapeaux de feutre des temples. Les deux grands sanctuaires de Taïko-Sama les dominent tous ; ils attirent le regard par la majestueuse grandeur de leurs profils.

Nous sommes dans les premières heures de l'après-midi. Figurez-vous un grand fleuve qui charrie des blocs de charbon, noirs, polis, ruisselants de lumière sur les arêtes. Au milieu de cette nappe sombre, mais miroitante, des îlots, des oasis vertes : les bosquets sacrés des temples, et, autour de la ville, un autre océan : des têtes d'arbres et des rizières qui, privées de leur fraîcheur à cette époque de l'année, commencent à jaunir. Tel est l'effet que, vu de cette élévation et à l'encontre du soleil, Kiyôto produit sur le spectateur. Devant nous, mais à notre droite, s'avancent les collines boisées de la montagne qui porte sur ses flancs une infinité de temples et de bosquets. En face, à l'ouest et au nord-ouest, se développent les masses aériennes de l'Atagoyama. Ajoutez aux tons noirs, argentés, dorés, azurés, du paysage, les transparences indescriptibles du ciel.

Je ne parle pas du repas « impérial » que le chi-fu-ji, au nom du Mikado, nous a fait préparer au Rocher de Cancale de Guion-machi, ni de toutes les délicatesses que le maître de l'établissement nous sert en les assaisonnant d'un nombre infini de kow-tow.

Au sortir de cet élégant festin, nous passons devant un petit sanctuaire. Une demi-douzaine de bonzes, accroupis sur le sol et rangés sur une seule ligne, chantent des litanies en battant chacun une grosse caisse. Tout auprès, la foule s'amuse sans faire la moindre attention aux prêtres. Sous un hangar, un vieillard offre des photographies. Il n'avait jamais vu d'Européen, et il a appris son art d'un photographe indigène. Au point de vue technique, ses productions

DES BONZES BOUDDHISTES FAISANT LEURS PRIÈRES DU SOIR.

laissent à désirer ; mais il possède un autre art, que le ciel seul peut donner, l'art de saisir les objets par leur côté le plus beau et le plus pittoresque.

A peu de distance est le temple Chionin, devenu historique par le séjour de sir Harry Parkes, lors de sa courte apparition à la cour du Mikado.

Au retour, on nous fait prendre la route que suivit, le 23 mars 1869, la légation britannique, en se rendant processionnellement au palais de l'empereur. M. Enslie, l'un des témoins oculaires, me montre le théâtre de l'attentat. Sir Harry, à cheval comme tous ses secrétaires, portait le grand habit d'envoyé ; mais, se conformant à l'usage du pays en pareille occasion et pour démontrer le caractère pacifique de sa mission, il avait quitté son épée, que portait un de ses gens. Treize cavaliers anglais, les ordonnances (*orderlies*), le précédaient. Cinquante hommes d'un régiment de ligne, de la garnison de Yokohama, amenés pour rehausser l'éclat de l'ambassade et au besoin pour la protéger, suivaient le chef et les membres de la légation. Des fonctionnaires, des gentilshommes à deux épées et des soldats japonais à pied et à cheval, ouvraient et fermaient la colonne. Leur nombre était de mille à douze cents hommes. Une foule immense se pressait le long des maisons. La première moitié du cortége et le ministre avaient tourné le coin d'une rue étroite qui s'ouvre sur une des grandes artères transversales, lorsque à la tête de la procession se manifestèrent des symptômes de désordre. On vit briller dans l'air deux grands sabres. En un moment, neuf des treize ordonnances, grièvement mais par miracle non mortellement blessées, tombèrent sur le sol. L'un des assassins, un samurai, brandissant des deux mains son sabre ensanglanté, s'élança sur l'envoyé. Celui-ci, quoique sans armes, avec cette intrépidité dont il a fait preuve lors de sa terrible captivité en Chine, ne trahit aucune émotion. Déjà l'assaillant abattait son sabre sur lui, mais au moment de frapper il trébuche et tombe. Tout cela est l'affaire d'un moment. Couvert de blessures, le samurai se relève et se réfugie dans une boutique. Quelques soldats japonais le poursuivent, l'arrachent de sa cachette et l'achèvent. L'autre meurtrier, un bonze, également blessé, fut épargné, grâce à l'intervention d'un des secrétaires de sir Harry. Il fut traduit devant les tribunaux du pays, condamné et exécuté. M. Enslie, qui se trouvait dans la suite du ministre, n'avait pas encore tourné le coin de la rue. Il entendait des bruits sourds, sinistres, confus, et devinait un malheur, mais il ne pouvait avancer. En regardant en arrière, il vit seulement les cinquante soldats anglais que l'encombrement causé par les chevaux et les *orderlies* étendus sur le sol empêchait de se porter au secours du ministre. Les fonctionnaires, les samurais, les soldats indigènes, les habitants qui tout à l'heure remplissaient les rues, avaient disparu comme par magie. Le vide s'était fait autour des Européens, qui s'empressèrent de regagner le temple où ils étaient descendus. Pendant que cette horrible scène ensanglantait l'un des quartiers les plus populeux de la capitale, le Mikado, assis sur son trône et entouré de ses grands dignitaires, attendait vainement dans son palais l'envoyé de la reine d'Angleterre. Une fermentation sourde régnait au sein de la population; une répétition de l'attentat était à craindre. Cependant les audiences eurent lieu, après quoi les légations retournèrent à Ôsaka.

L'enquête judiciaire et plus encore des informations puisées à de bonnes sources constatent que cet attentat, comme presque tous ceux qui, à Yedo et dans les environs de Yokohama, ont été dirigés contre des Européens, est l'œuvre du fanatisme politique. L'inspiration du moment, parfois une forte libation de saké, pousse le bras de ces meurtriers qui ont fait d'avance le sacrifice de leur vie. En effet, pour que deux hommes s'attaquent à une colonne de plus de mille hommes, tous armés, il faut qu'ils soient bien décidés à mourir. La présence des légations avait remué la haine contre les étrangers, si répandue dans les classes supérieures du Japon, et nulle part plus que dans l'antique résidence des Mikados. Deux hommes s'en rendirent les interprètes en courant sus aux Anglais avec la rapidité de l'éclair et avec la témérité que la résolution de périr peut seule donner. C'est toujours la même histoire. Des samurais boivent ensemble dans une maison de thé. On parle des étrangers. On s'échauffe, l'un dit : Je suis décidé à en tuer un. Un autre se lève et dit : Je suis à vous. Ils sortent et de leurs sabres, affilés comme des rasoirs, ils frappent le premier blanc qui se trouve sur leur chemin. Ils n'ignorent pas que leur vie est sacrifiée. Ils sont résolus à la donner. Ils seront exécutés, ils le savent; s'ils sont nobles, ils auront le privilége de s'ouvrir le ventre [1]. Dans les deux cas, ce sont des hommes morts. Mais leur nom passera à la postérité, leurs tombeaux ne manqueront jamais ni de branches d'arbre, ni d'encens, et la vénération des générations à venir entourera leur mémoire de l'auréole du héros et du martyr. Ce fanatisme, essentiellement politique et non religieux, sort des entrailles mêmes de la nation, il revêt dans les classes nobiliaires des formes chevaleresques, cherche à se justifier par

---

[1] Un édit, publié à la suite de cet attentat, et appliqué pour la première fois en 1872, prive les samurais qui auraient tué un étranger de la faculté de se suicider.

le mépris de la mort, et frappe ses victimes avec une résolution, une rapidité inouïes. C'est, pour les Européens, le seul danger réel des voyages dans l'intérieur.

Kiyôto, situé dans la province de Yamashiro [1], est, d'après les historiographes indigènes, la résidence du Mikado depuis la fin du huitième siècle [2]. Mais, plusieurs fois détruit par des incendies, le vieux Kiyôto a disparu. Avant le transfert de la cour à Yédo, cette ville comptait environ quatre cent mille âmes. Dans les deux dernières années, ce chiffre serait tombé à deux cent mille. Je n'ai pas besoin de répéter que toutes ces données statistiques reposent sur des calculs approximatifs.

Les rues, toutes alignées au cordeau, traversent la ville, du nord au sud et de l'est à l'ouest, et se croisent à angle droit. Les premières, dont sept plus larges et mieux habitées que les autres,

UN JUGE D'INSTRUCTION.

se désignent par des numéros, le numéro 1 appartenant à celle qui mène au palais impérial; elles ont douze à vingt pieds de largeur. La longueur varie de trois à quatre milles. Les rues transversales, moins larges, et longues environ de deux milles et demi, sont désignées par des noms. Les maisons n'ont qu'un rez-de-chaussée et ressemblent à celles des autres villes du pays. Elles contiennent presque toutes des boutiques. Depuis le départ de la cour, beaucoup d'habitations dont les propriétaires ont suivi l'empereur sont fermées, abandonnées, mais non encore délabrées. J'ai déjà parlé de la seconde enceinte du palais, ce faubourg Saint-Germain des kugés. Cent vingt de ces grands seigneurs y sont restés avec leurs familles; les autres ont été

[1] Cette partie centrale du Japon s'appelle Gôkinai; elle se compose de cinq provinces : Yamashiro, Yamato, Idsumi, Kavaji et Setsu.
[2] En 798.

s'établir à Yedo. A l'exception de deux ou trois grandes artères, les rues de Kiyôto sont peu animées. La principale source de la prospérité est tarie, la vie s'en va. On ne voit que des piétons ; pas de jinrikishas, pas de voitures, peu de cavaliers. Très-rarement on rencontre des chars attelés de bœufs noirs. Les habitants ont un teint plus clair que la population de Yedo, et les femmes me semblent mériter leur réputation de beauté. Depuis quelques semaines, deux Européens au service du gouvernement japonais résident à Kiyôto : un ingénieur anglais chargé d'un travail préliminaire sur un chemin de fer qui doit relier cette ville avec Ôsaka, et un maître d'école prussien appelé à inculquer aux enfants du Soleil Levant les rudiments de la langue allemande. Je regrette de n'avoir pas vu ces deux pionniers de la civilisation.

LEURS TOMBEAUX NE MANQUERONT NI DE BRANCHES D'ARBRES NI D'ENCENS.

D'après ce que l'on m'a dit, les opinions des habitants des classes élevées seraient fort partagées. Les hommes du progrès scandalisent de mille manières les vieux conservateurs ; ils vont jusqu'à se souiller par l'usage de la viande. A Kiyôto comme à Yedo une boucherie vient d'être établie, et une fois par semaine les novateurs peuvent manger du bœuf. Généralement les Japonais en ont horreur. Ils se nourrissent d'orge, de riz, de poissons, et admettent tout au plus la volaille et le porc, ce qui, aux yeux des orthodoxes, est déjà un péché. Le pain, dont au reste ils ne font guère usage, s'appelle *pan* (*pão*). Ce mot est la seule trace que les Portugais du seizième siècle aient laissée de leur passage. Les princes de Tosa et de Chiôshiu comptent parmi les réformateurs ; Chiôshiu avait prescrit à ses soldats de se nourrir de viande, pour se donner des forces, disait-il dans son ordonnance. L'innovation rencontrait une grande opposition, et il fallait des mesures énergiques pour venir à bout des récalcitrants.

Le prince de Tosa comptait remplacer les sandales de paille de ses soldats par des souliers en cuir ; mais, comme le contact de la peau des animaux est considéré comme une souillure, sauf les *etas*, qui sont immondes eux-mêmes, on ne trouvait pas d'hommes qui voulussent se prêter à la fabrication de ce genre de chaussures. Le prince vainquit les résistances en promettant, par un édit, la noblesse aux cordonniers qui seconderaient ses vues civilisatrices.

Pendant ces deux jours, passés tout entiers sur pied ou à cheval, nous avons du matin au soir parcouru tous les quartiers de la ville et visité un grand nombre de monuments, mais pas la moitié de ceux que le gouverneur avait fait inscrire sur notre itinéraire. Aussi le sanji est-il vivement contrarié. Il craint le mécontentement de son chef, et il tenait personnellement à nous faire voir certaines pierres, certaines inscriptions mystiques ou rappelant des prodiges ; car, chose étrange, ou moins étrange peut-être qu'on ne devrait penser, il croit, quoique libre penseur, aux miracles les plus absurdes. Mais, malgré ses regrets, il n'a eu garde de nous engager à rester. S'il est vrai que Kiyôto soit le foyer de l'opposition conservatrice et anti-européenne, nous devons nous féliciter que nulle aventure désagréable n'ait troublé le séjour de deux voyageurs blancs, perdus seuls au fond du Japon.

SAMURAI ENFANT, SUIVI DE SA SŒUR PORTANT LE SABRE DU JEUNE GENTILHOMME.

VII

LE LAC DE BIVA

DU 25 AU 27 SEPTEMBRE

Otsú. — Le lac. — Ishiyama. – Le gouverneur et son dai-sanji. — Ôwaku. — Udji. – Retour à Ôsaka. — Les arts au Japon.

25 *septembre*. — A la pointe du jour, le sanji et son adjoint pénètrent dans ma chambre à coucher. Ils sont venus pour faire leurs adieux, et ont remis leurs vêtements japonais. Nous les reconnaissons à peine, tant ils ont l'air grand seigneur. Je leur en fais mon compliment qui ne les flatte guère, car ils se piquent de ressembler aux Européens.

Départ à huit heures. Précédés, entourés, suivis d'une escorte désolante de gardes d'honneur et d'espions, nous traversons le grand pont du Kanagawa, et nous nous engageons dans une gorge des montagnes à l'est de la ville. En moins de quarante minutes nous avons atteint le point culminant du défilé, et, tournant au nord, nous descendons rapidement vers une petite plaine. La partie du Tokaïdo que nous suivons en ce moment ressemble à la principale rue d'une ville populeuse. L'animation y est extrême : des passants, des voyageurs, des messagers, ces Mercures du Japon, des hommes chargés de paniers pleins de poissons qu'ils apportent en courant, soit du grand lac, soit de la mer du Nord, des koulis avec leurs longs bambous, des femmes, des pèlerins et un grand nombre de chars tirés par des bœufs. La route est parfaitement entretenue. Des dalles transversalement placées la protégent contre les ravages des pluies torrentielles si fréquentes ici dans toutes les saisons, et assurent la circulation des charrettes dont les roues laissent leur profonde empreinte sur la pierre.

Le gros bourg de Yamashina occupe le centre d'un petit plateau formé par les deux crêtes de la chaîne qui, en courant du sud-est au nord-ouest, sépare la vallée de Kiyôto de celle du grand lac. Nous quittons le Tokaïdo pour prendre un chemin de traverse plus court, mais plus montueux. Direction, nord-nord-ouest. Le pays a le caractère général du Japon, mais il est moins riant. Cependant on voit partout des champs cultivés. En suivant les sinuosités d'une gorge étroite, dont les flancs étagés jusqu'au sommet ont été gagnés à la culture, en passant près de petites rizières suspendues dans les rochers entre des bosquets de bambous, de lauriers, d'érables, nous atteignons vers neuf heures et demie la seconde crête ; puis, après une courte descente par des sentiers extrêmement rapides, nous arrivons au pied du grand temple et aux premières maisons de la ville d'Otsú.

Distance de Kiyôto, trois ris ou un peu moins de huit milles.

Le temple de Midèra de la secte des Tendais est l'un des établissements les plus considérables des bouddhistes au Japon. Sa fondation remonte au neuvième siècle. Ses revenus sont, en moyenne, de cinquante mille kokus de riz représentant une valeur de quarante mille rios, plus de cent vingt mille francs, somme énorme vu le prix fort élevé de l'argent. Aussi le gouvernement actuel a-t-il jugé bon de rançonner le couvent et de réduire à trois cents le nombre de ses bonzes. De longs et raides escaliers en pierre mènent au temple. Les sanctuaires, les habitations des prêtres, les maisons destinées à recevoir des pèlerins, sont dans un parfait état d'entretien. Autour de ces édifices et dans le vaste enclos qui les environne, s'élèvent de vieux arbres qui sont pareils à ceux de tous les terrains sacrés, mais qu'on ne se lasse jamais d'admirer. Nos yakunins nous racontent en riant qu'afin de ne pas troubler la dévotion des prêtres, le beau sexe n'est admis dans le jardin qu'une seule fois par an. La grande curiosité de ces lieux, la joie et la gloire des moines, est une cloche énorme couverte de caractères et remontant, dit-on, aux premiers siècles de notre ère. Comme toutes les cloches de ces temples, elle est posée sur un haut échafaudage en bois ; un bélier à bascule, suspendu près de la cloche, remplace le battant. Pendant que nous jouissons des ombres et de la fraîcheur du bosquet, des sons rauques et lugubres, tempérés par la distance, descendent jusqu'à nous des hauteurs environnantes. Ce sont les trompettes des prêtres *tendaïtes* qui errent dans les montagnes, cherchant et appelant les dieux.

Mais ce qui absorbe surtout notre attention, c'est le grand lac mystérieux si rarement vu par des Européens. Le *ken* d'Otsú, capitale de la province, est assis sur le versant d'une montagne qui se précipite dans le lac. La ville basse s'étale sur la plage. Contemplée du point où nous sommes, Otsú ne présente qu'une masse confuse de toits gris et noirs. Immédiatement après les dernières maisons, à l'est et au sud, s'élèvent les montagnes magnifiquement boisées dont les gorges étroites donnent accès dans la ville. Devant nous, vers l'ouest et le nord, au-dessus des sombres toits des maisons, s'étend le lac, placide, silencieux, solitaire. Pas une voile ne l'anime, mais au loin nous apercevons une colonne noire verticale, la fumée d'un steamer qui approche. A notre gauche, vers le nord, de bas promontoires couverts de culture et de groupes d'arbres forment autant de petites baies, en s'avançant dans l'eau. Ils sont les derniers contreforts de hautes montagnes et nous empêchent de voir l'extrémité septentrionale du lac. En face, c'est-à-dire vers l'est, s'étendent de bas coteaux, surmontés par les crêtes d'une longue et haute chaîne appelée Shigarakidane qui, en courant du sud au nord, forme le bord oriental du bassin. Ses contre-forts, sévèrement dessinés, fantastiques et, chose rare au Japon, entièrement dépourvus d'arbres, — ils sont, dit-on, couverts d'herbes et de lichens, — s'avancent perpendiculairement sur le lac et y plongent leurs caps escarpés qui se terminent en pics ou en dômes. Ainsi, tandis que le côté occidental du bassin offre tous les charmes d'un paysage idyllique, la rive opposée se complaît dans les dehors d'une sauvage grandeur.

Au nord-est, l'horizon a pour limite une autre chaîne fort éloignée. On en peut nettement distinguer les lignes allongées, malgré la distance, et des teintes d'azur presque aussi claires

LE LAC DE BIVA, VU DU TEMPLE DE MIIDERA, D'APRÈS UN CROQUIS DE L'AUTEUR.

que le ciel. C'est une digue naturelle opposée aux fureurs de la mer du Nord qui en baigne et fouette les fondements.

Le lac de Biva, littéralement : *luth à quatre cordes,* que les anciennes cartes des jésuites du seizième siècle désignent sous le nom d'Oits (Otsú) et quelques cartes modernes sous le nom d'Omi, forme un carré irrégulier long et large d'environ dix-huit à dix-neuf ris, quarante-cinq à quarante-huit milles. Les bords du lac sont médiocrement peuplés. Les points les plus importants sont les petites villes ou plutôt les bourgs Hadjemanje sur la rive de l'est, et, sur la rive septentrionale, Hikoneno-Mayebara et Kaitsu. De ces deux dernières localités à Tsûruga, le port le plus rapproché de la mer du Nord, la distance n'est que de sept ris, environ dix-sept milles. Un voyageur sorti d'Otsú le matin par le vapeur, et faisant le reste du voyage à pied, arrive facilement avant le soir à Tsûruga. Distance d'Ôsaka à Kiyôto, douze ris; de Kiyôto à Otsú, trois; d'Otsú à Hikoneno, dix-huit; de Hikoneno à Tsûruga, sept; en tout quarante ris ou cent milles anglais. Il en faut défalquer les détours du chemin, très-considérables dans les montagnes, et ceux du Yodogawa, ce qui réduit de plusieurs milles la distance entre Ôsaka et Tsûruga. Ainsi le cœur de la principale des îles japonaises, qui par une ligne diagonale s'étend du trente-quatrième au quarante-deuxième degré de latitude, se compose d'une grande nappe d'eau séparée des deux mers par deux étroites chaînes de montagnes. Configuration étrange, dont le globe, je crois, offre peu d'exemples.

Sur la rive septentrionale du lac on cultive le ver à soie. Les *cartons* sont envoyés à Otsú et de là à Ôsaka et à Hiôgo. Depuis quelque temps une société d'actionnaires indigènes a établi trois bateaux à vapeur, qui partent le matin d'Otsú, font le tour du lac et reviennent dans la nuit. Ils ont accaparé tout le trafic et fait disparaître le peu de voiliers qui s'y livraient autrefois. A Yokohama, des résidents à l'esprit spéculatif et à l'imagination fertile parlent avec enthousiasme de la fécondité du sol, du développement de l'industrie, de la surabondance des populations de ces régions lacustres qu'ils n'ont jamais visitées. A les en croire, les productions n'ont besoin que de débouchés. C'est une sorte de terre promise qu'il faut ouvrir à la civilisation et au commerce européens. Le gouvernement de Yedo, entrant jusqu'à un certain point dans ces idées, a envoyé, comme on l'a vu, un ingénieur anglais à Kiyôto. Il est chargé de faire le plan d'un chemin de fer entre cette ville et Ôsaka et de s'occuper ensuite de le prolonger jusqu'à Tsûruga. Sans vouloir préjuger les développements dont l'agriculture et le commerce de cette partie du Japon peuvent être susceptibles, j'avoue que cette nappe solitaire, entourée de rochers, de rizières, et, au nord, de quelques plantations de mûriers, que ce lac vanté, dont tout le trafic se fait par trois petits steamers, répond fort peu aux espérances brillantes des faiseurs de projets de Yokohama et aux sacrifices pécuniaires que ces projets, si on tente de les réaliser, entraîneront pour le trésor déjà épuisé de l'État[1].

Un petit bateau nous transporte de l'autre côté du lac. En longeant le bord méridional, nous passons près des soubassements d'un grand château féodal. Le propriétaire, un des principaux daimios de la province, partisan des idées nouvelles, a demandé l'an dernier et obtenu facilement l'autorisation de démolir son vieux castel pour en mettre le terrain en culture. Partout on rencontre les symptômes du travail qui se fait dans les esprits.

Nous approchons de l'endroit où le Yodogawa sort du lac. Il s'appelle ici Setogawa et se dirige d'abord vers l'est, baigne le pied des montagnes qui séparent Kiyôto du lac, traverse la province d'Udji dont il prend le nom (Udjigawa), revient vers l'ouest jusqu'à Fushimi pour couler ensuite vers le sud sous le nom de Yodogawa, et se précipite enfin près d'Ôsaka dans le Paci-

---

[1] Les informations sur le lac de Biva m'ont été données par les bonzes de Midèra, par le vice-gouverneur d'Otsú, et par quelques notables de cette ville. Elles se sont trouvées parfaitement identiques aux renseignements qu'on m'a fournis à Kiyôto et à Ishiyama. J'ai donc tout lieu de penser qu'elles sont conformes à la vérité.

fique. À peu de distance de sa sortie du lac, il forme un îlot que le Tokaïdo traverse sur deux ponts. Ces ponts et ce lieu répondent très-exactement à la description du docteur Kaempfer[1]. Nous passons sous l'un des ponts et, descendant le long des charmants rivages de Setogawa, nous arrivons à un petit village coquettement blotti au pied d'un rocher abrupt, enveloppé d'arbres énormes, et portant sur sa cime l'antique et célèbre temple de la *montagne de granit*, Ishiyama.

Distance d'Otsú, deux ris ou cinq milles.

Le temple, dont la fondation se perd dans la nuit des temps, est, comme l'Asakusa de Yedo, consacré à la déesse Kwanon. Son ancienneté se démontre par la simplicité de la construction, la couleur gris clair du bois, l'absence de toute ornementation dans les colonnes qui supportent le toit. Mais, en consultant mes observations faites sur d'autres temples et les renseignements chronologiques qu'on m'a donnés, je ne puis croire que l'édifice actuel remonte au delà du douzième siècle. Un *tempietto* à deux toits superposés en guise de parasols, l'inférieur se terminant en coupole plate, me charme par l'élégance du dessin et le parti qu'on a su tirer de l'engrenage des poutres dont les extrémités sont sculptées et forment le seul mais riche et gracieux ornement de ce petit bijou. Le mérite de l'architecte est de n'avoir demandé au bois que ce qu'il comporte; mais tout ce que l'on pouvait faire avec du bois, il l'a fait. Une maisonnette, élevée au-dessus du sol par des perches hautes de plusieurs pieds, renferme les archives ou le dépôt des Saintes-Écritures, et nous frappe par sa simple et ingénieuse construction. Je n'avais jamais rien vu de semblable. M. Enslie, qui a visité les ports de la Manchourie et les établissements russes du Nord-Pacifique, croit reconnaître dans ce petit édificel e même type que dans les chaumières de la Sibérie. S'il en est ainsi, le fait est extrêmement curieux et, comme tant d'autres choses du Japon, cette immense énigme non devinée encore, il pose des problèmes que personne ne sait résoudre.

ISHIYAMA, D'APRÈS UN CROQUIS DE L'AUTEUR.

De la cime où nous sommes on peut embrasser du regard la partie septentrionale du lac. Nous admirons, comme nous l'avons déjà fait à Kiyôto, les nuances claires, transparentes et douces de l'atmosphère.

Devant le temple nous rencontrons trois jeunes filles mises avec élégance et appartenant à la noblesse. En passant près de nous, elles détournent la tête et se dérobent derrière leurs éventails : précaution indispensable, au dire des fonctionnaires impériaux, pour des jeunes filles qui n'ont pas encore noirci leurs dents ni arraché leurs sourcils, la prudence exigeant que leur éblouissante beauté soit soustraite aux regards des barbares téméraires.

____

[1] En 1691. Voir *Histoire du Japon*, par Engelbert Kaempfer. La Haye, 1729, p. 201.

Le petit village d'Ishiyama paraît ce qu'il est, un simple lieu de pèlerinage. Il consiste en une seule rangée de maisons adossées à la montagne et regardant la rivière. Presque toutes sont des auberges très-bien tenues. Devant les maisons est une allée de conifères nains et, de distance en distance, on voit des lanternes de pierre ou de petits autels qui ajoutent au caractère essentiellement ecclésiastique du lieu. Çà et là, de petits hangars. On y vend des chapelets et les images miraculeuses du sanctuaire. Des enfants jouent dans la rue ; les hommes, désœuvrés comme on l'est en pareil endroit, se prélassent à l'ombre de petits pins. Les pèlerins vont et viennent. Tout le monde regarde d'un air stupéfait mais non malveillant les deux êtres étranges commodément installés dans la véranda d'une maison de thé et assis, non sur leurs talons, mais sur des chaises et autour d'une table ornée d'un vase rempli de fleurs. Ce sont les mêmes meubles dont nous avons fait la première connaissance à Fujimi et qui ont été jusqu'ici nos utiles et inséparables compagnons. Un calme profond règne dans l'air, sur l'eau et sur la terre. Tout respire le *sanctitas loci*.

De retour à Otsú avant la nuit, nous recevons la visite du chi-ken-ji (gouverneur du ken). C'est un jeune homme taciturne et timide. Avant de parler ou de répondre à nos questions, il regarde avec inquiétude le dai-sanji qui est son bras droit, probablement son factotum, son mentor et son surveillant, l'être qu'il recherche, qu'il craint et qu'il déteste le plus, l'homme qui empoisonne ses jours, et sans lequel en même temps ses jours de gouverneur seraient nécessairement comptés. Avec ce beau spécimen de haut fonctionnaire contrastent la désinvolture et l'élocution facile du dai-sanji. Mais les deux se complètent, et je suppose qu'à Otsú, comme ailleurs, la chose publique marche tant bien que mal.

26 *septembre*. — A sept heures du matin, nous rendons sa visite au chi-ken-ji, ce qui nous ramène au temple de Midêra, car c'est là qu'il s'est logé. Il occupe l'appartement du grand prêtre depuis que le gouvernement s'est emparé d'une partie du couvent sous les prétextes ordinaires : « on manque de place pour les bureaux, et les moines en ont plus qu'il ne leur en faut. De plus, le pontife fait de nombreuses excursions ; c'est un absentéiste. » J'ai commis l'indiscrétion de questionner le gouverneur sur cette matière, et le dai-sanji a eu la bonté de répondre. Ailleurs, dans les couvents supprimés, on vous donne les mêmes explications. Seulement, au Japon, on est plus franc. « Et le grand prêtre, dis-je au gouverneur, est-ce avec plaisir qu'il vous voit installé dans son appartement ? — Le ken-ji

regarde son sanji d'un air effaré. Ce dernier répond en souriant : « Non, mais nous sommes les plus forts. »

Aujourd'hui, nous traverserons un pays qu'on me dit n'avoir été visité par aucun Européen. Départ d'Otsú, à huit heures vingt minutes. Direction, sud-est. Arrivée au village Oiwaki, à neuf heures. Ici nous quittons le Tokaïdo pour nous diriger à l'est, vers le district d'Udji, célèbre par son thé, le meilleur du Japon. Je voyage à cheval, et il pleut à verse, mais la température est douce et agréable. Nous passons par un gros bourg, Daijingoji. On y voit un grand temple au milieu d'un bois sacré fort étendu et entouré d'une belle muraille blanche. La route traverse constamment des villages et longe des enclos qui, derrière leurs murs solides, abritent des bois et des temples. Tout porte le cachet de la prospérité et d'une civilisation ancienne et raffinée.

A onze heures, arrivée et halte à Tissômura, autre bourg très-considérable. Départ à midi. Une demi-heure après, nous sommes à Owaku, c'est-à-dire devant le portail d'un des temples bouddhiques les plus renommés. Il contient plusieurs cours, séparées par des murs, et un grand nombre d'édifices. Dans l'une des grandes salles est un autel, en forme de table, sur lequel se trouvent les objets ordinaires : un grand vase au centre avec une branche d'arbre ; devant le vase, l'encensoir ; de chaque côté, un petit et un grand flambeau, et aux deux extrémités, des vases d'un dessin entièrement classique, contenant d'immenses bouquets de fleurs. Derrière l'autel, sur trois piédestaux isolés, d'un style qui rappelle le baroquisme italien du dix-septième siècle, s'élèvent trois statues de bois doré : l'une, colossale et occupant lo milieu, représente Shaka, le Bouddha du Japon ; les deux autres, grandes comme nature, ses deux principaux disciples, Anan et Kashu. Bouddha est assis. On ne lui a pas donné sa pose traditionnelle de quiétude ; il élève la main droite pour donner la bénédiction. Une grande auréole, en forme de conque elliptique, part du piédestal et s'élève comme une niche derrière le dieu. Les deux disciples sont absorbés dans l'adoration. Anan tourne le visage vers le maître et élève les mains appuyées l'une contre l'autre. Kashu a les mains pliées et la tête légèrement inclinée. Les poses et l'expression des physionomies peuvent se voir dans toutes les églises catholiques. Le long des murs latéraux de la salle on voit assises, sur des estrades, dix-huit statues, neuf de chaque côté. Elles sont aussi de bois doré et grandes comme nature. Dans ces chefs-d'œuvre de la statuaire japonaise se trouvent réunis tous les signes qui caractérisent l'art de cette nation : le respect de la vérité, le sentiment de la nature, la perfection technique, le goût de la contorsion, de la bizarrerie, du grotesque et l'*humour*. Quelques-unes de ces têtes sont monstrueuses et vraies, terribles et risibles à la fois. Mais telles qu'elles sont, on ne saurait leur contester une valeur artistique.

Nous quittons le temple à une heure. Le temps s'est éclairci, et nous jouissons de la beauté du paysage composé toujours des mêmes éléments, auxquels, à partir d'Owaku, viennent se joindre les plantations de thé. Une haute digue les traverse et nous mène aux bords de l'Udji-gawa qui, sortant ici brusquement d'une gorge étroite toute boisée, pénètre dans le pays plat pour ne plus le quitter avant de se jeter dans la mer.

En face est Udji, le chef-lieu du district qui produit le thé le plus renommé du Japon. Un bac nous transporte de l'autre côté. Avant de visiter les plantations nous prenons un peu de repos dans une jolie hôtellerie. Rien n'est plus laid que ces terrains consacrés à la culture du thé ; des buissons raides en échiquier ; les intervalles remplis de fumier, et partout une odeur méphitique.

A Udji, nos gardiens d'honneur nous quittent pour retourner à Otsú. C'est une infraction grave à leurs instructions, car ils devaient nous suivre à Ôsaka. Mais, grâce à l'éloquence de M. Enslie, nous en sommes débarrassés et respirons librement. On ne saurait se faire une idée de l'importunité de ces gens. Ni pendant le voyage, ni durant les haltes, ils ne nous quittent un instant.

A trois heures et demie, départ en bateau. Les rivages s'aplanissent, la rivière s'élargit. Après avoir glissé doucement entre des îlots couverts d'herbes, nous passons sous le pont de Fujimi, et l'obscurité ne permettant pas à notre misérable canot de continuer, nous débar-

EN ROUTE POUR YAVATA, D'APRÈS UN CROQUIS DE L'AUTEUR.

quons vers sept heures sur la rive droite du fleuve, qui déjà prend ici le nom de Yodogawa. De cet endroit solitaire au village de Yâvata on compte un demi-ri. Nos gens nous ayant précédés dans un autre bateau, M. Enslie se décide à garder nos effets en attendant les domestiques qui doivent déjà être au gîte et que je lui enverrai. Muni d'une lanterne, je pars seul avec deux de nos bateliers. La nuit est obscure; il pleut à torrents; le chemin est une digue très-haute, à peine large d'un pied, baignée d'un côté par la rivière, de l'autre par un marais. Le terrain est détrempé. A chaque pas je glisse en laissant mes chaussures dans la boue. A la fin, l'un des hommes me charge sur ses épaules. Les mains appuyées sur le dos de son camarade qui le précède pour lui indiquer où il faut mettre le pied, toujours sur le point de rouler dans le fleuve qui bourdonne à gauche ou dans le marais qui s'étend comme un linceul à notre droite, trébuchant à chaque pas, ce brave homme avance pourtant sans tomber. Après une cavalcade qui a duré vingt-cinq minutes, et qui m'a paru beaucoup plus longue, nous apercevons au loin un point lumineux : c'est l'auberge. J'y suis reçu avec grandes acclamations ; hommes, femmes, jeunes filles m'entourent, me regardent avec curiosité, m'adressent mille questions que je ne comprends pas, me comblent de soins et d'amabilités. En un clin d'œil, malgré mes protestations, je snis, *coram populo*, dépouillé de mes habits ruisselants et plongé dans une baignoire remplie d'eau chaude ; il y avait de quoi faire cuire un homard ; puis on me jette de l'eau froide sur le corps. C'est la méthode japonaise, et elle est excellente. On m'enveloppe d'une tunique neuve de l'aubergiste et on me dépose sur la natte de la chambre d'honneur. Quelques tasses de thé d'Udji, servi bouillant, achèvent de me restaurer.

Distance d'Otsú, huit ris ou vingt milles.

27 *septembre*. — Nous descendons rapidement la rivière. A midi nous avons atteint les premières maisons d'Ôsaka ; à une heure et demie, nous débarquons dans le quartier des étrangers. Cela donne une idée de l'étendue de la troisième ville de l'empire.

Pendant que notre petite djonque glissait doucement entre les rives bucoliques du Yodogawa, couché au fond du bateau, je repassais dans mon esprit les trésors d'art que j'ai eu la bonne et rare fortune de voir, et j'inscrivis sur mon calepin les réflexions suivantes :

Kiyôto, Kamâkura, Yédo, possèdent les temples les plus renommés par leur antiquité, leur richesse et la beauté de leur construction. Les sanctuaires de Kamâkura ont été en partie détruits. Parmi les tombeaux, ceux de la Shiba tiennent le premier rang et sont, il me semble, avec le château de Taïko-Sama et ses deux temples à Kiyôto, les chefs-d'œuvre les plus parfaits de l'art japonais. Autour des deux capitales de l'Ouest et de l'Est se groupent un grand nombre de sanctuaires de premier ordre. Les districts à l'est de Kiyôto, entre le lac de Biva et l'entrée septentrionale de la vallée du Yodogawa, sont parsemés de bois sacrés et de temples. Le temple d'Owaku en est la perle. A Nikkô, au nord de Yedo, il y a deux tombes de shoguns, et, à l'est de Kiyôto, à un endroit dont le nom m'échappe, des tombes de Mikados que je n'ai pu visiter. Mais, sauf ces deux nécropoles, bien inférieures, me dit-on, à la Shiba, j'ai vu les monuments les plus célèbres du Japon. Quant aux diverses productions des arts, Kiyôto en est le grand foyer ; Yedo ne tient que le second rang. J'ai pu voir et examiner une foule d'objets de tout genre. Nagasaki exerce, pour ainsi dire, le monopole de la fabrication des vases, qui d'ailleurs, dans l'état actuel de cette branche d'industrie, ne peuvent guère être comptés parmi les objets d'art.

Maintenant, résumons nos impressions !

Architecture. — Le mot est peut-être ici mal appliqué. Le temple, le château fort, le palais, la maison bourgeoise et la hutte du pauvre se composent des mêmes éléments : un plancher élevé de quelques pieds au-dessus du sol, — précaution nécessaire contre l'humidité et les reptiles ; puis, au moins, quatre poutres verticales et un toit très-lourd. Les murs mitoyens sont des châssis de papier glissant sur des coulisses ; le mur d'enceinte est remplacé par des volets en bois qu'on place et qu'on ferme pendant la nuit. Dans les temples, châteaux et yashkis, il y a, de plus, un véritable mur de pierre et de ciment. Tout le reste est en bois. C'est la construction la plus primitive possible, et en même temps la plus conforme aux exigences du climat, aux ressources et à la situation financière de la nation. Elle résiste mieux que les maisons murées des Européens aux typhons et aux tremblements de terre. Elle est plus exposée aux incendies ; mais, qu'elle soit endommagée ou détruite par le feu, par le vent ou par des convulsions du sol, le mal est réparé, à peu de frais, promptement et facilement. Le terrible typhon du 24 août de cette année avait détruit à Yedo toute la partie basse du faubourg de Takanawa ; il avait fait aussi de grands dégâts à Yokohama, dans la ville européenne et surtout aux bluffs. Un des édifices du gouvernement anglais, occupé par le juge, était à moitié découvert et menaçait ruine en dépit et peut-être à cause de la solidité de ses murs. Les travaux de réparation dureront des mois et causeront des frais considérables. La reconstruction des maisons de Takanawa était presque terminée lorsque, neuf jours après le désastre, je revins à Yedo. Une architecture, dans le sens ordinaire du mot, n'existe donc pas au Japon, mais on s'adapte aux circonstances et l'on possède au plus haut degré l'entente de la matière que l'on emploie : le bois [1].

Sculpture. — Les plus grands chefs-d'œuvre qu'elle ait produits sont, dans mon opinion, le Daibutsu, près de Kamâkura, œuvre de bronze, et les statues de bois d'Owaku, enfin, à un autre point de vue, les figurines représentant les quarante-sept ronins. Celles qui sont exposées dans l'enceinte de l'Asakusa méritent aussi d'être mentionnées.

Le sculpteur grec de l'âge d'or visait à la beauté absolue, et tâchait de réaliser l'idéal de la beauté humaine. Les grands maîtres italiens de la haute renaissance suivaient des tendances complexes. Eux aussi cherchaient la beauté idéale, mais avec une arrière-pensée : ils voulaient, ils devaient subordonner la beauté au symbole exprimant indirectement les idées dominantes du temps ou de l'individu qui avait commandé l'œuvre. Ainsi, par exemple, Michel-Ange, chargé de faire le tombeau de Jules II, compare ce pape à Moïse qui devient sous les mains du maître le symbole de l'inspiration divine et de la force surhumaine. En contemplant cette création unique, on se sent comme saisi de frayeur. On baisse le regard tout surpris et intimidé par le spectacle du surnaturel. La beauté et la vérité sont sacrifiées au sublime. Le sculpteur japonais tâche de rendre les affections de l'âme : la quiétude absolue de Shaka (Bouddha), l'extase ou le profond recueillement de ses disciples, une douce et en même temps caustique mélancolie, la peur, la colère, la haine, la surprise, la gaieté, rarement la tendresse. Le corps nu, le grand problème de la statuaire antique, n'a aucun intérêt pour lui ; il ne le reproduit qu'à titre de portrait. Mais quand il s'y met, il réussit. Non qu'il ait étudié l'anatomie dont il ignore jusqu'au nom, et d'ailleurs on ne touche pas un cadavre sans être souillé ; mais il a constamment sous les yeux des corps vivants occupés à tendre leurs muscles, soit en soulevant des poids, soit en maniant la rame, et non des modèles dont la pose est toujours forcée. Aussi ses œuvres, tout imparfaites qu'elles soient à d'autres points de vue, brillent-elles par une qualité qui fait souvent défaut à notre statuaire moderne : elles ont de l'animation, de l'animation vraie. En général, l'artiste japonais cherche la vérité et non la beauté pour elle-même. A l'exemple du peintre et du poëte, le sculpteur est humoriste. Mais son *humour* se fait sentir moins dans les attitudes que dans le choix des sujets et dans l'expression des visages. Il exagère, mais avec mesure et avec goût. Dans la reproduction des animaux il est passé maître ; il sait donner à leur physionomie et même à leur pose le reflet des passions et affections humaines. On ne peut regarder ces produits d'une imagination tout à la fois bizarre, profonde et enfantine, souvent d'une étonnante *maestria* technique, on ne peut les regarder sans rire ; seulement ce rire est contenu par la surprise et tout prêt à se convertir en tristesse. Mais c'est précisément ce qui constitue l'*humour*. On saisit en même temps le côté comique et le côté sérieux ou triste des

---

[1] Au printemps de 1872, un incendie détruisit un grand quartier d'Yedo. Le gouvernement ordonna que les maisons fussent rebâties dans la forme européenne. Cette innovation suppose un changement de climat, une transformation totale des mœurs du pays, et, de plus, des moyens pécuniaires qui font défaut.

choses. Il en résulte un conflit de sensations qui piquent la curiosité et caressent l'œil; de là une légère tension de l'esprit jointe à une agréable agitation de l'âme. C'est comme l'aigre-doux, le chaud-froid de la haute cuisine. De toute façon c'est un grand raffinement qu'on est étonné de trouver dans une nation à demi barbare.

Orfévrerie, Bronze. — C'est surtout à Kiyôto que ces deux arts se sont le mieux conservés. Les bronzes destinés à l'Europe et exposés à Yokohama me paraissent très-inférieurs. C'est de la pacotille dont tout l'intérêt autrefois consistait dans la difficulté qu'il y avait à se les procurer, mais qui aujourd'hui n'a plus aucune raison d'être.

Peinture. — Elle s'occupe du ciel, de l'enfer, de la terre, des créatures animées et inani-

LES RATS MARCHANDS DE RIZ (FAC-SIMILE D'UN DESSIN JAPONAIS).

mées. La théogonie indienne, en passant des bords du Gange en Chine, de Chine en Corée, de Corée au Japon, a laissé en route une partie de ses terreurs et s'est accommodée au génie de ce peuple enfant qui aime à rire et à pleurer en même temps. De plus, le temps a marché. Les Dieux ont quitté les hauteurs éthérées de l'Olympe, et, s'ils ne sont pas encore descendus aux derniers échelons, si aucun Offenbach japonais ne s'est encore trouvé pour les faire danser aux sons profanes de son archet sacrilége, il n'en est pas moins vrai que les jours de leur règne semblent comptés. Je n'ai pas rencontré un seul homme de qualité qui, à propos de religion, ne m'ait tenu exactement le langage des grands seigneurs philosophes du siècle dernier : « Shaka, les Dieux, bah! invention des prêtres! nous nous moquons bien et des prêtres et des Dieux; mais c'est bon pour le peuple. » On conçoit qu'avec de tels Mécènes, l'art religieux, la peinture et la sculpture sacrées ne peuvent guère fleurir. On fabrique toujours et on vend

aux gens du commun, à raison d'un demi-tempo, quantité d'images de Dieux courroucés, aux
visages rouges ou verts, assis sur un dragou, vomissant des flammes, brandissant leurs sabres,
se livrant des combats à outrance. Mais les gens à tunique de taffetas, surtout les lettrés, en font
fi. J'ai pu m'en convaincre plus d'une fois en bouquinant à Yedo et à Yokohama. Laissons donc
de côté le ciel et l'enfer, ou plutôt le purgatoire, car le bouddhisme n'admet pas de peines
éternelles. Passons à la vie actuelle, à l'art de la peinture, telle qu'elle s'exerce aujourd'hui,
sans exclure les vieux tableaux que j'ai vus et dont aucun ne m'a semblé antérieur au dix-
septième siècle. Tout ce que j'ai dit des sculpteurs s'applique aux peintres, avec cette nuance
que, chez ces derniers, l'*humour* dispose d'un champ plus vaste et s'ingénie à étendre son

LE DIEU DU TONNERRE.   FAC-SIMILE DE DESSINS JAPONAIS.   LE DIEU DE LA GUERRE.

règne. Mais là aussi l'exagération et le goût de la contorsion sont contenus par le respect de la
vérité et le désir évident de copier la nature.

Il est un point que je ne puis passer sous silence. On pense généralement en Europe que la
perspective n'est pas connue des artistes japonais. J'ai vu et j'ai mentionné plus haut de petits
chefs-d'œuvre, trois tableaux anciens, de l'époque de Taïko-Sama, qui constatent le contraire.
Comment croire que des artistes si habiles à reproduire et à copier exactement la nature,
n'aient pas d'yeux pour les effets que produit la distance? C'est inadmissible. Sans doute ils
ignorent les lois de la géométrie et par conséquent les strictes règles de la perspective, tout
comme les sculpteurs n'ont aucune idée de l'anatomie, ce qui ne les empêche pas de modeler
assez correctement; mais si les peintres voulaient, ils pourraient, j'en ai cité les preuves, reproduire avec plus ou moins d'exactitude les éléments d'un paysage tels qu'ils se présentent à l'œil.

Il y a en Europe une foule de paysagistes qui n'ont pas étudié la perspective, mais qui, par intuition ou par l'habitude de copier, parviennent à fournir des dessins corrects. Pour ma part, je pense que le peintre japonais s'écarte volontairement des règles de la perspective. Chez nous, l'art s'est mis au service de l'Église, de l'État, du monde riche et élégant, et des classes aisées. Ici, le peintre travaille pour tout le monde ; il veut et doit être compris du peuple. Or le peuple de tous les pays s'entend fort peu à la perspective. De la part de l'artiste comme de son public, la perspective suppose et exige un certain travail mental et une culture de l'esprit. Mettez sous les yeux d'un paysan une *vue* de son village : la fontaine, le quinconce, et, au-dessus, la flèche du clocher. Le paysan, tout ahuri, aura de la peine à reconnaître ce qu'on lui montre, et il sera

PÊCHEUR LANÇANT L'ÉPERVIER (FAC-SIMILE D'UN DESSIN JAPONAIS).

mécontent de ne pas voir figurer dans ce tableau l'église tout entière, la mairie, tel ou tel édifice qui fait la gloire des habitants. Vous avez beau lui expliquer que cela est impossible, puisque ces objets sont cachés par les arbres et par la fontaine. Il n'en sera pas moins choqué. Maintenant, pour satisfaire ce brave homme, montez sur un point culminant. De là vous découvrez tout le village. Vous pouvez en réunir sur votre toile ou sur votre papier les principaux édifices. Mais gardez-vous bien de les représenter tels que vous les voyez, c'est-à-dire à vue d'oiseau. Le villageois ne comprendrait rien au raccourci des objets. Il faut donc pour le satisfaire mettre de côté les règles de la perspective. Cela est encore plus nécessaire dans les intérieurs, si goûtés du public japonais, car ici l'artiste doit réunir dans un petit espace plusieurs groupes de personnes, et, à moins de les peindre de haut, l'un masquera l'autre. Cette explication n'est qu'une hypothèse, et c'est comme telle que je la consigne dans mon journal. Mais j'affirme que les peintres japonais connaissent ou ont connu la perspective.

Il y a la peinture d'histoire, de paysage et d'éventail. Quant aux objets laqués et aux vases de porcelaine modernes, ils n'ont plus aucun titre à être rangés parmi les productions de l'art. La peinture d'histoire, en dehors des sujets mythologiques qui ont été appréciés plus haut, perpétue, selon les formes traditionnelles, des faits et des événements connus du peuple. Viennent ensuite les illustrations des romans à la mode, des tableaux et des images parfaitement honnêtes représentant des situations qui ne le sont guère. Un grand nombre de tableaux et d'images ne contiennent qu'une tête ou une figure de femme. Ce sont toujours des portraits, le plus souvent des courtisanes, faits pour leurs adorateurs. Il ne viendra à l'esprit de personne de commander qu'on lui peigne une figure de femme rien que pour sa beauté, une Gabrielle d'Estrées, à moins d'en être le Henri IV. Ces tableaux, comme les vieux laques, passent quelquefois dans le commerce. On peut les acheter par occasion, mais ils ne doivent pas leur origine au culte de la beauté abstraite, à un sentiment artistique ; ils la doivent à des relations et à des motifs personnels.

Les paysages, dessin et coloris, sont inférieurs à la figure ; mais comme *portrait collectif*, si on me passe cette expression, ils sont inappréciables. Je possède un grand nombre de dessins coloriés, assez grossièrement faits et dont les motifs ont été recueillis dans les rues de Yedo. Ce ne sont pas des *vues*. J'ai vainement cherché les lieux qu'ils peuvent représenter. Ces lieux n'existent pas, mais le peintre rend admirablement le caractère général de son sujet. Maisons, ponts, canaux, arbres, figures, tout y est. En regardant ces dessins on se retrouve à Yedo. Même comme ressemblance, toujours au point de vue général, les plus belles photographies de M. Beato, à Yokohama, ne sauraient soutenir la comparaison.

La peinture d'éventail mérite une attention particulière, car ses produits se répandent dans toutes les classes de la nation, depuis le Mikado jusqu'aux pauvres koulis. C'est une industrie, mais c'est aussi un art, où se retrouvent quelques-uns des signes caractéristiques de la statuaire et de la peinture japonaises. Le bon marché en est la première condition. S'il y a des éventails de grand prix, je n'en ai pas vu. Les éventails sculptés en ivoire que parfois en Europe on fait passer pour japonais, viennent de Chine. Les images peintes sur papier, qui se vendent à des prix minimes, représentent toutes sortes de sujets : des scènes de roman, le Fujiyama, les plantes et arbres du Japon, les quatre saisons, les travaux des cultivateurs, les temples de Yedo et de Kiyôto, les plans de ces villes, et autres motifs divers.

C'est tout naturellement avec ces images que l'on couvre les éventails. Mais il en est d'autres excessivement simples, fort gracieux, qui excitent la curiosité et frappent l'esprit par le contraste et l'exiguïté de l'objet principal et l'immensité qui lui sert de fond et de cadre. Par exemple une cigogne tenant un poisson dans son bec. Elle rase les vagues de la mer dont l'horizon se dérobe à la vue, ce qui augmente l'impression de l'infini. Autre éventail : le ciel étoilé, ou le ciel sombre avec le soleil couchant d'un côté, et la lune qui se lève de l'autre ; un, deux ou trois petits oiseaux s'envolent ; on se demande où ils vont. L'effet est toujours celui de la curiosité mêlée à une sorte d'inquiétude ; et il est produit avec les éléments les plus simples : un petit morceau de papier triangulaire, de l'encre de Chine, tout au plus trois ou quatre couleurs. Ajoutez que ces petits chefs-d'œuvre se vendent quelques centimes. J'ai donc raison de dire que l'art pénètre dans le peuple.

On a déjà vu qu'il est cultivé par les classes élevées, et qu'on trouve des artistes parmi les femmes ; mais j'ai fait remarquer qu'il y a là plutôt un simple jeu de l'esprit, où l'on emploie certains motifs appris par cœur et variés selon les inspirations du moment. Je ne crois pas me tromper en pensant que les motifs qui défrayent ici l'art moderne, sauf quelques grotesques représentations de poteaux de télégraphes, de locomotives, d'étrangers en costume européen et avec des favoris roux, appartiennent au passé. Aujourd'hui on n'invente plus. Ce don semble épuisé, signe caractéristique de décadence. Au reste, pour constater cet amoindrissement, on n'a qu'à comparer ce qui se fait aujourd'hui avec les produits de l'art ancien, dont les plus beaux se trouvent évidemment en Europe, où ils ont été envoyés par les Hollandais de Deshima. Les Japonais eux-mêmes reconnaissent le fait ; mais l'explication qu'ils en donnent est superficielle comme eux. Les gens riches, disent-ils, ne payent plus comme autrefois. Pour vivre, l'artiste doit produire beaucoup, et par conséquent travailler vite. Il n'a plus le temps de bien faire. Si cela était vrai, ce serait la suite, non la cause, de la décadence. Les amateurs payent encore très-cher, la preuve en est dans les prix élevés des belles choses qu'on fait à Kiyôto. Mais la vérité, c'est que les gens riches n'aiment point à acheter des œuvres médiocres au même prix que donnaient leurs pères pour des chefs-d'œuvre. Partout on cherche le nouveau, et les artistes d'aujourd'hui ne savent que reproduire, et encore imparfaitement, les vieilles formes dont on commence à se lasser. Ce qui s'est conservé, c'est un don que le ciel seul peut donner : le goût et le comme-il-faut parfait dans les petites choses.

Il n'y a au Japon ni ateliers, ni académies, ni marchands de tableaux. Il paraît que l'art se transmet dans les mêmes familles de père en fils. De là son caractère stéréotypé. Ordinairement l'amateur qui fait une commande appelle l'artiste, lui paye trois ou cinq rios (dix-huit à trente francs) par mois, le loge et le nourrit pendant tout le temps de son travail, et en retour attend de lui un certain nombre de tableaux qui, exécutés sur de la soie ou du papier, se conservent roulés, ou bien collés sur des baguettes de bambou et suspendus dans la niche ou sur la partie immobile de la cloison de l'appartement d'honneur. Ce fut exactement ainsi que Murillo, passant cinq ans dans un monastère de Séville, et dix dans un autre, créa ses chefs-d'œuvre et, péniblement et misérablement, gagna l'auréole de l'immortalité.

FABRICANTS D'ÉVENTAILS JAPONAIS.

VIII

NAGASAKI

DU 28 SEPTEMBRE AU 2 OCTOBRE

Le Papenberg. — Deshima. — Les chrétiens indigènes. — Situation politique du Japon.

28 *septembre*. — Après une journée fort agréablement passée à Hiôgo avec le consul anglais M. Gower et avec ses amis, je m'embarque dans la nuit à bord du steamer américain *New-York*, capitaine Furber, l'un des hommes les plus aimables que j'aie rencontrés sur les mers.

29 *septembre*. — Le *New-York* a appareillé à trois heures du matin, et s'est aussitôt engagé dans la *mer intérieure*. Au lever du soleil je suis sur le pont. Des deux côtés surgissent des îlots coniques. Au sud se développent les hautes montagnes de l'île de Shikoku.

A deux heures nous sommes devant Mehara, situé sur le continent, c'est-à-dire sur l'île principale appelée par les Européens Niphon. On passe devant le grand yashki, d'aspect féodal, du prince de Kishiu : pour l'œil, c'est un mur percé, à égale distance, de grands portails. Le prince y est ; des hommes armés fourmillent aux approches du château et sur la plage. Tout près de là est le *han*, le chef-lieu du fief. A bord, autour de moi, on se demande si tout cela croulera réellement comme les murs de Jéricho devant les nouvelles ordonnances de Yedo.

Le *New-York* continue de son pas réglementaire : dix milles à l'heure. Les éléments du paysage, renommé à juste titre pour son indéfinissable beauté, sont toujours les mêmes. La mer, aujourd'hui comme une glace, devient tour à tour lac et fleuve. Partout d'innombrables volcans éteints, flanqués de blocs arrondis qui ressemblent aux flots de l'Océan. Une végétation abondante les recouvre de pied en cap. Les parois des gorges sont relevées en terrasses et converties en champs ; les crêtes des rochers, panachées d'arbres. Entre leurs troncs, on voit le ciel ; comparés aux montagnes, les arbres se présentent comme des géants. Et pourtant, contemplées à travers le prisme de l'atmosphère voilée et humide, les montagnes paraissent éloignées et fort élevées. Effet d'optique étrange et fantasque, qui explique certaines bizarreries apparentes de la peinture japonaise. Bien souvent ce qui nous paraît bizarre n'est qu'une reproduction fidèle de la nature. Sur la plage, au fond de mille petites baies, blanchissent des villes, des bourgs, des hameaux de pêcheurs. Des bateaux fourmillent dans les anses et le long des petites jetées qui avancent dans l'eau. Au-dessus des toits, se profilent les flancs de la montagne ! Des escaliers taillés dans le roc mènent au temple, enseveli dans le feuillage épais du bosquet sacré. Parfois les sons lugubres et solennels du gong appelant les Dieux rompent le silence qui plane sur le lac.

ILE DE SHIKOKU DANS LA MER INTÉRIEURE, D'APRÈS UN CROQUIS DE L'AUTEUR.

30 *septembre*. —La plus belle partie de la mer intérieure est le détroit de Shimonoséki, connu en Europe par l'attaque des escadres anglaise et française [1]. Par malheur nous l'avons franchi quelques heures avant le lever du soleil. En revanche, la journée d'aujourd'hui est, plus encore que celle d'hier, riche en magiques tableaux qui, composés des mêmes éléments, varient toutefois à chaque tour de roue de notre bateau. La mer s'élargit, les horizons s'étendent. Au sud les contours de l'île Firando, célèbre par les prédications de saint François Xavier, surgissent plus fantastiques ; les montagnes de la grande île de Kiushiu, qui jouent un si grand rôle dans l'histoire du jour, forment un arrière-plan plus imposant ; les rochers éparpillés dans la mer et percés à jour par des grottes où s'engouffrent les vagues, sont plus nombreux et plus escarpés. Quelques-uns, dépourvus de toute végétation sur leurs flancs, mais couronnés d'épaisses touffes d'arbres gigantesques, détachent leur silhouette noire sur le ciel lumineux et ressemblent à la tête d'un géant aux cheveux ébouriffés, que la main d'un maître aurait hardiment tracée sur une feuille de papier gris. Un de ces îlots est rayé de haut en bas. Ce sont de profondes crevasses habitées par des milliers d'oiseaux blancs.

----

[1] En 1864.

BAIE DE NAGASAKI.

Nous sommes à l'entrée de la baie de Nagasaki. Une haute et longue montagne forme comme un rideau vert, derrière un dédale d'îlots. L'un d'eux, un pan de muraille couronné d'arbres, est le Papenberg. C'est du haut de ce rocher que quatre mille chrétiens ont été précipités dans la mer [1]. C'est ici qu'a été noyée la véritable civilisation du Japon. Aujourd'hui le Papenberg est le rendez-vous et le but de promenade des résidents européens de Nagasaki. « Nous y faisons nos pique-niques, » me disait l'un d'eux. Des quatre mille martyrs il n'avait aucune souvenance.

A cinq heures le *New-York* jette l'ancre sur la rade de Nagasaki. La ville se présente en amphithéâtre. A l'est est le quartier des Européens, gagné sur les eaux de la baie à la suite de travaux considérables. Dans des positions culminantes, on voit l'église catholique flanquée d'un acacia gigantesque, l'imposant édifice du consulat d'Angleterre et le célèbre *Campo santo* des indigènes. Au fond est Deshima, l'ancienne factorerie hollandaise, et, derrière cet îlot, la ville indigène, le tout encadré de hautes et vertes montagnes. La mer ressemble à un lac. Plusieurs navires de guerre étrangers, des bâtiments de haut bord et un grand nombre de djonques animent la rade.

J'ai laissé l'automne à Yedo et à Hiôgo ; ici je retrouve l'été. Assis sur le pont de notre steamer, aspirant avec délices un air tiède et embaumé, nous jouissons de l'indescriptible beauté d'une nuit presque tropicale. La brise nous amène, avec les parfums de la forêt, des sons de musique. C'est la bande de la frégate cuirassée *l'Océan*, qui joue le *God save the Queen*, l'*Invitation à la valse* de Weber, des contredanses. Nous sommes émus et charmés. C'est comme un souffle d'Europe.

1er *octobre*. — Fait le tour de la ville. Les magasins et dépôts des négociants européens, aujourd'hui fermés, à cause du dimanche, occupent la partie basse du quartier des étrangers. Leurs maisons, entourées de jardins, rampent dans les sinuosités des gorges ou couronnent les hauteurs. Ici, comme à Yokohama et à Hiôgo, on se plaint d'une stagnation dans les affaires. En revanche, les escadres anglaise, française et américaine des mers chinoises, visitent souvent le port, et les steamers de la compagnie du Pacifique le touchent régulièrement.

L'église, desservie par des prêtres appartenant aux Missions étrangères de Paris, est remplie de matelots et de soldats de la frégate anglaise. Au reste, trois hommes en bourgeois, moi compris, et pas une femme.

L'ancienne factorerie hollandaise de Deshima [2] peut se parcourir, dans toute sa longueur, en moins de trois minutes. Sa largeur n'est que de quelques pas. A l'exception de la maison, occupée aujourd'hui par le consul des Pays-Bas, toutes les autres sont postérieures au dernier incendie qui, il y a treize ans, a entièrement détruit les édifices de l'ancien établissement, ou plutôt de l'étroite prison des négociants hollandais. Ces hommes n'osaient jamais la quitter, et étaient constamment gardés à vue. On connaît le triste rôle que les membres de la factorerie ont joué au temps des persécutions contre les chrétiens. Il s'explique par des antipathies religieuses et politiques — les États Généraux étant alors en guerre avec la couronne d'Espagne, qui avait en outre pour sujets les missionnaires, — par des rivalités commerciales, par le désir d'évincer les Portugais qui possédaient encore des comptoirs florissants sur différents points du Japon. D'après quelques auteurs catholiques, les marchands hollandais auraient indirectement contribué à l'extermination des chrétiens catholiques étrangers et indigènes. Ce fait n'est pas constaté ; ce qui semble certain, c'est que les Hollandais n'ont cessé d'exciter les méfiances des shoguns contre les missionnaires, en accusant ceux-ci d'être des agents politiques de l'Espagne,

---

[1] En 1638.

[2] Fondée en 1638 et supprimée à la suite des traités de 1858, qui ont ouvert le port de Nagasaki à toutes les nations.

chargés de préparer les esprits à une invasion méditée par le roi. Sous ce rapport, une grande part des maux atroces qui ont fondu sur les apôtres et sur leurs néophytes tombe à la charge de la Hollande. Pour n'être pas enveloppés dans la ruine des chrétiens, ils s'évertuèrent à faire comprendre la différence qu'il y a entre leur communion et la religion catholique. C'est ainsi qu'ils obtinrent et exercèrent pendant plus de deux siècles le monopole très-lucratif du commerce avec l'Europe. En revanche, leur demeure était une prison, leur existence un supplice. Le magique pouvoir de l'or peut seul expliquer comment ils ont pu se soumettre à de telles tortures. Tous les quatre ans, une sorte d'ambassade d'obéissance devait être envoyée à Yedo auprès du shogun et quelquefois auprès du Mikado. J'ai déjà nommé le médecin allemand Engelbert Kaempfer, employé, comme on sait, à la factorerie de Deshima, et devenu célèbre par son excellent livre sur le Japon [1]. Il nous a laissé un récit palpitant de l'une de ces missions dont il a fait partie. A en juger par l'exactitude qu'il apporte dans la description des localités, et que j'ai pu vérifier sur les lieux, sa véracité est indubitable. Le délégué ou ambassadeur de la factorerie et sa suite voyageaient dans des norimons fermés et étaient constamment traités comme des prisonniers d'État. On les entourait de certains honneurs, mais, sauf de rares exceptions, on les empêchait de rien voir. Il fallait à Kaempfer des prodiges d'adresse pour observer, prendre des notes et faire furtivement les dessins qu'il donne dans son ouvrage. Introduits en présence de l'empereur — shogun ou mikado, — que cependant ils ne voient pas, car il se tient avec l'impératrice derrière un grillage, les membres de l'ambassade, sauf le chef qui en est dispensé, sont forcés d'exécuter une sorte de représentation théâtrale. Ils doivent causer dans leur langue, se dire des injures, feindre des rixes, faire l'ivrogne et exécuter des danses. On a affirmé qu'ils étaient aussi obligés de marcher sur la croix. Kaempfer n'en dit rien, et, jusqu'à preuve du contraire, il n'est que juste de repousser cette accusation. Mais on assure que plusieurs fois, à Nagasaki, durant l'époque des grandes persécutions, cette *cérémonie* eut lieu en présence des membres de la factorerie, et que les sanjis, en gens qui savent vivre, eurent la délicatesse de les prévenir en les invitant à détourner la tête. Dans les dernières années qui précédèrent l'ouverture du port de Nagasaki et la dissolution de la factorerie, les scènes burlesques dont je viens de parler ne se renouvelèrent plus. Les shoguns étaient suffisamment édifiés sur la manière dont les Hollandais s'injurient, dansent et s'enivrent. Il est juste pourtant de rappeler que le gouvernement des Pays-Bas peut revendiquer l'honneur d'avoir, dans son dernier traité avec le shogun, stipulé l'abolition « des pratiques injurieuses au christianisme ».

Au bazar, on peut voir les vases, jadis célèbres, de porcelaine laquée de Nagasaki. On en exporte encore des quantités prodigieuses aux États-Unis et en Europe.

Le consulat anglais est une maison spacieuse, somptueusement meublée. On se croirait dans quelque *country house* d'un nobleman de la vieille Angleterre. C'est l'heure du tiffin. Le *chi-ji* (le gouverneur), son dai-sanji avec des interprètes, le capitaine Hewitt, de l'*Océan*, et les différents consuls sont réunis autour de la table de M. Annesley. La conversation roule sur les réformes annoncées à Yedo. On accable le gouverneur de questions. « Toutes ces innovations seront-elles acceptées par les intéressés ? Y aura-t-il des résistances, des insurrections peut-être ? Les daimios se prêteront-ils aux sacrifices qu'on leur demande ? Ou bien toutes ces belles ordonnances resteront-elles à l'état de lettre morte ? » A toutes ces questions, le gouverneur et son dai-sanji donnent textuellement les réponses que les hauts fonctionnaires m'ont faites à Yedo, à Kiyôto, à Otsú, à Hiôgo. Tout ira pour le mieux et comme sur des roulettes. Le refrain final est invariablement que, dans trois ans, la réforme sera accomplie. Évidemment, le gouvernement de Yedo sait donner le mot d'ordre et se faire obéir par ses organes. Mais les daimios

---

[1] Cité plus haut.

COLLINES FUNÉRAIRES A NAGASAKI.

obéiront-ils ? S'empresseront-ils, conformément aux ordonnances publiées au nom du Mikado, d'accomplir ce harakiri politique et financier ? Voilà la question sur laquelle les avis sont partagés. Durant mon dernier voyage dans l'intérieur, j'ai entendu dire que les grands feudataires ne songent pas à se déposséder. Ils seraient aussi forts et plus forts que jamais. Ils se rient des décrets de Yedo. Les princes de Satsuma, Hizen, Chôshiu et Tosa font semblant, il est vrai, de se sacrifier à la cause du progrès; mais, en réalité, ils comptent l'exploiter à leur profit et partager, avec les meneurs de la capitale, les dépouilles des daimios assez simples pour prendre au sérieux les ordonnances réformatrices. « Les chefs des quatre clans, ou plutôt les faiseurs de ces chefs qui, avec Iwakura, constituent le gouvernement actuel, m'a dit un homme haut placé, forment une oligarchie et espèrent devenir les maîtres du pays. On demande donc aux daimios de grands sacrifices. Les quatre princes feignent de s'exécuter, tout en se promettant de ne rien donner et de gagner beaucoup. L'avenir prouvera si le calcul est juste ou s'ils tomberont dans la fosse qu'ils creusent pour les autres. » Un fait qui s'est passé ici il y a trois semaines semblerait venir à l'appui de l'opinion généralement accréditée dans les provinces que jusqu'à présent les ministres du Mikado n'ont pas osé insister auprès des chefs des grands clans, pour obtenir l'exécution des nouveaux décrets. Il s'agissait de la pose du câble qui réunira Nagasaki avec Shanghaï. La compagnie ayant demandé au ministère l'autorisation requise, celui-ci répondit que, le point où le câble devait être attaché se trouvant sur le territoire du prince de Hizen, c'était à lui que la compagnie devait s'adresser. Or Hizen est le chef de l'un des quatre grands clans qui ont fait la révolution de 1868 et qui font aujourd'hui la réforme. Il y a donc des mystères qu'il n'est pas possible de pénétrer.

D'un autre côté, une série de faits constatent que les idées de progrès et de réforme gagnent de jour en jour. On a vu qu'un daimio avait rasé son château pour en faire des terres labourables. On remarque ici avec satisfaction que beaucoup de samurais se montrent en public désarmés ou armés d'une seule épée, les uns dans la crainte de perdre leurs rations de riz s'ils ne se conforment pas aux règlements nouveaux, les autres parce qu'ils ont embrassé les nouvelles opinions. De toutes façons, depuis que ces gentilshommes se promènent en bourgeois, il y a moins de rixes sanglantes, moins de meurtres et plus de sécurité pour les Européens. Je ne passerai pas sous silence un mot qu'un personnage du pays a dit à l'un des consuls : « Nous avons échangé l'arc et le bouclier contre le fusil et le canon des Européens parce que nous en avons reconnu la supériorité. Peut-être le jour viendra-t-il où il en sera de même de la religion. » Propos remarquable, car il dévoile, en deux mots, la légèreté des novateurs du jour, prêts à tout sacrifier à leur idée de progrès : mœurs, traditions, constitution, et jusqu'à la religion du pays. Ils ignorent que toute religion suppose la foi et que la foi naît des profondeurs du cœur et non de variables calculs sur des profits matériels et mondains. Et cependant cette prophétie se réalisera peut-être. Un membre spirituel du corps diplomatique de Yokohama m'a dit : « Avant cinquante ans, le Japon sera peut-être chrétien. » Cela est possible. Les novateurs qui détruisent violemment les idoles du peuple peuvent créer le néant, et du néant peuvent sortir, cela s'est vu, des aspirations nouvelles, le désir de la vérité. Mais j'ai de la peine à penser que les voies du radicalisme, le mépris du droit, l'imitation superficielle des choses d'Europe, la tendance à tout niveler et l'arbitraire du pouvoir, puissent mener le jeune Japon au christianisme.

Lorsque, peu de temps après la conclusion des traités, les prêtres des Missions étrangères de Paris [1] arrivèrent dans cette partie de l'extrême Orient, l'existence de chrétiens indigènes y

[1] En 1858 ils s'établirent provisoirement aux îles de Liukiu et ensuite dans les cinq ports ouverts aux Européens.

était inconnue. On pensait généralement que les grandes persécutions du dix-septième siècle avaient détruit jusqu'aux derniers vestiges de l'œuvre de François Xavier. Trois ans seulement après leur installation à Nagasaki, les Pères français apprirent que, non loin de cette ville et dans l'intérieur de la grande île de Kiushiu, plusieurs villages [1], entre autres le gros bourg d'Urakami, situés à quelques ris de la ville, étaient habités par des chrétiens. Les missionnaires s'y rendirent pour prêcher et exercer leur ministère. Plus tard, sur un ordre du vicaire apostolique, Mgr Petitjean, ordre provoqué par le ministre de France à Yokohama, ils durent s'abstenir de franchir les limites du territoire assigné aux étrangers.

Il est donc avéré que, malgré les terribles persécutions, malgré l'absence complète de prêtres indigènes ou européens, aucun missionnaire, depuis 1638, n'ayant plus mis le pied sur le sol du Japon, les chrétiens sont restés fidèles à leur foi, ont conservé, avec les dogmes fondamentaux, la formule du baptême, et que, dans chaque communauté chrétienne, il y a eu jusqu'à ce jour des hommes faisant les fonctions et portant le nom de baptiseurs. Ils appartiennent à certaines familles, et leur dignité est héréditaire. On a aussi trouvé quelques anciens livres de prières, donnés probablement par des Pères Franciscains, car on y lit l'invocation des saints de cet ordre. Plus tard on apprit qu'aux îles de Goto et dans l'extrémité sud-ouest de Niphon un grand nombre de communes conservaient encore les lumières de la religion chrétienne, obscurcies, il est vrai, par l'ignorance, la superstition et des pratiques païennes. Un édit publié dernièrement, dans la gazette officielle de Yedo, condamne les habitants chrétiens d'un village des environs, et révèle en même temps ce fait inconnu jusque-là, que le christianisme avait pénétré dans ces contrées si éloignées du théâtre de l'activité des premiers missionnaires. On en conclut que, du temps des anciennes persécutions comme dans les plus récentes, le gouvernement a fait transporter les chrétiens dans l'intérieur, et qu'ils ont été comme aujourd'hui disséminés sur divers points de l'empire. Depuis l'apparition de saint François Xavier jusqu'à la catastrophe finale, les massacres de Papenberg, on compte quatre-vingt-dix ans, et l'époque des grandes prédications et des nombreuses conversions n'embrasse guère plus d'un demi-siècle ; et cependant, malgré des persécutions périodiques et des vexations constantes, les traditions chrétiennes se sont maintenues jusqu'à ce jour.

A la fin de 1869, le bruit vague d'une persécution exercée contre les chrétiens des îles de Goto parvint jusqu'à Yokohama. Sir Harry Parkes, qui à bord d'un bâtiment de guerre visitait alors les ports nouvellement ouverts, se rendit sur les lieux. J'ignore s'il put vérifier le fait, mais à son retour à Nagasaki il fut témoin des affreux traitements infligés aux chrétiens du village Urakami. Le jour de l'an 1870, quatre mille personnes, hommes, femmes, vieillards, enfants, furent arrachées à leurs domiciles, garrottées et entassées pêle-mêle et presque nues sur des djonques qui les transportaient on ignore où. Sir H. Parkes, indigné de ce spectacle révoltant, adressa au ministre des affaires étrangères une protestation énergique, et demanda au gouverneur de Nagasaki de surseoir provisoirement à l'exécution de ses ordres. Ce dernier s'excusant sur ses instructions, qui en effet étaient péremptoires, sir Harry se hâta de regagner Yokohama. Les nouvelles affligeantes d'Urakami l'y avaient déjà précédé. Les membres du corps diplomatique s'en étaient émus, et, sans entente préalable, avaient déjà spontanément protesté. On n'attendait que l'arrivée de l'envoyé britannique pour se concerter sur les démarches à faire en commun. Tous les chefs de mission se rendirent à Yedo. Une conférence eut lieu, à laquelle assistèrent le premier ministre Sanjo et Iwakura, alors premier membre du grand conseil et déjà l'âme du gouvernement impérial. Le ministre d'Angleterre rendit compte

[1] On comprend que je dois m'abstenir de nommer les chrétientés connues des missionnaires, mais peut-être ignorées du gouvernement persécuteur.

des faits dont il avait été en partie témoin. Son langage était empreint d'une grande réserve. C'étaient des remontrances bienveillantes, un appel aux sentiments d'humanité qui, disait-il, animaient sans doute les principaux conseillers du Mikado, et une allusion au mauvais effet que de semblables actes, si peu en harmonie avec les idées du temps et les projets de réforme du gouvernement impérial, ne manqueraient pas de produire en Europe. M. Outrey, constatant en termes chaleureux les sympathies de la France pour ses coreligionnaires, usa des mêmes ménagements et se plaça sur le même terrain que son collègue d'Angleterre. M. Delong, l'envoyé des États-Unis, plaida la cause des chrétiens en termes énergiques. Iwakura prit ensuite la parole. Aux doléances du corps diplomatique il opposa les griefs de son gouvernement. Les plus graves accusations alternaient avec les plus puériles ; mais toutes tendaient à établir le caractère essentiellement politique des crimes imputés aux chrétiens.

« Les chrétiens (indigènes), dit-il, refusent de participer au culte du pays. C'est un acte de rébellion contre le Mikado, fils des Dieux et chef de la religion dédaignée par les chrétiens.

« Les chrétiens refusent de fournir des fleurs pour l'ornement des autels.

« Ils évitent de passer sous les fourches (les portails isolés placés à l'entrée de l'avenue des temples) et de traverser le terrain attenant aux sanctuaires.

« Ils reconnaissent l'autorité de prêtres étrangers, et refusent obéissance aux magistrats.

« Contrairement aux coutumes, ils n'admettent pas les bonzes à l'occasion des naissances, des mariages et des enterrements. En d'autres termes, ils leur refusent les redevances perçues par les prêtres en pareilles occurrences.

« Enfin ce sont des conspirateurs, car ils se réunissent en secret, ce sont des rebelles contre le souverain et chef de la religion, contre les lois et les coutumes du pays. »

. Les représentants des puissances s'étudièrent à réfuter ces arguments, et demandèrent que le gouvernement japonais réintégrât les chrétiens déportés dans leurs domiciles. En retour, ils s'engagèrent, de concert avec Mᵍʳ Petitjean, à prendre soin qu'aucun prêtre ne franchît plus les limites des traités et n'exerçât son ministère dans les localités habitées par des chrétiens indigènes.

Sanjo et Iwakura ayant déclaré qu'avant de répondre ils devaient en conférer avec leurs collègues, la séance fut levée. La décision finale ne se fit pas attendre. Ce fut un refus net et catégorique. Les deux ministres se rendirent à Yokohama pour le notifier aux représentants. « Revenir, disaient-ils, sur une mesure sanctionnée par le souverain, déjà exécutée et généralement approuvée par le pays, serait une atteinte grave portée à l'autorité du Mikado et un défi jeté à l'opinion publique. En un mot, c'est impossible. » En même temps ils remirent aux envoyés un mémoire justificatif.

« Le gouvernement du Mikado, y est-il dit, a appris avec chagrin que les mesures prises à l'égard d'un certain nombre de sujets du Mikado, habitant Urakami et se disant chrétiens, ont causé du déplaisir aux ministres étrangers.

« Le prix qu'il attache à l'amitié et à la bonne opinion des puissances avec lesquelles il a des relations d'amitié et de commerce lui fait un devoir de s'expliquer sur ce sujet. L'exposé des motifs qui l'ont fait agir dissipera tout malentendu.

« Rien n'est plus éloigné des intentions du gouvernement japonais que de punir le peuple parce qu'il professe une religion étrangère, à moins toutefois qu'il ne montre, comme à Urakami, des dispositions à l'émeute et à la rébellion.

« Jamais le gouvernement n'a songé à se mêler des opinions religieuses personnelles de ses sujets. Plusieurs individus venus au Japon comme missionnaires (protestants) se trouvent actuellement au service de l'État. Ils enseignent dans les collèges et dans les écoles publiques les sciences et les langues étrangères. Aucune entrave n'est mise à la circulation des livres étrangers, même de ceux qui traitent de matières religieuses. Ils sont traduits dans notre langue et se trouvent chez tous les libraires. Le gouvernement estime que ce sont là autant de preuves de son esprit libéral à l'égard des questions de religion.

« Mais, quand nos sujets embrassent le christianisme pour conspirer librement et pour afficher le mépris des lois fondamentales du pays, quand les communautés indigènes des chrétiens récusent l'autorité du Mikado et que leurs catéchistes leur promettent la protection de l'étranger, c'est-à-dire l'impunité, alors le gouvernement ne peut rester inactif. Pour sa sauvegarde et pour le maintien de l'autorité de S. M. l'empereur, il doit prendre des mesures qui ramènent au respect des lois et des institutions ses sujets égarés. Sa conduite lui a été imposée par la nécessité et plus encore par l'opinion publique, qui avait gardé le souvenir des déplorables événements d'il y a deux siècles, lorsque des missionnaires catholiques apportèrent le christianisme au Japon. Encore maintenant, l'opinion publique demande qu'on éloigne cette cause de discorde qui, dans les temps anciens, renversa presque le gouvernement et compromit l'indépendance du pays. »

C'est donc par une fin de non-recevoir que se termina cette négociation qui, sans adoucir le sort des chrétiens, eut pour résultat l'affaiblissement du prestige des puissances et l'engagement pris par leurs représentants d'interdire aux missionnaires catholiques l'exercice de leur ministère en dehors des étroites limites fixées par les traités [1].

On a vu que, dans cette mémorable conférence, l'envoyé des États-Unis s'était distingué par l'énergie de son langage. Le gouvernement de Washington, écoutant les représentations

---

[1] Le 9 février 1872, une nombreuse députation de l'*Evangelical Alliance* se présenta au Foreign Office pour appeler l'attention du principal secrétaire d'État sur les persécutions dirigées contre les chrétiens japonais. Le ministre de la reine au Japon se trouvait alors en Angleterre. Lord Granville le pria d'assister à l'audience et de répondre au nom de Sa Seigneurie. J'emprunte au compte rendu du *Times* du 12 février 1872 les parties essentielles du discours de sir H. Parkes. — Il admet l'existence d'une persécution religieuse au Japon, mais c'est un héritage des temps anciens, les persécutions continuant depuis le dix-septième siècle. L'histoire des deux derniers siècles est toujours présente à l'esprit des Japonais. C'était une guerre des chrétiens qui avait amené l'expulsion des missionnaires du Japon. La loi n'a pas été changée depuis. Une fois même elle fut appliquée avec tant de rigueur, que douze Japonais furent exécutés uniquement pour avoir professé le christianisme. Un fait certain, c'est que le christianisme ébranle dans sa base l'autorité du Mikado, qui, d'après l'opinion des masses, est d'origine divine. Autoriser la propagation d'une religion étrangère serait la condamnation de la foi nationale. Il est vrai que la population du village d'Urakami a été exilée, mais, au dire du gouvernement japonais, cette mesure n'a été prise que dans l'intérêt du maintien de l'ordre et pour prévenir l'explosion des sentiments religieux (je traduis littéralement). On a donné l'assurance aux ministres étrangers que les exilés ne seraient pas maltraités. Ayant appris que le gouvernement avait manqué à cette promesse, il (sir Harry) a tout de suite envoyé sur les lieux un officier pour s'informer du véritable état des choses. Il résulte de cette enquête que, dans une seule des trois localités visitées par son agent, les chrétiens ont eu à subir de mauvais traitements. Dès que le gouvernement japonais en a été averti, il s'est empressé de désavouer ses fonctionnaires et de leur infliger un blâme public dans la *Gazette de la Cour*. De plus, les ministres japonais ont affirmé que, malgré la nécessité de se conformer aux lois, surtout à celles qui ont trait à la religion, ils ne s'opposeraient pas au développement d'opinions nouvelles en matière de religion, pas plus qu'ils n'avaient entravé l'introduction de nouvelles idées politiques et commerciales. Les changements en matière de religion impliqueraient nécessairement des changements dans les esprits et dans les convictions, et, malgré ses dispositions libérales, le gouvernement était impuissant à vaincre les préjugés et les traditions du peuple en pareille matière. L'envoyé finit par déclarer qu'il est autorisé à protester sans hésitation si le gouvernement japonais se montre dur ou intolérant envers les chrétiens indigènes. De semblables instructions ont été données à d'autres ministres étrangers qui, le cas échéant, ont aussi protesté. Il ne croit pas que ces avertissements soient restés sans effet, et il aime à espérer que, grâce aux progrès rapides de l'opinion publique de plus en plus éclairée du Japon, grâce aussi aux mesures prises par le gouvernement japonais pour seconder ce mouvement, les vœux de l'*Alliance évangélique* se réaliseront promptement, à moins que des tentatives imprudentes et intempestives de propagande ne viennent y mettre obstacle. — C'est à l'avenir de justifier ou de démentir ces espérances. La même Société évangélique a plaidé la cause des chrétiens auprès de l'ambassade japonaise, qui se trouvait alors en Angleterre. La réponse très-réservée d'Iwakura, reproduite dans le *Times* du 7 décembre 1872, mérite de fixer l'attention de sir H. Parkes. En voici le résumé :

Le bruit que nous avons remis en vigueur les lois contre les chrétiens est faux. Le gouvernement agit dans l'intérêt de ses sujets. Il favorise les idées libérales en matière de religion autant qu'en matière civile. Telle est notre politique, notre conduite le prouve.

En attendant, les chrétiens gémissent et meurent dans les cachots du gouvernement qui se dit libéral et dont Iwakura est l'âme, la tête et le porte-voix.

des sociétés bibliques et la voix de l'humanité si cruellement outragée sous les yeux de son ministre, non-seulement approuva la conduite de M. Delong, mais se déclara même disposé à tenir, de concert avec la France, une conduite plus accentuée. Des ouvertures en ce sens furent faites à Paris et communiquées au cabinet de Londres. La guerre entre la France et l'Allemagne mit fin à ces pourparlers.

D'après les assurances formelles des ministres japonais, les chrétiens déportés étaient traités avec douceur. On ne tarda pas d'apprendre la fausseté de cette assertion. Partagés en petites bandes, et disséminés dans l'intérieur de Niphon, ces infortunés avaient été confiés à la garde de différents daimios, ou traînés dans les environs de Yedo et de Kiyôto. On sut qu'ils étaient parqués comme du bétail dans de misérables cabanes ; ceux qui avaient abjuré obtenaient la permission de sortir pendant le jour pour travailler et gagner quelques *tempôs*, tandis que les récalcitrants, c'est-à-dire ceux qui restaient fidèles à leur religion, étaient renfermés jour et nuit dans des trous infects ; les uns et les autres ne recevaient d'ailleurs qu'une misérable pitance à peine suffisante pour vivre, et de terribles maladies les décimaient. C'est à un missionnaire américain, protestant, qu'on dut les premières informations authentiques sur le sort de ces malheureux. Un employé du service consulaire, envoyé dans l'intérieur par sir H. Parkes, les confirma. Il avait trouvé pourtant que dans deux localités on traitait plus humainement les déportés. Au reste cet agent n'a pu visiter que trois de ces dépôts[1].

On soutient qu'à la fin de l'année dernière un tiers environ des déportés d'Urakami aurait succombé à la faim, au froid, aux maladies et aux tortures morales. Je n'ai pu vérifier ce chiffre ; mais il est certain qu'un très-grand nombre de ces malheureux sont morts. Poussés à bout par des souffrances atroces, quelques-uns abjurèrent le christianisme. Ils espéraient ainsi obtenir la liberté. On leur accorda seulement, comme je l'ai dit, la permission d'aller travailler au dehors pendant le jour. Les autres, dignes descendants des glorieux martyrs du dix-septième siècle, continuent à donner l'exemple d'une constance héroïque et d'un attachement inébranlable à la foi du Christ.

L'action des ministres étrangers, peu connue d'ailleurs dans ses détails, a été diversement jugée. Les résidents européens leur savaient gré d'avoir évité une complication qui pouvait sérieusement compromettre les transactions commerciales. Quelques-uns, s'élevant au point de vue de l'humanité outragée, blâmèrent la mollesse des représentants. S'ils avaient, disaient-ils, tenu tous le même langage, laissant, en cas de refus, entrevoir des actes de représailles, le gouvernement japonais n'aurait eu garde de se montrer intraitable ; les ministres auraient eu le facile mérite de sauver quatre mille infortunés, et se seraient épargné l'humiliation de voir sous leurs yeux immoler lentement des gens inoffensifs, victimes à la fois de leur fanatisme religieux et du fanatisme politique de leurs bourreaux. Il y avait enfin, à Yokohama, quelques fervents chrétiens, catholiques et protestants, qui déploraient le sort de leurs coreligionnaires et en rendaient responsables les chefs des légations. Eux aussi, ils pensaient qu'avec un peu plus d'énergie on serait aisément venu à bout des résistances du gouvernement japonais.

Pour ma part, je m'associe aux regrets que l'on donne aux martyrs, mais non aux jugements que l'on porte sur la conduite des diplomates.

Cet incident d'Urakami touche à des questions internationales si graves, qu'il me semble mériter d'être examiné avec soin.

J'accorde d'abord, bien que j'en doute, que, si tous les représentants avaient tenu absolument le même langage, si les nuances du diapason qui ne pouvaient échapper à la pénétration

---

[1] D'après des nouvelles récentes, le gouvernement s'est un peu relâché de ses rigueurs. En vertu d'un décret du 2 mars 1872, les chrétiens qui ont apostasié ont été renvoyés dans leurs foyers. Les chrétiens fidèles sont toujours traités avec la même cruauté.

d'Iwakura n'avaient point affaibli leur autorité, ils auraient peut-être obtenu un résultat meilleur. Mais c'est là précisément la grande difficulté de toute action diplomatique collective. Chacun des représentants, en dehors de la cause commune et transitoire qu'il s'agit de défendre, doit sauvegarder les intérêts particuliers et permanents de son pays, et ces intérêts ne sont pas toujours identiques avec les intérêts des autres États représentés par ses collègues. Aussi, ceux qui ont siégé dans des conférences européennes savent combien il est difficile, même entre des plénipotentiaires de puissances étroitement alliées, d'établir et de maintenir une solidarité de langage et de conduite. Dans le cas donné, vu le chiffre énorme des capitaux anglais engagés dans le trafic avec le Japon, la plus grande responsabilité pesait sur sir H. Parkes. De là son extrême circonspection et la mollesse qu'on lui reproche. La France s'est donné mission de protéger les intérêts catholiques dans les pays non chrétiens. Cela explique la chaleur comparative de M. Outrey; mais cette chaleur était tempérée par des considérations politiques de premier ordre et par les égards dus au commerce français. Évidemment, il ne se séparera pas de son collègue d'Angleterre qui, tout aussi évidemment, ne posera pas de *casus belli*. Iwakura a dû le comprendre. J'ignore quelle a été la conduite du chargé d'affaires de la Confédération Germanique du Nord. Je pense qu'elle a dû être empreinte à la fois du désir de parler haut, comme il convient à une grande puissance, et de ne pas compromettre la navigation marchande de l'Allemagne, très-importante dans ces mers. L'envoyé d'Amérique a énergiquement protesté. Mais ses collègues ignoraient si son gouvernement l'approuverait; s'il serait disposé à agir seul et à agir dans le cas probable où l'Angleterre, dans le cas possible où la France, resteraient passives.

La Russie, dont les intérêts commerciaux au Japon sont nuls et qui n'y entretient pas de mission; l'Autriche, dont les intérêts politiques et commerciaux sont également nuls dans ce pays et qui, à cette époque, n'avait pas encore noué de relations diplomatiques avec le Mikado, l'Autriche et la Russie n'étaient pas représentées dans la conférence. Elles jouissaient donc des bénéfices très-réels de l'absence.

On dit : Si les ministres avaient menacé, les Japonais auraient cédé. Ce n'est pas certain; et les grands gouvernements ne menacent que lorsqu'ils sont résolus et préparés à agir. Après avoir proféré des menaces sans qu'elles fussent écoutées, il fallait procéder immédiatement à l'emploi de mesures coercitives. Les envoyés disposaient-ils de forces navales et militaires suffisantes pour ouvrir les hostilités? Évidemment non. Il fallait donc ou reculer peu honorablement, ou se lancer dans les aventures, provoquer des événements d'une portée incalculable : chute des hommes au pouvoir, lesquels, comparativement, sont amis des étrangers, avénement du vieux parti anti-européen, cessation entière du commerce, reprise des assassinats isolés et des attaques contre les factoreries. Pour délivrer de prison quatre mille Japonais, les ministres exposaient à la ruine, peut-être au massacre, deux mille Européens, et engageaient leurs gouvernements dans une guerre avec le Japon.

En ce qui touche la question de droit, je cherche vainement un titre sur lequel fonder l'intervention des diplomates. Les traités assurent aux étrangers le libre exercice de la religion chrétienne dans les ports ouverts. Pas un mot sur les chrétiens indigènes (les plénipotentiaires, lord Elgin et M. Gros, ignoraient leur existence). Enfin, le gouvernement japonais maintient l'engagement pris antérieurement avec les Hollandais d'abolir les pratiques injurieuses.

Au point de vue de l'opportunité, au point de vue du droit, la réserve des chefs de mission me semble donc justifiée. Car, ne nous y trompons pas, ils ne pouvaient invoquer aucun principe général. L'État moderne, l'État sans confession, à moins de conventions spéciales qui autorisent son intervention, a renoncé au droit de protéger à l'étranger telle ou telle croyance religieuse. Il peut bien élever la voix en faveur de l'humanité, mais là se borne son action. Il ne pourrait employer la force qu'en se plaçant sur le terrain vague et indéfini de la philanthropie.

Envisagé à ce point de vue, le remède serait probablement pire que le mal. Les plénipotentiaires des puissances, après avoir vainement fait appel à la prudence et à la générosité du gouvernement japonais, se voyaient donc condamnés au rôle passif de spectateurs des tortures infligées à leurs coreligionnaires.

2 octobre. — Les dernières terres japonaises, les îles de Gôto, ont disparu sur l'horizon. Le *New-York* s'en éloigne avec la vitesse réglementaire de dix nœuds à l'heure. La mer Jaune, quittant ses rudes manières, nous traite avec une urbanité qui ne lui est pas habituelle. Pour le voyageur c'est le moment de récapituler ses impressions sur la situation politique du Japon.

Les Portugais parurent les premiers dans les ports de Kiushiu, la plus méridionale des quatre grandes îles dont se compose cet empire. En même temps, François Xavier, accompagné de quelques prêtres, mit le pied sur le sol du pays dont il devait devenir l'apôtre. C'était l'époque des brillantes affaires des factoreries portugaises, et l'époque des grandes conquêtes du christianisme. Elle embrasse environ quatre-vingt-dix ans [1]. Des profits fabuleux, comparables seulement aux gains énormes réalisés de nos jours pendant quelques années à Shanghaï et à Hongkong, enrichissaient la ville de Macao, alors le grand emporium du commerce portugais dans l'extrême Orient. La prédication des missionnaires encourageait les plus belles espérances. L'île de Kiushiu, la principauté de Nagato (Chioshiu), le territoire du prince de Tosa, les îles de Gôto et de Firando se couvrirent de communautés chrétiennes. Même à Kiyôto, au siége du Mikado, la croix fit de nombreuses conquêtes. Mais à ces succès si brillants succédèrent bientôt de funestes revers. La haine des bonzes, la jactance des nouveaux riches portugais, des parvenus de la fortune, les méfiances croissantes du shogun, éveillées par les indiscrétions d'un voyageur castillan qui lui avait parlé de l'irrésistible puissance de Philippe II, alors maître du Portugal; la prise des Philippines par les Espagnols, les intrigues des Hollandais devenus les concurrents formidables des Portugais, tout sembla conspirer contre ces derniers, et en même temps contre l'œuvre des missionnaires catholiques. Des lois restrictives, des persécutions partielles, la défense absolue faite aux indigènes sous peine de mort d'embrasser la religion chrétienne, remplissent les dernières années de Taïko-Sama et le règne de son successeur. Le soulèvement d'une communauté de chrétiens indigènes, dans lequel des Portugais avaient été impliqués, détermina la catastrophe. La même année [2], les résidents portugais furent expulsés, les Hollandais, qui avaient fondé une factorerie dans l'île de Firando, au nord des îles Gôto, admis dans l'établissement portugais de Deshima (Nagasaki), et le christianisme, noyé dans le sang des missionnaires et de plusieurs milliers de martyrs indigènes.

Dès ce moment, jusqu'à l'arrivée de l'escadre américaine [3], c'est-à-dire pendant plus de deux cents ans, le Japon resta hermétiquement fermé. Durant cette longue période, les négociants hollandais, relégués dans le petit îlot de Deshima, exercèrent le monopole du commerce européen. Ce que le monde savait de cet empire mystérieux, il le devait aux anciens missionnaires et aux négociants hollandais, surtout à deux Allemands, au docteur Engelbert Kaempfer, qui à la fin du dix-septième siècle pratiquait son art dans la factorerie hollandaise, et à Siebold, presque notre contemporain, également établi à Deshima. Mais ces deux savants, retenus dans cette petite île ou voyageant à la suite des délégués de la factorerie qui, tous les quatre ans, visitaient la cour de Yedo et quelquefois celle de Kiyôto, puisaient leurs informations dans des sources indirectes. Portés dans des norimons fermés, leurs observations étaient nécessairement

[1] De 1549 à 1638.
[2] En 1638.
[3] Le commodore Perry arriva en 1854 et conclut son célèbre traité l'année suivante.

incomplètes. Avant eux les missionnaires avaient parcouru le pays librement, et quoique, leur vocation étant de sauver les âmes, ils eussent peu de temps à donner aux recherches scientifiques, néanmoins leurs correspondances contiennent des informations précieuses. Mais, quelque riches que fussent les matériaux fournis par les uns et les autres, ils ne suffisaient pas pour donner une idée claire du Japon. Il s'y trouvait des lacunes et, comme on l'a reconnu plus tard, quelques erreurs essentielles, dont une, on le verra tout l'heure, devait exercer une certaine influence sur les destinées du Japon.

De tout temps il y a eu des relations entre ce pays et la Chine ; plus d'une fois le Japon ressentit le contre-coup des grands événements qui s'accomplissaient dans l'empire du Milieu. La presqu'île de Corée, placée sous la suzeraineté nominale de l'empereur de Chine, et occupée à plusieurs reprises par des armées japonaises, formait le lien géographique entre les deux grandes nations de race mongole. C'est de Chine, et par la voie de la Corée, que le bouddhisme a envahi le Japon, que les idées philosophiques, les maximes morales de Confucius, et même des doctrines politiques ont été importées. L'adoption de l'écriture chinoise facilite, avec l'échange des idées, les relations politiques et commerciales, naguère très-rares entre les deux nations. Plus on avance dans la connaissance de la langue, des mœurs, de la littérature du Japon, plus se dévoile l'importante influence de l'empire du Milieu. Ce fut en se plaçant à ce point de vue qu'à l'issue de la *guerre de l'opium* [1], et à l'occasion de l'ouverture de plusieurs ports chinois, le roi des Pays-Bas adressa au shogun le conseil de suivre l'exemple de la Chine. « Si vous ne le faites de vous-même, lui disait-il, vous serez forcé de le faire ; évitez-vous cette humiliation. » Le shogun répondit par un refus. Dans l'intérêt de sa navigation de plus en plus active dans le Nord-Pacifique, le gouvernement des États-Unis entreprit le premier de nouer des relations avec le Japon et d'obtenir, de gré ou de force, l'ouverture de quelques ports de refuge et de ravitaillement. Une escadre, dirigée par le commodore Perry, vint s'embosser devant Yedo. L'année suivante elle reparut, et grâce à l'influence morale de ses canons, après de courtes négociations, un traité de paix et d'amitié fut signé dans le village de Kanagawa [2]. Deux ports désormais furent ouverts aux bâtiments et aux négociants de cette nation. La Russie et l'Angleterre, représentées par les amiraux Sterling et Poutiatine, obtinrent des concessions analogues [3].

Mais à Yedo l'arrivée des Européens donna lieu à des tragédies sanglantes. Le parti hostile aux étrangers s'agita. Le shogun fut empoisonné ou massacré dans son palais. Son fils et successeur étant mineur, le sage et modéré Ii-Kamon-no-Kami prit comme régent les rênes de l'État. Soupçonné, à son tour, de sympathie pour les étrangers, il fut assassiné en plein jour à l'entrée du palais du shogun, sa tête envoyée et publiquement exposée à Kiyôto. Le coup était parti du prince de Mito, l'un des chefs du parti anti-européen. Un des gentilshommes du régent vengea son maître en tuant le père de ce prince.

Les Hollandais, émus de la perte de leur monopole, obtinrent en compensation quelques avantages dont le plus important était la promesse d'être admis dans les ports qui seraient ouverts à d'autres nations [4]. La factorerie de Deshima fut maintenue et le gouvernement japonais s'engagea à abolir la coutume de fouler aux pieds la croix. Peu après éclata la dernière guerre de Chine. Ce fut pour les puissances alliées, l'Angleterre et la France, entourées alors du prestige de la victoire, le moment de faire reviser leurs traités avec le shogun, en d'autres

---

[1] En 1844.

[2] Le 31 mars 1854.

[3] La convention anglaise fut signée en octobre 1854. Le traité russe n'a pas été publié.

[4] Aux termes d'une convention conclue à Nagasaki en novembre 1855. Des articles additionnels furent signés en janvier 1856.

termes, d'ouvrir le Japon au commerce et à la civilisation. Les flottes des deux puissances, avec lord Elgin et le baron Gros à bord des vaisseaux amiraux, parurent à de courts intervalles dans la baie de Yédo. Voici les principales clauses des traités que les deux plénipotentiaires conclurent avec le shogun [1] :

Des agents diplomatiques résideront à Yedo et des agents consulaires dans les ports ouverts. Ces ports sont Hakodaté, Kanagawa (Yokohama) et Nagasaki, auxquels plus tard s'ajoutèrent Hiôgo et Niigata. Les sujets anglais et français pourront s'y établir, acquérir des maisons, faire le commerce, élever des églises et exercer leur religion. Ils seront aussi, à une époque fixée, admis à Ôsaka et à Yedo, mais seulement pour y faire le commerce (ce qui semblerait exclure les missionnaires). L'agent diplomatique et le consul général seuls auront le droit de voyager à l'intérieur. Dans un paragraphe de l'article concernant le libre exercice de la religion chrétienne pour les étrangers dans les ports ouverts, les plénipotentiaires ont eu soin de prendre acte de la cessation, obtenue par la Hollande, des pratiques injurieuses au christianisme. Enfin, on prévit la révision des traités après un délai de douze ans. La conclusion de ces actes qui ouvrent le Japon au commerce européen, tout en limitant les points sur lesquels il pourra se faire, fut suivie de la signature de conventions analogues avec la Prusse, l'Espagne, la Belgique et, il y a deux ans, avec l'Autriche.

A en croire les anciens missionnaires, le Japon était placé sous la domination de deux empereurs. L'un gouvernait les âmes, l'autre l'empire. Les savants de Deshima partageaient cette opinion qui nous a été inculquée à tous lorsque, dans notre enfance, nous apprenions les rudiments de la géographie. L'un, le Mikado, était le chef spirituel; l'autre, le Shogun, le chef temporel. Lord Elgin et le baron Gros le pensaient comme tout le monde, et, à l'exemple des amiraux étrangers qui avaient fait les conventions antérieures, s'adressèrent au shogun, négocièrent et conclurent léur traité avec lui. C'est plus tard qu'ils apprirent que le shogun, bien que plus ou moins le maître, depuis le douzième siècle, de la plus importante partie du pays, n'était légalement que le premier vassal de l'empereur, qu'il manquait de pouvoirs pour négocier avec l'étranger, et que c'était contrairement à la volonté et aux ordres du Mikado qu'il avait signé les traités. Ébranlé déjà dans sa situation, comme on le verra bientôt, il avait voulu se prévaloir de ses relations avec l'étranger pour en imposer à la cour de Kiyôto et pour contenir certains grands daimios qni engageaient l'empereur à rompre ouvertement avec lui. On prétend que, pour laisser les plénipotentiaires des deux puissances occidentales dans l'ignorance où ils se trouvaient sur la nature de son autorité, il prit dans ses rapports avec eux le titre chinois de T aikoun qui implique le sens de la souveraineté, au lieu de son titre habituel de shogun qui répond au mot de général en chef. Sa conduite eut des résultats opposés à ses espérances. Elle hâta la ligue de ses ennemis et l'abolition du shogunat. Le pouvoir suprême, dans tout l'empire, fut de nouveau nominalement concentré dans les mains du Mikado. De fait, il passa aux chefs des quatre grands clans qui avaient renversé le shogun, ou plutôt à leurs principaux agents, aujourd'hui conseillers et ministres de l'empereur. Certes, l'arrivée des Européens devait tôt ou tard altérer gravement l'état intérieur du Japon; mais l'erreur involontaire des plénipotentiaires anglais et français, le fait qu'ils se sont adressés non au Mikado, mais à son vassal, a rallié autour des daimios mécontents tous les éléments hostiles aux étrangers, et par conséquent hâté la chute du shogun. Les intérêts des Européens n'en ont pas souffert. La scission survenue entre les gouvernants indigènes leur était au contraire favorable. Mais, pour le Japon, l'abolition du shogunat devait entraîner les conséquences les plus graves.

Les traités conclus, on procéda à l'exécution des articles. Les Missions étrangères s'établi-

____
[1] Le traité anglais fut signé le 26 août, le traité français le 9 octobre 1858.

rent à Yedo ; les consuls et les négociants, sur la plage de Yokohama, où une ville considérable s'éleva en peu d'années. Le cabinet de Saint-Pétersbourg, fidèle à l'ancienne et sage maxime que la présence d'un agent diplomatique doit être justifiée par les exigences d'intérêts majeurs que le gouvernement est décidé et prêt à sauvegarder par la force, le cas échéant, le cabinet russe s'abstint de nommer un ministre auprès du shogun, et se borna à établir des consulats à Yokohama et à Hakodaté, dans l'île de Yezo, le point le plus rapproché de ses possessions du Pacifique. De cette façon il pourvoyait aux intérêts du commerce et de la navigation russes, assez insignifiants encore dans ces parages, et évitait, par son absence diplomatique, de s'engager sans motif et sans profit dans une voie évidemment hérissée de difficultés, et peut-être riche aussi de compromissions. En effet, la situation politique était obscure, compliquée, critique. On avait conclu les traités avec le shogun, et, bien qu'un rideau épais dérobât aux agents diplomatiques ce qui se passait à la cour de Yédo, à celle de Kiyôto et au camp des grands daimios qui demandaient et préparaient l'expulsion des intrus, on ne put se dissimuler que toutes les couches supérieures de la nation étaient hostiles, que le pouvoir avec lequel on avait traité chancelait, qu'il était peut-être miné dans ses fondements et prêt à crouler. Néanmoins on s'appuyait sur ce pouvoir, et on était décidé à l'appuyer, sans songer, ou peut-être parce qu'on ne pouvait faire autrement, que l'appui moral ou même matériel donné par les étrangers au shogun ne ferait que le discréditer de plus en plus auprès de la nation, fournir des armes à ses ennemis et accélérer sa perte.

A cette époque le fait dominant de la situation, c'était l'affaiblissement du shogunat. Quant aux causes, personne n'a su me les donner. On parle de corruption, de vénalité, de trahisons ; mais telle est encore l'obscurité qui enveloppe l'histoire presque contemporaine du Japon, que personne n'a pu préciser des faits. Sur ce point capital, comme sur bien d'autres, on en est réduit à des conjectures. Iwakura seul, à qui je me suis permis d'adresser la même question, m'a donné une réponse nette et précise : « Le shogun, a-t-il dit, est tombé sous l'exécration de la nation japonaise, pleine de loyauté et d'affection pour son souverain légitime le Mikado. » Mais comment se fait-il alors que la nation japonaise, si pleine d'attachement pour l'empereur, ait supporté les usurpateurs pendant sept siècles, et comment la loyauté endormie pendant ce long espace de temps s'est-elle réveillée si soudainement ? A cette question il n'a pas été fait de réponse.

Voilà donc un élément important de constaté. Le shogunat, établi au douzième siècle et maintenu avec des fluctuations diverses jusqu'à nos jours, était déjà, par des causes inconnues, fortement ébranlé avant l'arrivée des étrangers.

A Kiyôto, les kugés et les meneurs des clans soutinrent que les traités conclus avec les Européens avaient besoin, pour être mis en vigueur, de la ratification du Mikado. Ce fut le premier coup que le parti de la cour porta au shogun. A partir de ce moment, le maître de Yedo pour affermir son pouvoir, le Mikado pour recouvrer le sien, tâchèrent de se servir des Européens. Kiyôto devint un foyer d'intrigues.

Il paraît que le Midi a toujours joué un grand rôle dans les révolutions du Japon. On y envoya des agents. On tâcha d'exciter l'opinion publique contre le shogun qu'on accusait de livrer le pays aux barbares. Le shogun d'un côté, de l'autre les grands daimios, armèrent à la hâte, empruntèrent des instructeurs aux étrangers, achetèrent des fusils à culasse, construisirent et commandèrent en Europe des bâtiments de guerre. Les chefs des trois grands clans de Satsuma, de Choshiu et de Tosa, auxquels plus tard vint se joindre celui de Hizen, d'accord avec les kugés, exigèrent hautement l'expulsion des étrangers et adressèrent au Mikado une pétition insistant pour que le shogun fût chargé de les jeter à la mer. L'ordre fut donné, mais le shogun s'excusa sur sa faiblesse. Les meneurs du mouvement anti-européen, dominés de plus en plus par les samurais, les hommes de la classe militaire, demandèrent alors au Mikado de châtier le shogun, et d'entreprendre lui-même la croisade contre les barbares. Si cette demande n'eut alors aucune suite, c'est que le Mikado se trouvait entre les mains d'un des daimios les plus puissants du Nord, le prince d'Aidzu, à ce moment gouverneur militaire de Kiyôto, parent et ami du shogun. Le prince de Choshiu (connu aussi sous le nom de Nagato), voulant s'emparer de la personne du Mikado, tenta un coup de main contre Kiyôto [1]. Les choshius pénétrèrent dans la ville et livrèrent bataille aux hommes du prince d'Aidzu ; mais, battus et rejetés, ils se retirèrent dans leur pays, à l'extrémité sud de Niphon, en face de l'île de Kiushiu. Momentanément, le prince d'Aidzu et le shogun se trouvèrent ainsi, à la cour du Mikado qui s'était entièrement livré à eux, les maîtres de la situation. Ils lui arrachèrent l'ordre pour le shogun de punir les choshius [2]. A cette époque les ministres étrangers se rendirent à Hiôgo pour demander au Mikado la ratification des traités. M. Roche offrit l'assistance des forces françaises pour la réduction des choshius. C'était d'une manière indirecte intervenir militairement en faveur du shogun. Le Mikado déclina l'offre, mais il ratifia les traités.

Cependant deux événements eurent lieu. Les Anglais avaient, pour certains faits, demandé vainement satisfaction au prince de Satsuma. Ils bombardèrent Kagoshima, capitale de sa principauté, dans l'île de Kiushiu. L'année suivante [3], les vaisseaux des quatre puissances signataires avaient successivement canonné et incendié la ville de Shimonoséki, située à l'entrée de la mer intérieure et appartenant aux domaines du prince de Choshiu. Dans ces deux actions, les Japonais avaient dû se convaincre de l'incontestable supériorité des Européens. Dès lors de bonnes relations s'établirent entre les représentants étrangers et les chefs des deux clans de Satsuma et de Choshiu.

Le shogun entreprit deux campagnes contre ces derniers. Mais, durant le cours de cette entreprise, il mourut au château d'Ôsaka [4]. Quelques mois après, le Mikado le suivit dans la tombe [5], et le souverain actuel, à peine âgé de douze ans, monta sur le trône de ses ancêtres. Keikî, fils cadet du prince de Mito, fut élevé au shogunat. Il accepta cette dignité en dépit des conseils de son père et des autres membres de sa famille, tous ennemis héréditaires des shoguns, s'établit au château de Nijô à Kiyôto et prit le titre de shogun ; mais, pour apaiser l'opposition, il déclara son intention de coopérer à la restauration du Mikado et de déposer sa dignité dès que les daimios, réunis en conseil, auraient fixé les bases de la nouvelle constitution. A cet effet il convoqua à Kiyôto une assemblée des princes. Plusieurs se rendirent à son appel. Cependant les chefs des Satsumas, des Choshius et des Tosas concentraient leurs forces autour de cette ville [6].

Des événements décisifs s'ensuivirent avec une grande rapidité. Le 3 janvier [7], les hommes du prince de Satsuma pénétrèrent dans Kiyôto, obtinrent du Mikado l'ordre pour le shogun et le prince d'Aidzu de retirer leurs troupes du palais et l'occupèrent aussitôt. Le même jour, ne se croyant plus en sûreté, le shogun et Aidzu évacuèrent Kiyôto et se retirèrent précipitamment sur Ôsaka, où ils arrivèrent le lendemain. Des édits importants, émis au nom de l'empereur, signalèrent cette retraite. Le Mikado déclara sa souveraineté rétablie et étendue à toutes les parties de l'empire. Le shogunat fut aboli ; un autre décret posa les principes de la nouvelle constitution. Mais le prince d'Aidzu ne se tint pas pour battu. Entraînant le shogun dans une

[1] En 1863.
[2] En 1864.
[3] En 1864.
[4] A la fin de 1866.
[5] Il mourut à Kiyôto, février 1867.
[6] Décembre 1867.
[7] En 1868.

dernière tentative, il marcha avec lui sur Kiyôto. Près de Fujimi, à cinq milles de la capitale, on rencontra les hommes de Satsuma et de Choshiu. Une bataille sanglante eut lieu ; elle se termina par la déroute des agresseurs et leur retraite sur Ôsaka. Après avoir brûlé le château de cette ville, le shogun se réfugia sur une de ses frégates, qui le transporta dans sa capitale. Les vainqueurs, conduits par un membre de la famille impériale, se dirigèrent par terre sur Yedo et y entrèrent sans que le shogun, retiré dans le temple d'Uyeno, parût vouloir essayer la moindre résistance. On lui permit de se retirer dans ses terres, où il vit encore paisiblement et sans être molesté par le gouvernement impérial.

Telle fut, après une durée de sept siècles, la fin du shogunat.

Le prince d'Aidzu retourna avec ses troupes dans ses domaines, et, ayant formé avec plusieurs daimios une ligue connue sous le nom de Confédération du Nord, continua les hostilités pendant quelque temps. Une défaite qu'il subit dans les derniers jours de l'année [1] mit fin à la confédération et à la guerre civile. Partout, sauf un seul point, l'autorité du Mikado était reconnue.

On sait que Yezo, la plus septentrionale des quatre grandes îles, n'est qu'une vaste forêt, renfermant, dit-on, de grands trésors de cuivre et de charbon, mais habitée par des aborigènes, de vrais sauvages. Quelques points de la côte méridionale ont été colonisés par les Japonais. Sur l'extrémité sud, en face de Niphon, se trouve Hakodaté, l'établissement le plus important. C'est ce port qui, sur la demande du commodore Perry, fut ouvert aux Américains, et est aujourd'hui l'un des cinq *ports des traités* accessibles aux Européens. Pendant que les troupes des princes marchaient sur la capitale du shogun, Enomoto, capitaine d'un vaisseau de guerre, s'empara de la flotte japonaise, ancrée devant Yedo, et se rendit avec ces bâtiments dans le port de Hakodaté. Son arrivée y devint le signal d'une révolution pacifique. Le capitaine Brunet, un des instructeurs français, se mit à la tête du mouvement. On proclama la République et le suffrage universel ! Ce suffrage, il est vrai, fut réservé aux samurais, c'est-à-dire à la classe militaire. Toutes les autres castes restaient expressément exclues. Les résidents étrangers, pour la plupart des aventuriers, très-peu nombreux d'ailleurs, et parmi eux l'un des consuls, prirent fait et cause pour la révolution. Pendant plusieurs mois, cette constitution grotesque ne marchait pas trop mal ; tout le monde, à ce qu'il paraît, s'en trouvait bien, excepté le gouvernement du Mikado, qui envoya une petite escadre. Une action navale s'ensuivit ; les républicains à deux sabres furent battus, Brunet rentra en France et l'île de Yezo sous la domination de l'empereur [2].

La question du choix de la future capitale était la première à résoudre. Pendant des siècles la vie politique avait gravité autour de Yedo. Yedo partage aussi avec Ôsaka la suprématie commerciale. Tous les fils de l'administration des États du shogun qui s'étendaient de Yezo à Kiushiu, aboutissaient à Yedo. Yedo fut donc choisi pour résidence du Mikado. Ce prince visita cette ville une première fois, revint à Kiyôto, puis établit définitivement sa cour à Yedo [3].

Quelle était l'action des ministres étrangers, quel était le sort des Européens, depuis leur établissement à Yokohama et pendant la guerre civile ? Un instant, l'hostilité évidente des classes supérieures, jointe à la faiblesse du gouvernement de Yedo, sembla menacer sérieusement l'existence de la jeune colonie. Une série de meurtres commis sur des résidents soit à Yokohama, soit dans les environs, et, au siége du gouvernement, trois attaques dirigées contre la légation britannique, avaient porté la consternation dans Yokohama et imposé aux représentants des quatre puissances et aux amiraux commandant les stations navales l'obligation de

[1] En 1868.
[2] En 1869.
[3] En 1869.

pourvoir à la sécurité de leurs nationaux. Les ministres, placés constamment sous le coup d'attaques meurtrières, quittèrent Yedo. Le représentant des États-Unis seul, se séparant de ses collègues, y resta pendant quelque temps. Ceux-ci s'établirent donc à Yokohama au milieu de leurs compatriotes et sous la protection des vaisseaux de guerre portant leurs pavillons. Un jour, on apprit que des rassemblements d'hommes armés avaient lieu autour de la factorerie. Le gouverneur japonais se déclara impuissant à la défendre. Les résidents s'armèrent à la hâte et se préparèrent à embarquer leurs familles à bord des navires. Ce fut au milieu de cette alarme que l'amiral Jaurès fit débarquer des troupes de marine qui s'établirent au pied des *bluffs*. Un régiment anglais appelé de Hongkong vint dresser son camp sur les hauteurs. Cette double occupation, avec certaines modifications concédées à la susceptibilité du gouvernement actuel, a été maintenue jusqu'à ce jour, et il serait, ce me semble, de la dernière imprudence de retirer ces forces, d'ailleurs peu considérables, et, en cas d'une attaque victorieuse, tout au plus suffisantes pour ménager aux résidents le temps de se réfugier sur les navires. Peu après, la légation d'Angleterre s'établit de nouveau à Yedo. Les autres ministres continuent de résider à Yokohama. Dans ces derniers temps tout danger semble avoir disparu, et la « concession » jouit, du moins en apparence, d'une parfaite sécurité.

J'ai parlé plus haut de la politique tortueuse, mais en somme favorable aux Européens, de la cour shogunale, placée dans la situation délicate de ménager à la fois les étrangers et l'opinion hostile du pays. Lorsque les ministres des quatre puissances annoncèrent au shogun leur intention de châtier le prince de Choshiu et de bombarder Shimonoséki, il s'empressa de donner en secret son consentement, et protesta publiquement. Le Mikado lui avait envoyé l'ordre d'expulser les étrangers. Il fit publier un édit conçu dans ce sens, mais il se hâta de notifier secrètement aux agents diplomatiques que sa proclamation n'était qu'une démonstration. Lorsque, sous le prétexte de secourir l'empereur, il entreprit la campagne contre les Choshius, il pria les amiraux de faire transporter ses hatamotos par des vaisseaux de guerre anglais et français, qui, pour ne pas blesser l'opinion publique, arboreraient le pavillon japonais. Cette demande fut naturellement repoussée, mais on lui permit de noliser des bâtiments de commerce anglais et d'y hisser son pavillon. Ces faits sont significatifs. Un pouvoir réduit à de semblables expédients est jugé et condamné.

En présence d'une situation si complexe, la tâche des diplomates était des plus délicates. D'abord, ils étaient imparfaitement renseignés. Les nouvelles qui leur parvenaient de Kiyôto et du sud-ouest, foyer principal des trames ourdies contre le shogun, et même de Yedo, étaient rares, incomplètes, le plus souvent contradictoires. Une politique d'abstention était évidemment la plus sage et au fait la seule à recommander. Mais le moyen de s'abstenir, quand on massacre vos nationaux, quand on incendie et qu'on attaque l'une des légations, quand on en tue et qu'on en blesse plusieurs membres? Rester les bras croisés, c'était accroître l'insolence des ennemis et provoquer de nouveaux désastres. Agir, c'était s'engager dans des voies dont on ne connaissait ni la direction ni l'issue. Cependant il fallait pourvoir à la sécurité de l'établissement. Il fallait demander et obtenir des satisfactions. Autrement le prestige était perdu, l'existence des étrangers compromise. Mais que faire? Userait-on de persuasion, ou de menaces, ou de représailles? Il y eut sans doute des hésitations, mais, somme toute, s'il m'était permis d'énoncer un jugement, je dirais que les représentants d'Angleterre auxquels, vu l'importance des intérêts britanniques engagés dans le commerce du Japon, vu les forces matérielles dont ils disposaient, revenait de droit le premier rôle, je dirais donc que sir R. Alcock, le colonel Neal et sir H. Parkes qui se sont succédé à la tête de la légation de la reine Victoria, ont, dans ces moments difficiles, agi avec prudence, avec énergie quand il le fallait, et, ce qui est l'essentiel pour l'intérêt public, avec un succès incontestable. Le représentant de la France, M. Roche, suivait une ligne plus tranchée; il ne cacha pas ses sympathies pour le gouvernement de Yedo, et alla, comme on a vu, jusqu'à offrir au Mikado, c'est-à-dire en réalité, vu l'état du moment, au shogun, l'intervention des forces navales françaises. Après la chute de ce dernier, M. Roche quitta le Japon et fut remplacé par M. Outrey. Le ministre des États-Unis se tenait à l'écart. L'action du quatrième membre du corps diplomatique, le plénipotentiaire des Pays-Bas, bien que naturellement limitée, était empreinte de l'esprit sage et conciliant qui distingue toujours la diplomatie hollandaise. Lorsque la révolution des quatre clans triompha, les chefs du mouvement sentirent le besoin de consolider leurs relations avec les puissances étrangères. Le Mikado fit donc prévenir les envoyés chargés de lui remettre leurs nouvelles lettres de créance qu'il les recevrait à Kiyôto. On connaît l'épisode sanglant qui troubla cette solennité [1].

Des recherches et découvertes récentes, dues en grande partie au zèle et à l'activité intelligente des interprètes et étudiants des légations, ont considérablement modifié les idées qu'on s'était faites en Europe sur la constitution du Japon. On sait maintenant que le Mikado est et a toujours été le maître suprême. Fils des Dieux, invisible (jusque dans ces derniers temps), comme Jéhovah parlant à Moïse entouré de nuages, il réunit dans sa personne tous les attributs de la divinité. Dépositaire et source de tous les pouvoirs, il n'est pas, comme on l'a cru si longtemps, le chef de la religion, une sorte de pape, distributeur de grâces spirituelles et gardien de la foi. Il est plus que cela, car il est issu de la Divinité. Jamais on n'a distingué entre le pouvoir spirituel et le temporel. Depuis le neuvième siècle il réside à Kiyôto, entouré de ses kugés, nobles de cour de haute et ancienne lignée, et parfois, quand il les convoque, de tous les daimios de l'empire. Le pouvoir militaire était délégué à deux grands fonctionnaires. L'un commandait dans le Nord, l'autre dans le Midi, ce qui leur valait le nom de shogun, général en chef.

L'un d'eux, au douzième siècle, eut l'audace et la bonne fortune de rendre cette dignité héréditaire dans sa famille, et, toujours sous la suprématie de l'empereur, de s'emparer des plus riches et des plus importantes provinces du Japon. C'est ainsi que le shogunat fut établi : il devait durer sept siècles. Le shogun était le premier vassal du Mikado. Quant à l'étendue de sa puissance, elle subissait des fluctuations diverses. Depuis Yoritomo, une des grandes figures de l'histoire japonaise, mais appartenant à une époque trop reculée pour qu'on puisse la juger en pleine connaissance de cause, le terrible Taïko-Sama, à la fin du seizième siècle, est celui des princes qui a le plus marqué. Né dans l'obscurité, parvenu au faîte des grandeurs, grâce à son génie, à son énergie, à un grand mariage et à son étoile, il a survécu dans les traditions légendaires et il a laissé, dans les deux centres de Yedo et Ôsaka, qui sont ses créations, et même dans Kiyôto, de magnifiques monuments de sa puissance. Le lien de vasselage, parfois nominal, qui unissait les shoguns au Mikado, se maintenait toutefois. De temps à autre ils se rendaient à Kiyôto pour faire acte d'obéissance. On doit à des envoyés de la factorerie hollandaise de Deshima une relation curieuse sur une de ces entrevues. Des fenêtres de la maison qui leur servit d'auberge et de prison ils purent voir passer les cortéges des deux potentats.

Le territoire shogunal se composait de huit provinces, comprises sous le nom collectif de Kuantô avec Yedo, et des villes Ôsaka, Nagasaki, Niigata et Hakodaté avec leurs territoires. Ces villes et provinces, administrées par des gouverneurs, étaient placées sous l'autorité directe du shogun. Il y était maître absolu. Il monopolisait le commerce et s'emparait du produit des douanes. Mais, dans les différents *hans*, villes et domaines des daimios devenus ses vassaux, il lui fallait compter avec eux. Aussi lorsque, dans les négociations avec les plénipotentiaires

---

[1] L'attaque de deux fanatiques sur sir Harry Parkes, le 23 mars 1868. Voir les détails, page 402.

américains et européens, il s'est agi d'admettre les étrangers, le shogun n'a consenti que l'ouverture de villes et ports placés sous son autorité directe. Il n'a eu garde d'accorder l'ouverture de hans dont les seigneurs, quoique ses vassaux, auraient probablement protesté et même résisté. Sa force armée était principalement fournie par les *Hatamotos*, littéralement : *sous le drapeau*. Le premier successeur de Taïko-Sama, en anoblissant et dotant de terrains ses hommes de la classe militaire, avait créé la caste des hatamotos, qui était tenue de servir le shogun en temps de guerre, soit personnellement, soit en fournissant un certain nombre de soldats ou une certaine indemnité en argent. Il y avait quatre-vingt mille hatamotos. Englobés dans la ruine de leur maître, ils se dispersèrent. Les uns se firent marchands, d'autres, la plus grande partie, allèrent grossir les rangs des déclassés, des *ronins*.

En dehors des daimios vassaux du shogun, en dehors des princes et comtes *médiatisés*, s'il est permis d'employer ce terme inconnu au Japon, il y avait les daimios relevant directement du Mikado, plus ou moins soumis selon le temps qui courait, plus ou moins dignes du nom de roi que les anciens missionnaires donnaient aux dix-huit grands seigneurs féodaux de premier ordre. Ceux du Nord étaient les plus indépendants. On a vu le rôle important que les plus puissants d'entre eux ont joué dans la dernière révolution. Mais, règle générale, la partie septentrionale de la grande île est trop éloignée, peut-être aussi trop pauvre, pour exercer une influence décisive sur les destinées de l'empire. Ces provinces qui, par suite de la rigueur du climat, manquent d'un article de première nécessité, le riz, qu'elles sont obligées d'acheter dans le Midi, sont peu cultivées, imparfaitement peuplées, et moins prospères que celles du Centre et du Sud.

Telle était, il y a deux ans encore, la constitution politique du Japon. Socialement, la nation se divise d'un côté en clans, et de l'autre en castes. A ce double point de vue, le nord de l'Écosse d'autrefois et celui des Indes ont avec le Japon une certaine analogie.

La caste militaire prime toutes les autres. Les marchands cèdent le pas aux cultivateurs et occupent l'un des derniers rangs. Les bonzes et les lettrés jouissent de quelque considération. Les paysans forment une classe respectée et respectable. Dans chaque village, le maire est élu par les chefs de famille. Il n'y a pas en Europe d'exemple d'une constitution municipale plus libérale. Respectueux, strict observateur des règles de l'étiquette, docile et facile à vivre, le paysan est jaloux de ses droits, et malheur à l'agent de l'autorité qui oserait y porter atteinte. Tout dernièrement, les cultivateurs d'un gros bourg ayant à se plaindre d'exactions, après avoir épuisé les moyens de pétition, envoyèrent une députation nombreuse auprès du gouverneur. Lorsqu'ils virent que ce fonctionnaire ne voulait pas faire droit à leurs justes réclamations, ils l'égorgèrent dans son yashki et rentrèrent tranquillement chez eux. Tout le monde considérait ce procédé comme un acte de défense justifié par les circonstances. Le métier des armes est héréditaire. C'est le féodalisme né dans la nuit des temps, parvenu dans le cours des siècles à ses derniers développements, animé de l'esprit chevaleresque de nos croisés, identifié avec les idées, les traditions, les mœurs de la nation. On a vu que les arts et métiers occupent les derniers degrés sur l'échelle hiérarchique de la société japonaise. Seul le fourbisseur fait exception. Il passe pour noble. Quand il procède à la partie la plus délicate de son œuvre, quand il s'agit de souder ensemble l'acier et le fer dont se compose la lame, il ferme le devant de sa boutique et s'affuble du costume de cour [1]. Le sabre et le poignard se transmettent de père en fils, de génération en génération. Les noms des grands fourbisseurs de Kiyôto, de Yedo, d'Ôsaka, connus de tous les hommes à deux sabres, forment souvent le sujet de leurs causeries. Même les dames apprenaient jadis à manier la hallebarde. M. Mitford raconte que dans quelques

---

[1] Voir Mitford, *Tales of old Japan.*

grandes familles de vieille roche cet usage s'est conservé. Il y avait et il y a encore des associations entre gens de la même caste. Elles ont pour but une pensée de défense mutuelle, de charité, de secours aux opprimés. On entend dire dans le quartier européen de Yokohama que tout cela c'est de l'histoire ancienne, que la féodalité et la chevalerie ont fait leur temps, qu'elles sont usées. Je reviendrai plus bas sur ces assertions. Mais, quoi qu'on dise ou pense du système féodal en général, et des institutions qui ont jusqu'à présent régi le Japon, il y a un point sur lequel tout le monde est d'accord. Au moment de l'arrivée des Européens, et jusque dans ces derniers temps, le peuple était heureux et content. Sauf les revenus énormes des grands daimios, absorbés d'ailleurs par les charges de leur position, et formant en quelque sorte le bien commun du clan, il y avait peu de grandes fortunes et peu de pauvres. Bien que de nombreuses classes fussent armées, il se commettait, comparativement, peu d'actes de violence. L'histoire japonaise ne connaît pas d'horreurs semblables à celles qui furent commises en Chine par les Tae-pings. L'ordre public a été rarement troublé au Japon. La vie et la propriété s'y trouvent mieux garanties que chez aucune autre nation païenne. La culture du sol, le développement de certaines branches d'industrie, le goût et la pratique des arts témoignent d'une ancienne civilisation. Sans doute cette civilisation est imparfaite, parce que les lumières et les bienfaits du christianisme lui font défaut. Des coutumes barbares ternissent l'esprit de chevalerie et le sentiment d'honneur qui distinguent ce peuple. Des superstitions grossières obscurcissent et entravent les aspirations des âmes, mal satisfaites par les doctrines du bouddhisme, qui est la religion de l'immense majorité du peuple. Le scepticisme a envahi et énervé les classes supérieures. La famille forme la base des institutions politiques de l'État; mais la femme, quoique plus libre et plus respectée que dans aucune autre société païenne, attend encore son affranchissement[1]. De là un déplorable relâchement des mœurs ; mais les vices honteux qui souillent le peuple chinois sont moins répandus au Japon. Le respect de l'autorité paternelle, la fidélité au chef du clan, qui est le père de famille commun de tous les membres de ces groupes historiques, la bravoure, la mort volontaire quand l'honneur l'exige, étaient et sont les vertus les plus appréciées et les plus répandues de cette nation gaie, polie, insouciante, chevaleresque et aimable.

Que l'abolition du shogunat qui, durant tant de siècles, a rempli dans l'État une si large place, dût laisser une profonde lacune; que le pays, avant de pouvoir la combler, dût traverser des crises et des troubles, c'est ce qui n'était guère douteux ; mais personne ne pouvait prévoir l'étendue des bouleversements qui en ont été la conséquence.

La guerre civile à peine terminée, ses auteurs principaux, ceux qui avaient médité et accompli la perte du shogun, les princes de Satsuma, Choshiu, Tosa et Hizen, adressèrent au Mikado une pétition rédigée et en partie inspirée par un simple samuraï du prince de Choshiu, nommé Kido, aujourd'hui un des membres les plus influents du conseil de l'empereur. Dans cette mémorable pièce, ces grands princes offraient au Mikado leur territoire et leurs hommes de guerre. C'était demander leur propre destruction. Les non-initiés n'en croyaient pas leurs yeux. L'offre fut acceptée. Les autres daimios, à l'exception de onze, qui d'ailleurs ne tardèrent pas à se résigner au sort commun, suivirent l'exemple des quatre princes. Dès lors le gouvernement du Mikado, avec une hardiesse inouïe, s'engagea dans la voie des réformes. Les titres de daimio, seigneur feudataire, et de kugé, noble de cour, furent abolis et remplacés par la désignation vague de *katsoku*, noble. Les daimios furent laissés à la tête de leurs clans, mais seulement à titre de gouverneur relevant du conseil impérial. Quelque temps après, un chan-

---

gement ministériel eut lieu [1]. Les meneurs de la révolution de 1868, Iwakura et les principaux agents des quatre princes, qui jusqu'alors agissaient dans la coulisse, furent amenés en scène. Ils composent maintenant avec Sanjo et Saigo, le ministère et le conseil du Mikado.

J'ai noté plus haut les principaux actes du nouveau gouvernement, tels qu'ils m'ont été communiqués et expliqués par leurs auteurs : l'abolition des *hans*, villes et territoires féodaux, transformés en *kens*, villes et territoires relevant directement de la couronne. C'était, d'un trait de plume, détruire dans tout l'empire la constitution féodale. Cette mesure hardie fut accueillie par le pays avec le silence de la stupeur, par les Européens de Yokohama, qui avaient applaudi aux premières innovations, avec une inquiétude mal dissimulée. On se demandait si une ordonnance d'une si grande portée pouvait être mise à exécution sans provoquer des résistances sérieuses.

Les daimios, transformés d'abord en simples gouverneurs de leurs anciens fiefs, furent ensuite destitués pour être remplacés par des fonctionnaires envoyés de Yedo. De plus, ils devront résider constamment dans cette ville. On sait que les daimios soumis à l'autorité du shogun y devaient passer six mois de l'année. Mais cette obligation leur avait été imposée à l'époque où ils étaient devenus les vassaux du shogun, et en vertu d'un acquiescement mutuel. L'ordonnance des nouveaux ministres est un acte arbitraire ; il prive les personnages les plus haut placés de l'empire d'un droit qui n'est refusé ni aux *étas*, ni même au dernier mendiant, celui de vivre dans le lieu qui les a vus naître. Le prince Ichikusen, s'étant attiré le mécontentement du ministère, fut destitué, remplacé par un fonctionnaire dans son gouvernement, mandé à Yedo et enfermé dans son palais, qui est tout près de la légation d'Angleterre. D'après l'ancien usage en pareil cas, le grand portail d'honneur de son yashki fut démoli, et l'ouverture fermée par des planches clouées sur des poutres transversales. Tout cela se passait pendant mon séjour à Yedo. Les ministres étaient tout glorieux d'avoir osé faire cet acte d'autorité.

Les clans, dont l'organisation intérieure était d'ailleurs détruite par suite de l'abolition des *daimiats*, subiront, comme il a été dit plus haut, des modifications importantes. Les petits clans seront réunis en groupes, les plus grands seront divisés.

Le gouvernement annonça l'intention de former une armée impériale. Les grands daimios reçurent l'ordre de diriger sur Yedo et Kiyôto leurs hommes et leur matériel de guerre, et les chefs des quatre clans s'empressèrent, du moins en apparence et dans une certaine mesure, d'obtempérer à un ordre qui faisait partie de leur programme. Grande était la satisfaction du ministère et plus grand l'étonnement du public. On n'avait pas vu d'exemple d'un semblable désintéressement. Les casernes faisant défaut, on s'empara d'une partie des couvents de la Shiba. Les bonzes furent délogés avec ou sans indemnité. Les soldats furent habillés, armés et exercés à l'européenne.

La question religieuse n'échappait point à la sollicitude du gouvernement. Les nouveaux ministres, soutenant qu'il fallait revenir aux dogmes plus purs de la religion du Mikado, ont ordonné la destruction des symboles, statues et images bouddhiques dans les temples jadis shintoïtes. Si ces ordres sont exécutés à la lettre, c'est la destruction des sanctuaires les plus vénérés par le peuple et indirectement de la religion bouddhique, c'est-à-dire de la religion en général. Déjà il est question de démolir les magnifiques tombeaux de la Shiba, les monuments sépulcraux les plus précieux du Japon. Partout on commence à confisquer en partie, et en partie à exproprier, moyennant la promesse d'une faible indemnité, les grands couvents bouddhiques. Pour apaiser les clameurs des moines, on les dispense du célibat. Le peuple regarde en silence ; il laisse faire sans rien comprendre à cette croisade soudainement dirigée contre les Dieux et leurs prêtres.

[1] Au mois d'août 1871.

Il est une autre source de désaffection. L'état des finances n'est pas brillant, et les réformes coûtent cher. Jusqu'ici le système financier était fort simple. Le Mikado, le shogun, les daimios, le paysan, vivaient du rendement de leurs terres. Les cultivateurs payaient un impôt aux daimios, ceux-ci payaient un tribut soit au Mikado, soit au shogun. Les hatamotos de ce dernier avaient des dotations en terres. Les samuraïs du Mikado et des daimios, à part quelques fermes qu'ils exploitaient, touchaient des rations de riz, un certain nombre de *kokus*, le prix du koku variant selon l'état des recettes, mais représentant, en moyenne, vingt-cinq francs. Cette solde formait presque la seule ressource du samurai. Les commerçants et industriels étaient exempts de tout impôt. Quand la récolte était mauvaise, l'impôt n'était pas perçu, mais réparti sur les années ultérieures, pourvu qu'elles fussent abondantes. Ces facilités répondaient à l'esprit paternel des princes, qui oubliaient rarement que leurs sujets étaient membres de leur famille, et que l'appauvrissement du paysan retombait sur le seigneur. L'état moderne, la complexité de ses rouages, la cherté de son administration, ne comportent pas de semblables ménagements. Aujourd'hui l'impôt, sans égard à la qualité des récoltes, est rigoureusement perçu. De là, dans la classe si importante des cultivateurs qui forment la grande majorité du peuple, des symptômes de désaffection. Pour alléger leurs charges, le ministère se propose de réduire ces impôts, ce qu'il ne pourra faire, vu l'accroissement de ses embarras financiers, et d'imposer les marchands et les industriels, ce qu'il fera certainement; le résultat sera d'augmenter le nombre des mécontents. Mais il dispose d'autres sources de revenus. Les daimios ont fait le sacrifice de leurs territoires, et par conséquent de l'immense revenu qu'ils en tiraient. Le gouvernement, en se les appropriant, compte laisser aux anciens propriétaires la jouissance du dixième, et prend à son compte les charges inhérentes à la situation des daimios. La plus considérable de ces charges, en dehors de l'achat des navires et du maintien du matériel de guerre, était la subvention due aux samurais. On a vu plus haut que le gouvernement compte leur payer deux tiers de leur pension et former du troisième un fonds public. De cette façon il espère être, dans dix ans, à même de racheter cette pension. En attendant, les espèces ont disparu; sauf la petite monnaie de cuivre, on ne voit que du papier. Telles sont en résumé les mesures financières, méditées et en partie proclamées par le gouvernement réformateur. Mais les embarras augmentent tous les jours. Ils remontent à deux causes : d'abord, le trouble porté dans toutes les relations par suite de si grands et si rapides changements, et, comme conséquence, une diminution notable des revenus publics ; ensuite, une augmentation énorme de la dépense. Il faut pourvoir à l'installation du gouvernement central, calqué sur le modèle dispendieux des gouvernements européens, tels du moins qu'on se les imagine ; à la formation et au maintien d'une armée impériale et d'établissements maritimes ; à l'introduction des télégraphes et des travaux de chemins de fer; à la fondation d'écoles de langues étrangères et autres ; à la construction de la somptueuse Monnaie d'Ôsaka et, ce qui est un grand bienfait, à l'érection de phares sur les côtes et dans la mer intérieure. Pour suffire à toutes ces entreprises, on a besoin d'Européens. On emploie à grands frais des ingénieurs, des architectes, des professeurs, des légistes, des instructeurs militaires, des maîtres d'école français, allemands, anglais. Des jeunes gens sont envoyés en Europe et en Amérique, les uns « pour la vue », les autres « pour la bouche », c'est-à-dire comme simples voyageurs, chargés de prendre et de rapporter des idées européennes, ou comme étudiants chargés de suivre des cours de médecine, de mécanique, de physique. Ils sont défrayés et reçoivent en outre une gratification de mille dollars. On me dit que le nombre de ces jeunes émissaires, qui doivent importer la civilisation, dépasse le chiffre de cinq cents, et la dépense celui de sept à huit millions de francs! Des livres anglais, allemands, français, le plus souvent des compilations encyclopédiques populaires, destinés à propager les connaissances utiles, sont, aux frais du gouvernement, traduits en langue japonaise et répandus parmi la jeunesse.

Avec ces efforts tendant à doter d'emblée le Japon de tous les bienfaits de la civilisation européenne, contrastent la haine du christianisme qui semble animer les réformateurs, les persécutions dont les chrétiens indigènes, peu molestés sous le règne des derniers shoguns, sont devenus les victimes, et la fin de non-recevoir opposée aux remontrances amicales du corps diplomatique.

Maintenant, quels sont les véritables auteurs de la révolution de 1868? quel est le but ostensible, quelles sont les tendances secrètes des meneurs?

Écoutons d'abord les indigènes. Iwakura m'a dit, et dit à tous ceux qui l'approchent : « La nation aime et vénère le Mikado. Le shogun était devenu l'objet de l'exécration universelle. Il fallait le renverser. Mais c'était lui qui contenait les chefs de clans, les daimios placés sous sa dépendance. Toujours turbulents, ils visaient depuis sa chute à l'émancipation complète. C'était intolérable. Le Mikado seul pouvait les réduire à l'obéissance. Il fallait donc avant tout le restaurer. C'est ce qui a lieu en ce moment, et ce qui sera accompli en trois ans. » Voilà le langage officiel du jour, peu fait, il est vrai, pour nous éclairer. Mais j'ai sous les yeux un document extrêmement curieux. Je pense, sans pouvoir l'affirmer, qu'il se trouve parmi les papiers communiqués au parlement anglais. Il date évidemment des premiers mois de la révolution, alors que l'expulsion des barbares était encore inscrite sur les bannières des quatre clans victorieux. Il a pour titre : *Fuku-ko-ron : retour à l'ancien régime*. En voici les parties essentielles :

« On croit, en général, et on soutient que l'empire ne peut être gouverné par l'empereur durant une longue suite d'années. Il faut être dépourvu du don d'observation et de toute réflexion, il faut ne savoir pas lire les signes du temps, pour tenir un pareil langage. » Suit un exposé tendant à prouver, contrairement, je crois, à la vérité historique, que, pendant deux mille ans, les Mikados ont régné et gouverné sans la participation de la classe militaire, et que, s'ils lui ont, pendant peu d'années, abandonné les rênes de l'État, ç'a été volontairement ; puis l'auteur continue :

« Cette fois c'est le peuple qui, spontanément, a pris l'initiative du rétablissement de l'autorité exclusive du Mikado. Le mouvement, commencé par les ronins [1], gagna successivement les *kerais*, les *karos*, et enfin les daimios. Ainsi, né dans le peuple, il se propagea de plus en plus, et aboutit au retour du pays tout entier à l'ancienne forme du gouvernement. Il s'ensuit que, *le Mikado même voulût-il changer de politique, il ne le pourrait pas, parce que l'opinion du peuple serait contraire à un pareil changement*..... On dit encore : En apparence, le mouvement actuel est un retour au gouvernement du souverain, mais en réalité le but est de remettre le pouvoir aux mains des daimios. C'est se tromper foncièrement sur les faits. Le peuple a pris l'initiative du mouvement, le peuple l'a conduit à bonne fin. Comment les daimios, quelles que fussent leurs intentions, pourraient-ils l'exploiter à leur profit?... Si on examine la marche du nouveau gouvernement, on trouve que, dans toutes les affaires, même les moins importantes, les daimios sont d'abord consultés ; ensuite le Mikado décide. Idéal d'un gouvernement national et impartial. Les promoteurs de cette révolution ont été, sans nul doute, en premier lieu, Satsuma, Choshiu et Tosa; plus tard, les autres daimios leur ont prêté un concours soutenu et énergique. Quiconque voudrait défaire un arrangement équitable, rencontrerait l'opposition des forces réunies de l'empire..... Comment est-il arrivé que l'initiative du mouvement ait été prise par les classes inférieures? Depuis deux cents ans le peuple s'était habitué à discuter sur l'obéissance due au souverain. On comptait les crimes commis dans les derniers temps par le

---

[1] Allusion aux six cents ronins qui, en 1865, dans les provinces de Yamato et Tajima, sous la conduite des kugés, se révoltèrent contre le shogun. Ils furent dispersés, et les kugés se réfugièrent chez le prince de Choshiu.

shogunat. A l'occasion de la signature des traités avec les barbares extérieurs, l'indignation contenue du peuple s'est légèrement manifestée. » Ici l'auteur énumère ces légères manifestations de la colère populaire : l'assassinat du régent Ii-Kamon-no-Kami, l'attentat commis sur la personne du second ministre des affaires étrangères Tsushima, grièvement blessé; les attaques contre la légation d'Angleterre, le cuisinier et une ordonnance tués, le secrétaire, M. Oliphant, grièvement blessé; la révolte des six cents ronins, et la scission survenue dans le clan du prince de Mito, dont une fraction s'est déclarée pour le Mikado [1].

Ce mémoire, évidemment inspiré par les chefs du mouvement dont il prétendait justifier la conduite, bien que rempli d'inexactitudes volontaires et de contradictions palpables, qui du reste s'expliquent par la situation des meneurs, répand une vive lumière sur l'origine et le but de la révolution. Il s'ingénie d'abord à réfuter la croyance populaire que les Mikados ont toujours été incapables de gouverner par eux-mêmes. Il tâche de donner au mouvement un caractère essentiellement démocratique. Le peuple, qui en réalité n'a pas bougé, en aurait pris l'initiative dans l'intention de déposséder la classe militaire, c'est-à-dire ces mêmes samurais qui, combattant sous les bannières de leur clan, ont renversé le shogun ! Le mémoire soutient que le but principal était la restauration du Mikado, mais il se hâte d'ajouter que le Mikado serait impuissant à remettre le pouvoir aux mains de la classe militaire contrairement aux vœux du peuple, plaçant ainsi le peuple au-dessus du Mikado. Il admet que le grand crime du shogun était d'avoir traité avec les barbares, et il proclame comme l'idéal d'un État bien réglé le gouvernement par les daimios, ou, pour dire vrai, par les trois chefs de clans qui ont provoqué le mouvement, et que le Mikado consulte avant de rendre ses arrêts. Aveu naïf! Ceux-là auraient donc raison qui pensent que le remplacement du shogunat par une oligarchie était le but et est, dans sa phase actuelle, le résultat de la révolution.

Passons maintenant aux informations recueillies par des Européens, et j'ose ajouter par les hommes les mieux placés pour être bien renseignés. En voici le résumé. L'initiative du mouvement appartient aux principaux conseillers des deux grands princes du Sud, Satsuma et Choshiu, à qui se ralliaient quelques kugés, dont Sanjo, par ses relations de famille, est le plus haut placé, dont Iwakura est le mieux doué et le plus actif. Les yashkis des princes de Satsuma et de Choshiu dans le Sud, Kiyôto dans le centre, étaient les foyers des intrigues ourdies contre le shogun. Sa ruine complète, la destruction de sa puissance et l'abolition de sa dignité formaient le premier but des conspirateurs. Pour s'assurer du concours des grands clans, ils faisaient appel à la haine, si répandue parmi les samurais, contre les étrangers. Le cri de ralliement devint donc : restauration du Mikado, expulsion des barbares. Lorsque la première partie du programme eut été accomplie, les hommes à deux épées demandèrent qu'on marchât sur Yokohama. Les meneurs tâchèrent de les contenir. Ils leur disaient : Les étrangers sont plus forts que nous, mieux armés, plus riches, supérieurs enfin sous tous les rapports. Ils ont brûlé Kagoshima et Shimonoséki, ils brûleraient Yedo et Ôsaka. Ayez patience ! Notre jour viendra. Mais, avant tout, il faut perfectionner nos armes, exercer nos troupes, emprunter aux barbares les moyens d'action qui un jour nous serviront à les détruire. Ce raisonnement fut écouté. Mais les chefs, quels sont leurs sentiments à l'égard des Européens? On pense qu'ils ne songent qu'à se maintenir au pouvoir; qu'ils ne partagent pas l'animosité des samurais, mais qu'on s'abuserait étrangement si on leur supposait des dispositions bienveillantes et amicales. Quant au peuple, à qui le mémoire justificatif attribue l'initiative de la révolution, il n'y a pris aucune part, il ne s'occupe pas de politique, il est, ce qu'il a toujours été à l'égard des Européens, poli, aimable et indifférent.

---

[1] Ces événements eurent lieu en 1860, 1862, 1865.

Sur ce qui précède, le doute n'est guère possible. Les faits relatés sont avérés. Mais bien des points importants restent dans l'obscurité. Pour soulever le rideau, on se perd dans des conjectures. Ainsi, j'entends soutenir que les princes et en général les daimios, sont des hommes nuls, abrutis, tombés dans un état d'imbécillité ; qu'ils sont devenus les instruments de leurs conseillers ; que ces conseillers, tous de la classe des samurais, ont imaginé la révolution, non pour remplacer le shogun par le Mikado, car ils ne se soucient ni de l'un ni de l'autre, mais pour secouer le joug de plus en plus pesant de leur maître (de l'homme, qu'au dire de ces mêmes personnes, ils dominent et exploitent à leur profit) ; que les idées modernes, les idées démocratiques importées d'Amérique et d'Europe, les ont gagnés ; que le système féodal, ici comme en Europe, a fait son temps ; que ces institutions se sont survécu ; que, minées dans leurs fondements, le premier souffle les a fait crouler ; que le contact avec les Européens a dessillé les yeux des lettrés ; que les aspirations vers le progrès, vers l'adoption de notre civilisation se répandent de plus en plus ; que les fréquents voyages en Europe et en Amérique développent ce mouvement et consolideront les réformes inaugurées sous nos yeux.

A ceci j'ai répondu : Connaissez-vous personnellement les princes ? On m'a avoué que non, ou bien qu'on les connaissait superficiellement. On les a vus dans des occasions officielles où l'étiquette impose aux grands un silence absolu et un visage d'idiot. Ce silence et ce visage ne prouvent donc rien. Il est vrai que beaucoup d'entre eux se laissent dominer par leur entourage : ce qui en effet semblerait prouver qu'ils manquent d'intelligence et d'énergie. Aucun fait constaté n'a pu être allégué à l'appui de l'assertion sur la prétendue intention des samurais de se soustraire à l'autorité de leurs princes. C'est donc une supposition. On a lu l'histoire des quarante-sept ronins. Je l'ai inscrite dans mon journal, parce qu'elle est l'apothéose du principe de la loyauté, base et essence des institutions féodales. Cent cinquante ans environ, il est vrai, se sont écoulés depuis, mais aujourd'hui encore le peuple brûle de l'encens sur les tombeaux des martyrs de ce principe. C'est là, il y a trois ans, qu'un ronin s'est donné la mort parce que l'entrée dans le clan d'un grand prince lui avait été refusée. Mais, pour constater la séve, la vitalité, la vigueur des institutions féodales, telles qu'elles existaient encore en 1868, il y a un autre fait qui forme, selon moi, un argument sans réplique, c'est l'histoire même de la dernière révolution. La puissance du shogun, quoique affaiblie, était encore immense. Ce prince, maître des plus prospères et des plus riches provinces de l'empire, disposait d'une armée parfaitement équipée, de ses quatre-vingt mille hatamotos, du produit douanier des ports ouverts et de Yedo et d'Ôsaka, enfin de l'appui moral à peine déguisé et très-réel du corps diplomatique. Il a été vaincu ; vaincu par trois princes qui, grâce à l'organisation de leur puissance féodale, ont trouvé tout ce qu'il fallait pour renverser ce colosse : des ressources morales et matérielles, des hommes rompus au métier des armes et décidés à les porter sous les bannières de leur chef.

Quant à l'existence d'une forte opinion, très-répandue dans certaines régions, qui demande le progrès, sans trop savoir quelle direction prendre ni où s'arrêter ; quant à l'existence de ces aspirations vagues, mais ardentes, le fait me paraît incontestable. C'est en s'abandonnant à ce courant que les gouvernants du jour ont ouvert l'ère des transformations. Dans ce travail ils sont encouragés et aidés par les applaudissements presque unanimes des négociants européens, par l'accueil bienveillant qu'ils rencontrent auprès des chefs des missions quand ils leur demandent conseil sur des mesures financières ou administratives (car je suppose qu'on s'abstient prudemment de donner un avis sur des questions de politique intérieure), par le concours d'un bon nombre d'Américains et d'Européens engagés au service du Mikado, enfin par les échos flatteurs qui reviennent déjà de l'autre partie du globe, par les appréciations favorables de la presse américaine et anglaise, par les lettres des touristes et étudiants japonais qui parcourent les États-Unis, l'Angleterre, la France, l'Allemagne, pour puiser aux sources mêmes de la civilisation. C'est par ces canaux que l'Europe et l'Amérique envahissent le Japon.

Je me demande si, et dans quelle mesure, les décrets réformateurs du gouvernement de Yedo deviennent une vérité. Sur ce point capital, faute d'agents et de voyageurs à l'intérieur, les renseignements qui arrivent aux légations et aux grandes maisons de commerce de Yokohama sont rares, incomplets, contradictoires. Il y a pourtant un fait constaté. Les princes de Satsuma et de Hizen dont les royaumes, pour me servir de l'ancienne dénomination, s'étendent sur la plus grande partie de l'île de Kiushiu, n'ont rien perdu de leur prestige ni de leur puissance. C'est ce que mandent les négociants de Nagasaki et un ou deux Européens employés par ces grands seigneurs féodaux. Il n'y a rien là qui puisse nous étonner, puisque ce sont Satsuma et Hizen qui, avec Choshiu et Tosa, ont fait la révolution. Il est tout simple qu'ils l'exploitent. Mais les autres grands daimios, qui ont adhéré à la célèbre pétition de Kido, seront-ils pressés de se suicider? Une personne étrangère à la politique, habitant l'un des petits ports des traités et vivant en relation continuelle avec les gens du pays, m'a dit :

« Dans l'intérieur, la plupart des ordonnances de Yedo restent à l'état de lettre morte. Ainsi le gouvernement a aboli les hans, destitué, dépouillé et dégradé les daimios ; mais jamais leur pouvoir n'a été plus solidement établi. Pour la forme ils s'exécutent, en réalité ils font ce que bon leur semble. Ils décrètent de nouveaux impôts, lèvent des hommes et des contributions, font et défont des lois, absolument comme si le gouvernement du Mikado n'existait pas, et ce dernier n'a garde, en insistant sur l'exécution de ses décrets, de provoquer une lutte avec ces roitelets. Au Japon, c'est toujours le même refrain, la même impuissance du gouvernement, soit du Mikado, soit du shogun, avec cette différence toutefois que ce dernier était réellement maître dans les provinces placées sous son autorité directe, et qu'il contenait jusqu'à un certain point, mais toujours en les ménageant beaucoup, les daimios ses vassaux ; en sorte que l'action du gouvernement central est aujourd'hui plus faible qu'elle ne l'a jamais été[1]. »

Je retrouve la même pensée chez quelques membres du corps diplomatique. « L'année prochaine, m'a dit l'un d'eux, auront lieu les négociations pour la révision des traités[2]. La question de l'ouverture de tout le territoire de l'empire aux Européens sera probablement agitée. Si le gouvernement y met obstacle, ce sera sous le prétexte qu'il ne pourra garantir leur sécurité aussi longtemps qu'un désarmement général n'aura pas eu lieu, et que c'est là une mesure grave qui exige du temps. Pour cette raison, on demandera un ajournement. Mais le véritable motif se trouve ailleurs. En principe, l'autorité du Mikado s'étend aujourd'hui sur tout l'empire ; en réalité, quoi qu'en disent les réformateurs, cette autorité est loin d'être partout une vérité. »

La faveur, un peu moins vive maintenant, que l'œuvre de réforme a trouvée auprès des négociants étrangers, s'explique aisément. L'Anglo-Saxon est naturellement philanthrope, un peu porté à la propagande de ses idées et de ce qu'on appelle les connaissances utiles. Il s'affectionne au pays où il réside, et applaudit à tout ce qui ressemble à une assimilation avec les institutions britanniques. Vient ensuite la question des intérêts. La civilisation créera des besoins nouveaux que l'industrie et le commerce anglais seront appelés à satisfaire. Le Japon saura

----

Cela était vrai en septembre 1871 ; mais, d'après les dernières nouvelles (septembre 1872), la situation s'est modifiée considérablement. Obéissant aux ordres du gouvernement, les daimios sont arrivés en grand nombre à Yedo. Exclus de toute participation aux affaires de l'État, dépouillés d'une grande partie de leurs revenus, ils se voient condamnés à l'insignifiance et à l'obscurité. A ce point de vue, l'œuvre de destruction s'accomplit. Mais l'autorité du gouvernement y a-t-elle gagné? S'est-elle consolidée dans les provinces et au sein des clans privés de leurs chefs naturels? Les lettres du Japon se taisent sur ce point capital.

[2] Sur la demande du gouvernement japonais, elles sont ajournées à 1873.

payer ; du moins on se l'imagine à Yokohama, ne fût-ce que parce qu'il possède d'inépuisables trésors de minerais. Cependant il y a des hommes qui en jugent autrement : « Les ministres du jour, disent-ils, agissent en dépit du bon sens ; ils sont comme des enfants ; ils détruisent les anciennes institutions sans avoir conçu une idée claire sur la manière de les remplacer. Ils cherchent des modèles en Amérique et en Europe, sans songer qu'ils sont incapables de se les approprier ; ils courent après des notions dont ils ne sauraient pénétrer le sens. C'est une rage d'imitation qui passera, mais peut-être en restera-t-il quelque chose de bon. Après tout, ils font comme les sauvages des îles Sandwich qui ont adopté les costumes européens, le pantalon et la veste, sinon le linge, et par-dessus le marché, deux chambres et un ministère responsable. » C'est le raisonnement le plus répandu : il est peu flatteur pour les Japonais qu'il compare aux sauvages, et il me semble peu profond. Si les réformateurs agissent en dépit du bon sens, comment espérer que quelque chose d'utile puisse sortir de leurs aberrations ?

Enfin, écoutons les adversaires du progrès japonais ; ils sont les moins nombreux.

« Les réformes des nouveaux ministres, disent-ils, à moins qu'elles ne restent à l'état de lettre morte, impliquent la ruine totale des daimios, destitués et dépossédés des neuf dixièmes de leurs revenus, et la ruine totale, la destruction entière des samurais, réduits à l'état de mendicité. Ce sont pourtant les daimios et les samurais qui ont fait la révolution et porté au pouvoir les auteurs de leur ruine. Ainsi ceux qui vous ont placés à la tête du pays recevront, sans résistance, de vos mains et avec le glaive qu'ils vous ont fourni, le coup de grâce qui devra mettre fin à leur existence. Est-ce admissible ? C'est là pourtant le point de départ de la réforme. Ajoutez les embarras financiers, les dilapidations énormes, l'épuisement du trésor, l'impossibilité de le remplir sans appauvrir le pays, la banqueroute inévitable, la tentative puérile et ruineuse d'introduire des institutions et des formes administratives empruntées aux pays les plus avancés de l'Europe et de l'Amérique, les confiscations des biens du clergé bouddhique, enfin le mécontentement croissant des paysans, des bonzes si nombreux [1], et surtout de la classe militaire. Pour que la réforme, commencée et poursuivie avec une témérité, une précipitation et une légèreté inouïes, puisse réussir, il faut que les daimios soient des idiots, que les liens plus de vingt fois séculaires entre eux et leurs hommes de clan soient complétement brisés ; que ces derniers soient tout aussi idiots que leurs maîtres. Il faut que les paysans, si indépendants, si jaloux de leurs droits, et formant l'immense majorité de la nation, soient soudainement tombés au-dessous du niveau des fellahs d'Égypte ou des noirs de l'Afrique centrale, et que les prêtres bouddhiques, illuminés par un trait de lumière divine, n'aient désormais qu'un désir, celui de voir renverser leurs idoles et leurs temples, de perdre leurs rations de riz, et d'être réduits à la dernière misère. Et tous ces miracles doivent s'accomplir pour doter la nation d'institutions empruntées aux barbares dont la destruction avait servi de cri de ralliement au début de la révolution ! Est-il probable, est-il possible que ces projets puissent se réaliser sans provoquer des résistances terribles ? Ou la nation japonaise est un corps mort, ou il lui est resté quelque vitalité. Dans le premier cas, les réformateurs n'ont rien à craindre et rien à espérer. Comme des remèdes appliqués à un cadavre, leurs réformes resteront sans effets. Si le peuple japonais vit encore, il finira par ne plus tolérer ces attentats violents dirigés contre ses biens, ses mœurs, ses institutions, sa religion. Il se soulèvera, il brisera les hommes téméraires qui ont osé porter la main sur tout ce qui lui est cher. L'anarchie et la guerre civile couvriront le pays de sang et de ruines, et les établissements européens seront menacés dans leur existence, englobés peut-être dans la catastrophe commune, car la réaction se fera aux cris de *mort aux barbares* ! »

Telles sont les sinistres prévisions des pessimistes. Pour ma part, j'hésite à donner un

---

[1] On évalue leur nombre, je ne sais d'après quelles données, à quatre cent mille.

jugement. Pour apprécier la réforme, il faudrait posséder ce qui me manque : une connaissance exacte du caractère national, des hommes parvenus au pouvoir suprême, de la nature de leurs relations avec le Mikado et avec les quatre clans, des véritables dispositions de ces derniers, de l'influence et de l'autorité des agents chargés, dans l'intérieur, de l'exécution des décrets réformateurs. Sur tous ces points je me trouve plus ou moins dans l'obscurité ou réduit aux informations qu'on me donne, que je ne puis contrôler, et qui le plus souvent ne sont que des suppositions. Pourtant, dans toutes les choses humaines, il y a des éléments qui, sauf la différence des temps et des lieux, sont communs à toutes les races, se retrouvent sous toutes les latitudes et dans toutes les sociétés, et ce sont ordinairement les plus essentiels. En me plaçant à ce point de vue, en considérant les derniers événements du Japon sous leur aspect général, j'arrive à certaines conclusions. Je les donne ici sous toutes réserves.

Je suis d'abord frappé de la profondeur et en même temps de la légèreté d'esprit de ceux qui ont dirigé le mouvement des quatre clans, et qui aujourd'hui en exploitent les conséquences.

De leur profondeur : il s'agissait de détruire le shogunat. Les auteurs du projet commencent par proclamer comme but la restauration du Mikado. Ils légitiment ainsi leur entreprise en prenant comme point de départ un principe, le principe le plus élevé, le plus enraciné dans le cœur de la nation. Pour s'assurer du concours moral de ceux qui doivent prêter leur épée, ils font appel à la passion dominante du jour, à la haine des étrangers. Ils inscrivent donc sur leur drapeau : restauration du Mikado, expulsion des barbares. Mais le Mikado n'est qu'un principe, un précieux talisman, si l'on veut, indispensable à ceux qui comptent agir sur le peuple. De puissance réelle, de ressources financières, politiques, militaires, pas de trace; mais le prestige moral est énorme. Le Mikado a ses femmes, ses kugés qui passent leurs robes de brocart à ailes de drap d'or, se coiffent du bonnet noir et vont s'incliner devant l'idole; il a aussi quelques samurais; il n'a pas d'armée. C'est tantôt tel grand daimio, tantôt tel autre, qui est appelé ou qui s'impose pour monter la garde avec les hommes de son clan auprès de la personne sacrée du fils des Dieux. Cependant il paraît certain que, sans le Mikado, on ne réussit guère. Les derniers événements semblent le prouver. Tant que le prince d'Aidzu occupe le château de Kiyôto, les affaires du shogun, son ami, ne vont pas trop mal. Aussi Choshiu, avant de tenter sa levée de boucliers, tâcha-t-il de s'emparer de l'empereur, la première fois en l'engageant à se rendre dans un temple hors de la ville. C'était un guet-apens. La chose fut ébruitée et le coup manqua. La seconde fois, ses hommes pénétrèrent de vive force dans Kiyôto, mais ils furent repoussés. A la fin, le talisman tomba entre les mains des conjurés. Dès lors la cause du shogun fut jugée et était en effet perdue. On voit la grande importance morale du Mikado, jointe à une égale impuissance matérielle. Si donc, pour mettre à la place du shogun, on n'avait que le Mikado, qui est tout comme principe et rien comme pouvoir réel, il était clair qu'aucun pouvoir central ne pourrait se créer, ou bien qu'il s'évanouirait aussitôt, et que les daimios, grands et petits, se rendraient indépendants. C'était la guerre civile et l'anarchie en permanence. Au shogunat fortement organisé, il fallait, dans le moment même de sa chute, substituer un autre pouvoir fortement organisé aussi et prêt à se charger de la succession. C'était le pouvoir des quatre princes, de ceux qui, eux ou leurs conseillers, n'importe, avaient conçu l'idée du mouvement, porté le fardeau de la guerre, gagné la victoire, et détruit l'adversaire. La révolution de 1868 n'a aucun sens, ou elle est le remplacement du shogunat par la domination des quatre princes sous l'autorité suprême mais nominale du Mikado. Pour ce dernier, tout le bouleversement se réduisait à un changement de résidence. Yedo, le centre du pouvoir du shogun, devait nécessairement être aussi celui de ses successeurs qui ne pouvaient se dessaisir du Mikado. Le talisman fut donc transporté de Kiyôto à Yedo. Je n'entends pas dire par là que les gouvernants actuels aient fait violence à l'empereur. Il paraît, au contraire, certain que le jeune souverain, très-favorablement disposé pour les innovations, approuve la conduite de ses ministres. Le nouvel état de choses est donc, de fait, la domination des quatre chefs de clan, collectivement exercée, au nom du Mikado, par les ministres qui sont leurs mandataires, et étendue, plus ou moins nominalement, plus ou moins réellement, sur toutes les parties du Japon. Combinaison tout ensemble habile et profonde, car elle repose sur une juste appréciation des éléments donnés.

Pour se consolider, le nouveau pouvoir devait créer une force armée. Les hatamotos du shogun étaient dispersés. Tout dévoués d'ailleurs à leur prince, on n'aurait pu, avec sécurité, les ranger sous les drapeaux du nouveau régime. Le Mikado, je viens de le dire, n'avait aucune force militaire. Restaient les clans des quatre princes, vivant à l'extrémité de l'empire. Ici commençaient les difficultés et en même temps les légèretés. Les quatre princes avaient offert au Mikado leurs territoires, et les autres daimios avaient été obligés de suivre cet exemple. Maintenant il s'agissait de faire un autre sacrifice, d'envoyer à Yedo les hommes de guerre de tous les clans et d'en former l'armée impériale, qui serait en réalité l'armée du pouvoir collectif. Cette mesure grave et radicale au dernier degré répondait aux intérêts des quatre princes ; elle leur donnait les moyens de consolider leur nouveau pouvoir au centre de l'empire et de rendre les autres daimios inoffensifs en les désarmant. Mais en même temps elle détruisait l'organisation des clans, l'institution fondamentale de la nation. Politiquement, au point de vue des besoins momentanés, la mesure était excellente, mais socialement et par ses conséquences je la crois désastreuse même pour les quatre princes qui, en détruisant les clans, sapaient les fondements de leur propre existence.

Le gouvernement central se compose de quelques ministres, dont le plus important est Iwakura, et de quatre conseillers impériaux, les délégués des quatre clans, appelés à coopérer avec les ministres et en même temps à les contrôler, à les surveiller. Kido, comme il a été dit, est le plus actif et le mieux doué d'entre eux. Saigo aussi peut rendre de grands services. En sorte que la direction des affaires se trouve concentrée dans les mains des hommes qui, pour les quatre princes et avec les hommes de guerre de ces derniers, ont fait la révolution de 1868. S'ils s'appellent ministres et conseillers de l'empereur, c'est qu'on veut et doit sauvegarder le principe. En réalité, ils sont les mandataires des princes ; leur pouvoir repose sur le concours de ces princes, et comme ceux-ci, à ce qu'on croit, sont livrés à leurs conseillers, sur l'appui de ces conseillers, qui de leur côté s'appuient sur les hommes les plus influents du clan. Voici comment on procède. A Yedo on médite une mesure importante. Le projet en est communiqué aux conseillers des quatre princes, envoyé dans les provinces et débattu dans la coterie dominante de chaque clan. L'assentiment est donné sous forme de pétition aux ministres. Ceux-ci publient alors le décret, motivé, disent-ils, par l'opinion publique, témoin les pétitions. En un mot, c'est l'oligarchie de Yedo appuyée sur les petites oligarchies qui dominent dans les quatre clans. Aussi les allées et venues entre la capitale et les résidences de Satsuma, Choshiu, Tosa et Hizen sont-elles incessantes. Cet état de choses pourra-t-il longtemps se maintenir ? Le gouvernement central, sous la pression des besoins urgents de sa situation, absorbe de plus en plus les forces vitales des clans qui, pour faire marcher l'organisation nouvelle, doivent donner leur sang et leur argent. On a supprimé les daimiats, du moins sur le papier, ruiné les samurais et en dernier lieu détruit les clans ; on est obligé de grever le peuple d'impôts et d'avoir recours à des mesures financières désastreuses. De là un affaiblissement universel que les quatre clans, quoique maîtres du pouvoir, doivent également ressentir. Le jour viendra peut-être où ils se lasseront des sacrifices que le gouvernement de Yedo ne cesse de leur demander, et où les coteries progressistes qui y dominent aujourd'hui seront remplacées par des hommes de la vieille roche. Sur cette question si importante, la véritable disposition d'esprit des clans, je manque de renseignements certains. Mais il est dans la nature humaine et dans la situation donnée que, tôt ou tard, les gouvernants de Yedo tâcheront de s'émanciper de la tutelle des quatre clans. Plus l'organisation de l'armée impériale avancera, plus ils sentiront croître leurs forces, et moins ils se plairont dans le rôle de simples mandataires.

Les ministres installés à l'issue de la guerre civile avaient déjà favorisé les innovations calquées sur des modèles européens. Mais leurs successeurs, les véritables auteurs de la révolution, se sont lancés dans cette voie avec une ardeur extrême. Dans le peu de jours que compte l'existence de la nouvelle administration, on a dépouillé et dépossédé les daimios, détruit indirectement les clans, réduit à la misère la classe militaire. On s'est attaqué à la religion du pays ; on a ouvert une croisade contre le bouddhisme, et, pressé par les embarras financiers, on s'est emparé d'une partie des biens du clergé. Les montoïtes seuls, à cause de l'importance politique et de la richesse des membres de cette secte bouddhique, ont été jusqu'à présent ménagés. On dirait que le ministère, au fur et à mesure qu'il rompt avec les anciennes traditions et avec ceux qui y tiennent, cherche un appui dans l'opinion nouvelle qui tâche d'emprunter aux États-Unis et à l'Europe les modèles des futures institutions du pays. Loin de moi la pensée de dénigrer ou de soupçonner les mobiles des hommes remarquables que nous voyons à la tête des affaires. Jusqu'à preuve du contraire, je les tiens pour animés des intentions les plus pures et les plus patriotiques. Je ne me sens aucune sympathie pour le dieu Bouddha, mais je crains que, en détruisant ses idoles et ses temples sous le prétexte de restaurer le culte officiel qui n'est d'aucune religion, on ne prive le peuple de sa foi, et, chose plus grave, de la faculté de croire, mauvais moyen, à mon sens, de le rendre heureux et de le civiliser ! Quelque séduisants qu'en soient les dehors, je donne peu de regrets à une chevalerie barbare ; mais elle se lie étroitement à la constitution féodale qu'on détruit avant de savoir par quoi la remplacer. Je constate et je loue, dans les couches élevées de la nation, les aspirations générales vers le progrès, la soif ardente des améliorations, le désir d'acquérir des connaissances utiles et de doter le pays des conquêtes de la civilisation européenne. Seulement la manière dont on s'y prend ne me paraît pas pratique. Les journaux et la plupart des résidents étrangers trouvent que la voie est bonne, mais qu'on marche trop vite. Je leur demande pardon, la voie n'est pas bonne. Il me semble que l'œuvre de la réforme doit commencer par toucher les cœurs. Elle doit y implanter la charité et le renoncement de soi-même. Cela fait, on pourra avec succès proscrire les actes de violence et de vengeance, et fonder des institutions philanthropiques. Par la réhabilitation de la femme, le lien conjugal sera épuré et fortifié, les mœurs seront corrigées, la famille, qui est la base des États, sera régénérée. Il en résultera le respect de la propriété et des garanties sérieuses pour l'ordre public, sans lesquels l'industrie ne saurait fleurir. Alors le moment sera venu de penser au télégraphe et aux chemins de fer. Commencer par là, c'est, je le crains, faire les choses à rebours. Un homme peut apprendre à transmettre un télégramme et à diriger une locomotive, et cependant rester barbare, éprouver, en quittant la station, le fil de son sabre sur le premier mendiant qu'il rencontre, ou, si le chef de gare l'a réprimandé, venger son honneur en s'ouvrant le ventre.

Toutes ces questions sont beaucoup discutées par les résidents européens. Quand je leur dis mes idées, on sourit finement ; on est trop poli pour rire tout haut, ce qui ne m'empêche pas de craindre que les essais que je vois faire ne tournent mal ; car, l'expérience le prouve, le contact de notre civilisation est toujours funeste aux races sauvages ou semi-barbares tant qu'elles sont privées des lumières du christianisme.

Mais trêve de réflexions. Bornons-nous à constater le fait qui, dans l'empire du Soleil-Levant, domine aujourd'hui la situation. Les ministres se sont engagés à outrance dans le mouvement réformateur, soit pour le diriger, soit pour l'exploiter, soit pour s'en faire une arme contre leurs adversaires, contre l'opinion du vieux Japon stupéfait, silencieux, intimidé, mais plus vivace peut-être qu'on ne pense. Je ne leur en fais aucun reproche ; ce que je ne puis approuver, c'est l'absence totale de respect pour les droits acquis, l'arbitraire des mesures, la légèreté qui s'attaque à tout, l'usage qu'ils font, pour détruire, du nom du Mikado, dont le prestige, vingt fois séculaire, pourrait bien s'éclipser dans leurs mains hardies et inexpérimentées.

Enfin, au milieu de bruyants applaudissements, mais qui au moindre accident se convertiront en reproches et en injures, la barque a quitté le rivage et descend rapidement le courant. Arrivera-t-elle à bon port? C'est possible. Sombrera-t-elle? C'est probable. Nul ne le sait. Ne pouvant ni s'arrêter, ni remonter le fleuve, on va à l'aventure, on s'en remet au hasard. Le spectacle est curieux ; il n'est pas nouveau. Déjà Guichardin a dit que ceux qui introduisent une « nouveauté » dans l'État ne prévoient jamais la direction que prendra le mouvement et en voient rarement la fin.

LA MER INTÉRIEURE, D'APRÈS UN CROQUIS DE L'AUTEUR.

III

CHINE

VUE DE SHANGHAI.

I

SHANGHAI

Physionomies diverses des « concessions ». — La ville chinoise. — Sü-kia-wei. — Une symphonie de Haydn exécutée
par des Chinois. — L'Orphelinat des Sœurs. — Fluctuations et état actuel du commerce.

3 *octobre*. — Le ciel est gris, l'air vif et froid. Une fraîche mousson souffle du nord–est. On
se dirait en Russie. Hier nous nous sommes crus sous l'équateur. On n'a pourtant pas quitté le
31ᵉ parallèle. A midi, le *New-York* se trouve à deux cents milles de l'embouchure du Yang-tse-
kiang et déjà la mer pâlit. Vers le soir, elle devient couleur de boue.

4 *octobre*. — A dix heures, on entre dans le « grand fleuve », comme les Chinois l'appellent
avec raison ; car, après l'Amazone et le Mississipi, c'est le plus grand fleuve du monde. La rive
septentrionale est invisible. A notre gauche s'enfuient, à perte de vue, les plaines de la province
de Kiang-su. Quelques grands steamers du commerce anglais pataugent dans les eaux bourbeuses de cet immense égout fouetté à cette heure par le vent. Des bateaux de pilotes et des
djonques, toutes leurs colossales voiles dehors, courent des bordées comme en pleine mer.

A une heure, le *New-York* pénètre dans le Hwang-pu, passe devant la station navale française de Wusung, côtoie des rives plates, vertes, cultivées, parsemées de villages qui rappellent
les bords de l'Humber et le Yorkshire. Rien, dans le paysage, qui par sa nouveauté ou sa beauté
frappe l'esprit ou parle à l'imagination. Tout cela, on l'a vu mille fois. Cependant, sur la rivière,
l'animation augmente au fur et à mesure qu'on approche de la grande métropole. Déjà, à
travers une forêt de mâts, apparaissent les édifices imposants de la ville anglaise, les maisons du
quartier américain, les pavillons flottants des consuls.

Nous avons passé devant les chantiers et les docks de la Compagnie américaine dont les grands steamers à deux étages complétement peints en blanc desservent la ligne du Yang-tse-kiang. Plus haut vous apercevez, partant, arrivant ou à l'ancre, les bateaux de la Compagnie anglaise péninsulaire et ceux des Messageries françaises. Ajoutez les nombreux vapeurs du commerce anglais expédiés directement de Londres, de Liverpool, de Glasgow, ceux des grandes maisons de Shanghai, des Jardine, des Russell, et, près de chacun, semblables à des planètes gravitant autour de leur soleil, les sampans chinois employés au chargement et au déchargement de ces grands navires. On aperçoit aussi beaucoup de voiliers ; mais, depuis l'ouverture du canal de Suez, leur nombre diminue sensiblement. C'est la vapeur qui aspire au monopole des mers. Mon œil se récrée à l'aspect d'une belle corvette autrichienne, la *Fasana*, capitaine Funk, arrivée ces jours derniers de Trieste. Au fond du port, le regard se perd dans une masse confuse de mâts, de vergues, de voiles fantastiques. Ce sont des djonques de toutes dimensions, ancrées

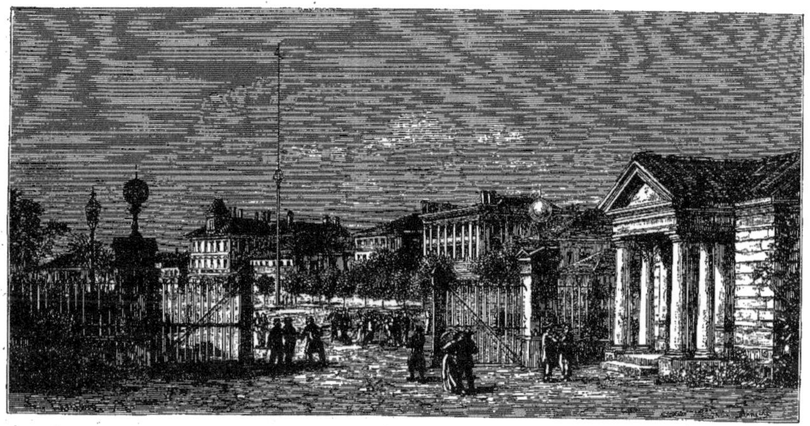

sous les murs de la ville chinoise. La proue de chacun de ces bâtiments est ornée de deux yeux peints. Malheureusement, les capitaines ne font pas toujours usage des leurs, ou bien, passant en signe de mépris devant les steamers européens, ils provoquent des accidents dont eux et leurs bateaux sont les victimes. Ces gros yeux ouverts qui semblent fixés sur vous avec de sinistres intentions, ne laissent pas, je l'avoue, de m'inspirer une terreur secrète. Symbole, menteur il est vrai, de la vigilance des équipages, ils donnent au bâtiment l'apparence d'un monstre prêt à vous dévorer.

Nous débarquons près du quartier américain, et je tombe avec plaisir dans les bras ouverts de M. de Calice, notre consul général à Shanghai et ministre résident en Chine et au Japon. Il m'offre et j'accepte avec reconnaissance sa cordiale et splendide hospitalité.

Plus j'examine cette ville, plus augmente mon admiration. Certes, l'emplacement, une plaine marécageuse et plate, n'a rien d'attrayant. Au point de vue du pittoresque, c'est même le plus laid paysage qu'on puisse imaginer. Certes, les résidences des riches négociants, de grands édifices imposants, magnifiques, prétentieux, ne sont pas tous des chefs-d'œuvre d'ar-

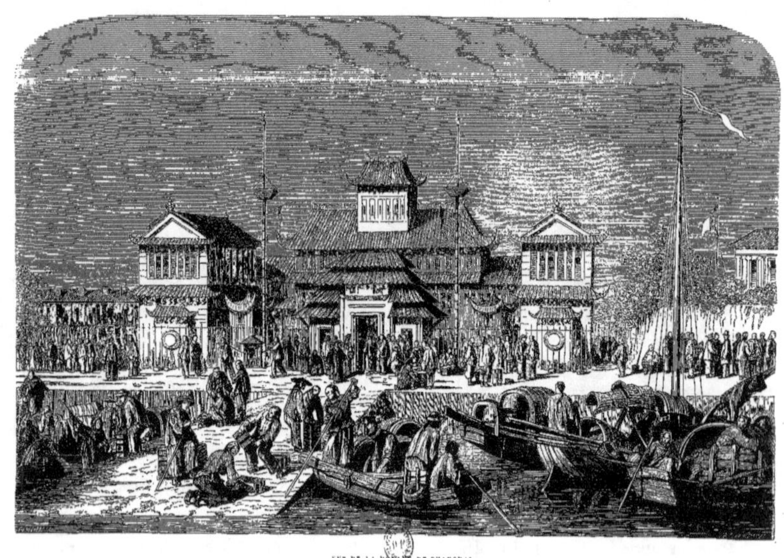

VUE DE LA DOUANE DE SHANGHAI.

chitecture ; et, comme climat, Shanghai jouit, à tort de plus en plus, d'une détestable réputation. Ce que j'admire, c'est la hardiesse, la constance, l'activité riche d'expédients, élastique, infatigable du génie anglo-saxon qui a conçu l'idée de fonder ici une ville, qui l'a réellement fondée, qui a lutté victorieusement avec la nature et avec toute sorte de difficultés : résistances sourdes du gouvernement chinois, attaques des rebelles, catastrophes commerciales, rivalités entre les immigrants de diverses nations, dissensions au sein même des résidents britanniques. Sans doute, tout le mérite ne revient pas aux Anglais, le gouvernement français peut en réclamer sa part. Mais les huit dixièmes des capitaux engagés dans le commerce et la navigation sont anglais,

UNE PLACE DE SHANGHAI.

et la population blanche, envisagée au point de vue de l'origine, montre la proportion de quatre pour un entre les résidents anglais et ceux de toutes les autres nations chrétiennes. La différence entre le génie du peuple français et les fils de la vieille Angleterre, si frappante dans l'extrême Orient et partout où les deux drapeaux flottent à côté l'un de l'autre, cette différence s'impose ici pareillement à l'observation du voyageur. La factorerie anglaise est née de l'initiative des particuliers, aidés de l'appui moral et, exceptionnellement et temporairement, des forces militaires et navales du gouvernement. Les établissements français sont l'œuvre du gouvernement, accomplie avec ou sans le concours des nationaux. Les agents officiels de la France marchent à la tête des colons, les fonctionnaires britanniques en forment l'arrière-garde et la réserve. Les premiers inspirent et dirigent leurs nationaux ; les seconds protégent et très-souvent doivent contenir leurs compatriotes. Les agents officiels des deux pays sont l'objet constant des critiques rarement bienveillantes de leurs nationaux ; les Anglais se plaignent d'être trop, les Français trop peu gouvernés ; les Anglais disent : notre consul se mêle de tout ; les Français : notre consul ne se soucie de rien. La vérité est que la tâche des autorités britanniques est moins de diriger que de contrôler, tandis que les consuls français sont obligés de gouverner et parfois même de régner. Retirez l'action de ces fonctionnaires, amenez le pavillon français, rappelez le stationnaire du port, et il est à parier dix contre un que dans quelques années l'établissement aura disparu. Dans une factorerie anglaise, les choses se passeraient tout autrement. Après le départ des représentants officiels et des troupes de la reine, les résidents pourvoiraient eux-mêmes au maintien de l'ordre, et, s'il le fallait, à la défense contre un ennemi extérieur. Il y aurait peut-être de mauvais moments à traverser, mais il est presque sûr que les éléments respectables finiraient par prévaloir et par fonder un état de choses, sinon bon, du moins tolérable. Les Français, je le répète, partiraient à la suite des autorités civiles et militaires, et le peu qui resterait s'amalgamerait avec les indigènes. Cela s'est vu et a été souvent dit, et, si je l'inscris dans ces pages, c'est qu'il est bon de se le rappeler afin de comprendre Shanghai. Loin de moi la pensée de dénigrer le peuple français. On peut être une grande nation et n'avoir pas la vocation de coloniser.

D'ailleurs qu'est-ce que veut dire coloniser ? Serait-ce le défrichement du sol ? A ce point de vue, les colonies de Louis XIV au Canada peuvent se comparer aux plus florissantes de toute autre nation. Est-ce la tâche d'exploiter le sol au profit des immigrés ? Dans cette supposition, certes, les Anglais méritent la palme que tout le monde leur accorde. Mais si l'on entend par coloniser porter la civilisation au sein des populations indigènes dont on occupe le territoire, les Portugais et les Espagnols des seizième et dix-septième siècles me semblent avoir été les premiers colonisateurs du monde. L'histoire, écrite, ne l'oublions pas, par des plumes qui n'étaient rien moins qu'impartiales, a flétri, justement si les faits relatés sont vrais, la cruauté des conquérants et des adelantados portugais et espagnols. Ceux mêmes d'entre eux dont on vante la douceur ont employé des moyens que l'esprit de notre siècle ne comporterait guère. Mais les royaumes d'outre-mer de ces couronnes étaient riches et prospères, les chefs-lieux des *presidencias* devinrent des foyers de civilisation. Les indigènes y affluaient et remportaient chez eux, avec les lumières, faibles et incertaines peut-être, du christianisme, les idées et les usages, imparfaits aussi, du monde civilisé. C'étaient de vrais et durables progrès. Des témoins qui ne sont pas suspects, des voyageurs qui comme Alexandre de Humboldt ont visité les colonies espagnoles au commencement du siècle, c'est-à-dire à une époque où l'Espagne était depuis longtemps descendue de son rang de puissance de premier ordre, parlent avec admiration de l'organisation et de la régularité du service administratif dans ces colonies, de la sécurité et de l'ordre qui y régnaient, de la sagesse des lois coloniales élaborées et codifiées sous le règne des Philippe. La cour de Madrid, il est vrai, tirait de ses possessions d'outre-mer les métaux précieux, mais en revanche la mère patrie donnait son sang. L'émigration constante, qui devait finir par épuiser l'Espagne, est en effet une des principales causes de la décadence si rapide de cette noble et chevaleresque nation. Encore aujourd'hui les jeunes gens de certaines provinces s'expatrient en masse. Dans celles du Nord, surtout dans les Asturies, on ne voit que des femmes et des vieillards. Les hommes sont allés à la Havane, au Pérou, dans le Rio de la Plata. En traversant des hameaux perdus dans les gorges des montagnes cantabriennes, j'ai pu voir des affiches annonçant le départ de bâtiments de Santander, de Gijon, de Ribadesilla, pour Cuba et l'Amérique du Sud ; tous, était-il dit, munis d'un chirurgien et d'un chapelain. Hélas ! l'un et l'autre ne sont pas de trop ; car, dans ces traversées, la mortalité est effrayante. Chacun de ces émigrants, et autrefois c'était plus vrai qu'aujourd'hui, devient, le plus souvent à son insu, un agent civilisateur. Aussi, voyez les résultats ! Partout où

VUE DE LA CONCESSION AMÉRICAINE A SHANGHAI.

PONT SUR LA RIVIÈRE SOU-TCHÉOU, PRÈS DE SHANGHAI.

les Espagnols ont régné, on trouve des tribus indiennes qui ont embrassé le christianisme et adopté, dans une certaine mesure, nos mœurs et nos idées. La plupart des hommes politiques que nous voyons figurer à la tête de leurs républiques sont d'origine indienne. J'ai eu pour collègues des Peaux-Rouges pur sang, et j'ai vu des dames de même couleur, habillées par Worth, s'extasier sur les roulades de la Patti. Je ne donne pas ces personnages pour des modèles d'hommes d'État, ni les critiques de ces dames comme devant faire autorité en matière de musique ; mais le fait n'en est pas moins significatif. Eh bien, c'est l'œuvre de la colonisation espagnole. Peut-on en dire autant de l'action des émigrants anglais ? Évidemment non. J'écarte ici tout ce qui a rapport aux Indes anglaises, que je n'ai pas visitées. Partout ailleurs, surtout dans l'Amérique du Nord, le contact de la race anglo-saxonne avec les sauvages et semi-barbares est désastreux pour ces derniers. Ils n'adoptent que les vices des Européens, ils nous haïssent, nous fuient — et c'est ce qu'ils peuvent faire de mieux, — ou bien ils dépérissent. De toutes façons, ils restent ce qu'ils ont été, des sauvages. A quoi bon d'ailleurs discuter sur le mérite comparatif des différentes nations ? Rendons à chacune l'honneur qui lui est dû.

Voyons maintenant ce que les *diables étrangers* ont créé ici, et comment ils s'y sont pris.

Le Hwang-pu, qui, en réalité, n'est qu'une crique, se présente à Shanghai comme un fleuve majestueux, large d'un demi-mille anglais. Il coule du sud au nord, et tourne ensuite soudainement à l'est. C'est dans cette courbe que l'arrivant aperçoit sur la rive gauche les premières maisons de la ville. Elles appartiennent à la concession américaine, séparée par un ruisseau, le Suchow Creek, de la concession anglaise qui tombe à la concession française, la plus méridionale des trois. Une autre crique fait limite entre celle-ci et la ville chinoise.

La concession américaine contient, avec les consulats d'Autriche et de la Confédération Germanique du Nord, quelques maisons basses, beaucoup de hangars et de magasins, et, plus à l'est, une rue neuve bordée de belles petites maisons.

La concession anglaise est le grand centre de l'activité commerciale. Les recettes de la ville, pour l'année courante, provenant des taxes, droits de poste, etc., sont estimées à soixante mille livres sterling. Aussi, avec ce bon sens pratique, avec cette absence de préjugés qui distingue le Yankee, les principales maisons de commerce de sa nation se sont établies sur la concession britannique. On y arrive par un pont jeté sur le Suchow Creek et on voit alors se développer le long du quai, dit le *Bund*, une série de constructions monumentales, de vrais palais, bâties dans le goût britannique, mais ayant toutes une véranda, cet accessoire indispensable dans un climat où les chaleurs des tropiques alternent subitement avec les frimas de la Sibérie. Rien n'est imposant comme l'aspect de cette longue enfilade d'habitations princières étalant leurs façades sur le quai et ayant vue sur le Hwang-pu, théâtre principal de l'activité dont elles sont les produits. Un vaste enclos contient les différents édifices du consulat britannique, le palais de justice et la demeure du juge anglais. Suivent les résidences des *merchant princes*. Celles de la maison Jardine et Cⁱᵉ et de Dent fixent surtout l'attention. Sur le quai, en face des maisons, on a planté un jardin public. En ce moment, de beaux arbres plient sous la furie d'une bise noire qui les dépouille de leurs feuilles jaunies et fait geler le sang dans les veines des promeneurs. Ce qui manque à ce glorieux *Bund*, c'est une digue de pierre. Mais la pierre fait défaut, car Shanghai est bâti sur les bords d'une immense plaine alluviale, où manquent absolument les matériaux de construction. Des poutres remplacent encore le granit et de nombreuses jetées en planches, des *go-downs*, facilitent, à ceux qui ont appris la gymnastique, la tâche peu commode de gagner ou de quitter leurs embarcations.

Shanghai possède deux ou trois églises dont la plus grande, faute de capitaux, n'a pas encore de clocher. Derrière le magnifique rideau des palais, la ville anglaise s'étend vers l'ouest. Ici le goût du beau et du splendide fait place aux exigences de l'utile et du nécessaire.

On ne voit que dépôts, magasins, boutiques, ces dernières richement fournies de tous les produits de l'industrie anglaise. On se dirait à Oxford Street, ou dans le Strand. A ce point de vue, ni Yokohama ni aucune autre ville européenne en Asie, sauf Calcutta et Bombay, ne supportent la comparaison avec Shanghai.

Plus loin s'ouvre le quartier habité principalement par des Chinois. Dans des magasins que tiennent des marchands à queue noire, on trouve tous les articles de fabrication anglaise, de moindre qualité peut-être, mais à des prix fort réduits ; car le Chinois a sur le négociant européen la supériorité du bon marché. En d'autres termes, il se contente de profits modiques, et il n'est pas pressé de s'enrichir, ce qui, à la longue, doit lui assurer l'avantage sur ses concurrents blancs. Toutes les maisons sont numérotées, mais les Chinois dédaignent les chiffres et préfèrent les mots. Même les grandes maisons consentent à se décorer de *raisons sociales,* adaptées au goût du pays. Ainsi Dent et Cie s'appelait *Précieux* et *Complaisant ;* Jardine et C a choisi le nom de *Honnête* et *Harmonieux.* Dans les rues, un mélange d'hommes blancs et

d'hommes jaunes, d'un petit nombre de femmes chinoises et de très-peu d'Européennes. A Shanghai aussi, l'absence de la femme, cette regrettable lacune des établissements de l'extrême Orient, produit ses tristes conséquences. Cependant, depuis un ou deux ans, cet article si rare et pourtant si précieux commence à s'importer. Les commis partis en congé reviennent mariés. Le nombre des ménages augmente, et les mœurs et les manières, me dit-on, se ressentent déjà de l'influence salutaire de la femme honnête.

A cette heure, le Bund est rempli de monde. On passe à pied, à cheval, en voiture, en brouette. La brouette est le car irlandais, à une roue, poussé par un Chinois. Deux personnes y sont assises dos à dos, ayant les pieds posés sur une planchette. Je vois de fort beaux chevaux d'Australie et du Cap, qu'on paye assez cher, et des poneys du pays, de race mongole. Depuis quelque temps, les grands steamers de la Compagnie Pacifique amènent des chevaux de Californie. Les chefs des maisons de commerce ont de riches équipages ; leurs employés, des gigs ou un cheval de selle.

Toujours en suivant le quai, nous gagnons la concession française. Le Bund continue ; mais, à part l'activité qui règne autour des grands magasins des *Messageries maritimes* et de ceux de la compagnie dite *Shanghai Steam navigation*, situés les uns et les autres dans cette concession, l'animation, la vie des affaires semble s'être arrêtée sur les limites du quartier anglais. Les maisons des résidents ne peuvent se comparer à celles de la ville britannique. En revanche, le somptueux hôtel du consulat, la grande cathédrale et le palais municipal attirent les regards. La différence entre les deux quartiers est frappante. D'un seul pas on s'est transporté d'une factorerie dans une colonie. Là les marchands, les résidents, sans aucun plan arrêté d'avance, et selon les besoins du moment ou leur plaisir, font le gros de la besogne. Ici le gouvernement qui veille, qui pense, qui réfléchit, qui agit méthodiquement et bureaucratiquement, le gouvernement a tout conçu, tout ordonné, tout exécuté. Les résidents sont des administrés. S'il y a de leur part des résistances, elles sont aisément brisées. Il est arrivé que la municipalité s'est montrée intraitable. Le consul l'a cassée, a mis en prison les conseillers les plus récalcitrants, et a passé outre.

Notre chemin nous conduit à la ville chinoise, située, comme il a été dit, au sud des concessions européennes et entourée d'une haute muraille. Nous y pénétrons par une de ses sept portes, et, traversant un dédale de rues et de ruelles, nous examinons ce qu'elle renferme de curieux : le grand temple avec son jardin où l'on voit plus de faux rochers que d'arbres et de fleurs ; les maisons de thé qui ne sauraient se comparer à celles du Japon ; enfin les restaurants fréquentés, les uns par les gentlemen, les autres par les gens du peuple, également remarquables d'ailleurs par l'odeur infecte de l'atmosphère qu'on y respire, par la conversation bruyante des convives, par la saleté repoussante des garçons et des cuisiniers. J'ai lu tant de descriptions de villes chinoises, que la première que je visite ne m'offre pas même le charme de la nouveauté. Aussi ne me donné-je pas la peine de prendre des notes. Il faut pourtant déclarer à l'honneur des Shanghaïais, et dans l'intérêt de la vérité, que la plupart des voyageurs exagèrent un peu les horreurs dont ils ornent leurs descriptions. Certes, il y a ici des coins, des carrefours, des ruelles où, en passant, on fait bien de fermer les yeux et de se boucher le nez. On y est témoin de scènes dignes de figurer dans les contes fantastiques de Hoffmann. Mais les principales rues du Shanghai chinois ne sont guère au-dessous de ce qu'on voit en ce genre dans le midi de l'Europe.

Pour quitter ces lieux si peu sympathiques, il nous faut constamment traverser, remonter ou descendre des courants d'êtres humains, donner et recevoir des coups de coude, nous exposer à d'autres inconvénients particuliers aux foules chinoises. Sur une petite place, le peuple forme une masse compacte. Un jongleur l'a attiré. Grâce à un effort suprême, je parviens à me poster auprès de l'artiste déguenillé qui évidemment n'a pas dîné, et qui, si l'on en juge par le peu de sapèques qu'il recueille, ne soupera guère. Sur sa physionomie fine et spirituelle se peignent la fourberie, l'impudence et la misère. Et pourtant ce pauvre diable fait des prodiges. Je me demande encore si tout cela n'est pas de la magie. Je lui ai vu réellement avaler une demi-douzaine de petites tasses de porcelaine fine et les rendre au bout de quelques minutes. Je n'en croyais pas mes yeux, mais j'atteste le fait, laissant aux anatomistes et aux médecins le soin de l'expliquer. L'autre jour, me dit-on, son camarade, après avoir avalé les tasses, ne put les rendre et mourut dans des souffrances atroces.

Mais, Dieu merci, nous voici sortis de l'enceinte. Nous sommes en rase campagne et nos poumons se dilatent. Devant nous s'étend un pays plat, vert, dépourvu de grands arbres, monotone et laid. A l'horizon, une pagode à plusieurs étages se profile sur le ciel couleur de plomb. A peu de distance de cette tour et à cinq milles de Shanghai, s'élèvent, entourés d'un beau jardin, les édifices de Sü-kia-wei, l'antique et célèbre collège des jésuites. Fondé au dix-septième siècle, englobé lors des grandes persécutions dans la ruine commune des établissements chrétiens, rendu à la compagnie à l'issue de la dernière guerre, abandonné de nouveau à l'approche des Taepings et réoccupé après leur fuite, il renaît de ses cendres plus prospère et plus puissant que jamais. Les pères, sauf le supérieur qui est Italien et trois Chinois, sont Français. Tous portent le costume et la longue queue des *célestiaux*. Les élèves du collége appartiennent pour la plupart à des familles chrétiennes et sont tous des indigènes. Ceux de l'orphelinat sont des enfants du bas peuple apportés par leurs parents. Chose curieuse et difficile à expliquer, le nombre de ces enfants a considérablement augmenté depuis les terribles massacres de Tien-tsin de l'année dernière, qui ont eu, dans tout l'empire, un si grand retentissement. On dit que les Anglais emportent avec eux, aux antipodes, leurs mœurs et leurs traditions. On peut en dire autant des jésuites. Les établissements de la compagnie se ressemblent partout. Une ou deux salles, un corridor au milieu de la maison ; des deux côtés, les cellules des pères, petites, mais propres, les classes et dortoirs des élèves, les cuisines et réfectoires, le tout empreint du cachet de l'ordre et de la discipline. Les élèves font des études classiques dans le sens chinois, et acquièrent des connaissances utiles. Les orphelins apprennent des métiers. Chacun de ces jeunes gens, en rentrant dans sa famille, y apportera les germes de la civilisation. Tout le monde, pères et élèves, a l'air gai et bien portant.

Le supérieur ne veut pas nous laisser partir sans avoir improvisé un petit concert. Sous la direction d'un père chinois, quatre élèves se mettent à exécuter une symphonie de Haydn. Le révérend chef d'orchestre, le nez pincé d'une paire d'énormes besicles, dirige, anime, contient du regard et de sa baguette les jeunes virtuoses qui, fixant sur la musique leurs petits yeux retroussés, et suant à grosses gouttes, parviennent à interpréter assez bien une des plus belles compositions du grand maestro. Haydn exécuté en Chine par des Chinois ! Pourquoi le cacher ? nous étions tous vivement émus.

La mission compte environ quatre-vingts pères, mais la plupart sont éparpillés dans les différentes chrétientés des provinces de Kiang-su et de Nganhwei. Deux fois dans l'année, ils se réunissent ici pour faire des exercices, et consacrer ensemble quelques jours au repos, à l'échange des idées et à la jouissance du modeste confort européen que le collége peut offrir à des hommes dévoués dont la vie n'est qu'une série de labeurs, de périls et de privations.

A peu de distance de Sü-kia-wei se trouvent une maison d'éducation de jeunes filles et un orphelinat dirigé par des sœurs [1]. La supérieure, jeune femme d'un extérieur agréable, au visage doux et spirituel, nous fait les honneurs de l'établissement avec la grâce et les manières aisées d'une personne de la meilleure compagnie. Son français est le parisien du faubourg Saint-Germain d'où elle semble être sortie pour s'ensevelir dans cette solitude, et y consacrer ses plus belles années, sa santé, probablement sa vie, aux tâches ardues de sa vocation. Par une faveur spéciale, nous sommes admis dans le pensionnat, d'ordinaire inaccessible aux hommes. C'est une grande cour entourée de petites chambres, où, groupées d'après leur âge, de cinq à seize ans, les jeunes filles reçoivent une instruction conforme à la place qu'elles rempliront dans le monde. Elles ont toutes bonne mine et sont simplement et proprement vêtues. Aucune ne m'a paru jolie, mais peut-être mes yeux ne sont pas encore assez faits aux hommes et aux choses de la Chine. Je ne suis donc pas un juge compétent de la beauté féminine telle qu'on l'entend dans l'empire du Milieu. Mourant d'envie de contempler cette rare apparition d'Européens, les demoiselles jaunes se conforment cependant au règlement qui veut que l'on redouble

---

[1] De la *Société des Religieuses auxiliatrices des âmes du purgatoire*, fondée par Mlle Eugénie de Smet, en religion mère Marie de la Providence, née à Lille en 1825, décédée à Paris le 7 février 1871.

de zèle et d'application en la présence de la supérieure. Les unes, des livres à la main, répètent à haute voix leurs leçons; d'autres font des ouvrages à l'aiguille, quelques-unes de magnifiques broderies.

On nous mène dans l'orphelinat, l'asile des babies apportés aux sœurs par la famille ou ramassés sur la voie publique. Ces pauvres créatures, toutes des filles, de petits paquets d'os

LA PAGODE DE SÜ-KIA-WEI.

et de peau, respirant à peine, le plus souvent rongées d'affreuses maladies, couvertes de lèpre
et de plaies, sont baptisées, lavées, pansées, élevées dans la maison si elles survivent, et plus tard
mariées avec des coreligionnaires ou placées comme servantes dans les familles chrétiennes.
Nous entrons dans une des salles. Elle est spacieuse, fort proprement tenue, et bien ventilée.
Le long des murs sont disposés les berceaux contenant chacun deux enfants, placées l'une en
face de l'autre. Des religieuses, penchées sur elles, leur prodiguent les plus tendres soins.
Étrange et merveilleuse péripétie réalisée dans le cours d'existences qui comptent à peine quel-

ques heures ! Hier encore, ces petits êtres, nés au bord de la tombe, gisaient sur un tas d'immondices, exposés à être dévorés par les cochons, ou à s'éteindre dans une lente et horrible agonie ; aujourd'hui ils ont trouvé des mères qui, pour les sauver, sont accourues de l'autre extrémité du monde.

La France est assez riche pour payer sa gloire, ses idées, ses caprices, parfois ses fautes et ses erreurs. Depuis Louis XIV, elle a tenu à se montrer partout, à frapper toutes les nations du prestige de sa grandeur. La poursuite de cette politique lui impose, il est vrai, sur ces terres lointaines, des sacrifices peu d'accord avec les intérêts matériels que ses nationaux peuvent avoir à y débattre comme négociants. Mais cette considération ne l'arrête guère. Elle s'est donné la mission civilisatrice de protéger ses coreligionnaires sous toutes les latitudes. N'allons pas trop au fond des mobiles, qui peut-être ne sont pas purement religieux. Les effets ont été et sont, il faut le reconnaître, des services rendus à l'humanité.

Dans le monde idéal, les Français sont le peuple le plus expansif. Ils ont, en faisant beaucoup de bien et beaucoup de mal, communiqué au monde civilisé leurs idées, leurs goûts et jusqu'à leurs modes. Mais aucune nation n'aime moins à se déplacer. Les émigrants français sont les moins nombreux et, sauf des exceptions honorables, n'appartiennent pas toujours à l'élite de la nation. La France offre à tous ses enfants l'espace et les moyens pour se nourrir, pour parvenir à l'aisance, parfois à la richesse et aux plus hautes fonctions de l'État. Ceux qui la quittent trouvent rarement au dehors la fortune qu'ils ont dédaigné de chercher chez eux. Mais, à côté de ces émigrés qui ne réussissent pas toujours, on en voit d'autres qui, tout en vivant et agissant dans l'obscurité, s'entourent eux et leur lointaine patrie de l'auréole d'une impérissable gloire. En Chine, partout où vous voyez, au-dessus d'un consulat, flotter le pavillon français, vous apercevez dans le voisinage la flèche d'une église, et, à côté, un couvent, une école, un hôpital. Là les intelligences s'ouvrent aux lumières de la civilisation, les cœurs aux vérités de la foi ; là se pansent les plaies des âmes et des corps, se soulagent les misères, s'exercent les vertus apostoliques de la charité et de l'abnégation. Tous les missionnaires et toutes les sœurs ne sont pas des Français. L'Italie, l'Espagne, la Belgique fournissent aussi leur contingent ; mais la grande majorité de ces héros chrétiens appartient à la France, et c'est la France qui les couvre de sa puissante protection.

Bâti non loin de l'embouchure du Yang-tse-kiang, sur les bords d'une rivière profonde, accessible aux plus grands navires, Shanghai était, depuis un temps immémorial, le port naturel de Suchow, de cette ville riche et florissante ; qui, grâce à sa situation sur le grand canal, au centre d'un réseau d'artères navigables, est considérée comme le principal emporium du nord de la Chine. Des canaux et des criques relient les deux villes. La distance qui les sépare n'est que de quatre-vingt-dix milles. Déjà, au milieu du siècle dernier, des agents de la Compagnie des Indes avaient recommandé d'établir une factorerie à Shanghai. L'exécution de ce projet s'est fait attendre pendant quatre-vingt-dix ans. Ce fut seulement à la suite de la première guerre, et en vertu du traité de Nanking[1], dont la principale clause ouvrait le territoire et le port de Shanghai aux étrangers, que les Anglais purent prendre pied dans cette ville. Cependant, si la naissance du *settlement* fut laborieuse, les progrès du nouveau-né furent encore plus lents, et sa vitalité resta longtemps problématique. Le climat passait pour malsain et l'était en effet, car le sol de cette immense plaine alluviale qui forme la province de Kiang-su, s'élève à peine au-dessus du niveau de la rivière. La pierre et le bois y manquaient, et le terrain était marécageux. A quelques pieds au-dessous de la surface, on trouvait de l'eau. Il fallait donc bâtir sur pilotis et faire

[1] Signé en 1842.

venir la pierre de loin. Pendant une dizaine d'années on vivotait. Heureusement, le commerce
de la soie avait pris un essor inattendu. D'autres étrangers arrivèrent. Les gouvernements de
France et des États-Unis demandèrent et obtinrent des *concessions*, et les Chinois vendirent à
vil prix les potagers et les champs qui entouraient la ville. C'est sur ces terrains que s'élèvent
aujourd'hui les somptueuses constructions du Shanghai européen.

Au prix de grands sacrifices, on vainquit les difficultés du sol. Des travaux d'assainissement
diminuèrent celles que le climat semblait opposer à l'installation permanente des blancs. Aujourd'hui les fièvres paludéennes ont presque disparu; bientôt la prédiction de M. Medhurst se
réalisera, et Shanghai sera une des villes les plus saines de la Chine.

L'organisation intérieure de la factorerie offrait des difficultés d'un autre genre. On avait à
ménager les susceptibilités des autorités impériales, les préjugés du peuple chinois, les jalousies
nationales entre les résidents anglais, français et américains, enfin à faire appel à l'esprit et à
l'instinct autonomes si profondément enracinés chez la race anglo-saxonne, mais comparativement peu développés chez les Français. On avait espéré d'abord former un seul établissement
cosmopolite. Ce projet échoua contre les répugnances justifiées, je crois, du gouvernement
français. Les Américains, après de longues hésitations, finirent par consentir à une incorpora-
tion complète de leur concession dans celle des Anglais. Sir Rutherford, alors M. Alcock, consul
général britannique à Shanghai, plus tard successivement ministre au Japon et en Chine, de
concert avec ses collègues de France et des États-Unis, eut le mérite d'élaborer et de faire adopter par les possesseurs du terrain une constitution qui, modifiée dernièrement dans un sens plus
libéral, régit aujourd'hui les *settlements* anglo-américains[1], mais qui, à l'égard de la concession
française, a dû subir de profonds changements.

L'empereur étant le propriétaire du sol, ceux qui ont acquis des terrains ne sont, aux yeux
de la loi chinoise, que des usufruitiers. Ils le sont devenus en vertu d'un bail à perpétuité, stipu-
lant une redevance nominale payable au gouvernement. C'est à ces conditions qu'il est loisible
aux sujets des puissances signataires des traités conclus avec la Chine d'acquérir des terrains
dans les limites des concessions et, exceptionnellement, au dehors dans un rayon de quelques
milles. Les contrats d'achat entre Chinois et étrangers sont déposés aux consulats respectifs,
qui remettent à l'acquéreur un certificat, lequel, dûment légalisé par le taotai (le gouverneur,
proprement dit le chef de cercle, toujours un gros personnage appelé Excellence), tient lieu de
titre de propriété.

Dans la concession anglaise et américaine, la tâche des consuls, à part les fonctions judiciaires,
est purement négative, et se borne à l'obligation d'examiner si les actes de la municipalité ne
contreviennent pas aux stipulations des traités de Tien-tsin. Le *summa rerum* est confié à un
conseil municipal composé d'un président et de six membres élus tous les ans par les propriétaires fonciers et autres résidents ayant le droit de participer à cette élection. C'est ce conseil,
responsable envers le corps électoral, qui distribue et perçoit l'impôt, se charge de la construction et de l'entretien des jetées, ponts et chaussées, engage et solde une force de police dont la
tâche, en dehors des devoirs de l'édilité, est de veiller au maintien de l'ordre public. Soixante-
dix hommes choisis dans la troupe *constabulaire* de Londres suffisent à la peine. Les officiers de
ce corps, comme tous les employés civils, sont nommés par la municipalité. Bien que les concessions étrangères comptent aujourd'hui une population chinoise de soixante-dix mille âmes, la
tranquillité et la sécurité ne laissent rien à désirer.

La justice, pour les sujets britanniques, est rendue en première instance par les consuls et
en dernier ressort par la cour suprême de Shanghai; pour les autres résidents étrangers, par

---

[1] En 1854. Voir pour les détails : *The treaty ports of China and Japan*, par W. F. Mayers, N. B. Dennys et Ch. King,
et les correspondances officielles publiées par le gouvernement français.

leurs consuls respectifs investis de pouvoirs judiciaires. Toutes les dépenses sont à la charge de la communauté. Le gouvernement n'y entre absolument pour rien.

On est aussi parvenu, non sans peine, à régler d'une manière simple et pratique les relations des résidents avec les autorités locales et l'intervention de celles-ci dans certains cas très-fréquents et souvent délicats et complexes où il s'agit de procès intentés au civil contre des résidents chinois, ou de délits et crimes commis par des Chinois sur le terrain des concessions.

Telle est la constitution qui régit le *settlement* anglo-américain, devenu aujourd'hui cosmopolite. Elle se distingue essentiellement du règlement de l'organisation municipale de la concession française[1]. En vertu de cet acte, le corps municipal se compose du consul de France et de huit conseillers municipaux dont quatre français et quatre étrangers, les uns et les autres élus par une assemblée électorale dont le consul donne et revise la liste. C'est encore le consul qui convoque cette assemblée, qui convoque aussi le conseil municipal, qui le préside et qui a le droit de le suspendre, sauf à rendre compte de sa décision au ministre de France à Pékin, lequel, le cas échéant, en réfère au ministre des affaires étrangères à Paris. Le conseil délibère sur le budget des recettes et dépenses municipales, sur la répartition des taxes, le recouvrement des impôts, etc., sur les projets de construction d'édifices publics, sur les travaux d'assainissement ou tout autre objet que le consul juge bon de lui soumettre. Les délibérations du conseil ne sont exécutoires qu'en vertu d'un arrêté du consul qui, sous réserve de l'approbation du ministre de France à Pékin, peut refuser de rendre exécutoires les délibérations relatives aux constructions publiques, aux expropriations, aux mesures de voirie et de salubrité. Le conseil nomme à tous les emplois qui se rattachent au service municipal, sauf toutefois l'approbation du consul, qui peut suspendre et révoquer les titulaires de ces emplois. Le consul veille exclusivement à la sécurité publique. Le corps de police, dont la solde est à la charge du conseil municipal, est exclusivement placé sous les ordres du consul, et c'est lui qui en nomme, suspend, ou révoque les agents.

Cette constitution, qui contraste si fort avec l'organisation du *settlement* anglais, répond à la situation donnée, mais elle fait de la concession française une colonie gouvernée par le consul, tandis que l'établissement anglais vit de sa propre vie, l'intervention du consul se bornant, comme on l'a vu, à l'exercice du contrôle négatif.

Les résultats du système anglais ont dépassé l'attente. Regardez cette ville de palais ; comptez, si vous pouvez, les mâts des bâtiments dont son port est hérissé ; voyez remonter et descendre les grands léviathans de la vapeur ; examinez les chiffres du mouvement commercial, et vous admirerez la vigueur, la vitalité de la reine du Yang-tse-kiang et de la mer Jaune, la solidité du puissant anneau qui soude à l'Europe, à l'Amérique, à l'Australie, l'immense empire du Milieu ! Et tout cela est l'œuvre d'une poignée d'hommes hardis et entreprenants ! Le canon de leur pays a ouvert le passage ; la brèche faite, ils s'y sont établis, et il n'est guère probable qu'on parvienne à les déloger.

C'étaient des hommes remarquables que ces *princes-marchands* des premiers jours, des *early days*. La tourmente en a éclairci les rangs, d'autres se sont retirés des affaires pour retourner en Angleterre. Aujourd'hui il ne reste que quatre maisons de cet ordre : Jardine, Russel, Herd et Gib-Livingston.

Durant mon court séjour, j'ai vu les sommités de la haute finance, et je dois dire que jamais je ne me suis trouvé en contact avec des hommes plus instruits dans leur sphère, et de manières plus agréables. Ne croyez pas tout ce qu'on a dit sur le compte des marchands de l'extrême Orient. Le témoignage que des hommes impartiaux et les connaissant à fond rendent ici sur les lieux à leur loyauté et à leur parfaite honorabilité, réduit à néant les accusations si souvent

[1] Publié en 1868.

lancées contre eux par des écrivains qui n'ont pas pu ou voulu voir la véritable situation des choses. Il y a là sans doute un point noir : le commerce de l'opium, aujourd'hui autorisé et dès lors parfaitement légal, mais restant immoral à mes yeux, en ce sens qu'il fournit un poison dont les effets délétères, d'après ce que j'ai pu voir moi-même, ne sauraient être exagérés.

FUMEURS D'OPIUM.

Ceux qui sont intéressés dans ce négoce n'essayent pas de le nier. Ils objectent tout au plus que l'excès des boissons alcooliques, si fréquent en Europe, produit des effets analogues; que les fumeurs d'opium ne deviennent pas tous victimes de leur funeste habitude; que beaucoup d'entre eux savent se contenir, et n'en éprouvent aucune suite fâcheuse ; que tout le mal d'ailleurs ne saurait être imputé aux Anglais, puisque la production de l'opium a pris dernièrement dans l'intérieur de la Chine un très-grand développement [1]. Le principal et véritable argument

[1] Je retrouve les mêmes arguments reproduits par M. Medhurst dans son livre si plein d'informations authentiques :

qu'on pourrait nous opposer, et en réalité ce n'en est pas un, on l'emprunte à des nécessités politiques qui ne permettent pas au gouvernement des Indes d'interdire la culture du pavot et la fabrication de cette drogue.

San-Francisco et Melbourne sont comme Shanghai l'œuvre d'individus et non de gouvernements, mais les capitales de la Californie et de la colonie australienne ont germé et grandi sur le sol de la patrie ; Shanghai est une plante exotique, croissant en plein air, exposée à tous les vents, manquant de jardiniers qui la soignent, de serre chaude qui l'abrite, vivant de sa séve, retirant par sa propre vigueur de ce sol étranger l'aliment qu'il lui faut. Sa courte existence, elle ne compte pas encore trente ans, n'est déjà qu'une série de luttes, d'épreuves, d'efforts admirables, de folies et de défaillances rachetées aussitôt par de nouveaux efforts couronnés de nouveaux succès. Comme Hercule au berceau, Shanghai a étranglé les serpents de la révolte. Des insurgés locaux, profitant du désordre général qu'avait causé la rébellion des Taepings, pénétrèrent dans la ville chinoise et s'y maintinrent pendant un an et demi [1]. Les factoreries furent respectées, grâce à la présence de quelques bâtiments de guerre et à l'attitude imposante des résidents. Ce fut alors que, pour la première fois, des familles chinoises, appartenant aux classes riches et aisées, vinrent chercher asile dans les concessions et prirent l'habitude de vivre au milieu des *diables étrangers*. Néanmoins après la retraite des insurgés elles retournèrent dans leurs foyers. Mais bientôt des bandes rebelles se rapprochèrent de nouveau. On sait ce que veut dire en Chine rébellion. C'est l'incendie et le massacre indistinct en général, et, après, les épidémies et la famine. La grande province de Kiang-su subit ce triste sort. Des milliers de milles carrés y furent entièrement dévastés. Lorsque Suchow tomba au pouvoir des Taepings [2] et fut transformé en un monceau de ruines, des centaines de milliers de Chinois vinrent se réfugier à Shanghai, où quelques troupes anglaises, les résidents armés et embrigadés à la hâte, les soldats de marine des escadres anglo-françaises suffirent pour arrêter les flots de la rébellion. Cette lutte, qui a eu ses vicissitudes, ses joies et ses émotions, embrasse près de quatre ans [3] et forme un épisode singulier, fantastique et sans précédent, je crois, dans l'histoire du monde. Figurez-vous les insurgés, c'est-à-dire, encore une fois, des incendiaires et d'impitoyables massacreurs, figurez-vous les insurgés campés de l'autre côté de Suchow-Creek, à la distance d'un mille du centre de la ville anglaise. Ajoutez, chaque nuit, le lugubre spectacle de villages en flammes, et rappelez-vous que ces quatre années d'angoisses et de périls étaient en même temps l'époque de la spéculation la plus effrénée, des gains fabuleux, du luxe le plus exagéré. Il a été dit que les fuyards chinois comptaient par centaines de milliers. Il fallait les loger. On bâtissait à la hâte. Des quartiers composés de maisons adaptées à l'usage des gens du pays s'élevèrent comme par magie. Les riches négociants y employaient leurs fonds ; ceux qui n'en avaient point bâtissaient avec de l'argent emprunté ; commis, compradores, facteurs, domestiques, tout le monde prit part à la spéculation, et tout le monde y gagna. Shanghai nageait

The foreigner in far Cathay, Londres, 1872. Une résidence de trente ans et son caractère officiel donnent à M. le consul britannique à Shanghai une autorité que personne ne pourra ni ne voudra contester. Il se distingue surtout par une grande et rare impartialité d'esprit. La seule partie faible de son ouvrage me semble être sa tentative pour excuser, évidemment malgré lui, le commerce de l'opium. Je cite le passage principal, page 88 : « Tout ce qu'on peut dire avec vérité, c'est que le vice est généralement répandu, surtout dans les districts maritimes et dans les grands centres commerciaux ; que la grande majorité des Chinois s'y livrent avec excès, ruinant ainsi leur santé et leur existence, et que, dans ces dernières années, l'usage de l'opium s'est propagé rapidement dans le peuple. De toute manière, on doit se féliciter de voir que les Chinois se bornent à fumer de l'opium, et n'ajoutent pas à ce vice celui de l'ivrognerie. On peut reprendre quelque espoir en songeant à la production croissante de l'opium chinois. En effet, comme il est très-inférieur à l'opium importé des Indes, il est à la rigueur possible que la dépréciation de l'article en diminue le goût, ou bien que l'augmentation de la consommation (causée par le prix moins élevé du produit indigène) éveille l'attention du public (chinois) sur les effets ruineux de cette habitude et le détermine à résister énergiquement à ce genre de séduction.

[1] De septembre 1853 à février 1855.

[2] Mai 1860.

[3] De 1860 à 1864.

dans l'or. Au delà du *defense-creek*, la mort sous ses formes les plus hideuses, la ruine et la misère de millions d'êtres humains ; ici, sur la rivière, des milliers de djonques, un grand nombre de bâtiments européens, des forces navales considérables ; sur le Bund et dans les maisons des résidents, le faste du parvenu, doublement insolent en présence de tant de calamités.

Mais le sort si envieux, à en croire les pauvres et aveugles mortels, si enclin parfois à l'ironie, commençait à se lasser de tant de prospérités. Le contraste des misères des uns avec la joyeuse outrecuidance des autres semblait provoquer ses colères. Les maux de la Chine avaient fait la fortune des Anglais de Shanghai. Un enfant de leur nation, inscrivant son nom en lettres d'or dans les annales du Céleste-Empire, devait devenir l'instrument involontaire du châtiment.

Les armées impériales avaient été battues par les rebelles sur toute la ligne. Les forces anglaises suffisaient à peine pour la défense des concessions européennes et de la ville chinoise de Shanghai. Plus tard elles purent nettoyer un rayon d'une trentaine de milles autour des factoreries. Mais il leur était impossible de s'engager plus avant dans l'intérieur, de délivrer définitivement la province de Kiang-su du fléau de la rébellion. Cependant un aventurier américain, nommé Ward, avec un ramassis de *rowdies* de la pire espèce et quelques milliers de koulis, avait formé une bande que l'on appelait *Ward-force* et qui a rendu quelques services. Après la mort de Ward, le commandement passa à un certain Burgevin, réunissant tous les vices et toutes les audaces du condottière de bas étage. Ce monstre, renvoyé du service, passa à l'ennemi, aux Taepings, se brouilla avec leurs chefs, fut enfermé dans une cage, promené de ville en ville, et périt misérablement au passage d'une rivière. A cette époque, on apprit que le gouvernement anglais avait autorisé ses officiers à servir temporairement sous les drapeaux chinois. Un jeune officier du corps des ingénieurs royaux, le major Charles-Robert Gordon, prit le commandement des débris de l'ancien *Ward-force*, l'organisa de nouveau, le porta à six mille hommes, en fit une excellente troupe, lui inspira les vertus du soldat, le conduisit de victoire en victoire, écrasa les rebelles et rétablit, en moins d'un an, la tranquillité dans toute l'étendue de cette vaste province.

L'investissement, plus ou moins étroit, de Shanghai avait duré près de trois ans. On espérait que la plus grande partie des immigrés s'y fixeraient définitivement. Ils avaient amené leurs familles et, grâce au contact avec les étrangers, gagnaient facilement leur vie. Les Chinois riches et aisés avaient, se disait-on, pris goût aux bienfaits, à la sécurité, aux jouissances de la vie européenne. Eux aussi resteront. Vaine et terrible illusion ! Le jour où la nouvelle de la prise de Suchow [1], l'un des grands faits d'armes de Gordon, arriva à Shanghai, les Chinois commencèrent à faire leurs préparatifs de départ. Les personnes des classes supérieures furent les premières à regagner leurs foyers dévastés ; la masse de leurs compatriotes ne tarda pas à les suivre. En moins de deux ans, la population chinoise, qui était de plusieurs centaines de milliers d'âmes, descendit à soixante-cinq mille [2]. Tous ces quartiers nouveaux, bâtis pour des

---

[1] Novembre 1853.

[2] Voici en chiffres ronds, puisés à des sources officielles, le tableau de la population indigène et étrangère de la concession anglo-américaine, de la concession française et de Hongkew (rive droite du Hwang-pu).

CONCESSION ANGLO-AMÉRICAINE.	1862-1863	1865	1869
Chinois	250,000	90,500	86,500
Étrangers	3,000	5,130	7,200

CONCESSION FRANÇAISE.			
Chinois	80,000	55,500	32,000
Étrangers (Français)	300		300

Le total des étrangers de 7,500 comprend, avec les résidents, la population flottante des équipages des bâtiments.

locataires jaunes, furent abandonnés. Bientôt les terrains, achetés pour des sommes folles, ne présentèrent plus aucune valeur, et, comme la plus grande partie des maisons avaient été bâties à crédit, la banqueroute fut mise à l'ordre du jour. La consternation devint telle, que, pendant un moment, on désespérait de survivre à la crise. Mais si les tempêtes ravagent le sol, elles purifient l'air. Shanghai sortit de cette épreuve, meurtri, temporairement appauvri, mais régénéré, averti par ses fautes mêmes, et comprenant que, pour des raisons diverses dont je parlerai tout à l'heure, l'époque des gains fabuleux, des fortunes princières et soudaines, était close à jamais.

On ne peut comprendre Shanghai sans se rendre compte des mouvements commerciaux de tous les ports chinois ouverts aux étrangers. Et on ne peut se faire une idée exacte de ces mouvements sans connaître Shanghai, qui est la reine, la métropole, la régulatrice du commerce européen avec l'empire du Milieu.

Il a déjà été dit que Shanghai doit, en grande partie, sa fortune et les conditions de son existence à sa position géographique. Situé à peu de distance de Suchow, le centre d'approvisionnement de plusieurs provinces ; à peu de distance du Yang-tse-kiang, la grande route qui mène aux cantons producteurs de la soie ; à peu de distance de la mer, la route qui mène partout, et qui surtout mène en Angleterre, Shanghai est le plus grand entrepôt des articles anglais consommés par la Chine ; il les envoie dans le centre de l'empire par Suchow ; à Pékin et dans toutes les provinces du Nord, par la voie de Tien-tsin, et il concourt forcément avec le commerce européen du Sud, c'est-à-dire avec le commerce de Hongkong qu'il commence à éclipser, de Canton qui n'est plus que l'ombre de ce qu'il était, de Macao, cette ville endormie sous son beau ciel, qui ne vit plus que de ses souvenirs héroïques, de la traite des koulis et de ses maisons de jeu.

Jusque dans ces derniers temps Shanghai monopolisait le trafic du Yang-tse-kiang. Il en est encore et en sera toujours le principal entrepôt. Mais depuis l'ouverture des ports de Hankow, Chinkiang et Kinkiang, on remarque sur l'exportation de l'article thé une petite diminution, la première de ces trois factoreries, située dans l'intérieur, à sept cents milles de l'embouchure du fleuve, commençant à expédier directement à Londres, à Odessa et à Melbourne. Règle générale, le thé des provinces de Kiang-si et de Hu-peh est apporté par les steamers américains du Yang-tse-kiang, vendu ici, et réexporté en Europe et en Amérique. L'ouverture des petits *trade-ports* sur la côte a aussi, dans une proportion minime, il est vrai, réagi sur le marché de Shanghai. Mais il n'est guère probable que cette concurrence puisse lui apporter un dommage sérieux. Sa force distributrice reste intacte. Pour le comprendre, il est nécessaire de jeter un regard sur la transformation que le commerce européen en Chine a subie dans les dernières années [1].

Depuis 1869, cette population flottante a diminué en raison de la diminution du tonnage des bâtiments, au fur et à mesure que la voile était remplacée par la vapeur. Aujourd'hui, d'après des renseignements que j'ai lieu de croire exacts, la population étrangère des trois concessions ne s'élève guère au delà de 6,200, et se décompose ainsi qu'il suit :

Anglais	3,200
Américains	1,300
Allemands	700
Français	400
Toutes les autres nations	600
Population chinoise	100,000
Cité chinoise et faubourgs, environ	125,000

[1] Je résume ici les informations que j'ai puisées successivement à Shanghai, Che-fu, Taku, Tien-tsin, Pékin, Hong-kong, Canton et Macao ; et je m'abstiens à dessein de donner des chiffres. Ceux de mes lecteurs qui s'intéressent à cette matière les trouveront dans les rapports consulaires publiés par le gouvernement anglais et dans les *Reports on Trade*

Le temps des grands coups est déjà loin de nous. Alors des fortunes colossales se faisaient
et se défaisaient rapidement. On spéculait ou, pour mieux dire, on jouait avec des éléments
inconnus. Les hommes de génie *devinaient* les besoins du marché chinois, et, fondant leurs
calculs sur les suggestions de leur instinct, réalisaient quelquefois des profits énormes. D'autres,
moins bien inspirés, mais aussi téméraires, se ruinèrent au début même et disparurent de la
scène. De concurrence, il n'y en avait presque pas. Par la puissance de leurs capitaux, un nombre
très-restreint de grandes maisons écartaient les petits compétiteurs, et possédaient de fait le
monopole du commerce avec la Chine. Entre elles, ces maisons rivalisaient de toutes les
façons. On a entendu parler des steamers que deux de ces maisons, Jardine et Russell, envoyaient

régulièrement à Singapore, pour
y prendre les dernières cotes du
marché de Londres et, grâce
à leur vitesse extraordinaire, les
apporter à leurs propriétaires en
devançant de quelques jours, ou
même seulement de quelques
heures, l'arrivée de la malle.
L'amélioration du service du
P. and O. et des *Messageries
maritimes*, sans parler du télégraphe établi depuis quelques
semaines, a mis fin à ce genre
de spéculation, qui mérite néanmoins d'être rappelé, parce qu'il
donne une idée des allures du
commerce de cette époque.

Aujourd'hui, il faut compter
avec deux éléments nouveaux :
la connaissance parfaite qu'on
a acquise des besoins et des
goûts du pays, et la concurrence
croissante non-seulement d'un
grand nombre d'Européens, mais
aussi et surtout de négociants
indigènes. Il en résulte ceci :
d'abord, le don de la divination

TRITURATION DU THÉ POUDRE A CANON.

n'a plus de champ pour s'y exercer. On ne devine plus, on sait. Donc plus de spéculations en
l'air, plus de jeu ni de profits fabuleux, plus de fortunes gagnées en un jour. On est devenu
plus solide, plus prudent et plus raisonnable. Le commerce en Chine se fait comme il se fait
à Londres ou à Liverpool. On peut s'enrichir, mais lentement et à la sueur de son front.

annuels, très-minutieux et remplis de détails intéressants, imprimés à Shanghai par ordre de M. Hart. Ce que je désire,
c'est de donner au lecteur une idée générale des phases récentes du commerce européen, des causes qui les ont
déterminées et des résultats qui probablement en seront la suite. M. Hart, l'inspecteur général, M. Hannen, commissaire des douanes chinoises, MM. les consuls des diverses nations, quelques sommités du haut commerce européen
dans les différents centres que j'ai visités, enfin M. Charles Winchester, ancien consul à Shanghai, ont mis une extrême
amabilité à me renseigner, et je saisis cette occasion pour les en remercier. Au reste, je n'ai pas besoin de dire que
les informations que je donne sont parfaitement connues des personnes engagées dans le commerce avec l'extrême
Orient, mais elles pourront offrir de l'intérêt au lecteur.

Quant à la concurrence, elle est devenue possible depuis que, par l'établissement de plusieurs banques, tout le monde, tous ceux qui donnent des sécurités suffisantes, peuvent se procurer de l'argent. En d'autres termes, les banques ont détruit le monopole des *merchant-princes.*

Parmi les nouveaux concurrents, les Allemands et les Chinois commencent à compter. Comme au Japon, comme dans les États Pacifiques de l'Amérique du Nord, comme partout où ils paraissent sur l'arène, les Allemands l'emportent sur les Anglo-Saxons par leur frugalité, la simplicité de leurs mœurs, l'habitude de se contenter de modestes profits. Mais les Chinois possèdent ces mêmes qualités à un plus haut degré. Naguère les marchandises anglaises, appor-

TAMISAGE DU THÉ.

tées par des bâtiments anglais, étaient consignées à des marchands en gros de la même nation ; d'autres négociants anglais, soit à Shanghai, soit dans les petits ports, les débitaient en détail et les vendaient à des négociants indigènes qui les répandaient dans l'intérieur. L'article, avant d'arriver au consommateur, passait donc par trois mains. Aujourd'hui, dans les *trade-ports*, les Chinois achètent de l'importateur même les marchandises dont ils ont besoin, et les revendent directement au consommateur. De là une réduction notable dans les profits des maisons anglaises établies à Shanghai et à Hongkong, mais indirectement un avantage pour l'industrie et la navigation anglaises, par la raison que les productions, ne passant plus que par deux mains, se vendent à meilleur compte et par conséquent en plus grande quantité.

On peut attribuer à d'autres causes la diminution de l'importance, non du commerce en général, qui au contraire augmente, mais du rendement des opérations individuelles. Ainsi l'ouverture des petits ports et l'établissement de factoreries dans chacun d'eux ont attiré naturellement une partie des transactions concentrées auparavant à Shanghai et à Hongkong. L'ouverture du Yang-tse-kiang à la navigation étrangère tend, comme il a été dit plus haut, à priver Shanghai d'une partie de son importance comme entrepôt du thé, les trois ports situés sur les bords de ce fleuve commençant à l'exporter directement. De plus les thés noirs, recueillis dans le Hunan et le Hupeh et dirigés autrefois sur Canton pour être envoyés de là en Europe, prennent maintenant la voie plus courte de Hankow et du Yang-tse-kiang.

Un regard jeté sur la carte suffit pour comprendre à quel point le contre-coup de l'établissement des *diables étrangers* sur la circonférence et sur le fleuve Bleu se fait sentir au cœur même de cet immense empire.

PESAGE DU THÉ.

En résumé, l'histoire commerciale des Européens en Chine se divise en deux époques séparées l'une de l'autre par les désastres qu'ont amenés les excès de la spéculation en bâtisses et l'exode des Chinois de Shanghai. La première est le règne du hasard, de l'imprévu, de l'audace le plus souvent couronnée de succès, du monopole, des folles espérances, du luxe effréné. La seconde époque, c'est la transformation lente, mais continue, qui n'a pas encore atteint aux limites de son développement ; la concurrence des petits négociants rendue possible par l'établissement de banques ; la cessation du monopole jusque-là possédé par les princes-marchands ; le concours de plus en plus envahissant des Chinois ; l'abaissement du prix des productions anglaises et en général européennes, et par conséquent l'augmentation de leur débit ; enfin, dans les transactions, une plus grande solidité, des profits moindres pour les individus et des bénéfices croissants pour tous, c'est-à-dire pour l'industrie et le commerce anglais et européen. A ce dernier point de vue, qui est le seul auquel des juges impartiaux puissent se placer, la nouvelle phase mérite nos suffrages.

Mais les marchands établis en Chine, et même les chefs des grandes maisons, plus ou moins la totalité des hommes de commerce, les derniers arrivés comme les pionniers des premiers jours, en jugent autrement. Ceux-ci voient leurs profits d'autrefois de plus en plus réduits ; ceux-là, venus avec l'espoir de réaliser, comme leurs prédécesseurs, de grands bénéfices en peu de temps, n'ont pas tardé à être désillusionnés. Ajoutez pour les uns la nécessité de réduire l'état de leurs maisons trop opulentes par le temps qui court, et de modifier, dans les affaires, les allures trop larges, les routines trop libérales des jours meilleurs ; pour les autres, les petites privations qu'ils doivent s'imposer afin d'équilibrer leurs dépenses et leurs recettes, et vous comprendrez les plaintes que l'on entend partout sur la stagnation des affaires, sur la décadence du commerce, plaintes motivées au point de vue des individus, mais contraires à la vérité par rapport au développement général de la navigation et du commerce étrangers. Il s'ensuit un mécontentement universel, senti et exprimé, il est vrai, à divers degrés, mais réel, profond et important, parce qu'il pourra à un moment donné influer gravement sur les relations politiques des puissances avec la Chine.

DÉGUSTATION DU THÉ.

II

PÉKIN

DU 8 AU 29 OCTOBRE

Ennuis et longueur du voyage à Pékin. — Che-fu. — La barre de Taku. — Le Pei-ho. — Tung-chow. — Arrivée à Pékin. — Aspect général de la ville. — Scènes de la rue. — Le temple du Ciel. — Confucius et Bouddha. — La grande lamaserie. — Boutiques et chinoiseries. — L'observatoire des Jésuites. — Le dernier mot du bureaucratisme. — Pei-tang. — Le cimetière portugais. — Les tombeaux des Ming. — Nan-kow. — La chaîne de Mongolie. — La grande muraille. — Le palais d'Été. — Le climat de Pékin. — Les douanes impériales confiées à des étrangers. — M. Hart. — Situation du corps diplomatique. — La question des audiences. — Visite chez le prince de Kung. — Départ.

8 *octobre*. — Le voyage à Pékin est toujours chose sérieuse. Dans les meilleures conditions, on met dix jours pour y aller de Shanghai et huit pour en revenir. Les steamers des grandes compagnies ne touchent aucun port au nord de l'embouchure du Yang-tse-kiang. Mais les bâtiments employés autrefois par Jardine et par Russell pour apporter de Singapore les premières nouvelles d'Europe, et aujourd'hui pour faire le trafic des *treaty ports*, entretiennent de fréquentes communications avec Tien-tsin. Les Jardine possèdent huit bâtiments; les Russell, dix huit, grâce à des capitaux chinois engagés dans leurs maisons! Parmi ces bâtiments, il y en a de magnifiques qui écument toujours la mer avec la rapidité des beaux jours d'autrefois;

il y en a d'autres qui ont subi l'influence des changements survenus dans les dernières années.
Le sort veut que, sauf la sécurité, nous soyons tombés aussi mal que possible. Le *Dragon* des
Jardine est une coquille de noix; bon dans la bourrasque, c'est un mauvais marcheur. Nourriture, cabines, service détestables. Mais le capitaine, vieux loup de mer, sait son métier. L'état-
major se compose d'un premier officier, d'un second et de l'ingénieur. Sauf ces quatre Anglais,
tout l'équipage et les gens du service sont des koulis, car ici, comme dans les parages américains du Pacifique, les matelots européens sont impossibles; libres de tout contrôle et de toute
discipline, ils s'adonnent à la boisson, au jeu, et désertent à la première occasion. De plus, sur
deux ou trois points, les phares font complétement défaut. Heureusement des officiers de la
marine de guerre française et anglaise ont fait la reconnaissance hydrographique des côtes que
nous allons suivre. Enfin, une courte distance, cent vingt milles à peine du cap Shantung, nous
sépare des terres inhospitalières et à peine connues de la Corée. Pour visiter Pékin, octobre est
le bon moment. C'est le pire pour la navigation. En cette saison, la mer Jaune est fouettée par
des coups de vent du nord qui, s'élevant à l'improviste, soufflent avec une extrême violence
pendant douze heures dans le golfe de Liatung, pendant vingt-quatre dans le golfe de Pé-chi-li,
et plus au sud, pendant trois à quatre jours.

Nous avons quitté Shanghai ce matin. Nous arrivons vers midi à l'embouchure du Yang-tse-
kiang. Vu le gros temps, le capitaine fait jeter l'ancre près du phare. A côté de nous est mouillé
un magnifique steamer de Russell. Il a quitté Shanghai il y a trois jours. Quelle belle perspective! C'est une tempête en règle. Une pluie glaciale tombe à torrents. Des rideaux noirs
cachent les deux rivages. Au-dessous de nous bouillonne le fleuve. Des crêtes écumantes
couronnent ses vagues boueuses. Dans la cabine, je passe le temps à faire la chasse aux can-
crelas. Le steward sourit avec dédain. Peine perdue, dit-il dans son *bigeon* anglais [1], *many piecy
beetly.* Il en paraît tout fier. « Aucun autre bateau des Jardine, me dit-il, n'en possède autant. »

Il n'y que quatre passagers à bord, et ces quatre passagers, c'est nous-même, un jeune
Anglais M. I. M., mon aimable compagnon de voyage à travers le Pacifique, que j'ai retrouvé
à Shanghai, son ami un jeune Américain et M. Boyce. M. Boyce est l'architecte en chef et
l'inspecteur des édifices du gouvernement anglais en Chine et au Japon. Allant fréquemment
à Pékin et sachant un peu la langue chinoise, il veut bien nous servir de guide.

9 *octobre.* — A neuf heures du matin, le *Dragon* quitte son mouillage et prend la mer, qui
est affreuse. Toujours vent du nord. Les bâtiments en destination pour le golfe de Liatung,
au lieu de se diriger vers le nord, sont obligés de naviguer nord-nord-est. C'est un grand détour,
mais le seul moyen d'éviter les bas-fonds formés par les immenses quantités de limon et d'autres
matières que le Yang-tse-kiang amène de l'intérieur, du centre, des provinces occidentales et
même des montagnes du Thibet!

12 *octobre.* — Hier et avant-hier le temps était encore fort mauvais. Aujourd'hui tout est
changé. La bourrasque s'est épuisée. Le soleil se plaît à dégourdir nos membres raidis, l'air
est élastique et vivifiant. A huit heures du matin, nous sommes près du promontoire de
Shantung. Les contours fantastiques des montagnes rappellent les côtes de Provence; mais la
mer gris-vert avec des tons jaunes n'offre pas les belles teintes bleues de la Méditerranée. Pendant toute la matinée, nous côtoyons des falaises. A leur pied rampe un liséré vert parsemé
de villages et de villes. Cela n'a rien qui surprenne, s'il est vrai que cette province de Shantung
compte vingt-huit millions d'habitants.

---

[1] La langue franque dont se servent les Anglais et les Chinois.

A onze heures de la nuit, jeté l'ancre à Che-fu.

13 *octobre.* — Che-fu est pour ainsi dire une colonie de Shanghai. Des spéculateurs du grand emporium y ont fait construire des maisons occupées aujourd'hui par cent vingt habitants européens et américains. Dans ce chiffre sont compris les inspecteurs et commissaires de la station navale française et les employés cosmopolites des douanes impériales. La concession s'étend au pied d'un petit promontoire couronné par l'habitation du consul d'Angleterre et par un phare chinois. La ville, peu considérable, des indigènes s'appelle Ten-Tai. En face, se développe une chaîne de rochers bas.

Nous touchons le port rempli de djonques construites à Bankok (Siam) pour le compte de négociants chinois. Il y a quelque mouvement sur la rade, et on prédit à cette factorerie un avenir brillant. Ce sera, dit-on, le centre du commerce avec la Corée et le littoral russe. En

PROMONTOIRE SUD-EST DU CAP DE SHANTUNG, CROQUIS DE L'AUTEUR.

attendant, Che-fu ne peut se vanter que de son climat, le plus tempéré et le plus salubre de toute la côte. Aussi, pendant la saison chaude, la diplomatie et la haute finance se rencontrent ici. Alors cette solitude s'anime un peu. On voit quelques dames élégantes, quelques gentlemen en costume de baigneurs, tous logés tant bien que mal dans deux ou trois bicoques, et fort bien nourris par le signor Pignatelli, Italien entreprenant, qui a eu le courage d'ouvrir un hôtel, le meilleur de la Chine, sur cette plage inhospitalière. Tout est relatif en ce monde. A mes yeux, Che-fu est monotone, triste et laid. Mais pour les travailleurs de Shanghai, pour les exilés de Pékin, c'est un paradis terrestre.

Nous avons déjeuné chez M. Mayers, le principal auteur d'un livre fort recommandable, intitulé : *The Treaty Ports of China and Japan*[1]. A midi, le *Dragon* se met en mouvement, traverse lentement le golfe de Pé-chi-li, arrive vers le soir devant la barre de Taku, et s'embourbe bravement dans la vase.

[1] Cité plus haut.

15 *octobre*. — La marée montante nous remet à flot. La barre est franchie, et nous sommes entrés dans le Pei-ho. Cette rivière est aujourd'hui une mer, un océan. Tout le pays, des montagnes de Mongolie au golfe de Pé-chi-li, plus de dix mille carrés, est inondé, et deux millions d'habitants sont ruinés. Depuis le commencement du siècle[1], la province de Chi-li n'avait plus été si cruellement éprouvée. Le *Dragon* passe devant de nombreux villages, tous plus ou moins submergés. Des hommes accroupis sur le bord de l'eau cherchent leur nourriture à l'aide d'immenses filets qu'ils plongent dans le fleuve avec une sorte de bascule, et qu'ils retirent toujours pleins de petits poissons. Le paysage, le peu du moins qu'on en voit, le ciel clair et sans nuage, l'atmosphère sèche et opaque, les saules, les champs de maïs, les touffes de jonc, me transportent sur le bas Danube. Les maisons mêmes, des huttes de boue, n'ont rien de particulièrement chinois. Les hommes seuls rappellent au voyageur la distance qui le sépare de l'Europe.

Le Pei-ho, si redouté des navigateurs à cause des fréquentes variations de son courant,

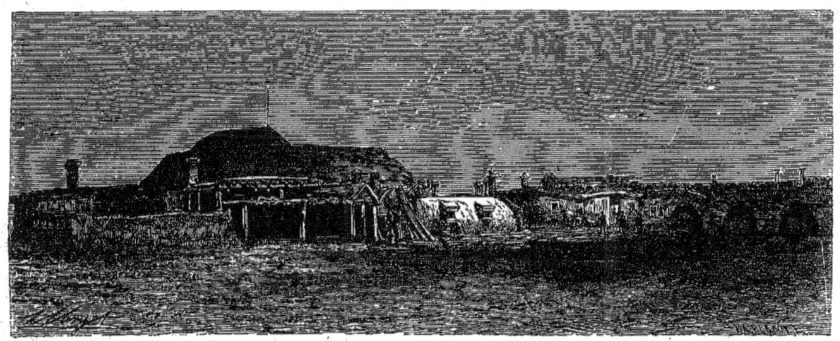

PORT DE TAKU (RIVE GAUCHE).

l'est en ce moment bien davantage. Il y a quelques jours, un des steamers, en descendant, s'est échoué sur les dalles de la grande route de Pékin, qui sont encore sous l'eau. De coude en coude, car le fleuve fait de nombreux détours, nous avançons lentement. Enfin vers midi nous apercevons la flèche d'une église, une vingtaine de voiliers allemands, norvégiens, danois, pavoisés en l'honneur du dimanche, une grande maison jaune, le consulat d'Angleterre. Nous sommes à Tien-tsin. Cette ennuyeuse navigation est donc terminée. Huit jours et sept nuits pour faire sept cent cinquante milles !

16-19 *octobre*. — Ce matin, un obstacle imprévu, le refus net du taotai de la douane de me délivrer un passe-port, semblait mettre brusquement fin à mes pérégrinations dans l'empire du Milieu. M. Lay, le consul d'Angleterre, ayant demandé cette pièce indispensable, avait eu pour réponse un refus catégorique : « Cet étranger, lui faisait dire Son Excellence, n'a rien à faire à Pékin. Il n'aura pas de passe-port. » A quoi M. Lay, se référant aux stipulations des traités, répondait : « Si vous lui refusez un passe-port, il s'en passera. » La réplique ne se fit pas attendre. « Je ne veux pas, répondit le gros personnage à queue noire, que votre étranger se rende coupable d'une infraction aux lois. Voici le passe-port. »

---

[1] La grande inondation de 1803.

Que dites-vous de cette manière de colorer une retraite? Quant au passe-port, c'est un beau spécimen de calligraphie chinoise. Il est digne d'être mis sous verre.

Cette difficulté heureusement aplanie, nous nous établissons de notre mieux, et, en fait, très-bien, dans nos bateaux dont chacun est muni d'une grosse voile et équipé de trois rameurs. En Chine, sans compter les artères naturelles du pays, un immense réseau de canaux sillonne le territoire. C'est par eau que l'on voyage de préférence. De là le perfectionnement relatif de ce genre de locomotion. Au moment d'entrer dans mon *house-boat*, je vois un Chinois de respectable apparence faire l'installation de mes effets, préparer mon lit et donner des instructions à A-kao, mon jeune page, charmant et intelligent enfant, qu'un de mes amis de Shanghai a bien voulu me céder pour le voyage. Le Chinois m'adresse la parole dans le plus pur français. C'est le P. Delmasure de Roubaix, lazariste, qui dirige ce qui est resté de la mission catholique de Tien-tsin.

RIVES DU PEI-HO.

Nous voilà en route. N'étaient les courants d'air et la trop grande proximité des rameurs, leurs ronflements pendant la nuit et l'odeur qu'ils exhalent nuit et jour; n'était la lenteur de la marche, la laide monotonie du pays, une plaine nue et inondée à perte de vue, cette navigation ne laisserait rien à désirer. Il n'y a pas un souffle d'air, et nos hommes, qui travaillent de seize à dix-huit heures par jour, sont constamment obligés de traîner les barques. Pendant qu'elles remontent péniblement, nous mettons souvent pied à terre, et, courant à travers champs, nous regagnons nos maisons flottantes aux heures des repas. C'est toujours avec une vive satisfaction que j'entends A-kao, debout sur la proue, crier à tue-tête: *bleakfast leady*. (Les Chinois ne peuvent prononcer l'*r*.) A un signal donné, le bateau de cuisine rejoint les quatre *house-boats*; nous sautons dans le bateau de M. Boyce où, grâce aux provisions apportées de Shanghai et de Tien-tsin et à l'art de notre cuisinier indigène, d'excellents repas nous sont servis.

Les villages que je traverse à pied n'offrent aucun intérêt. Mais partout il y a foule. La population pullule. Les enfants m'appellent *diable étranger*, les hommes me regardent d'un air froid et se mettent à rire avec dédain dès que je suis passé, les femmes se cachent. Des colporteurs circulent de maison en maison et offrent en criant leurs misérables marchandises.

Tout est sale, pauvre, mesquin, sauf la nature qui se complaît à créer d'innombrables Chinois.

Plus haut, l'inondation commence à se retirer. Nous voyons des champs bien cultivés, du coton, des fèves, la plante d'huile de castor, et des milliers de paysans occupés à labourer. Leurs charrues ont d'étranges attelages : ici un cheval et une bourrique, là un buffle, un âne et une vache. J'en ai vu même une qui était traînée par trois hommes et une autre attelée d'un bœuf et d'une femme. Pas un arbre en vue. Sur la rivière un grand mouvement de djonques, dont plusieurs sont d'un très-fort tonnage.

Aujourd'hui 19 octobre, à midi, arrivée à Tung-chow. La distance de Tien-tsin par eau est de cent vingt-six milles et de quatre-vingts par terre. La durée ordinaire du voyage en amont est de quatre à cinq jours. Le nôtre n'en a duré que trois.

Tung-chow, situé à treize milles à l'est de Pékin, est relié avec la capitale dont il est le port, car le Pei-ho arrive ici du nord-est, par un canal et par la route royale toute pavée de dalles de

AU BORD DU PEÏ-HO, CROQUIS DE L'AUTEUR.

marbre, mais complétement négligée et à peine carrossable. Une forêt de mâts s'étend à perte de vue et la plage grouille d'êtres humains, jaunes, sales, couverts de haillons. Tous sont occupés au chargement et au déchargement des bâtiments. Derrière cette fourmilière, à peu de distance du fleuve, s'élèvent les sombres murs crénelés de la ville. Plus loin on aperçoit une haute pagode à plusieurs étages. Sauf le ciel qui, comme on nous l'avait annoncé, est superbe, l'eau et la terre, la peau et les vêtements des habitants, les murailles et les bêtes de somme, tout est couleur de boue.

A peine avons-nous touché le rivage, qu'un cosaque de M. le général Vlangali, ministre de Russie en Chine, suivi d'un *mafu*, d'un palefrenier, vient à bord. Il me remet une aimable lettre de l'envoyé qui, prévenu par un messager de ma prochaine arrivée, m'envoie des chevaux, m'offre de nouveau son hospitalité et, en militaire expérimenté, me donne quelques renseignements utiles sur la manière de traiter l'excellent pony mongol qu'il me destine. Le cosaque fait mon bonheur. A tout ce que je lui dis en allemand, en français, en anglais, il répond par un seul mot d'un son difficile à saisir, mais prononcé énergiquement de manière à me remplir de confiance. J'ai su plus tard que c'était *slusheyu*, j'obéirai. — Je désire partir de suite. —

Slusheyu. — Mes compagnons ont besoin de chevaux. — *Slusheyu.* — Comment traverser cette foule sans être suffoqué? — Toujours *slusheyu.* Et ce n'est pas là une vaine parole. Cet enfant des steppes me devine. Chez lui l'instinct remplace les connaissances linguistiques. Pour commencer, il me pilote admirablement à travers la cohue. A mi-chemin nous rencontrons un cavalier européen. C'est M. Starzoff, le chef de la plus importante maison russe à Tien-tsin et, je

TUNG-CHOW, CROQUIS DE L'AUTEUR.

crois, en Chine. Il me mène hors de la ville, dans un temple transformé en auberge où les rares voyageurs européens ont l'habitude de descendre, me présente à sa jeune femme, m'accompagne dans la ville, et, avec l'aide du cosaque, trouve des montures pour mes amis.

Nous faisons le tour des remparts. Les eaux bourbeuses du Pei-ho, si animées près de la ville, mais plus haut tout à fait solitaires, se perdent dans le lointain. Un mouvement du sol et quelques arbres interceptent la vue vers Pékin. A nos pieds, s'étend une mer de toits noirâtres. Les rues ressemblent à des crevasses. On n'aperçoit que les têtes des chameaux qui passent.

La foule, qui se bouscule en vociférant, reste invisible. Au bas de la muraille et sur notre chemin, s'amoncellent les immondices des générations. On est au troisième cercle de Dante :

Pute la terra che questo riceve.

En certains endroits le mur délabré offre à peine quelques pierres assez solides pour qu'on puisse y poser le pied. Mais l'horrible perspective de rebrousser chemin nous fait bravement franchir ces passages périlleux. Enfin, par les débris d'un escalier, nous descendons dans la rue.

Cependant la petite caravane s'est organisée. Madame Starzoff est excellente écuyère. Elle a passé son amazone, et se met à la tête de la colonne. Les rues sont étroites et encombrées ; le pavé, glissant. A chaque pas, j'entends M. Starzoff crier : Gare aux chameaux ! En effet ces bêtes nous toisent d'un air malicieux. Évidemment, les diables étrangers ne sont pas populaires en Chine : les chameaux et les mulets vous mordent, les chiens aboient à votre aspect, les ponies mongols ruent et se cabrent quand vous voulez les monter. Quoique pressant le plus possible le trot de nos montures, nous mettons plus d'une demi-heure pour traverser la ville.

Nos aimables hôtes de Tung-chow nous quittent au pont de Palikao, belle construction de marbre blanc ornée de sculptures bizarres, et, comme on sait, devenue célèbre dans la dernière guerre. La grande route se trouvant en fort mauvais état et encombrée de charrettes, de cavaliers, de piétons, nous continuons de suivre la rive méridionale du canal ; l'heure est avancée ; les portes de Pékin se ferment impitoyablement au coucher du soleil ; force nous est donc de courir à bride abattue, tantôt sur des digues, tantôt dans des sentiers, tantôt à travers champs. Des touffes d'arbres, des villages, des maisons solitaires entourées de potagers, forment un agréable contraste avec la monotonie des bords du Pei-ho, et surtout avec les horreurs de la ville de Tung-chow.

En débouchant d'un chemin creux, une exclamation de surprise nous échappe, et, involontairement, chacun arrête son cheval tout court. En face de nous est le disque du soleil. Au-dessous de cet astre, et pareille à un bandeau échancré d'un noir pâle et transparent, s'étend à perte de vue une immense muraille crénelée. Sur trois points, cette ligne droite est interrompue par les doubles toits des portes de la ville. A la nuance des tons, on peut mesurer les distances qui les séparent. Au-dessus de la sombre muraille, se laissent entrevoir, suspendues dans l'air bleu comme un mirage, les crêtes des collines du palais d'Été ; et plus loin, semblables à des nuages, les montagnes de Mongolie. Une demi-heure après, nous pénétrons par la porte dite Tung-pien-men dans la ville chinoise, et, par une porte intérieure, dans la ville tartare. C'est le beau moment du cosaque. A notre approche, des gardiens armés se précipitent en avant pour nous barrer le chemin, mais l'aspect du cavalier russe agit sur ces cerbères comme un talisman. Nous passons sans être molestés. On ne nous demande pas même nos passe-ports. L'accueil le plus gracieux et le plus sympathique m'attend à la légation de Russie. Enfin nous voilà à Pékin ! Ce rêve d'enfance s'est réalisé sur le déclin de mes jours.

Pékin, bâti plusieurs siècles avant notre ère, descendu au rang de ville provinciale après la dissolution [1] du royaume de Yen dont il était la capitale, conquis par Genghis-Khan [2], abandonné et rebâti, n'est redevenu la capitale de l'empire que depuis le commencement du quinzième siècle [3]. De cette époque datent son enceinte et ses plus anciens édifices. Pékin est donc une

[1] En 222 avant J.-C.
[2] En 1215.
[3] En 1421.

VUE GÉNÉRALE DES FORTIFICATIONS DE PÉKIN.

ville comparativement moderne. Ses murs rappellent nos châteaux forts de temps féodaux. Seulement ici tout est colossal, tandis qu'en Europe les constructions du moyen âge sont de petites dimensions. Les murs de Pékin ont de cinquante à soixante pieds d'élévation, vingt, quarante, cinquante pieds de largeur et une circonférence de plus de vingt milles anglais ! Malgré cette grande étendue, seize portes seulement y donnent accès.

La capitale de l'empire se compose de deux villes, la ville tartare et la ville chinoise. Sur le plan, on voit deux parallélogrammes. L'un, qui est la ville tartare, pose verticalement l'un de ses petits côtés sur l'un des grands côtés de l'autre parallélogramme, qui est la ville chinoise. Ces dénominations répondaient, il n'y a pas encore longtemps, à la séparation strictement

LE GÉNÉRAL VLANGALI, MINISTRE DE RUSSIE EN CHINE.

maintenue entre les vaincus et les vainqueurs, entre les Chinois et les hommes du Nord venus de par delà les monts de Mongolie. Aujourd'hui, beaucoup de Chinois demeurent dans la ville tartare, et, en général, le temps a mitigé, sans toutefois l'effacer complétement, l'antagonisme entre les deux races. Au centre de la ville tartare se trouve le palais de l'empereur, la ville impériale appelée la cité défendue, entourée de murs, et, comme son nom l'indique, inaccessible aux mortels. Les rues se croisent à angle droit. Il y en a de larges et d'étroites. Des murailles cachent les habitations des riches aux regards des passants. Les maisons qu'on aperçoit sont de misérable apparence, des huttes de boue sans architecture et sans la moindre trace d'ornements. Dans la ville chinoise, où la vie commerciale et industrielle semble être concentrée, des rues entières ne contiennent que des boutiques fort bien fournies de produits indigènes et de quelques articles européens. Les pharmacies, les magasins de thé et les débits de tabac se distinguent par des devantures magnifiquement laquées et dorées, et par des enseignes colossales verticalement suspendues à des mâts dressés devant la porte.

Dans la ville tartare, les interminables rues qui la sillonnent du sud au nord, désertes par intervalles ou bordées de pauvres cabanes, s'animent sur d'autres points et se déroulent entre des boutiques élégantes ou des murs entourant des palais invisibles. Mais avancez de quelques pas, et vous retomberez dans la solitude ou dans la misère. Et pourtant vous n'avez pas dévié de la ligne droite, qui règne en souveraine dans la capitale de l'empire du Milieu. Les grandes artères, de larges digues pour la plupart, étaient autrefois pavées de marbre; le marbre aussi recouvrait les ruisseaux. Aujourd'hui tout est délabrement et ruine. Les temples sont mal tenus. Les résidences officielles des grands mandarins, toujours placées à l'angle des rues, ne se distinguent en rien des yamens des autres villes : une enceinte de palissade, un grand portail orné

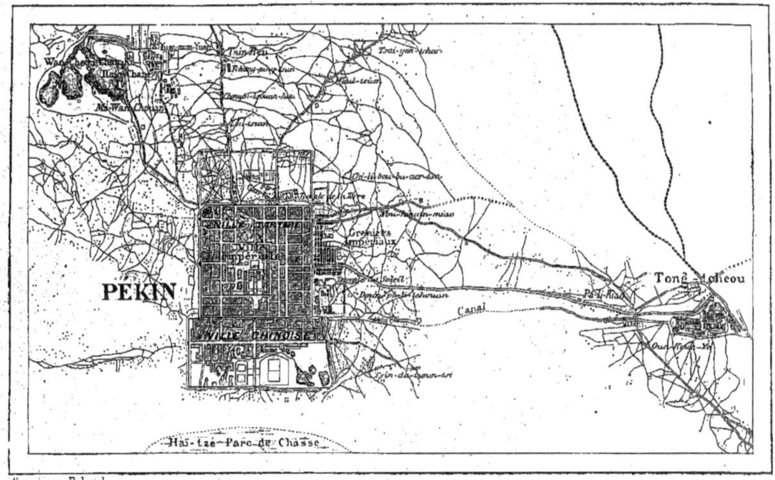

Gravé par Erhard.

d'un dragon grossièrement peint, un ou deux mâts de pavillon, et sur le seuil une foule de solliciteurs. Ces édifices publics, même l'hôtel des Ministres, le Tsungli-yamen, ne brillent guère par la propreté. La poussière, ce redoutable et irrésistible ennemi, les a envahis, flétris, couverts de ses tons sales, saturés de ses odeurs infectes; car, avant de s'établir définitivement dans ces hautes régions, elle avait séjourné dans les plus humbles demeures et tourbillonné dans les rues, qui ne sont guère en maints endroits que d'immenses dépôts d'immondices.

Il n'est pas commode de se promener dans Pékin. A pied ou à cheval, vous n'avez pas le temps de regarder autour de vous, et cependant, si tout n'est pas beau, tout est curieux, nouveau, intéressant. Mais votre attention est absorbée par les trous que la pluie a creusés dans la digue, par les profonds sillons des charrettes, par de petites planches jetées sur les ruisseaux noirs et puants, par de longues files de chameaux à deux bosses, de la taille d'un éléphant, que conduisent des Mongols à la figure large, au nez épaté, au rire bête, à l'air franc et loyal. Gare aussi aux fiacres ! ils abondent. Ce sont des charrettes attelées d'un ou de deux ponies, couvertes de la moitié d'une tente cylindrique et munies d'une sorte d'auvent qui abrite le cocher et les chevaux. Ces véhicules primitifs circulent par centaines, car la litière et la chaise à porteurs sont le privilége des mandarins d'un certain rang. En voici un ! Quatre koulis portent sa chaise ; ils marchent au pas accéléré ; une demi-douzaine de domestiques suivent. Leurs livrées sont sales et usées, la chaise de même. Mais le mandarin qui l'occupe a le visage et les mains propres ; son linge est blanc ; sa toilette, soignée ; toute sa personne respire la haute bureaucratie. Muni d'une paire de besicles énormes, il est profondément absorbé par la lecture d'une liasse. C'est un conseiller d'État se rendant au Conseil et préparant son rapport. Un encombrement nous force, pendant quelques minutes, à nous arrêter près de sa chaise. Il nous toise d'un air dédaigneux, puis il retourne à ses papiers.

PÉKIN : INTÉRIEUR D'UN BASTION.

Impossible d'avancer. Prenons par cette rue solitaire qui longe le mur de la *cité défendue* ! Mais voici de nouvelles difficultés : c'est une noce bourgeoise qui passe. Les fiancés, les proches parents, les autres membres de la famille, les amis, tous les invités sont en fiacre. Ils me rappellent Paris et ces jeunes couples avec leur cortége, qui en sortant de l'église se font voiturer au bois de Boulogne.

Nous errons ainsi pendant des heures qui nous paraissent des minutes. Nos ponies mongols, sauf quelques accès d'impatience, se conduisent à merveille. Nous avons longé la ville impériale ou défendue, située, fort incommodément pour le commun des mortels, au centre même de Pékin, brisant par suite la diagonale et obligeant les passants à faire de grands détours. Maintenant, nous débouchons dans la principale artère transversale du quartier du nord, et le spectacle imposant d'un grand convoi se présente à nous. A en juger par sa magnificence, il transporte à son dernier asile la dépouille d'un ministre, sinon d'un membre de la famille impériale. On rectifie mon erreur : celui qui va rejoindre les esprits de ses ancêtres est tout simplement un petit employé de la quatrième catégorie. Mais le culte des morts et l'amour de la famille, cette vertu fondamentale du Chinois, expliquent la pompe déployée en pareille circonstance ; malheureusement cette preuve des regrets dont on entoure le défunt est souvent une source d'embarras

EMPLOYÉS AUX POMPES FUNÈBRES.

et de ruine pour les survivants. Le corps était porté sous un énorme baldaquin en drap écarlate richement et barbarement orné de franges et de brimborions en or. Devant le cercueil cheminait, dans une chaise vide tendue de blanc, l'âme du trépassé. La famille suivait dans plusieurs charrettes de louage. Tout le monde portait le deuil ; les cochers de fiacre mêmes avaient attaché à leurs chapeaux un chiffon blanc. La famille et les amis formaient la partie honteuse du convoi ; mais le mort faisait son *exil* de ce monde en grand seigneur. A la magnificence du cercueil répondaient le nombre et la richesse des drapeaux, des parasols et des lances dorées

ENTERREMENT À PÉKIN.

ou laquées que portaient, devant le défunt, des hommes marchant deux à deux de chaque côté de la rue. J'appelle parasols de longs tubes de soie tantôt cramoisie, tantôt bleue, ornés de franges et richement brodés d'or, les uns couverts d'inscriptions, les autres de dessins bizarres, de dragons et de monstres. De distance en distance, des hommes habillés en *fou*, justaucorps, culotte et bonnet de soie écarlate, frappaient sur un gong et réglaient ainsi la marche du convoi.

Plusieurs bandes de musique jouaient alternativement, c'est-à-dire remplissaient l'air de sons rauques et discordants.

Avec la pompe de cette funèbre scène contrastait l'indifférence des passants : je n'en ai pas vu un seul qui se soit arrêté. C'est tout au plus si on y jetait un regard, et encore d'un air maussade; car les gens affairés n'aiment pas les encombrements. On est d'ailleurs blasé sur ce genre de spectacle qui se répète tous les jours et n'intéresse que les personnes en deuil et surtout le défunt.

J'aime à flâner dans Pékin ; car ici tout se passe autrement qu'ailleurs.

Nous sommes dans une rue qui mène à l'une des portes de la *cité défendue*. J'ai le plus grand désir d'y jeter un regard, et, comme les deux battants sont ouverts, je puis me donner cette satisfaction. Seulement, ce que je vois du Pékin réservé à l'empereur et ce que je connais déjà du Pékin accessible aux profanes, se ressemblent comme deux gouttes d'eau.

Notre attention est attirée par un groupe de gens du peuple criant et gesticulant autour d'un homme presque nu. Une femme chinoise, écumant de rage, se démène auprès de lui comme une possédée. Cet homme vient de voler un petit objet qu'il tient encore dans la main. Scène

PORTE CHIEN-MÊN.

grotesque et horrible : il faudrait, pour la peindre, la plume de l'auteur de *la Danse macabre*. Tout à coup, le silence se fait. Un vieillard apparaît : la douceur se peint sur son visage, la dignité dans son maintien. Il fait subir à l'accusé et aux assistants un court interrogatoire ; puis il touche de la main l'épaule du voleur et s'éloigne. Tout le monde se range pour lui livrer passage. A une distance de deux cents pas, les bras croisés sur la poitrine et la tête inclinée, le malfaiteur le suit. Le vieillard était un agent de police. Le malheureux voleur, qui semble avoir d'autres peccadilles sur la conscience, est arrêté : il va en prison ; il sait ce qui l'attend : la torture, le bambou, la faim, la maladie, la mort.

Nous avons escaladé les murs et sommes au-dessus de la grande porte centrale conduisant de la ville chinoise à la ville tartare. Elle s'appelle Chien-mên. Nous regardons vers le nord. A

GRANDE RUE CENTRALE DE LA VILLE CHINOISE.

nos pieds, des huttes de boue, le quartier des Coréens; plus loin, l'illusion d'une immense forêt, des cimes d'arbres saupoudrées de poussière. Au-dessus de cette masse mouvante d'un vert mat tirant sur le gris, s'élève, à notre droite, la tour de la mission ecclésiastique de Russie. Devant nous, les toits jaunes du palais impérial, un groupe d'édifices formant un carré et entourés de jardins; le plus bel ornement en est la *montagne artificielle*. C'est le point culminant de Pékin. La principale porte qui donne accès dans la ville impériale ou défendue est peu éloignée de nous : elle nous fait face et me frappe par son aspect mesquin. Au reste, c'est dans les idées du pays. On cache l'opulence sous de pauvres dehors. Par delà la ville défendue, à une distance qui paraît très-considérable, on aperçoit les deux tours tronquées, ou plutôt non achevées, de l'église dite française. Plus près de nous, à notre gauche, surgit, au-dessus des têtes d'arbres, la cathédrale portugaise. Au-dessous de nous, des deux côtés de la porte dont l'entablement nous sert d'observatoire, se développent les masses imposantes des murs en talus qui

séparent les deux villes. L'enceinte extérieure, couronnée de larges créneaux, s'appuie sur de solides contre-forts. Le dessin n'en est pas varié : il se compose de deux éléments qui se répètent sans cesse; mais les effets des lois optiques, et la dégradation que la distance apporte dans les couleurs, vous permettent de mesurer, par la pensée, les énormes dimensions de cette œuvre gigantesque. Au pied des murs, le long d'un fossé, des files de chameaux vont et viennent.

Tournez-vous vers le sud et vous verrez un spectacle plus animé. Un pont magnifique de marbre blanc mène à la ville chinoise et à une longue artère toujours pleine de passants, de bêtes de somme, de charrettes : c'est le quartier industriel. A l'horizon, en face de vous, s'élève, au-dessus d'un rideau d'arbres, le triple toit du temple du Ciel. Vers le sud-ouest, une élégante pagode à plusieurs étages fixe vos regards. Au delà s'étend une plaine sablonneuse balayée par les vents du nord et de l'est qui se heurtent contre les murs, les fouettent avec furie, souvent même les couvrent à mi-hauteur des vagues de sable qu'ils ont soulevées dans les campagnes. Accumulées au pied de l'enceinte, ces dunes mouvantes menacent d'escalader la muraille; mais la prochaine bourrasque, d'un seul souffle, les réduira à l'état d'atomes. Rien de triste comme le pays autour de Pékin; un steppe qui paraît sans limite. L'horizon se confond avec l'air toujours saturé de poussière. Aussi voyez-vous parfois les crêtes, rarement le pied des montagnes.

Pékin est un campement de barbares bivouaquant autour de la tente d'un chef et donnant asile à ceux qui labourent la terre. Le nomade protégeant le cultivateur ! Ah ! c'est bien l'Asie, et je comprends que, dans l'imagination des peuplades du haut plateau central, depuis l'Ural

TOUR EN PORCELAINE (PÉKIN).

jusqu'à Kashgar, de Kiachta au Hindukush, Shun-tian (Pékin) soit la ville des villes, le paradis terrestre, le centre du monde. Pour moi, c'est le type des anciennes capitales de la Bible ; c'est Babel, c'est Ninive : grand, héroïque, barbare.

Après les promenades solitaires, les cavalcades en nombreuse et joyeuse compagnie. Nous sommes tous montés sur de bons ponies mongols, un peu rudes, un peu vifs, enclins à se cabrer et à prendre le mors aux dents, comme il convient à des enfants des steppes, bien nourris d'ailleurs, bien soignés et fiers du noble sang qui coule dans leurs veines.

On a traversé la cité chinoise dans toute sa largeur, et on débouche sur une grande place irrégulière, en face d'un vaste enclos et de la porte, heureusement ouverte en ce moment, du Tien-tan, le temple du Ciel, que visite l'empereur une fois par an, et qui, le reste du temps, est abandonné et fermé ; fermé surtout aux étrangers, depuis que des voyageurs américains, avec femmes et enfants, se sont imaginé d'organiser un pique-nique sur l'autel même du *sacrifice annuel*. Mais il y a des accommodements avec le ciel, surtout avec les gardiens du temple qui porte son nom. Seulement, pour y pénétrer, il faut une combinaison de ruse, de force et d'argent. La porte est ouverte ; le hasard nous sourit. Conformément aux instructions d'un

LE SANCTUAIRE DES SACRIFICES ANNUELS DU TEMPLE DU CIEL.

de nos aimables guides, nous faisons mine de continuer notre chemin. Lui-même lance son cheval au galop, traverse le groupe des gardiens qui veulent lui barrer le passage, et pénètre dans la première cour du temple. Nous le suivons, et nous voilà dans la première enceinte !

M. L..., avec ses yeux de lynx, s'aperçoit qu'une autre porte est entr'ouverte. Vite, nous piquons des deux, et, en quelques instants, nous sommes dans la seconde enceinte. Les gardiens, une demi-douzaine d'hommes dont les livrées, comme propreté et conservation, laissent à désirer, nous entourent avec des cris. C'est le moment d'ouvrir les négociations, et, pour messieurs les interprètes, de faire briller leur connaissance de la langue et leur talent diplomatique. Bientôt les Chinois baissent le ton. Puis, en signe de respect, ils laissent retomber sur les épaules leur queue qui, selon l'usage des gens du commun, était roulée autour de leur tête. Encore quelques explications, et les mines courroucées ont fait place à des rires et à des démonstrations de déférence. Bref on s'entend. Il s'agit de calculer approximativement le nombre de coups de bambou que recevront les gardiens pour avoir admis les *diables étrangers*, et d'y conformer le nombre de taëls que nous avons à payer. Le compte étant réglé à la satisfaction des deux parties, nous sommes libres d'entrer. On nous prie seulement, d'un air piteux, de ne rien emporter et de ne rien détruire ; car, en ce cas, il ne s'agirait plus de bambou, mais de quelques têtes coupées. Cela passerait la plaisanterie.

Le temple du Ciel, avec son parc et ses cours entourées de murs et de fossés, occupe un terrain d'environ deux milles de circonférence. Le bois sacré, des cèdres et autres conifères, a l'air abandonné.

L'édifice principal est le sanctuaire des sacrifices annuels; il a été construit au milieu du siècle dernier. Sur une terrasse circulaire, entourée de trois balustrades concentriques en marbre blanc, s'élève le temple, circulaire aussi, ou pour mieux parler, polygone. Les parois de l'édifice consistent en un grillage fantastiquement sculpté et émaillé de verroterie bleue. Trois toits superposés, affectant la forme de parasols et composés de briques bleues, recouvrent cette construction, tout ensemble élégante et baroque, fine et sauvage, troublant l'œil par le croisement bizarre des lignes, et le caressant par la douce harmonie des couleurs : le blanc des balustres, le brun foncé des parois, le gros bleu de la toiture. Contemplées d'une certaine distance, les courbes des balustrades qui s'enfuient en descendant, et les courbes des trois parasols qui semblent se rapprocher, produisent l'effet le plus étrange. On est tout disposé à admirer l'invention et l'imagination de l'architecte. Mais ce n'est pas à lui que revient le mérite de cet effet. Il appartient à la grandeur des dimensions et aux lois de l'optique. L'imagination chinoise n'y est pour rien.

L'intérieur est interdit aux mortels, si ce n'est à l'empereur, aux princes du sang et aux personnes de la suite de Sa Majesté *Célestiale*. De grosses serrures semblent devoir nous arrêter sur le seuil du sanctuaire. Heureusement aucun des gardiens n'a jugé nécessaire de nous suivre. Sûrs de leur bastonnade et sûrs aussi de leurs taëls dont ils ont déjà empoché un à-compte, ils abandonnent le temple du Ciel à notre discrétion. On examine donc les serrures, et l'une d'elles a l'obligeance de s'ouvrir. Chacun de nous a la conscience de commettre une action indiscrète, mais la curiosité l'emporte. On pénètre dans l'intérieur. Quatre colonnes en bois, sculptées et peintes, reliées dans le haut par quatre poutres également peintes, supportent une galerie ornée de pilastres sur lesquels repose la coupole. Autant que la faible lumière m'a permis de m'en rendre compte, c'est une coupole plate ; comme les colonnes, les pilastres, les parois, elle est ornée de boiseries peintes ou laquées, et elle est la seule que j'aie vue en Chine. C'est dans l'intérieur seulement que, grâce au contraste avec le jour du dehors, on peut apprécier la beauté riche et variée du treillage qui remplace les murs de la salle et ressemble au fin tissu d'une toile d'araignée. Aucune idole, rien qui vous rappelle que ce lieu est consacré à la prière. C'est un magnifique et colossal kiosque, digne rendez-vous du maître du ciel avec le maître de la terre.

L'autel découvert où se font les sacrifices annuels est une plate-forme circulaire de marbre blanc, haute de trente pieds et composée de trois terrasses dont les diamètres mesurent cent vingt, quatre-vingt-dix et soixante pieds. Ici, comme dans tous les autres édifices qui se rattachent au temple du Ciel, le chiffre trois domine. Le nombre des gradins est un, trois, neuf et ainsi de suite, toujours un multiple de trois. Il en est de même de tous les autres éléments qui entrent dans cette construction : par exemple, les dalles du pavement et les balustres des galeries. Dans le temple de la Terre, situé au nord de Pékin, hors de la ville, c'est le chiffre deux qui règne. On n'a pas su me donner le sens évidemment mystique de cette géométrie sacrée.

Nous avons aussi visité les cuisines avec leurs grands chaudrons où l'on cuit la chair des

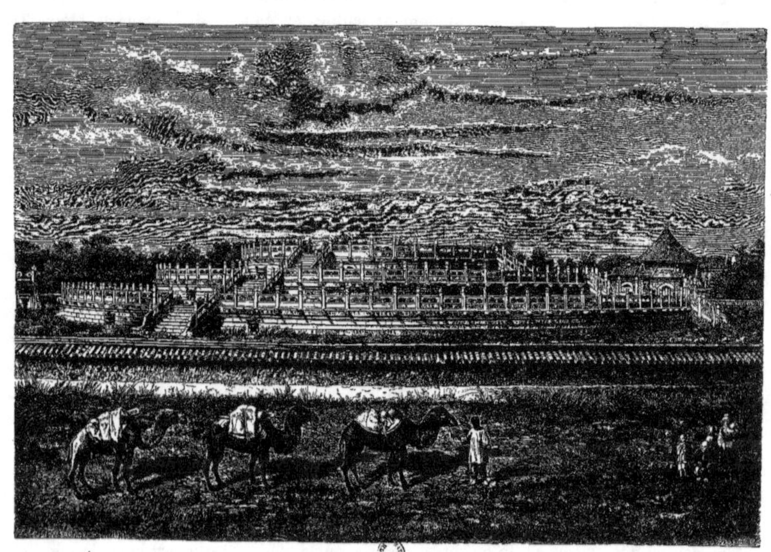

L'AUTEL DÉCOUVERT DU TEMPLE DU CIEL.

animaux sacrifiés ; le grand corridor qui mène à la salle des prières ; enfin les maisons occupées,
à l'époque des sacrifices annuels, par l'empereur, par les princes du sang et par les grands
dignitaires de la cour. Tous ces édifices sont en assez bon état de conservation, mais l'intérieur

TEMPLE DE LA TERRE.

en est négligé et couvert de poussière. Cela tient peut-être à la minorité de l'empereur qui ne
visite pas encore les sanctuaires.

J'ai vu les temples les plus en renom, et partout j'ai été choqué de l'abandon évident où ils
se trouvent et surtout de l'absence des fidèles. Les résidences officielles des hauts mandarins
ne sont guère mieux soignées, parce que ces dignitaires, obligés de faire les frais de l'entretien

de leurs yamens, conservent rarement leur position au delà de trois ans. Mais comment expliquer le misérable accoutrement de leurs scribes et de leur valetaille, l'état encore plus misérable des routes de l'empire et des rues de la capitale, des canaux, des ponts construits au siècle dernier avec des dalles de marbre et qui tombent aujourd'hui en ruines? Comment enfin se rendre compte de cet aspect général de décadence qui contraste si fort avec les qualités et les allures du peuple chinois, vigoureux, actif, intelligent, envahissant l'Amérique, l'Australie, l'Océanie, concourant partout, jusqu'à une certaine limite bien entendu, soit victorieusement, soit sur le pied de l'égalité, avec les nations les plus avancées au point de vue du progrès matériel?

Cette question, comme tant d'autres, je l'ai adressée à des hommes qui, par leur situation, par leur expérience, fruit d'un long séjour en Chine, par leur connaissance de la langue, des hommes et des choses de ce pays, étaient. plus que personne à même de me renseigner : M. Williams, missionnaire américain, auteur du livre intitulé : *The middle Kingdom*, qui habite la Chine depuis trente-quatre ans ; M. le général Vlangali, ministre de Russie ; M. Wade, premier interprète de la légation pendant de longues années, aujourd'hui ministre d'Angleterre; M. Brown, son secrétaire-interprète; M. Low, ministre des États-Unis; le géologue allemand baron de Richthoven, qui a visité plusieurs parties de l'empire et que j'ai vu partir pour les provinces éloignées de Kan-su et de Sze-chuen ; Monseigneur de la Place, vicaire apostolique à Pékin ; M. Favier, de la même mission; M. Lenzi, interprète de la légation de Russie ; M. Annecke, chargé d'affaires, et M. Bismark, interprète de la légation d'Allemagne; tous ces messieurs, avec une amabilité qui m'a profondément touché, ne se sont pas lassés de répondre à mes questions, d'éclaircir mes doutes et de rectifier mes erreurs. Ces conversations si intéressantes remplissaient les premières heures de la matinée et abrégeaient singulièrement les soirées déjà longues de l'automne, que je passais toujours sous le toit hospitalier du général Vlangali ou dans le salon des autres légations.

« Cette décadence, ai-je demandé, est-elle seulement apparente, est-elle réelle ? Est-ce la nation ou seulement la dynastie qui s'éteint ? »

« C'est un thème, m'a-t-on répondu, fort complexe et difficile à épuiser. La Chine est le pays des contradictions. On y est encore essentiellement conservateur. Les idées, les mœurs, le costume, sauf des modifications insignifiantes, sont aujourd'hui ce qu'ils étaient il y a mille, il y a deux mille ans. Cependant nulle part on ne construit des édifices moins solides et moins durables. A l'exception d'une pagode à... (le nom m'est échappé), dans la province de Kiang-si, dont la construction remonte au dixième siècle, il n'y a pas dans tout l'empire un seul édifice comptant plus de deux cents ou de deux cent cinquante ans.

« On est essentiellement patriarcal, et cependant, sauf huit ou neuf familles princières, il n'y a pas de noblesse héréditaire. Au contraire, la noblesse conférée par l'empereur descend d'un degré à chaque génération et finit par disparaître. Le fils d'un marquis, c'est-à-dire d'un homme dont le rang correspond à celui de marquis, sera comte ; son fils, baron; son petit-fils n'aura plus de titre. Les princes du sang font exception à cette règle, et l'étiquette leur accorde de grands priviléges. Les ministres mêmes se trouvent vis-à-vis d'eux, à cet égard, dans une situation très-inférieure. En revanche, toute influence sur les affaires d'État est refusée aux princes du sang.

« Chacun peut parvenir aux plus hauts emplois, le fils d'un kouli aussi bien qu'un fils de prince, pourvu qu'il passe les examens de bachelier dans le chef-lieu de son district, de licencié dans la capitale de sa province, de docteur enfin aux grands concours de Pékin. Le docteur peut aspirer aux grades les plus élevés de l'échelle hiérarchique. Comme lettré, il fait partie d'un corps ou plutôt d'une multitude qui est une véritable puissance; mais, pour jouir individuellement de sa part de pouvoir, il faut qu'il entre dans les carrières administratives, dont les portes lui sont ouvertes en proportion des grades académiques qu'il a obtenus. On dirait donc, et on peut dire avec raison que la Chine est un État essentiellement bureaucratique. Et pourtant, il n'y a pas de pays au monde où le nombre des fonctionnaires soit si restreint. Dans cet immense empire, on ne compte pas au delà de douze mille mandarins [1], en prenant ce mot dans le sens le plus habituel, c'est-à-dire comme synonyme de salarié de l'État. Car, autre contradiction, nulle part au monde le principe du *self government*, l'autonomie des communes, n'est plus développé.

M. (AUJOURD'HUI SIR THOMAS) WADE, MINISTRE DE L'ANGLETERRE EN CHINE.

« Passons maintenant aux relations entre le souverain et le peuple. Le Chinois est le sujet soumis et obéissant de l'empereur. L'empereur est le représentant de Dieu ou du destin. On lui doit une obéissance aveugle et illimitée. Il est empereur parce que Dieu l'a voulu. S'il est un mauvais prince, tant pis pour la Chine, mais cela n'altère en rien l'obligation de chacun d'obéir à ses décrets, quelque iniques qu'ils soient. De tous les crimes, le plus grand est la rébellion. Mais si la rébellion réussit, c'est qu'évidemment le Ciel l'a voulu. Si, par suite d'une rébellion victorieuse, un usurpateur s'empare du trône, il entre immédiatement en jouissance de tous les droits et priviléges, et ils sont illimités, du chef de la dynastie qu'il vient de détrôner. Le succès donne la légitimité, car le succès n'est-il pas dû à la volonté manifeste de Dieu ?

[1] On sait que le nom de *mandarin* a été donné par les navigateurs portugais du seizième siècle aux fonctionnaires grands et petits. Il vient du mot portugais *mandar*, commander, et est entièrement inconnu des Chinois.

Ainsi le premier devoir du citoyen est la fidélité absolue au souverain, jointe à la reconnaissance immédiate et absolue des faits accomplis. Il n'y a pas de contradiction plus frappante.

« Cela dit, j'en arrive à votre question. Le peuple chinois, ayant une si haute idée de la puissance et de l'autorité de l'empereur, s'en rapporte à lui pour une foule de choses. Le maintien de l'ordre public, l'exécution des lois, l'entretien des édifices de l'État, des ponts, chaussées et canaux, des forteresses et des ports de mer, est l'affaire de l'empereur et non du peuple. Or il se trouve que l'empereur actuel est mineur; que son père était un homme débauché et borné qui ne s'occupait pas des affaires de l'État; et que son grand-père a été ou passe du moins pour avoir été une intelligence médiocre. Le métier de souverain n'est pas une

L'INTÉRIEUR DU TEMPLE DE CONFUCIUS.

sinécure en Chine. Si l'empereur s'efface, s'il néglige de remplir ses devoirs, la chose publique est en souffrance. Aussi, voyez Pékin : les rues ressemblant à des gouttières; les ruisseaux, privés des dalles de marbre qui les couvraient autrefois et dont les débris gênent aujourd'hui la circulation; les temples, d'une saleté qui choquerait les fidèles, si les fidèles les visitaient; les édifices publics, dans un état déplorable; et, en dehors de la capitale, les canaux, les grandes artères du pays, à moitié ruinés; les routes royales, transformées, selon la saison, en torrents desséchés, en rivières, ou en marais ! Tout cela est le fait des deux derniers règnes. Un prince énergique, actif, intelligent, fera disparaître, avec les traces du mauvais gouvernement de ses prédécesseurs, les marques de décadence qui frappent les yeux des Européens, mais qui n'étonnent pas les indigènes. »

Cette après-midi est consacrée à la visite du temple de Confucius Wên-Miao, et de la grande lamaserie, le Yung-ho-kung, l'un et l'autre situés dans la partie nord-est de la cité tartare. De l'académie et du temple du grand philosophe au sanctuaire du grand Dieu, il n'y a qu'un pas. Mais, dans l'ordre des idées, la distance qui les sépare est énorme. On dit que la religion bouddhiste est la plus répandue sur terre. J'en doute, et je pense que le nombre des adhérents de Confucius, des rationalistes, est plus considérable. Mais les voilà en présence.

Voyons la demeure du philosophe. On entre par une jolie cour plantée de cyprès dont les branches, par des procédés connus, s'étendent horizontalement. Laissons aux savants le soin de déterminer l'âge de certaines pierres semblables à des cloches et couvertes de caractères

ENTRÉE D'UN TEMPLE BOUDDHISTE A PÉKIN.

non encore déchiffrés, ce qui ne peut nous surprendre, s'il est vrai que Confucius, cinq siècles et demi avant notre ère, les y ait inscrits de sa main. La salle est d'une magnificence creuse et vide. Aucune idole, rien que des inscriptions : les noms du philosophe et de ses disciples. Le tout couvert d'épaisses couches de poussière. Ici l'empereur apparaît annuellement pour faire ses prières.

Dans l'académie de Confucius, qui est située tout près du temple, et, je crois, en fait partie, les œuvres complètes du sage et d'autres auteurs classiques, inscrites sur des tablettes de pierre noire, sont rangées dans une petite cour. Tous ces édifices ont un cachet académique joint à un air de cour qui répond assez à la situation et à la tournure d'esprit du chef de la secte ou plutôt du professeur pédant, élégant, docte, courtisan, solliciteur, nommé Confucius, et au rang élevé des protecteurs de ses mânes, les empereurs qui ont bâti et rebâti ces maisons qu'on appelle à tort temples, car elles n'ont rien à faire avec la religion. Kien-lung, dont le règne embrasse près des deux tiers du siècle dernier [1], a fait construire la jolie salle où l'empereur vient tous les dix ans s'asseoir sur un trône de bois richement sculpté pour entendre lire quelques morceaux des auteurs classiques.

Nous entrons dans la grande lamaserie de Yung-ho-kung. Les bonzes, tous des Mongols,

BONZE SUPÉRIEUR D'UN COUVENT BOUDDHIQUE.

sont réunis dans une salle pour dire leurs offices. Un d'eux, chargé de la surveillance, nous apostrophe avec brutalité. Par une distraction blâmable, j'avais oublié de quitter mon cigare. Comme punition, je dois être expulsé. Mais M. Lenzi, le premier interprète de la légation de Russie, mon aimable guide, apaise le cerbère, et les offices momentanément interrompus reprennent leur cours. Prêtres, novices, acolytes, tous vêtus de tuniques et de manteaux jaunes, tous la tête complétement rasée, sont accroupis sur de petites banquettes et chantent en chœur. Quant aux physionomies, je n'en ai jamais vu de plus stupides et de plus spirituelles. A côté d'hommes épuisés par les jeûnes, au regard éteint, à l'air ascétique, il y avait là des jeunes gens pleins de vie et de santé, de petits garçons dont les yeux étincelaient comme des charbons ardents. Quant aux voix, deux ou trois basses-tailles dignes de l'Opéra de Vienne et de Paris dominent les sons nasillards de la multitude. On sait, car cela a été souvent raconté par des voyageurs, combien les solennités des temples bouddhiques ressemblent aux cérémonies de l'Église catholique. Auprès de cette salle est le sanctuaire de Bouddha, une pièce sombre, étroite, mais très-haute et toute remplie par la statue colossale du Dieu. L'obscurité ajoute aux terreurs du lieu. Pour voir les détails, pour arriver aux larges épaules, aux longues oreilles de la divinité, il faut monter plusieurs étages.

A côté du temple sont les appartements, aujourd'hui en ruines, que l'empereur Yung-Mên fit bâtir pour préparer à ses treize fils une existence plus claustrale que princière. Les pièces, reliées par des corridors et percées de portes ayant la forme d'un cercle, sont fort petites, mais riches en jolis détails. La maison s'adosse au mur septentrional de la ville. J'y cours, car je ne me lasse pas de ce sauvage et sombre tableau.

[1] De 1736 à 1796.

LA GRANDE LAMASERIE.

Le grand intérêt de la journée est le saisissant contraste entre les temples de la raison et les sanctuaires de la foi, entre les jeux de l'esprit et les pratiques ascétiques, entre la spéculation philosophique et les croyances superstitieuses, entre Confucius et Bouddha. Passez d'une chapelle wesleyenne qui n'a que ses quatre murs et le pupitre du ministre à Saint-Pierre pendant la messe pontificale, et vous trouverez moins frappante la différence qui les sépare.

Confucius était moraliste. Il donnait des maximes, des conseils pleins de sagesse ; mais,

TYPE DE PORTE EN FORME DE CERCLE.

déclinant poliment la discussion sur un monde futur, il cherchait la source du bien et du mal dans la raison et dans la volonté de chacun.

On dit généralement que les Chinois sont nés sceptiques. Cela est-il bien constaté ? Un fait que personne ne conteste, semblerait plutôt démentir cette assertion. Tous les lettrés sont sceptiques. Tout le peuple est croyant. Les lettrés ont été nourris de la lecture des œuvres de Confucius. N'est-il pas permis de penser que ce sont précisément les doctrines du philosophe qui, dans le courant de vingt-cinq siècles, ont façonné les esprits et développé les tendances sceptiques si commodes pendant la vie, si impuissantes à nous soutenir au moment où nous la quittons? J'avais lu dans le livre d'un missionnaire protestant américain, dont le titre m'échappe, que les lettrés, tous plus ou moins athées, reviennent ordinairement, lorsque la mort approche, aux croyances et aux pratiques bouddhiques. Des missionnaires catholiques m'ont confirmé le fait.

Mais si les lettrés n'admettent pas l'existence d'un Dieu quelconque, il n'est point de légendes si fabuleuses ni si absurdes qu'ils n'y croient, absolument comme nos esprits forts qui font parler les tables. En ce moment, dans le nord de la Chine, l'événement du jour est la découverte près de Tien-tsin d'un petit serpent apporté par un paysan et exposé dans un temple. C'est un dragon, et ce dragon est un Dieu. La population entière, le gouverneur général de la province, le taotai, les magistrats de la ville sont allés en grande pompe adorer la petite bête. « Pensez-vous, ai-je demandé à quelqu'un dont le jugement fait autorité, que le gouverneur et les autres grands personnages considèrent leur visite au serpent comme un acte politique, comme une concession faite à la superstition populaire, ou qu'ils partagent eux-mêmes cette superstition ? — Je suis persuadé, m'a répondu mon interlocuteur, que le vice-roi est, comme le dernier des koulis, convaincu de la divinité du serpent. » Et, à l'appui de son opinion, il se mit à me citer plusieurs faits qui se sont passés de nos jours. Tout récemment encore le secrétaire d'une des légations était tombé malade ; on découvrit que la maison qu'il habitait était humide et le ministre s'empressa de faire exécuter les travaux nécessaires d'assainissement. Il en parla à un mandarin de haut rang, homme fort intelligent, fort érudit, supérieur enfin à la plupart des hommes de sa classe. « Ce n'est pas, lui répondit celui-ci, l'humidité qui rendait la maison malsaine. C'est *fonshué*, littéralement *le vent et l'eau*, c'est-à-dire un charme, les mauvais esprits. Pourquoi avez-vous fait bâtir cette cheminée si près de la maison de votre secrétaire? C'est par là que sortent les mauvais esprits ! Ne le comprenez-vous pas? Pourquoi chercher une autre explication ? »

« Si la cathédrale portugaise, continua mon interlocuteur, n'a pas été détruite pendant les deux dernières persécutions des chrétiens, si elle subsiste encore, c'est sans doute à cause de l'extrême aversion que professent les Chinois contre la démolition des grandes maisons. Ils croient que de mauvais esprits se dégagent des décombres et infestent le voisinage. D'un autre côté, je pense que les lettrés, pour ameuter la populace de Tien-tsin contre les missionnaires et les religieuses, ont tiré parti de la peur (partagée probablement par eux-mêmes) que les tours élevées et autres points culminants inspirent à tout Chinois, comme attirant les mauvais esprits. La flèche de l'église catholique de cette ville irritait et inquiétait les habitants. Si on ne l'a pas complétement détruite, c'est que la solidité de la construction résistait à l'incendie et que l'ordre fut rétabli avant que l'œuvre de destruction eût été accomplie. Voyez ce qui est arrivé ici. Lorsque les deux tours de l'église française bâtie tout récemment eurent atteint une certaine élévation, le gouvernement s'en émut et intervint, prenant pour prétexte que, du haut de ces tours, des regards indiscrets pourraient plonger dans les jardins et dans les cours de la *cité impériale*. Mais la véritable raison était les esprits, et monseigneur de la Place a sagement fait d'obtempérer aux vœux du Tsungli-yamen. »

Ces gens si superstitieux ne sont pas fanatiques. On m'assure qu'en matière de religion, dans le peuple comme chez les lettrés, et ce qui est plus étonnant, dans le clergé bouddhique chinois, le fanatisme religieux est inconnu. Il n'en est pas de même chez les Mongols. Plus on se rapproche du Thibet, plus l'intolérance en matière de religion augmente. En Chine, on permet à chacun de sauver son âme à sa façon, et si, malheureusement, on fait une exception pour les chrétiens, c'est par des motifs politiques, et non à cause de leurs croyances.

Les sectaires de Confucius, les Taoïstes les Bouddhistes vivent paisiblement à côté les uns des autres, et on n'entend jamais que la paix soit troublée entre eux par des discussions religieuses. Lorsque Mgr Mouly, le dernier vicaire apostolique de Pékin, mourut [1], on lui fit, pour se conformer aux idées des Chinois, de pompeuses funérailles. Son corps fut porté au cimetière portugais dans un riche cercueil. Revêtus des habits sacerdotaux, les membres du clergé suivirent, la croix en tête. Tous les ministres étrangers se joignirent au convoi, qui eut à parcourir les grandes artères menant à la porte de Ping-tsu-men. On sait que les rues ne sont qu'une digue élevée entre deux bas-côtés. Eh bien! toutes les personnes en voiture que l'on rencontra, et parmi elles était un prince du sang reconnaissable à son carrosse vert, descendirent de leur propre gré sur les bas-côtés, abandonnant ainsi aux chrétiens ce que l'on

VASES EN PORCELAINE.

nommerait chez nous le haut du pavé. Le peuple regardait avec curiosité et sans témoigner la moindre hostilité.

Il y a, à Pékin, trois ou quatre boutiques très-bien fournies de porcelaines, de sculptures en ivoire et en bois, de cloisonnés, de jades. Ici comme partout, le colifichet, abonde et les objets d'art qui méritent ce nom sont rares et hors de prix. On nous a offert deux jolis vases de vieille porcelaine pour quatre-vingts livres sterling! Somme énorme vu les objets et vu surtout la valeur élevée de l'argent. Il est vrai que les amateurs indigènes et étrangers ne manquent guère. Les Européens ne peuvent faire le commerce dans cette capitale, où il y a très-peu de visiteurs étrangers et où les seuls résidents sont les membres des légations et les missionnaires. Mais les négociants chinois font des *battues* chez les particuliers, et expédient leurs achats à

[1] Décembre 1868.

Shanghai, soit directement, soit par l'entremise des maisons européennes de Tien-tsin, les chinoiseries, surtout les cloisonnés, étant fort appréciées dans le monde élégant de Saint-Pétersbourg et de Moscou. D'ailleurs les choses vraiment belles se trouvent rarement dans les boutiques. La meilleure manière de faire de bonnes acquisitions est d'acheter par occasion. Des marchands apportent aux légations des objets plus ou moins curieux; c'est un bazar improvisé qui se renouvelle plusieurs fois par semaine et donne un peu de variété à l'existence monotone des diplomates, dont les jours, hélas! se suivent et se ressemblent. Mais il ne suffit pas qu'on vous offre de belles curiosités, il faut encore savoir acheter, c'est-à-dire fixer soi-même le prix, et ne s'en départir jamais, c'est-à-dire être connaisseur et n'être pas pressé. Le propriétaire du vase ou du cloisonné à vendre l'emporte, disparaît pendant un mois, revient, se retire de nouveau, et finit, peut-être au bout d'un an, par accepter votre prix. L'un des plus

VASE EN PORCELAINE.

VASE EN ÉMAIL CLOISONNÉ.

fins connaisseurs en pareille matière est M. le général Vlangali. Flâner avec lui dans Pékin, examiner en sa compagnie les objets qu'on vient tous les jours étaler dans son jardin, est à la fois un plaisir, une étude et une tentation.

Somme toute, j'ai vu peu d'objets qui m'aient paru posséder une valeur intrinsèque et réellement artistique. Ce qui dans les productions des grandes époques me semble merveilleux, c'est la beauté du coloris et le fini du travail. Je pense que les Chinois ont moins de goût que les Japonais, que leurs couleurs sont plus voyantes et moins harmonieuses, leurs dessins moins riches d'invention et dépourvus de cet *humour* qui, à mon sens, fait le charme principal des produits japonais. Les jades, pierres excessivement dures et difficiles à tailler, sont particulièrement appréciés par les indigènes. Dans certaines boutiques on en trouve un grand choix. Tout homme de qualité doit porter une bague de jade vert ou blanc.

L'Europe est inondée de sculptures en ivoire. Ici j'ai vu un seul objet qui m'a paru un vrai bijou. Le reste ne sortait pas de la banalité. Au point de vue artistique, je préfère les sculptures en bois.

Les laques ne me paraissent pas comparables aux vieux laques du Japon. Quant aux porcelaines, contrairement à l'opinion générale, du moins à en juger par ce que j'ai vu, je donne la préférence aux porcelaines chinoises. Il est bien entendu que je parle ici des grandes pièces de premier ordre. Le général Vlangali possède une petite mais précieuse collection de vases de la dynastie Ming et des empereurs du siècle dernier. Les plus anciens, ceux de Ming, datent probablement de la fin du seizième siècle ou des premières années du dix-septième. Ils se distinguent par l'éclat des couleurs; ceux du siècle dernier, par la hardiesse du dessin. Il est impossible d'y méconnaître l'influence de l'Europe. Comment expliquer cette étrange et curieuse analogie avec le baroquisme dont j'ai déjà signalé les traces dans les sculptures japonaises des règnes de Taiko-Sama et de ses premiers successeurs ? En ce qui concerne la Chine, me dit-on, l'explication est facile. C'est aux jésuites, alors si haut placés à la cour de Pékin et constamment en relation avec l'Europe, d'où ils tiraient leurs livres, cartes, dessins et instruments, qu'il faut attribuer cette infusion, à fort petite dose il est vrai, du *baroquisme* italien, et plus tard du rococo français de l'époque Louis XV. Les vases qu'on fabrique maintenant à Pékin sont inférieurs sous le rapport de la pureté du dessin et du brillant des couleurs. Néanmoins on en fait encore de fort beaux; dans cette branche d'industrie, je ne vois aucune des traces de décadence que montrent les productions japonaises de ce genre, nommément les vases de Nagasaki. Quant aux cloisonnés, certes ils ne sauraient se mesurer avec ceux du siècle dernier. Le dessin des lignes est moins pur, moins correct, et l'émail n'offre plus ces nuances délicates si admirées dans les vieux cloisonnés. Nous avons visité l'atelier d'un céramiste. Rien de plus simple que ses outils et ses procédés. Au milieu d'une petite cour de quelques pieds carrés, est un feu autour duquel deux enfants se promènent en agitant des éventails pour le maintenir à la température voulue. A côté, dans un misérable hangar, deux ou trois ouvriers, sous la surveillance du maître, se partagent la besogne et produisent de fort jolies choses.

Pour ma part, je l'avoue, je ne puis m'enthousiasmer pour les chinoiseries. C'est artificiel, ce n'est pas artistique. La vraie beauté, la beauté classique y fait défaut. Plus les communications avec l'extrême Orient se multiplieront, plus se perdra en Europe le goût d'objets dont le premier mérite était précisément la difficulté de se les procurer.

M. Fritsche, jeune savant russe, envoyé par son gouvernement avec une mission scientifique, veut bien m'accompagner à l'observatoire des jésuites, situé sur la partie orientale des murs de la cité tartare, entre les portes Tung-pien-men et Chi-ho-men. Nous traversons le quartier qui occupe l'angle sud-est de la ville : une agglomération de huttes de boue et d'une multitude d'êtres humains de misérable apparence. Mais comme tout cela fourmille ! Quelle est la population de Pékin? Les livres de géographie que nous avons dû apprendre par cœur dans notre enfance, en portent le chiffre à trois millions. C'est une exagération évidente ! J'ai posé la question à M. Williams, la plus grande autorité en ces matières, et à deux diplomates qui y sont fort versés. Tous trois m'ont avoué leur ignorance. Les recensements faits par ordre du gouvernement impérial, m'ont-ils dit, ne méritent pas une entière confiance. On est donc réduit aux conjectures. Leurs calculs et leurs chiffres varient d'un million à huit cent mille et même à cinq cent mille. Lors de son ambassade, le baron Gros, homme instruit et studieux, a obtenu du prince de Kung des détails statistiques portant à cinq cent vingt-cinq millions le chiffre total de la population de l'empire et des États tributaires[1]. D'après M. Wade, la population de

---

[1] *Livre-Bleu*, Chine I (1872), p. 6. — Voir sur la population de la Chine un article intéressant du docteur Martin, de la légation de France à Pékin. *Bulletin de la Société de Géographie*, juillet-août 1872.

Chine, avant la rébellion des Taepings, s'élevait à quatre cents millions. L'opinion de quelques auteurs qu'elle aurait, depuis cette époque, diminué de la moitié, est évidemment erronée.

Nous voilà arrivés au bout de notre promenade : une tour basse et carrée, collée au mur de la ville. Dans la cour, il y a deux planisphères supportés par des consoles de bronze, en forme de dragons, magnifiquement ciselés. Sur l'entablement de la tour, également en plein air, on voit plusieurs quadrants et un globe céleste sur lequel est marqué le ciel de Pékin ; le tout en parfait état de conservation. Mon compagnon m'assure qu'au point de vue scientifique ces instruments sont des chefs-d'œuvre. Ils ne le sont pas moins comme œuvre d'art.

COUR DE L'ANCIEN OBSERVATOIRE DES JÉSUITES, A PÉKIN.

Regardez cette muraille massive, cette longue enfilade de bastions crénelés, produits et agents de la force brutale ; à vos pieds, dans la ville, un dédale de huttes surmontées d'une forêt ; au dehors le désert, puis des horizons qui fuient et, au-dessus, le dôme azuré. Partout un profond silence, interrompu seulement par des sons qui semblent descendre des régions célestes ; ce sont de blanches nuées de pigeons qui, d'une hauteur prodigieuse, font vibrer en passant leurs harpes éoliennes [1]. Tout, dans cette scène, est étrange, fantastique ou barbare, excepté ces instruments destinés à mesurer le ciel, abandonnés mais respectés par les hommes et par les éléments, restes éloquents d'une époque déjà lointaine où il semblait possible que

----

[1] A Pékin, les pigeons abondent. Ils sont tous munis d'un petit sifflet de bambou excessivement léger, qu'on leur attache entre les ailes pour les protéger contre les oiseaux de proie. Le son de ce petit instrument ingénieux varie selon le degré de vitesse du vol.

des millions d'êtres humains, non par la force, mais par la persuasion et à la double lumière
de la prédication et de la science, fussent gagnés aux bienfaits de la civilisation !

INSTRUMENTS DE BRONZE DE L'OBSERVATOIRE DE PÉKIN.

Bien souvent, en me promenant dans Pékin, je pense aux chefs de nos chancelleries diplomatiques qui m'ont enseigné à copier une dépêche, à la bien plier et surtout à donner à chacun

INSTRUMENTS DE BRONZE DE L'OBSERVATOIRE DE PÉKIN.

la courtoisie qui lui est due, à nuancer avec discernement la « parfaite », la « distinguée » et
« la plus haute considération ». Ces dignes hommes, ces preux chevaliers de l'encre et du

papier-ministre, dorment depuis longtemps du sommeil du juste. Que ne puis-je évoquer leurs mânes ? Comme ils se réjouiraient de voir une grande capitale toute peuplée de leurs semblables ! En effet, le Chinois me semble être né bureaucrate. Cela s'explique d'ailleurs par ce fait qu'il faut passer par les bureaux pour arriver aux grandes situations. Si les mandarins sont en fort petit nombre, beaucoup de Chinois possèdent les connaissances voulues pour devenir fonctionnaires. Observez, par exemple, les domestiques qui, au point de vue social, sont bien supérieurs à nos gens : à leur mise soignée, à la propreté de leurs ongles, on les prendrait pour des gentlemen. Quelle est l'essence du bureaucratisme ? Le culte de la routine. La routine est votre boussole, votre évangile, votre habitation et votre prison. Elle vous guide, elle vous éclaire et vous soutient dans le doute, elle vous abrite dans les tempêtes politiques. Les gouvernants tombent, les États s'effondrent, mais les bureaux restent. Après la bourrasque, on y retrouve les mêmes figures, les mêmes toilettes, les mêmes idées, s'il y en a, et les mêmes allures. Le logis est étroit, et il n'y a pas de place pour le génie, mais le bon sens, les connaissances solides, le sentiment du devoir, la parfaite honnêteté trouvent à s'y caser. Pour les esprits inquiets, pour les gens hors ligne ou qui s'imaginent l'être, pour les récalcitrants, cette maison se transforme en prison.

Dans la capitale de l'empire du Milieu, tout respire le bureaucratisme. Le chapitre des fonctionnaires chinois a été souvent débattu dans nos causeries. On les taxe de rapacité, de vénalité, de cruauté. L'organisation de l'empire, la réunion, dans les mains du même fonctionnaire, des pouvoirs administratifs et judiciaires, l'indépendance dont jouissent les représentants de l'empereur dans les provinces, qui sont des royaumes, le manque de contrôle, l'obligation qui pèse sur eux d'envoyer au trésor impérial des sommes considérables, leurs modestes appointements qui seraient insuffisants s'ils ne trouvaient moyen de se revancher sur leurs administrés, l'habitude du Tsungli-yamen de leur faire rendre gorge à leur retour à Pékin, non au profit des moutons tondus, mais en faveur du trésor de l'État, tout cela et mille autres circonstances expliquent, sans les excuser, les exactions, les dénis de justice, les actes arbitraires dont on accuse les mandarins.

Heureusement la forte organisation de la famille et l'esprit d'autonomie, l'un et l'autre si puissants en Chine, surtout dans le midi, joints à l'horreur qu'on a de l'intervention du mandarin et du recours aux tribunaux, offrent les moyens de restreindre considérablement et salutairement l'action du pouvoir officiel, et de le remplacer, dans une très-large mesure, par le pouvoir patriarcal. Des tribunaux, où l'on voit siéger, à côté de l'homme le plus considérable par l'âge et la position sociale, les notables du clan ou de la municipalité, connaissent sans appel des matières civiles, et très-souvent même des matières criminelles. Tolérés, je crois, et non légalement constitués, ils ne peuvent prononcer un arrêt de mort. Cependant, plutôt que d'en référer au mandarin, plutôt que d'exposer le coupable à avoir la tête tranchée ou, ce qui est la dernière des ignominies, à être haché en morceaux, et à compromettre le sort de sa famille qui est ordinairement englobée dans sa ruine, le patriarche, après avoir rendu la sentence, dit au condamné : « Ton crime est d'un ordre tel que nous devons te remettre au taotai. Tu auras la tête coupée. Si tu veux échapper à ce triste sort, passe dans la chambre voisine, tu y trouveras une corde ou du poison. » Il n'y a pas d'exemple que le condamné préfère comparaître devant le mandarin.

Les délégués du pouvoir impérial ne sont donc pas populaires. On donne comme excuse qu'ils se trouvent plus ou moins dans les mains de leurs subordonnés, très-peu nombreux aussi et battant monnaie comme ils peuvent. Mais tous les agents du pouvoir impérial ne sont pas de méchants hommes. Assez souvent ils gagnent l'estime et l'affection de leurs administrés et, à l'expiration de leur mandat, ils reçoivent d'eux, comme témoignage de regret, un parasol en soie écarlate sur lequel se lisent, brodés en or, les noms des donateurs. C'est ce parasol que le fonctionnaire, assez heureux pour en posséder un, ne manque jamais de faire porter devant sa chaise quand il se montre en public.

Un jour, me promenant dans les rues de la cité tartare, je vis passer avec grand fracas une bande de domestiques précédant et suivant une chaise à porteurs. C'était le ministre des finances, grand seigneur mandjou, et, comme chef d'une des huit bannières, ayant le rang de maréchal.

« La vie d'un homme d'État, disait dernièrement cette Excellence chinoise, est parfois semée d'épines. Voilà ce qui vient de m'arriver. Mon vice-chef de bannière demande à toucher

LE MINISTRE DES FINANCES SE RENDANT AU JSUNGLI-YAMEN.

ses appointements à partir du 1ᵉʳ du mois. Mais comme il n'est entré en fonctions que deux semaines après, cette prétention est inadmissible. Seulement, en qualité de chef de bannière, je ne puis lui refuser mon appui. J'ai donc adressé une note au ministre des finances, c'est-à-dire à moi-même. Tout ce qu'on pouvait dire en faveur d'une prétention ridicule, absurde et contraire à la loi, je l'ai dit. Cela fait, en qualité de ministre des finances, j'ai réuni le conseil des revenus qui, se rangeant à mon avis, c'est-à-dire à l'avis du ministre des finances, a repoussé avec indignation les réclamations du vice-chef de bannière. Cette résolution dûment approuvée par moi, ministre de finances, a été, dans une note rédigée avec tous les ménagements que je me dois, communiquée à moi, maréchal de bannière. Néanmoins, en cette dernière qualité, je n'ai pu ne pas éprouver un vif déplaisir, partagé, cela va sans dire, par mon vice-chef de bannière. Aussi ne veut-il pas en démordre et, en ce moment, comme son chef et protecteur naturel, je suis occupé à rédiger une protestation assez énergique qui, je le crains, ne fera pas plaisir au ministre des finances. Le cas est grave, il est complexe ; j'ignore comment cela finira. »

Il y a ici quatre églises et paroisses catholiques, toutes desservies par les prêtres de la congrégation de la mission, dite des Lazaristes : la cathédrale Nan-tang, *église du Sud*, commu-

NAN-TANG, CATHÉDRALE CATHOLIQUE DITE PORTUGAISE, A PÉKIN.

nément appelée église portugaise, imposant édifice du dix-septième siècle ; selon le goût péninsulaire, les ornements baroques y abondent. Les *Quinas*, le vieux blason du Portugal, que naguère encore on voyait au-dessus du portail de ce temple, œuvre de la piété et de la munificence des rois Très-Fidèles, ont été remplacés par les armes de France.

Pei-tang, *église du Nord,* située au centre de la ville, près de la cité défendue ; c'est une belle construction gothique bâtie dans ces dernières années. Ses deux tours resteront inachevées ; j'ai dit pourquoi. A Pei-tang se trouvent la résidence du vicaire apostolique, la principale maison des Lazaristes en Chine et le séminaire. L'emplacement était autrefois occupé par un couvent de Franciscains, qui a disparu lors des grandes persécutions.

Les deux autres églises catholiques s'appellent, d'après leur situation géographique, Tung-tang et Si-tang, les *églises de l'Est* et *de l'Ouest*.

Le diocèse de Pékin compte vingt-sept mille chrétiens, et la ville huit mille. Parmi ces

PEI-TANG, ÉGLISE DU NORD, A PÉKIN.

derniers, il y a beaucoup d'artisans respectables et presque tous les horlogers de Pékin. L'horlogerie a été introduite en Chine par les jésuites, et la foi chrétienne, conjointement avec cet art, s'est conservée dans les familles et propagée de père en fils.

Un dimanche, par une matinée brumeuse, je me fis porter à Pei-tang. On y célébrait la messe, à laquelle assistaient un grand nombre de fidèles, tous des indigènes, les hommes d'un côté, les femmes de l'autre. Dans la nef transversale, cinq ou six sœurs de charité étaient agenouillées au milieu des jeunes filles, leurs élèves. Un des missionnaires joua de l'harmonium; puis, prenant place sur un escabeau, près de la balustrade qui sépare le chœur de la grande nef, il prononça, en langue chinoise, un court sermon. Tous les regards de cette foule pieuse s'attachèrent à ses lèvres. De ma place, je pouvais examiner à mon aise les visages tournés vers l'autel. J'ai retrouvé la coupe, mais non l'expression des figures qu'on rencontre dans les rues. De la confiance, du respect, de la sérénité ; aucune trace du scepticisme, de

PORTE ET PARC DU PEI-TANG.

l'ironie, de cette maussade indifférence qui se peignent généralement dans les traits des Chinois. Presque tous les étrangers, protestants et catholiques, qui ont visité les chrétientés de cet empire, sont frappés de l'influence que le christianisme exerce sur la physionomie et sur le maintien de ceux qui l'ont embrassé. Plusieurs auteurs anglais en parlent dans leurs relations de voyage.

Mgr de Laplace, évêque d'Andrinople et vicaire apostolique à Pékin, une des gloires de l'apostolat moderne, a bien voulu me montrer lui-même l'église, la maison et le séminaire Le musée d'histoire naturelle, unique dans son genre, a été formé par le savant abbé

David, lazariste. Les objets qu'on y voit appartiennent à la province de Che-li. La partie orni-
thologique de cette riche collection est la plus appréciée par les savants.

La collection des livres, formée en partie des débris de la bibliothèque des anciens jésuites,
possède quelques beaux volumes et atlas, pour la plupart des éditions hollandaises données par
les empereurs. Dans quelques livres on lit, tracés avec les grands et hardis caractères du
dix-septième siècle, que le temps jaunit déjà, les mots : *Datum ab imperatore Kang-hi.*

Dans ma visite au séminaire, Mgr de Laplace m'engagea à ouvrir au hasard quelques
pupitres. Chaque élève y renferme ses livres, ses écritures, ses rasoirs, de petites friandises, le
tout disposé symétriquement et avec le plus grand ordre. Quelques-uns ont même trouvé moyen
d'y suspendre de petites images sacrées ou d'y ériger un petit autel. Il est dans le génie de cette
nation de savoir utiliser l'espace.

Au jardin, concert des séminaristes. Pas de Haydn comme à Sü-kia-wei, mais de la vraie

LE CIMETIÈRE PORTUGAIS, PRÈS DE PÉKIN.

musique chinoise exécutée avec des instruments étranges dont le son m'a paru agréable. J'ai
surtout admiré une sorte d'orgue portatif ; ce sont des flûtes accouplées que le musicien place
verticalement sur ses lèvres. En manœuvrant les nombreuses clefs, ses doigts ont de la peine
à éviter le contact de son nez, qui, par bonheur, est peu protubérant. Il y avait un certain
tremolo assez doux à l'oreille ; mais comment décrire l'effet optique ? Une série de chiquenaudes
que l'artiste s'applique à lui-même et auxquelles, par des mouvements saccadés de la tête, il
tâche vainement d'échapper. Je me tenais les côtes, et les jeunes virtuoses, loin de m'en vouloir,
partageaient mon hilarité.

Les élèves sont évidemment bien tenus au physique et au moral. Ils ont l'air franc, modeste
et bien portant. Leur seul aspect fait l'éloge du séminaire de Pei-tang et de ceux qui le dirigent.

Le *cimetière portugais* se trouve à l'ouest de Pékin, à deux milles de la porte dite : Ping-
tzu-mên. Comme la cathédrale, comme la bibliothèque, il doit à la protection de la cour de
Saint-Pétersbourg, peut-être aussi aux craintes superstitieuses des Chinois, d'avoir échappé à
la destruction. M. Favier a bien voulu m'y conduire. Deux cents tombeaux environ renferment
les restes des Pères de la Compagnie de Jésus qui ont, pendant plus de deux siècles, exercé

leur ministère et sont morts dans cette partie de l'empire. Rien de saisissant comme le premier aspect de cette sombre nécropole. Les Ricci, les Schall, les Verbiest, ces grandes figures dont les noms, avec ceux de tant d'autres Pères, brillent dans les annales des sciences et de l'apos-

LE CIMETIÈRE PORTUGAIS, D'APRÈS UN CROQUIS DE L'AUTEUR.

tolat, sont ensevelis dans la partie la plus ancienne du *Campo-Santo*. Leurs monuments funéraires se composent de quatre éléments principaux : le sarcophage ; une table, une seule et énorme pierre ; cinq grands vases, les brûle-parfums ; enfin les tablettes qui, couronnées de dragons et posées sur des tortues, donnent, en latin et en chinois, avec le nom du défunt, les dates de sa naissance et de sa mort. Tout est grandiose, magistral, solennel. Une croix colossale, plantée sur un point culminant, rappelle au visiteur que, dans ces mausolées, reposent les dépouilles de chrétiens [1].

23 octobre. — Ce matin, départ pour la grande muraille. A Pékin, les portes de la ville se ferment au coucher du soleil et ne s'ouvrent qu'à l'aube du jour. Les mulets et chevaux de louage qui transportent les voyageurs et leur nombreuse suite doivent être amenés de la campagne. De là un fâcheux retard. Nous n'arriverons guère au gîte avant la chute du jour, et, dans l'empire du Milieu, la nuit n'est pas l'amie du voyageur. Enfin, à neuf heures, notre caravane quitte la légation de Russie. M. Lenzi la dirige.

Pour arriver à la porte du Nord-Ouest, dite Tê-cheng-mên, nous avons mis une heure

[1] Le P. Matthieu Ricci, né à Macerata, en 1552, pénétra en Chine en 1583 et mourut à Pékin en 1610. Il obtint les bonnes grâces de l'empereur et laissa des ouvrages de morale et de géométrie. Le P. Jean-Adam Schall, né à Cologne en 1591, arriva en Chine en 1622 et mourut à Pékin en 1666. Le P. Ferdinand Verbiest, né à Pitshen près de Courtray, en 1623, entra dans la mission de Chine en 1659 et mourut à Pékin en 1688. Il obtint la confiance et l'amitié du grand empereur Kang-hi (1661-1722), professa l'astronomie et dirigea la fonderie de canons. On a de lui un volume intitulé : *Liber organicus Astronomiæ apud Sinas restitutæ.*

Tout le monde connaît les attaques dirigées par les dominicains contre les jésuites au sujet de l'adoption de certains rites chinois. Le procès qui s'ensuivit, après avoir traversé de longues et nombreuses péripéties, fut jugé définitivement sous le pontificat de Benoît XIV. Ce pape défendit aux missionnaires de se conformer désormais aux rites chinois. Lorsque Rome eut parlé, les jésuites se soumirent aussitôt et sans réserve, mais ils soutinrent néanmoins : 1° qu'ils avaient toujours considéré comme purement civils et aucunement religieux les rites chinois concernant les honneurs rendus à Confucius et aux parents défunts ; 2° que ce n'étaient pas les jésuites seuls qui jugeaient ainsi le caractère réel de ces rites ; 3° que certaines parties de ces rites, déclarées superstitieuses, avaient été éliminées longtemps avant que le Saint-Siège eût rendu son arrêt.

Cette cause célèbre me revint à l'esprit lorsque je vis tous ces dragons, ces tortues, ces symboles, païens en apparence, mais, selon l'opinion des jésuites, purement politiques et civils. On conçoit que des moines arrivant d'Europe et n'ayant aucune connaissance, ou bien une connaissance fort imparfaite des hommes et des choses de ce pays, se soient formalisés de ce qu'ils appelaient et croyaient être une trop grande déférence et une dangereuse innovation. Des hommes entièrement étrangers à ces discussions et fort versés dans les questions de l'étiquette et des rites chinois m'ont assuré qu'il leur semblait extrêmement difficile de tirer une ligne de démarcation entre la religion et la politique, entre le culte des Dieux et les cérémonies qui symbolisent le respect dû à l'empereur et par là purement civiles.

et demie. Mais le moyen de la franchir? Comment trancher ce nœud gordien formé d'êtres humains, de chameaux, de chevaux, d'ânes, de voitures, de chaises à porteurs, de bonzes, de paysans, de koulis? Entre les deux portes, l'intérieure et celle du dehors, la presse est telle, que pendant un instant le désespoir nous prend. Enfin on sort! Un village qui touche à Pékin nous reçoit dans sa longue et, je crois, unique artère, sale, bourbeuse et encombrée comme les rues les plus fréquentées de la capitale. Encore une demi-heure, et nous voici en rase campagne! Des groupes de saules, de petits étangs, des tertres de boue alternent avec des champs cultivés et des fermes isolées. Sommes-nous en Moravie, en Hongrie ou en Chine? La ressem-

MOSQUÉE MAHOMÉTANE A PÉKIN.

blance est frappante, et je me demande si c'était la peine d'aller chercher de l'autre côté du globe cette vulgaire et si peu intéressante monotonie.

La journée se passe à éviter la grande route tout inondée et à chercher les digues naturelles qui la bordent. Souvent ces dernières se terminent brusquement, et nos hommes de plonger dans la plaine, de s'embourber à mi-corps, de jurer, de gesticuler, de crier à tue-tête. De chemin, plus de trace. On marche donc au petit bonheur. Quelques-uns de nous voyagent en litière, d'autres à cheval. J'ai choisi le premier mode de locomotion, et bien m'en a pris. Tour à tour, je vois mes amis rouler avec leurs chevaux. Heureusement, nous naviguons dans une mer de boue, et personne ne se fait de mal. Les toilettes seules en souffrent. A chaque pas, mes deux mules trébuchent, et, comme nous longeons souvent des ravins, la perspective n'est pas toujours rassurante. Nos muletiers et palefreniers sont tous des Chinois mahométans. On les choisit de préférence, parce qu'ils sont moins hostiles aux Européens. Tel est l'antagonisme entre eux et leurs compatriotes païens, qu'ils se trouvent eux-mêmes plus d'affinité avec les chrétiens. « Nous sommes de votre religion, » nous ont-ils dit.

A neuf heures du soir, après une marche de près de douze heures, nous arrivons aux portes de la ville de Chang-ping-chow. Mais elles sont fermées, impossible d'entrer. Mettons-nous à la recherche d'un temple ! On en trouve toujours près des villes. On longe donc ces murs interminables. A la lueur incertaine de la lune légèrement voilée, les bastions crénelés semblent grandir et se prolonger à l'infini. Mais voici le temple. Le prêtre qui le dessert, assis dans la cour, fume sa pipe, et, sans se déranger, nous fait signe d'entrer.

24 *octobre*. — La journée d'aujourd'hui marquera parmi mes souvenirs de voyage. Nous avons visité les tombeaux des Ming[1].

Ce sont des temples éparpillés dans une plaine séparée du reste du monde, sur trois côtés par la chaîne des montagnes mongoles, et vers Pékin par une élévation graduelle du terrain. On arrive par une avenue bordée de statues colossales, grossièrement sculptées : des rois, des chevaux, des griffons, des éléphants, des lions, des chameaux. Elles ajoutent à la tragique solennité du lieu. Jamais je ne me suis senti aussi seul.

Les tombeaux se trouvent derrière les temples, dont chacun est entouré d'un enclos. J'en ai compté treize, mais je crois que le nombre est plus considérable. Nous visitons la dernière demeure de l'empereur Tsu-wên. Restaurée par Kien-lung[2], elle est aujourd'hui complétement négligée. Admirez d'abord les dimensions de la grande salle dont le toit est supporté par d'immenses colonnes[3], des troncs d'arbres naturels, cadeau, dit-on, d'un roi de Siam. Visitez ensuite le sarcophage qui occupe un édifice séparé, puis montez sur la tour d'où vous pourrez jouir à votre aise de l'héroïque et funèbre beauté du site.

A nos pieds s'étend la plaine, déchirée par des lits de torrents. Vers l'est, à la distance de quelques milles à peine, s'élèvent, tout couverts de broussailles, les premiers contre-forts de la Mongolie. Décrivant une courbe immense, ils s'enfuient vers l'ouest. Leurs gorges sont inondées de ténèbres, leurs sommets ruissellent de lumière. Près de nous tout est brun-roux; plus loin, gros bleu de Sèvres. Les dernières hauteurs confondent leurs teintes azurées avec les tons, à peine plus tendres, du ciel. La végétation septentrionale, le peu qu'on en aperçoit, contraste avec le riche coloris du midi. Le temps est superbe, pas un souffle d'air. Un silence profond plane sur la nécropole.

Une marche de trois heures nous mène à Nankow.

En descendant péniblement un tertre, nous apercevons, à l'entrée même du défilé qui mène en Mongolie, cette petite ville entourée de murs délabrés et quelques touffes d'arbres. On se case tant bien que mal dans une des nombreuses hôtelleries fréquentées par les chameliers qui vont dans le Nord ou qui en arrivent.

Nous apprenons là que la route est complétement détruite et que la petite chaise à porteurs est le seul moyen d'arriver à la grande muraille. Cette prétendue route n'est d'ailleurs jamais praticable pour les charrettes. On est toujours obligé de les faire transporter à dos de chameaux, après avoir enlevé les roues.

25 *octobre*. — Nous laissons notre caravane à Nankow, et, malgré l'obscurité, nous partons

---

[1] Les princes de cette dynastie ont régné de 1366 à 1644.
[2] A régné de 1736 à 1796
[3] Celles du milieu ont soixante pieds d'élévation et une circonférence de près de douze pieds.

à cinq heures du matin. Voici notre véhicule : une misérable petite chaise, dépourvue de dossier, est mise sur deux brancards de bambou. Deux autres plus courts, placés dans l'axe longitudinal de la chaise et reliés par des cordes aux deux grands brancards, reposent sur l'épaule des quatre koulis, qui marchent l'un devant l'autre, deux à l'avant, deux à l'arrière. Munis de lanternes, ils avancent rapidement. Le chemin est le lit du torrent, rempli d'une eau bourbeuse et bouillonnante, et parsemé de blocs de rochers. C'est à gué, ou en sautant de pierre en pierre, qu'ils passent sans cesse d'une rive à l'autre. Pour garder l'équilibre, ils étendent leurs bras comme des danseurs de corde. Ils glissent, ils trébuchent, mais ils passent. Un de mes hommes est tombé au milieu même du courant, mais les autres l'ont soutenu, et il n'y a pas eu d'accident. Aussi notre confiance dans ces hommes que nous n'avons jamais vus, que nous ne reverrons jamais, est-elle sans bornes. Les longs voyages rendent fataliste. On a besoin de l'être quand on aspire à l'honneur d'être ce que les Yankies appellent élégamment *a globe trotter*, un trotteur autour du globe.

VU-GUI-TOW : LE DÉFILÉ DE CHA-TOW, D'APRÈS UN CROQUIS
DE L'AUTEUR.

L'air est tiède, imprégné des âcres parfums qu'exhalent les buissons des Pyrénées ou de la Sierra Morena. Nous sommes sur la grande route de Mongolie. Djingis-Khan l'a suivie dans son invasion de la Chine. Ses hordes présentaient sans doute le même aspect que les hommes que nous rencontrons, et qui, assis entre les deux bosses de leurs bêtes, en traînent d'autres à leur suite.

Petite halte au fort de Tsu-yung-quan. Les savants se disputent sur les caractères dont l'une des portes est couverte. A la foule qui se presse autour de nous se mêlent plusieurs galériens. En Chine les forçats, loin d'être frappés de déshonneur, jouissent au contraire des sympathies du public. Ces hommes portent autour du cou un lourd anneau de fer et un autre au pied. Les anneaux sont attachés à une tringle de fer qu'ils tiennent dans la main comme une baguette. Ils semblent habitués à cette triste toilette, et les honnêtes gens conversent familièrement et en riant avec eux.

Plus nous avançons, plus nous sommes arrêtés par d'interminables files de grands et beaux chameaux à deux bosses. Ils viennent de Kiachta, d'autres y vont. M. Starzoff, mon hôte aimable du temple de Thung-chow, y envoie en ce moment une caravane de quinze mille chameaux, transportant soixante mille caisses de thé ! Cela donne une idée de l'importance des relations commerciales de la Russie avec la Chine.

Le défilé se rétrécit de plus en plus. A un endroit appelé Vu-gui-tow, très-pittoresque avec son petit temple suspendu et encastré dans le rocher, en face d'un petit pavillon rouge, égalementment collé au flanc de la montagne, la vallée offre l'aspect d'une simple rigole. Je ne pense pas qu'elle puisse avoir plus de quarante pieds de largeur.

La dernière partie du chemin est la plus pénible. Mais nos koulis, malgré les treize milles qu'ils ont parcourus en moins de cinq heures, ne trahissent aucune fatigue, et nous déposent vers dix heures au pied de la *grande muraille*, l'*ultima Thule* de mon voyage.

Assis sur le haut du mur, au-dessus de la porte, un pied en Chine et l'autre en Mongolie, nous pouvons à loisir contempler la célèbre muraille.

Vers le nord-est, après avoir traversé l'étroite vallée, elle suit la crête et les sinuosités des montagnes. De ce côté, toutes les hauteurs sont couronnées de tours. Le mur monte, descend, remonte en zigzag, disparaît et reparaît derrière les rochers. On ne peut se rendre compte des distances que par la dégradation des couleurs, des lumières et des ombres.

Vers le sud-est, le regard plonge dans la vallée que nous venons de parcourir. Les rochers

LE PALAIS D'ÉTÉ.

se précipitent dans la gorge en s'entrelaçant. C'est un chaos de blocs dentelés brun foncé, gris, violacés, bleuâtres.

Vers le sud-ouest, la montagne se dresse tout près de nous. La muraille monte en serpentant, se replie à angle droit, escalade le sommet qui affecte ici les formes d'un dos de chameau à deux bosses.

Au nord-ouest, le défilé s'ouvre sur une petite plaine. Au delà, d'autres montagnes forment le second gradin et, à ce qu'on me dit, le dernier du plateau de la Mongolie. L'air opaque ne nous permet pas de les distinguer clairement. En ce moment, des caravanes traversent la plaine et s'engagent dans le défilé. Malgré la distance, les cris aigus des chameliers arrivent jusqu'à nous. Tout dans ce tableau est grand, sombre, sauvage. L'absence de soleil en augmente l'indéfinissable tristesse. C'est bien l'Asie centrale.

De retour à Nankow avant la nuit, malgré l'heure avancée, on fait encore une étape dans la direction de Pékin [1].

[1] Tout le monde sait qu'il y a deux murailles : l'intérieure et l'extérieure. Mais ni les savants chinois, ni leurs confrères d'Europe n'ont pu jusqu'ici résoudre le problème constamment agité à Pékin : laquelle des deux est la plus ancienne :

LA MURAILLE CHINOISE, D'APRÈS DES CROQUIS DE L'AUTEUR.

68

26 *octobre.* — Nous avons passé la nuit à Yanfan, dans une bonne auberge, bonne au point de vue chinois. A cinq heures, en route ! Pendant toute la matinée, un brouillard épais nous a privés de la vue du pays. Heureusement vers midi, après une marche pénible de six heures, toujours dans des sentiers défoncés, les rideaux se déchirent tout d'un coup. Le soleil nous réchauffe doucement et inonde le pays de ses pâles lueurs. De grands murs d'enceinte, des édifices imposants, des pavillons, des kiosques, des coteaux boisés qui se mirent dans une vaste pièce d'eau et se découpent nettement sur le rideau clair des montagnes de Mongolie. Les flèches de deux pagodes, s'élançant gracieusement du milieu des arbres, donnent à ce ravissant point de vue la couleur du pays.

YUEN-MING-YUEN (PALAIS D'ÉTÉ).

Nous sommes près du palais d'Été, à l'entrée de Yuen-ming-yuen, le *jardin magnifique et circulaire* de l'empereur. Cette partie de l'enceinte étant fermée, nous continuons vers Wanshow-shan. Chemin faisant, la caravane s'engage brusquement dans une impasse, laissant la route libre à deux ou trois cents cavaliers à la tenue martiale, bien habillés et armés les uns de fusils, d'autres, et ce sont les plus nombreux, d'arcs et de flèches. Ces soldats appartiennent à l'une des bannières mandjoues; ils sont connus pour leurs idées rétrogrades. L'aspect des Européens leur agace les nerfs, et on fait bien, si on peut, de se tenir à une respectable distance de ces guerriers conservateurs.

Le parcours de la grande muraille est d'environ cinq cents milles. Le mur que j'ai visité est crénelé sur le côté qui regarde la Mongolie. La hauteur de cet étrange rempart varie de trente à trente-deux pieds et de dix à douze dans les endroits où il longe les précipices. Il est bâti d'une pierre granitique fournie par la montagne.

Après une courte négociation conduite à bonne fin par l'habile M. Lenzi, nous pénétrons dans une cour ; puis, traversant des tas de briques vernies, des débris de statues, des colonnes renversées, nous entrons dans le parc, et, du haut d'un mamelon artificiel, nous pouvons contempler les restes encore imposants d'un monument créé par le génie d'une nation barbare [1] et converti en un monceau de ruines par les armées de deux grandes nations civilisées. Le peu qui reste debout et les débris de sculptures portent un cachet de rococo qu'on est fort surpris de rencontrer en Chine. Tout ici a un air de cour ; on se sent transporté à Versailles, à Schœn-

PONT DANS LE PALAIS D'ÉTÉ.

brunn, à Potsdam. Certes, ce n'est pas une ressemblance matérielle ; mais on y trouve de l'affinité.

Le déjeuner est servi dans le jardin, et notre Vatel chinois s'est surpassé. S'il est vrai qu'en Europe, même sur le sol classique de la France, l'art culinaire décline, et que les bons chefs deviennent de plus en plus rares, on ferait bien de s'en pourvoir ici. Le Chinois a du calme, il perd rarement la tête, et il possède, au plus haut degré, la première qualité du cuisinier, la délicatesse du palais. Pendant que nous nous livrons aux jouissances culinaires d'un excellent repas assaisonné par l'appétit, un gardien s'approche de nous en proférant, d'une voix courroucée, des paroles qui évidemment ne sont pas flatteuses. Il est mécontent de nous voir

[1] Pendant le long règne de Kien-lung (1736 à 1796). Ce palais a eu en 1860 tant de visiteurs, et tant de souvenirs en ont été apportés en Europe, on en a publié tant de descriptions, que je supprime ici les notes par moi prises sur les lieux.

DÉPENDANCE DU PALAIS D'ÉTÉ.

camper sous un portique hanté par les esprits qui, pas plus que ce cerbère, n'ont de tendresse pour les *diables étrangers*. Pendant longtemps l'imperturbable Lenzi feint d'ignorer la présence de ce personnage qui gesticule avec violence et crie comme un possédé. A la fin, il fallait bien parler. « Ote-toi d'ici, lui dit notre mentor avec un sourire gracieux, l'odeur de ta pipe nous incommode. — Vos viandes infectent. — Eh bien ! raison de plus, pour toi, de t'en aller. — C'est vrai, » dit-il, et il se retira. C'est, me dit-on, la manière de traiter les enfants du Milieu. Il faut être poli, calme et surtout logique.

En passant très-rapidement par la ville, nous ne voyons que des figures refrognées. Les habitants, naguère aisés grâce aux longues résidences périodiques de la cour, sont tombés dans la pauvreté depuis le sac et la destruction du palais.

Notre court séjour dans la capitale tire à sa fin. Nous avons constamment joui d'un temps superbe. Cette nuit, quelques coups de vent nous ont réveillés. L'air est redevenu calme ; mais la température a soudainement baissé : au lever du soleil il a gelé. L'hiver commence, et il durera jusqu'à la fin de mars. Pendant cette longue époque, sauf un peu de neige qui tombe vers la fin de novembre et en février, et que les bourrasques balayent aussitôt, le ciel est serein, le soleil luit, et, sous l'action du terrible vent du nord-est, le froid devient très-sensible quoique le thermomètre descende rarement, et seulement pour peu de jours, à 15 degrés Réaumur. Des nuages de poussière enveloppent alors Pékin, pénètrent dans l'appartement le mieux fermé. Faire de l'exercice, monter à cheval, est impossible. Le printemps est court et désagréable ; l'été, pénible à cause des chaleurs et de la boue. De juin en septembre, des pluies torrentielles tombent à courts intervalles, transformant les rues en tourbières et les rendant presque impraticables. Je comprends maintenant pourquoi le prophète Jonas a mis trois jours pour traverser Ninive. Pendant cette saison, les membres du corps diplomatique se réfugient sur les coteaux qui avoisinent le palais d'Été, ou à Che-fu. Octobre est le beau mois. C'est l'automne, et, à cette époque, à en juger par ce que j'ai vu moi-même, rien n'égale la beauté du ciel, l'air est doux et fortifiant, et tout le monde a la conscience ou l'illusion de la santé. En général, le climat n'est pas malsain ; pas de fièvres et peu d'épidémies, sauf la petite vérole qui, en Chine comme au Japon, fait souvent de terribles ravages.

Comme séjour, le mois d'octobre excepté, Pékin est tout simplement un enfer. Aucune distraction, aucune ressource sociale en dehors de la petite colonie formée par les membres du corps diplomatique. Les PP. Lazaristes et le petit nombre de missionnaires protestants, absorbés par les devoirs de leur état, ne fréquentent pas les salons des légations. Cependant j'ai entendu peu de plaintes. Les jeunes diplomates, il est vrai, ont d'abord des accès de découragement ; mais bientôt ils se font à cette réclusion un peu monacale, à cette vie de famille et de château, aux relations intimes et journalières entre eux et avec leur chef. Ce qui manque, ce sont les femmes. On en avait possédé sept ; depuis le départ de madame Low et de ses filles, ce chiffre s'est réduit à quatre. Les femmes et les filles des missionnaires anglais et américains ne comptent pas socialement. La plus grande harmonie règne d'ailleurs dans cette noble et à tous égards respectable colonie.

Les légations de Russie, d'Angleterre, de France occupent de vastes terrains. Un mur solide entoure les divers édifices, la maison du ministre, les *bungalows* des secrétaires, les dépendances, la chapelle, les écuries et les jardins. Ce sont des établissements dignes de ces grandes puissances. La légation de Russie, rebâtie ou restaurée sous la direction personnelle du général Vlangali, se distingue par une noble et élégante simplicité. Des maisons parsemées dans un jardin ; à côté, une vaste cour et des dépendances. C'est de là que j'ai vu partir des cosaques chargés de transporter la lourde malle à Kiachta à travers le désert de Gobi. Ces voyages s'accomplissent ordinairement en un mois. Les courriers de cabinet du gouvernement russe franchissent la distance entre Pékin et Kiachta, treize cents milles anglais, en quinze jours. Les membres de la légation prennent ordinairement cette route, jugée préférable, dans la bonne saison (avril et mai), à la longue navigation sur la mer Jaune et sur l'océan Indien. On se sert d'une charrette chinoise attelée de deux chameaux, et on emporte des vivres pour trente jours, durée ordinaire du voyage. A Kiachta, on trouve facilement à acheter des voitures ; on y trouve aussi, comme dans toute la Sibérie, une poste aux chevaux fort bien organisée et des auberges, enfin la civilisation. Par cette route, on franchit la distance de Pékin à Saint-Pétersbourg en deux mois.

Je ne puis passer sous silence un homme remarquable.

On sait que le gouvernement chinois, voulant mettre fin aux fraudes commises par ses employés de connivence avec des négociants européens et américains, a confié à des étrangers la direction et l'administration des douanes établies dans les ports ouverts. Le chef, portant le titre d'inspecteur général, est M. Hart, Anglais ; les autres fonctionnaires et employés, nommés par lui et placés sous ses ordres, appartiennent à différentes nations. On reconnaît à M. Hart des qualités hors ligne : de l'intelligence, de l'activité, de l'énergie. Il a suivi la carrière consulaire, puis a passé au service de la Chine et organisé les douanes. Il touche des appointements énormes, et paye à ses employés des salaires fort supérieurs aux traitements que donnent nos gouvernements. Il a donc le choix des individus, peut-être un peu au détriment des légations et des consulats. L'existence de cette institution est un hommage rendu au caractère honorable des Européens dans cette partie du monde, et elle honore aussi le gouvernement chinois, qui, en cette circonstance, s'est affranchi de ses préjugés anti-européens ; enfin elle fournit à M. Hart et à ses subordonnés l'occasion d'étudier le pays, de se créer des relations et, peut-être un jour, de rendre des services également utiles à la Chine et à l'Europe.

M. Hart est un homme jeune encore, fort bien vu jusqu'à présent au Tsungli-yamen. Il vient de se rendre populaire auprès des étrangers par la publication d'un Mémoire qu'il a « soumis au trône impérial ». Dans cette pièce curieuse, le chef des douanes, empiétant sur le terrain de la haute politique, dénonce les vices de l'administration chinoise, les fautes et les faiblesses des mandarins.

COUR INTÉRIEURE DE LA LÉGATION ANGLAISE, A PÉKIN.

Les Européens établis à Pékin sont-ils exposés à des dangers ? A cette question, on m'a répondu que non. Mais on convient qu'il y a deux éventualités où ils courraient les plus grands périls : en cas de rébellion contre la dynastie actuelle, et si la guerre avec les puissances européennes était imminente, ou que le gouvernement la jugeât inévitable. Alors la haine contre les étrangers éclaterait, et les autorités manqueraient ou de la volonté ou des moyens nécessaires pour la contenir. Si nous ne sommes pas massacrés, ai-je entendu dire, on nous gardera en otages. Ce sera une seconde Abyssinie.

On aime à espérer que la dynastie ne disparaîtra pas de sitôt. « Les bases morales de cette société, m'a-t-on dit, sont une soumission fataliste à la volonté du souverain aussi longtemps qu'il l'est de fait, c'est-à-dire par la volonté du ciel. A ce *loyalisme* qui n'a rien de commun avec la question de droit, vient se joindre le respect des parents et de la vieillesse. Il en résulte une certaine stabilité, ou plutôt de l'immobilité. » Par ce raisonnement, on se rassure, on tâche de rassurer les dames, fort agitées depuis les terribles massacres de Tien-tsin de l'année dernière. Un soir, à dîner, ma charmante voisine de table, je ne la trahirai pas, m'a dit à l'oreille : « Croyez-vous que nous serons tués? » Cela peint la situation.

Quant aux hommes, non-seulement le danger ne les préoccupe pas ; il n'existe pas pour eux. Ce serait faire injure à ces âmes fortement trempées que de les croire capables du moindre mouvement de peur. Au Japon comme en Chine, diplomates, négociants, missionnaires, tous sont persuadés qu'ils n'ont rien à craindre. On ne songe au danger qu'au moment d'affronter la mort ; comme les malades affectés d'une infirmité incurable ne s'en souviennent que lorsqu'ils en souffrent.

Les gouvernements ont-ils bien fait d'établir leurs missions à Pékin? Écoutons le pour et le contre.

Il y a d'abord la question des audiences. Quiconque approche l'empereur doit se prosterner, faire le kow-tow. C'est contre cette prétention qu'ont échoué les ambassadeurs envoyés autrefois en Chine. Refusant de se soumettre à ce cérémonial humiliant, ils s'en retournèrent chez eux sans avoir pu remplir leur mission. Aujourd'hui, les représentants des puissances résidant à Pékin vivent aux portes du palais impérial, et se voient, par la même raison, privés de la faculté d'approcher le souverain auprès duquel ils sont accrédités. Au point de vue européen, cela est intolérable. Les Chinois, frappés des peines les plus sévères, s'ils osaient lever les regards sur la sacrée et divine personne du maître, obligés de fermer leurs portes et leurs fenêtres dans les rares occasions où il traverse la ville pour se rendre à quelque temple, les Chinois trouvent, au contraire, les prétentions des diplomates européens fort présomptueuses. Les membres du grand conseil, en touchant cette question avec les envoyés, se retranchent derrière la minorité de leur maître. « L'étiquette, disent-ils, fait chez nous partie des rites religieux. Nous ne pouvons, de notre autorité, consentir qu'elle soit violée. Le peuple nous mettrait en pièces. Attendez la majorité, car l'empereur seul pourra, s'il le veut, vous accorder les dispenses nécessaires, et encore est-il à craindre qu'une pareille concession ne lui fasse du tort dans l'opinion publique. »

L'admission des envoyés est considérée par les hommes d'État chinois comme une affreuse humiliation, comme un malheur national, parce qu'elle démontrera au peuple que le *Fils du Ciel* n'est ni le seul ni le plus puissant souverain de l'univers. Cela explique le peu d'insistance que les ministres d'Angleterre et de Russie ont apporté dans les pourparlers sur cette épineuse question; car ils n'ont aucun désir, et personne ne peut avoir le désir, de hâter la chute de la dynastie régnante. La diplomatie française est plus exigeante ; si elle réussit, ce qui me paraît problématique, c'est au cabinet de Versailles que reviendra l'honneur d'avoir ouvert les portes du palais impérial, et c'est sur lui que pèsera la responsabilité des conséquences.

D'ailleurs, la solution de la difficulté reste renvoyée à l'époque de la déclaration de la majorité de l'empereur, c'est-à-dire à l'année prochaine.

Signalons d'autres inconvénients. Les intérêts commerciaux de l'Europe en Chine sont immenses.

Le mouvement des transactions avec l'Angleterre se chiffre à quarante-deux millions de livres sterling par an ! Tout ce commerce se fait, non dans la capitale, qui reste interdite aux négociants étrangers, mais dans les ports ouverts, nommément à Shanghai. C'est là que serait la place naturelle des légations. A Pékin, bloquées par la glace pendant près de six mois, il leur faut, pour correspondre avec l'Europe, sauf toutefois la voie de Sibérie, se servir des cour-

PORTE DE LA COUR D'HONNEUR DE LA LÉGATION DE FRANCE.

tiers que la douane chinoise à Chin-kieng, l'un des trois *trade-ports* sur le Yang-tse-kiang, expédie à Pékin avec la malle de Shanghai. Ces messagers, s'ils ne sont pas détroussés ou tués en route, et il n'est pas rare qu'ils le soient, mettent quinze jours à franchir cette distance.

En revanche, m'a-t-on dit, la résidence de Pékin offre aux envoyés l'avantage d'être près des autorités centrales et loin des résidents européens.

Les relations avec les ministres chinois se réduisent à de rares visites au Tsungli-yamen, car jamais le prince de Kung ni ses collègues ne reçoivent le corps diplomatique dans leurs habitations particulières. Cependant on se voit, on s'abouche, on parvient parfois à prévenir des difficultés qui, à moins d'être écartées dès le principe, et cela suppose la présence des missions au siége du gouvernement, pourraient s'envenimer et amener des complications.

Les légations sont à l'abri de l'influence, non toujours bienfaisante, de l'atmosphère des ports ouverts. Les résidents sont des négociants. Ils n'ont en vue que leurs profits. Cela se conçoit. Mais il en résulte la fâcheuse tendance à établir, en toute occasion, une solidarité entre leurs intérêts commerciaux et les intérêts politiques de leur pays. La moindre entrave mise à la spéculation est considérée par eux comme une violation des traités. Chacun a recours au ministre de sa nation ; on le rend responsable des pertes qu'on fait ou des bénéfices qu'on ne fait pas. Les entreprises commerciales sont élevées au rang d'affaires d'État, et le corps diplomatique se trouve avoir surtout pour mission d'aplanir des difficultés que de hardis spéculateurs ont souvent créées de gaieté de cœur. Vivant dans ce milieu, se trouvant constamment sous la pression d'exigences mises en avant par des hommes riches, intelligents, actifs, peut-être influents dans leur pays, disposant et usant de la presse, les représentants diplomatiques auraient de la peine à conserver la liberté d'esprit qu'il leur faut pour sauvegarder les grands intérêts de leur pays.

23 octobre. — Aujourd'hui visite chez le prince de Kung, frère de l'empereur Hien-fung, et, par conséquent, oncle de l'empereur actuel Tung-chi, doyen des membres du grand conseil et l'homme politique le plus important de Chine.

On connaît le rôle que ce personnage a joué à l'avénement de son neveu. A l'approche des armées anglo-françaises, la cour s'était retirée à Je-ho. Hien-fung y mourut [1]. Son règne de dix ans avait été marqué par des malheurs et des calamités de tout genre : rébellion des Taepings, guerre anglo-française, appauvrissement de l'empire, décadence du gouvernement. Son fils n'ayant que sept ans, l'empereur mourant institua un conseil de régence composé de huit membres, tous réputés hostiles aux étrangers. Les plus notables d'entre eux étaient : le prince de I, proche parent du souverain ; le prince de Ching et Shu-shu-en, frère cadet de ce dernier. Quelques jours après, le prince de Kung, chargé des soins du gouvernement pendant l'absence de la cour, eut à notifier aux ministres étrangers la mort de Sa Majesté. Dans sa circulaire on lisait : « Sa personne sacrée, assise sur un dragon, est montée au ciel. » Le retour du jeune empereur, longtemps retardé, conseillé et demandé avec instance par le prince de Kung, résolu enfin par les impératrices, n'eut lieu qu'en automne [2]. Deux jours avant l'arrivée du nouveau souverain, le prince, accompagné de troupes, se porta à sa rencontre, et, lorsque les membres du conseil de régence firent mine d'empêcher une entrevue, déclara qu'il emploierait la force. Ses adversaires intimidés n'osèrent pas faire de résistance. Le prince vit donc l'empereur, et, ce qui était plus important, les deux impératrices, l'une la veuve de Hien-fung, l'autre

[1] Le 22 août 1861.
[2] Le 1er novembre 1861.

sa concubine, mère du souverain actuel. Cette dernière avait, par un brevet du défunt monarque, obtenu le titre d'impératrice.

A peine de retour à Pékin, le prince de Kung réunit le conseil de régence, et fit lecture d'une ordonnance du jeune empereur : Le conseil est dissous, ses membres destitués et privés de leurs dignités, la régence confiée à l'impératrice douairière. Ce coup d'État, concerté probablement avec les deux veuves de Hien-fung, lors d'un voyage récent du prince à Je-ho, frappa de terreur les membres du conseil dissous. Les deux princes et Shu-shu-en seuls, au lieu de se soumettre à leur sort, osèrent se rendre avec éclat au palais, et y faire des remontrances bruyantes. Cet acte d'audace hâta leur ruine. Plusieurs décrets suivirent. Les censeurs et les neuf hautes cours furent invités à présenter des mémoires, dont quelques-uns, les plus importants, ont été publiés par les journaux anglais. Dans cette crise où il jouait sa vie, le prince de Kung déploya les qualités requises en pareil cas : présence d'esprit, sang-froid, courage. Les princes d'I et Ching furent arrêtés à Pékin ; Shu-shu-en, à peu de distance de la capitale. Il voyageait avec ses femmes, et disposait d'une force considérable. Mais un frère cadet de Kung, chargé de cette mission délicate, surprit sa victime pendant la nuit, le fit prisonnier et l'amena à Pékin.

Les trois conseillers étaient accusés d'avoir forgé le décret par lequel le monarque mourant avait constitué la régence. Cette accusation est-elle juste ? On me dit que le fait n'a jamais été prouvé, mais qu'il est plus que probable. L'enquête et toute la procédure furent conduites avec une telle précipitation que, six jours après l'entrée de l'empereur, le jugement fut rendu. Les princes I et Ching, condamnés à être privés de la vie graduellement, c'est-à-dire à être hachés des pieds à la tête, obtinrent la permission de se suicider ; en d'autres termes, ils furent étranglés en prison. Shu-shu-en, objet particulier de la haine de l'impératrice mère qu'il avait eu l'imprudence d'offenser, fut traité comme un malfaiteur ordinaire. Il eut la tête tranchée à l'endroit des exécutions publiques. Ce grand seigneur marcha au supplice avec un air de parfaite indifférence, décocha quelques sarcasmes contre ses persécuteurs, et mourut courageusement.

Le public de Pékin est comme tous les publics du monde : il aime le succès. Le prince de Kung devint et est resté populaire, en ce sens qu'on le croit le seul homme capable de gouverner la Chine. On lui sait gré aussi d'avoir déterminé les impératrices à transférer la cour à Pékin.

Cependant sa tâche n'était pas toujours facile. L'impératrice douairière, qui n'a jamais eu d'enfants, est d'un caractère doux et indolent. La mère de l'empereur actuel passe au contraire pour vindicative, remuante et ambitieuse. Elle a demandé et obtenu sa participation aux affaires de l'État. Les mémoires des hauts fonctionnaires et des différents conseils sont adressés aux ministres réunis dans le Tsungli-yamen ; puis, avec l'avis du prince de Kung, envoyés aux deux impératrices, qui apposent ou refusent d'apposer leurs seings au bas du rapport de ce dernier. La situation du prince vis-à-vis de l'impératrice mère, qui favorise ses adversaires, est souvent assez délicate, et a été plus d'une fois compromise. Un moment la disgrâce de Kung a été complète. Par un décret publié dans la *Gazette de Pékin*, il fut destitué et privé de toutes ses dignités. La nouvelle se répandit comme un éclair, et produisit une consternation universelle. On voyait de hauts fonctionnaires verser des larmes. L'empire était considéré comme perdu. Les impératrices eurent peur, le décret fut révoqué au nom de l'empereur, et le prince réintégré dans ses fonctions.

C'est avec une vive curiosité que je me rendis ce matin auprès de cet homme remarquable. Après avoir rapidement traversé la partie orientale de la ville, nous arrivâmes au Tsungli-yamen. Un petit attroupement s'était formé à la porte de cet édifice de trop modeste apparence.

A peine eûmes-nous mis pied à terre que nous fûmes salués par Wên-siang, membre du conseil, l'un des deux grands secrétaires assistants, et par Tsung-Hsün, célèbre poëte, chargé

EXÉCUTION DU GRAND MANDARIN SHU-SHU-EN.

de la correspondance avec les légations étrangères, l'un des ministres des revenus. Toutes les pièces importantes concernant la politique extérieure émanent de la plume de ce dernier. Ces dignitaires et un troisième ministre nous firent traverser un petit corridor menant dans un petit enclos. Là, au milieu de la cour, se tenait le prince de Kung. Il me prit par la main et me conduisit dans un pavillon à peine suffisant pour contenir une table ronde chargée d'une multitude

LE PRINCE DE KUNG, D'APRÈS UNE PHOTOGRAPHIE DE M. THOMSON, DONNÉE PAR LE PRINCE À L'AUTEUR.

de petits plats : de la viande épicée, des fruits confits et des sucreries. Mon noble amphitryon me fit asseoir à sa gauche ; c'est la place d'honneur. Lui et les ministres, remplissant de petites soucoupes de ces diverses friandises, nous engagèrent à manger et surtout à boire. Le vin me parut fade et capiteux, et ce n'était pas sans de sinistres pressentiments que je répondais à leurs toasts. Heureusement on se contenta de me voir faire la pantomime d'un homme qui se livre à de fréquentes libations. Tsung, le ministre bel esprit, ne cessa de boire. Après chaque rasade, il me montrait le fond de son verre vide. Le prince de Kung riait à gorge déployée, parlait très-haut et disait que Tsung était un ivrogne. Vers la fin du repas, il eut la bonté de m'annoncer sa visite pour un des jours suivants, et, comme je lui exprimais mes regrets de ne pouvoir accepter cet honneur, mon départ étant fixé pour le lendemain, il remplit mon verre de nouveau en s'écriant : « Eh bien, s'il en est ainsi, il faut boire aujourd'hui le vin que le général Vlangali m'aurait offert à l'occasion de ma visite. »

M. Bismark, qui veut bien me servir d'interprète dans cette occasion, s'acquitte de ses fonctions avec une telle maestria que la conversation, assez banale du reste, ne tarit pas un instant. Je crois me trouver devant les personnages du célèbre roman : *les Deux Cousines*[1] : Pé-kong, le président du bureau des cérémonies, qui boit et rit avec les moniteurs impériaux, U et Yang. Le prince, de fort bonne humeur (ce qui, dit-on, ne lui arrive pas toujours), se mêla souvent à la conversation, et sembla fort goûter les mots spirituels de ses collègues. Je lui dis que sa célébrité avait pénétré jusqu'en Europe. Il répondit : « Vraiment, je ne sais comment je mérite cet honneur et à quoi je dois mes dignités. — A votre haute naissance d'abord, répliquai-je, et ensuite à votre courage et à votre sagesse. Par votre courage, vous avez obtenu la place que vous occupez, et par votre sagesse vous avez su et vous saurez vous y maintenir. » Le prince souriait. L'allusion à la crise si hardiment amenée et si adroitement traversée par lui, au moment de l'avénement de l'empereur, semblait le flatter. « Je ne sais que vous répondre, disait-il. D'un côté, je n'ose pas vous contredire ; de l'autre, je ne puis faire mon propre éloge. Buvons encore un coup ! »

A un certain moment, la causerie sembla prendre une tournure plus sérieuse. Wên-siang me donna occasion de toucher une des questions brûlantes du jour, et fit mine d'entrer en discussion, lorsqu'un regard froid et sévère du prince l'arrêta tout court.

La séance ayant duré plus d'une heure, je crus devoir me lever de table. Le prince me promit de m'envoyer sa photographie dès qu'elle serait faite[2]. « Vous avez, lui dis-je, à penser à des choses plus importantes. Vous oublierez. — Non, répondit-il ; d'ailleurs, se tournant vers l'un des ministres et d'un ton d'autorité fort marqué : toi, ajouta-t-il, tu n'oublieras pas. »

Nous fûmes reconduits avec le même cérémonial. En nous quittant, le prince me réitéra ses regrets de me voir partir, « d'autant plus, ajouta-t-il, que nous ne nous verrons plus. » Cette phrase de politesse fut dite avec une grande simplicité et avec une expression de vérité qui restera dans ma mémoire.

Yih-sin, prince de Kung, a environ quarante ans. Il a, pour un Mandjou, des traits réguliers, un air languissant, la vue basse et l'habitude de cligner des yeux. Un sourire gracieux et un peu caustique précède ses plaisanteries. Avant de vous adresser la parole, il vous regarde fixement ; mais dès qu'il se met à parler, il baisse les yeux. Sa taille svelte est un peu au-dessous de la moyenne. Il a le teint mat et le visage fatigué. Au demeurant, l'insouciance, le laisser-aller et la simplicité du grand seigneur. On voit que c'est un homme un peu blasé, qui a trop joui du pouvoir pour ne pas en être rassasié, ce qui ne veut pas dire qu'il s'en dessaisira facilement et volontairement. Ses mains, un peu efféminées, se distinguent, selon la mode du pays, par l'énorme longueur des ongles. Les hommes de qualité les laissent pousser pour constater qu'ils ne font pas de labeurs manuels, tout comme on estropie les pieds des femmes chinoises pour les distinguer des femmes mongoles ; c'est une manière de rappeler que les Chinois ne sont pas nomades, puisque leurs femmes peuvent se passer de la faculté de marcher. La main gauche du prince est ornée d'une grande bague de jade vert. Son costume brille par la simplicité : une tunique bleu foncé ; le collet et les revers des manches bleu clair. A la toque, un bouton et une frange en soie cramoisie.

[1] Traduit du chinois par M. de Rémusat.
[2] Il a tenu parole.

LE TSUNGLI-YAMEN, VU DE L'ANGLE SUD-OUEST DU PAVILLON DE RÉCEPTION : MEMBRES DU CONSEIL DES AFFAIRES
ÉTRANGÈRES.

« Cet homme d'État, m'a-t-on dit, n'est pas un esprit supérieur, mais il possède à un haut degré le talent précieux de choisir des gens capables et d'employer chacun selon ses facultés. Il est courageux. Quand le jeune empereur saisira les rênes du gouvernement, la situation du prince pourrait devenir critique. »

Les trois ministres étaient exactement mis comme leur chef, à cela près qu'ils portaient suspendue à leur toque une magnifique queue de paon. Wên-siang appartient à la race dominante. Il a une figure agréable et les traits caractéristiques des Mandjous. Tsung-Hsün est

S. EXC. WÊN-SIANG, DE L'ACADÉMIE DE HAN-LINE, VICE-PRÉSIDENT DU GRAND CONSEIL DE L'EMPIRE, SECRÉTAIRE GÉNÉRAL
AUX AFFAIRES ÉTRANGÈRES.

Chinois et, différent en ceci de ses compatriotes, a l'air de ce qu'il est, bonhomme et viveur. Il ne cesse de répéter qu'il aime le vin et la poésie.

29 *octobre*. — Enfin l'heure pénible du départ a sonné. Ce matin, presque tous les membres de la petite colonie sont encore venus me serrer la main. Notre connaissance date d'hier, et il me semble que je laisse ici de vieux amis. La grande cour de la légation de Russie est fort animée. Nos adieux se prolongent. Les ponies mongols, tenus par les mafous, commencent à piaffer. L'aimable et spirituel maître de la maison, ses secrétaires et attachés, le ministre des États-Unis, ne nous quittent qu'au dernier moment. Que de poignées de mains et de « au revoir », au revoir en Europe bien entendu, et non en Chine ! Enfin, en selle ! Quelques-uns de ces messieurs, M. Lenzi en tête, nous accompagnent hors de la ville. Là nous lançons nos chevaux au galop. Le cosaque, toujours à la hauteur de sa mission, a soin que les domestiques,

les *boys* ne restent pas en arrière. Bientôt la pagode de Tung-chow est en vue, puis ses murs crénelés, enfin les mâts des djonques. A la tombée de la nuit, nos bateaux étendent leur grande voile, et, secondés par le vent et par le courant, nous nous éloignons rapidement de la capitale de l'empire du Milieu.

LE PRINCE DE KUNG A L'AGE DE VINGT ANS.

III

TIEN-TSIN

DU 31 OCTOBRE AU 7 NOVEMBRE

Le *settlement*. — La cité chinoise. — Le Serpent-Dieu. — Le club des notables de Shansi. — Les massacres.

Ce matin un bruit confus m'arrache au sommeil. Nos bateaux glissent rapidement entre une double haie de djonques ancrées devant un chaos de maisons et de huttes. Nous sommes à Tien-tsin. Une demi-heure après, on débarque au settlement européen. Un aimable accueil et une nouvelle désolante nous y attendent. Le vent d'ouest a chassé les eaux de la barre de Taku. Impossibilité absolue de la franchir. Nous voilà donc échoués ! Quand plaira-t-il à la mousson du nord-est de nous remettre à flot ? Dieu le sait. Si la rivière est prise avant le changement du vent, nous hivernerons à Pékin. Heureusement, rien d'agréable, de doux, de poétique comme cette halte involontaire. On se dispute à qui nous aura. M. Boyce et mes jeunes compagnons sont casés au consulat d'Angleterre. Comme à mon premier passage, j'accepte avec un vif plaisir l'hospitalité de M. Henry Beveridge, agent de Jardine et Cie, beau type de la jeune Angleterre, du gentleman qui travaille. Sa charmante femme, d'origine française, native de Hongkong, réunit tous les soirs, au coin de son feu qui n'est pas de luxe et autour de son piano dont elle fait vibrer les cordes avec virtuosité, MM. de Maisonneuve et Sallandrouze, les commandants de la *Couleuvre* et du *Scorpion*, M. Dillon, consul de France, et un autre jeune Français employé aux douanes chinoises. Quelquefois le P. Delmasure vient compléter notre petit cercle. On rit, on cause, on prodigue l'esprit; on en a, car dans ce petit salon on est en France. Au dehors, une atmosphère de glace, un ciel de métal poli. Les étoiles brillent; le Pei-ho roule ses eaux en silence; le vent souffle. Et quel vent ! Comme il vous coupe la figure ! Ne vous en étonnez pas trop : il vient de Sibérie.

Quant aux matinées, elles me paraissent trop courtes. Je suis si affairé. J'ai visité trois fois la ville chinoise, et je me suis créé une occupation qui m'absorbe. Depuis les massacres, seize mois à peine se sont écoulés. Ici on est encore sous le coup de ce terrible événement. Se reproduira-t-il? Les résidents se le demandent. Pour répondre à cette question, il faudrait remonter à la source du mal. L'a-t-on fait? Les rapports du ministre et des consuls d'Angleterre contiennent une masse d'informations précieuses; mais comme, à l'exception d'un seul, tous les Français présents sur les lieux en ce jour néfaste ont été tués, on n'a pu compléter par leurs dépositions les renseignements fournis par les agents anglais. Rassembler des notes, les ordonner, les comparer avec le *Livre bleu* et avec les résultats des recherches immédiatement faites après la catastrophe par l'abbé Favier, lazariste de Pékin, voilà le travail que j'ai entrepris, et qu'avec le concours empressé de quelques résidents j'ai pu accomplir pendant mes huit jours de relâche à Tien-tsin. J'ai eu la bonne fortune de voir et d'interroger trois indigènes : un mandarin, un domestique du consul de France et un chrétien de la maison des Lazaristes, tous diversement mêlés aux scènes sanglantes du 21 juin 1870. Ils ont répondu à mes questions avec une lucidité et une précision remarquables. A l'aide de l'ensemble de ces informations et d'un examen attentif des lieux, j'ai pu me former une idée, que je crois exacte, de ce qu'on appelle les *massacres de Tien-tsin*. Pourtant je n'ai découvert aucun fait nouveau, rien d'important qui ne se trouve dans le Livre bleu et dans les dépositions recueillies par le P. Favier. Je n'ai pu dissiper l'obscurité qui enveloppe encore l'origine, le but, les vrais auteurs du crime.

C'est pendant que je me livrais à ce travail que m'est venue l'idée de publier mon voyage.

Visitons d'abord la ville chinoise. Quant aux concessions anglaise et française, elles seront bien vite décrites. Dans la première vous retrouvez, comme dans toutes les factoreries de la Chine et du Japon, le *Bund*, c'est-à-dire un quai bordé de quelques maisons bien bâties. Ici, et cela prouve combien chacun doit pourvoir à sa sûreté, toutes les habitations sont entourées d'un mur solide. Chacune a son veilleur. Muni d'une crécelle, il fait pendant la nuit le tour de la maison, et ne cesse, par le bruit strident de son instrument, d'avertir les voleurs de sa présence et de troubler le sommeil paisible des habitants. J'ai vu plusieurs belles maisons occupées par les consuls d'Angleterre, de France, de Russie et de la Confédération Nord-Germanique, par M. Hannen, directeur des douanes impériales, par MM. Beveridge, Starzoff, mon aimable cicerone de Tung-chow et quelques autres Européens. On n'est pas nombreux. Cependant on a un club, et dans ce club j'ai vu organiser un bal. A cause de l'inondation, on y arrivait en bateau. On n'a pu réunir que trois danseuses. Et cependant on s'est amusé !

La concession française manque encore de maisons. Le petit nombre de résidents de cette nation demeuraient dans la ville chinoise. La mission dans la cité indigène étant définitivement abandonnée, on bâtit une église sur le terrain français.

Depuis les concessions jusqu'à la ville chinoise, on compte un peu plus de deux milles. Lors de ma première visite, les environs n'étaient qu'un seul et immense lac, rappelant Venise avec ses lagunes, moins les Alpes à l'horizon. Un sampan nous transporta par-dessus les prairies,

TIEN-TSIN : LE PEI-HO ET SON CONFLUENT.

échouant çà et là sur des tertres qui sont des tombeaux. A notre gauche, nous apercevons un temple appelé Elgin Joss-house, parce que le traité [1] y a été signé. Enfin la barque s'arrête près d'un groupe de huttes de boue. Nous sommes arrivés. Assailli par des odeurs méphitiques, on se bouche le nez et on court : c'est la manière habituelle de pénétrer dans les villes chinoises, toujours entourées d'une ceinture d'immondices.

La ville proprement dite forme un carré. Ses murs sont crénelés et flanqués de tours aux quatre angles. C'est dans les faubourgs que se concentre la vie industrielle et commerciale. La ville et les faubourgs sont situés sur la rive méridionale du Pei-ho et du grand canal qui se réunit ici avec ce fleuve [2].

Un autre faubourg s'étend sur la rive septentrionale. C'est là, près du Pei-ho, sur le point où il fait une courbe, que s'élève la cathédrale appelée communément l'église française. Ce noble édifice, à peine terminé, a été détruit lors des massacres. Les murs, la flèche et les tourelles sont restés seuls debout. Comme les escaliers étaient brûlés, les sicaires des lettrés ne purent monter jusqu'au faîte pour achever l'œuvre de destruction. A côté de la cathédrale se trouvaient l'établissement des Lazaristes et le consulat de France. Ces maisons, consumées par les flammes, ont complétement disparu. L'emplacement a été transformé en cimetière. Plus haut, à une distance d'environ cinq minutes, est le yamen du commissaire des *Trois Ports du Nord*. Derrière ces édifices s'étend un dédale de rues et de ruelles, habitées par la lie du peuple, par des gens turbulents et des malfaiteurs.

Les deux rives communiquent entre elles par un seul pont de bateaux qu'on ouvre à certaines heures pour donner passage aux djonques qui montent et qui descendent le fleuve. Ajoutons que le courant du Pei-ho est ici très-fort, et rend le passage difficile, parfois même dangereux. Rien n'est donc plus aisé que d'interrompre la communication entre les deux rives. Il est bon de noter ce point.

A l'exception de la cité tartare de Pékin, où l'élément mongol prédomine, les villes chinoises ont toutes la même physionomie : un fossé, ou plutôt un cloaque, une enceinte crénelée, les portes avec deux ou trois toits superposés ; puis des rues, des ruelles, des impasses étroites, sales, remplies de boue, de poussière ou d'immondices ; des maisons sans architecture, des boutiques bien ou mal fournies, et celles où l'on vend des drogues, du thé ou du tabac, ornées de force dorures. Les habitations des gens riches sont invisibles ; de hautes murailles les masquent. Deux ou trois yamens, plus ou moins délabrés, mais néanmoins imposants avec leurs mâts à l'entrée, leurs deux dragons en pierre ou en terre cuite dans la cour, et une foule de gens en guenilles se pressant aux abords, soit pour solliciter une faveur, soit pour recevoir des coups de bambou, et pire quelquefois. Çà et là un temple. Ne nous y arrêtons pas ; cela ne vaut pas la peine, ni les coups de coude que les passants vous appliquent quand vous leur barrez le chemin. D'ailleurs le moyen de s'arrêter dans cette cohue d'êtres humains aux joues hâves, au teint sale, aux yeux hagards ? C'est un fleuve profondément encaissé dans des rochers et charriant ici un mandarin ou un riche banquier porté dans sa chaise par des koulis en livrée, là des ballots de marchandises, des charrettes attelées de bœufs, des brouettes chargées de femmes. Il n'est pas beau le beau sexe, mais il est rare dans les rues. Les femmes de qualité s'y montrent fort peu, et celles du peuple seulement quand leurs affaires de ménage les obligent de sortir.

Nous approchons d'une des portes de la ville intérieure. C'est une voûte énorme toute construite en pierre de taille, surmontée d'un édifice à deux étages qui ressemble à la tour d'une

---

[1] De 1858.

[2] A Tien-tsin on m'a dit que ce cours d'eau n'est pas le grand canal, mais une rivière appelée Yü-ho. Je laisse aux géographes le soin d'éclaircir ce point.

pagode. Le passage est difficile. Les charrettes, les chaises à porteurs pataugent dans la boue. Les piétons chancellent sur des tréteaux élevés de trois à quatre pieds au-dessus du sol, et si étroits que deux personnes qui s'y rencontrent ont de la peine à passer. Est-ce un jeu de mon imagination ? est-ce un effet réel ? Ces scènes de rues chinoises agissent sur moi comme un cauchemar. Il faudrait un Callot pour bien rendre ces diableries grotesques, ridicules, terribles. Plus nous avançons vers la porte, plus le courant devient fort. Ah ! que ne puis-je revenir sur més pas ! Mais il est trop tard. L'entonnoir sombre, noir, étroit va nous engloutir. Mon guide, type de l'hercule anglo-saxon, se fraye passage. Je tâche de le suivre, mais la foule nous sépare.

SOUS LA PORTE DE TIEN-TSIN, D'APRÈS UN CROQUIS DE L'AUTEUR.

Si j'ai le malheur de tomber, on n'aura garde de me secourir. Ce sera un diable étranger de moins. Voilà tout ! Il sera tombé par hasard ; et c'est par hasard qu'on le broiera. Le hasard ne paye pas d'indemnités ; il n'est pas exilé sur les bords de l'Amour ; on ne lui tranche pas la tête. Et moi qui trébuche sur les bords des planches glissantes ! A ce moment suprême, me voyant déjà sous les roues des charrettes, sous les pieds des ponies mongols et des portefaix, je saisis la tresse d'un grand monsieur qui marche devant moi. Y a-t-il situation plus bizarre et plus lamentable ? Un honnête Européen se cramponnant à la queue d'un Chinois ; le Chinois tournant la tête avec rage vers l'homme qu'il remorque malgré lui, et dont il ne peut se délivrer, car la foule l'empêche de faire usage de ses poings ; moi, toujours collé à son dos, et, faute de paroles, tâchant, par le jeu de ma physionomie, par de gracieux sourires, d'apaiser sa légitime colère !

Depuis quelques semaines, Tien-tsin est en émoi à la suite de l'apparition d'un Dieu méta-
morphosé en dragon, lequel dragon se montre aux mortels sous la forme d'un serpent trouvé
par un paysan du Honan et exposé ici à l'adoration des fidèles. La pagode, de misérable apparence, qui lui sert de pied-à-terre, est située sur la rive septentrionale, dans le quartier le plus
mal famé de Tien-tsin. Des ruelles tortueuses y mènent. Après avoir ôté nos chapeaux sur le seuil
du temple, ce qui nous dispensera de tout acte de politesse envers la petite bête, nous sommes,
grâce à notre ami le mandarin, introduits dans le sanctuaire. Les offrandes, parmi lesquelles
des piles de corbeilles pleines de fruits, encombrent les abords. Sur l'autel, dans une assiette
couverte d'une feuille de papier jaune, repose, roulé et immobile, un serpent long environ de

quarante centimètres. Nous pûmes l'examiner à notre aise, autant du moins que
l'obscurité artificielle le permettait. Cependant les croyants se succèdent sans cesse,
se prosternent au pied de l'autel, déposent
leurs dons et s'éloignent sans daigner faire
attention aux trois étrangers.

En face de l'autel, on a dressé un théâtre
où des comédiens jouent du matin au soir.
Une table ronde et des chaises placées au
milieu du temple sont réservées aux mandarins et aux notables qui accourent de
près et de loin. Après avoir fait leur kow-
tow, ils prennent place devant la scène, et il
n'est plus question du Serpent-Dieu.

La garde d'honneur auprès du dragon
est confiée à l'ancien mandarin militaire du
district de Tien-tsin qui, lors des massacres,
a joué, comme on le verra, un rôle plus
qu'équivoque. Destitué pour tout châtiment,
il obtint plus tard le commandement des
forts de Taku. Mais il paraît que cet honorable militaire s'y ennuyait, ce que je
trouve fort naturel, et qu'il cherchait trop
souvent les distractions de Tien-tsin, ce qui

BOURGEOIS DE TIEN-TSIN.

lui valut la perte de son poste. Pour l'indemniser sans doute, on le nomma chambellan en
service extraordinaire auprès du petit serpent. J'ai eu l'avantage de faire la connaissance de
cet aimable personnage, et j'ai été frappé du contraste qui existe entre ses manières distinguées
et son visage essentiellement patibulaire.

Placez-vous sous la protection d'un indigène de qualité, si vous voulez visiter la ville chinoise
avec fruit et plaisir. Aujourd'hui encore le jeune mandarin nous en fait les honneurs. C'est un
type. Visage un peu pâlot, joues saillantes et bien arrondies, mains potelées, ongles en griffes,
tresse abondante ; la taille un peu épaisse annonçant déjà de l'obésité pour l'âge mûr ; costume :
deux tuniques matelassées de taffetas bleu, portées l'une sur l'autre, car il fait froid ; la toque à
bouton, de la couleur voulue ; le tout, homme et vêtement, propre, soigné, élégant. Avec cela,
les manières du fonctionnaire déférent ou impérieux, poli ou bref, selon le rang de l'interlocuteur, jamais familier.

Évitant les grandes artères, nous flânons de boutique en boutique. Je vois de très-belles pelisses. On sait que Tien-tsin est un marché considérable pour les fourrures. Nous entrons dans une maison d'opium; triste et écœurant spectacle ! *Bad, bad*, disait notre mandarin. *Bad* et *good* constituent son vocabulaire anglais. Heureusement, M. Dillon, consul de France, qui a la bonté de m'accompagner, parle chinois avec une rare facilité.

Nous entrons dans le club des notables de Shansi. Cette province compte beaucoup de gens

MARCHAND CHINOIS.

riches, et ceux qui viennent pour affaires à Tien-tsin ou qui y résident, recherchent la compagnie de leurs compatriotes. Vous pouvez les voir réunis tous les matins dans leur magnifique club. Nos meilleurs cercles de Paris, de Vienne, de Londres, ne sauraient supporter la comparaison.

Ce vaste établissement consiste en plusieurs corps de logis et en plusieurs pavillons isolés où l'on se réunit pour causer ou recevoir des amis. Ce sont des pièces oblongues et étroites, meublées de tables et de chaises que, selon l'usage du pays, on a symétriquement placées le long des murs. Ceux-ci sont couverts d'un beau treillage sculpté. Dans la salle de spectacle ornée de magnifiques lanternes en porcelaine, on joue toute la matinée. Le président du cercle eut la gracieuseté de nous présenter le répertoire inscrit sur des bâtons d'ivoire longs de deux

ACTEURS CHINOIS.

à trois pieds. Chacun de ces bâtons contient le titre d'une pièce. Nous choisîmes un drame historique. Les acteurs se hâtent de terminer le vaudeville qu'ils sont en train de jouer, et, en attendant que les loustics se transforment en héros, notre amphitryon nous offre un petit goûter. Le thé coule à flots. C'est à grand'peine que nous échappons au dîner. Cependant la salle se remplit. Plusieurs membres du club arrivent. Ce sont tous des gens fort bien placés dans leur pays, des lettrés, de gros marchands, dont quelques-uns, moyennant finance, ont acquis le rang de mandarins. Ils s'inclinent profondément les uns devant les autres, agitent leur tête, et, légèrement penchés en avant, font le *chin-chin,* c'est-à-dire se montrent les poings, en les frottant et en leur imprimant une sorte de rotation ralentie ou accélérée selon le degré de respect et

d'affection qu'ils se doivent. Puis ils s'approchent des tables carrées placées au pied de la scène et entourées chacune de quatre chaises. C'est le moment de se livrer à une nouvelle série de démonstrations. Personne ne veut s'asseoir le premier ni prendre la gauche, qui est la place d'honneur. Ce combat de politesse terminé, et les acteurs s'étant fardés et affublés de riches costumes héroïques, comme il convient aux grands personnages qu'ils ont à représenter, la pièce commence. C'étaient les mêmes grimaces que dans les autres théâtres chinois, le même bruit d'un orchestre infernal, les mêmes combats et processions, la même habileté des jeunes gens à imiter le son de voix, la démarche, les gestes des femmes. On sait que le beau sexe est proscrit de la scène.

Cependant la conversation avec le président du cercle ne tarissait pas. Entre beaucoup d'autres phrases polies, il nous dit : « L'Europe vaut mieux que la Chine. Vous avez le télégraphe et des chemins de fer, et le soir vos rues sont éclairées. Nous sommes arriérés. » Ce qui me frappe dans les lettrés, c'est leur politesse exquise, leurs manières aisées, qui vous font oublier que l'on est en Chine, mais aussi le vide de leurs conversations et la pauvreté de leurs idées.

Après nous avoir montré un beau temple où se voient d'horribles idoles, le président, dont j'ai oublié le nom, eut le courage moral de nous accompagner jusque dans la rue, et en présence de la foule qui regardait avec curiosité, mais sans la moindre manifestation désagréable, de faire le *chin-chin*, de passer par toutes les phases du cérémonial chinois.

Hélas ! oui, c'était faire acte de courage. On n'a plus eu, il est vrai, d'actes de violence à déplorer, mais la méfiance subsiste. Elle est réciproque. Européens et Chinois prêtent l'oreille aux bruits sinistres, répandus périodiquement, d'une guerre prochaine et de nouveaux massacres. Encore en avril dernier, les indigènes se disaient entre eux qu'au premier jour on *laverait* (tuerait) tous les étrangers. Les négociants européens, au nombre de cinq ou six, ont conservé leurs comptoirs et magasins, mais ils n'osent plus passer la nuit dans la cité chinoise. Chaque soir ils se retirent aux concessions.

Un mois environ avant les événements dont je vais essayer de tracer la lugubre histoire, la grande ville de Tien-tsin jouissait d'une profonde tranquillité[1]. On y trouvait sans doute des gens qui ne cachaient guère leur aversion contre les étrangers ; quelquefois des propos injurieux et menaçants étaient proéfrés, et on savait, on devait savoir dans les régions officielles, aux légations de Pékin comme aux consulats, que l'ensemble de la situation n'était guère satisfaisant. Dix années s'étaient écoulées depuis l'ouverture du grand empire, et aucun rapprochement réel ne s'était opéré entre les indigènes et les étrangers. Néanmoins, à part de petits incidents sans importance apparente, les cinq cent, ou sept cent, ou neuf cent mille habitants de la ville de Tien-tsin, tant diffèrent les évaluations, surtout les classes moyennes et inférieures, ne trahissaient aucune disposition malveillante ou hostile envers le peu d'Européens, missionnaires ou marchands, qui avaient osé quitter les *concessions* et s'installer au sein même de cette grande et populeuse cité.

En première ligne, se présentait le consul de France, le seul membre du corps consulaire qui, pour veiller sur les établissements catholiques, eût préféré l'exil de la ville chinoise à l'existence plus agréable et plus commode qu'on pouvait se créer dans les concessions. M. Fontanier, quoique d'un tempérament colérique, jouissait d'une considération méritée. Dans les derniers temps, les personnes qui le fréquentaient remarquaient que son caractère s'aigrissait. Les amis commençaient à se retirer. Outre M. Fontanier, un seul Européen résidait au consulat : son chancelier, M. Simon.

Le plus proche voisin du consul était le Père lazariste Chévrier, supérieur de la mission catholique de Tien-tsin. Un mur bas séparait seul les cours du consulat et du presbytère ; mais les relations entre les deux voisins s'étaient refroidies. Quoique d'un naturel doux et gai,

[1] J'écris l'histoire des massacres de Tien-tsin d'après les communications verbales de MM. les ministres accrédités auprès de la cour de Pékin ; des consuls étrangers résidant ici et à Shanghai ; du P. Favier, lazariste, envoyé par ses supérieurs à Tien-tsin immédiatement après la catastrophe ; du Dr Frazer, médecin anglais ; de M. Starzoff, négociant russe, tous deux établis à Tien-tsin ; enfin de trois Chinois interrogés par moi avec l'aide d'un habile sinologue qui a bien voulu me servir d'interprète. Ce sont : un mandarin, un domestique de M. Fontanier et un homme au service du P. Chévrier, supérieur de la mission de Tien-tsin, tous trois témoins du massacre. Je n'ai pas vu M. Coutries, le seul membre de la petite colonie française qui ait survécu au carnage. Mais j'ai eu connaissance de la relation qu'il en a faite à ses amis. J'ai eu la bonne fortune de trouver au club du settlement le *Livre bleu* anglais : *China*, n° 1 (1871), et j'ai sous les yeux : *The Tien-tsin massacre*, par George Thin, M. D. Édimbourg, 1870 ; enfin *Memorandum sur les affaires de Tien-tsin*, imprimé à Fuchow en septembre 1870. L'auteur est le baron de Méritens, ancien secrétaire interprète de la légation de France à Pékin, puis commissaire des douanes chinoises. Ces deux brochures, sans donner un récit complet et suivi, ont de l'intérêt comme appréciation des événements et de la conduite tenue par les principaux acteurs et les principales victimes de la journée du 21 juin. On m'a aussi communiqué des lettres du P. Chévrier et du P. Ou, écrites quelques jours avant leur mort. En citant à l'appui de mon récit le *Livre bleu*, il est entendu qu'il s'agit de *Papers relating to the massacre of Europeans at Tien-tsin presented to both houses of Parliament, China*, n° 1 (1870).

M. Chévrier aussi avait cessé de voir le consul. Irrité par les représentations respectueuses mais vives de l'abbé, qui pressentait le danger de la situation, M. Fontanier lui avait, dès le 9 juin, formellement défendu la porte du consulat. Un Père chinois du nom d'Ou, très-bon prêtre, zélé, instruit, aimable à tous, un lettré catholique, nommé Wang-san, et quelques domestiques, complétaient, en dehors des enfants de l'orphelinat, l'établissement de la mission, très-fréquenté d'ailleurs par les membres de la chrétienté indigène.

De l'autre côté de l'eau, au centre d'un des grands faubourgs, non loin du fleuve, dans une petite maison, à côté d'une petite église, vivaient des sœurs de Saint-Vincent-de-Paul au nombre de dix, dont six Françaises, deux Belges, une Toscane et une Irlandaise. Ces religieuses dirigeaient un hôpital et un orphelinat. Le docteur Frazer, médecin anglais, quoique établi aux concessions, quoique protestant, venait souvent pour donner ses soins à leurs malades. A en croire tous les témoignages, les sœurs étaient généralement aimées et respectées. La sœur Marie fut appelée dans beaucoup de maisons chinoises, et ne cessait, jusque dans les tout derniers jours, de visiter les demeures des pauvres.

Les autres résidents étaient des négociants français, anglais, suisses, russes, et une dame française, environ douze ou treize personnes.

Dans le monde chinois, Chung-hou tenait le haut du pavé. Il était l'un des premiers gardiens du prince héréditaire, orné des insignes du premier grade et d'une plume de paon à deux yeux, lieutenant général de la division Han-chün du drapeau rouge, l'un des vice-présidents du département de la guerre [1]. Mandjou de naissance et fort bien en cour, il avait, depuis dix ans, rempli les fonctions de commissaire des *Trois Ports du Nord* [2]. Comme le vice-roi de Nanking au centre, comme le vice-roi de Canton au sud, il était chargé de la direction de toutes les affaires relatives aux étrangers. Ceux-ci se louaient de sa bienveillance, de ses manières coulantes et de sa parfaite urbanité. Les agents des puissances, appelés à traiter avec lui, avaient de ce fonctionnaire la meilleure opinion. Vis-à-vis des autorités de la province et de la ville, sa situation était mal définie et par conséquent pleine d'embarras. Chung-hou n'avait pas de juridiction dans les affaires chinoises. A ce sujet, son influence sur le gouverneur général de la province, sur le taotai et sur les magistrats de la ville ne s'exerçait que dans des voies confidentielles, par l'autorité que lui donnaient son origine mandjoue, son rang élevé et la faveur dont il jouissait à Pékin. Il avait, en outre, le commandement des troupes réunies à Tien-tsin, environ quatre mille hommes, tous armés et disciplinés à l'européenne.

Le gouverneur général de Chih-li réside alternativement ici et à Pao-ting-fu, capitale de la province, située à cent milles de Pékin et à la même distance de Tien-tsin. Tseng-kwo-fan, le nouveau titulaire de ce poste, blessé de l'ingérence de Chung-hou, venait de changer presque tous les mandarins de son gouvernement. Il était absent à l'époque des massacres.

Les principaux fonctionnaires résidant à Tien-tsin étaient: Chou, le taotai ou chef d'administration dans les départements de Tien-tsin et de Ho-kien-fu ;

Chang, le chih-fu ou préfet de l'arrondissement de Tien-tsin ;

Enfin, Lin, le chih-hüen ou magistrat de la ville. A proprement parler, le chih-hüen en est le chef, et, quoique appartenant ordinairement à la catégorie des petits mandarins, il n'en exerce pas moins sur la population une grande influence. Il juge toutes les affaires et rend des arrêts de mort, qui pour être exécutés ont cependant besoin de la confirmation du gouverneur de la province.

Il y avait enfin le chên-ta-shuai ou chef militaire du district.

[1] *Livre bleu*, p. 83.
[2] Ces trois ports sont: Che-fu, Tien-tsin et New-Chwang.

Plusieurs jours avant le massacre, arriva le général Chên-kwo-shuai, natif du Hupeh. Compromis dans la rébellion, il avait plus tard trahi ses anciens camarades. En récompense, il fut élevé au rang de Ti-tu, ou commandant en chef d'un corps d'armée de troupes irrégulières. Tout ensemble la honte et la terreur du gouvernement, ce spadassin, adoré de la populace de Pékin, s'était fait remarquer dans les provinces par ses actes de violence et son hostilité contre les Européens. A Nanking, à Chin-kiang, il avait essayé d'ameuter le peuple. Aucun devoir officiel ne l'appelait à Tien-tsin. Suivi d'une bande de cinq à six cents malfaiteurs, il vint de sa propre autorité ; on ne tarda pas d'apprendre avec quelles intentions.

En dehors des régions officielles, la ville comptait et compte encore un nombre considérable de lettrés. On sait ce que c'est que les lettrés, ce qu'ils pensent et sentent à l'égard des intrus blancs. N'oublions pas les quarante-huit anciennes et plusieurs nouvelles corporations de pompiers. Les chefs des premières sont tous des lettrés. A ces hommes embrigadés et toujours prêts à troubler l'ordre, il faut ajouter les *imins*, ou les anciens volontaires contre les Taepings, également commandés par des gradués et autorisés au port d'armes. Néanmoins aucun signe de mouvement ou de préparatifs n'était visible. Le peuple se livrait à ses occupations. Tien-tsin se trouvait dans son état normal.

Ce fut vers la mi-mai[1] que la situation commença à se modifier. Des bruits alarmants furent mis en circulation : Des enfants avaient disparu. Ils avaient été volés par des gens à la solde des missionnaires. Les sœurs les avaient tués. Elles leur avaient arraché les yeux et le cœur pour préparer des charmes et des remèdes. Ce n'était pas la première fois que se disaient de pareilles absurdités. On pouvait donc espérer que ces nouveaux bruits s'évanouiraient comme les autres. Contrairement à cette attente, ils prirent de la consistance. Les dispositions, non de la populace, toujours et partout mauvaise, mais des gens respectables, s'altérèrent visiblement. Des terreurs vagues et superstitieuses s'emparèrent du peuple. Les bonnes sœurs, si bien vues naguère, ne rencontrèrent, en sortant, que des regards froids ou courroucés ; personne ne se rangeait plus sur leur passage. Un soir, des groupes se formèrent devant leur maison, et il en fut de même le lendemain. Les accusations se multiplièrent. On cita des faits et on y crut. Aucun désordre, mais une émotion profonde et de plus en plus menaçante. Cette immense population de Tien-tsin frémissait comme le feuillage d'une forêt tremble sous les premières rafales qui précèdent la tempête.

Le hasard semblait conspirer avec les auteurs de ces bruits sinistres. Une épidémie se déclara à l'orphelinat des sœurs. Plusieurs enfants moururent. On les enterra au cimetière des pauvres, derrière le consulat de France. Pendant quelques jours, une centaine de gens du peuple s'y rendirent[2] tous les matins. Beaucoup de cercueils furent ouverts et les ossements jetés çà et là ; ceux des chrétiens, grossièrement outragés. Le P. Chévrier accourut. Il saisit un homme que l'on avait surpris violant des tombeaux, et l'emmena au consulat. Lui-même se rend chez M. Fontanier et le conjure d'intercéder auprès des autorités chinoises : il faut apaiser l'agitation ; il sera facile aux mandarins, pour peu qu'ils le veuillent, de rétablir le calme ; si on laisse faire les lettrés, il y aura des malheurs ; nous sommes seuls, perdus au milieu de cette grande population ; les concessions sont loin ; et d'ailleurs, menacées elles-mêmes, elles ne pourront nous prêter de secours, puisqu'il n'y a pas une seule canonnière dans le Pei-ho. — Tel était le langage du supérieur de la mission. Sa démarche ne produisit aucun effet sur le consul, qui, pour mettre fin aux importunités du missionnaire, le fit consigner à sa porte.

Cependant la situation empirait de jour en jour. Voici comment le P. Chévrier la dépeint

---

[1] 1870.

[2] Pour la première fois le 4 juin.

dans une lettre écrite le 16 juin, cinq jours avant sa mort. — « Encore en retard et toujours en retard ! Voilà plus de neuf heures et demie et il faut écrire à..., à..., et premièrement à vous. Enfin, priez que du moins je n'arrive pas au ciel après la fermeture des portes. Avant-hier la supérieure, accompagnée de sœur Sullivan, s'est résignée à se rendre chez notre consul. Deux Anglais qui ont visité l'établissement des sœurs ont conseillé cette démarche. Elles n'ont pas été mal reçues. Il n'a pas même été fait mention de moi. Mais, à l'égard des atroces calomnies qui se débitent et s'accréditent de plus en plus, il paraît que, pour le consul, le moment n'est pas encore venu d'en dire un mot à l'autorité chinoise. Un des bruits d'aujourd'hui, c'est que le grand et le deuxième catéchiste (chinois) sont au désespoir parce qu'on a tué la fille du premier et la femme du second. Aujourd'hui, Fête-Dieu, à peu près point de femmes à la messe ! Les païens, ci-devant amis des chrétiens, se retirent et les considèrent comme de mauvaises gens. Aujourd'hui j'ai essayé de leur prouver qu'ils étaient d'heureux mortels. *Beati estis quum maledixerint vobis propter me. Gaudete et exsultate quoniam !* Mais cette doctrine n'entre pas

CONSULAT DE FRANCE AVANT LES MASSACRES.

très-facilement dans leur tête. La sœur Marie me disait aujourd'hui que quand elle se présente dans un village où autrefois elle était parfaitement accueillie, tout le monde fuit ou se cache. On me demandait si je ne craignais pas pour notre établissement, parce qu'il y a des bandes organisées pour semer le désordre. Au milieu de toutes ces diableries, nous et les sœurs nous plaçons notre espérance là-haut, et ne désespérons pas d'en recevoir du secours. »

Irrité et plus inquiet qu'irrité de l'inaction étrange de M. Fontanier, le P. Chévrier courut aux *concessions.* Il s'adressa au consul général de Russie, lui communiqua ce qui s'était passé entre lui et M. Fontanier, et le pria d'user de son influence auprès de son collègue de France, et, de concert avec lui, d'agir sur Chung et sur les autorités de la ville. M. Skatschkoff, jugeant la situation comme le Père lazariste, se fit, sans perdre un instant, porter à la ville chinoise. Arrivé au consulat, on l'empêcha d'entrer, sous le prétexte que M. Fontanier était sorti. Il s'en retourna donc à la concession, après avoir par écrit demandé une entrevue. M. Fontanier vint le voir le lendemain. Mais, lorsque M. Skatschkoff se mit à lui parler de la situation du moment, il l'interrompit. « De quoi vous mêlez-vous ? » lui dit-il, et il se retira.

Les incidents fâcheux se multipliaient. Un soir une jeune fille s'arrêta devant une boutique pour acheter du riz; suivant l'usage chinois, elle n'entra pas à cause de son sexe. Elle tendit donc son panier dans lequel il y avait des sapèques. Le marchand le remplit de riz et allait le lui rendre, lorsqu'il s'aperçut que la jeune fille avait disparu et qu'elle suivait un individu. Il sortit de sa boutique, et appela l'attention des voisins sur ce fait qui lui parut étrange. Évidemment, l'homme qui marchait devant la jeune fille était un ensorceleur. Comment en douter? Il fut suivi, insulté, traîné devant le chih-hüen, condamné à quelques coups de bambou, et, faute de preuves, relâché. Le peuple s'éloigna en murmurant.

Deux jours après, deux Chinois étrangers firent leur apparition dans le quartier de l'Ouest, habité par des mahométans. Ils portaient un sac sur leurs épaules et conduisaient par la main deux petits enfants. On les questionnait pour savoir ce qu'ils venaient faire, lorsque les deux hommes se sauvèrent. Plus que jamais convaincu que c'étaient des ensorceleurs, on courut après eux, on les arrêta et on les traîna au yamen du chih-hüen. Dans leurs sacs furent trouvés des dollars mexicains (monnaie dont se servent habituellement les Européens) et quelques paquets de drogues. Mis à la torture, ils déclarèrent avoir effectivement ensorcelé les enfants au moyen de ces drogues. Les dollars leur avaient été donnés par les sœurs en payement du crime. Le chih-hüen admit ces dépositions. La loi prévoit le crime de l'ensorcellement. D'ailleurs les aveux des deux hommes n'avaient rien de choquant pour l'intelligence d'un Chinois, fût-il même lettré et mandarin. Le chih-hüen en référa au chih-fu. Les deux hommes, convaincus, sur leur propre aveu, d'un crime commis à l'instigation des sœurs, furent condamnés à mort et exécutés. C'était implicitement condamner les sœurs et rendre un arrêt de mort contre les Européens. Une proclamation du chih-fu porta le fait à la connaissance du public. Sans nommer les sœurs, il paraît que le premier magistrat se complaisait à constater l'indignation du peuple et les sympathies des mandarins. Charmés de cet acte de complicité qu'ils comptaient exploiter, les auteurs des désordres organisèrent une démonstration populaire. On se cotisa, et on présenta au chih-fu, en signe de reconnaissance, une ombrelle officielle où étaient inscrits les noms des donateurs. L'exécution des deux hommes avait eu lieu en conformité d'une circulaire de Tseng-kwo-fan, gouverneur général de la province, alors absent de Tien-tsin. Ce haut fonctionnaire venait d'approuver le jugement sommaire et d'autoriser l'exécution des ensorceleurs. En d'autres termes, il avait publié la loi martiale à la suite de la fréquence de crimes imaginaires.

Le chih-fu, le mandarin militaire et le chih-hüen se rendirent chez Chung. Ils lui exposèrent la gravité du cas, et demandèrent l'autorisation, qu'il refusa, de faire une enquête sur les lieux, c'est-à-dire d'exhumer et d'examiner les cadavres ensevelis au cimetière des pauvres, situé, comme il a été dit, derrière le consulat de France. Dans cette réunion, les trois mandarins affirmèrent que les religieuses étaient coupables. Chung-hou soutint le contraire, et persista à refuser l'autorisation qu'on lui demandait. A la fin, intimidé par l'opinion publique qui déjà ne lui était guère favorable, il céda. Il fit comme Ponce-Pilate, il se lava les mains. L'enquête eut lieu. Ce fut le premier acte de la tragédie. On vit pénétrer dans l'enclos de la Mission, presque à l'ombre du drapeau français, les mandarins chinois suivis de la foule qui, par ses vociférations, anticipa le verdict du magistrat. Au cimetière plusieurs cadavres furent exhumés et examinés. A quelques-uns les yeux manquaient; cet effet naturel de la décomposition fut interprété comme une preuve convaincante de la culpabilité des sœurs et des missionnaires.

Un lettré catholique, qui dirigeait une école aux environs, accompagné d'un de ses élèves, vint un jour de fête à Tien-tsin. Le soir, en reprenant le chemin du village, ils s'arrêtèrent chez un restaurateur de la cité chinoise. Des gens attablés près d'eux remarquèrent que la prononciation du lettré — il était né sur la frontière de Mongolie — différait de celle de l'enfant. Preuve évidente que c'était un ensorceleur. On le battit cruellement avec des barres de fer rougies au feu et on le traîna devant le chih-hüen. L'enquête constata son innocence, et, sur là demande du P. Chévrier, l'infortuné lettré, qui avait une côte brisée, fut, au milieu des hurlements de la populace, transporté sur un brancard à la mission des Lazaristes.

Le 17 juin, quatre jours avant les massacres, on avait arrêté, dans un village des environs, un jeune homme appelé Wu-lan-chên. Il était également accusé d'avoir ensorcelé un homme. Conduit devant le chih-hüen, il fit la déposition suivante [1] : « Je suis natif de Ning-chin-shien. J'ai dix-neuf ans. Mon père et mon grand-père vivent encore. Mon père s'appelle Wu-tsun ; il est dans sa quarante-cinquième année. Ma mère est née Fang. Je n'ai pas de frères. Je me suis marié dans le premier mois de cette année. N'ayant rien à faire à la maison, je la quittai le 18 février et..... me rendis à Tien-tsin, où je gagne ma vie comme batelier. Jusqu'à cette époque, je ne connaissais pas Wang-san du Ho-lou (de l'église catholique) ; mais le 13 juin il me donna une drogue et me traîna à l'église. Je n'en ai pas franchi le seuil. Wang-san insista pour que je me fisse catholique. Je commençai par refuser. Wang-san me dit qu'il me tuerait. Il m'effraya et je consentis. Il donna quatre dollars à un nommé Tang avec ordre de les garder pour moi. Le 14, il me remit un paquet contenant une drogue soporifique, et me chargea de parcourir le pays et de recruter des hommes au moyen de cette drogue. C'était une poudre fine, enveloppée dans du papier. J'allai à Mu-chuang-tzu, et y rencontrai un homme d'environ vingt ans, vêtu d'une tunique bleue et d'un pantalon de même couleur. Je mis de la poudre dans le creux de ma main et en frottai la joue de l'homme. Aussitôt il devint comme stupéfié et me suivit. Je retournai en toute hâte à l'église catholique et remis l'homme à Wang-san. En retour celui-ci me donna cinq dollars et un autre paquet de poudre. Je me rendis au village de Tao-hua-ssu, où je vis le nommé Li-so occupé à puiser de l'eau. Je l'étourdis avec ma poudre, et il me suivit comme avait fait l'autre individu. Mais je fus arrêté par les paysans et mené devant le magistrat. Sans me compter, il y a à l'église catholique sept hommes employés comme recruteurs. Chaque nuit, nous avons dormi dans l'enclos de l'église. Wang-san était notre chef. Tous les matins, il apportait, de la chambre intérieure, des paquets contenant de cette poudre. Il en donna un à chacun de nous, et nous remit en outre, pour notre nourriture, trois cents pièces de monnaie de cuivre. Lorsque nous n'avions amené personne, nous rendions la poudre à Wang-san. (Ici il cite les noms de ses prétendus complices.) Wang-san a environ vingt ans ; il a le teint blanc, légèrement marqué de petite vérole. Après qu'il m'eut drogué et conduit à l'église, il me donna un antidote. A peine l'eus-je pris, que je recouvrai ma connaissance. Wang-san m'a dit qu'après avoir pris de cette poudre, il faut faire une mixture où l'on met de l'herbe douce, la caparace d'une cigale, celle d'un autre insecte, séchée au feu et pulvérisée, et de l'huile de sésame. Cette décoction, bue pendant qu'elle est chaude, vous rétablit immédiatement. Hier, après m'avoir suivi, les villageois m'ont demandé ce qu'il fallait faire ; j'ai répondu qu'il fallait donner de cet antidote à Li-so et qu'il serait guéri dès qu'il en aurait pris. J'ai caché dans la ceinture de mon pantalon les cinq dollars que j'avais reçus comme récompense pour avoir ensorcelé l'homme de Mu-chuang-tzu. Je les ai perdus lorsqu'on m'arrêta. Pendant mon séjour à l'église catholique, Wang-san me donnait chaque matin, avant que je sortisse, une poudre rouge à priser. Après en avoir pris, je me sentais du courage, et ne songeais plus qu'à recruter du monde. Quand je rentrais le soir, quelques gouttes d'une drogue que me donnait Wang me rendaient la connaissance. Mais alors, les portes étant fermées, je ne pouvais m'en aller. »

---

[1] Le *Livre bleu*, p. 18, donne cette pièce curieuse. Je la reproduis *in extenso*, parce qu'elle répand une vive lumière sur les mœurs, les idées et les superstitions du peuple chinois. Le lecteur verra bientôt que les magistrats de Tien-tsin ont dû eux-mêmes reconnaître l'entière fausseté des dépositions de Wu, misérable instrument des secrets auteurs du carnage.

En conséquence, le chih-fu et le chih-hüen invitèrent Chung-hou à demander l'extradition de Wang-san. Mêmes hésitations et mêmes ménagements de sa part. Il ne peut, il ne veut pas faire cette démarche auprès du consul de France. Libre à eux d'agir selon leurs intentions et sous leur responsabilité. Ils s'emparèrent donc de cet infortuné. Le chih-hüen le fit mettre à la question et cruellement torturer. On le renvoya avec les chevilles broyées.

Le 17, le taotai se présenta au consulat. Il apportait la déposition de plusieurs témoins qui déclaraient avoir été victimes des recruteurs d'enfants, employés et soldés par les missionnaires. Il demanda au consul l'autorisation de faire une enquête. M. Fontanier n'eut pas de peine à démontrer que tous ces bruits étaient l'œuvre de la malveillance.

Quelques heures après, le chih-hüen accompagné d'un employé de la police parut au consulat. M. Fontanier se fit d'abord excuser; mais, le magistrat insistant, il fallut bien le recevoir. Ce dernier fut donc introduit dans le salon pendant que sa suite envahissait le consulat. Une conversation animée s'ensuivit entre les deux fonctionnaires. Dans l'antichambre, on entendait les éclats de leurs voix. Le mandarin demanda avec insistance une enquête officielle au domicile des sœurs et des missionnaires, et osa menacer le consul du ressentiment de la population. Celui-ci, plus maître de sa colère, rompit l'entretien en déclarant qu'il ne traiterait cette affaire qu'avec Chung. Le chih-hüen se retira furieux et le consul se dispensa de l'accompagner à la porte, ainsi que le veulent les règles de l'étiquette. Au moment où le mandarin sortait, on entendit M. Fontanier dire : « S'il y a du tumulte, je vous en rendrai responsable. » Le secrétaire qui suivait le chih-hüen, s'approcha alors du consul et le pria à demi-voix de ne pas le mêler dans cette affaire.

Le même jour, le médecin anglais, le docteur Frazer, en sortant de la maison des sœurs, fut attaqué par la populace et ne dut son salut qu'à la vitesse de son cheval. Dans l'hôpital se trouvait un capitaine de la marine marchande anglaise. Quoiqu'il fût gravement malade, la supérieure s'empressa de le faire porter aux concessions, craignant, disait-elle, qu'il ne pérît avec les religieuses dans les massacres qu'elle prévoyait déjà.

Depuis quelques jours, le général Chên-kwo-shuai se trouvait à Tien-tsin. Son arrivée fut le signal d'une recrudescence de l'agitation. Les rues se couvraient de placards incendiaires. On provoquait à la vengeance contre les recruteurs et ensorceleurs d'enfants. En passant près d'un groupe de gens du peuple qui chuchotaient entre eux, le comprador d'un résident européen entendit ces mots : « Tuons les étrangers. » D'autres disaient : « Vite, vite, tuons-les; c'est le moment, puisqu'il n'y a aucun bâtiment de guerre dans le fleuve. »

Le 20 juin, un rassemblement considérable se forma sur le quai. Quelques hommes plus audacieux que les autres jetèrent des pierres et des briques contre la mission et le consulat. La nuit dissipa les groupes.

Chung, informé par un message de M. Fontanier de la scène de la veille, se rendit au consulat. Tout en essayant de l'excuser, il parla du chih-hüen en fort mauvais termes, et se plaignit du peu de cas que les autorités avaient fait de ses observations. C'était en vain qu'il avait tâché de démentir les faux bruits répandus contre les missionnaires. A la fin, il avait dû laisser dire. Son attitude lui valait de nouveau, dans le public, l'épithète de : « bras droit des Européens ».

Pendant que des confidences entremêlées de paroles aimables s'échangeaient entre les représentants de la Chine et de la France, l'un préoccupé de ses embarras personnels et se gardant bien d'insister sur la gravité de la situation, l'autre se complaisant dans une fausse sécurité, les missionnaires et les religieuses ne se livraient à aucune illusion. On savait que l'heure du martyre était proche. M. Coutries, un des résidents de la cité chinoise, avait rencontré le P. Chévrier dans la journée. « Venez demain, lui disait celui-ci, entendre la messe. Il est temps de se préparer à la mort. »

Le même soir arrivèrent au consulat M. Thomassin, l'interprète de la légation de France,
et sa femme. Ce jeune couple venait d'Europe. On avait voulu les retenir aux concessions ; mais,
étant pressés, ils préféraient passer la nuit dans la ville chinoise et le lendemain continuer leur
route pour Pékin. Ils savaient qu'ils trouveraient l'hospitalité au consulat. Ils ignoraient qu'ils
y trouveraient la mort.

Aux concessions régnait la consternation. Les résidents ne tremblaient pas seulement pour
leurs compatriotes si gravement exposés dans la ville chinoise ; ils craignaient aussi pour eux-
mêmes. Une députation, composée du docteur Frazer et de quatre notables, se rendit chez le

LA MISSION CATHOLIQUE A TIEN-TSIN, INCENDIÉE LE 21 JUIN 1870.

consul d'Angleterre pour le prier de faire venir l'une des canonnières stationnées à Che-fu.
M. Lay, craignant probablement d'augmenter les inquiétudes, fit semblant de ne pas les partager. Il avait déjà, dans la matinée du 20, écrit à Chung. Il le pria de publier une proclamation exhortant le peuple à la politesse envers les étrangers. A la suite de l'insulte reçue par le
docteur Frazer, il réitéra sa demande dans une seconde lettre [1] envoyée à Chung le lendemain,
quelques heures seulement avant la catastrophe. La veille, 20 juin, il avait mandé à M. Wade :
« Nous avons besoin d'un bâtiment de guerre ; quand il n'y en a pas, les désordres de cette
nature augmentent. Que l'esprit des Chinois soit très-hostile aux étrangers, dit-il ailleurs,

____

[1] *Livre bleu.* M. Lay à M. Wade, pages 19, 32.

c'est ce qui ne fait aucun doute. Le feu a couvé sous la cendre ; maintenant il éclate. » Il s'é-
tonnait de l'inactivité de M. Fontanier à l'égard des sœurs. On se demandait, en effet, pourquoi
on ne les envoyait pas aux concessions. S'il n'était plus possible de les faire sortir du couvent
en plein jour et toutes ensemble, ne pouvait-on du moins les en retirer une à une pendant la
nuit ? Mais M. Fontanier ne fit rien, car il ne croyait pas au danger.

Le jour même des massacres, avant qu'ils fussent connus dans le settlement, M. Lay écrit à
M. Wade[1] : « Mon pénible devoir est de vous mander que l'état de choses ici est très-peu satisfaisant. Depuis quelque temps, les Chinois menacent de tuer les étrangers ou de les chasser
de Tien-tsin. Ces jours derniers, l'agitation a augmenté. Les Chinois ont manifesté leur intention de brûler l'église catholique et le consulat de France, et de tuer tous les étrangers..... Je
ne pense pas qu'il y ait actuellement péril de mort ; mais j'ai des inquiétudes en ce qui concerne
la propriété, nos magasins étant remplis de marchandises. Tous les jours on reçoit des rapports
annonçant que nous serons chassés ou tués... » Il écrivit donc à Che-fu pour hâter le retour
de la canonnière. Plus avisé que son collègue de France, qu'une fatalité inexplicable semble
aveugler, M. Lay voit le danger ; mais il n'en mesure pas toute la portée. Dans la cité chinoise,
le gong appelait déjà les assassins à l'œuvre, pendant qu'il écrivait les lignes qu'on vient de
lire.

Nous voici arrivés au jour néfaste du 21 juin.

Suivant le pieux conseil du P. Chévrier, M. Coutries s'était rendu de grand matin à la cathédrale pour assister à la messe de six heures. L'église était comble. Des chrétiens indigènes,
croyant leur dernière heure venue, se pressaient autour des confessionnaux des deux Pères.
Dès neuf heures, des attroupements beaucoup plus considérables que ceux de la veille se formaient devant la mission et le consulat. Bientôt des projectiles de tout genre volent contre les
fenêtres. Un envahissement paraît imminent. Il était dix heures du matin ; le taotai, le chi-fu et
le chih-hüen arrivent avec une suite nombreuse. Ils amènent Wu-lan-chên[2], l'homme dont on
a lu la dénonciation contre le malheureux lettré de la mission. Reçus par le P. Chévrier qui
avait lui-même demandé l'enquête, ils furent conduits partout, interrogèrent tous les domestiques, et avouèrent eux-mêmes qu'ils n'avaient rien trouvé de suspect. Le misérable Wu-lan-
chên, confronté avec les deux missionnaires et les domestiques, se troubla, ne reconnut ni les
personnes qu'il avait dénoncées ni les localités désignées dans ses dépositions antérieures. A la
fin, les deux magistrats, pleins de dépit et au milieu des rires ironiques de la foule, se retirèrent
sans faire le moindre effort pour calmer la populace et pour la faire écouler. Ils montèrent
dans leurs chaises en disant qu'ils allaient en référer à Chung. Ce dernier venait de mander le
chef de la mission, et le P. Chévrier s'empressa d'obéir à cet appel. Le haut commissaire commença par dire qu'il n'ajoutait pas foi à ces bruits calomnieux. Néanmoins, pensant qu'il fallait
dissiper les soupçons, il le pria de faire connaître dorénavant aux mandarins le nom, la prove-
nance et, le cas échéant, la mort des enfants qu'on aurait reçus soit à l'école de la mission, soit
à l'orphelinat des sœurs. Le P. Chévrier y consentit de grand cœur et se hâta de retourner
chez lui. Cependant la situation s'était aggravée. On lançait de nouveau des pierres contre
l'église, on poussait des cris menaçants et on semblait prêt à se porter à de plus grands excès.
Des hommes appartenant aux brigades de pompiers s'étaient mêlés au peuple. Leur présence
était de mauvais augure. Le P. Chévrier, en rentrant, trouva toutes les vitres de l'église brisées. Néanmoins il se mit à table et feignit de manger, voulant ainsi rassurer les chrétiens et
donner l'exemple du courage et de la résignation. Le tumulte augmentant, il se présenta

---

[1] *Livre bleu.* M. Lay à M. Wade, page 21.
[2] Il vit encore dans les prisons de Tien-tsin.

devant la populace et l'engagea à entrer dans sa maison pour se convaincre de la fausseté des
rumeurs répandues sur les missionnaires. En même temps, il fit ouvrir toutes les portes : il était
alors une heure. La foule se précipita dans la cour, et puis, comme saisie d'une panique soudaine, se retira dans la rue ; mais revenant de sa frayeur, elle envahit la maison. Voyant qu'on
allait toucher au moment suprême, et n'espérant aucun secours du consul qu'il jugeait perdu
comme lui-même, le bon P. Chévrier fit un dernier appel à Chung-hou. Il lui envoya par un
domestique sa carte de visite, — les cartes de visite jouent un grand rôle en Chine, —
lui fit exposer le danger de la situation, et demanda des troupes. Ceci fait à la hâte, les deux
PP. Chévrier et Ou se réfugièrent dans l'église qu'ils barricadèrent. Quatre chrétiens s'y
trouvaient.

Après avoir entendu la confession du P. Ou, le P. Chévrier recevait le même service de son
confrère, lorsque les portes cédèrent sous les coups. Les deux Pères se sauvèrent dans la
sacristie. C'est là que nous les laisserons, pour nous occuper du consul de France.

On se rappelle que le consulat et la mission se touchaient et n'étaient séparés que par un
mur bas. L'édifice habité par M. Fontanier donne sur le quai, si on peut nommer ainsi l'espace
laissé libre entre le fleuve et les maisons. Comme toutes les habitations européennes en Chine,
le consulat était entouré d'une véranda. C'est de là qu'attirés par le bruit le consul et ses deux
hôtes, M. et madame Thomassin, assistèrent tranquillement aux premières scènes de désordre.
Le consul avait envoyé son lettré et M. Simon, son chancelier, auprès de Chung. Eux aussi
devaient demander des soldats. Pendant que ces deux employés cherchaient à gagner le yamen
du haut commissaire, M. Fontanier, voulant profiter du voyage de M. Thomassin, se mit à
écrire à M. de Rochechouart, chargé d'affaires de France à Pékin [1].

« Notre petite ville de Tien-tsin, d'ordinaire si tranquille, mande-t-il à son supérieur, vient
d'être troublée depuis quelques jours par des cris et des attroupements aux environs de l'établissement des sœurs de charité et du consulat. » Vient le récit des visites du taotai et de
Chung-hou, ainsi que de la scène avec le chih-hüen, « un petit incident, dit-il, qui aurait pu
prendre une mauvaise tournure sans l'intervention de Chung-hou, mais qui paraît aujourd'hui
à peu près terminé, Chung-hou m'ayant en outre promis, d'ici à quelques jours, de publier
une petite proclamation pour apaiser les esprits. »

En lisant ces lignes écrites à dix heures du matin, on croit rêver. Les cris dont la *petite*
ville est troublée depuis quelques jours, une petite ville de six cent à sept cent mille habitants !
Le *petit* incident, c'est-à-dire sa brouille avec le magistrat le plus important de la ville qui prépare déjà sa perte ! La *petite* proclamation que Chung-hou promet de publier *dans quelques jours*
pour apaiser les esprits ! Mais, monsieur Fontanier, dans quelques heures vous serez un cadavre
mutilé !

Chung envoya des agents de police. « Comment, s'écria M. Fontanier, je lui demande des
soldats, et il m'envoie des mandarins ! » Plein de colère, il descendit dans la rue, et leur
signifia de se retirer. En effet, impuissants à disperser la foule, ils furent frappés eux-mêmes et
disparurent. L'un d'eux, cruellement maltraité, se sauva dans le bac, et passa de l'autre côté
de l'eau. Le messager du consulat voulait empêcher la foule de crier. Il fut battu et sauvé à
grand'peine par le cuisinier.

A ce moment, M. Coutries, qui se tenait près de la porte du consulat, vit apparaître sur la
rive droite du fleuve un Chinois richement vêtu et entouré d'une suite nombreuse. La foule le
salua avec des acclamations de joie. Après avoir causé quelques instants avec le peuple, il se
retira en montrant de la main le consulat, et, en se retournant, l'établissement inoccupé des

---

[1] *Livre bleu*, M. Fontanier au comte de Rochechouart, p. 20.

jésuites. Aussitôt les cris et le sinistre bruit du gong recommencèrent, et l'on se mit à lancer des pierres contre la maison, jusqu'alors respectée, des Pères de la Compagnie.

M. Fontanier, attendant vainement le secours qu'il avait demandé à Chung, résolut d'aller le chercher lui-même. Armé d'un revolver à six coups, et accompagné du chancelier M. Simon qui avait ceint un sabre, il quitta, malgré les supplications des domestiques, le consulat par une porte de derrière, et tâcha de gagner par de petites rues la résidence peu éloignée du commissaire des Trois-Ports. M. Coutries, muni d'un fusil, et le principal domestique chinois du consul, voyant le danger auquel celui-ci s'exposait, coururent après lui dans l'espoir de le rejoindre.

On a vu que le P. Chévrier avait envoyé un homme de confiance avec sa carte et un message verbal pour Chung. Ce domestique aussi tâcha de gagner le yamen par les ruelles de derrière. Mais, assailli à coups de pierres, intimidé probablement par la foule et impuissant à la traverser, il rebroussa chemin, lorsqu'il aperçut le consul et son chancelier, le premier tenant un Chinois par la queue et brandissant de l'autre main son pistolet. Le Chinois était l'un des petits mandarins que Chung avait envoyés pour rétablir l'ordre devant l'église et le consulat. M. Fontanier, en proie à un accès de vive colère, accabla cet homme de reproches, « Comment ! s'écria-t-il, toi, un mandarin, tu n'exerces aucune influence sur ce peuple, et tu oses encore porter ton bouton ! Viens avec moi chez Chung-hou ! » Ces paroles entendues et répétées autour du consul, augmentèrent la fureur de la foule. De toutes parts on cria : « Il va tuer un mandarin ! » Arrivé devant le yamen, on en trouva la porte fermée. D'un coup de pied, le consul l'ouvrit, et, accompagné de M. Simon et du mandarin, pénétra dans la seconde cour. Le domestique du P. Chévrier n'osa les suivre. Il distingua la voix courroucée du consul. « Comment, disait celui-ci, on menace notre vie, et vous ne faites rien pour nous protéger ! » Il n'entendit pas d'autre bruit. Peu après arrivèrent M. Coutries et le domestique de M. Fontanier. Ces trois hommes se consultaient sur ce qu'il y avait à faire, lorsque, aux cris de : « Tue, tue ! » ils furent tout à coup assaillis par les soldats et la valetaille de Chung, rassemblés dans la première cour. Le domestique du consul fut renversé et reçut plusieurs coups de pique. Un secrétaire du haut commissaire parvint avec peine à le sauver. M. Coutries dut la vie à la protection d'un petit employé, son ami, qui le cacha dans un cabinet obscur. Le lendemain, Chung le fit conduire aux concessions. M. Coutries croit avoir entendu dire à son protecteur : « Il n'est pas Français, il est Anglais. » Le domestique du Père lazariste profita d'un moment favorable pour s'échapper.

Que s'est-il passé dans l'entrevue du consul avec le haut commissaire ? On l'ignore, à moins qu'on ne veuille ajouter foi au récit de Chung-hou, dont la véracité me paraît plus que suspecte. Voici en quels termes, le jour même des massacres, il rend compte au Tsungli-yamen de la dernière visite de M. Fontanier [1] : « Après avoir congédié le P. Chévrier, désirant dissiper les soupçons du peuple, et rassurer les étrangers, je m'occupais de rédiger une proclamation que je comptais faire afficher immédiatement, lorsque vers deux heures j'appris que des rixes avaient eu lieu entre les gens de la cathédrale et quelques oisifs rassemblés devant l'église. Je venais d'y envoyer un officier pour rétablir la tranquillité, quand j'appris que M. Fontanier était venu au yamen. J'allai à sa rencontre. Le consul, qui était dans un violent état de fureur, portait à sa ceinture deux pistolets. Un étranger qui l'accompagnait était armé d'un sabre. Tous deux se précipitèrent à ma rencontre ; et, à peine arrivé près de moi, M. Fontanier se mit à parler d'une manière inconvenante, tira un pistolet de sa ceinture et le déchargea en ma présence. Heureusement personne ne fut atteint et M. Fontanier fut saisi. Comme il n'aurait pas été convenable pour moi d'en venir aux mains avec lui, je me retirai. M. Fontanier, en entrant dans

____
[1] *Livre bleu.* Chung-hou au yamen des affaires étrangères, page 21.

la salle (de réception), brisa les tasses et autres objets déposés sur la table, et ne cessa de vociférer. Je me rendis de nouveau auprès de lui, et lui dis que la foule (qui stationnait aux abords du yamen) avait pris une attitude menaçante ; que toute la brigade des pompiers se trouvant avec elle, dans l'intention évidente de l'assister, je craignais des désordres, et que je le priais de rester. Mais lui, insoucieux de sa vie, se précipita hors du yamen. J'envoyai quelques hommes avec ordre de le rejoindre et de lui servir d'escorte. »

Telle est la relation de l'un des interlocuteurs. L'autre a péri quelques minutes après cet entretien. On devrait donc s'en tenir à la version de Chung. Mais, abstraction faite des mensonges que ce haut fonctionnaire n'a pas rougi d'avancer sur la mort du consul, et qu'il a été obligé de retirer, le récit qu'on vient de lire n'est admissible qu'en supposant que M. Fontanier ait complétement perdu la tête. Tirer un coup de pistolet dans l'intérieur du yamen, en présence du haut mandarin, sinon sur lui, était un acte de démence. Nul doute que le consul n'ait été tué sur place par les soldats qui stationnaient dans les cours, et que Chung-hou, l'eût-il voulu, n'aurait pu le sauver. D'un autre côté, comme on le verra tout à l'heure, il est constaté qu'en retournant au consulat, M. Fontanier avait l'air d'un homme ivre[1] ; mais si, en présence de la meute armée qui s'agitait autour de lui, en présence de la poltronnerie de Chung et de la trahison mal déguisée des magistrats, la raison de l'infortuné Fontanier s'est égarée, le trouble de son esprit n'a pas du moins étouffé la voix de son brave et loyal cœur. Son poste était au consulat. Il avait à protéger les missionnaires, ses voisins, M. et madame Thomassin, ses hôtes. Ce fut vers le consulat qu'il dirigea ses pas. Il savait que c'était aller au-devant de la mort ; qu'en restant auprès de Chung il se sauverait probablement ; mais il n'hésita pas un instant à rejeter les offres du haut commissaire, et, suivi de son chancelier, il sortit du yamen. Une douzaine de petits mandarins, chargés par Chung de le protéger, l'accompagnèrent à pied[2] ; le chih-hüen, d'abord dans sa chaise et ensuite à pied, marchait à côté du consul.

Celui-ci n'eut pas plutôt franchi le seuil du palais qu'il reçut un coup de lance dans le flanc. C'était sa première blessure. Il se trouvait alors dans un état de surexcitation extrême. On le vit gesticuler avec violence. Peut-être pour le modérer et l'empêcher d'irriter la foule, le chih-hüen le toucha de la main. Le consul se crut insulté. « Misérable chih-hüen, s'écria-t-il, misérable mandarin, vous ne faites rien pour retenir la populace ? » Le magistrat secoua la tête en répondant : « Cela ne me regarde pas[3]. » On se trouvait sur le quai où débouchent plusieurs petites rues, à ce moment toutes remplies de gens armés de piques. Ils se précipitèrent vers les deux Européens. M. Fontanier fit feu sans atteindre personne, puis, se tournant vers le chih-hüen, il lui tira à bout portant un coup de revolver. Celui-ci, petit et gros homme, voyant le pistolet braqué sur lui, eut encore le temps de se cacher derrière son domestique, qui, mortellement atteint, succomba quelques jours après. Et la foule de crier : « Il nous tue, tuons-le, et tous ceux qui voudraient nous empêcher de le faire. » Ce fut pour le chih-hüe et tous les mandarins de l'escorte le signal de la fuite. On se trouvait alors près d'une petite pagode à mi-chemin entre le pont de bateaux et l'église. Il était une heure et demie. Les deux Français, terrassés et percés de coups de lance, se relèvent, chargent la foule des furieux, s'ouvrent un passage, gagnent enfin la grande porte du consulat, où ils expirent sous les coups des meurtriers. A ce moment les PP. Chévrier et Ou, poursuivis par une horde d'assassins qui les ont traqués dans la sacristie, sautent par une fenêtre dans la cour du consulat, et tâchent de se

---

[1] Au dire d'un grand nombre de témoins oculaires, pour la plupart des chrétiens chinois, entendus par les Pères Lazaristes. Son domestique, questionné par moi sur le coup de pistolet au yamen, garda le silence. Peu de temps après les événements, il avait affirmé avoir entendu un coup de feu. Plus tard il revint sur cette déposition. M. Coutries et le domestique du P. Chévrier, ce dernier également interrogé par moi, déclarent n'avoir entendu aucune détonation.

[2] L'un de ces employés était le mandarin que j'ai questionné.

[3] Récits des chrétiens interrogés par le P. Favier.

cacher dans un petit pavillon entouré de rocailles. Mais les misérables qui viennent d'achever le consul et son chancelier, se ruent sur eux et les tuent.

Ces infortunés n'étaient pas les premières victimes. M. et madame Thomassin se trouvaient, comme on a vu, au consulat; pris de panique et espérant pouvoir gagner le bateau qui les attendait à peu de distance, pour les transporter vers Pékin, M. Thomassin, armé d'un pistolet et d'un sabre chinois, sortit avec sa jeune femme. Assailli par un coup de pierre, il eut l'im-prudence de tirer dans la foule. Il fut sur-le-champ mis en pièces et sa femme tuée par un coup de hache sur la nuque [1]. Leurs corps, complétement dépouillés, furent jetés dans le fleuve et le surlendemain repêchés près des concessions. Après ce premier crime, la foule se lança contre le consulat et se mit à le démolir.

Lorsque le chih-hüen vit le consul gisant mortellement atteint à côté de son chancelier, ce lâche sicaire fut saisi de frayeur. Il courut chez Chung. « Un malheur affreux, lui dit-il, vient d'arriver. On a tué le consul. Je compte sur vous; sauvez-moi ! — Comment vous sauver ? répondit le haut commissaire. J'aurai de la peine à me sauver moi-même. C'est vous qui êtes le magistrat de la ville. C'était à vous d'apaiser le peuple. Loin de remplir votre devoir, vous avez encouragé le désordre. Si le consul est tué, il reste à protéger les autres Européens et à em-pêcher le pillage [2]. » Quittant son costume officiel, Chung sortit ensuite de son yamen, et, se tenant prudemment près de la porte, contempla en silence le sinistre spectacle de la cathédrale, de la mission et du consulat consumés par les flammes.

*　*　*

On se rappelle que la partie la plus turbulente de la populace de Tien-tsin habite le quartier de la rive septentrionale, et qu'un seul pont de bateaux le fait communiquer avec la ville intérieure et les grands faubourgs de la rive opposée où se trouvaient l'église, le couvent et l'orphelinat des sœurs de Saint-Vincent-de-Paul. On se rappelle aussi que les confréries des pompiers des deux rives sympathisaient avec les gens de sac et de corde qui, dirigés par des mains invisibles, ouvertement encouragés par le général Chên-kow-shuai, et sous main par le mandarin militaire du district, n'attendaient plus que le signal pour commencer l'œuvre de sang. Ce signal fut donné vers midi. Sur cinq points différents de la ville, le gong appela sous les armes les pompiers et les anciens volontaires. La plus simple prudence exigeait de fermer, dès le matin, la circulation entre les deux rives, et d'empêcher ainsi la réunion des forces disci-plinées du désordre. Rien n'était plus facile. On n'avait qu'à ouvrir le pont en retirant un des bateaux dont il se compose. Ce ne fut qu'après le massacre du consul que Chung donna cet ordre. On était occupé à lui obéir, lorsque le général Chên-kow-shuai parut sur le quai et de-manda à traverser le pont. On n'osa pas lui résister, et il passa traînant après lui la horde des massacreurs. Sur la rive gauche la besogne était faite, les Européens tués, les maisons et l'église pillées et incendiées.

Maintenant aux sœurs !

Depuis une semaine environ, ces religieuses étaient en proie aux plus vives angoisses. La supérieure, comme on a vu, jugea la situation assez dangereuse pour renvoyer de l'hôpital un Anglais, malgré l'état précaire de sa santé. Le docteur Frazer, ce bon samaritain qui, tous les jours, souvent deux fois par jour, donnait ses soins aux malades de l'hôpital, avait failli être tué au moment où il en sortait. La vitesse de son cheval l'avait sauvé. Depuis cette aventure, il n'était plus retourné à la cité chinoise. La communication avec les Pères Lazaristes était fermée

---

[1] Constaté par l'autopsie du cadavre.

[2] Ce curieux colloque est, ce me semble, de ces faits qui ne s'inventent pas. Le mandarin cité plus haut me l'a rapporté; il dit y avoir assisté.

aux sœurs, qui n'osaient plus, comme par le passé, se montrer hors de leur maison. Depuis trois jours, une foule compacte, poussant des hurlements sauvages, stationnait du matin au soir dans les environs du couvent. Toutefois la fuite était encore possible. La nuit, les religieuses auraient pu se retirer dans les concessions. Mais que seraient devenus les orphelins et les malades? Abandonnées de tout secours humain, entourées d'une populace de plus en plus fanatisée et évidemment toute disposée à se porter aux derniers excès, ces saintes et courageuses femmes résolurent de remplir leurs devoirs jusqu'au bout.

Voici leurs noms : la sœur supérieure Marie-Thérèse Marquet, née en Belgique, âgée de quarante-six ans; les sœurs Marie-Séraphine Clavelin, née en France, âgée de quarante-huit ans; Marie-Pauline Viollet, née en France, âgée de trente-neuf ans; Marie-Anne Pavillon, née en France, âgée de quarante-sept ans; Amélie-Caroline Legras, née en France, âgée de trente-six ans; Adélaïde-Marie-Angélique Lenu, née en France, âgée de trente-huit ans; Marie-Clarinde Andreoni, née en Toscane, âgée de trente-quatre ans; Alice O'Sullivan, née en Irlande, âgée de trente-quatre ans; Marie-Josèphe Adam, née en Belgique, âgée de trente-quatre ans, et Marie-Anne-Noémi Tillet, née en France, âgée de quarante-quatre ans.

Une centaine d'enfants se trouvaient à l'orphelinat.

Vers deux heures et demie, au bruit du gong et de pétards, des hordes criant : « Mort aux Français ! mort aux étrangers ! » arrivèrent devant le couvent. Le feu y fut mis, et la porte enfoncée en un instant. Les misérables se trouvèrent en face de la sœur supérieure, qui fut immédiatement traversée d'une lance et achevée à coups de sabre. Les autres religieuses se réfugièrent dans les caves de l'église, dans le jardin, dans la pharmacie. Elles furent en quelques minutes saisies et massacrées. La rage de ces forcenés ne laisse guère douter que la mort des sœurs n'ait été immédiate [1].

Leurs corps furent déchirés et jetés dans les flammes. Quelques lambeaux de chair rôtie et des os calcinés, entassés dans la cour de l'hôpital, étaient tout ce qui restait de ces saintes filles [2]. Envoyées par le taotai au consulat d'Angleterre, ces dépouilles ne suffisaient pas pour former cinq cadavres complets. Qu'était devenu le reste? Les recherches les plus minutieuses du P. Favier et du docteur Frazer, dans les décombres de la maison, n'ont donné aucun résultat. On en peut attribuer la disparition de tant de cadavres à la calcination, car dans ce cas on aurait trouvé quelques os. Probablement des lambeaux sanglants ont été enlevés comme charmes et distribués au peuple. D'après les dépositions d'un enfant de l'hospice, un homme l'a frappé sur la joue avec la main coupée d'une sœur, en disant : « Voilà ta mère (nom donné par les orphelins aux religieuses) qui te châtie. » Un des témoins chinois, cité dans le *Livre bleu* [3], raconte que cent enfants de l'orphelinat, ou de l'école, ont été étouffées dans une cave où elles s'étaient réfugiées. Cette assertion ne s'est heureusement pas confirmée. Les enfants, affolées par la terreur, s'étaient cachées partout. Elles furent saisies, mises en prison et interrogées. N'ayant voulu rien avouer à la charge des sœurs, elles eurent beaucoup à souffrir; mais au bout de six

---

[1] D'après l'opinion du P. Favier. Ma plume se refuse à reproduire les détails du crime, tels qu'ils semblent résulter des rapports de M. Lay, *Livre bleu*, pages 24 et 28. Le P. Favier est persuadé que, vu l'excitation de la populace, les religieuses ont été tuées sur-le-champ, et que ce n'est que sur leurs cadavres que les massacreurs ont assouvi leur rage. Malgré les recherches les plus assidues faites par les autorités ecclésiastiques et consulaires sur la mort des sœurs, on n'a pu recueillir que des informations obscures et contradictoires. Cela s'explique aisément; les chrétiens chinois s'étaient enfuis, et les voisins païens de la maison des sœurs, plus ou moins compromis dans les massacres, n'eurent garde de parler et surtout de dire la vérité.

[2] « *The pious and good Sisters of Mercy.* » *The Tien-tsin massacre*, page 52, par George Thin M. D., vice-président de la branche *Chine septentrionale* de la *Royal Asiatic society*. Des Anglais résidant à Tien-tsin et à Shanghai, des protestants qui les ont connues et vues à l'œuvre, m'ont parlé de ces religieuses les larmes aux yeux.

[3] Page 75.

semaines elles furent remises par les autorités chinoises aux missionnaires envoyés à cet effet de Pékin.

Plusieurs chrétiens indigènes perdirent la vie aux abords du couvent. Les autres, traqués par les assassins, se dispersèrent en tous sens, tâchèrent de se sauver chez des amis ou de sortir de la ville. Une femme fut jetée dans la rivière et retirée après qu'elle eut promis de déposer contre les sœurs (déjà massacrées) et de déclarer avoir été ensorcelée par elles. On la transporta au yamen pour y être interrogée [1], fait curieux et digne d'être relevé, parce qu'il est une des nombreuses preuves que les assassins procédaient avec méthode, et étaient dirigés par des gens sentant le besoin de se munir d'avance de *pièces justificatives*.

M. de Chalmaison, marchand établi dans la cité chinoise, fut massacré au moment où il sortait de sa maison. Une dame française, qui demeurait sous le même toit, courant dans une petite ruelle, fut sauvée par une femme qui la cacha chez elle. Dans la nuit, déguisée en Chinoise, elle se rendit à sa demeure et, la voyant abandonnée, elle revint sur ses pas, ne put retrouver son asile, et frappa à une porte. Reconnue à son accent étranger, elle fut tuée.

Un Anglais, qui demeurait dans le même quartier, dut la vie à la fidélité de son comprador. Ce dernier, après avoir caché son maître sur le toit de la maison, entre deux cheminées, ferma la porte et les fenêtres, et fumant tranquillement sa pipe, présenta aux hordes qui passaient la clef de la maison : « Entrez, leur disait-il, le propriétaire est allé aux concessions. »

Les deux marchands suisses, MM. Borel, furent sauvés miraculeusement. Depuis midi jusqu'au soir, ils restèrent bloqués dans leur maison. La populace apparut de temps en temps, mais, grâce aux supplications du comprador, elle finissait toujours par se retirer. Dans la nuit, Chung les fit conduire à la concession britannique.

Un M. Bassow et un jeune couple marié depuis quelques jours, M. Protopopoff [2] et sa femme, sœur de madame Starzoff, tous trois établis dans les concessions européennes, s'étaient rendus dans la matinée à la ville chinoise pour déjeuner avec des marchands de leur nation qui demeuraient dans le quartier oriental de la cité. N'attribuant aucune importance aux attroupements, on s'était mis à table vers midi, lorsqu'un domestique chinois apporta la nouvelle « que l'église catholique avait été jetée dans l'eau ». On se décida à regagner les concessions le plus promptement possible. Le pont étant encombré, on prit le chemin du Hé-doune, *côté du sel*, c'est-à-dire de la rive gauche. Arrivés le matin en chaise, le jeune couple et M. Bassow repartirent de la même façon. Les trois autres Russes suivaient à pied, et, rencontrant des troupes de gens armés, se sauvèrent dans la guérite d'un gardien. Ils furent interrogés, et, après avoir fait constater leur nationalité russe, conduits à leur hong. M. et madame Protopopoff et leur ami traversaient rapidement les rues du quartier du nord, lorsque, aux cris : « Voilà des étrangers, tuez, tuez ! » ils furent attaqués par une bande de massacreurs. Vainement dirent-ils qu'ils n'étaient pas Français, qu'ils étaient Anglais ; on leur répondit : « N'importe, nous tuerons tous les étrangers ! » Ils n'eurent pas le temps de sortir de leurs chaises, qu'on broya sur eux. Les deux hommes qui tâchèrent de défendre la jeune femme furent achevés à coups de sabre. L'infortunée madame Protopopoff fut aussi massacrée, et les corps, complétement nus, furent enterrés dans un champ et pendant la nuit jetés dans le fleuve.

Quatre chapelles protestantes (anglaises et américaines) ont été détruites ou fortement endommagées.

A cinq heures et demie, on entendit de tous côtés le tam-tam battre la retraite. Les différentes brigades des pompiers, jugeant leur œuvre accomplie, se formèrent en colonnes,

---

[1] *Livre bleu.* Déposition d'un indigène, page 37.

[2] *Livre bleu*, pages 105-130, et d'après les communications verbales de M. Starzoff.

rentrèrent chez eux dans le plus grand ordre. La foule s'écoula. L'obscurité et le silence de la nuit succédèrent à l'horrible orgie de la journée.

* * *

Pendant que le sang coulait dans la ville chinoise, la consternation régnait aux concessions. Dépourvus de tout moyen de défense, privés même du faible secours des canonnières, séparés de la scène des massacres par un sol plat où rien ne pouvait arrêter l'invasion des bandes, les résidents se considéraient comme voués à la mort. Une forte pluie qui tomba vers le soir les a probablement sauvés. Cependant on s'arma à la hâte. Mais que pouvait cette poignée d'hommes, si on était assailli par des milliers de gens ivres de sang, tous munis de piques ou de couteaux ? Les missionnaires anglais et américains, avec leurs femmes et leurs enfants, se réfugièrent

ÉVENTAIL CHINOIS REPRÉSENTANT LE MEURTRE DE MM. FONTANIER ET SIMON.

à bord d'un steamer de commerce ancré dans le Pei-ho [1]. Le lendemain, de très-bonne heure, Chung-hou parut aux concessions, et demanda à voir les consuls. Sa proposition d'envoyer des troupes pour la protection des Européens fut déclinée. M. Lay lui répondit fort bien que ses soldats étaient plus à craindre que le peuple. Chung raconta à sa manière les événements de la veille, nommément la visite et la mort de M. Fontanier. Ce dernier, disait-il, après avoir tiré sur lui deux coups de pistolet, avait été tué à ses côtés. Il avait fait recueillir son corps qui se trouvait à son yamen. Il promettait de l'envoyer avec les dépouilles des autres victimes.

Dans la journée, les mauvaises nouvelles de Tien-tsin se succédèrent avec rapidité. Les craintes d'une attaque se renouvelèrent. « Notre situation, écrit M. Lay au représentant de sa souveraine à Pékin, est terrible. Tous les hommes de la communauté montent la garde. Mais nous ne sommes pas en force. »

Devant leurs fenêtres défilaient, flottant sur la rivière, les corps mutilés de leurs amis. Le

---

[1] En mandant ce fait à M. Wade, M. Lay ajoute : *And although this is against my wish as an appearance of danger yet I have no power to stay them. Livre bleu*, page 23.

premier cadavre qu'on retira de l'eau était l'infortuné consul de France. L'histoire racontée par Chung était donc un conte. Son Excellence avait simplement menti. Le taotai envoya les restes des sœurs. La partie mâle de la population blanche étant occupée à veiller à la sûreté de l'établissement et les koulis se refusant absolument à toucher aux cadavres, le consul anglais et le docteur Frazer les mirent dans des cercueils. Ce fut aussi M. Lay qui se chargea de rassurer les femmes, de répondre aux mille questions des hommes, de prendre les mesures de précaution nécessaires, tout en évitant d'augmenter les appréhensions ou plutôt la panique qui de plus en plus envahissait la petite communauté.

Dans la cité chinoise aussi, l'agitation continua. Les gens aisés, craignant les représailles des Européens et le pillage du peuple, se hâtèrent de quitter la ville. Les négociants convertissaient en marchandises l'argent comptant qu'ils possédaient. Les voleurs emportent plus volontiers et plus facilement de l'argent que des objets volumineux. Les lettrés continuèrent à crier et à faire crier mort aux étrangers ! M. Lay craignait fort que le chargé d'affaires de France à Pékin ne voulût essayer de châtier les assassins avec des forces insuffisantes. « Si on tente, écrivait-il à M. Wade, un coup de main avec une ou deux canonnières, personne de nous ne survivra pour raconter l'histoire de la défaite et des nouveaux massacres. » Les femmes et les enfants furent embarqués à bord des bâtiments marchands.

Dans la ville chinoise, on vendait des éventails et des images représentant le meurtre de MM. Fontanier et Simon. Les autorités chinoises firent saisir ces atroces gravures, qui sont devenues assez rares. J'en possède deux sur le même sujet. Avec de légères variantes, on y voit le yamen de Chung, et au milieu, la cathédrale assez exactement rendue, la maison des Lazaristes et le consulat en flammes, le consul et le chancelier renversés ; quatre assassins les frappent avec des sabres et des lances. Un homme accroupi pour nouer la courroie de sa chaussure, et tenant son sabre dans sa bouche, tourne la tête vers cette scène qui semble l'amuser. C'est le loustic de la bande. Plus loin, un fonctionnaire, au dire du public de Tien-tsin, le chih-hüen, debout près de sa chaise et entouré de mandarins, contemple le meurtre. Des deux côtés de la rivière et sur le pont on voit accourir des hommes armés de piques. D'autres s'approchent en bateau. Des curieux assistent en agitant leurs éventails. Plus loin, on voit deux cavaliers, probablement le général Chên-kwo-shuai et le mandarin militaire du district, dignes tous deux, par leur conduite, de l'honneur de figurer dans ce tableau. Grossièrement fait, il respire le sang, et frappe par l'étrange contraste entre l'agitation des meurtriers et l'olympique quiétude des spectateurs.

Cependant des canonnières anglaises arrivèrent de Che-fu et de Shanghai. Chung adressa au peuple une proclamation qui ramena le calme. Ce fut une nouvelle preuve que les mandarins, pour peu qu'ils l'eussent voulu, auraient pu contenir le peuple ou rétablir la tranquillité troublée.

Plus tard, à l'approche de l'hiver, les alarmes recommencèrent. Quel sera le sort des habitants du settlement après le départ des canonnières qui ne peuvent s'exposer au péril d'être prises dans les glaces, et ont par conséquent reçu l'ordre de se rendre à Che-fu dès les premiers froids ? Le gouvernement anglais suggéra l'idée de faciliter aux résidents les moyens de s'éloigner de la concession pendant la durée des glaces. A Pékin aussi on agita la question de savoir si les légations devaient se retirer. D'accord sur ce point avec ses collègues, M. Wade était opposé à des mesures non justifiées, disait-il, contraires d'ailleurs à l'opinion générale des factoreries en Chine, et préjudiciables au prestige anglais dans cette partie du monde. Mais à Tien-tsin la situation devint de plus en plus critique. « Je ne suis pas poltron, écrit M. Lay à M. Wade, et je resterai à mon poste tant qu'on ne m'en chassera pas. S'ils nous attaquent, j'espère qu'ils seront bien reçus ; mais je ne puis exposer ma femme et mon enfant, et, si je les renvoie d'ici, ce sera le signal d'une fuite générale. Que dois-je faire ? » — « Ne faites rien, fut la réponse de

M. Wade. Vous avez été sur le qui-vive pendant trois mois. Vous êtes nerveux. Il y a plus de crainte que de dangers à Tien-tsin. » Comprenez-vous cette situation ? Le consul tout prêt à faire le sacrifice de sa personne, mais tremblant pour la vie des siens ; le ministre qui, dans un intérêt public, prend sur lui de le rassurer ! Vraiment, le service de Chine n'est pas facile. Rendons hommage au dévouement, au sang-froid, au courage imperturbable de ces dignes représentants d'un grand pays ! Au reste, les faits ont donné raison au représentant de la Reine. L'ordre n'a plus été troublé. Chung et le gouverneur général de la province, Tsêng, ce dernier envoyé expressément sur les lieux pour diriger l'enquête, surent imposer à la populace, contenir les lettrés et protéger le peu de voyageurs européens qui, en route pour Pékin ou revenant de cette ville, étaient obligés de traverser Tien-tsin.

C'est le moment de jeter un regard en arrière et d'examiner la conduite des principaux acteurs de cette lugubre tragédie.

* * *

On a accusé les missionnaires et les religieuses d'avoir, par leur imprudence, par un zèle indiscret de prosélytisme, provoqué les scènes dont ils sont tombés victimes. Le jour même des massacres, le 21 juin au matin, M. Lay écrit à M. Wade : « Les sœurs de Charité ont été assez stupides pour acheter des enfants, etc. [1]. » Il fut prouvé que cette assertion était erronée, et M. Wade, qui d'abord y avait ajouté foi, s'empressa, avec cette loyauté qui le distingue, de rectifier son erreur [2]. Une députation de négociants anglais, engagés dans le commerce de la Chine, se présenta chez lord Granville pour lui remettre un mémoire. On y lit : « La communauté à laquelle les sœurs appartiennent existe depuis trois cents ans, et on croit savoir que dans ce long espace de temps aucune plainte n'a jamais été faite contre elle. On connaissait parfaitement leur manière de procéder. On soutient de la manière la plus catégorique qu'elles n'ont pas même donné de l'argent à ceux qui leur apportaient de petits enfants abandonnés [3]. »

L'accusation vague d'indiscrétion, élevée contre les Pères Lazaristes de Tien-tsin, ne semble guère mieux fondée. Ceux qui mettaient tant de prix à prouver que la colère du peuple et des lettrés était uniquement dirigée contre les religieux et religieuses catholiques et, les uns et les autres étant pour la plupart Français, contre leurs compatriotes, n'auraient certes pas négligé de spécifier leurs accusations, s'il leur avait été possible de trouver et de produire des faits à l'appui de leur hypothèse. Or aucun fait de ce genre ne se trouve dans le dossier de ce procès. Les dépositions absurdes du misérable Wu-lan-chên, évidemment payé par les lettrés, ont été retirées par lui, et les fonctionnaires chinois en ont admis l'entière fausseté [4]. D'ailleurs ces accusations s'adressent aux missionnaires catholiques et aux sœurs de Charité en général. J'y reviendrai en parlant de la *question* des missionnaires. Ici je me borne à constater que le seul tort imputé aux sœurs de Tien-tsin est d'avoir admis des malades dans leur hôpital et des orphelins dans leur orphelinat. Une épidémie s'y était déclarée et plusieurs cas de mort y avaient eu lieu. Les instigateurs du massacre en profitèrent pour ameuter le peuple. Peut-on rendre les religieuses responsables de cette épidémie ? Rappelons enfin, pour leur défense, puisqu'elles ne peuvent plus se défendre elles-mêmes, la mort ayant fermé leur bouche, rappelons le fait constaté par un grand nombre de protestants, par tous les résidents de Tien-tsin, que pendant

---

[1] « *The sisters of Charity have been very stupid in buying children, and so on.* » *Livre bleu,* page 19. Ce passage a été universellement blâmé par les Anglais qui résident dans les trade-ports.

[2] « *My impression that the original cause of the excitement was the belief that children received by the hapless sisters of Mercy were taken into their orphanage for unholy uses, remains unshaken ; but I am assured that it is incorrect to assert that any of these infants were, as I had thought, purchased by the sisters.* » *Livre bleu,* page 68.

[3] *Livre bleu,* page 51.

[4] Chung-hou au yamen des affaires étrangères, 21 juin 1870. *Livre bleu,* page 21.

l'espace de huit ans et jusqu'à la mi-mai, c'est-à-dire un mois avant les événements, les sœurs ont été généralement aimées et vénérées ; que, par rapport à l'admission des enfants, elles n'ont jamais changé de conduite ; qu'à plusieurs reprises la mortalité dans l'orphelinat avait été aussi considérable que dans les jours qui précédèrent les massacres, et que pourtant les bruits malveillants répandus périodiquement sur les sœurs et les prêtres de la mission se sont toujours promptement évanouis.

L'infortuné consul de France, en proie à un étrange aveuglement, inaccessible aux conseils et aux avertissements du P. Chévrier, son voisin, du consul de Russie, son collègue, violent de tempérament, surexcité par la présence du danger qu'il n'avait su ni prévoir ni prévenir, n'a rien fait pour empêcher et tout pour accélérer la catastrophe. Il en a été une des premières victimes. Ses fautes, expiées par une noble mort, étaient des fautes de jugement et de caractère, les plus pardonnables chez un fonctionnaire public, quoique ordinairement les plus riches en fâcheuses, souvent en funestes conséquences. Si le consul avait bien jugé la situation, il aurait, en temps utile, averti ses collègues, et tâché, par une démarche collective, de ranimer le courage de Chung qui craignait la populace et les lettrés, mais à qui il fallait faire craindre plus encore les plaintes du corps diplomatique à Pékin et sa disgrâce auprès du prince de Kung. Il fallait ensuite éloigner les sœurs et insister pour que, le matin des massacres, au moment où se formaient les premiers attroupements, le pont de bateaux fût ouvert et la circulation entre les deux rives interrompue. Après un examen réitéré et minutieux des localités, après une étude attentive du *Livre bleu* et à l'aide d'informations prises soit aux concessions, soit à Pékin, je dois me ranger à l'opinion de la presque totalité des résidents qui lors des troubles se trouvaient aux concessions. Leur conviction est que M. Fontanier, en suivant la conduite qu'on vient d'indiquer, aurait évité d'affreux malheurs ; qu'il n'aurait peut-être pu empêcher la destruction des établissements, mais qu'il aurait sauvé les sœurs, probablement tous les Européens, et que, sans manquer à aucun de ses devoirs, il se serait sauvé lui-même. On s'expose à être taxé de dureté en jugeant avec sévérité la conduite d'un galant homme cruellement immolé. J'ai rendu justice au noble mouvement qui l'a fait marcher au supplice. Je n'ai pu taire ses fautes. Le premier, parfois le douloureux, devoir de l'historien est la recherche, le respect, le culte de la vérité.

M. Lay aussi, quoique à un moindre degré que le consul de France, se trompait sur la gravité de la situation. Je le juge exclusivement d'après les correspondances signées de sa main. Sept jours après les événements, il écrit à M. Wade : « Je n'avais pas l'idée alors que les choses fussent aussi sérieuses[1]. » En effet, il n'en avait aucune. Sa conduite le prouve. Il a écrit deux fois à Chung, mais quand ? Sa première lettre est du 20 juin, sa seconde du 21 au matin ! c'est-à-dire de la veille et du jour même des massacres. Dans l'une, il prie le haut commissaire d'exhorter le peuple à être poli envers les étrangers, à respecter les chapelles et l'hôpital. Dans l'autre, se plaignant des insultes infligées au docteur Frazer, il engage le haut commissaire à faire expliquer aux Chinois, par une proclamation du chih-fu, qu'ils doivent être polis et ne pas molester les sujets de la Reine[2]. Cela prouve que M. Lay n'a pas attribué à l'effervescence qui régnait dans la cité chinoise l'importance qu'elle avait.

On peut dire pour son excuse qu'il n'était pas sur les lieux mêmes ; que des sœurs, une semaine avant la catastrophe, se trouvant en visite chez madame Lay, ne semblaient pas croire au danger, et que la petite colonie russe partageait cette sécurité. S'il en eût été autrement, comment le jeune couple Protopopoff aurait-il osé se rendre à la cité chinoise le matin même

---

[1] « I had no idea then that matters were so serious. » *Livre bleu,* page 32.
[2] *Livre bleu,* M. Lay à M. Wade ; cité plus haut.

du carnage ? Leurs amis russes qui y résidaient, et avec lesquels ils déjeunèrent, ne paraissaient guère avoir été mieux renseignés. D'une autre part, il est certain que cette sécurité n'était pas générale. Le consul de Russie, le docteur Frazer, plusieurs des notables insistaient pour que des mesures de précaution fussent prises, surtout pour que le commandant de la station navale à Che-fu fût prié d'envoyer des canonnières. Après la catastrophe, la conduite de M. Lay a été admirable.

Quant aux fonctionnaires chinois, le plus haut placé d'entre eux, Chung, est, avec raison, je pense, accusé de négligence et d'irrésolution. Impopulaire auprès des lettrés, par le fait même que ses fonctions l'obligeaient à entretenir des relations personnelles avec des étrangers, il se vit entouré d'une soldatesque mal docile à ses ordres, et de plus en plus excitée par l'ancien rebelle Chên-kwo-shuai. Il n'exerçait aucune juridiction, aucune action directe sur le taotaï et sur les deux magistrats de la ville. Sa situation était fausse, son action gênée. Pour se conduire autrement qu'il ne l'a fait, il lui aurait fallu ce qui lui manque : du courage et de l'énergie.

Que le chih-fu et le chih-hüen aient indirectement favorisé les massacres, ce fait est aujourd'hui démontré et a été implicitement reconnu par le gouvernement impérial. On sait et une vieille expérience constate que, dans les temps ordinaires, les mandarins, par des proclamations, peuvent toujours prévenir les troubles. Des faits nombreux et tout récents le prouvent. Ainsi, pour n'en citer que deux : Le supérieur provisoire de la mission lazariste à Pékin, — le vicaire apostolique se trouvait alors en Europe, — craignant pour les sœurs de Pei-tang, résolut de les envoyer à Shanghai et demanda pour elles une escorte. Le Tsungli-yamen s'empressa de le rassurer en répondant de la sécurité des établissements catholiques de la capitale.

A Tung-chow, sur le fleuve Bleu, il y a des missionnaires américains. Effrayés de l'attitude menaçante du bas peuple, ils s'étaient enfuis avec leurs femmes et leurs enfants. Le taotaï les fit prier de revenir, répondant de leur vie et de leurs propriétés. Dans les deux cas, les autorités chinoises surent parfaitement contenir les populations. Mais la conduite des deux magistrats de la ville de Tien-tsin se montra tout autre, et, si l'on n'a pu constater leur participation active aux meurtres, la proclamation du chih-fu et du chih-hüen suffirait seule pour établir leur complicité.

Le général Chên-kwo-shuai, cela est prouvé, a ouvertement encouragé et dirigé les assassins dans leur œuvre de sang ; le mandarin militaire du district l'a secondé sous main. Au reste, peu importe aujourd'hui de constater la part qui revient, dans le crime, à chacun de ces misérables. Ce qui aurait pour les Européens un intérêt bien plus pratique, ce serait de mettre en évidence les auteurs des crimes et les motifs qui les ont fait agir. D'où est parti le coup, et contre qui a-t-il été dirigé ? Malheureusement, ces questions capitales sont restées dans l'obscurité. Une masse de dépositions a été produite, mais aucun résultat positif n'en est sorti. Malgré les instances du corps diplomatique, le gouvernement impérial s'est constamment refusé à faire faire une enquête sérieuse sur l'origine et sur les auteurs des massacres.

Parmi les Européens, deux opinions se sont formées. Selon les uns, l'imprudence des missionnaires et des sœurs a réveillé d'abord les soupçons et ensuite les colères du peuple ; une explosion spontanée a eu lieu, mais l'attaque a été dirigée contre les Français, les religieuses et les prêtres appartenant presque tous à cette nation, et non contre les autres étrangers. Parmi ceux qui soutiennent cette thèse, et leur nombre est très-restreint, M. Wade figure en première ligne. Une longue résidence dans le pays, des relations personnelles avec de grands dignitaires, avec des lettrés, avec des notabilités du commerce, une connaissance approfondie des hommes, des choses, de l'histoire et de la littérature de Chine, le large horizon d'une situation élevée, tous ces avantages, joints à une loyauté proverbiale, donnent aux opinions énoncées par l'honorable représentant de la reine Victoria une grande valeur et font de lui, en pareille matière, une grande autorité. Dans la question qui nous occupe, M. l'envoyé britannique se fonde sur une appréciation générale de la situation du pays, et sur des faits rapportés dans la relation qu'on vient de lire. On entendait les meurtriers proférer le cri : « Tuez les Français ! » Les trois marchands russes ont été épargnés après qu'ils eurent prouvé leur nationalité. Le grand argument de M. Wade est l'émotion produite par l'imprudence des sœurs. « Je crois de mon devoir [1], écrit-il à M. Lay, d'exprimer la conviction que, sans le soupçon conçu par les Chinois que des enfants avaient été recrutés, aucune agitation n'aurait eu lieu dans le peuple, et que l'agitation produite par ces soupçons n'aurait pas eu de suite, si l'habitude des sœurs d'admettre dans leur hôpital un grand nombre d'enfants n'avait été considérée par les Chinois, dans leur ignorance, comme une preuve de la culpabilité de ces malheureuses femmes. Les colères du peuple une fois allumées contre elles, leurs compatriotes et coreligionnaires furent naturellement enveloppés dans la sentence de mort. J'apprends que même les indigènes catholiques furent arrêtés et maltraités, tandis qu'on mit en liberté les protestants chinois. »

Écoutons maintenant l'opinion contraire à celle qu'on vient d'exposer. La voici : Le coup a été monté de longue main par les lettrés. La fureur du peuple, on l'accorde, fut dirigée d'abord contre les sœurs et les établissements catholiques, mais le véritable but des instigateurs était l'expulsion ou la destruction de tous les étrangers. M. Lay, autre autorité, car lui aussi connaît la Chine où il réside depuis des années, et il s'est trouvé près du théâtre des massacres, M. Lay écrit à M. Wade [2] : « Le cri (poussé par la populace) n'était pas : *Tuez les sœurs*, mais *Tuez les Français*, et ensuite : *Tuez les étrangers*. » M. Wade lui répond : « Je ne puis admettre votre version, d'après laquelle l'origine de l'explosion était la haine contre les étrangers en général [3]. »

S'il y a des hommes en Chine dont l'opinion sur les événements du 21 juin fasse autorité, ce sont, je le répète, M. Wade et M. Lay, et, comme on voit, leurs manières de voir sont diamétralement opposées. Si trois Russes ont été épargnés, parce qu'ils avaient pu prouver leur nationalité, trois autres Russes ont été massacrés, quoiqu'ils eussent dit aux assassins : *Nous ne sommes pas Français, nous sommes Anglais* (ils auraient peut-être mieux fait de dire : Nous sommes Russes). Les deux faits sont constatés d'après le *Livre bleu* par des dépositions d'indigènes et confirmés par ce que m'en a raconté, sur la foi des recherches par lui faites, M. Starzoff, le beau-frère d'une des victimes.

Enfin, l'opinion que les massacres n'étaient que la réalisation partielle d'un programme plus vaste, et qu'il s'agissait d'exterminer les étrangers en général, est partagée par l'immense majorité, je dirai presque la totalité des résidents européens et américains. J'ai déjà rendu justice au caractère honorable de cette classe en général; et personne ne contestera à plusieurs des négociants étrangers une connaissance exacte des hommes et des choses de ce pays. Leur appréciation a donc également un grand poids.

Je ne passerai pas sous silence une troisième version fort répandue parmi les indigènes et accréditée surtout dans le haut commerce chinois. On prétend que les événements de Tien-tsin sont les premiers résultats d'une vaste conspiration ourdie au centre de l'Empire par des patriotes avec le but de provoquer la guerre contre les Européens et, comme conséquence, la chute du ministère de Kung, sinon le renversement de la dynastie mandjoue.

En présence d'appréciations si diverses et pourtant si autorisées, il ne m'appartient pas, à moi simple touriste, de donner un jugement. Je me permettrai seulement de faire observer encore une fois que les recherches minutieuses faites sur les lieux par les soins des autorités consulaires et ecclésiastiques, que les dépositions de plusieurs indigènes et le témoignage

[1] *Livre bleu*, page 45.
[2] M. Lay à M. Wade. *Livre bleu*, page 32.
[3] *Livre bleu*, Dépêche citée plus haut.

unanime des résidents européens de Tien-tsin (cité chinoise et concessions) ont concouru à constater l'entière inanité des accusations d'imprudence et de zèle indiscret lancées contre les Pères et les Sœurs de la mission. Ces prêtres dévoués, ces bonnes et saintes filles ont été les victimes, ils n'ont pas été la cause des massacres.

La nouvelle des événements du 21 juin se répandit avec la rapidité de l'éclair dans l'intérieur et le long des côtes de l'Empire. A Wu-ching, non loin de Kiu-kiang, la populace brûla une église catholique dont le desservant était heureusement absent. A Hankow, l'agitation de la populace motiva les alarmes de la très-petite factorerie. Le consul d'Angleterre offrit un asile aux sœurs de Charité qui s'y trouvent. Ces femmes courageuses, toutes des Italiennes, préférèrent rester dans leur maison, et ne furent pas molestées. Même Canton, malgré les quinze cents milles qui le séparent des bords du Pei-ho, ressentit le contre-coup de la catastrophe de Tien-tsin. Le consul de France, craignant pour les sœurs de Charité, les fit, malgré leurs protestations, transporter à Hongkong.

A Pékin, les événements du 21 juin donnèrent lieu à de longues négociations entre les chefs de toutes les missions et le prince de Kung. La part la plus active en revint naturellement à M. le comte de Rochechouart, chargé d'affaires de France. M. Wade aussi eut à intervenir spécialement, par suite du meurtre d'une sœur irlandaise, sujette britannique. Le *Livre bleu* donne plusieurs rapports diplomatiques et quelques pièces échangées avec et entre les autorités chinoises.

Le 3 août, les funérailles solennelles des victimes eurent lieu au cimetière de Tien-tsin. Les représentants de France et d'Angleterre, les amiraux Kellett et Dupré commandant les escadres anglaise et française dans les mers de Chine, les consuls, les capitaines des canonnières ancrées dans le Pei-ho, tous les résidents européens et américains suivirent les cercueils à leur dernière demeure. Chung reçut la procession. Le vicaire apostolique de Pékin fit le service religieux. Après la cérémonie, l'évêque, les deux diplomates et l'amiral Dupré prononcèrent des discours. La garnison ordinaire de Tien-tsin avait été renforcée par des troupes du prince de Kung et du gouverneur général de la province. Aucun incident, aucun symptôme d'agitation ne troubla la funèbre solennité.

Immédiatement après les événements, Chung fut désigné ambassadeur extraordinaire en France, avec la mission d'expliquer la conduite du gouvernement chinois[1]. Tseng-kwo-fan reçut l'ordre de se rendre à Tien-tsin pour faire des recherches sur les lieux et instruire le procès des individus accusés de complicité. Il arriva tard et ne fit rien. Une visite de M. de Rochechouart et la nouvelle, venue de Che-fu, que l'amiral Dupré se disposait à remonter le Pei-ho avec des canonnières, stimulèrent le zèle de ce haut fonctionnaire.

Après quatre mois de négociations et de procédure, l'arrêt fut rendu sous forme de décret impérial[2]. Il fut déclaré que le chih-fu Chang-kuang-tsao et le chih-hüen Lin, à l'occasion du conflit survenu entre le peuple et les chrétiens, avaient négligé, avant l'événement, de prendre les précautions nécessaires et, après l'événement, de procéder avec promptitude à l'arrestation des coupables. « Par conséquent, continue le décret, Nous (l'empereur) les avons privés de leurs postes et remis au Hsing-pu (département des punitions) afin qu'ils soient châtiés. Après avoir été interrogés par Tseng-kwo-fan, ils furent renvoyés de nouveau au même département. Celui-ci propose maintenant que, en dehors de la destitution qui leur a été infligée conformément à la loi relative aux serviteurs de l'État incapables de contenir le peuple en cas de désordre, les deux fonctionnaires soient envoyés aux stations des frontières pour y servir (sous les dra-

---

[1] Circulaire du comte de Rochechouart aux consuls de France en Chine. *Livre bleu*, page 230.

[2] Communiqué au corps diplomatique par le prince de Kung. *Livre bleu*, page 194.

peaux comme simples soldats). Leurs fautes, poursuit le décret, étant déjà très-sérieuses, ils les ont aggravées en s'éloignant de leur propre autorité et en s'arrêtant, selon leur bon plaisir, l'un à Shun-te et l'autre à Mih-yun. C'était se moquer (des autorités). »

Par conséquent, « une *punition extrême* sera infligée à Chung et à Lin. Le lieu de leur exil est changé. Ils iront à Hei-lung-chiang (dans la province de Tsi-tuhar sur les bords de l'Amour) et y seront, pour l'expiation de leurs délits et pour l'avertissement d'autrui, employés aux travaux forcés. »

Ce décret n'a pas besoin de commentaires. Il décèle les préoccupations du prince de Kung, tout ensemble esprit éclairé et Chinois. Il regrettait les massacres et comprenait qu'il fallait donner des satisfactions; il tâcha de ménager les susceptibilités nationales. Puisqu'on doit sévir contre les coupables, que du moins ils soient punis selon les formes régulières de la justice du pays et non avec l'apparence d'une pression étrangère.

La condamnation des deux magistrats au service militaire sur les frontières ayant paru insuffisante au corps diplomatique, il fallut bien se résigner à faire davantage; mais, pour masquer cette nouvelle concession, on prêta aux inculpés un crime de fantaisie. Ils se sont éloignés sans la permission des autorités. Ils leur ont donc manqué de respect. C'est pour cela qu'on les a condamnés aux travaux forcés. M. de Rochechouart avait demandé leur vie. Mais sur ce point le prince de Kung fut inébranlable. Vingt misérables qui avaient avoué leur participation aux massacres furent exécutés, et treize autres exilés pour dix et trois ans. Le général Chên-kwo-shuai, qui le 21 juin avait commandé les massacreurs, fut traduit pour la forme devant le Hsing-pu et relâché. Grâce à sa qualité de Mandjou et de militaire, il échappa à toute puni-tion[1]. Quant au mandarin militaire du district, fort coupable aussi, j'ai eu l'honneur de faire sa connaissance en visitant le petit Serpent-Dieu auprès duquel il fonctionnait comme chambellan.

Deux cent cinquante mille taels furent accordés à titre d'indemnité.

Connaissant l'importance des proclamations impériales et l'effet qu'elles produisent sur les masses, le corps diplomatique exigea et obtint, non sans grandes difficultés, qu'une proclamation fût répandue dans toutes les parties de ce vaste empire.

La proclamation raconte brièvement les événements : la crédulité du peuple, ses soupçons, ses colères, le massacre d'un grand nombre d'étrangers, « des actes évidemment criminels commis au mépris des lois. » Vient ensuite l'énumération des peines infligées aux coupables. Les deux fonctionnaires ont été punis avec une sévérité « insolite ». « On a voulu faire un exemple. » Le passage le plus important rappelle aux gens aisés, aux militaires et au peuple que, « depuis la conclusion des traités, les négociants étrangers peuvent se livrer au commerce et que les missionnaires peuvent prêcher, l'objet de leurs sermons étant de rendre les hommes vertueux, et le commerce étant avantageux aux indigènes autant qu'aux étrangers..... On n'a pas le droit, sous tel ou tel prétexte, de se rassembler ni de commettre des actes de violence. Quiconque, méconnaissant la volonté expresse de l'empereur, agira contrairement aux lois, sera puni avec la dernière sévérité. Les fonctionnaires et le peuple de Tien-tsin seront pour les contrevenants, le miroir de Yin[2]. Que chacun tremble et obéisse! que personne ne résiste! Proclamation spéciale[3]. »

---

[1] Il a, depuis, été exécuté en prison pour un crime étranger aux massacres de Tien-tsin.

[2] C'est-à-dire le châtiment infligé aux deux fonctionnaires et aux gens du peuple compromis dans les massacres de Tien-tsin sera, pour ceux qui méconnaîtront le décret, le miroir de la dynastie Yin : ils y verront la punition qui les attend.

[3] Annexe au rapport de M. Wade à lord Granville, du 24 octobre 1870. *Livre bleu*, pages 222 et 223. Pour compléter le récit qu'on vient de lire, il ne me reste qu'à emprunter au *Journal officiel* de Paris, du 25 novembre 1871, la note suivante :
« Le président de la République reçoit à Versailles l'ambassadeur Han-Tchéou (Chung-hou), qui présente les regrets et les excuses du gouvernement chinois pour les massacres de Tien-tsin. »

* * *

Suivez-moi au cimetière. Dans le vaste enclos qui naguère contenait l'hôtel du consulat et la maison des Lazaristes, s'élèvent, disposés en deux groupes, treize grands tombeaux en pierre, se terminant, selon l'usage chinois, en demi-cylindre. Ici reposent, M. Fontanier en tête, les victimes laïques ; là, les PP. Chévrier et Ou, les dix Sœurs, le peu qui en reste, et quelques serviteurs chrétiens de la maison, tués avec les Pères. Des inscriptions seront placées sur les tombeaux par les soins des autorités chinoises, qui de plus érigeront ici un monument expiatoire où sera gravée une proclamation à demi satisfaisante.

Montons sur ce tertre formé par des décombres. Tout près de nous s'élance vers le ciel la flèche de la cathédrale, surmontée encore de la croix. Le fleuve sillonné de bateaux descend majestueusement, et disparaît à l'horizon entre deux forêts de mâts. En face est la ville, sombre, barbare, terrible. Ses bruits confus arrivent jusqu'ici. Autour de nous, le calme du sommeil, les tristesses de la mort transfigurées par les gloires du martyre !

TIEN-TSIN : LE CIMETIÈRE DES VICTIMES, D'APRÈS UN CROQUIS DE L'AUTEUR.

L'ILE DE HONGKONG, D'APRÈS UN CROQUIS DE L'AUTEUR.

IV

HONGKONG

DU 7 AU 25 NOVEMBRE

Les aménités de la mer Jaune. — Physionomie de Hongkong. — Son commerce. — Son importance
politique et militaire.

7-19 *novembre*. — Passerons-nous l'hiver à Tien-tsin ? Cela devient de plus en plus probable,
car le froid, déjà intense, augmente ; bientôt nous serons pris dans les glaces. La fuite seule peut
nous sauver ; mais le moyen de fuir quand le vent d'ouest chasse toujours les eaux de la barre
et empêche les bâtiments retenus devant Taku d'entrer dans le Pei-ho ? Pas un steamer à Tien-tsin,
et, s'il y en avait, ils ne pourraient sortir. Le capitaine de Maisonneuve résout la difficulté. Il a
l'extrême obligeance de nous faire transporter à l'embouchure du Pei-ho dans le *Scorpion*,
commandé par M. Sallandrouze. Arrivés le même jour à Taku, nous franchissons la barre dans
le gig du capitaine. Une demi-heure après, nous sommes sains et saufs à bord du *Sinan-sing*,
magnifique steamer de la maison Jardine.

Viennent les aménités de la mer Jaune, les coups de vent, les claires-voies enfoncées par
les vagues, les douches d'eau glacée reçues au milieu du dîner ; deux agréables journées de
relâche à Shanghai, où l'hiver sévit déjà ; puis de nouvelles bourrasques, des djonques chinoises
presque coulées bas, le tout sous un ciel métallique sans nuages et par une température dont
le seul souvenir me fait encore grelotter. Le canal d'Amoy se conduit on ne peut plus mal.
C'est le bouquet. Vraiment, ces mers de Chine méritent leur détestable réputation. Mais, un
matin, nous nous réveillons sous les tropiques. Le ciel nous sourit, le soleil nous réchauffe. De
la côte, qui avec ses rocs escarpés et sa triple ceinture d'îlots rappelle la Norvége, de balsami-

ques senteurs nous arrivent par bouffées. Le 19 novembre nous jetons l'ancre dans la rade de Hongkong.

Figurez-vous en grand le rocher de Gibraltar, regardant vers le nord. Là, en face, est la terre ferme. Montons tout de suite près du mât de pavillon, fièrement dressé sur le pic le plus élevé de la montagne. Le soleil, déjà bas, enveloppe le ciel, l'eau et la terre de lumières crues, fantasques, exagérées. Malheur au peintre qui oserait reproduire ces effets ; heureux celui qui y réussirait !

Vers le sud, le soleil et les brouillards se disputent des îlots qui, en ce moment, se détachent

LE PORT DE HONGKONG.

en noir sur un fond d'or liquide dans un cadre d'argent. Vers le nord, nous planons sur la ville, appelée officiellement Victoria, et vulgairement Hongkong. Elle s'étage sous nos pieds, et nous n'en apercevons que les toits, les cours et les rues ; puis, la rade couverte de frégates cuirassées, de corvettes, de canonnières, de paquebots appartenant aux grandes compagnies, d'une infinité de bâtiments à vapeur et à voiles de moindre tonnage. En face de nous, à la distance de trois ou quatre milles, une haute chaîne de rochers, nus, lézardés, avec des teintes roses et cramoisies, ressemble à un immense bracelet de corail. C'est le continent. Vers l'ouest, les deux passes qui mènent à Canton et à Macao. Au nord-est, une troisième passe, celle par laquelle nous sommes venus. Elle se présente comme un lac que d'un côté bordent les rochers de la terre ferme, de l'autre les pics et les crêtes des rochers de Hongkong.

J'ai vu ailleurs des effets de lumière plus tendres et plus harmonieux ; je n'en ai jamais vu d'aussi étranges.

LA TOUR DE L'HORLOGE A HONGKONG.

Victoria est charmant, sympathique et imposant, anglais et tropical, un mélange de *cottages* et de palais. Nulle part ne se marient mieux la poésie de la nature et la prose de la vie des affaires, le confort anglais et l'exubérance enivrante du Midi. Les rues, bien macadamisées, bien entretenues, bien propres, serpentent le long du rocher, tantôt entre des maisons dont les façades un peu prétentieuses sont coquettement voilées par la véranda, tantôt entre des jardins, des haies de bambous, ou des balustrades de pierre. C'est Ventnor ou Shanklin, regardé à la loupe, sous un jet de lumière électrique. Partout des arbres : des banians, des bambous, des pins. On pourrait parcourir à pied tout Hongkong sans être exposé au soleil. Seulement on n'a garde de

CHAISE A PORTEURS, A HONGKONG.

marcher à pied. On ne voit que des chaises. Les koulis, la tête abritée sous un immense chapeau de paille, vous portent au pas gymnastique. Rien de délicieux comme une promenade nocturne en chaise découverte. Dans les quartiers bas l'animation est extrême : des officiers, des soldats en uniforme rouge et au teint basané (des cipayes) ; des Parsis, des Hindous, des Chinois, des Malais ; des dames européennes dans des toilettes élégantes ; des hommes et des femmes au teint jaunâtre vêtus à l'européenne (des Portugais demi-sang). Plus vous montez, plus le calme se fait autour de vous. Insensiblement la ville devient campagne. Montez encore quelques pas, et vous êtes au milieu de rochers dépourvus d'arbres, mais couverts de buissons odoriférants et traversés par une belle route macadamisée, avec des échappées de vue d'une beauté merveilleuse.

Le général Whitefield, commandant militaire et temporairement gouverneur civil, M. Austin, *colonial secretary*, M. Caswick, de la maison Jardine, le juge, M. Ball, les représentants de la maison Russell, toutes les personnes dont je fais la connaissance, me comblent d'amabilités. Les dîners, les pique-niques, les excursions en voiture, en bateau, se succèdent. C'est l'hospitalité anglaise en grand et bon style. Le monde officiel et le haut commerce vivent ensemble sur

UNE RUE DE HONGKONG.

un excellent pied ; mais les fonctionnaires civils, l'élément militaire et la marine semblent prédominer. Partout vous trouvez ce luxe solide qui m'avait déjà frappé à Shanghai et dans les autres ports. Je jouis de l'hospitalité du consul général d'Autriche, M. d'Overbeck, un des négociants considérables de Hongkong. Sa maison, moitié villa, moitié château, joint tous les agréments d'un *country house* anglais à toutes les splendeurs que fournissent les tropiques, contenues toutefois par un goût fin et châtié.

Nous avons passé l'après-midi à Eastcliff, et nous revenons en voiture, par le *Happy Valley*, l'heureuse vallée, heureuse parce qu'il y a là un peu plus d'ombre, un peu plus de brise, et un peu plus de fraîcheur qu'ailleurs. Nous suivons le bord de la mer ; le soleil a déjà disparu derrière le rocher que surmonte le mât de pavillon. Encore un de ces magiques et saisissants effets de lumière ! Le ciel orange et gris de perle ; les bâtiments en rade, noir-transparent sur un fond d'argent. Les rochers de granit, noir-violacé taché de jaune.

Le commerce de Hongkong a non-seulement partagé le sort du commerce de tous les établissements européens en Chine, mais, dans les dernières années, il a changé de nature. Lorsque ce rocher fut [1] saisi par le gouvernement anglais et transformé en un second Gibraltar, Canton semblait devoir redevenir le grand foyer du mouvement commercial entre la mère patrie et la Chine. Cette prévision ne s'est pas réalisée. Shanghai a remplacé Canton. La grande artère du Yang-tse-kiang attire les exportations du centre et même du midi de l'empire. Canton n'est plus qu'un souvenir. Néanmoins Hongkong est toujours une place commerciale de premier ordre. On y trouve aussi les trésors des grandes maisons étrangères établies à Shanghai et dans les autres ports ouverts.

Politiquement et militairement, on ne saurait exagérer l'importance acquise par cet îlot, depuis qu'il est entre les mains de ses possesseurs actuels. Je pense qu'aucun Anglais ne peut le visiter sans éprouver un mouvement de légitime orgueil. Hongkong est la main ; les colonies du détroit de Malacca, Ceylan, Aden, Malte, le bras ; l'Angleterre, la tête et le cœur du géant britannique qui tient dans son étreinte le midi de l'Asie et l'extrême Orient.

[1] En 1844.

UNE JONQUE.

SI-KUNG, ÉGLISE ET MISSION CATHOLIQUES, D'APRÈS UN CROQUIS DE L'AUTEUR.

V

LES CHRÉTIENTÉS DU SE-NON

DU 25 AU 27 NOVEMBRE

Les villages de Si-kung, de San-ting-say et de Ting-kok. — Historique des chrétientés du district de Se-non.

On sort du *tiffin*. Établis sur la véranda de M. d'Overbeck, nous jouissons de la fraîcheur de l'après-midi, car, quoiqu'il soit trois heures à peine, le soleil a déjà disparu derrière le pic de la montagne qui est Hongkong. En face de nous, de l'autre côté du bras de mer, les rochers du continent ruissellent de lumière. Chaque crevasse est visible. « Cette raie blanche, presque verticale, me dit-on, est le chemin qui mène de Kao-lung dans l'intérieur et à plusieurs villages habités par des A-ka. — Allons-y, dis-je. — Impossible, s'écrie un convive du consul. — Difficile, dit un autre. C'est un nid de pirates. Quand on y va, ce qui est rare, pour faire une partie de chasse, on est nombreux et armés jusqu'aux dents. Encore cet hiver, une canonnière anglaise a tâché de purger les eaux intérieures. Le résultat a été la capture d'une djonque échouée à dessein et abandonnée par les pirates. Rien de plus facile d'ailleurs que de se sauver dans un pays dont tous les habitants sont tour à tour cultivateurs et brigands. Ils manient la rame aussi bien que la bêche. Les colporteurs et petits marchands abondent. On n'a qu'à étendre la main pour les détrousser. L'occasion est trop belle, et l'occasion fait le larron. Renoncez à l'idée de visiter le district de Se-non. » A ces mots, le P. Raimondi, procureur de la Propagande de la foi pour les missions de Chine et préposé à celle de Hongkong, sourit. « Je vous y mènerai, dit-il, et je réponds de votre sécurité. »

Avant-hier matin, nous sommes partis pour le Se-non, le P. Raimondi, un Père chinois qui parle latin couramment, et moi. En cinquante minutes, nous avons traversé le chenal qui sépare Hongkong de la terre ferme ; puis nous avons escaladé, par un petit sentier en partie pavé, cette muraille de granit qui forme comme une ceinture autour du continent chinois. De la crête, vue superbe sur Hongkong.

Pendant trois jours, nous avons voyagé et vécu avec une simplicité apostolique dans ce pays sauvage, et au milieu de ces populations de pirates, qui cependant commencent à se corriger, puisque les chrétiens ont tous renoncé au brigandage.

Nous avons passé la première nuit dans la chrétienté de Si-kung, et la journée du lendemain sur un petit îlot nommé San-ting-say, dont presque tous les habitants ont reçu le baptême. Le soir, nous sommes arrivés à Ting-kok, le point le plus important de la mission du Se-non. Les Pères y possèdent une maison comparativement spacieuse, dont la salubrité serait entière sans un rideau d'arbres qui empêche la brise de l'ouest d'y apporter un peu de fraîcheur. La superstition des habitants restés païens ne permet pas de pratiquer des trouées dans le bosquet. Cela déplairait aux esprits. Les nouveaux chrétiens se moquent déjà des alarmes et de l'ignorance de leurs frères non baptisés. Ce petit trait m'a frappé. Le plus grand obstacle que rencontre, en Chine, l'œuvre de la civilisation est la superstition. Rappelez-vous la conversation d'un diplomate de Pékin avec son ami le lettré, homme éclairé, très-instruit, très-civilisé, mais craignant de déranger les esprits, et, sous ce rapport, moins éclairé et moins civilisé que ne le sont les pauvres villageois chrétiens de Ting-kok.

Les autres chrétientés possèdent toutes une petite chapelle ornée ou dépourvue de la croix, selon la disposition amicale ou hostile des populations, et flanquée d'une misérable chambrette qui sert d'abri au missionnaire pendant ses nombreuses visites.

Ici, pareillement, la configuration du pays, sauf la végétation et le ciel, rappelle les côtes de Norvége. C'est un dédale de montagnes de granit et de bras de mer qui ressemblent tantôt à des rivières, tantôt à des lacs. Complétement nus vers le sud, les rochers se couvrent, sur leurs flancs septentrionaux, de pins rabougris et de palmiers nains à feuilles dentelées. Chaque petit coin de terre labourable est cultivé. Mais, le plus souvent, nous marchons dans des ravins semés de blocs de granit noirs, dont les arêtes étincellent au soleil de la zone torride.

L'île de San-ting-say se présente comme une aiguière noire remplie jusqu'au bord de fleurs et de feuillages exotiques. Ces deux couleurs, le noir et le vert, le vert nuancé à l'infini, se marient fort bien. La communauté chrétienne de cette île est peu nombreuse ; mais quelles bonnes figures ! Ici, comme dans les autres chrétientés que nous avons visitées, notre arrivée produit une certaine agitation. De tous les points on afflue. Les hommes entrent dans la chambre des missionnaires ; les femmes, les mères avec leurs babies suspendus à leur dos, défilent devant la porte, sans en franchir le seuil. Tous s'agenouillent et demandent la bénédiction. Maintenant je comprends l'influence et l'ascendant moral des Pères. Ils vivent avec le peuple, connaissent, partagent et soulagent ses souffrances.

Le district de Se-non compte six cent mille habitants. C'est de la mission apostolique de Hongkong, fondée après la prise de possession de cette île par les Anglais, que sont partis les missionnaires chargés d'explorer ce territoire, alors complétement païen. Le P. Borghignoli, de Vérone, s'y établit le premier (en 1863). Aujourd'hui, on y compte environ six cents chrétiens.

HALTE DU MIDI. VUE SUR HONGNONG. LE PÈRE RAIMONDI, D'APRÈS UN CROQUIS DE L'AUTEUR.

Dans ce nombre ne sont pas compris les enfants de la Sainte-Enfance, c'est-à-dire les enfants ramassés dans les carrefours ou apportés aux orphelinats. Depuis quelques années, on comptait annuellement cent conversions, ce qui est considéré comme un très-bon résultat. Seulement, tous ces convertis appartiennent aux classes du peuple. Il n'y a pas d'exemple qu'un lettré se soit fait baptiser. Deux Pères européens de la mission de Hongkong visitent alternativement les treize chrétientés qui, fondées toutes dans les huit dernières années, constituent la mission de Se-non. Le taotai du district réside à Nam-tao. Sans favoriser les missionnaires, il condescend à ignorer leur présence. Dans une occasion récente, il a même indirectement reconnu leur mérite en exhortant ses administrés, par une proclamation, à donner aux Pères leurs enfants plutôt que de les tuer ou de les exposer.

A Ting-kok, je quitte le Père procureur qui, suivi de don Andrea, le prêtre chinois, continue sa tournée d'inspection. Un jeune missionnaire, don Luigi de Bergame, m'accompagne à mon retour. Il a vingt-quatre ans à peine, et est ici depuis deux ans. Le soleil des tropiques, les fatigues et les privations de son existence errante, n'ont pas encore éteint, sur son mâle et beau visage, les fraîches couleurs de la jeunesse. Il a la taille svelte et élevée des enfants de sa terre natale, tels que le vieux maréchal Radetzky les affectionnait. « J'aime, me disait un jour ce grand capitaine, j'aime les Bergamasques; ils *naissent* grenadiers. » Cet excellent don Luigi, ce vaillant grenadier de la foi, marche devant moi d'un pas élastique. Une chaleur étouffante, qui m'accable, ne le gêne guère ; c'est à peine s'il s'en aperçoit, tant il est habitué à parcourir ces sentiers sous ce même soleil, bien autrement cruel en plein été. Il me raconte ses labeurs, ses peines, ses déceptions et ses consolations, — une bonne conscience est, je crois, le plus net de ses revenus, — les péripéties enfin de sa vie apostolique, les souffrances de ses paroissiens, leurs petites ruses pour se soustraire à la vigilance haineuse et aux dénonciations des lettrés, leurs défaillances, qui sont rares, leur dévouement sublime, leur héroïque constance.

Des épopées villageoises, des chinoiseries animées, des fruits exotiques cueillis sur la branche !

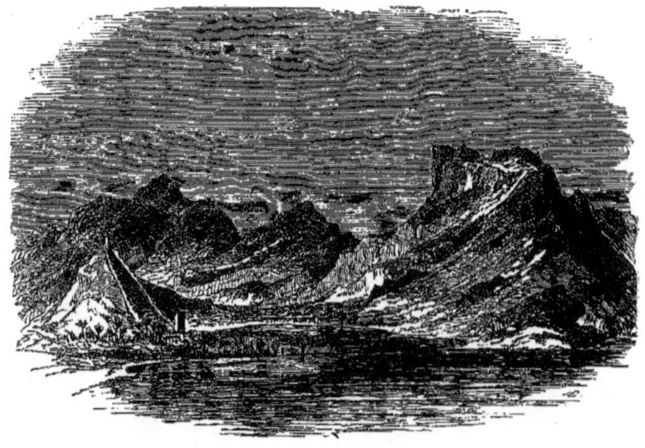

VI

CANTON

DU 28 NOVEMBRE AU 2 DÉCEMBRE

La rivière de Canton. — Shamien. — Les boutiques élégantes. — La tête de bonze. — Le temple et le couvent de la *bannière de l'Océan.* — Eng et sa maison. — La procession du Dieu de la guerre. — La grande prison. — Le prétoire. — Visite chez le vice-roi. — Fa-ti. — La cité des trépassés. — La place des exécutions. — Départ pour Macao.

Nous remontons le Pearl River. Voici Bocca-Tigris, connue aussi sous le nom de Bogues; puis Wampoa, le port où les voiliers étrangers doivent décharger leurs cargaisons destinées pour Canton. Le pavillon anglais flotte sur la prison cellulaire du consul britannique, le seul européen établi dans cette petite ville. Plus loin, deux flèches s'élancent vers le ciel. Les Anglais les appellent *first-bar* et *second-bar pagodes*. Nous sommes sur le théâtre des premières rencontres entre les favoris roux et les queues noires. Ici s'est joué le prologue du grand drame à plusieurs tableaux, intitulé : *Ouverture de la Chine*. Les premiers actes étaient assez émouvants. Le rideau a baissé sur Canton, Nankin, Taku, Palikao, le palais d'Été, Tien-tsin. La suite prochainement. Le dénoûment est le secret de la Providence.

Assis sur la passerelle, je laisse la brise tiède du bateau caresser mes joues. La magnifique rivière roule ses eaux abondantes et placides entre des rives plates, couvertes de rizières, de cannes à sucre, de bouquets d'arbres gigantesques. Çà et là, des villages avec des tours qui ressemblent à des flèches gothiques ou à des châteaux crénelés. Mais ce ne sont ni des églises, ni des habitations féodales : ce sont simplement les dépôts des prêteurs sur gage. Pourquoi m'a-t-on détrompé? Il me semblait remonter le Rhin, un Rhin idéal, transfiguré par le soleil des tropiques.

Nous avons à bord un prisonnier chinois. Sur la route de Kao-lung, précisément la même que j'ai suivie hier, il a dévalisé et assassiné un marchand. Arrêté à Hongkong où il s'était réfugié, un policeman anglais le remettra aux autorités de Canton, sa patrie. Dans la nuit, il a essayé de se briser le crâne contre le mur. Le capitaine de notre steamer, en me le montrant, a la délicatesse de figurer par une pantomime expressive le sort qui l'attend. Un frémissement et un regard plein de désespoir sont la réponse du prisonnier. Et cependant ce malfaiteur, qui

RAPIDES SUR LA RIVIÈRE DES PERLES.

sait que demain sinon ce soir il sera pour le moins décapité, peut-être crucifié et lentement coupé en morceaux, se promène sur le pont, traînant ses lourdes chaînes, la tête enveloppée de bandages et d'emplâtres, et admire, bouche béante, les merveilles de la civilisation.

Il est midi; devant nous un rideau vert dérobe encore à la vue la capitale du Midi; mais déjà se fait voir un dôme : c'est la cathédrale *française*. Sur l'arrière-plan, fort loin, se dessinent les montagnes *aux nuages blancs*. Elles méritent ce nom. Bientôt des masses de maisons se déroulent sur les deux rives du fleuve et sur l'île de Honan. Les détails de ce tableau ne se distinguent en rien de ce qu'on voit dans les autres villes chinoises, mais l'ensemble est imposant. Nous jetons l'ancre à l'entrée du quartier, composé tout entier de bateaux tenant lieu de maisons. Pour arriver au quai nous traversons à la rame la *rue* des hôtels. Outre les bateaux-auberges, il y a dans Canton-flottant des bateaux de thé, des bateaux de *fleurs*, des bateaux *meublés*, et ainsi de suite. C'est là que les voyageurs indigènes, arrivés le soir dans leurs djonques et devant repartir le lendemain, passent la nuit, les portes de la ville étant fermées au coucher du soleil. Sur la terre et sur l'eau, l'animation est extrême.

UNE FERME DE LA PROVINCE DE CANTON.

Je descends dans une maison de **MM.** Russell de Shanghaï. Elle est bâtie sur l'emplacement de l'ancienne factorerie anglaise qui a été complétement démolie.

Le nouveau *settlement*, qui ne date, en effet, que de quelques années, s'appelle Shamien. On y voit encore peu de maisons, toutes élégantes et bien tenues, une belle église épiscopale desservie par l'*archdeacon* Gray, le club-house et surtout beaucoup de terrains à vendre ou plutôt à revendre. Un superbe quai de granit, de grands arbres, et la vue sur l'île de Honan, sont la gloire de ce quartier qui ressemble plutôt à une retraite champêtre qu'à un centre d'affaires [1].

L'*archdeacon* Gray vient me chercher ; il aura la bonté d'être mon guide. Personne ne connaît cette ville mieux que lui, et personne n'y est plus connu et plus apprécié. Comme tous les voyageurs étrangers qui viennent ici cherchent à le voir, et comme ceux qui l'ont vu ne l'oublient jamais, il ne peut en vouloir à ses nombreux amis de répandre sa photographie. C'est d'ailleurs un *public character*.

Le révérend Gray est né sur les frontières de l'Écosse ; il approche, je pense, de la cinquantaine, et exerce ici son ministère depuis dix-neuf ans. L'époque la plus remplie de sa vie coïncide avec l'occupation de Canton par les Anglais, quand la guerre et les maladies plus encore que les balles chinoises mettaient fin à tant de jeunes existences. Ce fut alors que les Cantonnais s'habituèrent à voir ce bon pasteur en chapeau-cylindre, en cravate blanche et en longue redingote noire, courir d'hôpital en hôpital, de poste en poste, soignant les malades, consolant les mourants et enterrant les morts. C'est de là que date la grande popularité du révérend Gray. Beau et noble visage, regard intelligent, favoris blancs comme la neige, taille élevée, épaules carrées, bras vigoureux ; l'ensemble on ne peut plus sympathique. Après l'avoir vu un quart d'heure, vous vous imaginez le connaître depuis votre enfance, et vous regrettez de ne pas avoir quelque terrible secret sur la conscience. Quel soulagement on aurait à le lui confier ! En attendant, c'est à lui de me faire connaître les mystères de Canton.

Une demi-heure est consacrée au temple des cinq cents Dieux.

Nous sommes dans les *faubourgs occidentaux*, quartier opulent, populeux, industriel. Les rues étroites sont garanties contre le soleil par des nattes. Au-dessous de cette tente glissent des flots humains. A Canton la voiture est inconnue et impossible. De chevaux, je n'en ai pas vu. C'est la ville des piétons et des chaises à porteurs. A chaque pas on est bousculé, mais doucement : les Cantonnais semblent faits de coton. Un clair-obscur magique règne dans les rues élégantes. Ici comme partout en Chine, les enseignes, de longues planches laquées et dorées, suspendues perpendiculairement devant les boutiques, rappellent des coulisses de théâtre. La pénombre mitige et harmonise ce que les couleurs ont de trop criard. C'est comme une symphonie pour les yeux.

A chaque instant, mon guide s'arrête, saute de sa chaise, s'approche de la mienne et m'explique d'une voix de stentor les objets dignes d'attention.

Les boutiques sont toutes grandes ouvertes sur la rue et très-élevées. Sur le seuil on voit un petit autel consacré au Dieu tutélaire de la richesse ; au fond l'autel en boiseries sculptées et dorées des ancêtres du propriétaire. Celui-ci, vêtu simplement, mais avec élégance, vous sourit agréablement. Ses deux ou trois commis, image du décorum bureaucratique, vous font de profondes révérences. Sur le devant et le long des pavés de la boutique, les marchandises sont exposées avec un art qui ferait honneur aux meilleurs *étalagistes* de Paris ou de Vienne. Assis devant une table, deux ou trois *gentlemen* à la mine grave et pompeuse examinent minu-

---

[1] Tout le monde connaît l'histoire de l'ancienne factorerie de la compagnie des Indes à Canton, les événements qui de nos jours ont amené la destruction de cette factorerie, et plus tard la création d'un établissement comparativement secondaire. Canton, devenu accessible aux étrangers depuis la dernière guerre, a été plusieurs fois décrit. Je me borne donc à donner ici quelques fragments de mon journal.

tieusement les articles qui les tentent. Le calme de ce tableau, l'échange des politesses entre
les personnages qui y figurent, la beauté de la boutique, élevée, bien aérée, montrant tous ses
trésors, contrastent singulièrement avec la foule bariolée, déguenillée parfois, qui passe rapidement dans la rue, se croise et s'entre-choque : courant d'êtres humains qui, tout en s'agitant dans cet étroit chenal, ne déborde jamais sur les deux rives. Preuve éclatante, dit mon
guide, du respect des Cantonnais pour la propriété.

Ici on vend des jades et toute sorte de bijouterie ; là un Chevet chinois expose ses friandises ; plus loin, c'est « à la renommée de la brioche » que les gens du commun trouvent des

LE TEMPLE DES « CINQ CENTS DIEUX », A CANTON.

comestibles à bon marché : des rats, des souris, des gigots de chien, et jusqu'à l'épine dorsale
de cet animal, qui est fort appréciée par les gastronomes.

Entrons chez ce boulanger. Sa boutique est décorée de diverses espèces de pains, de maca-
roni, de gâteaux. Une porte de derrière nous conduit dans une galerie qui s'étend à perte de
vue. Plus de cent bœufs y sont employés à moudre le blé ; ils tournent dans un cercle. Par un
procédé aussi simple qu'ingénieux, on pourvoit en même temps aux exigences de la propreté
et aux demandes des cultivateurs qui viennent ici faire leur provision de fumier. En Chine,
rien n'est jeté ni perdu. Les matières les plus abjectes ont de la valeur. Nous passons devant
une boutique fermée avec des planches qui sont toutes couvertes d'affiches. C'est la boutique
d'un banqueroutier, et les affiches y sont apposées par les créanciers, qui font ainsi connaître
le montant de leurs pertes.

Partout l'archdeacon est comme chez lui ; il entre, il sort, sans se préoccuper des bouti-

UNE RUE DES FAUBOURGS OCCIDENTAUX, A CANTON.

quiers. Il sait exactement où se trouvent les objets qu'il veut me montrer. Il les saisit, les met
sur la table, et fait l'explication exactement comme le custode d'un musée. Son musée, c'est
Canton, et chose étonnante, personne n'y trouve à redire. On sourit avec bienveillance, et on
le laisse faire. On le connaît, on l'aime. D'ailleurs, en Chine, barbe blanche commande respect.

« Vous n'avez jamais vu de près une tête de bonze, me dit-il, cela en vaut pourtant la peine. »
Le hasard veut qu'en ce moment une douzaine de bonzes passent tout près de nous. Ils marchent un à un : *taciti soli, senza compagnia.* « La tête de chacun, dit mon guide, est marquée
d'autant de petites taches blanches qu'il a fait de vœux. Ce sont des brûlures. Vous pouvez

LES VŒUX DU BONZE, D'APRÈS UN CROQUIS DE L'AUTEUR.

voir. » A ces mots, il saisit la tête d'un des bonzes, l'abaisse à la hauteur convenable, et commence ses explications avec le sang-froid d'un professeur s'adressant à son auditoire. Les
compagnons de celui dont nous allons examiner le crâne ont jugé prudent de s'esquiver à
grands pas. « Voici le vœu de chasteté. » Ici, un mouvement convulsif de la tête de bonze. —
Steady, dit mon guide, et il continue. Les autres points blancs sont : vœu d'abstention du vin,
vœu de ne pas tuer de porc, vœu de ne pas manger de viande, vœu de respecter, dans les
étangs des temples, la vie des carpes, et ainsi de suite. De temps à autre, la tête objet de nos
études, remue, mais l'archdeacon la tient ferme, répète son « steady », et poursuit son cours
d'anatomie sacrée. A la fin il rend la liberté au bonze qui, plus surpris que fâché, après un
échange de phrases polies et de *chin-chin,* s'empresse de rejoindre ses confrères. « Et les vœux
des bras, s'écrie l'archdeacon, nous les avons oubliés. » Il appelle le bonze, qui bénévolement

revient sur ses pas, retrousse la manche de sa tunique et nous laisse voir sur ses bras décharnés une foule de brûlures indiquant autant de vœux tous plus étranges les uns que les autres.

Nous venons de visiter, dans l'île de Honan, qui est en face de Canton et fait partie de la ville, le célèbre temple de la *bannière de l'Océan*. Reste à rendre visite à l'abbé. Nous entrons au couvent; il occupe un vaste terrain et est rempli de bonzes. A travers ce dédale de maisonnettes et de ruelles, l'archdeacon trouve son chemin tout seul. L'abbé, un petit vieillard aux traits fatigués, aux yeux ternes, au sourire fin, nous reçoit dans sa chambre à coucher. Tout y est propre et bien tenu. Une fine moustiquaire protége le lit; les meubles sont élégants; sur les tables d'acajou faites à Hongkong, on voit des bibelots chinois et européens et trois ou quatre pendules. Pas de luxe, mais tout ce qu'il faut pour concilier convenablement les exercices ascétiques qui sont obligatoires avec une jouissance modérée des choses de ce monde. Cette habitation a je ne sais quoi d'ecclésiastique. Dans une autre pièce, hélas ! nous apercevons la flûte fatale, la pipe à opium. Le digne prélat a cette faiblesse, et, malgré des efforts réitérés toujours secondés et dirigés par le révérend Gray, il n'a jamais pu s'affranchir de ce triste vice. Comme tous les fumeurs, il sait qu'il se tue; par moments il se fait horreur à lui-même, mais la chaîne est trop solide, il ne peut la briser, et il revient avec délices à sa pipe enchantée. Le saint personnage mourra dans l'impénitence finale.

Dans un coin du jardin qui est immense se trouve le *cremarium*, où l'on brûle les corps des bonzes trépassés; dans un autre coin, on a érigé le mausolée : un cylindre en granit. Là se déposent les urnes cinéraires, soigneusement étiquetées. Les Chinois se préoccupent constamment de la mort; la pensée de mourir ne les effraye guère, mais ils ont horreur des cadavres. De là dans ce couvent une coutume barbare. Quand les médecins désespèrent de sauver un moine malade ou quand il est arrivé à un grand âge, on le transporte dans un édifice séparé qui est la demeure des moribonds. Ceux qui en connaissent l'intérieur savent qu'ils n'en sortiront pas vivants.

Tout près, dans une sorte de magasin, on voit un grand nombre de cercueils placés verticalement et pourvus d'étiquettes où sont écrits les noms du propriétaire. Ces cercueils appartiennent à des particuliers et sont le plus souvent le don que des enfants affectueux offrent à leurs parents quand ils ont accompli leur soixante et unième année. Ces meubles, en attendant qu'ils puissent servir, sont déposés dans un lieu saint.

Dans l'île de Honan se trouve aussi l'habitation de Eng, chef de l'une des familles les plus nobles et les plus considérées de Canton. Eng, ses fils, ses gendres, leurs femmes et enfants, leurs tenanciers, domestiques et esclaves, plus de six cents personnes, occupent un groupe de maisons entourées d'une vaste enceinte. Rien du côté de la rue ne trahit l'opulence qui se cache derrière ces hautes murailles. La dépense annuelle d'Eng s'élève à environ vingt mille livres sterling.

L'archdeacon est ami de la maison. Aussi entrons-nous sans difficulté dans cette petite ville. Le vestibule est un arsenal. Dans les coins on a amoncelé des piques, des lances, des arcs et des carquois. Précaution nécessaire contre les voleurs, et démenti sans réplique, je le crains fort, à l'excellent témoignage que mon guide, toujours disposé à voir le bon côté de l'humanité, se complaît à rendre aux vertus du peuple cantonnais. Nous traversons un grand nombre de salons de réception, de cabinets, de chambres d'étude. Sur notre chemin, nous rencontrons plusieurs enfants, chacun accompagné de son pédant qui d'un œil nous sourit gracieusement et de l'autre trahit la surprise de voir ici un inconnu. Dans sa main droite est l'insigne de son emploi, un instrument peu aimé de son élève. L'archdeacon est prodigieux. Il connaît parfaitement les détours de ce dédale. Sauf les appartements des femmes qu'il respecte, il pénètre partout. On dirait que c'est le seigneur Eng et non le révérend Gray. Les personnes que nous rencontrons ou que nous surprenons au milieu de leurs occupations nous laissent passer sans prendre garde à nous ou en saluant mon guide avec empressement.

Le jardin, plus beau que tous ceux que j'ai vus dans le nord de la Chine, renferme un étang à contours bizarres et que couvre entièrement en été la fleur du lotus. Sur les deux rives opposées s'élèvent deux pavillons destinés l'un pour les femmes, l'autre pour les hommes. On s'y réunit pour fumer et jouer.

Dans le pavillon des hommes nous trouvons Eng. Il est entouré de ses intendants et agents qui écrivent sous sa dictée, et, à notre entrée, se retirent respectueusement dans un coin de la pièce. Le maître de la maison se lève, quitte sa pipe, vient à notre rencontre, salue l'archdeacon comme un ami, et me prodigue les politesses voulues en pareil cas. Rien d'imposant dans son extérieur. Mais ses manières sont celles du grand monde. Il a la conscience de son importance, et n'éprouve aucun besoin de la faire sentir aux autres.

L'édifice le plus richement décoré ne contient qu'une seule pièce tout ouverte d'un côté et consacrée à la mémoire des chefs trépassés de la famille. C'est ici, dans la *salle des ancêtres*, devant leurs tablettes, que s'accomplissent les grands actes du *self-government* chinois : lecture du testament, donation entre-vifs, arrangement à l'amiable, enquête en matière criminelle, jugement et condamnation[1]. Ici sont écoutées les plaintes d'un mari trompé. Malheur à l'épouse coupable ! Elle paye de sa vie l'oubli de ses devoirs. Les faux pas du mari s'expient par le bambou.

LE PRÉCEPTEUR.

Ce soir, bal au Shamien. La petite colonie y est au complet. Les marchands européens de Canton ne font plus de grandes affaires. Shanghai et l'ouverture du Yang-tse-kiang ont tué Canton ; mais le noble style de leurs établissements est celui de leurs prédécesseurs plus favorisés par la fortune. Rien du parvenu, rien du nouveau riche. On voit que les *princes-marchands* d'autrefois étaient sortis des rangs de la gentry, indirectement de la noblesse d'Angleterre. Les factoreries par eux fondées, ils les ont dotées du comme-il-faut et des goûts luxueux qui caractérisent le *high life* du siècle dernier. J'exprimais cette réflexion à un monsieur âgé qui, comme moi, s'était frayé passage dans la salle à danser. Là, par une chaleur de 30° Réaumur, — nous sommes précisément sous le tropique du Cancer, — trois ou quatre jeunes ladies, dans des toilettes d'une fraîcheur et d'une élégance irréprochables, et autant de gentlemen en cra-

---

[1] Voir page 526.

vate blanche, une fleur à la boutonnière, se livraient, avec le sérieux britannique voulu en pareil cas, au rude travail de la valse. « Sans doute, répondit avec un léger soupir mon voisin, ce luxe n'est pas proportionné à nos profits. Mais impossible de le modérer. Ce serait vouloir décourager les vieux et ôter aux jeunes la confiance dans l'avenir. *Leben und leben lassen.* Vivre et laisser vivre. »

Ce matin, de fort bonne heure, par une température de mai, qui au milieu du jour sera tropicale, je me promène tout seul sur les murs crénelés de la ville. Je regarde vers le nord, où se trouve Canton proprement dit, la vieille ville ; mais, comme à Pékin, on n'aperçoit que des arbres surmontés çà et là d'une pagode. La tour la plus élevée appartient à la mosquée mahométane. A l'horizon, les montagnes aux nuages blancs. Je descends dans le faubourg pour visiter l'église *française*. C'est une noble construction de style gothique. L'architecte est M. Lhermite, jeune Français mort trop tôt pour sa renommée, et, selon moi, l'égal au moins des architectes les plus distingués de son pays [1]. A côté de l'église est la maison des missionnaires, et plus loin celle des sœurs que le consul de France, nous l'avons déjà dit, a cru devoir, à la suite des massacres de Tien-tsin, renvoyer à Hongkong. Les cinq prêtres des Missions étrangères de Paris me reçoivent avec empressement. Ils craignent pour leurs frères éparpillés dans le Sze-chuen, le Yünan, les provinces les plus éloignées. Quel sera leur sort si le parti anti-européen arrive à s'emparer du jeune empereur, ou si la dynastie vient à disparaître ? De la muraille de Mongolie à Canton, de Pékin au fond de l'empire, le sol tremble sous vos pas.

En parcourant les faubourgs de l'ouest, nous avons visité l'habitation d'un notable, presque aussi magnifique que celle de Eng. Les jardins me semblent même plus vastes et plus beaux. On y a construit une salle de spectacle. Un étang la sépare d'un kiosque destiné aux spectateurs ; les femmes et leurs amies en occupent l'étage supérieur. En général, les riches font de grandes dépenses pour amuser leurs femmes et leurs filles, *intra muros*, bien entendu.

La rue, fort étroite devant cette habitation, est encombrée de monde. Heureusement, on nous a réservé des places dans la baie d'une porte. C'est là que nous attendons, comme des milliers de curieux, le passage du Dieu de la guerre. Délogé de son temple que certains banquiers faisaient restaurer, il va rentrer solennellement dans son logis. Tout Canton paraît être sur pied. La rue ressemble à un chenal fouetté par la tempête. Les ruelles avoisinantes y vomissent sans cesse de nouveaux arrivants. De là un flux et un reflux continus. Au milieu de cette cohue, des vendeurs de fruits et de sucreries balancent au-dessus de leurs têtes, dans la paume de leurs mains, des friandises coquettement arrangées sur un plateau. Personne ne songe à y toucher avant d'avoir déposé dans le plateau le nombre voulu de sapèques. Les choses se passeraient-elles ainsi en Europe ? Le *mob* de nos capitales se conduirait-il aussi bien ? Mon guide me le demande avec fierté.

Après une longue attente, le bruit sourd des gongs et une musique infernale annonce l'approche du Dieu. Des agents de police armés de rotins ouvrent la marche. Comment la procession passera-t-elle ? C'est un mystère ; mais le bambou aidant, et la bonne volonté faisant le reste, la foule se range, et je vois défiler devant moi les tableaux changeants d'une féerie bizarre, indescriptible.

La procession a duré deux heures. Les éléments dont elle se compose se répètent avec régularité. Des koulis portant des étendards dont le haut bout repose sur une fourche qu'un autre

---

[1] Le palais du gouverneur à Saïgon et l'hôtel de ville à Hongkong, les deux plus beaux édifices de ce genre que j'aie vus dans l'extrême Orient, sont l'œuvre de Lhermite.

kouli tient à grand'peine en équilibre ; des écrans de forme bizarre, richement sculptés, laqués et dorés ; des offrandes, des ustensiles divers, de riches parasols de brocart ; des enfants de bonne famille montés sur des ponies et représentant des Dieux. Des jeunes filles, vêtues d'un costume historique ou de fantaisie et attachées à des tringles de fer, semblent voler dans l'air. Là, ce sont des courtisanes qui, voulant se donner l'apparence de la modestie, ont adopté pour la circonstance l'expression stupide et morne des femmes de qualité. Viennent ensuite les anciens du quartier, que saluent les acclamations du peuple ; puis, des jeunes gens de classes respectables, mis simplement, mais avec soin ; des hommes armés de hallebardes, de piques, de vieux sabres et de massues. Des bandes de musique qui se succèdent à de courts intervalles, remplissent l'étroit passage d'un vacarme étourdissant. Le héros de la fête ferme la marche. Ce Dieu a l'air bon diable. Ses yeux écarquillés, sa bouche béante, ses oreilles colossales et plates n'effrayent personne. Mars n'a rien de martial. Quoique doré de pied en cap, c'est un piètre monsieur. Même les koulis qui le portent sur un misérable brancard ne semblent nullement pénétrés de la sainteté de leur mission ; ils fument, bavardent et rient. Tant il est vrai qu'il ne suffit pas d'être né dans l'Olympe, il faut encore justifier par ses qualités personnelles les avantages de position que le ciel a bien voulu vous donner.

La foule si inquiète, si turbulente, si avide lorsqu'elle attendait la procession, paraît satisfaite et comme rassasiée ; elle s'écoule lentement et paisiblement. Les richards cantonnais, en gens avisés, tâchent de se concilier l'amitié du peuple. Aujourd'hui procession, demain spectacle, un autre jour distribution de riz. *Panem et circenses.*

Avec tout le respect dû aux divinités, et même à un certain point, aux faux Dieux, j'avoue qu'un groupe de jeunes dames m'a, pendant cette cérémonie religieuse, donné bien des distractions. En face de nous, de l'autre côté de la rue, quatre jeunes filles ou jeunes femmes occupaient le vestibule d'une maison louée pour l'occasion. A en juger par la blancheur comparative de leur teint, par leur maintien, leur toilette simple mais élégante, ce sont de grandes dames. Mon guide confirme ma supposition. Elles sont coiffées à ravir, et deux d'entre elles passeraient, même en Europe, pour des beautés. Des femmes de leur rang doivent avoir l'air apathique et ennuyé. C'est de rigueur quand on se montre en public. Les lois de la bienséance l'exigent. Mais, dès qu'on se parle, dès qu'on sourit, le masque tombe ; c'est ce qui a lieu dans le petit vestibule : les traits s'animent, les petits yeux fendus en amande jettent des éclairs, et un petit air goguenard, railleur, sceptique, remplace la mine conventionnelle de tout à l'heure. Une matrone très-fardée, très-corpulente, le portrait frappant de madame Thierret, du Palais-Royal, paraît avoir la charge de duègne. Elle commet l'imprudence de se choquer de la direction que prend mon lorgnon ; et cette direction, en effet, n'est pas toujours celle de la procession. Elle se poste donc à la porte, et empêche les jeunes dames de voir et d'être vues. De là, comme par un fil électrique, établissement immédiat de communications avec le diable étranger : ordre formel à la duègne de laisser le passage libre aux regards, et pour moi pleine facilité de contempler cette scène de *high life* chinois. Des gentlemen âgés s'approchent des dames, s'inclinent profondément en leur montrant les poings, obtiennent en retour un sourire gracieux, leur font servir du thé, se retirent respectueusement. Elles cependant, assises sur de petits escabeaux, causent, rient, font jouer les éventails et jouissent du bonheur de faire niche à la matrone.

Un ordre du vice-roi nous ouvre les portes de la grande prison. C'est un terrain oblong divisé en plusieurs cours et entouré d'une double galerie. La galerie intérieure se compose de salles et de cellules occupées par les hommes ; la galerie extérieure, qu'un étroit couloir découvert sépare de la grande muraille d'enceinte, est réservée aux femmes.

Dans les cours, se bousculent les détenus. La plupart seront exécutés au prochain semestre. On sait que, sauf des cas exceptionnels, les exécutions en Chine ont lieu deux fois par an, au printemps et en automne. A Canton, c'est un vrai carnage. Parmi les détenus, les uns traînent péniblement leurs lourdes chaînes, d'autres les portent avec une désinvolture révoltante. A en juger par leurs physionomies, les plus effrontées et les plus abjectes que l'on puisse imaginer, les malheureux ne sont pas des innocents, ou, hélas ! ils ne le sont plus. Cette atmosphère infecte, ce contact permanent avec le vice, doit étouffer les derniers restes de sentiments honorables et humains qu'ils ont pu apporter dans ces lieux maudits. Un d'eux me disait : « Je suis accusé de meurtre, mais je nie. » Le gardé-chiourme répondait par un sourire sardonique qui voulait dire : « La torture te fera parler. » Un jeune homme s'approche de nous, et nous regarde d'un air hébété. A l'âge de quinze ans, il a empoisonné son maître d'école, crime que la loi chinoise assimile au parricide. Sa jeunesse l'a préservé d'une mort cruelle. Tous les ans son père, qui appartient à une famille respectable, adresse une demande en grâce au vice-roi ; le vice-roi l'envoie au Tsungli-yamen, qui de son côté la soumet à la décision de l'impératrice régente. La requête est toujours rejetée.

Nous entrons dans une salle de la galerie. C'est l'heure du repas. Ces affamés se jettent sur leur maigre pitance et la dévorent comme des bêtes féroces. Le cliquetis des chaînes tient lieu de musique de table. Comparer cette scène aux repas de ménagerie serait faire tort aux fauves.

Dans une pièce dépourvue de fenêtres et dont la profonde obscurité est traversée par de vagues reflets de lumière arrivant d'un sombre vestibule, nous devinons, derrière une grille massive, plutôt que nous ne les distinguons, des hommes condamnés au terrible supplice de la cangue. Ils gémissent, ils pleurent, ils soupirent. Les uns sont couchés sur le sol ; d'autres, debout, s'appuient contre le mur. Plusieurs sont accroupis ; quelques-uns marchent lentement en cercle. Tous remuent sans cesse, cherchant ce qu'ils ne pourront trouver, le repos. A notre apparition, ils s'approchent de la grille, nous lancent des regards de haine, de vengeance, de désespoir, de vrais regards de damnés, puis ils s'éloignent et disparaissent dans l'obscurité.

Il est d'autres cachots enveloppés de ténèbres, d'où partent des cris affreux, des hurlements accompagnés du cliquetis des chaînes et du bruit sourd du bambou.

Dans une petite pièce, comparativement propre et bien tenue, des *gentlemen* fument leurs pipes et prennent leur repas servi par leurs propres domestiques. Ce sont des privilégiés, des condamnés qui, à des prix exorbitants, se sont procuré une chambre séparée. La location de ces cellules est un des revenants-bons du mandarin directeur de la maison. D'autres pièces sont transformées en salles de jeu. Excellente manière de battre monnaie et en même temps d'achalander les prisons !

Nous pénétrons dans la galerie extérieure, réservée aux femmes et séparée, comme je l'ai dit, par un étroit couloir découvert, de la haute muraille qui règne autour de la prison. C'est le sublime du genre horrible, ou plutôt c'est l'abîme des abominations ; l'imagination de Dante a pu seule s'élever aussi haut et descendre aussi bas. Ce qu'elle lui a fait entrevoir, avec l'aide de son génie, je l'ai vu de mes yeux, en chair et en os. Partout, la femme dégradée s'abaisse au-dessous de l'homme dégradé. Faite d'une étoffe plus fine, plus délicate, elle tombe de plus haut et elle tombe plus bas. On se trouve ici en face de toutes les horreurs physiques et de toutes les abjections morales. Et, dans cet infâme réduit, sont enfermées, à titre d'otages, pêle-mêle avec les condamnées, des femmes et des jeunes filles honnêtes dont les maris ou les pères se sont soustraits aux poursuites de la justice ! Fuyons ces lieux, puisque nous le pouvons !

Devant la porte, des squelettes vivants et enchaînés sont forcés de garder certaines attitudes.

Un écriteau placé sur leur poitrine dit qu'ils sont exposés à la « risée publique ». Quel sujet d'hilarité !

Au moment où nous traversons la grande cour qui précède la prison, un spectacle émouvant s'offre à nos regards. Une trentaine d'hommes, arrivés à l'instant même, reposent sous l'ombre d'un sycomore. On voit là des adolescents, des hommes dans la force de l'âge, des vieillards ; quelques-uns semblent appartenir aux classes aisées. Ce sont des ensorceleurs ou recruteurs ; leur métier est de fournir aux *barrancóes* de Macao des émigrants involontaires. Ces malheureux sont liés quatre à quatre au moyen de leurs queues et de fortes cordes. Accroupis sur leurs talons ou couchés par terre tout près les uns des autres, ils ressemblent à un troupeau de moutons. C'est la mort qui les attend, et, avant la mort, la torture. Ils le savent. Tout Chinois sait son code par cœur. L'expression de leur figure le dit claire-ment ; les uns pleurent en silence, d'autres poussent de profonds soupirs, quelques-uns semblent en proie à des terreurs folles. Aucun ne parle. En repassant, une heure plus tard, nous les retrouvons fumant des cigarettes que de bons samaritains leur ont données. Tout entiers à cette jouissance, ils oublient momentanément leur sort affreux. L'indifférence et l'apathie ont détendu leurs traits tout à l'heure contractés par le déses-poir.

Le prétoire, une petite cour oblongue, se trouve près de la grande prison. Le juge assis, dans une galerie ouverte, devant une table chargée de dossiers, a le clerc à sa droite, l'interprète à sa gauche ; tous deux se tiennent debout. En face, à quelques pas de la table, est la place réservée aux accusés. Des deux côtés, se rangent cinq ou six agents subalternes du tribunal. Le

bourreau et ses aides, appuyés contre le mur, à côté de leurs instruments tachés et rouillés par le sang, attendent le signal pour en faire usage. L'archdeacon et moi nous nous plaçons à côté de l'interprète. Parlant un peu moins haut qu'ailleurs, seule concession qu'il fasse à la majesté du lieu, mon guide me traduit les parties essentielles des interrogatoires. La cour est vide, pas un spectateur, sauf les deux étrangers. Ni les juges ni les assistants ne font attention à nous, ils affectent même de ne pas s'apercevoir de notre présence.

Le juge est un homme d'une quarantaine d'années, peut-être de cinquante. Visage pâle, œil de chat vitré d'un pince-nez colossal, expression rébarbative, toilette simple mais soignée, ongles en griffes, au pouce une grosse bague de jade ; l'ensemble de la personne, respectable, imposant, hideux. Ce Minos chinois est penché sur la table et ne quitte pas des yeux deux cahiers, dont l'un est écrit à l'encre noire et l'autre à l'encre rouge. Derrière son siége se tiennent ses domestiques. De temps en temps, l'un d'eux lui passe par-dessous le bras une longue pipe et la retire aussitôt, son maître se contentant de quelques bouffées. Quoique le juge comprenne et parle parfaitement la langue du Midi, il est censé ne savoir que le *mandarin*, la langue du nord, d'où résulte la nécessité d'un interprète. Il ne prend jamais lui-même part à l'interrogatoire. C'est l'affaire du clerc et de l'interprète, qu'il dirige d'ailleurs en leur adressant quelques paroles à voix basse. Silence profond dans l'auditoire. L'avouerai-je? l'aspect du juge me glace d'effroi. Rien d'humain dans cette figure de métal. Pas de trace de miséricorde ni de charité. Je regarde autour de moi, et je trouve sur toutes les physionomies la même expression. Je me mets à la place des accusés, et la sueur me monte au front.

On a amené un prisonnier, ou plutôt on l'a apporté dans un panier. Hier, ici même, il a subi la question. On lui a broyé les chevilles. Aujourd'hui c'est un paquet de chair et d'os, incapable de répondre. La vie s'enfuit. Sur un signe du juge on l'emporte.

Un jeune homme du peuple, chargé de chaînes, est introduit. Il se met à genoux à la place réservée aux accusés. Les accusés sont toujours agenouillés devant le tribunal. La peur et la ruse se confondent sur ce visage ignoble, où le crime et le vice semblent avoir laissé leurs traces indélébiles. Après les questions habituelles sur la famille de l'accusé, sur ses parents, ses grandpère et grand'mère, l'interprète lui dit : « Tu as volé seize dollars ? » L'accusé nie d'abord avec obstination. Sur un mouvement de la main du juge, le bourreau s'avance. A son aspect la terreur saisit le misérable. Il s'empresse de faire des aveux. — Oui, il a volé, il avait faim, c'était pour acheter du riz. — Dans quelle boutique ? Serait-ce dans telle ou telle rue, théâtre d'un autre crime, d'un meurtre, probablement commis par ce même homme ? Ici l'accusé pâlit, bégaye, sanglote, implore la miséricorde du juge et nie. L'interprète, qui jusqu'ici a tâché de l'intimider, prend tout d'un coup un ton doucereux. « Pourquoi nier, mon enfant? dit-il; avoue, et tu n'auras qu'à te louer de nous. Voyons, qu'on lui ôte ses chaînes. » Le bourreau obéit. — « Et maintenant, mon enfant, parle. » Mais mon enfant ne s'y laisse pas prendre. Ici commence entre ces deux hommes une lutte d'audace, de mensonge et de ruse : l'un sachant qu'il y va de sa vie; l'autre, que sa réputation d'inquisiteur est en jeu. Le ton câlin de celui-ci contraste avec sa mine haineuse et avec la terreur croissante qu'on lit sur la figure de l'accusé. En somme ce dernier nie. Sur un mot du juge, dit à faible voix, le bourreau et ses aides se jettent sur lui, le terrassent, l'étendent sur le sol, lui enlèvent une partie de ses vêtements ; puis, accroupi sur ses talons, le bourreau, en comptant à voix haute, lui applique, avec un long bambou, au moins une centaine de coups. J'avoue que j'étais près de me trouver mal, et mon excellent archdeacon ne semblait guère plus solide que moi. Les assistants nous regardaient avec dédain. Je n'oublierai jamais le rugissement du malheureux. Après quelques minutes, il cesse de crier. Ce n'est plus qu'une masse inerte. Impossible de passer aujourd'hui au second degré de la question, c'est-à-dire de lui briser les chevilles. On l'entraîne donc, ou plutôt on l'emporte.

Le jeune voleur ou assassin est remplacé par deux gentlemen de respectable apparence : un négociant et son premier commis ; celui-ci, un jeune homme mis avec élégance, celui-là d'un âge déjà avancé. Ils sont accusés d'avoir fait passer du sel en contrebande. Après s'être profondément inclinés devant le juge, ils se mirent à genoux. Ni l'un ni l'autre n'avaient l'air fort ému. L'homme âgé commença par plaider *guilty :* il s'avoua coupable. Le commis cherche à se défendre. — Il n'a fait qu'obéir aux ordres qu'on lui avait donnés. Il n'a pas su qu'il contrevenait à la loi. Il a, il est vrai, donné du riz à des employés de la douane. Mais est-ce un crime de nourrir les affamés ? — Pendant qu'il parlait, son patron, en proie à une inquiétude visible, ne le quittait pas des yeux, et tâchait par des signes de lui imposer silence. Cette scène est soudainement interrompue par le juge. Il tire de sa poche une grosse montre anglaise, la consulte attentivement, puis il lève la séance. On emmène les deux marchands, qui ont évidemment graissé la patte à certaines gens. Le juge suivi de ses hommes, et sans daigner nous

UN TRIBUNAL, D'APRÈS UN CROQUIS DE L'AUTEUR.

honorer d'un regard, part solennellement ; le clerc et l'interprète ferment leurs encriers et roulent les dossiers. Le bourreau et ses aides serrent dans un réduit leurs terribles ustensiles. Tout se passe au milieu d'un profond silence, avec ordre et systématiquement. Ce prétoire est un enfer, mais un enfer bien organisé.

M. Hughes, consul d'Angleterre *par intérim*, veut bien m'accompagner au yamen. Une

LE VICE-ROI YUE.

décharge de petits pétards échelonnés dans la cour salue les arrivants. Le vice-roi vient à notre rencontre et nous mène dans un pavillon bien sculpté, bien doré, bien laqué, et ouvert sur le jardin. Le soleil déjà bas pénètre, à travers des feuillages exotiques, dans la salle du festin, où, assis autour d'une table carrée, nous nous livrons aux jouissances d'un repas chinois. Le vice-roi ne cesse de choisir des friandises dans les petites soucoupes étalées sur la table, et d'en charger mon assiette. Je lui rends sa politesse de la même manière. Le vin de Champagne est servi dans des tasses. Les domestiques sont nombreux et proprement mis. L'ensemble de la scène semble avoir été emprunté à un écran de vieux laque.

Ami personnel du dernier empereur et maintenu depuis neuf ans dans son gouvernement, le plus important de Chine puisqu'il embrasse les deux grandes provinces de Kwang-tung et de Kwang-si, le plus difficile à cause du contact avec les étrangers, Yue est un des hommes considérables de l'empire, fort bien vu en cour, et destiné, dit-on, à entrer prochainement au ministère. On vante son intelligence et sa douceur. Il a soixante-deux ans et l'extérieur d'un homme d'État vieilli dans le maniement des grandes affaires : physionomie noble et spirituelle, œil clair, sourire fin et caustique. Il portait son costume officiel, tunique bleu foncé avec revers bleu clair, le devant, au-dessus de la poitrine, richement brodé d'or. Autour du cou, un immense rosaire. Une magnifique plume de paon descendait de sa toque ornée du bouton de cristal.

La conversation roula sur divers objets. Grand échange de compliments, mais peu de phrases banales.

Au départ, nous eûmes à traverser plusieurs pièces et couloirs. Le vice-roi nous accompagna jusqu'à nos chaises : à chaque porte nous fîmes chin-chin. Or il n'y a rien de ridicule pour un Européen comme cette manière de se saluer. Vous élevez les deux poings à la hauteur du front, et vous leur donnez un mouvement de rotation, tandis que, légèrement inclinés l'un vers l'autre, vous vous regardez fixement entre les yeux. Mais le vice-roi s'acquitta de ce devoir burlesque avec grâce et dignité. Il m'a ouvert l'intelligence sur le chin-chin : aussi depuis ma visite à son yâmen, lorsque je vois des gentlemen chinois exécuter cette gymnastique, je n'éprouve plus aucun besoin de rire. Comme antidote à la trop grande familiarité des manières américaines qui nous envahissent, j'oserais humblement recommander à ceux et à celles qui donnent le ton dans nos salons d'Europe l'acclimatation du chin-chin.

Dans le village de Fa-ti (*champ de fleurs*) se trouvent les jardins des fleuristes qui fournissent Canton. Quel goût étrange, je dirai presque perverti ! Le singulier plaisir de métamorphoser des orangers en vases, du buis en dragons avec des yeux de porcelaine, du laurier-rose en monstres, des cyprès en djonques ou en faisans ! Et toutes ces plantes poussent, fleurissent, se reproduisent, péniblement, il est vrai, et gauchement, comme les femmes marchent gauchement et péniblement sur leurs pieds mutilés. Le principe est le même. Le génie de cette nation, cruelle et subtile, se complaît à mutiler sans tuer.

En descendant un des nombreux ruisseaux qui se jettent dans le Pearl River, nous entendons le bruit du gong mêlé à des cris de douleur. C'est un voleur qu'on promène dans la grande rue d'un village mal famé. L'homme au tam-tam précède le pénitent, le bourreau le suit en le rouant de coups. Les villageois assistent bouche béante. Ce spectacle semble les amuser. J'ignore s'il les corrigera.

Il fait presque nuit. Nous sommes sur la partie sud-est de la circonférence de la ville, dans la *cité des Trépassés*. Figurez-vous tout un quartier habité par des cadavres. C'est ici que sont déposés provisoirement les corps des natifs de Che-kiang morts à Canton, en attendant que leurs parents viennent les chercher pour les transporter dans leur province. Chaque cercueil est placé dans une chambre ardente que précède un petit vestibule. C'est le système des corporations, si essentiellement chinois, appliqué aux morts. La plus grande propreté règne dans cette nécropole. Pas la moindre odeur qui trahisse la décomposition. On passe de catafalque en catafalque. Un homme muni d'un flambeau nous précède. Quelle lugubre promenade !

LE CONSULAT ANGLAIS A CANTON.

Nous traversons les gémonies. C'est une petite rue, bordée d'un côté de boutiques où l'on fait de la poterie, et de l'autre d'un mur de brique. Heureusement on ne *travaille* pas de ce côté; mais nous voyons, le long du mur, les instruments dont on se sert : des tables sur lesquelles on étend l'homme pour le hacher en morceaux, des croix, de petites cages où l'on expose les crânes, des vases remplis de colle pour *décharner* les têtes. Tous ces ustensiles, on le voit bien,

LE CHIN-CHIN, D'APRÈS UN CROQUIS DE L'AUTEUR.

ont servi récemment. Ici, à l'époque des exécutions, le sol est, à la lettre, trempé de sang. Hâtons-nous de passer outre !

2 *décembre*. — Le vice-roi a eu la gracieuseté, pour mon voyage à Macao, de mettre à ma disposition le *Peng-chao-hoy*, vapeur de l'État, affecté au service des douanes. C'est un magnifique steamer commandé par un ancien officier de la marine autrichienne, le capitaine

Vasallo, natif de Prague. A cinq heures du matin, il vient me prendre dans son gig, et, après avoir éveillé les paisibles habitants du Shamien par le bruyant salut des canons, le pavillon rouge et blanc de l'Autriche flottant, je crois, pour la première fois, à côté du dragon du Céleste-Empire, le *Peng* descend le fleuve des Perles, en filant douze nœuds par heure. M. Bowra, inspecteur des douanes impériales à Canton, et M. Thomas, l'un des résidents de cette ville, veulent bien me tenir compagnie.

Qui n'a pas vu Canton n'a pas vu la Chine. Pékin est l'Asie centrale, la ville de la Bible, le camp par excellence, la tente des nomades pendant une halte. Canton représente la Chine; Pékin, la Mongolie. Canton est le centre d'une immense population civilisée, raffinée, pervertie. Dans ses rues palpite la vie chinoise. A chaque pas, l'œil est surpris, charmé, dégoûté.

A l'heure du déjeuner, nous nous réunissons dans la cabine de notre aimable capitaine. Là nous sommes en pleine Autriche : meubles, tentures, tapis de Vienne. Sur les murs, les portraits de l'Empereur, de l'Impératrice, de l'Archiduc Maximilien, et des vues de notre commune et lointaine patrie. Au repas, on sert du vin de Gumpoldskirchen, bien connu et fort apprécié du Viennois.

A deux heures de l'après-midi, le steamer double le fort da Barra, sur lequel on voit flotter les vénérables quinas de Portugal. Un quart d'heure après, nous débarquons à Macao.

DÉBARCADÈRE DE MACAO.

VII

MACAO

DU 2 AU 4 DÉCEMBRE

Sa décadence. — La question des koulis. — Progrès de l'élément chinois. — Camoës.

Macao est une petite presqu'île formée de trois monticules réunis par une sorte de plateau tout couvert de maisons. Un isthme forme la communication avec le continent. Sous ce rapport, l'analogie avec Cadix est frappante.

C'est jour de fête. Mêlé à un groupe de jeunes élégants mis avec cette recherche exagérée et de mauvais goût qui caractérise l'Ibérien endimanché des classes moyennes, je vois arriver en chaise et descendre péniblement sur le perron de l'église les beautés macaaises tout enveloppées de leurs *capas* de soie noire. Elles ont le teint basané, les yeux fendus, et ressemblent à de gros paquets de chair. Suivies de leurs duègnes et domestiques malais, elles pénètrent dans l'église, et, comme cela se pratique en Portugal, s'assoient indolemment sur leurs talons, murmurent leurs prières et font jouer leurs éventails. Si les servantes, comme toutes les femmes du peuple, ont le teint plus foncé et les yeux plus fendus que leurs maîtresses, c'est qu'elles ont plus de sang chinois ou malais dans les veines; elles sont moins grasses, et portent

80

des capuces de calicot de couleur aussi criarde que possible. Il n'y a plus à Macao douze familles portugaises pur sang. Dans ce nombre ne sont pas compris les médecins, les fonctionnaires civils et militaires que le gouvernement envoie à certaines époques et qui, misérablement payés, sont rapatriés quand ils ont fait leur temps. Les jours où les employés portugais venaient ici pour faire fortune appartiennent à l'histoire, ou pour mieux dire aux mythes. Personne ne prospère ici, excepté les *koulis-brokers* et les propriétaires des maisons de jeu. Fermez celles-ci, m'a-t-on dit, supprimez la traite des koulis, et vous verrez l'herbe croître dans Macao. En dehors des Portugais, on compte trois résidents anglais et cinq allemands, les uns et les autres des négociants sans affaires. Parfois, assez rarement, le gouverneur les réunit à une soirée. Pour les races germanique et lusitanienne, c'est le seul endroit où elles se rencontrent, sauf toujours les rues qui sont désertes, et font contraste, sous ce rapport, avec le quartier chinois qui est exubérant de vie et d'activité. Là se succèdent des boutiques bien achalandées et flanquées d'énormes enseignes, des restaurants remplis de consommateurs, des tripots de jeu toujours combles. Entre une double ligne de maisons basses construites dans le style indigène, se bousculent des colporteurs qui offrent leurs marchandises en poussant des cris aigus ou en chantant, des koulis chargés de caisses ou portant des chaises, d'innombrables piétons, hommes, femmes, enfants. C'est la vraie Chine; mais franchissez ce coin-là, et vous êtes dans une ville de province du Portugal. Personne dans les rues, si ce n'est quelques soldats qui flânent en fumant leur cheroute; très-rarement, une chaise remplie à déborder par une des dames dont nous avons fait connaissance sous le porche de l'église. Les maisons en pierre, blanchies ou badigeonnées en rouge ou en jaune, portent le cachet de la mère patrie. On peut dire que pas une d'elles n'est plus ancienne que l'an 1622 et que très-peu sont plus modernes que 1650. Derrière les maisons et de chaque côté, au-dessus de murailles ornées de vases avec des agaves, ou couronnées de massives balustrades en pierre, nous apercevons des cèdres, des arbres de banians, des buissons exotiques aux feuilles luisantes. La magnifique cathédrale de Saint-Paul, bâtie par les Jésuites à la fin du seizième siècle, et transformée en caserne sous le ministère Pombal, a été, il y a quelques années, dévorée par les flammes. Il n'en reste que la façade qui, bien que surchargée d'ornements, est fort belle. Les autres églises sont des constructions baroques ou sans aucune prétention artistique. Des rampes, des escaliers, de lourds balustres vous rappellent Abrantès, Santarem, Viseu. A chaque pas, des édifices imposants. Ce sont d'anciens couvents de moines et de religieuses, transformés aujourd'hui en casernes sans soldats, en musées sans aucun des trésors qu'ils sont destinés à héberger, en bureaux, ceux-là bien fournis d'employés qui meurent de faim. La *Praya grande*, ou le quai, est une suite de maisons tournées vers la mer et regardant au sud; elle rappelle la Junqueira de Lisbonne. Par une hyperbole un peu forte, les Macaais la comparent à la Chiaia de Naples. Ici on jouit, en été, de la mousson du sud-ouest, et, dans toutes les saisons, d'une fort belle vue sur la côte de la terre ferme et sur l'archipel qui l'entoure. Ces îles, dépourvues de toute végétation, sauf quelques broussailles brûlées du soleil, arrêtent vos regards par leurs contours fantasques et se décorent des changeants effets de lumière que le ciel, moins beau pourtant que celui du midi de l'Europe, ne cesse de leur prodiguer.

L'élément chinois gagne constamment du terrain. Rien de plus naturel. Le Chinois représente la vie; le Portugais, le sommeil, sinon la mort. Aussi voit-on des Chinois établis dans beaucoup de belles et anciennes maisons portugaises. J'en ai visité quelques-unes. La métamorphose est complète. L'image de la madone, qui certes n'a manqué à aucune de ces habitations, est remplacée par l'autel des ancêtres. Plus de traces de la simplicité de l'ameublement, du dédain pour les commodités de la vie, qui caractérisent les intérieurs des gens de race ibérienne. Vous retrouvez ici les mille inutilités qui charment le Chinois riche ou aisé, les

joujoux, les rouleaux d'étoffe ou de papier peint, les ustensiles étranges, les vases de porcelaine, les brimborions que nous avons habitude d'appeler chinoiseries. Tandis que les résidents
anglais et allemands se retirent parce qu'ils ne peuvent plus faire d'affaires, tandis que l'élément
portugais, par une suite d'infusions multipliées de sang asiatique, se vicie et s'éteint, le Chinois,
grâce à son activité et à sa sobriété merveilleuses, opère ce que son gouvernement ni par la
force ni par la ruse n'a pu obtenir : il vient, sous l'ombre même du drapeau portugais, reprendre
possession du territoire conquis jadis par les héros lusitaniens [1].

L'accroissement de l'élément chinois, si odieux aux Portugais, a donné lieu à un règlement
qui rappelle les lois par lesquelles la Californie tâche de se défendre contre l'envahissement de
la race jaune. A Macao, il est défendu aux Chinois de bâtir des maisons de style indigène sur
la *Praya grande* et dans les rues adjacentes. Mesure injuste, impolitique et impuissante. Il en
résulte que les Chinois achètent les maisons portugaises. Dès que celles-ci ont passé dans les
mains des indigènes, elles doublent de valeur. Je demeure ici dans un magnifique et spacieux
hôtel entouré d'un beau jardin, tout près de la *Praya grande.* Le propriétaire, qui a des
raisons pour ne pas le vendre, l'a loué à un négociant de Canton dont la famille passe ici l'été,
au prix minime de quarante dollars par mois ! Vendue à des Chinois, elle représenterait au
moins le double de sa valeur actuelle.

Les causes de la décadence du commerce sont : la concurrence des Chinois et l'ouverture
des *treaty-ports* [2].

Tout conspire donc pour la ruine de Macao. C'était pourtant le grand emporium des
premiers marchands portugais ; c'était, depuis la moitié du seizième siècle, pour l'extrême
Orient, un foyer de science catholique. C'est encore aujourd'hui le lien qui rattache ce rameau
de la race portugaise à la foi et à la civilisation.

J'ai reçu plusieurs visites aujourd'hui. Le gouverneur, vice-amiral Sergio de Souza, me
semble mériter sa popularité. Les rues sont propres et les routes bien entretenues ; tout ce qui
a rapport à l'édilité est parfait ; c'est son mérite. Les koulis lui causent beaucoup de soucis ; il
m'a dit qu'il fait tout ce qu'il peut pour régulariser et moraliser la traite des jaunes. Les négociants étrangers qui sont venus me voir parlent avec amertume de la stagnation croissante du
commerce : « Canton, disent-ils, n'est plus rien, et Macao n'était, pour ainsi dire, qu'une suc-
cursale de Canton. Les bâtiments qui avaient embarqué du thé noir dans ce dernier port,
venaient ici compléter leur cargaison. Mais le thé n'arrive plus ni à Canton, ni à Macao. Il
cherche les ports du Yang-tse-kiang. Donc, pas de bâtiments, pas d'affaires. Il n'y a que la
traite des koulis qui donne des profits, et les hommes qui se respectent, les Anglais et les Allemands, ne participent pas à ce trafic infâme. Voilà les résultats de la pusillanimité du gouvernement anglais. Ce qu'il nous faut, c'est une politique énergique. » Ainsi plus on souffre, plus
on devient belliqueux. Aux yeux de ces négociants, la grande panacée, c'est la guerre.

J'ai visité fort en détail les barrancões. C'est un grand édifice couleur de sang, et contenant
plusieurs vastes salles. Sur les murs, des placards écrits en gros caractères chinois indiquent les
conditions auxquelles les koulis s'engagent, soit pour le Pérou, soit pour la Havane. A leur
arrivée de la terre ferme, on les enferme dans les barrancões ; puis on les réunit, on leur lit
les conditions de l'engagement, et on leur demande, à trois ou quatre reprises, s'ils sont toujours résolus à partir. Quand ils ont donné leur consentement définitif, ce dont il est pris acte

[1] Le gouvernement chinois n'a jamais reconnu l'occupation de la presqu'île de Macao par les Portugais.
[2] Voir page 480.

devant notaire, ils sont considérés comme liés. Il arrive souvent qu'au dernier moment ils déclarent vouloir rentrer dans leurs foyers. Un jour, sur huit cents koulis, on en a vu trois cents demander leur rapatriement. Comme ils n'avaient pas pris l'engagement définitif, on les a renvoyés sur le territoire chinois. Ceux qui s'engagent sont conduits à bord. Ces transbordements ont lieu trois fois par semaine. De grands bâtiments, tous de fins voiliers, ancrés en rade, partent au moment où leur chargement est complet. Ils doublent, selon la destination et la saison, le cap Horn ou le cap de Bonne-Espérance, et sont ordinairement trois mois en route. En ce moment, on construit des bateaux à vapeur qui remplaceront les bâtiments à voiles. Le gouverneur a mission de veiller à ce que le nombre des émigrants fixé par les règlements ne soit pas dépassé.

Des témoins fort impartiaux m'assurent que l'amiral Souza a la meilleure volonté de pourvoir au bien-être des émigrants, et surtout d'empêcher qu'aucun d'eux ne soit embarqué contrairement à sa volonté. C'est dans cette intention qu'il favorise une pratique assurant aux capitaines une prime d'une livre sterling et à leur premier officier une prime de cinq shillings pour chaque kouli qu'ils auront débarqué en bonne condition soit à Callao, soit à la Havane. Mais les efforts bienveillants du gouverneur portugais, très-énergiquement appuyés par les autorités chinoises qui font impitoyablement mettre à mort les recruteurs, ces efforts très-louables sont bien souvent paralysés par la vénalité des agents subalternes, par la connivence et la cupidité des *brokers* (espagnols ou portugais), par les capitaines qui, après avoir pris à Macao leur cargaison complète de chair humaine, entassent à fond de cale d'autres malheureux qu'à l'aide des *brokers* et des recruteurs chinois, ils ont été chercher dans quelque crique ou baie solitaire de la côte.

Enfin, on ne doit pas oublier les mille ruses que les ensorceleurs emploient pour ramasser des recrues. Voici un des artifices le plus fréquemment employés : L'agent va de village en village, raconte qu'il est décidé à échanger sa misère actuelle contre le sort brillant qui l'attend en Amérique. On le croit sur parole ; il fait des dupes, les conduit à Macao, passe avec eux par toutes les formalités voulues. Arrive le moment fatal de la déclaration définitive. Les émigrants font queue devant la table du notaire en suivant un étroit couloir de planches semblable à ceux qu'on voit devant nos théâtres ou devant les bureaux des chemins de fer. Le recruteur, par un excès de politesse, laisse ses victimes entrer avant lui. Pendant qu'elles s'engagent, il s'esquive.

Somme toute, si je ne me trompe, la traite des koulis vaut la traite des noirs. Pendant la traversée, toujours horrible, ceux-ci souffraient peut-être un peu plus. Mais une fois arrivés à destination, les esclaves trouvaient, dans l'intérêt même de leur propriétaire qui tenait à conserver son capital, une garantie de bien-être comparatif. Les koulis n'ont pas cet avantage ; et on me dit que leur sort est d'autant plus lamentable, qu'ils appartiennent à une race plus civilisée et plus intelligente que les nègres.

C'est à Macao que Camoës a composé son poëme. Dans un jardin, mal tenu mais d'une beauté indescriptible, entre des rochers naturels et de vieux arbres, on montre, sur une colline, la Grotte du Poëte. Une profonde solitude y règne ; le silence n'est interrompu que par le bruissement des feuilles ; l'œil jouit d'une vue enchanteresse sur la ville, la mer, la côte et l'archipel. Involontairement j'ai pensé au chêne du Tasse à Santo Onofrio. Dernière et mélancolique analogie entre ces deux grands et malheureux contemporains !

Sur une pierre on a inscrit quelques vers des *Lusiades :* des plaintes sur de royales ingratitudes. On aurait pu mieux choisir. Pourquoi rappeler les misères du gentilhomme pauvre ? Pourquoi ne pas plutôt suivre le barde dans les régions éthérées du Parnasse, où, entouré de

ses pairs, il célèbre ses plus beaux triomphes ? L'inspiration, le besoin de chanter qu'éprouve le
rossignol, le patriotisme, le dévouement à ses rois, ont fait vibrer les cordes de sa lyre, et non
l'espoir d'obtenir des faveurs de cour, un peu d'or ou un ruban. A quelques pas de la grotte se
trouve une voûte où, selon la légende, il aurait à travers une fente observé les étoiles. Pauvre
Camoës, la tienne s'éclipsait alors, mais elle a reparu à l'horizon, et elle y brillera jusqu'à la
fin des temps.

BATELIÈRE.

VIII

HOMEWARD-BOUND

DU 6 DÉCEMBRE AU 13 JANVIER

Départ de Hongkong. — La question des missionnaires. — État de la Chine au point de vue de ses relations avec les puissances européennes. — Arrivée à Marseille.

A midi précis, *le Tigre*, des Messageries maritimes françaises, quitte le port de Hongkong. Avec l'aide de la mousson du nord-est qui le pousse, nous pouvons espérer arriver en trente-huit jours à Marseille.

En quittant l'extrême Orient, je me sens assailli de bons souvenirs, des souvenirs surtout du cordial accueil qu'on m'a fait. Le croiriez-vous ? sauf mes premiers jours à Yokohama et pendant que je voyageais dans l'intérieur, où il n'y a pas d'Européens, je n'ai pas une seule fois, depuis que j'ai quitté l'Amérique, couché dans une auberge.

En Europe, je préfère l'hôtel ; mais ici c'est autre chose. Vos amis découvrent votre itinéraire, préviennent les correspondants qu'ils ont dans les villes que vous visiterez. Le vapeur qui vous transporte entre dans le port. Une flottille de sampans, de petits canots, d'embarcations de tous genres, l'entoure aussitôt. Dans un *gig* équipé de rameurs en livrée, vous apercevez un jeune élégant, blanc de pied en cap, la main au gouvernail, le cheroute à la bouche. Il se précipite à bord, vous cherche, vous devine, vous emmène. Ses *boys* avec les vôtres s'occupent des bagages. Vous voici à terre, et installé dans une belle chambre, un peu obscurcie par la véranda. Le bain est tout prêt. Votre toilette est faite, le dîner annoncé. Vous entrez dans le salon, où la maîtresse de la maison, en grande toilette, vous fait l'accueil le plus aimable. Le plus souvent charmante, elle est certainement charmée de vous voir. Tout le monde l'est ; car vous allez rompre la monotonie, l'ennui qui est le ver rongeur de la vie coloniale. Un Européen fraîchement débarqué, qui vient pour s'amuser et non pour faire concurrence, ce *rara avis*, est toujours le bien venu. Quoiqu'elles ne soient pas à dédaigner, je ne parle pas des jouissances matérielles ; je relève seulement les avantages intellectuels que vous donne cette belle et parfois princière hospitalité. Vous entrez d'emblée dans la famille, et en même temps dans un monde nouveau ; chaque heure est riche d'enseignements. Comptez les moments perdus vis-à-vis de vous-même dans les auberges d'Europe ! Ici, du matin au soir, vous n'entendez parler que des affaires locales. Pendant que votre hôte est à son comptoir, vous causez ou vous vous promenez avec sa femme, ou vous jouez avec les babies, ou vous vous faites donner des leçons de *bigeon english* par leur bonne chinoise. Bref, vous ne voyez et n'entendez parler que de la Chine et du Japon. A toute heure vous y êtes.

Profitons des loisirs de la traversée pour résumer nos impressions. Examinons ce qui, en ce moment, agite tant les communautés étrangères des « ports » : la question des missionnaires, les relations futures de la Chine avec l'Europe.

* * *

Malgré les efforts que le gouvernement français avait tentés par l'intermédiaire de M. de Lagrenée pour obtenir un édit de tolérance en faveur des chrétiens, notre religion restait sévèrement interdite dans l'empire du Milieu. Les missionnaires qui l'enseignaient, les indigènes qui la professaient, étaient, comme par le passé, exposés à des persécutions périodiques et à des vexations continuelles. Leur sort, leurs propriétés, leur vie même, dépendaient du bon plaisir du mandarin. Ce qu'ils pouvaient désirer et obtenir de mieux, c'était qu'il daignât ignorer leur existence.

Les traités de Tien-tsin et les conventions de Pékin [1], conclus par la Chine avec l'Angleterre et la France, ont mis fin à cet état de choses.

« La religion chrétienne, dit l'article 8 du traité anglais, telle qu'elle est professée par les protestants et les catholiques romains, commande la pratique de la vertu et enseigne à l'homme qu'il doit traiter les autres comme il voudrait être traité lui-même. Par conséquent, ceux qui enseignent cette religion auront les mêmes titres à la protection des autorités chinoises, et ne pourront être poursuivis ou contrecarrés, pourvu qu'ils vaquent paisiblement à leurs affaires et ne commettent aucune violation des lois. »

L'article 13 du traité français, beaucoup plus explicite, est ainsi conçu :

« La religion chrétienne ayant pour objet essentiel de porter les hommes à la vertu, les membres de toutes les communions chrétiennes jouiront d'une entière sécurité pour leurs personnes, leurs propriétés et le libre exercice de leurs pratiques religieuses ; et une protection efficace sera donnée aux missionnaires qui se rendront pacifiquement dans l'intérieur du pays, munis de passe-ports réguliers. Aucune entrave ne sera apportée par les autorités de l'empire

---

[1] Le traité anglais fut signé à Tien-tsin le 26 juin 1858, et une convention additionnelle à Pékin le 24 octobre 1860. Le traité français de Tien-tsin porte la date du 27 juin 1858 et la convention de paix de Pékin celle du 25 octobre 1860.

chinois au droit, qui est reconnu à tout individu en Chine, d'embrasser, s'il le veut, le christianisme et d'en suivre les pratiques, sans être passible d'aucune peine infligée pour ce fait. »

L'article 6 de la convention additionnelle conclue avec la France à Pékin ajoute une clause importante : Les établissements religieux et de bienfaisance qui ont été confisqués aux chrétiens pendant les persécutions seront rendus à leurs propriétaires avec les cimetières et autres édifices qui en dépendent.

La totalité des chrétiens (catholiques) chinois est évaluée, très-arbitrairement sans doute, à cinq cent mille, et, par d'autres, à un et même à deux millions. Les chrétientés les plus considérables se trouvent dans les provinces de Sze-chuen, Kiang-su, Ngan-hwei et Chi-li. Dans ce vaste empire, environ cinq cents missionnaires européens, dont les trois quarts sont Français, et cent soixante à deux cents prêtres chinois se partagent la cure des âmes.

En voici le détail : les prêtres (français) des Missions étrangères de Paris, dans les provinces de Kwang-tung et de Kwang-si (ils n'ont guère encore pu prendre pied dans le Kwang-si) en Sze-chuen, Yun-nan et Kwei-chow ; de plus en Mandjourie, en Corée (d'où ils viennent d'être expulsés) et au Thibet.

Les dominicains (espagnols) : en Fuh-kien, Hu-nan et dans l'île de Formose.

Les prêtres (français) de la congrégation de la mission dite des lazaristes : en Che-kiang, Chi-li septentrional (Pékin), Chi-li occidental et Kiang-si.

Les jésuites (français et quelques italiens) en Kiang-su, Chi-li méridional et Ngan-hwei.

Les franciscains (italiens) en Shan-si, Shen-si, Kang-su et Hu-peh.

Les prêtres (italiens) de la Propagande de la foi (à Rome) : dans le Ho-nan, où l'esprit hostile des populations ne leur a pas encore permis de pénétrer ; dans l'île de Hongkong et dans le district de Se-non (Kwan-tung).

Les prêtres de la congrégation belge pour les missions de Chine, en Mongolie.

Les sœurs de Saint-Vincent de Paul (françaises) à Pékin, Ning-po, Shanghai, Hang-chow (Che-kiang), et dans les îles de Chusan.

Les carmélites à Shanghai.

Les sœurs auxiliatrices des âmes du purgatoire (françaises) à Sü-kia-wei.

Les sœurs de Saint-Paul de Chartres (françaises) à Canton, et, depuis les massacres de Tien-tsin, à Hongkong.

Les sœurs (italiennes) de la communauté milanaise dite de Canossa à Hongkong.

Dans chaque province, il y a un vicariat général. Sze-chuen et Chi-li en comptent trois. Selon le nombre des prêtres et des chrétientés, chaque vicariat se subdivise en plusieurs districts.

La congrégation de la Propagande de la foi (à Rome) est le lien entre le Saint-Siége et les missions. Son procureur général, aujourd'hui le P. Raimondi, qui réside à Hongkong, lui sert d'organe auprès des vicariats apostoliques. C'est lui qui, par circulaire, leur fait connaître les ordres ou les vœux du Pape ; et le service est si bien organisé, que les lettres du procureur général arrivent aux vicariats les plus éloignés dans l'espace de deux mois et demi.

Les prêtres chinois appartiennent tous à des familles converties depuis deux ou trois siècles. On n'admet à la prêtrise aucun néophyte sans une dispense spéciale, rarement demandée et plus rarement accordée. Les prêtres indigènes sont croyants, studieux, souvent zélés, mais peu énergiques, craintifs et incapables de diriger. Ils recherchent avec avidité les discussions théologiques ; mais, plus subtils que profonds, ils dépassent rarement une certaine limite dans les sciences. Vis-à-vis des missionnaires européens, ils sentent et parfois ressentent leur infériorité ; mais, traités avec douceur et discernement, ils deviennent d'excellents collaborateurs. Sous le rapport des mœurs, ils ne laissent rien à désirer. Ils ne sont jamais promus aux grades élevés de la hiérarchie.

Les sœurs indigènes sont très-bonnes et font beaucoup de bien, mais elles aussi ont besoin d'être constamment dirigées.

Pour qu'une mission puisse fleurir, il faut que les missionnaires entretiennent des relations fréquentes et régulières entre eux. Dans beaucoup de provinces, les distances énormes mettent un obstacle insurmontable au commerce continu et personnel, si désirable pourtant, des membres de la même mission. Mais, en créant de nouvelles chrétientés, on tâche de faire en sorte que les stations se touchent, et que les prêtres puissent se voir une ou deux fois par mois.

Les pionniers du christianisme sont les catéchumènes. Allant de village en village, ils éveillent la curiosité, répondent aux questions qu'on leur fait et laissent souvent derrière eux des germes de conversion. Les prêtres indigènes font alors leur apparition, et ce n'est que lorsque le terrain est dûment préparé, que les missionnaires arrivent pour achever l'œuvre et fonder une chrétienté. En ce qui regarde les femmes, les premiers soins de l'apostolat sont confiés aux sœurs indigènes. Elles procèdent comme les catéchumènes, réunissent les femmes et les jeunes filles dans la maison de quelque ami, leur exposent les dogmes fondamentaux, éveillent en elles le désir de se convertir. C'est pour les missionnaires le moment de se présenter, de compléter l'instruction et de conférer le baptême. Les chrétiens néophytes sont rarement ardents, mais ils restent fidèles, tant qu'ils vivent dans leur commune. Ceux qui voyagent beaucoup, qui s'absentent longtemps de leurs foyers ou s'établissent dans des contrées païennes, perdent facilement la foi, sans toutefois apostasier ostensiblement. Les vieux chrétiens sont fort attachés à leur religion. En Sze-chuen, où ils sont très-nombreux, ils ont le sentiment de leur force et se défendent vigoureusement, parfois les armes à la main, contre les persécutions suscitées par les lettrés.

Les dangers inhérents à l'apostolat en Chine sont connus. La misérable existence des missionnaires et des sœurs l'est moins. Aussi les rangs de ces hommes et de ces femmes dévouées s'éclaircissent-ils avec une rapidité effrayante. « Nous sommes partis d'Europe, il y a dix ans, me disait un missionnaire ; avec les six sœurs, nous étions vingt-quatre. Tous ont disparu, à l'exception de quatre, moi compris.

« Les diplomates et consuls supportent très-bien le séjour en Chine. La grande mortalité parmi les missionnaires ne saurait donc être attribuée au climat ; elle s'explique plutôt par la vie que nous menons, surtout par la nourriture chinoise, par le manque de secours médicaux et par des privations de tout genre. »

Pendant mon voyage en Chine, les missionnaires formaient le sujet constant des conversations. Le memorandum du prince de Kung [1] et les massacres de Tien-tsin avaient mis les prêtres et les sœurs à l'ordre du jour. Tout le monde débattait *la question des missionnaires*. Écoutons les étrangers établis dans « les ports », le gouvernement chinois, les missionnaires, enfin les représentants des puissances chrétiennes.

Je ne saurais mieux reproduire l'opinion des *trade-ports* qu'en faisant un nouvel emprunt au livre du consul d'Angleterre à Shanghai [2]. M. Medhurst est Anglais et protestant.

« C'est maintenant la mode, dit-il, de se plaindre des missionnaires protestants et de les comparer, d'une manière défavorable pour eux, avec leurs collègues romains. Rien n'est moins juste. J'éviterai ce genre de parallèles et me bornerai à envisager les uns et les autres au point de vue de leur activité en Chine... On voit peu les missionnaires catholiques, quoique leur

---

[1] Annexé à la circulaire du Tsungli-yamen du 9 février 1871.
[2] *The foreigner in for Cathay.* Le lecteur me pardonnera l'anachronisme que je commets en insérant dans le texte de mon journal, écrit en 1871, des passages d'un livre publié en 1872.

nombre, comparé à celui des protestants, soit légion. Leur système est, dès leur arrivée, de pénétrer le plus avant possible dans l'intérieur, d'éviter soigneusement tout contact avec les marchands européens, de se déguiser en Chinois, et de travailler dans l'obscurité et sans relâche aux différentes stations occupées par leurs frères depuis de longues années, si ce n'est depuis des siècles. Leur dévouement est remarquable, leurs succès sont étonnants, et je suis de ceux qui pensent qu'ils ont fait et font encore beaucoup de bien. Ils tâchent de gagner des prosélytes par le moyen de l'éducation, procédé nécessairement lent, mais dont le résultat, en ce qui concerne le nombre et la solidité des conversions, n'en est que plus satisfaisant. Dans les villes et les villages où il y a une mission romaine, on est sûr de trouver un noyau de familles chrétiennes dans lesquelles la foi s'est transmise de génération en génération, et j'ai été souvent frappé par la tranquillité et l'air de respectabilité que l'on rencontre dans ces communautés, surtout en les comparant avec les habitants païens qui les environnent, comme aussi par l'obéissance et l'attachement que témoignent les convertis à leur *père spirituel*, nom qu'ils donnent habituellement aux prêtres. »

M. Medhurst regrette les clauses qui ont été insérées dans les traités français. Selon l'auteur, par suite de ces concessions, les prêtres catholiques, obligés jusqu'ici de vivre dans la retraite, se sont enhardis à demander la restitution des propriétés confisquées depuis longtemps pour des motifs politiques, et dernièrement même à s'arroger une juridiction sur les membres indigènes de leur église, qu'ils poussent à s'affranchir de leurs devoirs de sujets chinois.

Les missionnaires catholiques (et protestants) commettent aussi une faute en érigeant des églises magnifiques et de hautes flèches sans le moindre égard pour les préjugés des Chinois.

Enfin l'auteur blâme les sœurs de Charité d'accueillir des enfants dans leurs orphelinats et de fournir par là aux ennemis de tous les étrangers un prétexte pour répandre des bruits calomnieux.

D'autres, moins modérés que M. Medhurst, élèvent la voix contre les missions en général et en contestent l'utilité pratique. Comme tout le monde pourtant, comme tous ceux du moins qui m'ont parlé de cette matière, ils admettent la supériorité des missionnaires catholiques sur leurs confrères protestants. Les établissements catholiques datent de deux à trois siècles. L'enseignement et la propagation de la foi n'ont jamais été interrompus, et, parmi les nombreuses chrétientés répandues sur toute la surface de ce grand pays, il y en a de fort considérables. Les missionnaires romains connaissent la Chine mieux que personne, et c'est par eux qu'on reçoit les meilleures et les plus sûres informations des points les plus reculés et les plus inaccessibles de l'empire [1]. Tout cela, on l'accorde volontiers, mais on craint que les missionnaires ne deviennent trop exigeants, et, en indisposant les mandarins, n'entravent indirectement le commerce.

A quoi bon, dit-on, prêcher l'Évangile ? Les Chinois ne le comprennent pas. Ils ne sont pas mûrs pour les dogmes et vérités du christianisme. Laissez agir le temps, et vous verrez. Civilisez d'abord, et puis convertissez ! Déjà cette grande muraille qui entourait la Chine n'existe plus. Nos canons l'ont ébréchée, un élément nouveau a pénétré dans ce pays naguère fermé au dehors et aujourd'hui de plus en plus ouvert. Cet élément nouveau, c'est nous. Nous leur apportons des idées, nous leur donnons l'exemple de la sécurité, de la propreté, des rues bien pavées, bien balayées, bien éclairées, des chemins de fer, du télégraphe. Ajoutez l'influence des Chinois qui reviennent d'Amérique, d'Australie, des détroits (de Malacca). Ils y ont pris, dans une certaine mesure, les goûts, les idées, les habitudes des Européens. Voilà les

---

[1] En transmettant à lord Granville la proclamation du prince de Kung sur les massacres de Tien-tsin, M. Wade ajoute : « Nous apprendrons par les missionnaires romains dans quelle mesure cette proclamation aura été répandue. » *Livre bleu*, Chine, n° 1 (1871), p. 222.

vrais missionnaires. Quand les Chinois seront assez éclairés pour rire de leurs superstitions, ils se feront peut-être chrétiens. Si les prêtres catholiques, au lieu de prêcher, si nos missionnaires anglais, allemands, américains, au lieu de vendre des Bibles, se mettaient à répandre de petites brochures sur les connaissances utiles, des journaux illustrés, des traités populaires de physique et de mécanique, ils hâteraient la transformation de cette nation.

Lorsque vous répondez : « Mais les émigrés reviennent de Californie [1], d'Australie, de Singapore, plus Chinois, plus hostiles aux étrangers qu'ils ne l'étaient en s'y rendant, » on sourit et on se tait. Cependant tout le monde ne partage pas ces illusions.

« J'ai constamment trouvé, dit M. Medhurst [2], que le Chinois ne s'améliore pas par le contact avec les étrangers... Les classes dominantes nous tolèrent, mais elles salueraient le jour où elles verraient la dernière factorerie démolie, le dernier de nos bâtiments renvoyé de leurs côtes. Les émigrants qui reviennent, retombent instinctivement dans les anciennes ornières, et regardent leur séjour à l'étranger comme une épreuve heureusement subie et terminée. Même des Chinois d'un certain rang, qui ont dernièrement visité l'Occident avec un caractère quasi diplomatique, ne se montrent guère touchés de ce qu'ils ont vu, et ne sont nullement disposés à seconder les progrès de la civilisation. » L'auteur cite Chung-Hou, le commissaire des Trois-Ports à Tien-tsin. Il l'a vu s'embarquant pour l'Europe, à bord d'un magnifique steamer des Messageries françaises, et il l'a visité à Londres au fashionable Grosvenor-hôtel. Dans ces deux occasions, le luxe qui l'entourait ne semblait nullement éveiller l'attention de ce grand personnage, pas plus que ne l'aurait touché la misérable installation dans une djonque ou la malpropreté d'une hôtellerie chinoise. M. Medhurst pense que l'esprit de cette nation est incapable de se dégager des idées et coutumes traditionnelles.

Ainsi le public des « ports » veut que la Chine se civilise ; il doute de l'efficacité des missions ; il a très-haute opinion des qualités personnelles des missionnaires catholiques, mais il les considère plutôt comme un embarras. Quant aux religieuses, on blâme, comme M. Medhurst, ce que l'on nomme leur imprudence ; mais on ne parle d'elles qu'avec admiration. Tel est, en Chine, sauf de rares exceptions, le bilan moral des missionnaires catholiques dans les factoreries européennes.

Les missionnaires protestants n'y sont pas plus populaires ; ils le sont peut-être moins que leurs confrères catholiques. On les accuse de faire le commerce, de s'occuper trop des biens de ce monde et de leurs familles, d'importuner les consulats de leurs réclamations. Comme exemple, on cite qu'après les massacres de l'année dernière ils ont, outre la réparation de leurs chapelles, demandé des indemnités pour la cessation des bénéfices qu'ils tiraient de la vente de leurs Bibles, interrompue forcément à l'issue des troubles de Tien-tsin.

Écoutons M. Medhurst, moins prévenu sur leur compte que la plupart des résidents étrangers : « Les missionnaires protestants sont presque tous mariés, s'établissent dans les ports ouverts, se bâtissent aux concessions ou aux alentours des maisons à l'européenne et vivent plus ou moins dans la société des étrangers. Quoiqu'ils prennent soin de faire constater leur abstention de toute transaction commerciale, les indigènes pensent qu'ils s'y livrent. J'ai dit qu'ils sont mariés ; certes je n'ai rien à objecter contre l'état conjugal, et je n'entends pas plaider la cause du célibat, d'autant moins que je connais plus d'un couple dévoué dont les efforts réunis ont produit beaucoup de bien. Néanmoins je pense, en tant qu'il s'agit de la Chine, que les hommes et les femmes non mariés sont plus à même que tous autres de s'acquitter des devoirs du missionnaire. Leur temps et leur attention pourront être consacrés tout entiers

[1] Voyez pages 166-169.
[2] *The foreigner in for Cathay*, page 176.

à l'œuvre de l'apostolat ; il leur sera plus facile d'éviter le contact avec leurs alentours européens, et de vivre dans la retraite au sein des populations indigènes. Il leur sera aussi plus aisé de gagner le respect et la bienveillance des Chinois qui regardent le célibat comme un des principaux éléments du sacrifice de soi-même. »

L'auteur reconnaît d'ailleurs les succès relativement importants obtenus par les membres des différentes sociétés bibliques. Quant à moi, j'ai rencontré peu de missionnaires protestants, et ceux que j'ai vus m'ont paru mériter la considération dont ils jouissaient auprès de leurs coreligionnaires. Le nombre des conversions au protestantisme semble être minime ; mais, si les missionnaires anglais, américains et allemands font entrer peu de brebis dans le bercail, ils ont, dans les quarante dernières années, beaucoup contribué à répandre en Europe la connaissance de la Chine.

Je crois avoir, dans les lignes précédentes, résumé exactement et de toute façon consciencieusement, les jugements des factoreries sur les missions des diverses communions chrétiennes. Les marchands viennent pour faire fortune, les prêtres et les religieuses pour sauver les âmes. On vit dans des mondes différents. On ne s'entend pas. C'est tout simple.

Voici maintenant les plaintes du gouvernement chinois telles qu'il les a formulées dans son fameux mémorandum [1].

Les dispositions des traités concernant le commerce, y est-il dit, donnent d'assez bons résultats. Les stipulations relatives aux missionnaires manquent au contraire leur but, et compromettent les bonnes relations avec les étrangers.

Les missionnaires ont conféré le baptême à des bons et à des méchants, même à des rebelles. Ils appuient les réclamations mal fondées des mauvais hommes. De là l'impopularité de la religion catholique. La nation ne distingue pas entre catholiques et protestants, ni entre étrangers et étrangers. Vainement le gouvernement a essayé d'éclairer le public. La Chine est un vaste empire !

Déjà avant les massacres de Tien-tsin l'animosité croissante contre la propagation de la religion chrétienne avait fixé l'attention du gouvernement. A la suite de ces événements, des mandarins ont été envoyés en exil, des meurtriers exécutés, des indemnités payées. Mais si des explosions de cette nature se répétaient, l'emploi des mesures de répression deviendrait de plus en plus difficile.

Dans le passé, les hauts fonctionnaires de la Chine et des pays étrangers ont commis la faute d'employer des palliatifs. Les étrangers demandent et la Chine concède l'adoption de mesures propres à aplanir les difficultés du moment. Les exigences des étrangers sont souvent inadmissibles, et semblent être mises en avant pour placer la Chine dans une fausse position. Le gouvernement chinois désire que les missionnaires soient soumis aux règlements qui existent dans d'autres pays ; qu'ils observent les lois du pays, et qu'il leur soit interdit de s'arroger des droits et une autorité qui ne leur appartiennent pas, de donner du scandale, d'entourer leurs actes de mystère (allusion aux orphelinats). Sous tous les rapports, leur conduite devrait être conforme aux doctrines qu'ils enseignent. Loin de là, ils oppriment les non-chrétiens, et exaspèrent le peuple en dénigrant Confucius. Ils encouragent les chrétiens à se soustraire à leurs obligations de sujets de l'empire, à refuser le payement des impôts ; ils plaident la cause des récalcitrants devant les tribunaux, délient des fiancés de la promesse du mariage, et provoquent, pour des intérêts de fortune, des zizanies dans les familles. Ils importunent les autorités, demandent, le cas échéant, des indemnités exagérées, et n'hésitent pas à soustraire les

____

[1] Du 9 février 1871. Déjà le 26 juin 1869 le Tsungli-yamen avait, sur la même matière, adressé une note à sir R. Alcock, alors ministre d'Angleterre à Pékin.

chrétiens à l'acfion de la justice ; quelques-uns d'entre eux se servent, dans leurs correspondances, de sceaux et de titres auxquels ils n'ont aucun droit. Enfin ils abusent de l'article 6
de la convention avec la France pour demander la restitution d'anciennes propriétés de l'Église,
sans avoir égard aux sympathies et préjugés du peuple et à l'augmentation de la valeur des
terrains qu'ils réclament.

Aujourd'hui, ils constituent un État dans l'État ; voyant avec quelle sévérité ont été punis
les hommes impliqués dans les massacres de Tien-tsin, ils s'enhardiront de plus en plus. Le
résultat sera un soulèvement du peuple que les autorités seront impuissantes à contenir.
Grande serait la responsabilité des gouvernements s'ils hésitaient à prendre, de concert avec
la Chine, des mesures de précaution en prévision de telles éventualités.

Par conséquent, le Tsungli-yamen propose :

L'entière suppression des orphelinats ; si cela était impossible, l'exclusion des enfants non
chrétiens ; de toute façon l'enregistrement des enfants et la libre admission des personnes de
leur famille qui viennent les visiter. Le secret observé maintenant fait naître des soupçons. Les
gens du peuple sont toujours persuadés qu'on arrache aux enfants le cœur et les yeux. Au
reste, de semblables instituts abondant en Chine, les orphelinats chrétiens n'ont aucune
raison d'être.

Il devra être interdit aux femmes de fréquenter les mêmes chapelles que les hommes ; les
femmes ne pourront-être missionnaires.

Les chrétiens connus pour être de méchantes gens devront être expulsés. On demande
aussi des listes périodiquement revisées, où figureront les membres de chaque chrétienté, et
des règlements nouveaux sur les passe-ports des missionnaires.

En résumé, on accuse les missionnaires vivant dans l'intérieur de réclamer une position
semi-officielle, égale à celle du mandarin de la province ; de contester l'autorité de celui-ci à
l'égard des chrétiens indigènes ; de soustraire ceux-ci à l'action de la justice, et, par conséquent, d'attirer dans leur communauté les gens de mauvaise vie ; de recruter des enfants pour
les orphelinats par des moyens illicites et contrairement à la volonté des parents. Dans cette
accusation sont englobés indirectement la légation et les consulats de France, soupçonnés
d'appuyer en secret, sinon ouvertement, les prétentions exagérées des prêtres catholiques.

Les missionnaires, en répondant à ces accusations, ne contestent ni la popularité dont ils
jouissent, ni l'autorité morale qu'ils exercent dans les chrétientés. Les mandarins sont peu
nombreux. Il y a des districts d'un ou deux millions d'habitants, administrés par deux ou trois
mandarins. Ceux-ci ignorent ordinairement ce qui se passe au sein de ces populations et ils s'en
soucient fort peu. Personnellement, ils ne sont pas toujours hostiles au christianisme ; quelques-
uns ne font aucun obstacle à la propagation de la foi. Ils administrent la justice tant bien que
mal, et ils perçoivent les impôts. Il y a de bons et de mauvais mandarins ; mais, règle générale,
on les évite tant qu'on peut. Le gouverneur de la province, le taotai du district, le chi-fu, sont
des personnages dont l'apparition seule suffit pour donner le frisson. Les villages ont une constitution municipale fort libre. Ils s'administrent eux-mêmes. Là où le christianisme prend
racine, les missionnaires acquièrent malgré eux un grand ascendant. Le Chinois veut être
dirigé. Il aime l'autorité, car il en sent le besoin, et il préfère celle du missionnaire qui lui fait
du bien à l'autorité du mandarin qui ne se montre que suivie de l'exécuteur des hautes œuvres
et avec l'intention de ramasser et d'emporter le plus d'argent possible.

Les missionnaires nient qu'ils excitent les sujets à la rébellion, mais ils admettent qu'ils les
encouragent à ne pas assister aux cérémonies païennes, et à ne pas contribuer aux frais de ces
cérémonies.

Ils avouent qu'ils plaident auprès des mandarins la cause des chrétiens persécutés pour

leur religion, et ils déclarent ne pouvoir refuser l'entrée dans le giron de l'Église, pourvu que
la conversion soit ou semble sincère, à des hommes réputés mauvais par le mandarin, le but de
la religion chrétienne étant de sauver les âmes et, par conséquent, de corriger les méchants.

Le traité entre la France et la Chine ayant stipulé la restitution des anciennes propriétés de
l'Église, les missionnaires ne font qu'user d'un droit en demandant, le cas échéant, l'intervention des consulats ou du ministre de France. Si ceux-ci considèrent leur demande comme
inadmissible ou comme intempestive, ils abandonnent ou ajournent leurs réclamations. De
toute manière, si quelqu'un avait à se plaindre de leur importunité, ce seraient les autorités
diplomatiques et consulaires de France, et non les mandarins chinois.

En ce qui concerne le fait de s'être arrogé des titres et des sceaux, c'est là une question de
tact, d'appréciation individuelle et d'obéissance au supérieur. Le missionnaire doit, avant tout,
donner l'exemple de l'humilité ; mais les vicaires apostoliques sont des évêques, des princes de
l'Église, et, en usant de leur sceau, ils ne se rendent coupables d'aucun empiétement sur la
juridiction du mandarin. En Chine, le sceau est le seul symbole de l'autorité officielle que
donnent les hautes fonctions de l'État. Le sceau du vicaire constate, aux yeux des chrétiens
indigènes, sa situation de pasteur et d'évêque. Même avant les traités, les vicaires généraux se
sont constamment servis de leurs sceaux. D'ailleurs, le Tsungli–yamen ne l'ignore pas, les
contestations sur des questions d'étiquette se présentent très-rarement.

Quant aux orphelinats, tout le monde sait comment les choses se passent. Jamais les prêtres
ni les sœurs n'ont acheté d'enfants. Dès qu'un asile est établi, les enfants affluent de tous côtés.
Ils sont apportés soit par leurs parents, soit par des voyageurs chrétiens ou païens auxquels les
parents les ont remis à cet effet. Jamais on n'expose les enfants mâles, à moins que la misère,
l'impossibilité absolue de les nourrir n'y contraignent leur père. Les filles, considérées comme
une charge, sont jetées dans la rue ou dans la rivière, ou bien enterrées vives. Il est même des
gens aisés qui s'en débarrassent de cette manière. Mais, quand on sait qu'il y a un orphelinat
dans le voisinage, la voix de la nature se fait écouter ; les parents apportent leurs enfants aux
missionnaires. La mortalité des jeunes garçons est très-grande, par la raison que les parents
ne s'en séparent qu'à la dernière extrémité ; les enfants ont donc souffert de la faim. Admis
dans les orphelinats, ils engraissent et prennent les apparences de la santé ; mais, au bout de
quelques mois, ils tombent soudainement malades, et la plupart dépérissent et meurent. Parmi
les jeunes filles, la mortalité, quoique considérable aussi, est moins grande, par la raison
qu'elles ont été exposées ou portées aux asiles des sœurs immédiatement ou peu de jours après
leur naissance. Elles n'ont pas eu le temps de contracter les maladies qui naissent de la faim.
Il est trop vrai que beaucoup de ces enfants meurent, mais beaucoup aussi reprennent force et
santé. Tous ces êtres abandonnés auraient péri misérablement sans l'intervention des missionnaires et des religieuses. Dans les ports des traités, on taxe les sœurs d'imprudence. On leur
dit : Le nombre d'enfants que vous sauvez est trop peu considérable pour compenser le mal que
vous vous faites à vous-mêmes, et indirectement à nous tous, en donnant lieu à des soupçons
et à des bruits calomnieux contre tous les Européens. A ce reproche, nous, les missionnaires et
les sœurs, nous répondons que, d'abord, nous contestons le fait. Les religieuses sont partout
entourées de la vénération de la population. A Ning-po, par exemple, les indigènes de toutes
les classes les saluent quand elles se montrent et les pauvres bateliers du grand bac refusent
d'accepter d'elles de l'argent [1]. On pourrait citer une foule d'autres preuves. Ce n'est que dans
les derniers temps que les lettrés sont parvenus à exciter le peuple contre nous. Et, ne l'oubliez
pas, nous sommes des missionnaires, nous voulons sauver non-seulement la vie de ces enfants,

___

[1] Ce fait m'a été confirmé par un résident anglais protestant de Ning-po.

mais aussi leurs âmes. Dès qu'ils nous sont remis, s'ils n'ont pas atteint l'âge de raison, ils sont baptisés ; ceux qui ont plus de sept ans sont d'abord instruits et ensuite baptisés. Vous souriez? Soit. A chacun son point de vue. Chacun remplit ses devoirs comme il les entend. Aussi long-temps que des inconvénients graves n'en résultent pas pour les autres, les autres n'ont pas le droit de se plaindre de nous. Vous nous rappelez Tien-tsin. Nous n'admettons pas que la mortalité parmi nos orphelins ait été la cause des massacres. C'était le prétexte et une arme dans la main de ceux qui les ont provoqués, préparés et dirigés ; le but de ces hommes était et est l'extermina-tion ou l'expulsion, non-seulement des missionnaires, mais de tous les étrangers.

Quant aux doléances du Tsungli-yamen, elles ne sont pas sincères. On les met en avant pour nous priver du droit d'*exterritorialité ;* pour nous soumettre aux lois du pays, c'est-à-dire au bambou et à la torture ; pour revenir à l'état de choses antérieur à la guerre et aux traités ; et cela au su et du consentement des puissances avec lesquelles on les a conclus.

Beaucoup de ces arguments se retrouvent dans les réponses que les ministres d'Angleterre et des États-Unis ont faites à la circulaire du Tsungli-yamen, et qui ont été communiquées au Parlement anglais. La note du chargé d'affaires de France, inspirée par son gouvernement, n'avait pas été officiellement publiée, mais on en connaît le texte :

« Si la pensée qui a dicté le memorandum prévalait, écrit M. le comte de Rochechouart au Tsungli-yamen [1], nos rapports avec le Céleste-Empire seraient profondément troublés, sinon rompus. » Les huit articles sont ensuite réfutés dans un langage fort énergique. «Aucun d'eux, dit la note en terminant, n'est acceptable, aucun ne paraît sérieusement proposé. Le gouvernement français croit que les chrétiens causent des soucis au gouvernement chinois, il croit bien plus encore qu'on se sert d'eux comme d'un prétexte. » Il serait superflu de repro-duire ici les notes des envoyés d'Angleterre et des États-Unis. J'en relève cependant quelques passages.

M. Wade saisit cette occasion pour recommander de nouveau la création d'un code inter-national applicable aux *cas mixtes*, et pour exhorter le gouvernement chinois à admettre loyale-ment le principe des relations officielles avec les puissances, en d'autres termes, à établir des légations permanentes auprès des cours étrangères. « Ce n'est pas une panacée contre tous les maux, dit-il, mais ce serait le moyen de rendre les guerres moins fréquentes ; ce serait la seule garantie efficace contre le retour de différends internationaux. De cette manière on mettrait fin, entre le Yamen et les légations étrangères, à ces récriminations incessantes qui, à Pékin, ren-dent la vie si dure aux agents diplomatiques. La Chine doit pouvoir se faire entendre, et elle doit connaître ce qui se passe au delà de ses frontières. »

M. Low appuie sur ce fait que presque toutes les plaintes du gouvernement chinois ont pour sujet des prêtres et des chrétiens vivant dans les provinces de Sze-chuen et de Kwei-chow, c'est-à-dire fort loin des endroits habités par les consuls, les marchands et en général par les étrangers. De là l'impossibilité d'obtenir des témoignages impartiaux. Le moyen le plus sûr de prévenir les troubles dont on accuse les missionnaires, ce serait, selon le repré-sentant américain, l'établissement de consulats dans ces contrées et l'ouverture de ces mêmes provinces au commerce étranger.

Lord Granville, dans sa dépêche à M. Wade, servant de réponse au memorandum chinois, recommande, comme M. Low, l'ouverture de l'intérieur de la Chine au commerce étranger.

Le véritable intérêt de cette correspondance diplomatique est dans les rapports que MM. Wade et Low adressent sur cette matière à leurs propres gouvernements.

« Le memorandum chinois, écrit M. Wade à lord Granville, est mal fait. Il contient, à côté

____
[1] Pékin, 14 novembre 1871.

de quelques affirmations faciles à réfuter, des accusations insoutenables. Mais, considérées dans leur ensemble et comparées à ce que j'ai appris par de longues conversations, durant ces huit dernières années, ces pièces confirment ma conviction que, pour protéger les missionnaires contre l'hostilité des classes lettrées, il faut de deux choses l'une : ou les puissances protectrices devront, l'épée à la main, appuyer les missionnaires dans toutes leurs prétentions (*out and out*), ou bien elles devront y apporter certaines restrictions. Ces restrictions devraient, d'un côté, laisser aux missionnaires toute la latitude d'action qu'ils peuvent désirer s'ils ne visent qu'à rendre la Chine chrétienne, et, de l'autre côté, elles devraient fournir au gouvernement le moyen de déclarer aux conservateurs indigènes, blessés par les prétentions actuelles des missionnaires, que ces prétentions ne sont pas autorisées par les puissances protectrices....

« Il n'est que trop juste d'ajouter que, selon le témoignage unanime des missionnaires romains, le gouvernement fait ce qu'il peut pour prévenir des collisions avec les chrétiens. Les trois quarts des missionnaires catholiques, en tout quatre à cinq cents, sont Français, et les Chinois non chrétiens désignent la religion catholique romaine par les noms de religion de France ou religion du Seigneur des cieux.

« Très-souvent j'ai entendu énoncer ici des appréhensions au sujet de l'ascendant *romaniste* [1]. Aussi la crainte de voir les romanistes se recruter parmi les ennemis du gouvernement et dépasser à la fin, en nombre, les sujets bien intentionnés, ou de voir les chrétientés se jeter complétement dans les bras de la France, cette crainte, quoiqu'on ne l'avoue pas, doit avoir réellement inspiré le memorandum. »

M. Low, ministre des États-Unis, dit dans son rapport à M. Fish :

« Je ne crois pas et, par conséquent, je ne saurais affirmer que toutes les plaintes contre les missionnaires catholiques soient vraies, raisonnables ou justes ; mais je pense que quelques-unes de ces doléances ne sont pas dépourvues de fondement. Et, quoique je me rende parfaitement compte des difficultés et des dangers, ma loyauté m'oblige (*candour compels me*) de dire que le remède ne se trouve pas à la portée de la diplomatie, mais qu'il est en dehors de son action. Une saine politique, autant que les sentiments religieux et moraux des nations chrétiennes, s'oppose à ce qu'on revienne sur ses pas, quels que soient les avantages qu'une semblable conduite puisse assurer à l'industrie et au commerce. Les considérations d'humanité aussi exigent que le droit d'être gouvernés et punis d'après les lois de leur pays soit maintenu pour tous les étrangers. D'un autre côté, les gouvernements doivent veiller à ce que leurs officiers, agents et sujets n'empiètent pas sur les droits des Chinois, et que les stipulations des traités soient également observées..... Qu'une abstention rigoureuse de toute intervention entre les chrétiens indigènes et les autorités chinoises entraîne pour les premiers des persécutions, c'est une éventualité possible et même probable ; mais peut-être une pareille conduite finirait-elle par seconder plutôt la cause des missionnaires... Le remède, si remède il y a, la France seule est appelée à l'employer. C'est à cette puissance, dans son propre intérêt, comme dans celui de tous les résidents étrangers, d'enlever aux Chinois toute juste cause de plainte. »

En résumé, M. Wade et M. Low se rencontrent dans la conviction que la diplomatie est impuissante à résoudre ce qu'on appelle la question des missionnaires. Seulement ils arrivent à des conclusions opposées. Le ministre d'Angleterre insinue, indirectement, d'abandonner les missionnaires à leur sort. Ce conseil ne lui est pas nécessairement inspiré par un sentiment hostile, ou un manque de sympathie pour l'œuvre de l'apostolat. Je suis loin de le penser. Des catholiques fervents partagent l'opinion de M. Wade, et demandent la cessation de tout

---

[1] M. Wade se sert constamment des mots *romanisme* et *romaniste*, employés surtout par les missionnaires anglais, mais qui ne sont pas d'usage dans les correspondances diplomatiques.

protectorat. Tout à l'heure j'examinerai cette théorie. M. Low, avec une liberté d'esprit et une élévation de sentiments remarquables, revendique, au contraire, pour les prêtres le maintien des droits et priviléges que les traités assurent à tout étranger résidant en Chine.

En Europe, le memorandum chinois donna lieu à un échange d'idées entre les grands gouvernements [1]. Le cabinet français avait annoncé le désir qu'on répondît au Tsungli-yamen par une note collective. Le gouvernement britannique déclina cette proposition, en se fondant sur la différence qui existe entre les traités français et les traités anglais, relativement aux missionnaires catholiques et protestants en Chine. Par conséquent, chaque envoyé présenta sa note séparément, mais tous répondirent par une fin de non-recevoir. Pour le moment, les choses en resteront là [2].

La tragédie de Tien-tsin et les revers récents de la France ont un moment compromis le protectorat qu'elle exerce sur les missionnaires et les chrétiens indigènes. Des voix se sont élevées pour suggérer une nouvelle combinaison qui, à première vue, se recommande par sa simplicité. Les missionnaires catholiques, a-t-on dit, sont de simples étrangers, absolument comme les marchands résidant dans les ports. Ces prêtres seront donc protégés par le ministre et les consuls de leur nation : les prêtres français, par les agents de la France; les dominicains espagnols, par ceux du gouvernement espagnol; les italiens (franciscains et prêtres de la Propagande de la foi de Rome), par le ministre et les consuls du roi d'Italie. Ou bien, si le Saint-Siége s'opposait à cette solution, ne pourrait-on placer tous les missionnaires, catholiques et protestants, sous le protectorat collectif des puissances représentées à Pékin? On formerait un conseil composé des ministres de Russie, d'Angleterre, d'Allemagne et d'Italie, enfin du représentant de la France catholique, et ce conseil jugerait en dernier ressort toutes les questions relatives aux missions.

Ce projet a été sérieusement débattu à Pékin, et communiqué confidentiellement aux ministres chinois, qui l'ont accueilli avec faveur. Il n'en a pas été ainsi des missionnaires. Tous, français, espagnols, italiens, belges, ont, à l'unanimité, repoussé cette combinaison, et déclaré qu'ils préféraient le maintien du protectorat français [3].

D'autres voix se sont élevées en faveur de la cessation de tout protectorat. L'état si florissant de l'Église en Chine sous les grands empereurs de la dynastie actuelle semblerait recommander de revenir à l'ancien état de choses. Le protectorat entraîne mille inconvénients : d'abord, et ce n'est pas le moindre, l'ingérence de ceux qui l'exercent au nom de la France, dans des affaires essentiellement ecclésiastiques. L'envoyé à Pékin, les consuls dans les ports, obligés de sauvegarder les intérêts de l'Église, responsables dans une certaine limite de la sécurité des missionnaires, appelés, s'ils le jugent convenable, à appuyer les réclamations de ces derniers, n'ont-ils pas le droit d'exiger en retour que les protégés les tiennent un peu au courant de leur conduite, et là où le spirituel touche au temporel ou dans les moments critiques, écoutent les conseils des représentants officiels de la puissance protectrice? Théoriquement, cette prétention n'est que logique et juste. Mais, en pratique, il en résulte des inconvénients, des difficultés inextricables, des froissements pénibles pour les deux parties, scandaleux s'ils sont ébruités, et parfois extrêmement compromettants. Rappelez-vous les malheurs de Tientsin : un consul qui se mêle des affaires de la mission; qui veut tout réglementer, tout diriger

[1] En juin et juillet 1871.

[2] En novembre 1871, l'incident du memorandum était considéré comme terminé. « Nous vous avons fait des propositions, disait le prince de Kung aux ministres. Vous n'en voulez pas ? Bon, n'en parlons plus. »

[3] J'ai appris à mon retour en Europe que le Saint-Siége a défendu aux dominicains et aux franciscains, sous peine d'excommunication, d'avoir aucun rapport, soit officiel, soit privé, avec les représentants des gouvernements espagnol et italien.

jusqu'à l'orphelinat des sœurs ; qui ferme sa porte aux Pères parce qu'ils ont osé faire des remontrances ; qui, par esprit d'opposition, se trompe sur la gravité de la situation, précisément parce que les Pères tâchent de la lui faire comprendre. Du temps de la grande Chine, les jésuites se protégeaient eux-mêmes, ou plutôt ils savaient obtenir la seule protection efficace, celle des empereurs. Sans doute les mauvais jours sont venus : les jours des persécutions. Tant pis pour les missionnaires ou plutôt tant mieux ! C'est l'occasion pour eux de gagner la couronne du martyre. Et d'ailleurs la protection de la France qu'a-t-elle valu à Tien-tsin ?

Ce raisonnement, que je n'ai du reste entendu faire par aucun missionnaire, mais par des laïques, ne me semble guère soutenable. On ne peut pas comparer la Chine d'aujourd'hui à la Chine de Kang-hi. L'arrivée et l'établissement des Européens dans les ports, et des légations à Pékin, ont complétement changé la situation. Les anciens jésuites avaient su, pendant près de deux siècles, se concilier la faveur de la cour. Personne ne les soupçonnait d'arrière-pensées politiques. Aujourd'hui, chaque missionnaire catholique passe pour être un agent de la France, et par conséquent est suspect. Quant aux doctrines professées par les prêtres dans leurs écoles et orphelinats, les ministres chinois ne s'en occupent guère. Ce qui leur déplaît, ce qui irrite l'opinion publique, c'est la présence des missionnaires dans l'intérieur de l'empire, leur manque de respect pour Confucius et l'introduction de rites étrangers. Ajoutez le nombre croissant des conversions. Des personnes dignes de foi m'attestent que, depuis 1860, le nombre des chrétiens (catholiques) en Chine s'est énormément accru. De là aussi un redoublement de haine et d'appréhensions de la part des lettrés, et, pour le gouvernement chinois, l'obligation de prendre des mesures restrictives ou du moins de s'en donner l'apparence.

« Retirer, m'ont dit des membres éclairés de l'apostolat de Chine, retirer aux missionnaires toute protection diplomatique, ce serait leur enlever la jouissance des bénéfices du traité français, les mettre hors la loi, les livrer aux persécutions, aux haines des mandarins ; ce serait compromettre gravement l'existence même des chrétientés. Sans doute des conflits peuvent avoir lieu entre les protecteurs et les protégés. Aucun législateur n'a encore réussi à tracer la ligne de démarcation entre le spirituel et le temporel ; car la séparation de l'Église et de l'État est une chimère, ou bien elle est le divorce entre l'État et l'Église, et, en dernière analyse, la dissolution de la société chrétienne. Il faut donc renoncer à l'espoir de trouver une solution, une règle générale. Mais, dans toutes les difficultés qui se présentent, prêtres et diplomates ou consuls doivent tâcher de marcher d'accord. D'ailleurs où sont ces conflits ? Nous ne connaissons pas un seul cas où les missionnaires ne se soient inclinés devant la décision du ministre de France à Pékin. Si nos réclamations lui paraissent justes et non intempestives, il les appuie ; dans le cas contraire, il refuse ou ajourne son concours, et tout est dit. Aujourd'hui on voit résider à Pékin des représentants de grands pays non catholiques : de la Russie, de l'Angleterre, des États-Unis. Nous n'avons qu'à nous louer de leur conduite et à les remercier de leurs sympathies ; mais il nous faut, à côté d'eux, un avocat qui prenne la défense des intérêts de notre religion, et qui, grâce aux droits que lui donnent les traités, ait autorité pour parler en notre faveur, et cette mission, l'Autriche étant absente, ne peut être remplie que par la France officielle, très-catholique — en Chine. »

Quelle est la situation intérieure de l'empire ? Que se passe-t-il à la cour, au sein du Tsungli-yamen, dans les têtes et les cœurs de ces innombrables lettrés qui exercent une si grande influence sur les destinées de leur pays ? On comprend combien il est difficile, même aux diplomates vivant au siége du gouvernement central, de pénétrer ces mystères. Voici ce que j'ai pu apprendre sur ce point.

Tandis que les puissances sont résolues, m'a-t-on dit, à maintenir les positions acquises, à assurer à leurs nationaux les avantages garantis par les traités, à veiller à ce que le gouvernement impérial remplisse fidèlement ses engagements, les Chinois, au contraire, n'ont qu'un désir, celui de se soustraire aux obligations que les traités leur imposent, et de préparer dans l'ombre l'expulsion des étrangers. Ce vœu, ce sentiment plus ou moins ardent, se trouve au fond du cœur de tout Chinois. C'est surtout le rêve de la classe si influente des lettrés et des petits mandarins. Les masses, absorbées par les misères de la vie quotidienne, n'ont pas le temps de s'occuper de politique. Mais les antipathies contre l'étranger n'en subsistent pas moins dans le peuple, et les lettrés ont soin de les nourrir par des rumeurs sinistres, par des bruits calomnieux, par d'innombrables libelles, par des prédictions de massacres et de pillage.

Quelle est la conduite du gouvernement central en présence de ces dispositions?

La dynastie régnante subit le sort de celles qui l'ont précédée : elle dégénère, suite naturelle de l'omnipotence dont les fils du Ciel sont investis et de la vie claustrale qu'ils sont condamnés à mener. Le fondateur et ses successeurs immédiats étaient des hommes de valeur, des hommes d'action; mais, à peine arrivés au faîte, ils commençaient à descendre. Ces races de despotes s'énervent et dépérissent promptement. Après une enfance entourée de trop de soins, après une jeunesse précoce et, grâce aux complaisances des courtisans, blasée avant le temps, vient l'âge mûr qui est l'âge caduc, l'âge de l'imbécillité, de l'impuissance physique et morale. Or le gouvernement chinois est par excellence un gouvernement personnel. La volonté de l'empereur fait marcher tous les rouages de l'administration. Quand cette volonté fait défaut, la machine s'arrête. La Chine ne comporte donc pas l'existence de rois fainéants, de souverains idiots. Ainsi s'expliquent la chute des dynasties et l'état précaire de la famille régnante.

Quant à Tung-chi, l'empereur actuel, il n'a pas encore eu l'occasion de se faire juger. On sait seulement qu'il est impatient de se soustraire à l'autorité un peu pédante de l'impératrice régente, désireux de saisir le gouvernement, et entouré de confidents ambitieux. Ceux-ci, pareillement pressés d'avoir leur part au pouvoir, espèrent y arriver en arborant le drapeau national de la haine contre l'étranger. Les personnages les plus influents de la camarilla sont l'impératrice et le *septième* prince, frère cadet de Kung, qui est le *sixième*. Dans cette coterie, on est persuadé, et on tâche de persuader à l'empereur que les défaites subies n'ont eu d'autre cause que l'infériorité des armes chinoises ; qu'aujourd'hui les troupes impériales sont équipées et armées de manière à repousser toute agression et à terrasser l'ennemi ; qu'un mot de Sa Majesté suffira pour réunir des forces innombrables et irrésistibles. Malheureusement, les membres du ministère sont d'incapables poltrons, ou plutôt ce sont des traîtres, ce sont les auteurs des traités humiliants, de l'installation des étrangers dans les ports, de tous les maux enfin qui, depuis douze ans, ont fondu sur la Chine.

L'attitude de ces courtisans qui s'appuient sur la mère du souverain, sur l'alliance étroite avec les lettrés et les petits mandarins, sur les sentiments patriotiques du pays, porte la consternation au sein du Tsungli-yamen. Et cela se conçoit; car, en Chine, les hommes d'État, en perdant le pouvoir, perdent aussi la vie. La conduite des ministres témoigne du trouble de leur esprit. Au lieu d'accepter la lutte, au lieu de démontrer à l'empereur la fausseté des accusations dont on tâche de les accabler, l'inanité des rêves qu'on caresse à la cour, l'impuissance de la Chine de sortir victorieuse d'une seconde guerre avec une ou plusieurs grandes puissances européennes, le prince de Kung, d'ailleurs le membre le plus éclairé et le plus courageux du grand conseil, et ses collègues donnent dans le piége qu'on leur tend. Ils acceptent la situation d'inculpés, protestent de leur innocence, prêtent la main à des mesures réclamées par ceux qui poussent à la guerre. C'est ainsi qu'ils ont consenti à renvoyer la plus grande partie des instructeurs et commandants étrangers des navires chinois; qu'à leur connaissance les troupes sont systématiquement excitées contre les étrangers, et les travaux de fortification, la construction de bâtiments de guerre, poussés avec vigueur. Quant aux obligations des traités, le ministère, également dans le vain espoir de désarmer ses adversaires et de se conformer aux exigences de l'opinion publique, s'étudie à restreindre autant que possible l'application des stipulations, à se montrer difficile vis-à-vis des réclamations du corps diplomatique, à élever de son côté des prétentions inadmissibles. Le fameux memorandum sur les missionnaires [1] n'a pas eu d'autre but que de faire taire pour un moment les récriminations du parti anti-étranger.

Le carnage de Tien-tsin et l'indignation qu'il a soulevée dans les concessions européennes, ont aggravé la situation. La polémique des journaux anglais publiés dans les ports, les injures qu'ils déversent constamment sur le gouvernement chinois, ne sont pas restées un secret pour les grands mandarins, qui voient, dans les articles et brochures, une ferme volonté chez les marchands anglais d'amener la guerre. Grâce aux pamphlets que les missionnaires anglais et américains font paraître en langue chinoise, la camarilla, le Tsungli-yamen, les lettrés et petits mandarins sont assez exactement informés de l'état de l'Europe, des désastres que la France vient de subir, de l'accroissement de la puissance allemande, des embarras de l'Angleterre vis-à-vis de l'Amérique et de la Russie.

Il y a donc des tiraillements dans les plus hautes sphères du gouvernement, des hésitations dangereuses mais explicables au sein du ministère, et dans le pays une agitation sourde, suite de la propagande active qui se fait contre les étrangers. Du nord au sud, des bords de la mer Jaune aux frontières du Thibet, les combustibles sont accumulés par la patiente agilité qui distingue le Chinois. Les ministres tâchent, il est vrai, de maintenir la tranquillité ; des instructions en ce sens, l'ordre d'étouffer les difficultés et d'éviter les conflits avec les étrangers, ont été donnés aux gouverneurs des provinces ; mais, dans l'état actuel de l'opinion, une étincelle suffirait pour déterminer une explosion.

Telle semble être la situation de la Chine à l'intérieur. Jetons maintenant un regard sur ses relations avec l'étranger.

Toutes les grandes puissances, dans les onze dernières années, ont conclu des traités avec la Chine, mais la Russie et l'Angleterre ont seules, dans cet empire, à sauvegarder des intérêts permanents en ce sens qu'il ne dépend pas de la volonté de ces gouvernements de les sacrifier à d'autres considérations. Un grave échec de la Russie à Pékin détruirait son prestige dans l'Asie centrale ; un échec de l'Angleterre compromettrait sa domination aux Indes.

La France protége les missionnaires et assure aux chrétiens indigènes, dans les limites des traités et de ses forces, le libre exercice du culte catholique. Belle et noble mission qu'elle s'est donnée, mais que, ce qu'à Dieu ne plaise, elle pourrait à la rigueur abandonner sans porter atteinte à sa situation de grande puissance en Europe. Au point de vue de son commerce, assez important, le gouvernement français a fort peu à demander à la Chine. Tous les articles français destinés à la consommation des étrangers dans les ports des traités, sauf la soie, entrent libres de droits. Quelques-uns de ces produits, par exemple la parfumerie, commencent à être appréciés par les Chinois, et, de ce chef, l'importation a augmenté dans les dernières années.

Les États-Unis s'approchent, au fur et à mesure que se multiplient les communications à la vapeur avec la Californie. Cependant le nombre des négociants américains établis en Chine est peu considérable, et quelques-uns travaillent avec des capitaux chinois. La navigation à vapeur et les intérêts qui s'y rattachent forment donc le seul lien qui unisse le Céleste-Empire à l'Amérique du Nord. Aussi le principal but de celle-ci est de découvrir des mines de charbon

[1] Du 9 février 1871.

de terre et de les exploiter au profit de ses steamers. Militairement, sa base d'opération — ses arsenaux de l'Atlantique — se trouve plus éloignée que Portsmouth et Cherbourg. On sait d'ailleurs que sa marine de guerre n'est pas proportionnée à l'étendue de son territoire, et que l'opinion publique aux États-Unis ne favorise guère les expéditions lointaines.

La navigation marchande de l'Allemagne, toujours considérable, a un peu diminué dans les deux dernières années. Les bâtiments portant le pavillon de la Confédération germanique du Nord avaient été durant la guerre bloqués dans les ports de la Chine et du Japon par les navires de la station française, très-forte à cette époque. Cependant les Chinois prenaient l'habitude de se servir des vapeurs anglais et américains qui font le cabotage, et il faudra quelque temps au pavillon allemand pour regagner l'importance qu'il possédait naguère. Les commerçants de cette nation établis dans l'extrême Orient réclament donc de leur gouvernement une protection plus efficace, la création d'une marine de guerre suffisante pour la défense en cas de guerre et la prise de possession d'un grand territoire où l'on puisse attirer une partie de l'émigration du Vaterland et qui devienne une sorte d'Australie allemande. On avait d'abord songé à Formose ; le climat malsain de cette île a fait abandonner cette idée. Pendant mon voyage, on parlait de la Corée. Telles sont les aspirations de la colonie allemande, peu nombreuse, mais active et entreprenante, des trade-ports.

L'Autriche n'a jusqu'à présent aucun motif pour envoyer des forces navales dans l'extrême Orient. Aucun intérêt politique, aucun intérêt sérieux de commerce ne l'y appelle. Son industrie si florissante, occupée à pourvoir aux besoins de la monarchie, concourant pour certains articles avec l'industrie étrangère sur les marchés de l'Europe et du Levant, n'est pas encore en état ni obligée d'aller chercher des débouchés aux antipodes. En signant, comme toutes les autres grandes puissances, un traité avec la Chine, le gouvernement autrichien s'est assuré sa place en Asie pour des éventualités futures ; il a établi un consulat dans le plus grand port du Céleste-Empire et, afin que son consul pût procéder à l'échange des ratifications du traité, il lui a conféré un caractère diplomatique. Cette mission temporaire qui a atteint son but sera, je suppose, supprimée. Des complications sur des questions étrangères à la monarchie peuvent surgir dans ces lointains parages. Refuser, pendant qu'elle y est représentée, tout concours à ses alliés ne saurait lui convenir ; coopérer sur une grande échelle à la défense d'intérêts qui ne sont pas les siens, paraîtrait au point de vue d'une saine politique absolument inadmissible ; se borner, comme le ferait par exemple l'Espagne, à montrer son pavillon à la suite des flottes anglo-françaises, serait indigne du rang de premier ordre qu'elle occupe en Europe. L'absence diplomatique semble donc indiquée.

La Russie touche à l'empire du Milieu, sur une étendue de plusieurs milliers de milles. Chaque progrès nouveau qu'elle fait au centre du continent, la rapproche de la Chine ou ajoute indirectement à l'ascendant dont elle y jouit. Ses premières relations, motivées par des besoins religieux et dépourvues alors d'un caractère strictement officiel, remontent au règne de Pierre le Grand. Des prisonniers russes, amenés vers la fin du dix-septième siècle à Pékin, y avaient formé une sorte de colonie. Quoique mariés avec des Chinoises, ils avaient conservé et transmis la foi chrétienne à leurs enfants. En vertu d'une convention entre les deux cours, des prêtres du rite grec vinrent s'établir à Pékin. C'étaient les curés de la colonie russe. Cette *mission ecclésiastique*, dirigée par un archimandrite et se renouvelant tous les dix ans, existe encore aujourd'hui. Elle s'est toujours abstenue de faire de la propagande, et, dans plusieurs occasions importantes, elle a servi d'intermédiaire entre les deux gouvernements. Les relations officielles de l'empire chinois avec l'Angleterre et la France, conséquences d'une guerre désastreuse pour lui, datent de l'année 1860. Ses rapports avec la Russie embrassent presque deux siècles.

Les résidents russes sont peu nombreux. Établis à Tien-tsin et près de Hankow sur le Yang-tse-kiang, ils font le commerce du thé. Presque tous sont Sibériens. Les principaux d'entre eux sont nés à Kiachta, c'est-à-dire sur la frontière de la Chine. Ils apprennent et parlent le chinois. Le sang tartare qui coule dans leurs veines établit une certaine affinité entre eux et les Mandjous, qui en Chine sont la race dominante. On se connaît donc depuis longtemps, et on s'entend facilement. Aussi le peuple chinois distingue-t-il entre « les Russes » et « les étrangers ». Sous cette dernière désignation, il comprend toutes les autres nations étrangères représentées dans les ports ouverts.

La situation du ministre de Russie envers ses nationaux est celle d'un père de famille. En cas de difficultés entre des sujets russes, en cas de discussions entre Russes et Chinois, il réussit facilement à faire écouter ses conseils à ses compatriotes. Il appuie les prétentions motivées ; mais il choisit son temps, et, s'il le faut, sans provoquer de réclamations, sans faire de bruit, il subordonne les intérêts des individus aux intérêts du pays qu'il représente. Il n'a pas à compter avec l'opinion publique passionnée des « ports », avec les journaux de Shanghai et de chaque petite factorerie, avec les brochures des missionnaires américains, avec les interpellations du parlement anglais et les articles du *Times*. Mais, comme tout ce qu'il fait est connu de tout le monde, sa conduite ne manque pas de contrôle ; seulement il a la liberté de la régler d'après les instructions de sa cour et d'après les conseils de sa raison et de sa conscience. Il en résulte pour lui une situation bien moins difficile que celle de ses principaux collègues, et des relations courtoises et presque cordiales avec le gouvernement chinois.

Le corps consulaire russe, réduit au plus strict nécessaire, se compose d'un consul général établi à Tien-tsin, qui tient l'exequatur pour tous les ports de la Chine, d'un agent à Shanghai et d'un autre à Hankow, tous deux marchands.

Le Chinois est sceptique, il ne croit que ce qu'il voit, et il voit la Russie ; il la voit puisqu'il la rencontre sur ses frontières : au nord-est, au nord, au nord-ouest ; il la touche pour ainsi dire du doigt. Il croit donc à la Russie. Il ne peut douter de l'existence de l'Angleterre et de la France ; les souvenirs pénibles qui se rattachent à la manière dont il a fait leur connaissance, sont trop récents pour s'être déjà effacés. Quant aux autres États, il ne les connaît que par ouï-dire. « L'Autriche, m'a demandé le vice-roi de Canton, un grand littérateur et un des hommes d'État les plus marquants, se trouve-t-elle au nord ou au sud de la Russie ? L'Angleterre est à l'ouest. » Pour lui aussi, on le voit, le point de départ de sa connaissance du globe, c'est la Russie.

Tels sont les avantages de cette puissance en Chine. Ils se fondent sur sa situation géographique, sur une certaine affinité de races et sur la force des choses, sur les décrets de la Providence que l'homme d'État, à moins d'être aveugle, doit admettre, alors même qu'il lui est refusé d'en pénétrer les desseins. La Russie, je n'ai pas besoin de le dire, est surveillée de près. Des deux côtés du Pacifique, des yeux clairvoyants sont fixés sur elle. Ses progrès dans l'intérieur du continent, c'est elle-même qui les fait connaître. Les journaux de Saint-Pétersbourg, les communications des savants russes donnent occasionnellement des informations sur la marche et les succès des forces qui opèrent au centre de l'Asie. Je ne pense pas que le gouvernement cherche à les soustraire à la connaissance du monde. Les nouvelles arrivent tard, vu les distances et l'absence de communications rapides. Mais tôt ou tard on sait la vérité. On sait que la Russie, à l'égard des territoires et ports de l'Amour gelés pendant six mois, ne caresse guère de projets chimériques ; qu'elle ne songe pas à un antagonisme maritime avec d'autres puissances. On sait et on voit que, sur le haut plateau qui sépare la Sibérie des Indes, la Chine du bassin de l'Aral et de la Caspienne, la Russie marche et progresse sans cesse, obéissant, comme naguère les Anglais aux Indes, à des nécessités impérieuses, remplissant comme eux une mission qui ne pourra ne pas profiter à une grande portion du genre humain. J'ai été frappé de trouver aux États-Unis, au Japon, en Chine, parmi les résidents anglais, un grand nombre d'hommes sérieux qui, tout en prévoyant des complications si les armées russes se rapprochaient trop des Indes, jugeaient cette puissance avec impartialité.

A Pékin, la tâche de la diplomatie russe se réduit à sauvegarder les intérêts que je viens d'indiquer. Commercialement, la Russie ne demande rien à la Chine ; politiquement, ses frontières étant rectifiées, elle demande qu'on ne lui suscite pas de difficultés dans l'Asie centrale.

La situation de l'Angleterre est tout autre. D'énormes intérêts de commerce réclament sa protection. Ses échanges annuels avec le Céleste-Empire atteignent le chiffre prodigieux de quarante-deux millions de livres sterling. Ils arriveraient à des proportions plus grandes encore, si tout l'empire était ouvert aux produits de la fabrication anglaise, aujourd'hui admis seulement dans seize ports et frappés — contrairement à l'esprit des traités, disent les Anglais ; légalement et régulièrement, soutiennent les Chinois — des droits de transit que perçoivent les douanes intérieures. Ainsi, ouverture de l'empire tout entier aux produits de l'industrie européenne, admission des pavillons de commerce étrangers dans les rivières, établissement de communications libres et directes entre les provinces de l'Ouest, le Sze-chuen, le Yûnan et les Indes (par l'Irawaddy), abolition des douanes intérieures ou libre transit des articles européens, voilà les conquêtes auxquelles vise l'Angleterre. Je dis l'Angleterre : Manchester, Leeds, tous les grands centres manufacturiers de la mère patrie que je distingue ici de ses enfants établis à Hongkong, à Shanghai et dans les autres ports ouverts de la Chine. L'industrie anglaise exige donc l'ouverture de l'empire et le libre transit ; et le gouvernement de la Reine ne peut, quand même il le voudrait, se refuser à poursuivre ce but. Pour l'atteindre, il emploie tous les moyens de persuasion dont il dispose, et il redoublera d'efforts à l'occasion de la révision des traités ; mais, par des considérations financières et politiques, par des motifs d'humanité, par mille autres raisons, il recule et reculera le plus longtemps possible devant l'emploi de la force. Il sait d'ailleurs que si de ses exigences commerciales sortait la guerre avec la Chine, vu l'immense disproportion des intérêts en jeu, il ne pourrait compter sur le concours armé d'aucune autre puissance.

Et ici qu'il me soit permis de toucher en passant une matière que j'ai souvent entendu discuter. C'est la question de la solidarité entre les puissances représentées à Pékin, dans le cas où des complications graves viendraient à troubler les relations de l'une ou de l'autre de ces puissances avec la Chine. Cette solidarité si désirée, espérée même, est le grand argument qu'on oppose à l'opiniâtreté des autorités chinoises. Vous vous trouvez, leur dit-on, en face non de l'Angleterre, ou de la Russie, ou de la France, ou des États-Unis, mais de nous tous. C'est cet argument que M. Hart emploie aussi à plusieurs reprises dans son mémoire. Est-il besoin de démontrer combien il est fallacieux ? Peut-on sérieusement espérer que les puissances qui ne prennent aucune part ou en prennent peu au mouvement commercial des ports ouverts, tireront l'épée pour appuyer les prétentions de l'Angleterre ? que l'Angleterre combattra pour les intérêts politiques de la Russie en Asie, ou pour la protection plus efficace des missionnaires catholiques ? que la Russie rompra avec la Chine pour maintenir le prestige de l'Angleterre aux Indes ? Et cependant ces illusions subsistent. Tant il est vrai que l'homme est toujours enclin à croire ce qu'il désire. Sans doute il y a des intérêts communs, et, pour la défense de ces intérêts, il sera peut-être possible d'établir un concert entre les puissances et un langage analogue et même identique entre leurs représentants à Pékin. Mais de là à une action militaire commune qui amènerait, qui serait la guerre, il y a loin. Les gouvernements le savent bien et le Tsungli-yamen aussi. C'est dans les concessions étrangères que se rencontre cette illusion.

J'ai parlé ailleurs de la situation, moins prospère qu'elle n'était naguère, quoique très-satisfaisante encore, des commerçants européens des trade-ports. On a vu que les profits individuels diminuent, tandis que l'importation des produits anglais augmente. J'ai donné l'explication de ce fait. Il en est résulté, dans les *settlements* ou *concessions*, je ne dirai pas un mécontentement universel, mais un malaise moral, et comme conséquence une certaine agitation, un penchant à la critique du gouvernement anglais et de ses principaux agents en Chine, une animosité croissante contre le Tsungli-yamen et contre les mandarins en général, enfin le désir, fort naturel, d'en arriver à une crise et, par la crise, de revenir au bon vieux temps avec ses grands et rapides profits. Deux courants divers agissent donc sur la légation et les consulats de Sa Majesté Britannique : le courant qui vient de la patrie : développement graduel et pacifique des relations commerciales au profit de tous ; et le courant des ports : réclamations individuelles, interprétations du traité dans le sens des prétentions de chacun, menaces, actes de représailles, et, s'il le faut, coups de canon. On accuse le gouvernement britannique de mollesse, le ministre, à Pékin, de complaisances, de sympathies pour les Chinois ; on reproche aux autorités impériales leur fausseté et leur insolence, et on demande aux consuls et aux commandants des bâtiments de guerre le châtiment immédiat des prétendus coupables. Beaucoup d'exemples et beaucoup de bonnes raisons peuvent s'alléguer en faveur de la méthode recommandée par les factoreries. C'est en agissant de cette façon, c'est-à-dire par son intervention consulaire directe et spontanée, appuyée sur des forces navales, que M. Medhurst a réglé ses comptes avec le vice-roi de Nanking [1], et le consul Gibson avec les mandarins de Formosa. Les trade-ports applaudissaient ; mais de Londres arriva un désaveu. Il n'appartient pas aux consuls, disait le *Foreign Office*, de procéder à des actes de représailles, ni aux capitaines des bâtiments de guerre de leur prêter main-forte. C'est au gouvernement central, par l'organe de la légation de Pékin, que les plaintes et réclamations doivent s'adresser. Le consul de Shanghai fut blâmé, celui de Formosa destitué, les officiers sévèrement réprimandés. Les communautés anglaises répondirent par une explosion de colère. De toutes parts on protesta contre ce qu'on appelait un abandon des intérêts britanniques.

Une députation de négociants de la Cité de Londres, engagés dans le commerce avec la Chine, se rendit auprès de lord Granville et s'exprima ainsi : « Les inquiétudes de nos amis, que nous partageons, ont fort augmenté, nous ne pouvons le cacher à Votre Seigneurie, en présence de la politique de concession et de complaisance que le gouvernement de Sa Majesté a récemment adoptée vis-à-vis du gouvernement chinois, tandis qu'il serait si nécessaire d'insister sur l'observation du traité et de se tenir prêt à demander satisfaction en cas d'injustice et d'injure. Nous n'avons pu oublier le prompt arrangement des difficultés survenues dans l'île de Formosa, grâce à l'intervention du consul Gibson. Au lieu de le remercier du service rendu et de l'en récompenser, ce fonctionnaire a été sévèrement blâmé et destitué. Nous avons appris, à notre grand regret, que l'amirauté a défendu aux officiers des stations navales en Chine de débarquer des hommes en aucun cas, même quand il s'agirait de protéger la vie de sujets britanniques, etc. » Je cite les paroles des négociants de la Cité, parce qu'elles sont l'écho fidèle, quoique tempéré, des doléances de leurs amis en Chine.

Le gouvernement impérial et ses principaux mandarins donnent lieu à d'autres plaintes. M. Hart les a résumées dans son mémoire. Accusé de sympathies chinoises, l'inspecteur général des douanes impériales jouissait, au sein des communautés européennes, d'une médiocre popularité. Il racheta sa faute, si faute il y avait, en déposant au pied du trône de l'empereur de Chine une pétition, ou plutôt une mercuriale, d'une sincérité, et, vu la position de l'auteur qui est aux gages du gouvernement chinois, d'une témérité sans exemple. Au courage de

---

[1] En 1868.

M. Hart répondit la longanimité ou le superbe dédain du prince de Kung et de ses collègues. En Europe, dans les États les plus libres, la destitution de l'auteur aurait suivi de près la présentation d'un pareil écrit. Dans l'empire du Milieu, les choses se passent autrement. En présence des sanglantes critiques que le subordonné leur adressait, à la face de la Chine et du monde, les ministres de l'empereur passèrent tranquillement à l'ordre du jour. M. Hart garda sa place et la Chine son assiette. Le *statu quo* fut maintenu. Certes aucun Européen n'est plus à même que M. Hart de connaître les rouages du gouvernement, ses vices et ses qualités, et, à ce titre seul, le mémoire de ce haut fonctionnaire anglais au service du Céleste-Empire mériterait notre attention.

« En Chine, dit-il, les races de l'Occident ont trouvé un abîme de faiblesse. A quoi bon un code admirable, quand l'observation des lois s'est relâchée ! L'administration, presque excellente en principe, est devenue une misérable machine. Les fonctionnaires tiennent leur emploi pendant un court espace de temps. Il s'ensuit que le nombre des agents qui font bien est restreint, et grand le nombre de ceux qui ont recours à des pratiques peu honnêtes.

« Les impôts de guerre sont énormes, mais le payement de la solde est toujours arriéré de plusieurs mois, parfois de plus d'une année. Sur le papier, les soldats comptent par millions, mais en réalité l'armée est une collection de valétudinaires et d'ignorants imbéciles qui, en temps de paix, au lieu d'être exercés, gagnent leur vie comme koulis. Pour livrer bataille, on fait une razzia sur les gens réunis au marché, et on les arme de bêches transformées en sabres et en lances. Les troupes tartares qu'on voit en temps de paix s'exercer à l'arc et à la fronde ne font que poser. Ce sont des gens énervés et bons seulement à apprivoiser des oiseaux. Quant à l'apparition des rebelles, on a réussi à éviter une rencontre ; un homme se tuera avec toute sa famille pour obtenir des titres à la compassion impériale. Supposez les deux forces en position ! Si les rebelles se retirent, les autres avanceront en masse ; mais, si les rebelles ne reculent pas immédiatement, les soldats (de l'Empereur) sont les premiers à s'enfuir. Les officiers représenteront naturellement l'affaire comme une victoire, et, en confirmation de leur rapport, feront tuer un ou deux hommes paisibles, ou bien, si quelques villageois n'ayant pas la tête rasée tombent entre leurs mains, ils les tueront, sous le prétexte que ce sont des rebelles *à longs cheveux*. C'est pour les officiers une occasion de demander une récompense de leur mérite.

« L'étude des livres est en théorie le moyen d'acquérir des connaissances, et les lettrés savent aujourd'hui faire des vers et écrire des essais. C'est ce qui leur ouvre le chemin aux fonctions publiques. Mais de connaissances utiles ou pratiques, ils n'en ont aucune idée. Comment peut-on, avec de pareils administrateurs, remédier aux maux, extirper les abus ou faire des règlements qui inspirent du respect ? Le peuple est soumis à des exactions continuelles.

« Ainsi, des lois bonnes en elles-mêmes produisent des maux incalculables, à tel point que, même ceux qui par nature sont soumis et de bonne conduite deviennent difficiles et se jettent dans le désordre.

« Tout, administration civile, administration militaire, est fondé sur le mensonge. Ceux qui sont chargés de faire exécuter les lois ne visent qu'à leur profit ; les gardiens de la bourse publique ne songent qu'à ramasser une fortune ; et les hommes au pouvoir font semblant de ne pas avoir d'yeux. L'intérêt du bas peuple ne peut monter assez haut pour parvenir à la connaissance des personnages haut placés, et les ordres d'en haut ne peuvent assez descendre pour être connus du peuple. Comment répondre de celui-ci, comment empêcher que son mépris pour les gouvernants n'éclate un jour en rébellion ouverte ? »

L'auteur passe aux affaires étrangères. Les traités ont réglé la question des frontières avec la Russie, la question des missionnaires catholiques avec la France, les questions de commerce avec les trois puissances, mais principalement avec l'Angleterre. Qu'arriverait-il si la Chine violait ses engagements avec la Russie ? M. Hart garde le silence sur ce point. Si la Chine manque à ses engagements par rapport aux missionnaires, toutes les puissances *catholiques* viendront, selon M. Hart, défendre cette cause qui leur est commune. S'il y avait, de la part du gouvernement chinois, infraction aux priviléges accordés au commerce, ce serait une offense qui atteindrait *toutes* les puissances. Si l'empereur persiste à refuser l'audience aux ministres étrangers, ce ne sera pas une cause de guerre immédiate, mais il est à craindre que les étrangers ne lui cherchent querelle sous quelque autre prétexte. Enfin l'auteur du mémoire réclame l'établissement de légations permanentes en Europe, et, pour les marchands étrangers, la permission de s'associer avec des négociants chinois pour la construction de chemins de fer, de lignes télégraphiques et de bateaux à vapeur.

Je résume la situation de l'Angleterre en Chine. L'importance énorme de l'industrie et du commerce britanniques engagés dans cette partie du monde, l'espérance motivée d'atteindre un plus grand développement, ne permettraient pas au gouvernement anglais, quand même il le voudrait, de quitter les positions qu'il a prises dans l'extrême Orient. Mais s'il est impossible d'abandonner ces positions, il est difficile de maintenir le *statu quo*. On a vu pourquoi. D'un côté, les résidents peu satisfaits de leur situation, identifiant volontiers leurs intérêts individuels avec les intérêts publics de l'Angleterre, multipliant par là des discussions irritantes avec le gouvernement chinois, prenant le verbe haut et demandant à la mère-patrie une politique « ferme et énergique », qui, mise en œuvre, deviendrait une politique de menace et de guerre. De l'autre côté, le gouvernement de la Reine, obéissant aux inspirations d'une saine politique, et par conséquent ne voulant et ne pouvant suivre une pareille ligne de conduite. Aussi, pour amoindrir le danger de complications imprévues et incalculables, a-t-il retiré aux consuls et aux officiers de ses stations navales le pouvoir d'user de représailles, sous leur propre responsabilité, envers les autorités locales. Mais, en insistant pour que les réclamations soient adressées par les voies diplomatiques au gouvernement central de Pékin, ne se livre t-il pas à des illusions dangereuses ? Ne suppose-t-il pas, ai-je entendu dire à Shanghai, à Tien-tsin, à Canton, ne suppose-t-il pas une Chine imaginaire, bien différente de celle qui existe réellement? Dans l'empire du Milieu, tout est autre que chez nous : les idées, les croyances, les lois, les traditions, les usages, les notions du droit et de l'honneur. Aux relations de la Chine avec l'étranger manque la base commune d'un droit international. L'organisation de l'intérieur est l'opposé de celle qui régit les États civilisés de l'Europe : ou plutôt cette organisation fait entièrement défaut. Si les États européens ressemblent au corps humain dont chaque partie exerce certaines fonctions, dont le sang circule d'après des règles fixes, dont les muscles obéissent à la volonté, la Chine est un immense polype ou plutôt une agglomération de corps divers n'ayant de commun entre eux que l'origine de leur race, la haine de l'étranger, l'orgueil et la présomption, ces deux ennemis de toute amélioration, la force de l'inertie, les armes de la ruse et de la trahison. Comment, pour ne donner qu'un exemple, demander au gouvernement central le libre transit, puisque cela supposerait l'abolition, au moins partielle, des lignes de douanes qui entourent chaque province, et dont les produits fournissent en très-grande partie au gouvernement provincial le moyen de faire marcher l'administration et de livrer au trésor impérial le tribut annuel, seul lien moral qui existe entre le cœur et le reste du polype ?

Comment recommander la création d'un code international, si indispensable pour les procès entre Chinois et étrangers, et pour ce qu'on appelle les cas mixtes, alors que les idées du droit en Chine sont si différentes des nôtres ? Comment se bercer de l'illusion qu'il soit possible d'en arriver à un *modus vivendi* tant soit peu tolérable ? Renonçons donc à de vaines tentatives qui ne feront que dévoiler notre entière impuissance. Ayons le courage d'envisager la situation telle qu'elle est. Reconnaissons franchement et virilement que nous sommes placés dans ce dilemme : ou quitter la Chine, ou la prendre, en prendre une portion — les autres puissances pourront faire de même, — et gouverner les pays occupés, d'après les lois et principes des États civilisés ! Et, en effet, au point de vue de la logique abstraite, c'est la seule solution radicale possible. Seulement la politique ne comporte pas toujours les solutions radicales et logiques, et le gouvernement anglais est trop éclairé pour seconder de tels projets.

Il y a, dans la vie des individus comme des nations, des moments où il faut savoir temporiser, vivre au jour le jour, tout en préparant les moyens d'atteindre le but voulu quand le moment propice se présentera. C'est le cas des gouvernements étrangers en Chine. Dans l'état actuel des choses, on fera bien, ce me semble, de renoncer à l'espoir de régler d'après des principes généraux les différends qui naissent tous les jours. Chaque cas devra être jugé et traité isolément, dans les limites du possible, et autant que le comporteront les circonstances données et les hommes auxquels on a affaire. Si le gouvernement central est impuissant à imposer à ses satrapes éloignés la stricte observation de ses engagements internationaux, il est évident que les gouvernements étrangers se chargeront d'ouvrir l'intelligence obtuse du fonctionnaire prévaricateur, ou, s'il manque de bonne volonté, de lui infliger le châtiment que son propre gouvernement est incapable de lui appliquer. Seulement, ces actes d'intervention ne pourront se justifier que par une nécessité impérieuse, et le jugement sur la question de savoir si l'intervention doit avoir lieu ne peut appartenir qu'au représentant diplomatique à Pékin, et non aux agents consulaires des trade-ports. Non que je doute le moins du monde de l'intelligence des hommes distingués et honorables chargés de veiller sur le commerce des sujets britanniques et, en bien des cas, sur la sûreté de leurs propriétés et de leurs vies. Mais chacun de nous a l'horizon de sa situation, et celui des consuls est naturellement plus restreint que l'horizon du ministre à Pékin. C'est à lui, dans chaque cas donné, de peser les divers éléments, de décider si des actes coercitifs sont nécessaires, si la situation politique de la Chine et de l'Europe les comporte, dans quelle mesure et à quel moment il conviendra d'y procéder. Les références à Pékin, vu les grandes distances et, pendant l'hiver, l'extrême difficulté des communications, ont leurs inconvénients ; mais l'action des consuls sous leur propre responsabilité en offrirait de bien plus graves : elle exposerait l'Angleterre à se voir tout à coup, et pour ainsi dire à son insu, engagée dans une guerre avec la Chine. C'est probablement en suivant cet ordre d'idées, et non dans la supposition erronée que la Chine puisse être traitée sur le pied des États civilisés, que feu lord Clarendon a retiré aux consuls et concentré dans les mains du représentant de la reine à Pékin les pouvoirs nécessaires pour employer, le cas échéant, des mesures coercitives. S'il en est ainsi, tout esprit non prévenu doit rendre hommage à la sagesse de cette mesure.

Un dernier mot sur les efforts qu'on fait ou qu'on désire faire pour répandre en Chine les bienfaits de la civilisation. C'est un beau et noble sentiment ; et si des voyageurs étrangers éprouvent le besoin, à leurs propres risques et périls, de prêcher aux Chinois l'évangile des connaissances utiles, du télégraphe et du chemin de fer, personne ne trouvera à y redire. Mais ce n'est pas là la tâche des diplomates et des consuls. Ce que M. Low a dit au sujet des missionnaires et des chrétiens indigènes s'applique aussi, ce me semble, à la propagande de la civilisation. Cette œuvre se trouve placée, pour répéter le mot profond de M. l'envoyé des États-Unis, en dehors de la mission et de l'action de la diplomatie. Les diplomates et les consuls ont pour tâche de sauvegarder les intérêts de leur pays, et non de se mêler des affaires du pays où ils exercent leurs fonctions. Les plus sages conseils qu'ils puissent offrir seront accueillis avec méfiance, ne fût-ce que parce qu'on les croira intéressés. J'ai toujours vu que les ambassadeurs qui prennent un intérêt trop vif au pays où ils résident ont fini mal, et, chose plus grave, ont

compromis les intérêts de leur propre pays. D'ailleurs les Chinois ne sont pas si obtus qu'on
semble le croire. S'ils ne veulent pas du chemin de fer et du télégraphe, ce n'est pas qu'ils
méconnaissent l'avantage qu'il peut y avoir à vaincre le temps et l'espace ; c'est peut-être parce
que, loin de vouloir multiplier et accélérer les relations avec l'Europe, leur intention est, au
contraire, de s'en isoler et de rendre les communications difficiles, ou, mieux encore, impossibles. La preuve qu'ils apprécient parfaitement, là où il leur convient, les progrès de nos
sciences, ce sont les travaux de leurs arsenaux organisés d'après le système européen, les
steamers de guerre construits dans ces arsenaux, le perfectionnement de leurs armes, les forts
à l'européenne érigés sous l'inspiration des augures, non dans l'intérieur, non sur les frontières
du nord, mais sur la barre de Taku et dans les ports ouverts, en face des concessions européennes.

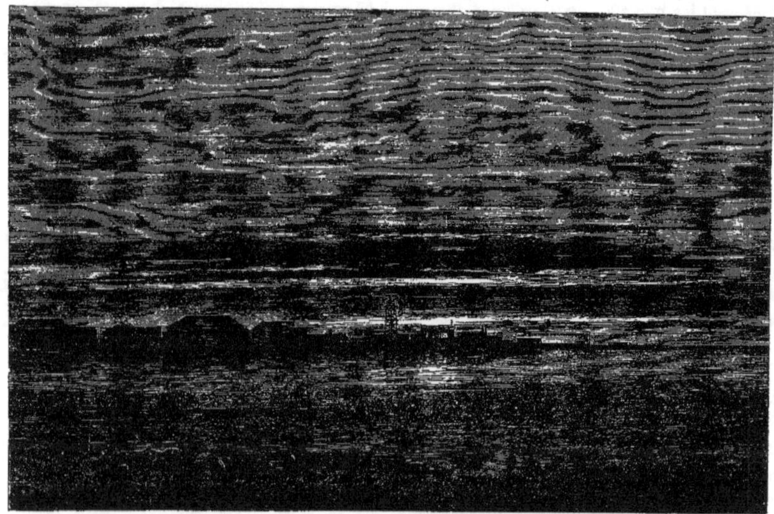

VUE GÉNÉRALE DE PORT-SAÏD.

Pour convertir les Chinois à notre civilisation, il faudrait donc agir sur leur cœur plus que
sur leur esprit, bien plus ouvert qu'on ne croit généralement. Il faudrait savoir retourner les
volontés.

Les Chinois ne sont pas comme les Japonais, ces enfants charmants gouvernés par des
enfants terribles ; ce sont des hommes sérieux ; ils adopteront notre civilisation quand ils nous
auront compris, et ils nous comprendront le jour où ils voudront.

Hélas ! mon cher journal, j'aurais bien des choses encore à inscrire sur tes pages ; mais tu
enflerais outre mesure. Soyons modeste ; ne présumons pas trop de la patience de ceux qui
nous liront. Déjà ne dira-t-on pas : Ce touriste, comment ose-t-il prendre la parole sur des matières qu'il n'a pas eu le temps d'approfondir ? A ceci nous répondrons : L'extrême Orient est
encore une terre presque inconnue. Aux maîtres de la science la gloire des grandes découvertes,
aux humbles ouvriers le petit mérite d'avoir concouru à l'œuvre dans la mesure de leurs
moyens.

Heureux ceux qui, par un beau temps, ont la bonne fortune de voyager à bord du *Tigre*, d'avoir pour commandant le capitaine Boilève, et pour compagnons de voyage mes aimables voisins de table ! Ce sont six semaines de villégiature. La monotonie de la traversée est rompue par des tableaux lumineux encadrés dans l'Océan : Saïgon, Singapore, Ceylan, les roches de Socotora, Aden ; plus loin, ou pour mieux dire, plus près de la chère patrie, les déserts de l'isthme de Suez, la cime de l'Ida couverte de neige, l'Etna, la Corse, les côtes de l'Italie !

13 *janvier* 1872. — Nous sommes devant Marseille. Le crépuscule nous inonde de ses lueurs blafardes. La terre se dérobe à nos regards sous un rideau blanc ; mais ses bruits confus nous arrivent, comme au théâtre on entend parfois le bruit de la scène à travers la toile qui va se lever. Maintenant, les premiers rayons du soleil, d'un pâle soleil d'hiver, déchirent les voiles, et, dans une éclaircie, sur le pic de son rocher, apparaît la flèche de Notre-Dame de la Garde.

TABLES

TABLE DES GRAVURES

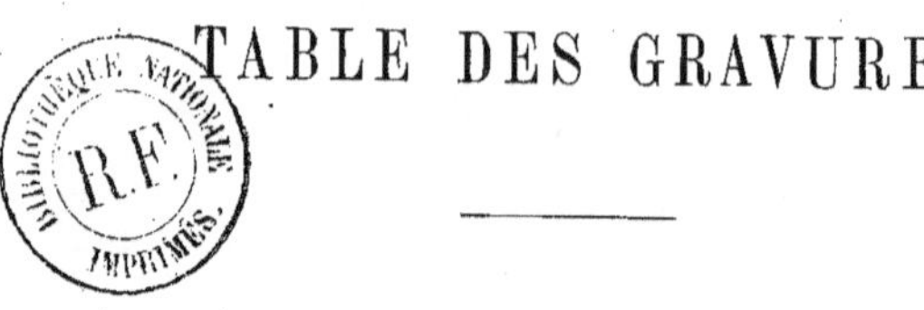

Titre. — Portrait de M. le baron de Hübner.

I — AMÉRIQUE

Corville-House : le départ. — Dessin de Th. Weber, d'après un croquis de l'auteur.   1
Chute de la Merced (Nevada Fall). — Dessin de J. Moynet, d'après une photographie.   2
Cork. — Dessin de Th. Weber, d'après une photographie.   5
Queenstown. — Dessin de Th. Weber, d'après une photographie.   7
Le China par le gros temps (*Double Top-Reef-Breeze*). — Dessin de Th. Weber, d'après une photo-
    graphie.   11
Iles de glace sur le banc de Terre-Neuve. — Dessin de Riou, d'après une photographie.   13
Banquise de Terre-Neuve. — Dessin de Lebreton.   15
Le brouillard. — Dessin de Riou, d'après le texte.   17
Rade de New-York. — Dessin de Th. Weber, d'après un document américain.   18
New-York, vue prise du cimetière de Greenwood. — Dessin de Th. Weber, d'après un document
    américain.   19
New-York. — Dessin de Th. Weber, d'après un document américain.   21
Broadway. — Dessin de L. Avenet, d'après une photographie.   23
La cinquième avenue. — Dessin de L. Avenet, d'après une photographie.   25
Un square à New-York. — Dessin de Taylor, d'après un document américain.   27
Washington. — Dessin de Th. Weber, d'après un document américain.   29
Le Capitole. — Dessin de A. Deroy, d'après un document américain.   31
Le président Grant. — Dessin de E. Ronjat, d'après une photographie.   35
La Maison-Blanche, résidence du président des États-Unis. — Dessin de Taylor, d'après une photo-
    graphie.   37
Arlington Hôtel. — Dessin de Rozier, d'après un document américain.   38
Les bords de la Susquehanna. — Dessin de Taylor, d'après un document américain.   39
Une caravane engagée dans un cañon. — Dessin de O. de Penne, d'après une photographie.   41
La Susquehanna. — Dessin de Th. Weber, d'après un document américain.   45
Lac Michigan. — Dessin de Th. Weber, d'après un document américain.   48
Les bords du lac Michigan. — Dessin de Th. Weber, d'après un document américain.   49
Shermanhouse. — Dessin de E. Thérond, d'après une photographie.   51
Chicago. — Dessin de Th. Weber, d'après un document américain.   53
Michigan-Avenue, à Chicago. — Dessin de E. Thérond, d'après une photographie.   55
Maison en marche. — Dessin de J. Férat, d'après un croquis de l'auteur.   56
Sheridan. — Dessin de E. Ronjat, d'après une photographie.   57
Sherman. — Dessin de E. Ronjat, d'après une photographie.   59
Une rue de Chicago (Maddison Street). — Dessin de H. Clerget, d'après une photographie.   63
Pullman-Car (extérieur). — Dessin de B. Bonnafoux, d'après une photographie.   65
Pullman-Car (wagon-salon). — Dessin de E. Thérond, d'après une photographie.   66

668   TABLE DES GRAVURES.

Pullman-Car (wagon-lit). — Dessin de B. Bonnafoux, d'après nature. 67

Station d'Omaha, point de départ du chemin de fer du Pacifique. — Dessin de J. Férat, d'après une photographie. 71

Indien des prairies qui a scalpé son ennemi mort. — Dessin de Janet Lange, d'après un croquis. . . 73

Dalesbridge. — Dessin de J. Férat, d'après un document américain. 74

Green River (la Rivière Verte). — Dessin de Taylor, d'après une photographie. 76

Devil'sgate (la Porte du Diable), sur la rivière de Sweet-Water. — Dessin de E. Thérond, d'après une photographie. 77

Écho-Cañon. — Dessin de Taylor, d'après une photographie. 78

Salt-Lake (le Lac Salé). — Dessin de Taylor, d'après un document américain. 79

Main-Street, à Salt-Lake-City. — Dessin de E. Thérond, d'après une photographie. 81

Une diligence de Wells Fargo et Cie. — Dessin de O. de Penne, d'après une photographie. 83

Charley, Indien serpent, et son cousin, de la tribu des Utah. — Dessin de J. Lavée, d'après une photographie. 85

Chariots dans Main-Street. — Dessin de O. de Penne, d'après une photographie. 87

Townsend House (Hôtel Townsend). — Dessin de Taylor, d'après une photographie. 89

Un grand conseil d'Indiens et de commissaires envoyés de Washington. — Dessin de Janet Lange, d'après des croquis originaux. 91

Le camp Douglas, près Salt-Lake-City. — Dessin de E. Thérond, d'après une photographie. 93

Soldats d'un régiment de cavalerie américaine. — Dessin de Janet Lange, d'après des croquis originaux. 95

Salt-Lake-City. — Dessin de A. de Bar, d'après une photographie. 99

Vue de la Porte de l'Aigle et de la maison d'école de Brigham Young. — Dessin de Taylor, d'après une photographie. 102

Le harem et la résidence de Brigham Young. — Dessin de E. Thérond, d'après une photographie. . . 103

Brigham Young. — Dessin de D. Maillart, d'après une photographie. 105

Une caravane de néophytes mormons en route vers le Lac Salé. — Dessin de A. Marie, d'après une photographie. 107

Salt-Lake-City : vue d'Ensign-Peak. — Dessin de Taylor, d'après un croquis. 109

Anciens et évêques. — 1, Hunter. — 2, Dimick Huntington. — 3, Orson Hyde. — Dessin de E. Bocourt, d'après des photographies. 110

Anciens et évêques. — 1, Feu Hébert Kimball. — 2, Daniel Wells. — Dessin de E. Bocourt, d'après des photographies. 111

Le tabernacle ou temple actuel des Mormons. — Dessin de E. Thérond, d'après une photographie. 113

Vue de la partie occidentale de Salt-Lake-City. — Dessin de E. Thérond, d'après une photographie. . 117

Labour and faith. — Mormons taillant le granit pour la construction du temple. — Dessin de J. Férat, d'après une gravure américaine. 120

Masque de Joë Smith. — Dessin de P. Sellier, d'après une photographie. 123

Corinne. — Dessin de Taylor, d'après un croquis de l'auteur. 125

Rowdies dans les rues de Corinne. — Dessin de E. Bayard, d'après une photographie. 127

Chef des Pah-Yutes. — Dessin de J. Lavée, d'après une photographie. 130

Indiens Paunies. — Dessin de C. Gilbert, d'après une photographie. 131

Hommes et femmes Sioux. — Dessin de C. Gilbert, d'après une photographie. 133

Church-Butte. — Dessin de F. Sorrieu, d'après une photographie. 134

Great american desert. — Dessin de F. Sorrieu, d'après une photographie. 135

La voiture d'Idaho (Nevada), sur le chemin de fer Central-Pacific. — Dessin de O. de Penne, d'après une photographie. 137

Vue intérieure des abris contre la neige sur le chemin de fer Central-Pacifique, dans la traversée de la Sierra Nevada. — Dessin de J. Férat, d'après une photographie. 140

Indiens attaquant dans le désert la diligence transcontinentale (juillet 1867). — Dessin de Janet-Lange, d'après un croquis original. 141

Un mineur californien : lavage par la méthode hydraulique. — Dessin de J. Férat, d'après une photographie. 143

Ponts en bois (Trestle Work), près de Sacramento-City. — Dessin de J. Férat, d'après une photographie. 145

Vue de l'ancienne église de la mission Dolores, édifiée à San-Francisco en 1777. —Dessin de H. Clerget, d'après une photographie. 147

San-Francisco, rue du Sacramento. — Dessin de H. Clerget, d'après une photographie 149

San-Francisco ; vue de Montgomery-Street. — Dessin de Ph. Benoist, d'après une photographie. . . . 151

Une usine (Silver-City, la ville de l'argent). — Dessin de Ph. Benoist, d'après une photographie. . . . 153

Baie de San-Francisco. — Dessin de Th. Weber, d'après une photographie. 155

Le Grand Hôtel. — Dessin de A. Deroy, d'après une gravure américaine. . . . . , . . . 158

L'Occidental-Hôtel, dans Montgomery-Street. — Dessin de Ph. Benoist, d'après une photographie. . . 159

San-Francisco, le quartier chinois. — Dessin de H. Clerget, d'après une photographie. 161

Chinoises, à San-Francisco. — Dessin de E. Boulanger, d'après une photographie. 163

Banquiers chinois à San-Francisco. — Dessin de E. Boulanger, d'après une photographie. 167

San-Francisco ; quai ou wharf de Mission-Street. — Dessin de J. Moynet, d'après une photographie. 168

Ouvriers chinois. —Dessin de E. Ronjat, d'après une photographie. 169

Le collége des jésuites de Santa-Clara. — Dessin de Taylor, d'après une photographie. 170

Océan Pacifique, près de Santa-Clara : les rochers dits Veaux-Marins (*Seal Rocks*). — Dessin de Th. Weber, d'après une photographie 171

Les Seal Rocks. — Dessin de Th. Weber, d'après un croquis de l'auteur. 174

Vue sur la vallée d'Yosemiti. — Dessin de J. Moynet, d'après une photographie 175

Les big trees de Mariposa. — Dessin de H. Catenacci, d'après une photographie. 179

Le pic de l'Inspiration. — Dessin de J. Moynet, d'après un croquis de l'auteur. 182

Bridal Fall dans la vallée de Yosemiti. — Dessin de J. Moynet, d'après une photographie. 183

Le dôme du Sud. — Dessin de J. Moynet, d'après une photographie. 184

Vallée de Yosemiti. — Dessin de J. Moynet, d'après une photographie. 185

Le roc de la Cathédrale. — Dessin de J. Moynet, d'après une photographie. 187

Friendly Indian. — Dessin de Riou, d'après une photographie. 188

Le Lac-Miroir et les Trois-Frères. — Dessin de J. Moynet, d'après une photographie. 189

La Sentinelle. — Dessin de J. Moynet, d'après une photographie 191

Cascade de Yosemiti. — Dessin de J. Moynet, d'après une photographie. 193

Nerval-Fall. — Dessin de J. Moynet, d'après une photographie 195

Rochers dans la vallée de Yosemiti. — Dessin de J. Moynet, d'après un croquis de l'auteur. 196

Les Dunes. — Dessin de J. Moynet, d'après une photographie. 197

Vue de la vallée prise du pied du Capitan. — Dessin de J. Moynet, d'après une photographie. 200

Les becs en ciseaux. — Dessin de A. de Neuville. 201

Cul-de-lampe. — Oiseau. — Fac-simile d'une gravure japonaise. 221

II — JAPON

Yokohama, quartier indigène : avenue du Temple. — Dessin de E. Thérond, d'après une photographie. 225

Intérieur de maison : portier et voisines. — Dessin de A. de Neuville, d'après une photographie. . . . 227

Boutique d'objets d'art et d'industrie à Curio-Street, Yokohama. — Dessin de H. Catenacci, d'après une photographie. 229

Route de Yokohama à Kanagawa. — Dessin de A. de Neuville, d'après un croquis japonais. 231

Une rue de Benten-Tori à Yokohama. — Dessin de E. Thérond, d'après une photographie. 232

Campanile d'un temple bouddhiste, à Kawasaki. — Dessin de E. Thérond, d'après une photographie. 235

Scène de famille à Yokohama. — Dessin de A. de Neuville, d'après une photographie. 238

Des baigneurs de la classe bourgeoise aux bains de Miyanôshita. — Dessin de A. de Neuville, d'après une photographie. 239

La toilette d'un Yakunin. — Dessin de L. Crépon, d'après un croquis japonais. 242

Coureur impérial, porteur de dépêches. — Dessin de A. de Neuville, d'après une photographie. 243

Passage de l'Odawara. —Dessin de D. Maillart, d'après un croquis de l'auteur. 244

Toilette d'une dame japonaise. — Fac-simile d'une peinture japonaise par E. Morin 245

Un médecin en visite. — Dessin de A. de Neuville, d'après une peinture japonaise. 247

Un médecin de qualité. — Dessin de A. de Neuville, d'après une esquisse japonaise. . . . . — . . 248
Un dîner de famille. — Dessin de A. de Neuville, d'après une photographie. 249
Voyage en kangho. — Dessin de D. Maillart, d'après un croquis de l'auteur. 251
Pèlerins se rendant au Fujiyama. — Dessin de A. de Neuville, d'après une photographie. 253
Au grand temple de Yoshida. — Dessin de E. Ronjat, d'après un croquis de l'auteur. 255
Pèlerin en manteau de paille. — Dessin de A. de Neuville, d'après une photographie. 259
« C'est donc à moi de veiller à la moralité publique. » — Dessin de D. Maillart, d'après un croquis de
    l'auteur. 261
Le peuple se prosterne devant le chef. — Dessin de A. de Neuville, d'après un croquis japonais. . . . 263
Nésan. — Dessin de D. Maillart, d'après un croquis de l'auteur. 265
Des voyageurs indigènes par une journée de pluie. — Dessin de E. Bayard, d'après un croquis japonais. 267
Yoshida. — Dessin de Taylor, d'après un croquis de l'auteur. 268
Vue prise à la maison de thé de Hata. — Dessin de Taylor, d'après une photographie. 269
Le coucher au Japon. — Dessin de A. Marie, d'après un croquis de M. Collache. 270
Lac de Hakoné. — Dessin de Taylor, d'après un croquis de l'auteur 271
Le lac de Hakoné. — Dessin de Taylor, d'après un croquis de l'auteur 274
Baie de Suruga. — Dessin de Taylor, d'après un croquis de l'auteur 275
Atami. — Dessin de Taylor, d'après un croquis de l'auteur 277
Le requin endormi. — Dessin de Maillart, d'après un croquis de l'auteur. 278
Enoshima. — Dessin de Taylor, d'après un croquis de l'auteur. 280
Le Daibutsu, statue colossale de bronze du Bouddha, à Kamakura. — Dessin de E. Thérond, d'après
    une photographie. 281
Temple central d'Hachiman, à Kamakura. — Dessin de E. Thérond, d'après une photographie 282
Vallée de rizières sur la route de Kanazawa. — Dessin de L. Sabatier, d'après une photographie. . . . 283
Pagode d'Hachiman (détail). — Dessin de E. Thérond, d'après une photographie. 285
Les îlots près de Kanazawa. — Dessin de L. Sabatier, d'après un croquis de M. Roussin. 286
Cérémonial japonais. — Dessin de E. Ronjat, d'après un croquis de l'auteur. 287
Hakoné. — Dessin de Taylor, d'après un croquis de l'auteur. 289
Un palais de daimio (Yashki), à Yedo. — Dessin de E. Thérond, d'après une photographie. 291
Le pont dit Niphon-Bashi, à Yedo. — Dessin de J. Pelcoq, d'après une gravure japonaise. 293
Vue d'un canal dans le Soto-Jiro, à Yedo. — Dessin de E. Thérond, d'après une photographie 295
Boutique de pharmacien, à Yedo. — Dessin de L. Crépon, d'après des gravures japonaises 297
Porteurs de norimon. — Dessin de E. Bayard, d'après une esquisse japonaise. 299
Femmes du peuple japonaises allant en visite. — Dessin de E. Bayard, d'après des photographies. . . 300
Fête des Bannières, à Yedo. — Dessin de L. Crépon, d'après des gravures japonaises. 301
Bettos (palefreniers), à Yedo. — Dessin de A. de Neuville, d'après une photographie. 304
Yedo : vue prise sur un quartier incendié et sur les parcs du castel. — Dessin de E. Thérond, d'après
    une photographie. 305
Yedo : Vue prise sur la baie, des hauteurs d'Atagoyama. — Dessin de E. Thérond, d'après une
    photographie. 305
Un dortoir dans une auberge. — Dessin de E. Thérond, d'après une peinture japonaise. 307
Maison de thé rustique à Oji, près de Yedo. — Dessin de D. Lancelot, d'après une peinture japonaise. 308
Un mausolée de la Shiba. — Dessin de E. Thérond, d'après une photographie. 311
La cour d'un mausolée, à Yedo. — Dessin de Taylor, d'après une photographie. 313
La Shiba, entrée de la cour du mausolée et vue du temple. — Dessin de Rozier, d'après une
    photographie. 315
Iwakura Tomomi. — Dessin de D. Maillart, d'après une photographie. 317
Les magasins de soieries de Mitsoui. — Dessin de L. Crépon, d'après des gravures japonaises. 321
M. Adams. — Dessin de D. Maillart, d'après une photographie. 323
Le grand chapelet de famille. — Dessin de E. Bayard, d'après des croquis japonais. 325
Sanctuaire d'Ikégami. — Dessin de Taylor, d'après un croquis de l'auteur. 326
Le Hara-Kiri; condamnation d'un noble au suicide. — Dessin de L. Crépon, d'après des gravures
    japonaises. 329
Type des jardins des daimios. — Dessin de D. Lancelot, d'après une photographie. 333
Ronde de nuit. — Dessin de A. de Neuville d'après une photographie. 335

TABLE DES GRAVURES.

671

Dîner chez Sawa. — Dessin de E. Ronjat, d'après un croquis de l'auteur. 337

Intérieur du grand temple d'Asakusa, à Yedo. — Dessin de E. Thérond, d'après une photographie 341

Autel de Kwanon dans le temple d'Asakusa, à Yedo. — Dessin de L. Crépon, d'après des croquis japonais 344

Représentation théâtrale, à Yedo. — Dessin de E. Thérond, d'après une peinture japonaise. 345

Yakounins (fonctionnaires civils et militaires) rentrant au quartier. — Dessin de A. de Neuville, d'après des croquis japonais 348

Vue prise dans le quartier des daimios (Soto-Jiro), à Yedo. — Dessin de E. Thérond, d'après une photographie. 349

Joueuse de luth. — Dessin de D. Maillart, d'après un croquis de l'auteur. 352

Une maison de thé élégante, à Yedo. — Dessin de L. Crépon, d'après des gravures japonaises. . . . 353

Une des portes du palais du Mikado, à Yedo. — Dessin de Taylor, d'après un croquis de l'auteur. . . 356

Réception. — Dessin de D. Maillart, d'après un croquis de l'auteur. 359

Le Tosendji, résidence de sir Rutherford Alcock, alors ministre britannique à Yedo. — Dessin de D. Lancelot, d'après une photographie. 363

Guet de nuit. — Dessin de E. Bayard, d'après une photographie. 366

Cap Sivo, sur la côte du Japon. — Dessin de Th. Weber, d'après un croquis de l'auteur. 367

Osaka. — Dessin de Taylor, d'après un croquis de l'auteur. 369

Embouchure du Yodogawa, près d'Osaka. — Dessin de Th. Weber, d'après un croquis de l'auteur. . 371

La rue des spectacles, à Osaka. — Dessin de L. Crépon, d'après des gravures japonaises. 375

Une danseuse à la mode. — Dessin de L. Crépon, d'après une peinture japonaise. 378

En remontant le Yodogawa. — Dessin de Th. Weber, d'après un croquis de l'auteur. 379

De ma fenêtre, le Kamagawa à Kiyôto. — Dessin de Taylor, d'après un croquis de l'auteur. 381

Officier du Mikado en tenue de ville. — Dessin de A. de Neuville, d'après une photographie. 382

Le Mikado lorsqu'il résidait encore à Kiyôto. — Dessin de E. Bayard, d'après Siebold. 383

Kiyôto. M. de Hubner pénétrant dans le palais du Mikado. — Dessin de E. Ronjat, d'après un croquis de l'auteur. 385

Porte du Soleil, palais du Mikado, à Kiyôto. — Dessin de Taylor, d'après un croquis de l'auteur. . . . 387

Palais du Mikado. La porte des cuisines. — Dessin de Taylor, d'après un croquis de l'auteur. 387

Un kugé en costume de cour. — Dessin de J. Pelcoq, d'après une peinture japonaise. 388

Devant la troisième enceinte du palais. — Dessin de Taylor, d'après un croquis de l'auteur. 389

Cour d'honneur du palais du Mikado. — Dessin de Taylor, d'après un croquis de l'auteur. 391

Le jardin et le gynécée. — Dessin de Taylor, d'après un croquis de l'auteur. 392

Temple bouddhiste de Kin-kaku-ji, près de Kiyôto. — Dessin de E. Guillaume, d'après une photographie indigène. 395

Taiko-Sama. — Dessin de A. de Neuville, d'après une peinture japonaise. 398

Vue générale de Kiyôto, prise de Guion-Machi, au sud-est de la ville. — Dessin de Taylor, d'après un croquis de l'auteur. 399

Des bonzes bouddhistes faisant leurs prières du soir. — Dessin de E. Bayard, d'après des croquis japonais. 402

Un juge d'instruction. — Dessin de A. de Neuville, d'après une photographie. 404

Leurs tombeaux ne manqueront ni de branches d'arbres ni d'encens. — Dessin de E. Thérond, d'après une peinture japonaise. 405

Samuraï enfant, suivi de sa sœur portant le sabre du jeune gentilhomme. — Dessin de E. Bayard, d'après une gravure japonaise. 406

Retour du Taïkoun à Yedo, fac simile d'un dessin japonais. 407

Le lac de Biva, vu du temple de Midêra. — Dessin de Th. Weber, d'après un croquis de l'auteur. . . . 409

Ishiyama. — Dessin de Taylor, d'après un croquis de l'auteur. 412

Le gouverneur. — Dessin de A. de Neuville, d'après une photographie. 413

En route pour Yâvata. — Dessin de E. Ronjat, d'après un croquis de l'auteur. 415

Les rats marchands de riz, fac-simile d'un dessin japonais. 418

Le dieu du tonnerre. — Le dieu de la guerre. — Fac-simile de dessins japonais. 419

Pêcheur lançant l'épervier, fac-simile d'un dessin japonais. 420

Fabricants d'éventails japonais. — Dessin de A. de Neuville, d'après une gravure japonaise. 422

Vue prise à Shimonoséki, en face de Kokoura. — Dessin de D. Grenet, d'après une aquarelle de
    M. Roussin. 423
Ile de Shikoku dans la mer intérieure. — Dessin de Th. Weber, d'après un croquis de l'auteur. 424
Baie de Nagasaki. — Dessin de L. Français, d'après M. de Trévise. 425
Collines funéraires à Nagasaki. — Dessin de E. Thérond, d'après une photographie. 429
La mer intérieure. — Dessin de Th. Weber, d'après un croquis de l'auteur. 457

III — CHINE

Vue de Shanghai. — Dessin de Taylor, d'après une photographie. 461
Shanghai, vue prise de la porte d'entrée du jardin public. — Dessin de Barclay, d'après une photographie. 462
Vue de la douane de Shanghai. — Dessin de E. Grandsire, d'après M. de Trévise. 463
Une place de Shanghai. — Dessin de Barclay, d'après une photographie. 465
Vue de la concession américaine à Shanghai. — Dessin de D. Lancelot, d'après M. de Trévise. 467
Pont sur la rivière Sou-tchéou, près de Shanghai. — Dessin de D. Lancelot, d'après M. de Trévise. . . . 467
Brouette de voyage en Chine. — Dessin de P. Sellier, d'après une photographie. 470
La pagode de Su-kia-wei. — Dessin de Barclay, d'après une photographie. 473
Fumeurs d'opium. — Dessin de P. Kauffmann, d'après une photographie. 477
Trituration du thé poudre à canon. — Dessin de J. Férat, d'après une photographie. 481
Tamisage du thé. — Dessin de E. Ronjat, d'après une photographie. 482
Pesage du thé. — Dessin de J. Férat, d'après une photographie. 483
Dégustation du thé. — Dessin de E. Ronjat, d'après une photographie. 484
Les House-boats du Pei-ho. — Dessin de Th. Weber, d'après une aquarelle de M. Devéria. 485
Promontoire sud-est du cap de Shantung. — Dessin de Th. Weber, d'après un croquis de l'auteur. . 487
Fort de Taku (rive gauche). — Dessin de H. Clerget, d'après une photographie. 488
Rives du Pei-ho. — Dessin de D. Lancelot, d'après un croquis original. 489
Au bord du Pei-ho. — Dessin de D. Maillart, d'après un croquis de l'auteur. 490
Tung-chow. — Dessin de Taylor, d'après un croquis de l'auteur 491
Vue générale des fortifications de Pékin. — Dessin de Taylor, d'après une photographie. 493
Le général Vlangali, ministre de Russie en Chine. — Dessin de D. Maillart, d'après une photographie. 495
Carte de Pékin. 496
Pékin : intérieur d'un bastion. — Dessin de Taylor, d'après une photographie. 497
Employés aux pompes funèbres. — Dessin de A. Marie, d'après une photographie. 498
Enterrement à Pékin. — Dessin de Janet-Lange, d'après l'album de Mme de Bourboulon. 499
Vue d'un monument funéraire. — Dessin de H. Clerget, d'après une photographie. 501
Porte Chien-mên. — Dessin de Taylor, d'après une photographie. 502
Grande rue centrale de la ville chinoise. — Dessin de H. Clerget, d'après une photographie. 503
Chameau du nord de la Chine. — Dessin de E. Ronjat, d'après une photographie. 505
Tour en porcelaine (Pékin). — Dessin de F. Sorrieu, d'après une photographie. 506
Le sanctuaire des sacrifices annuels du temple du Ciel. — Dessin de E. Thérond, d'après une photo-
    graphie. 507
L'autel découvert du temple du Ciel. — Dessin de H. Catenacci, d'après une photographie. 509
Temple de la Terre. — Dessin de E. Thérond, d'après une photographie. 511
M. (aujourd'hui sir Thomas) Wade, ministre de l'Angleterre en Chine. — Dessin de D. Maillart, d'après
    une photographie. 513
L'intérieur du temple de Confucius. — Dessin de B. Bonnafoux, d'après une photographie. 514
Entrée d'un temple bouddhiste à Pékin. — Dessin de H. Catenacci, d'après une photographie. 515
Bonze supérieur d'un couvent bouddhique. — Dessin de E. Ronjat, d'après une photographie. 516
La grande lamaserie. — Dessin de O. Mathieu, d'après une photographie. 517
Type de porte en forme de cercle. — Dessin de E. Thérond, d'après une photographie. 519
Vases en porcelaine. — Dessin de B. Bonnafoux, d'après une photographie. 521

Vase en porcelaine. — Dessin de B. Bonnafoux, d'après une photographie. 522

Vase en émail cloisonné. — Dessin de B. Bonnafoux, d'après une photographie. 522

Cour de l'ancien observatoire des Jésuites, à Pékin. — Dessin de D. Lancelot, d'après l'album de Mme de Bourboulon. 524

Instruments de bronze de l'observatoire de Pékin. — Gravures extraites du Voyage en Chine de M. Thomson. 525

Le ministre des finances se rendant au Tsungli-yamen. — Dessin de A. Marie, d'après une photographie. 527

Nan-tang, cathédrale catholique, dite portugaise, à Pékin. — Dessin de E. Thérond, d'après une photographie. 528

Pei-tang, église du nord, à Pékin. — Dessin de H. Catenacci, d'après une photographie. 529

Porte et parc du Pei-tang. — Dessin de E. Thérond, d'après une photographie. 530

Le cimetière portugais, près de Pékin. — Dessin de H. Catenacci, d'après une photographie. 531

Le cimetière portugais. — Dessin de Taylor, d'après un croquis de l'auteur. 532

Mosquée mahométane à Pékin. — Dessin de H. Catenacci, d'après une photographie. 533

Vu-gui-tow : Le défilé de Cha-tow. — Dessin de Taylor, d'après un croquis de l'auteur. 535

Le palais d'Été. — Dessin de H. Clerget, d'après une photographie. 536

La muraille chinoise. — Dessin de Taylor, d'après des croquis de l'auteur. 537

Yuen-ming-yuen (palais d'Été). — Dessin de Taylor, d'après une photographie. 539

Pont dans le palais d'Été. — Dessin de H. Clerget, d'après une photographie. 540

Dépendance du palais d'Été. — Dessin de Taylor, d'après une aquarelle de M. Deveria. 541

Pékin : péristyle de la légation anglaise. — Dessin de E. Thérond, d'après une photographie. 543

Cour intérieure de la légation anglaise, à Pékin. — Dessin de E. Thérond. 545

Porte de la cour d'honneur de la légation de France. — Dessin de H. Catenacci, d'après une photographie. 547

Exécution du grand mandarin Shu-shu-en. — Dessin de E. Bayard, d'après l'album de Mme de Bourboulon. 551

Le prince de Kung. — Dessin de E. Ronjat, d'après une photographie. 553

Le Tsungli-yamen, vu de l'angle sud-ouest du pavillon de réception : membres du conseil des affaires étrangères. — Dessin de E. Ronjat, d'après une photographie. 555

S. Exc. Wên-Siang, de l'académie de Han-Line, vice-président du grand Conseil de l'Empire, secrétaire général aux affaires étrangères. — Dessin de E. Ronjat, d'après une photographie. 557

Le prince de Kung à l'âge de vingt ans. — Dessin de E. Ronjat, d'après une photographie. 558

Tien-tsin. — Dessin de Th. Weber, d'après un croquis de l'auteur. 559

Tien-tsin : le Pei-ho et ses deux confluents. — Dessin de J. Moynet, d'après une photographie. 561

Sous la porte de Tien-tsin. — Dessin de E. Ronjat, d'après un croquis de l'auteur. 564

Bourgeois de Tien-tsin. — Dessin de E. Ronjat, d'après une photographie. 565

Portrait d'un marchand chinois. — Dessin G. Doré, d'après une photographie. 566

Acteurs chinois. — Dessin de E. Ronjat, d'après une photographie. 567

Chambre ou salon d'une maison chinoise. — Dessin de H. Catenacci, d'après une photographie. . . . 569

Consulat de France avant les massacres. — Dessin de Taylor, d'après photographie. 570

La mission catholique à Tien-tsin, incendiée le 21 juin 1870. — Dessin de D. Lancelot, d'après une aquarelle chinoise. 571

Éventail chinois représentant le meurtre de MM. Fontanier et Simon. 585

Tien-tsin. Le cimetière des victimes. — Dessin de Th. Weber, d'après un croquis de l'auteur. 593

L'île de Hongkong. — Dessin de Th. Weber, d'après un croquis de l'auteur. 595

Le port de Hongkong. — Dessin de Sabatier, d'après une aquarelle de M. de Trévise. 596

La Tour de l'Horloge, à Hongkong. — Dessin de A. Deroy, d'après une photographie. 597

Chaise à porteurs, à Hongkong. — Dessin de E. Ronjat, d'après une photographie. 599

Une rue de Hongkong. — Dessin de Sellier, d'après une photographie. 600

Une jonque. — Dessin de J. Moynet, d'après une photographie. 601

Si-kung, église et mission catholiques. — Dessin de Th. Weber, d'après un croquis de l'auteur. 603

Halle du Midi. Vue sur Hongkong. Le père Raimondi. — Dessin de Th. Weber, d'après un croquis de l'auteur. 605

Kao-lung. — Dessin de Th. Weber, d'après un croquis de l'auteur. 606

Pearl River. — Dessin de Th. Weber, d'après une photographie. 609

Rapides sur la rivière des Perles. — Dessin de Th. Weber, d'après une photographie............... 610
Une ferme de la province de Canton. — Dessin de A. Marie, d'après une photographie............. 611
Le temple des « Cinq cents dieux », à Canton. — Dessin de P. Sellier, d'après une photographie...... 614
Une rue des faubourgs occidentaux, à Canton. — Dessin de P. Sellier, d'après une photographie.... 615
Les vœux du bonze. — Dessin de E. Ronjat, d'après un croquis de l'auteur........................ 617
Le précepteur. — Dessin de E. Vaumort, d'après l'album de Mᵐᵉ de Bourboulon................... 619
La cangue et le pilori. — Dessin de E. Ronjat, d'après une photographie. 623
Un tribunal. — Dessin de E. Ronjat, d'après un croquis de l'auteur............................ 625
Le vice-roi Yue. — Dessin de Lafosse, d'après une photographie................................ 627
Le chin-chin. — Dessin de E. Ronjat, d'après un croquis de l'auteur............................ 631
Le consulat anglais, à Canton. — Dessin de A. de Bar, d'après une photographie.................. 629
Débarcadère de Macao. — Dessin de E. Grandsin, d'après M. de Trévise...................... 633
Macao. — Dessin de Taylor, d'après une photographie............................. 635
Batelière de Macao. — Dessin de G. Doré, d'après une photographie...................... 639
Vue de Hongkong. — Dessin de Ph. Benoist, d'après une photographie........................... 641
Vue générale de Port-Saïd... 663
Arrivée à Marseille. — Dessin de D. Maillart, d'après un croquis de l'auteur.................. 664

Nota. — La plupart des dessins du Japon ont été exécutés d'après les photographies de M. Beato, et ceux de la Chine d'après MM. Thomson et Morache.

FIN DE LA TABLE DES GRAVURES.

TABLE DES MATIÈRES

I — AMÉRIQUE

I
DE QUEENSTOWN A NEW-YORK
Du 14 au 24 mai.

Départ. — Le repos dominical à Queenstown. — Les émigrants à bord du *China*. — Inconvénient de la navigation au nord du 41° parallèle. — Débarquement à New-York 5

II
NEW-YORK
Du 24 au 26 mai.

Broadway. — Wallstreet. — Fifth-Avenue. — Influence de New-York sur les destinées de l'Amérique du Nord 10

III
WASHINGTON
Du 26 au 29 mai.

La saison morte dans la capitale officielle. — Le traité *Alabama* jugé par les Américains. — Transformation des idées et des mœurs depuis la guerre civile. — Opinions diverses sur les effets de l'émancipation des nègres. — Prépondérance croissante de l'élément noir dans les États du Sud 20

IV
DE WASHINGTON A CHICAGO
29 et 30 mai.

Les voyageurs du *Far-West*. — Misères de l'homme seul. — Velléités aristocratiques dans le pays de l'égalité. — La Susquehanna. — La Juniata. — Arrivée à Chicago 39

V

CHICAGO

Du 30 mai au 1er juin.

Physionomie de Chicago. — Importance croissante de l'élément allemand. — Les grands caravansérails. — Économie des forces humaines. — Supériorité, aux États-Unis, des couches inférieures de la société. — Chicago, le grand emporium de l'Ouest. — Michigan-Avenue. — Une maison ambulante. — Le général Sheridan. — Mode et caractère des voyageurs d'Europe. — La femme dans la famille.................................... 49

VI

DE CHICAGO A SALT-LAKE-CITY

Du 1er au 4 juin.

M. Pullman et ses *cars*. — Le Mississipi. — Agrément d'une course au clocher exécutée par deux trains. — Omaha. — Les prairies. — La vallée de la Platte. — Les Indiens. — Un chef de gare scalpé. — Les stations du chemin du Pacifique. — Cheyennes. — Les *roughs*. — Existence des officiers de l'armée des États-Unis dans le *Far-West*. — Passage des Montagnes Rocheuses. — Descente effrayante des monts Wahsatch. — Brigham Young à Ogden. — Arrivée dans la capitale des Mormons.................................... 65

VII

SALT-LAKE-CITY

Du 4 au 7 juin.

Physionomie de la ville. — Les croisés modernes. — Le tabernacle et le théâtre des Mormons. — Townsend Hôtel. — Les Indiens et les *indian agents*. — Le camp Douglas. — Les *cañones*. — Brigham Young. — Le mormonisme.................................... 81

VIII

CORINNE

Les 7 et 8 juin.

Corinne, le type d'une ville cosmopolite. — *Pow-wow*, sur la rivière de l'Ours. — Excursion dans les Montagnes. — Copenhague. — Définition du *rowdy*.................................... 125

IX

DE CORINNE A SAN-FRANCISCO

Du 8 au 10 juin.

Le *Great American desert*. — Le palais d'argent. — Ascension de la Sierra Nevada. — Cap Horn. — Arrivée à San-Francisco.................................... 135

X

SAN-FRANCISCO

Du 10 au 13 et du 22 juin au 1er juillet.

Son origine. — Les pionniers. — Le règne des *pikes*. — Le comité de vigilance. — Le commerce et l'industrie. — Wells et Fargo. — Réaction croissante contre les chercheurs d'or. — Situation, climat et physionomie de San-Francisco. — Ses habitants. — Son caractère cosmopolite. — Un intérieur allemand. — Le quartier chinois. — Mauvais traitements infligés aux émigrants de race jaune. — Les collèges des Jésuites. — Cliff-House...... 147

XI

YOSEMITI

Du 13 au 22 juin.

Manière de voyager. — Modesto. — Mariposa. — La forêt vierge. — Les *big trees*. — La vallée de Yosemiti. — Les chutes. — Coulterville.. 175

XII

DE SAN-FRANCISCO A YOKOHAMA

Du 1er au 24 juillet.

Sortie de la Porte d'Or. — Triste aspect de San-Francisco vu de la mer. — La Compagnie de la malle du Pacifique. — Le *China*. — Monotonie et émotions de la traversée. — Réflexions sur les États-Unis. — Débarquement à Yokohama.. 200

II — JAPON

I

YOKOHAMA

Du 24 au 26, du 28 juillet au 3 août; du 14 au 18 août; du 18 au 19 septembre.

Premières impressions du nouveau débarqué. — Physionomie de la ville. — Mouvements commerciaux. — Les Européens à Yokohama.. 225

II

YOSHIDA

Du 3 au 14 août.

Le Japon, sauf les *trade ports* et les villes de Yedo et d'Osaka, toujours fermé aux étrangers. — Manière de voyager dans l'intérieur. — Passage émouvant de la rivière d'Odawara. — Les bains de Miyanôshita. — Les pélerins du Fujiyama. — Au temple de Yoshida. — Le défilé de Torisawa. — Hachôji. — Retour à Yokohama.. 239

III

HAKONÉ

Du 22 août au 1er septembre.

La célèbre maison de thé à Hata. — Une mauvaise nuit. — Le lac de Hakoné. — Le sentiment de la nature et le goût des arts, répandus dans le peuple. — Des esprits en voyage. — Les eaux chaudes d'Atami. — La sainte île d'Enoshima. — Daibutsu. — L'ancienne résidence des Shoguns. — Bouddha en disgrâce. — Une grande dame japonaise. — Kanagawa.. 269

IV

YEDO

Du 26 au 28 juillet; du 18 au 22 août; du 3 au 13 septembre; du 14 au 18 septembre.

Aspect général. — Les environs. — Visite chez Sawa, ministre des affaires étrangères. — L'école allemande. — La Shiba, ses trésors d'art. — Influence évidente mais inexplicable du baroquisme italien. — Entretiens avec

Iwakura, devenu ministre. — Ses projets de réforme. — Boutiques, soirées, curiosités. — Le temple de Megaro. — Saigo. — Les sanctuaires d'Ikegami. — Les quarante-sept ronins. — Festin chez Sawa. — Le palais de Hamagotén. — Dîner chez Iwakura. — Le premier ministre Sanjo. — Au temple d'Asakusa. — L'art dramatique. — Vaudeville japonais. — Les figures. — Yedo la nuit. — (Conclusion.) — Une partie fine chez Yaozen. — Audience du Mikado. — La légation d'Angleterre. — Départ 291

V

ÔSAKA

Du 19 au 22 septembre.

Kobe et Hiôgo. — La barre du Yodogawa. — Ôsaka. Son importance commerciale. Sa physionomie. — La rue des Théâtres. — Le château de Taiko-Sama. — Le Chi-fu-ji.................................. 367

VI

KIYÔTO

Du 22 au 25 septembre.

Sur le Yodogawa. — Fushimi. — La capitale de l'Ouest. — Le palais du Mikado. — Le château du Shogun. — Les temples. — Vue sur Kiyôto. — Guion-machi.............. 379

VII

LE LAC DE BIVA

Du 25 au 27 septembre.

Otsú. — Le lac. — Ishiyama. — Le gouverneur et son dai-sanji. — Ôwaku. — Udji. — Retour à Ôsaku. — Les arts au Japon 407

VIII

NAGASAKI

Du 28 septembre au 2 octobre.

Le Papenberg. — Deshima. — Les chrétiens indigènes. — Situation politique du Japon..... 423

III — CHINE

I

SHANGHAI

Du 3 au 8 octobre ; du 14 au 16 novembre.

Physionomies diverses des « concessions ». — La ville chinoise. — Sü-kia-wei. — Une symphonie de Haydn exécutée par des Chinois. — L'orphelinat des Sœurs. — Fluctuations et état actuel du commerce............. 461

II

PÉKIN

Du 8 au 29 octobre.

Ennuis et longueur du voyage à Pékin. — Che-fu. — La barre de Taku. — Le Pei-ho. — Tung-chow. — Arrivée à Pékin. — Aspect général de la ville. — Scènes de la rue. — Le temple du Ciel. — Confucius et Bouddha.

— La grande lamaserie. — Boutiques et chinoiseries. — L'observatoire des Jésuites. — Le dernier mot du bureaucratisme. — Pei-tang. — Le cimetière portugais. — Les tombeaux des Ming. — Nan-kow. — La chaîne de Mongolie. — La grande muraille. — Le palais d'Été. — Le climat de Pékin. — Les douanes impériales confiées à des étrangers. — M. Hart. — Situation du corps diplomatique. — La question des audiences. — Visite chez le prince de Kung. — Départ... 485

III

TIEN-TSIN

Du 31 octobre au 7 novembre.

Le *settlement*. — La cité chinoise. — Le Serpent-Dieu. — Le club des notables de Shansi. — Les massacres..... 559

IV

HONGKONG

Du 7 au 25 novembre.

Les aménités de la mer Jaune. — Physionomie de Hongkong. — Son commerce. — Son importance politique et militaire... 593

V

LES CHRÉTIENTÉS DU SE-NON

Du 25 au 27 novembre.

Les villages de Si-kung, de San-ting-say et de Ting-kok. — Historique des chrétientés du district de Se-non..... 603

VI

CANTON

Du 28 novembre au 2 décembre.

La rivière de Canton. — Shamien. — Les boutiques élégantes. — La tête de bonze. — Le temple et le couvent de la *bannière de l'Océan*. — Eng et sa maison. — La procession du Dieu de la guerre. — La grande prison. — Le prétoire. — Visite chez le vice-roi. — Fa-ti. — La cité des trépassés. — La place des exécutions. — Départ pour Macao... 609

VII

MACAO

Du 2 au 4 décembre.

Sa décadence. — La question des koulis. — Progrès de l'élément chinois. — Camoës........................ 633

VIII

HOMEWARD-BOUND

Du 6 décembre au 13 janvier.

Départ de Hongkong. — La question des missionnaires. — État de la Chine au point de vue de ses relations avec les puissances européennes. — Arrivée à Marseille... 641

FIN DE LA TABLE DES MATIÈRES.

1775-75. Corbeil. — Typ. et Stér. de Crété.